EXPEDIENTE HERMES

Ciencia Ficción

En esta decimonovena edición del Premio Minotauro, Premio Internacional de Ciencia Ficción y Literatura Fantástica, el jurado, compuesto por Fernando Bonete, Isabel Clemente, Asier Moreno Vizuete, Daniel Pérez Castrillón y Alberto Plumed, acordó conceder el galardón a esta obra, en Barcelona, diciembre de 2024.

SABINO CABEZA

EXPEDIENTE HERMES

minotauro

PEFC Certificado

Este libro procede de bosques gestionados de forma sostenible

PEFC

PEFC/14-38-00305 www.pefc.es

Avda. Diagonal, 662-664, 08034 Barcelona (España)
www.edicionesminotauro.com
www.planetadelibros.com

Adaptación de la cubierta: Booket / Área Editorial Grupo Planeta a partir de la idea original de © Cover Kitchen
Ilustración de la cubierta: © Cover Kitchen
Ilustraciones del interior: © José Fonollosa
Primera edición en Colección Booket: abril de 2026

Depósito legal: B. 24.719-2026
ISBN: 978-84-450-2245-0
Impreso en España

Biografía

Sabino Cabeza Abuín nace en Sevilla en 1965. Después de varias paradas en Salamanca, Murcia, León y Valencia, acaba finalmente en Zaragoza, en la que reside desde hace veinticinco años. Es oficial del Ejército del Aire, licenciado en Psicología por la Universidad de Valencia y psicoanalista lacaniano. Descubrió pronto a Verne y Tolkien, quienes le abrieron la puerta al universo de la fantasía y la ciencia ficción, y por causa de los cuales comenzó a escribir. Luego llegaron Asimov, Tomás Salvador, Ursula K. Le Guin, Bradbury... y tantos otros nombres ilustres entre los que han de contarse George Lucas, Gene Roddenberry y Carl Sagan. En 2020 gana el Premio Minotauro con *Frontera oscura*, una *space opera* trepidante. En 2023 publica la también obra de ciencia ficción *Takarabune*. En 2025 se alza nuevamente con el Premio Minotauro con *Expediente Hermes*. Para Sabino Cabeza, el espacio sigue siendo esa última frontera que aún intenta alcanzar mediante la palabra escrita.

«Toda su vida estudió el universo, pero nunca reparó en su mensaje más sencillo: las criaturas pequeñas como nosotros sólo podemos soportar la inmensidad por medio del amor.»
Carl Sagan, *Contacto*, 1985.

A mi madre, por enseñarme a juntar mis primeras letras en aquella pequeña pizarra escolar.

A mi padre, por mi primera lección sobre cómo contar historias.

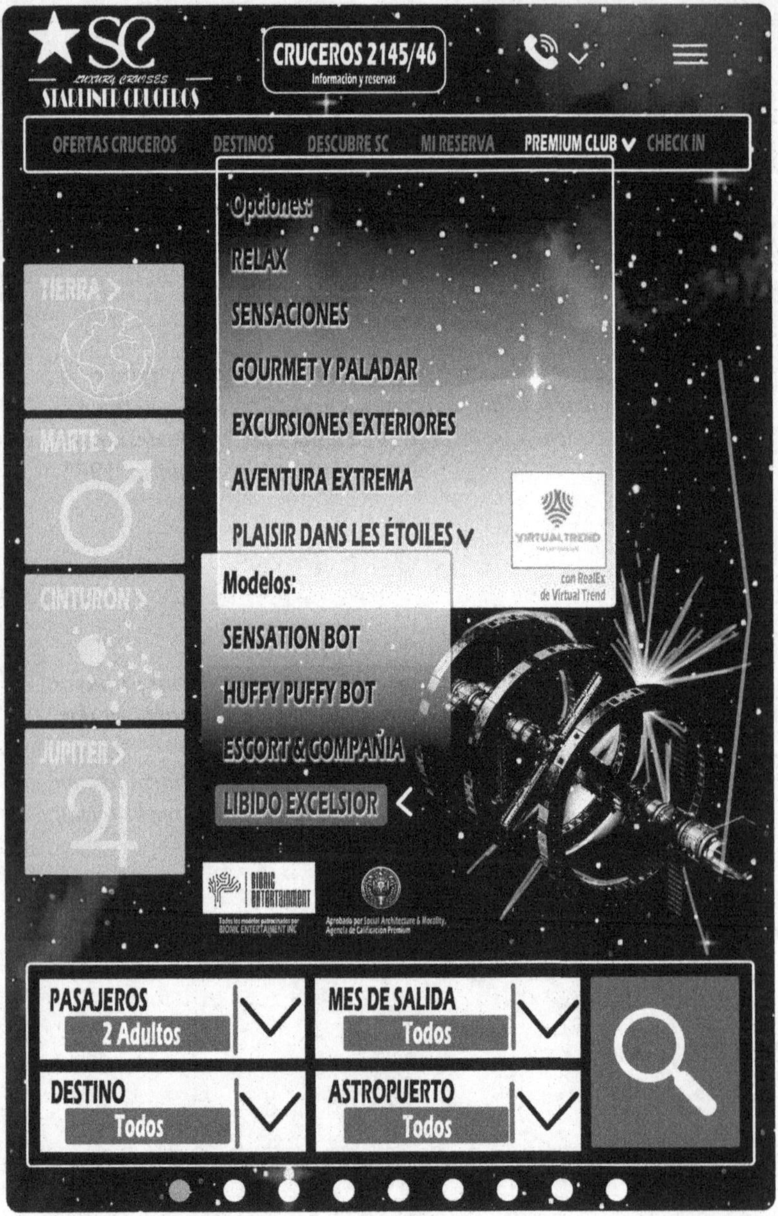

SC
LUXURY CRUISES
STARLINER CRUCEROS
CRUCEROS 2145/46
Información y reservas
OFERTAS CRUCEROS
DESTINOS
DESCUBRE SC
MI RESERVA
PREMIUM CLUB
CHECK IN
Opciones:
RELAX
SENSACIONES
GOURMET Y PALADAR
EXCURSIONES EXTERIORES
AVENTURA EXTREMA
PLAISIR DANS LES ÉTOILES
VIRTUAL TREND
con RealEx
de Virtual Trend
TIERRA >
MARTE >
CINTURÓN >
JÚPITER >
Modelos:
SENSATION BOT
HUFFY PUFFY BOT
ESCORT & COMPAÑÍA
LIBIDO EXCELSIOR
BIONIC ENTERTAINMENT
Todos los modelos patrocinados por
BIONIC ENTERTAIMENT INC
Aprobado por Social Architecture & Morality,
Agencia de Calificación Premium
PASAJEROS
2 Adultos
MES DE SALIDA
Todos
DESTINO
Todos
ASTROPUERTO
Todos

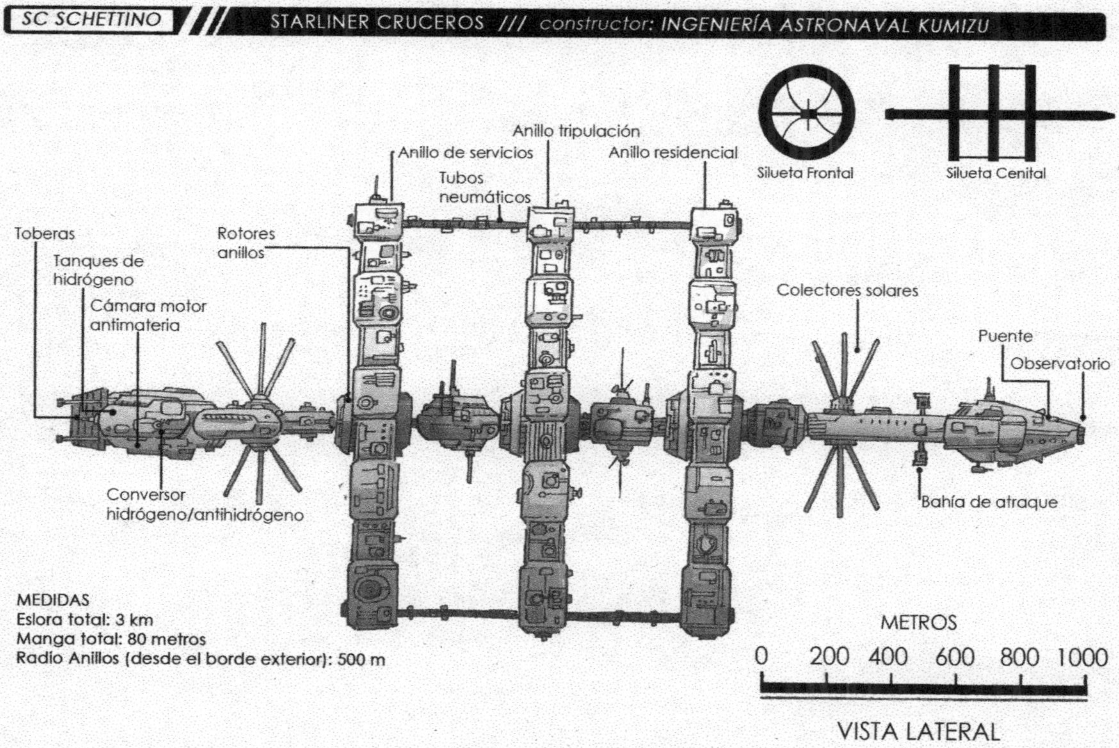
SC SCHETTINO
STARLINER CRUCEROS /// constructor: INGENIERÍA ASTRONAVAL KUMIZU
Silueta Frontal
Silueta Cenital
Anillo tripulación
Anillo de servicios
Anillo residencial
Tubos neumáticos
Toberas
Rotores anillos
Tanques de hidrógeno
Cámara motor antimateria
Colectores solares
Puente
Observatorio
Conversor hidrógeno/antihidrógeno
Bahía de atraque
MEDIDAS
Eslora total: 3 km
Manga total: 80 metros
Radio Anillos (desde el borde exterior): 500 m
METROS
0 200 400 600 800 1000
VISTA LATERAL

1

Apenas había sangre. Sólo unas diminutas manchas en la ropa de cama que no bastaban para suponer un homicidio. Y ella jamás suponía nada. No sin pruebas sólidas.

Se acercó un poco más y observó el cadáver entrecerrando los ojos: mujer de mediana edad, piel pálida, cierto sobrepeso y esa flacidez propia de quien no es muy amante del ejercicio físico, pero sí del buen comer.

Sin escáneres ni detectores, su examen no iba a ser concluyente; sobre todo con su presbicia, que sólo un Certificado Médico Alfa eliminaría por completo. Certificado que quedaba muy lejos de sus posibilidades económicas, por supuesto. Pero la experiencia es un grado, decían sus colegas. Y ella tenía mucho de eso: experiencia. Colegas, como el dinero para el Alfa, no tantos. No era persona de relaciones amistosas. Las justas para soportar el tedio de los largos viajes. En los que nunca…, casi nunca, pasaba nada.

Bueno, esta vez no iba a ser así, pensó mientras seguía con la mirada el reguero de pequeñas manchas rojas sobre las sábanas revueltas. Su trabajo normal en esas travesías consistía en rellenar infinidad de formularios para los seguros y la Policía Portuaria por robos, estafas, peleas de bar y disputas familiares. En esta ocasión quizá viera novedades. Muertos sí solía haber: percances absurdos, pasajeros idiotas saltándose las normas de seguridad en las actividades de riesgo, infartos repentinos...

Homicidios, no tantos. Por lo común, más o menos accidentales. Y, de cuando en cuando, algún asesinato. Pero éstos eran muy infrecuentes, salvo que se consideraran como tales las desapariciones misteriosas de algunos clientes. Pasajeros que una mañana cualquiera no respondían a la llamada del servicio de habitaciones, o que no se presentaban a la cena. O a quienes no se los volvía a ver por lado alguno. Se daba por hecho que se trataba de ajustes de cuentas por deudas de juego, asuntos privados, quizá de tipo sentimental, o negocios aún más turbios en los que la administración del navío, por orden de la empresa, jamás intervenía. Los cruceros entre la Tierra y Júpiter solían ser una excusa perfecta para transacciones comerciales poco elegantes. Y una buena parte de la clientela de Starliner Cruises se componía de magnates, políticos y espías financieros, muy aficionados a esos ajustes de cuentas. Otra parte importante la componía gente del mundo del lujo, el placer, el poder y el desenfreno. Un mundo absolutamente ajeno a ella, ajeno a su vida de tedio y de papeleo burocrático. Una vida que, a sus cincuenta años, consistía sobre todo en dejar pasar el tiempo hasta la todavía lejana jubilación. Starliner Cruises pagaba muy bien a sus empleados. Además de una más que decente pensión, había que considerar la indiscutible ventaja de un Certificado Médico de nivel Beta-2, algo al alcance de no mucha gente. El tedio y el papeleo merecían la pena.

La tercera semana de las dieciséis que duraba el viaje casi había concluido. Si estaba ante un homicidio… Bueno, sería un agradable escape de la rutina que la mantendría entretenida hasta el fin del periplo.

Comprobó la hora: las ocho y siete de la mañana. Apenas había pasado una hora desde que la doncella diera la voz de alarma. Siendo la Jefa de Seguridad, podría haber acudido más tarde, cuando su personal hubiera hecho todo el trabajo previo. Pero para cuando recibió el aviso ya estaba despierta. Y levantada. Y duchada. Y desayunada. Y preparada para cualquier eventualidad. Pasaba así, preparada, la mayor parte de su tiempo. ¿Para qué? No estaba muy segura. Quizá para algo que, al parecer, nunca terminaba de ocurrir.

Tedio. En eso consistía su trabajo: en soportar el aburrimiento de las largas horas de los ciento y pico largos días de la travesía. Un aburrimiento tanto mayor cuanto más se divertían los pasajeros. La Compañía se aseguraba de que la estancia de sus adinerados consumidores de lujo fuera inolvidable. A cambio, eso sí, de astronómicas cantidades en créditos terrestres. O en créditos marcianos. O cinturonianos, daba igual. Cualquier moneda virtual era bien recibida. De esa colosal cantidad a ella le llegaba un porcentaje irrisorio. Su labor como Jefa de Seguridad del *SC Schettino*, bien remunerada si comparaba su sueldo con el de la gente corriente allá en la Tierra, no bastaría sin embargo para comprar un pasaje en su propio buque. Necesitaría medio año de trabajo para pagar el más barato, el paquete *Sensación de Vivir*. Al tratarse de tercera clase, no incluía ni las inmersiones en la atmósfera de Júpiter ni cenar en la mesa del capitán. Y, por supuesto, tampoco incluía la carta exclusiva de *lovebots*, todos de última generación: los LPT-Xmax, adaptables, moldeables y capaces de una conexión neural de amplio espectro para... ¿cómo decían los folletos informativos?, sí: *desatar tus fantasías; incluso las más oscuras. Si puedes pagarlas, puedes disfrutarlas. Y sin sentimiento de culpa.* No era mala propaganda, había que reconocerlo. Hacer lo que quisieras sin sentirte culpable...

Volvió a prestar atención al escenario, pero en esta ocasión se detuvo a los pies de la cama. El lovebot de la difunta, desconectado e inerte, parecía muy poquita cosa. En su estado basal sorprendía su blando aspecto de muñeco antropomorfo. Un ser rechoncho de pálida y translúcida superficie, carente de todo rasgo definitorio. Y sorprendía más si pensabas en la versatilidad de su apariencia una vez activado su programa. Esa cosa amorfa vagamente humanoide, de apenas metro y medio de altura, podía adoptar el aspecto que quisieras. Los había por doquier, acompañando sumisos a sus usuarios. Y no los distinguirías si no fuera por la señal identificativa de sus balizas. Que sólo detectaba el personal de Seguridad, por supuesto.

Un lovebot no abandonaba el camarote de su dueño sin un localizador activo. No podías prohibirles a los clientes ricachones sacar a pasear a sus parejitas artificiales, faltaría más. Para eso pagaban, y pagaban caro. Para hacer mostración de ellos. Y parecían tan reales, tan... humanos, que sobrecogía observar su comportamiento. ¿Artificiales? Qué adjetivo tan escaso de talla...

Se lo había preguntado más de una vez: ¿tan interesantes eran? Su compañía, los placeres que procuraban, ¿eran tan intensos, tan maravillosos? Eso afirmaba la empresa fabricante, así que en alguna ocasión se planteó en serio alquilar uno y probarlo. La tripulación gozaba del privilegio de hacerlo a un precio especial, pero, aun así, habría sido desperdiciar una parte importante de su sueldo. Un lujo absurdo. Un capricho demasiado caro que, eso quería creer, no merecería la pena.

Pero, si los ricos y poderosos pagaban sin rechistar por semejante lujo, quizá sí lo valiera. ¿Cómo sería montárselo con uno de esos seres? Más de una vez, lo reconocía, fantaseó con acostarse con un tipo hecho de... Bueno, no tenía ni idea de qué estaban hechos los lovebots. Porque el que tenía justo ante sus ojos parecía gomoso, de un color blanco amarillento. Blanco roto. Blanco enfermizo. Eso por fuera. Por dentro..., imposible saberlo. Sólo sabía que esa piel artificial era capaz de adoptar el color, la textura, el aspecto que el cliente deseara. Y lo mismo respecto a su tamaño y complexión. La forma básica podía crecer, hacerse más alta, más gruesa, más musculosa. O todo lo contrario: ella había visto lovebots contrahechos y achaparrados, feos y deformes. No dejaba de sorprenderla el descubrir qué le gustaba a la gente. Podías suponer que a los ricos sólo les atraen las personas guapas y estupendas, pero en cuestión de gustos... Un psicólogo de la Sección Sanitaria le dijo una vez que no era raro que los poderosos diseñaran a sus compañeros biónicos de formas heterodoxas. Más allá del brillo que cegaba a sus admiradores o subordinados, detrás de la máscara del poder solían esconderse personas tristes, dañadas, abandonadas o profundamente perturbadas. Sus lovebots eran en ocasiones reflejos de un pasado turbio enterrado tras la rutilante apariencia del éxito. Tal vez amores perdidos, o incluso relaciones tóxicas de las que, a pesar de todo, nunca supieron distanciarse. Los amantes artificiales, según la empresa fabricante, podían resultar muy saludables para un corazón maltrecho. Pero ella no comprendía demasiado bien el funcionamiento de ese traicionero órgano. El suyo, al menos, molestaba poco en esos asuntos. Lo tenía bien domesticado: relaciones no muy largas, placenteras y sin compromiso. Algo que llevaba muchos años yéndole muy bien.

Había que reconocer que esos… *aparatos* poseían funciones muy sofisticadas. Un lovebot adoptaba no sólo el sexo que decidieras. También el género, la orientación sexual y, por supuesto, la manifestación corporal que te agradara. Mujer, hombre, formas intermedias, ambiguas, con semblantes de lo más variado. Con pelo, sin pelo, con atributos orgánicos a tu completo gusto. O disgusto, porque había quien los alquilaba con el objetivo específico de pasarlo mal.

En cuanto a su programación… Bueno, una de las consignas de Bionic Entertainment lo dejaba claro: *no hay límite para tus fantasías: si puedes pagarlas, puedes disfrutarlas.* No había límite, eso afirmaban, ni moral ni ético. Lo que hicieras con tu *bot* en la privacidad de tu cama era asunto estrictamente tuyo. Nadie te pediría cuentas. Ni siquiera estaba limitada la capacidad de hacer daño. Si el cliente deseara que su lovebot lo hiciera sangrar durante el sexo, pues nada: concedido. Si lo que deseara fuera algo aún más radical, concedido también. De hecho, se había encontrado con más de un caso de suicidio asistido mediante un bot. Y, legalmente, nada podía impedirlo.

Lo único prohibido, por supuesto, era que el bot agrediera o dañara a alguien que no fuera su dueño, o, como lo llamaban en la jerga comercial, su *domme*. Su dominador. La relación entre el cliente y el lovebot, determinada con exactitud matemática en el prolijo y extenso contrato de arrendamiento y uso, definía todos los parámetros de interacción. No contratabas el servicio, en cualquiera de las muchas opciones ofertadas por la empresa, y simplemente lo utilizabas. Qué va. La correcta adaptación del bot al cliente exigía un estudio previo, tanto de los aspectos físicos como psíquicos. El lovebot se diseñaba para ti, exclusivamente para ti. Bionic Entertainment te garantizaba un noventa y ocho por ciento de satisfacción. Y no un ciento por ciento porque, afirmaban con petulancia, sus productos eran tan reales que, como los humanos reales, no podían satisfacerte del todo. *Tenemos vocación de imperfección*, rezaba otro de sus lemas. Ella no terminaba de cogerle el punto a semejante divisa. ¿Qué demonios significaba?

¿Y éste que tenía a sus pies? ¿Qué había ocurrido con éste? Se arrodilló para contemplarlo más de cerca mientras sus dos asistentes, Dris y Kai, cumplían con el protocolo inicial. Holofotos, escáneres situacionales, toma de muestras y diligencias previas. Podía dedicarse así a observar con atención, algo en lo que era realmente buena. Tras años de práctica había desarrollado una técnica que, para sí misma, llamaba *atención flotante*, una suerte de análisis carente de juicios y ajeno a la siempre peligrosa tentación de imaginar anticipadamente. *Primero*, se decía siempre como un mantra, *recoge las pruebas. Segundo, analízalas. Y luego usa la razón. Pero abstente de imaginar... Eso después, cuando haya que rellenar los huecos.*

El bot se hallaba en decúbito prono... más o menos. Porque parecía caído de cualquier forma sobre el escabel tapizado a los pies de la cama. Su cabeza, si así podía nombrarse a la bulbosa excrecencia de la parte superior del cuerpo, colgaba desde el asiento. En el estado basal su rostro apenas existía. Ojos, nariz, boca y demás rasgos fisonómicos eran apenas un bosquejo, no más que una caricatura humana. En cuanto al cuerpo... Bueno, podría afirmar que lo que veía desde esa posición era su trasero. Aunque hacía falta mucha imaginación para captarlo. Sí, ahí estaba: una zona más o menos redondeada, ligeramente dividida en dos mitades. Un culo primigenio, informe. Apenas un esbozo de culo.

En los registros de seguridad sin duda habría imágenes del bot acompañando a su dueña. Seguro que lo habría visto alguna vez, aunque ahora no lo recordara. Un tipo apuesto, supuso. Las parejitas de la feliz y despreocupada *cosmic set* solían estar diseñadas según el mismo patrón: belleza y juventud. Pero vista así, nunca imaginarías en qué podría llegar a convertirse esta cosa informe. Lo mismo podría haber sido un musculoso varón caucásico que una diminuta hembra oriental. O una musculosa hembra nubia, un diminuto varón mestizo, o incluso un apolíneo espécimen de una raza alienígena imaginaria, de color azul y con escamas de dragón chino. El aspecto del bot podría ser cualquiera. Si a éste lo hubieran hallado así, desactivado y tirado en cualquier pasillo, no habrían podido conocer su identidad sin conectarse a la base de datos de Bionic, algo imposible si la empresa no lo autorizaba. Privacidad, por supuesto. Porque incluso la baliza se desconectaba si el bot también lo hacía.

Su ojo experto notó enseguida algo diferente. Se agachó un poco más provocando quejas en sus rodillas. No era tan ágil como antaño, qué se le iba a hacer.

En el suelo, en la espesa alfombra de pelo plateado, había una pequeña mancha de sangre. De algo rojo, al menos. No debía anticiparse al análisis de las muestras. La mancha estaba justo debajo de la entrepierna del bot, en el punto exacto que correspondía a su pubis. Apoyando una mano en la alfombra giró la cabeza para asomarse bajo el rechoncho cuerpo inerte caído sobre el escabel. No había nada en su ingle, por supuesto. En el estado basal todo revertía a su inexpresiva esencia. Pero, como en el suelo, algo rojizo podía verse en la zona en cuestión.

¿Sangre también?

—Inspectora Deckett, el equipo forense ha llegado.

La aguda y un tanto chillona voz de Dris no la sacó de su atenta observación. Siguió mirando la mancha durante unos segundos más.

—Gracias, Dris —respondió alzándose. Sus rodillas protestaron de nuevo—. Dejadlo todo como está y que empiecen. Quiero los análisis lo antes posible.

—Sí, jefa. —La muchacha se dirigió a su compañero—: Vamos, Kai, termina el escáner y salgamos.

El doctor Bao Tian, maletín en ristre, se acercó a la inspectora y la saludó sonriente. Su talla lo obligaba a mirarla alzando mucho la barbilla. Deckett era una mujer muy grande y él un hombre muy pequeño.

—Buenos días, Durga querida —dijo improcedentemente alegre ante la ocupante del lecho—, quizá esta vez tengamos un viaje interesante. ¿Quién es la dama? Alguien de alcurnia, dado que estamos en el Nivel Luxury. Con una de esas... cosas. Amantes artificiales... En fin.

Deckett observó un instante el cuerpo desnudo sobre las sábanas. Normal que el forense no la hubiera reconocido: la cabeza estaba vuelta hacia el cabecero y no se veía su rostro. El complicado peinado que la hizo famosa en todo el sistema solar, una inverosímil mezcla de peluca, pelo natural y joyería, se ocultaba tras el borde del lecho.

—Te presento a la fastuosa, increíble, famosa y soberbia Condesa Planck. —Así, con tanto adjetivo, la conocían en todos los Nodos Sociales. Hizo un gesto de asentimiento ante la expresión sorprendida del médico—. Sí, Tian, ella misma. Una de las personas más ricas y poderosas de la Federación Terrestre. Y de las más odiadas del universo. Me temo que será como dices. Este viaje va a resultar más interesante de lo que nos gustaría. En fin, os toca a vosotros. Luego hablamos.

El médico asintió despacio sin decir palabra y sin prestarle ya atención. Observaba con esmero científico el cuerpo mientras abría la maleta con su material de trabajo. No había muchas ocasiones para estudiar tan de cerca a una auténtica celebridad. Que ahora, muerta, alcanzaría fama universal. ¿Por qué los famosos se volvían más famosos al morir?, pensó el hombrecillo al acuclillarse junto a la cama. Para él, los muertos eran sólo la verdad desnuda tras la apariencia. Al morir, lo que realmente fuiste se muestra sin velos. Ante la muerte no caben subterfugios ni disimulos. Pero has de saber mirar, por supuesto...

Y, como era costumbre en el pequeño forense, Deckett lo oyó murmurar mientras trabajaba. Tian siempre dialogaba con sus interfectos como si sólo estuvieran dormidos.

—Bueno, querida. No te preocupes, te trataremos bien. ¿Qué ha pasado, preciosa? ¿Qué puedes contarnos? Tranquila, ya nos irás diciendo. Estás en mis manos ahora...

Deckett cerró la interfaz neural de su anotador y salió del camarote. Tenía que solicitar lo antes posible los permisos para acceder a los datos privados de la muerta. Lo que incluía la memoria de su lovebot, por supuesto. Quizá el único testigo de lo ocurrido. No sería fácil: Bionic Entertainment se opondría con todas sus fuerzas. Pero nadie, ni siquiera la poderosa empresa, pasaba por encima de la autoridad del capitán de un navío en tránsito intermundos.

Iba a ser un viaje interesante, no cabía duda.

2

Tumbada en la cama, Durga contemplaba el techo de su camarote. Qué triste, pensó al recordar la lujosa suite de la muerta, que tras tantos años de servicio aún siguiera ahí, en la cubierta 4. La cubierta no era el problema, casi toda la tripulación vivía en ella. Lo lamentable era que ninguno de sus superiores la hubiera considerado digna de un habitáculo más amplio y confortable. El techo, por ejemplo. Si fuera el del hogar en el que se crio, un lugar del que sólo recordaba la constante lluvia y el omnipresente barro, le habría parecido de lo más normal. Las incipientes manchas de moho formaban dibujos anárquicos en las esquinas, complejos arabescos en tonos negros y verde oscuro. Consecuencia de habitar un espacio reducido, mal ventilado, húmedo y demasiado caluroso. El reciclaje ambiental fallaba con sorprendente facilidad en el Anillo de Tripulantes.

Se había acostumbrado.

Al moho, a la humedad que, tras condensarse, acababa goteando sobre su cama. Al calor, a la estrechez. Al olor del aire perpetuamente mal reciclado. A la combinación de aceites, maquinaria pesada, desechos orgánicos y, sobre todo, las emanaciones odoríferas de los mil quinientos cuarenta y siete humanos de la dotación, sin contar, por supuesto, a la elite: el capitán y su cuerpo de oficiales superiores, quienes disponían de suites comparables a las de los clientes de postín en la cubierta Uno del Anillo de Tripulantes. Ella, al menos, no habitaba en la Cinco, la llamada por todos «el Sótano», uno de los lugares más tristes de la nave, a sólo una cubierta de la que albergaba los recicladores de residuos y sus conducciones. «Siempre habrá clases, mi niña», le decía su madre mientras, siendo una cría, la peinaba antes de dormir. Frase que sólo significaba que ella, como su familia y toda la gente que conoció en aquel lugar eternamente lluvioso, viviría siempre condenada a anhelar algo mejor. Su familia habitó durante generaciones en el mismo lugar y desempeñando el mismo trabajo: minería alimentaria, la producción de nutrientes elementales a partir de los grandes campos de hongos filamentosos que, además de la lluvia y el barro, recordaba de su infancia. La superpoblación que en el último siglo había agotado los recursos naturales obligó a aguzar el ingenio para alimentar a los más de veinte mil millones de habitantes, y eso sólo en la Tierra. Si bien la comida procesada no era precisamente una exquisitez, al menos sí era nutritiva. Lo mismo valía para Marte y las colonias del Cinturón: el *moldybug*, una insulsa pasta de insectos y hongos procesados, resolvió el problema del sustento en los inhóspitos parajes más allá de la Tierra. Otra razón para largarse de allí, por supuesto. En los cruceros de placer las viandas eran, incluso las de tercera clase, infinitamente mejores que las que consumían las clases humildes en todo el sistema solar. Los ricos, por supuesto, se hallaban en otro nivel. Todo fresco y de primera calidad. Nada nuevo en la historia humana. Ella, al menos en eso, podía considerarse afortunada.

También recordaba el olor a fango y a moho. Algo de lo que, al parecer, no se había librado cuarenta años después. Un corrimiento de tierras debido a las prospecciones mineras mató a casi todos los habitantes de la ciudad, su familia incluida. Su madre Devi, su padre Charles y sus tres hermanos, Phillip, Amrita y David, quedaron sepultados bajo miles de toneladas de lodo, y sus cuerpos nunca fueron rescatados. Ella se salvó no recordaba ya por qué. Bueno, sí lo sabía, claro. Cómo no iba a saberlo... Una casualidad afortunada la hizo estar jugando fuera de la casa, subida a un árbol del jardín. Sobrevivió. Fue de las pocas personas rescatadas del barro. De toda su familia, la única. Pero prefería no pensarlo. Eligió olvidarlo. Sobrevivir comporta, a veces, un precio amargo. Sobre todo si te quedas completamente sola.

Después pasaron muchas cosas, y no todas malas. Se cortó la trenza que su madre peinaba como un tesoro y abandonó la lluviosa ciudad, los campos de hongos y el omnipresente barro. Gracias a las indemnizaciones de la empresa de prospección, y a la cartilla de ahorro que sus padres previsoramente abrieron para sus estudios y los de sus hermanos, logró un título en Ingeniería Metalúrgica y el suficiente crédito para dejar la Tierra. Llegó hasta Marte como auxiliar de sistemas de perforación para una empresa de minería, pero esta vez de sustancias inorgánicas, para distanciarse del negocio familiar; vivió en sus ciudades subterráneas, caminó con escafandra bajo esos rojos cielos donde jamás llovía. Luego trabajó como prospectora de metales raros en el Cinturón de Asteroides. Algo no muy lejano de la minería, a fin de cuentas. Ganó bastante dinero a costa de perder mucha salud. Se hizo mayor, más lista, más cínica. Los puestos avanzados en Ceres, Hygiea y Vesta la curtieron mucho, sobre todo gracias a la bulliciosa y no siempre amable vida social de los colonos. Eso la facultó para tareas de Seguridad, peor pagadas, pero más cómodas que la prospección. Al final, con un capital suficiente para mejorar su jubilación, y harta de escafandras y túneles sin apenas gravedad, y de comer día tras día el insípido *moldybug*, tuvo la ocasión de ingresar en una de las navieras más poderosas de la Federación Terrestre, Starliner Cruises, donde su conocimiento del mundo del lumpen y su inteligencia la promocionaron, tras una prolija formación, como Jefa de Seguridad en muy pocos años. Un trabajo que no tenía apenas que ver con su experiencia previa, pero para el que, dadas sus dotes de observación, parecía muy bien dispuesta. Trabajo en el que aprendió a tratar con los muertos. Al igual que su amigo Tian, se llevaba mejor con ellos que con los vivos. ¿Por qué? Lo ignoraba. Quizá porque ya había muchos en su cuenta.

Darim se giró en la cama y pasó una mano grande y morena sobre su pálido pecho. Llevaban largo rato desnudos y enredados en las húmedas sábanas. Normalmente no hacía tanto calor, pero la refrigeración fallaba más de lo habitual desde hacía varios días y no había tenido tiempo para cursar la Solicitud de Mantenimiento Correctivo. «Mañana lo haré», se dijo mientras, distraídamente, ponía su mano derecha sobre la de él.

—¿En qué piensas, amor?

Darim la miraba con los ojos entrecerrados. Se adormecía después del sexo, como un bebé ahíto o un gato al sol. Para mantenerse despierto, porque consideraba descortés dormirse al acabar, hablaba con voz pastosa de cualquier tontería. Ella no se movió. Continuó observando el moho del techo.

—En que tengo que pedir que arreglen de una puta vez el sistema de ventilación. No encuentro el momento, y esto ya es demasiado.

—No es eso en lo que piensas... —Darim sonrió cubriendo con delicadeza uno de sus pechos con su gran mano—. Te conozco, amor. Algo te preocupa.

Durga asintió. Era cierto: Darim la conocía bien. Conocía sus expresiones, sus gestos. El modo en que las inquietudes del trabajo se escribían en su cuerpo, particularmente en la musculatura de espalda y cuello. Y conocía sus silencios. Sobre todo, sus silencios.

Había regresado al camarote exhausta tras una tarde de papeleo interminable. La muerta no era cualquier muerta, así que, en su caso, el papeleo pareció multiplicarse. A la mañana siguiente debía presentar al capitán un prolijo expediente sobre Condesa Planck. Así como ella le rendiría cuentas, después él haría lo propio ante el Directorio de la Compañía, así que se esforzó al máximo para no dejar en mal lugar a su jefe supremo. Tratándose de una muerta famosa, alguien no sólo con poder, sino con influencia en el ideario y en el imaginario social, el asunto se volvería muy espinoso para todos. Nadie se libraría de su ración de mierda. Al Directorio, de eso estaba segura, no le haría ninguna gracia.

Suspiró agotada por el calor y el esfuerzo del sexo. Darim era muy joven, veinticinco años menor que ella. Nunca se cansaba. Como mucho, se amodorraba para luego pedir más. «Como un bebé», volvió a pensar. «¿Por qué me gustan tan críos? Debe de ser alguna perversión. Un trauma sin resolver.

Quizá debería contárselo al psicólogo...». Decidió resumir al máximo. Necesitaba dormir, y ya se había hecho muy tarde.

—Ha sido un día complicado...

—¿Qué pasó? —Darim continuaba acariciándola con expresión soñolienta.

Dudó antes de hablar. La mínima prudencia, dada la notoriedad de la difunta, exigía discreción. El capitán había ordenado, bajo pena de castigo severo, que la noticia no trascendiera más allá del Anillo de Tripulantes en tanto no se levantara el secreto de sumario. Puesto que él era la máxima autoridad judicial durante la travesía, a él correspondía decidir cuándo sería eso. Pero Durga ya sabía que el hecho, a pesar de todo, se había extendido entre la tripulación.

—La muerta, eso es lo que pasó.

Él abrió los ojos y se irguió.

—¡Es verdad! Llevo todo el día esperando para preguntarte. Pero se me olvidó en cuanto te vi... Nada me importa cuando estoy contigo.

Se apretó contra ella para envolverla en un abrazo repentinamente cariñoso. Durga era alta, pero él lo era aún más. En sus brazos siempre se sentía extrañamente bien y mal a la vez. Bien por la sensación de comodidad y mal por la sensación de comodidad. Toda una paradoja. Otro trauma infantil, tal vez.

Sonrió sin mucho entusiasmo. Las manifestaciones de ternura del joven la contrariaban. «¿Por qué?», pensaba siempre que él mostraba algo inoportunamente parecido a la adoración. «¿Qué ve en una mujer de cincuenta años un chaval de veinticinco? ¿Por qué está enamorado de mí?». La inseguridad que revelaban esos pensamientos la mortificaba. Tanta devoción por parte de Darim le parecía injustificada, sobre todo porque ella no sentía lo mismo por él. El joven era una buena compañía para los ratos de soledad, y un portento en la cama, pero una relación más profunda no era lo que ella buscaba. Aunque no se atrevía a decírselo. Sobre todo, en momentos como éste.

—Ya, claro. —Sonrió mecánicamente y lo empujó para distanciarse—. Cariño, me estás asfixiando. Déjame respirar y te contaré lo que quieras. Pero sólo un rato. Necesito descansar.

Darim asintió varias veces y la soltó para sentarse a su lado con las piernas cruzadas. Su somnolencia había desaparecido de golpe. Durga ya no se sorprendía de la morbosa atracción que las historias truculentas causaban en la gente ajena a lo policial. Y más si concernían a famosos. No se preguntó cómo la noticia se había propagado; más pronto o más tarde llegaría hasta el Anillo Residencial. De momento, el respeto a la figura del capitán Freeman, y posiblemente el temor a perder el empleo, funcionarían como dique ante las habladurías. ¿Durante cuántos días? En fin, intentaría calmar el ansia del muchacho con lo mínimo que podía contar.

—¿La has visto? —preguntó él antes de darle ocasión de hablar—. ¿Has visto a la gran Condesa Planck? Claro, qué tontería. Tuviste que verla. ¿Cómo estaba? ¿Llevaba su maquillaje? Nadie la ha visto jamás sin él…

—Darim, cariño… —Durga lo miró frunciendo el ceño—, ¿en serio?

Él intentó una sonrisa de medio lado.

—Bueno, amor —se excusó adoptando ese mohín de inocencia juvenil que sabía que ella no podría resistir—, comprenderás que te pregunte. Hablamos de una de las personas más importantes del universo…

—Que ahora está fría y de color azul en una cámara frigorífica, exactamente igual que un atún o un salmón, de ésos que comen los ricos. —Darim aceptó la reprimenda, pero ella hizo un guiño de complicidad y él sonrió de nuevo—. Pero sí, la vi sin maquillar.

El joven abrió mucho los ojos, como un crío ante un pastel o un juguete nuevo. Condesa Planck sin su famoso maquillaje… Condesa Planck, increíblemente rica, excéntrica; de lengua viperina cuando quería, dulce cuando le convenía; generadora de terremotos en los Nodos Sociales, odiada y amada a partes iguales. Condesa Planck, dueña de, no uno, sino varios emporios comerciales, que dedicaba más tiempo a sus devaneos, lujos y demostraciones de carácter y estilo que a sus negocios. Condesa Planck, una de las personas más ricas, poderosas e influyentes, si no del universo, como afirmó Darim, al menos sí del sistema solar… ¡sin su maquillaje!

La comparación con un pescado muerto había ofendido al joven, verdadero fanático y seguidor de la diva, pero sólo durante el instante que transcurrió hasta escuchar lo de *sin maquillar*. Durga negó con la cabeza mientras observaba su expresión risueña: olvidaba a veces la diferencia de edad entre ellos. Un joven más atento a las fugaces noticias de los Nodos Sociales que a las tragedias de la vida. Lo cual demostraba que de ésas, de tragedias, no había experimentado muchas.

—¿En serio la viste? —Su musculada y tersa anatomía se tensó por la emoción. Durga dedicó un pensamiento fugaz a ese cuerpo juvenil, suave, que olía sutilmente a hombre en su plenitud. Los aromas del reciente sexo aún flotaban a su alrededor y sintió un incómodo cosquilleo inguinal. La devoción de Darim la agobiaba, sí, pero no su cuerpo, así que, con un esfuerzo mental, se centró en la pregunta.

Si había un rasgo definitorio de la señora Planck, ése era su negativa a mostrarse jamás, en ninguna circunstancia, sin sus elaborados y exóticos maquillaje y peinado. Nadie, se decía, la había visto con la cara limpia. Nadie, por lo tanto, conocía con exactitud su rostro. Incluso en los documentos identificativos aparecía con el triple tocado de diamantes y platino rodeando esa masa de pelo azabache que la había hecho célebre. Y los colores y matices de su cara, manos y pies… Se decía también que esos diseños eran obra nada menos que de Lucanor Straffarelli, el escultor de luz sólida más renombrado entre la Tierra y las lunas de Júpiter. Aunque también había quien afirmaba que no, que era la propia Condesa quien se encargaba de elaborar sus tocados. En fin, todo eso ya daba igual. Recordó, allí en el depósito de cadáveres, el rostro de una mujer no mucho mayor que ella misma, que Tian y su equipo habían dejado libre de pigmentos, pelucas y moños, y que habría pasado desapercibido en cualquier lugar de la nave. Nadie la habría mirado dos veces sin sus afeites y sus fastuosos vestidos. Una mujer de lo más normal.

Durga dudó antes de abrir la boca. Quería satisfacer la inocente curiosidad de Darim, pero de pronto pensó en las razones por las que Condesa Planck, famosa, rica, *odioamada* por miles de millones, necesitaba de tanto artificio. ¿Era sólo una *performance*, un recurso comercial? ¿O tal vez una defensa contra...? Quién sabía. Ahora no era más que un cuerpo muerto, frío, encerrado en la seca oscuridad de una cámara de estasis tras pasar por las manos expertas de Bao Tian, un forense exhaustivo y a la vez delicado con sus objetos de estudio. Las costuras de los cortes, como pudo comprobar cuando Tian le dio su informe preliminar, eran cuidadas y respetuosas. Condesa Planck era ya un recipiente vacío. Vacío de todo aquello que, para la mayoría de la gente de su tiempo, conformaba una vida humana: el aspecto, los emblemas, los vestidos, tanto del cuerpo como del alma... Y las palabras, por supuesto. De Condesa, no cabía duda, se habían dicho trillones de ellas. Lo triste, pensó Durga, es que nada de eso era verdadero. Nada de eso importaba. Lo que importaba, preguntas como por qué ocultaba su rostro, por qué lucía tan extravagantes atuendos, por qué necesitaba un lovebot alguien de su poderío... ¿Quién podría ahora responderlas? Y, ¿le interesaría a alguien?

—Pues... —Dudó, pero no mucho. Darim sí que esperaba con ansia una respuesta, pero no la que importaba, así que mintió—. Bueno, cariño... es una mujer bellísima incluso muerta. Incluso sin maquillar. Me deslumbró.

Darim palmeó y brincó sobre la cama. Su pene flácido, pero incluso así generoso, se movió como una serpiente adormilada. Durga se esforzó en ignorar ese detalle y lo miró a los ojos.

—¡Lo sabía! —dijo tumbándose de nuevo a su lado—. La gran Condesa Planck no podía dejar de ser hermosa ni muerta.

—Querido, me sorprende tanta alegría. —Durga entornó los ojos—. Tu ídolo es poco más que un cadáver de pez y no te noto demasiado triste.

—Condesa es *lituriana* —explicó él.

«Vaya, eso lo ignoraba», pensó ella frunciendo el ceño.

—Bueno, era —prosiguió el joven—. O mejor, lo será aún más. Ya sabes...

Durga contuvo un gesto de aburrimiento. Los *liturianos* eran una pesadilla de nivel galáctico. Una religión tan llena de normas sobre la felicidad y el mundo futuro que ella jamás habría podido profesarla. Sin duda incumpliría todas las reglas por pura desidia.

«No, por favor. Otra vez no». Darim era también *lituriano*. Más o menos... No un creyente feroz, aunque, desde luego, sí uno que buscaba siempre el mayor nivel posible de placer en todo lo que hacía. A ella, en cambio, la aburría la cantinela ingenua, plena de refranes y frases huecas y pomposas sobre la alegría de vivir, la concordancia del universo con tu alma si buscas tu *Punto Focal*, el júbilo anticipado por la vida del *Otro Lado* y el *Saldo de Placer y Virtud* que has de acumular en éste para transitar luego, tras el *Horizonte de Sucesos Vital, al Primigenio Estado del Ser donde tu Cuenta de Amor Universal será por fin Amortizada.* Todo así de cansino y lleno de mayúsculas. ¿Por qué ponían tantas palabras en mayúsculas? Porque lo curioso es que, incluso cuando esa gente hablaba, podías oír las mayúsculas.

Lo dejó perorar durante un rato sobre las virtudes del amor, la fraternidad y los Cuatro Principios: Éxtasis, Gloria, Ascendencia y Expansión. Inicialmente iba a contarle su preocupación por la cita con el capitán, pero eso, al parecer, ya había quedado en el olvido. Como lo del rostro con o sin maquillaje de la diva. Al *Otro Lado*, la insigne Condesa era ahora un *Ser de Luz Prístina, Avatar de la Belleza y el Amor*, todo así, con más y más mayúsculas. Oía cómo Darim las pronunciaba. «Maldito Litur, menudo pedazo de memo». Un tipo petulante y cansino, cargantemente feliz, que llevaba setenta años dando la murga sobre el *Banco Universal del Amor del que Tú eres Accionista* a través de todas las sociorredes y Nodos del sistema solar. Mucho perorar sobre la *Vida Más Allá de la Materia*, pero aferrado a sus ciento doce años a la vida de este lado gracias a su Certificado Médico Alfa, al alcance sólo de los muy ricos. Menudo ejemplo para sus fieles, pensaba ella con ironía.

En fin. Se contuvo y dejó que su joven amante siguiera loando las virtudes de su religión, o lo que fuera eso, mientras ella pensaba, con tristeza y olvidando también sus preocupaciones laborales, en el rostro ajado, consumido y vulgar, de la mujer más famosa del universo, a oscuras y en silencio allá en su cámara congeladora. Tal vez su vida antes de la fama y la gloria, la riqueza y el poder fuera igual de dura y afilada que la suya.

Aún faltaba casi un mes para llegar a Júpiter. El viaje de retorno duraría menos que el de ida porque la Tierra, más veloz que el gigante de gas, acortaría distancias. Aun así, en los dos meses y medio que restaban, tendría tiempo de conocerla mejor.

3

Se levantó de mala gana, extenuada y con mucho sueño. Darim decidió a última hora pasar la noche con ella, lo cual implicó, finalmente, un rato más de sexo. No iba a quejarse por ello, claro, pero entre el calor y el agotamiento apenas logró descansar. El joven no entraba de turno hasta mediodía, así que lo dejó dormir, desnudo y hermoso como una escultura del afamado Straffarelli, caoba sobre el blanco de las arrugadas sábanas. La ducha con agua fría la despejó lo justo para olvidar el sudor y el sofoco de la noche. Hoy, sin falta, solicitaría el Mantenimiento Correctivo.

Llegó a Seguridad unos minutos más tarde de su hora oficial. Consciente de la extrañeza de sus subordinados por su inaudita impuntualidad, saludó mecánicamente y se dirigió al laboratorio forense. Tian, por supuesto, ya estaba allí, usando RealEx® para estudiar con atención el cuerpo holográfico de la famosa diva. En tanto no se conectara a la red, ella no vería nada. Tian movía sus manos en el aire, un director de orquesta sin orquesta aparente.

—Buenos días, querida —dijo sin apartar la vista de lo que fuera que estuviera mirando. Siempre, misteriosamente, sabía cuándo ella cruzaba la puerta—. Puedo confirmar ya que la gran Condesa Planck murió a causa de un infarto. En concreto, por una fibrilación ventricular debida posiblemente a una afección en el funcionamiento eléctrico del corazón. Su edad y su mala vida le pasaron factura antes de tiempo.

Deckett, antes de responder al saludo, y antes siquiera de acceder a la virtualización de RealEx®, se acercó a la cafetera.

No se sentía capaz de mantener la adecuada atención sin la adecuada dosis de cafeína.

—Excelente forma de iniciar una conversación, Tian. Buenos días a ti también. ¿Quieres un café?

—No, gracias, querida. Ya llevo dos esta mañana. —Por fin se volvió hacia ella—. Vaya cara que traes. Y el uniforme arrugado... No me lo digas... Tu ardientemente juvenil novio.

La inspectora esbozó una mueca que apenas habría pasado por una sonrisa. Ignoró el comentario.

—Así que un infarto... Cabría esperar en alguien como ella una muerte más... impactante. Más digna de ser noticia.

La inspectora se sentó frente al médico. Aun así, y estando él de pie, no la sobrepasaba en altura. Tian se tocó la sien con un dedo y ella accedió entonces a la red de datos. De repente se encontró dentro de una burbuja inmaterial de información superpuesta a la realidad del laboratorio. El cuerpo desnudo y levemente iridiscente de Condesa flotaba frente a ella. Sería una reproducción, pero parecía muy, muy auténtico.

—No te anticipes, Deckett. Ha sido un infarto, sí, pero hay más. Lee.

Ella leyó el informe adjunto entre sorbo y sorbo de café. Alzó los ojos y miró a Tian.

—¿Herida vaginal? —Tian asintió.

—Encontré una pequeña perforación en el cuello del útero, apenas un desgarro. No es significativa, y es muy reciente; me atrevería a decir que se produjo esa misma noche. La sangre que encontramos procede de ahí. Poca, como pudiste comprobar, aunque imagino que se acumuló durante un rato antes de rebosar y manchar las sábanas. En fin, no termino de entender los gustos de la gente poderosa. Ni sus costumbres en la cama.

—¿Crees que fue practicando sexo? —Él volvió a asentir y ella preguntó de nuevo—. ¿La forzaron, fue una agresión?

—Para nada. No hay la menor señal de que fuera una agresión. Dado que nadie entró en la suite esa noche y que el bot yacía a su lado, te diría que el juego se les fue de las manos.

—Pero dices que murió de un infarto...

—Así es. La señora Planck no disfrutaba de muy buena salud, y ello a pesar de su Certificado Médico de primer nivel. El desgarro, por sí mismo, no la habría matado. He visto casos de heridas similares, pero lo habitual son perforaciones en el colon, tanto en hombres como en mujeres. En fin, Durga, deja que te lo muestre en detalle.

El médico amplió la representación virtual y flotante del cuerpo de Condesa Planck. Una ventaja de la Realidad Expandida, gracias a las interfaces neurales, era no tener que ver restos orgánicos auténticos, con sus vísceras, músculos, huesos y todas esas sustancias desagradables que deberían permanecer siempre encerradas bajo la piel y no mostradas obscenamente, como solían hacer todos los demás forenses que conoció en su vida profesional. Ella, por experiencia propia, había visto suficientes interioridades humanas, incluso en el *Schettino*. Las tripas humanas no huelen demasiado bien, pensó mientras escuchaba al forense. Bao Tian sentía en verdad gran respeto por los envases abandonados de sus pacientes. Hablaba con tacto y amabilidad, algo que Deckett agradecía tanto como la visión de un cadáver virtual en vez de uno real. Él lo sabía y por eso usaba siempre RealEx® para informarla de sus casos.

—¿Entonces —preguntó ella sosteniendo la taza ante su nariz y dejando de lado lo de las rarezas humanas en el sexo— no fue homicidio?

—Diría que no. —El forense, las manos metidas en los amplios bolsillos de su mono, se alzó de hombros—. El infarto la mató, pero es posible que el dolor por el daño orgánico causara el infarto, así que, si fue cosa del bot, el asunto se pondrá feo para Bionic. Siempre dicen que sus productos son seguros y todo eso… De todos modos, aún no he estudiado el informe toxicológico. Condesa tomaba una buena cantidad de fármacos. Padecía de un prolapso de la válvula mitral, que en sí mismo tampoco es peligroso, pero unido a su arterioesclerosis y una fibrilación ventricular…

Deckett alzó una mano para detener al forense. Tian era muy capaz de pasarse varias horas hablando de enfermedades, síntomas y consecuencias.

—Vale, Tian. Estaba fatal incluso con un Certificado Alfa. ¿Cómo ocurrió?

Él volvió a encogerse de hombros.

—Bueno, ya puedes imaginar cómo...

—No, no puedo, Tian. Mejor dicho, no quiero. Mi trabajo no se basa en imaginar. Dímelo.

—Vale, de acuerdo. —El médico se sentó en un taburete metálico de altas patas y sus pies se balancearon sin tocar apenas el suelo—. Le quitas emoción a las cosas, Deckett. En fin. Dado que no hay evidencias de que hubiera alguien más con ella esa noche, sólo cabe una respuesta: su lovebot.

Deckett asintió despacio. Bueno, era una obviedad. Los registros internos y la exigente seguridad del navío mostraban en tiempo real la ubicación de todos y cada uno de los individuos a bordo, pasajeros o tripulación. Era una norma inquebrantable: al subir al buque se activaba el localizador de posición del chip neural biodegradable que, lo quisieran o no, se implantaba a todos los clientes por razones de seguridad, según rezaba el Contrato del Cliente, y que duraba el tiempo justo del crucero. No es que el sistema fuera del todo fiable, porque, de ser así, no habría desapariciones a bordo, pero, en fin, era bastante efectivo si no lo toqueteaba cualquier *hacker* competente. Aunque también había trucos muy sencillos para desactivarlos que, por suerte, no todo el mundo conocía.

Así que, como revelaban los sensores, nadie entró en el camarote de Condesa Planck después de las ocho de la tarde. Su doncella la dejó a solas con el bot y no volvió a verla. Viva, al menos. La muerte ocurrió, según el examen forense, sobre las seis de la mañana. ¿Una noche larga de desenfreno? ¿Un coito mañanero demasiado intenso?

El único otro ser en la suite *Luxury* fue, por tanto, el bot de placer. No iba a llamarlo persona, claro, aunque su aspecto una vez activado fuera tan real que no pudieras distinguirlo de un humano. ¿Qué había pasado? Deckett dio un corto sorbo a su café, demasiado caliente aún.

—¿Lo has analizado? —preguntó señalando con la barbilla hacia el muñeco blanquecino, yacente en la camilla al fondo del laboratorio.

—Sí, por supuesto. Pero sólo externamente. En lo que respecta a su interior, ni idea. Estas cosas no entran dentro de mi competencia.

—No te gustan... —Deckett sonrió con sorna. El médico, por tercera vez, levantó los hombros.

—Ni sí ni no —replicó haciendo girar a un lado y otro el taburete apoyando las puntas de sus escarpines en el suelo—. Nunca los he probado, es cierto. No me da el sueldo. Aunque tampoco tengo demasiado interés... Bueno, para serte sincero, lo he pensado alguna vez. Pero me produce... No sé, repelús, aprensión. Son máquinas, a fin de cuentas.

—¿El problema es que sean máquinas? —Deckett no había dejado de darle vueltas a ese asunto. Hacer el amor con artefactos, como afirmaba la empresa fabricante, tan sofisticados, tan versátiles, tan eficientes, tan realistas que no podías distinguirlos de los seres vivos... ¿Cómo sería la experiencia?

—No. —El forense sonó rotundo—. El problema es que no lo parecen.

—Ya, cierto...

Era un argumento corriente en los debates en los Nodos. Bionic Entertainment lo sabía y, por supuesto, lo promovía para su beneficio. La ley estaba de su parte: no había nada ilegal en su uso. Hasta se podía considerar beneficioso para la sociedad. Porque, dado que cualquier conducta con un bot estaba permitida en la intimidad, ¿no serviría eso para, por ejemplo, aliviar impulsos patológicos, perversos o claramente psicopáticos mediante un artefacto que no sufriría trastorno alguno? Los rebordes éticos de la cuestión habían generado ardientes discusiones en todos los ámbitos. ¿Se podría admitir que un pederasta utilizara un bot para satisfacer sus... necesidades, por ejemplo? Por mucho que se tratara de una máquina, las implicaciones eran espinosas. Nadie quería meterse en semejantes jardines, pero Bionic sabía sacar partido a las sombras éticas del asunto.

Los bots de placer eran tan reales, tan verdaderos, tan humanos... Causaban la impresión de pensar e incluso sentir como personas. Había quien se enamoraba profundamente de ellos. Como no podían comprarse, porque Bionic Entertainment sólo los alquilaba, se habían dado casos de intentos de secuestro. En realidad, robos. No podías secuestrar a una máquina. La empresa sí permitía, sin embargo, alquileres prolongados, por supuesto al alcance únicamente de los más pudientes. Los bots se programaban para ajustarse a sus usuarios hasta tal punto que no era de extrañar que se generasen vínculos afectivos intensos. Mortales incluso. Más de un usuario, y ella lo sabía bien, se había suicidado antes que devolver su máquina al acabar el contrato. Aunque no se alquilaban sin pasar profundos exámenes psicológicos, esos casos no dejaban de producirse. Deckett podía enumerar varios en su haber.

¿Habría sido éste uno de ellos? ¿Se había suicidado Condesa usando a su bot? Deckett se volvió un poco para mirar al inerte bot. Opalescente, blando, esponjoso y un tanto viscoso. «Como un pescado muerto». Otra vez había vuelto a pensar en peces. «Qué curioso», se dijo.

—¿Qué encontraste en éste? —preguntó tras otro sorbo de café.

—Poco, la verdad. Epiteliales y fluidos de la occisa, y algo de sangre. No mucha. En la ingle. La cantidad concuerda con el pequeño desgarro interno.

—Sí, eso me pareció cuando lo observé en su camarote. ¿Así que la sangre era de ella?

—No había otra opción, claro.

Cierto, recordó Deckett. Nadie entró en la suite antes de la muerte. Seguía resultándole raro pensar en el bot como en un participante de la escena.

—Vale —prosiguió ella—, asumamos entonces que la perforación la causó el lovebot. ¿Cómo es posible algo así? ¿Médicamente puede ser?

El forense se balanceó de nuevo en su asiento.

—No conozco demasiado las especificaciones técnicas de estas cosas, pero te diría que es posible. Pueden moldearse de formas increíbles, adoptar cualquier aspecto y cualquier tamaño. Si programas un pene de cuarenta centímetros, pues el bot tendrá un pene de cuarenta centímetros.

—¿Eso es lo que pasó? —Deckett dejó su café y se acercó a la mesa donde yacía el informe artefacto—. ¿Un pene de cuarenta centímetros? ¿Cuarenta...?

—No tengo ni idea, era sólo un decir. —Bao Tian hizo girar el taburete para seguir mirándola a ella—. En realidad, para causar una herida no necesitas algo tan grande. Una vagina humana alcanza no más de doce o trece centímetros como máximo. Si las especificaciones del bot incluían que estuviera tan dotado... Bueno, la herida es compatible con lo que te digo, pero no tenemos, digamos, el arma del crimen... Habría que consultar la programación de este artefacto para saber qué pidió la clienta.

—¿Cómo que no tenemos el arma? —Deckett, inclinada sobre el cuerpo rechoncho del bot, volvió la cabeza para mirar a Tian—. Está justo aquí.

—A ver, Deckett... —El forense parecía molesto por tener que explicar lo obvio—, este cacharro está inerte. No podemos activarlo sin las claves de usuario. Y la usuaria está muerta. Sin conocerlas, te repito que sólo la gente de Bionic podría ponerlo en marcha. Toda la información que guarde en su interior estará a buen recaudo. No puedo saber si la señora Planck programó a su bot con un pene gigantesco. Sí sabemos que conformó a un varón porque tenemos imágenes suyas de todas las fiestas y cenas desde que llegó a bordo. Con el capitán, nada menos.

—¿Cenó con el capitán? —preguntó Deckett aún inclinada sobre la camilla.

—Pues sí, todas las noches desde el inicio del crucero. Acompañada del bot —respondió el médico—. ¿No sigues los Nodos Sociales? Y, antes de que me lo preguntes, sí: los bots pueden comer y beber. Hasta mastican y tragan. Luego almacenan lo que comen en su estómago artificial y lo expulsan después por su cánula de vaciado. Todo sin digerir, claro. Así que no, no defecan. Que yo sepa, al menos...

—Entonces no son tan realistas. —Deckett regresó a por su café.

«Bionic debería considerar la posibilidad de que sus bots cagaran —se dijo—. Eso sería seguramente un filón para aprovechar a toda esa gente que disfruta con esas prácticas...».

—Gustos hay como colores. En fin, escucha, Deckett: no creo que la jefa de Bionic a bordo se avenga a darte acceso a la memoria de nuestro bot. Por eso de la confidencialidad y demás... Si quieres averiguar algo, deberías buscar en el camarote de Condesa. Tal vez encuentres la clave. O asustar a la doncella hasta que confiese que la mató ella...

Deckett resopló.

—Dris interrogó a la pobrecilla. Casi hubo que sedarla para que pudiera hablar —dijo sonriendo—. No siempre es el mayordomo el asesino, querido. La hemos descartado.

—Pues entonces —respondió Tian señalando con la cabeza hacia el bot en la camilla— sólo puede haber sido la cosa esta.

—No dejas de llamarlos *cosas*...

—Me resisto a pensar de otro modo, querida. Son tan reales que, cuando los ves funcionar, acabas pensando que son auténticos humanos.

Deckett apuró su café y miró al médico con gesto de curiosidad.

—¿Crees que sienten de verdad?

Bao Tian tardó en responder.

—No estoy seguro. Sus cerebros son computadores neurónicos capaces de proezas impensables antaño. Pero, aun así, no es lo mismo pensar que sentir. No sé, lo cierto es que no tengo ni idea...

—Te entiendo. —Deckett depositó en el reciclador su taza y se dirigió hacia la puerta. De momento no había mucho más que tratar allí—. La idea de que piensen y sientan como nosotros es inquietante. Sobre todo porque se usan para imitar el amor y el placer. Eso da miedo. En fin, Tian, si encuentras algo más, me avisas. Ahora debo ver al capitán para hablar del caso. Quiere verme en persona.

—Bueno, pues que vaya bien, querida. —El forense desactivó el cuerpo virtual de Condesa—. Ya sé cómo te pones en gravedad cero. El capitán… En fin, imagino que estará nervioso con todo esto. Que se te muera en la nave que mandas una persona famosa, poderosa y tan influyente, no debe de ser bueno para tu prestigio. Ten cuidado, que no te use como estafermo.

—¿Como qué? —preguntó ella. Tian enseñó los dientes.

—Los artefactos que usaban en la Edad Media para que los caballeros practicaran sus golpes. Muñecos de madera con forma humana. Todos acababan fatal… Por cierto, hablando de muñecos con forma humana, ¿sabías que a los bots antes los llamaban *robots*?

—¿Otra lección, querido?

Tian, un tipo culto, solía contar ese tipo de hablillas en los momentos más inesperados. Y nunca de modo vanidoso, sino simplemente interesante. Le gustaba escucharlo, así que, aunque conociera el origen del término bot, lo dejó hablar. Del otro vocablo, *esta*… no sé qué, sí que no tenía ni idea.

—Gratis, ya lo sabes. Antaño el término *robot* se usaba para las IA con cuerpo, y bot a secas para las virtuales puras. Pero se generalizó para todas a partir de la función del artefacto: *lovebot, warbot, workbot*… Hasta el simple y cómodo bot actual. Casi nadie usa el viejo término.

—¿Por qué me lo cuentas, Tian?

Su amigo no soltaba sus perlas educativas sin ton ni son, solía tener alguna razón en mente. El forense se alzó de hombros.

—Bueno, mi trabajo consiste en analizar cuerpos vacíos. Ya sabes lo que quiero decir. Recipientes de lo que los habitó antes.

—¿Hablas del alma, querido? —Esperaba que Tian no se adentrara por los caminos de la mística. Bastante tuvo con las mayúsculas de Darim la noche anterior.

—No sabría responderte —dijo él moviendo la cabeza de un lado al otro—. Pero sí me parece que no es lo mismo una IA con cuerpo que una sin cuerpo. El cuerpo es importante, diría yo. Es… no sé decirlo. El punto de contacto. Nos hace falta un cuerpo para acercarnos al otro.

—Te noto un poco místico… —Decididamente, Tian se había metido en esa vía.

—No, qué va. —Tian volvió a alzarse de hombros—. Tanto Nodo Social, tanto enlace neural, tanta virtualidad… Quizá por eso la gente paga por un bot. Por tener algo tangible que tocar y ser tocados. No sé si me entiendes…

Durga asintió. Algo sí entendía. Ella no era precisamente una adicta a las redes. Un cuerpo tangible… Interesante cuestión. En un mundo donde lo virtual lo llenaba todo, el contacto real, aunque fuera con un ser ficticio, podía ser un tesoro si no se te daban bien las relaciones humanas. Algo por lo que pagar, sin duda.

—Te entiendo, amigo. Gracias por la lección. Procuraré que el capitán no me use como… Bueno, como el trasto medieval.

—Estafermo.

—Eso. No te preocupes. —Deckett se despidió con un gesto de la mano y una sonrisa.—. Y si encuentro cómo acceder al bot, te lo haré saber.

—Cuídate.

El forense le lanzó un beso con los dedos y ella salió del laboratorio. Mejor pasar antes por su camarote para ponerse un uniforme sin arrugas. ¿Aún estaría Darim durmiendo? Hablar de seres virtuales y cuerpos artificiales le había hecho añorar el cuerpo real, vivo y cálido de su amante. Podía considerarse afortunada. Aunque no fuera rica, ni famosa, sí poseía un tesoro por el que otros pagarían muy caro: alguien real que la amaba. Pero ¿le daba el adecuado valor a esa buena fortuna? No estaba segura.

4

Lo peor de tener que ver al capitán no era verlo, sino llegar hasta él. Lo cual significaba bajar al Núcleo, el eje de la nave, donde se hallaban el Puente a proa, los reactores de antimateria a popa y, en medio, los complejos mecanismos que hacían girar el Anillo Residencial, el de Servicios y el de Tripulación.

Toda esa zona, una enorme estructura oblonga con forma de cilindro contrahecho y de tres kilómetros de longitud, carecía de gravedad. Eso era lo malo. Deckett no se llevaba bien con la gravedad cero. Más incluso que la peligrosa vida social en las colonias del Cinturón, la escasa gravedad fue la razón para abandonar el lucrativo trabajo en los asteroides. Los mineros solían, por causa de la escasa gravedad, padecer de debilitamiento óseo y muscular. En su caso, además de la constante y desagradable sensación de estar cayendo hacia ningún lugar, se mareaba horriblemente, lo cual la obligaba a buscar con ansiedad cualquier asidero a su alrededor. Se le hinchaban la cara y las manos, y se le taponaba la nariz, síntomas típicos de la ingravidez; algo que solían llamar «síndrome de las piernas de pájaro», y que a ella la afectaba bastante más que al resto de la dotación. Para compensar esos efectos, Deckett debía ejercitarse el doble en los gimnasios para tripulantes. Como astronauta, la verdad, era una vergüenza.

A pesar del duro entrenamiento, tanto para su trabajo en las Colonias como para Starliner Cruises, nunca logró superar las pruebas sino con el mínimo requerido. Las penurias sufridas durante su formación le parecieron, sin embargo, muy inferiores a las de la vida que quería dejar atrás, así que siempre se esforzó al máximo; aguantó dolores, incomodidades, ejercicios extenuantes, y se tragó muchas, pero muchas veces, su propio vómito en la instrucción en gravedad cero. Así hasta aprobar los exámenes pertinentes.

Lo cual no la convirtió, ni mucho menos, en una marine espacial. No era su habilidad para soportar la ingravidez lo que pagaba su sueldo, así que los problemas de adaptación no la preocupaban demasiado. Salvo cuando, como en esta ocasión, debía bajar hasta el Núcleo. Su trabajo y su vida a bordo transcurrían entre los tres Anillos, y rara vez había de vérselas con entornos de gravedad nula. Necesitaba prepararse mentalmente cada vez que iba al Núcleo, lo que incluía en ocasiones medicación ansiolítica. Mala cosa, porque las pastillas tranquilizantes minimizaban el mareo a costa de hacerla parecer idiota. El dilema era si tomar la dosis necesaria para eliminar los síntomas, pero atontarla, o si bajar la cantidad y permanecer ante el capitán con la cara verdosa de aguantar las náuseas, aunque bien consciente de todos sus malestares.

Había otra opción, que fue la que escogió antes de enfrentarse al ascensor que la llevaría al Puente: una cuidadosa mezcla de vodka y ansiolíticos. Si se mantenía a distancia del capitán, los vapores etílicos no la delatarían. Su mareo sería soportable y su capacidad de concentración no se vería demasiado mermada. Ciertamente también podía tomar medicación antimareo, pero procuraba evitarla porque solía producirle después un horrible efecto rebote que le duraba días.

El ascensor ya era de por sí experiencia suficientemente desagradable. Descender desde cualquier Anillo hasta el Núcleo implicaba soportar el tirón de las fuerzas de Coriolis, que tendían a empujarte contra las paredes de la cabina durante el desplazamiento. Lo que al resto de la tripulación le parecía una mera incomodidad, a ella se le antojaba insufrible. Sentía que el estómago se le escapaba por la boca cuando descendía hacia el centro de giro de la nave. Siempre llevaba, en esas ocasiones, alguna bolsa higiénica para emergencias. Cerró los ojos e intentó abstraerse de toda sensación. La combinación de vodka y tranquilizantes hizo su mágico efecto, ayudada sin duda por el ingenioso sistema helicoidal implementado en todos los ascensores que llevaban al Núcleo: en lugar de descender en línea recta siguiendo el radio del Anillo, lo hacían describiendo una curva retrógrada respecto al sentido de giro, lo cual compensaba en gran medida la sensación desagradable. O así era para la mayor parte de la tripulación. Más de una vez, para su vergüenza, acababa usando la bolsa higiénica. «No soy una marine espacial, demonios», solía decirse para justificarse.

Llegó a la estación terminal en mejor estado de lo que había augurado. Contempló su reflejo en la pantalla del primer panel informativo con que se topó. Extrajo unos cubrebotas con suela de velcro de un bolsillo y se los ajustó en los pies; luego se atusó el uniforme, corrigió su postura y se ciñó la redecilla que recogía su cabello. Dada la ausencia de gravedad, no convenía ver al capitán con una masa de pelo flotando estúpidamente alrededor de la cara. Las normas a bordo no exigían un corte específico, y aunque nunca volvió a tener el cabello tan largo como en su infancia, tampoco le gustaba el estilo militar que tan frecuente era a bordo. Mejor no parecer una dríade desmelenada. Agarrándose al pasamanos del pasillo, echó a andar por el sendero de velcro en el suelo. Bueno, en lo que para ella era el suelo en esa posición relativa. Las náuseas parecían bajo control.

Ante el capitán tampoco convenía mostrarse impresionada o acobardada. Era la máxima autoridad de la nave, alguien a quien no solías ver si eras un simple tripulante. Los pasajeros, los que podían permitírselo, pagaban altísimas sumas para cenar con él, absurda y vieja tradición marinera trasladada al espacio en cuanto los cruceros vacacionales comenzaron a ser habituales. De eso hacía ya mucho tiempo. Gracias al perfeccionamiento de los motores de antimateria, que permitían velocidades suficientemente altas como para que los viajes interplanetarios no duraran años, sino meses, el primer crucero sólo de placer tuvo lugar cincuenta años atrás, aproximadamente cuando ella nació. Un lujo al alcance de muy pocos en aquel entonces.

«¿Un lujo?», se dijo Deckett deteniéndose en un cruce de pasillos a la espera de que el estómago se le asentara. Después de tanto tiempo en la Compañía, seguía sin entender las razones por las que los cruceros eran tan populares. Los pasajeros de tercera clase ocupaban diminutos camarotes sin ventanas al exterior, y sólo disponían de los comedores menos sofisticados y de un tercio de los programas recreativos, así como de los bots más simples, que Bionic ofertaba a precios asequibles. Eran, en cualquier caso, poco más que muñecos para el placer con la capacidad intelectual de una tostadora. En el Programa de Actividades Lúdicas, las de tercera no iban más allá de la piscina con vistas al espacio, los paseos extravehiculares y las visitas a los lugares históricos en la Luna, Marte y algún asteroide de mediano tamaño cuya órbita coincidiera con la de la nave. ¿Por qué gente como ella, gente de clase humilde, gastaba los ahorros de toda una vida en un pasatiempo de ricos? Porque para éstos, como la finada señora Planck, las posibilidades se multiplicaban por un millón. Para éstos el lujo era parte de su vida. La diversión sin medida, el placer sin límites y la ausencia de reglas morales casi parecían una necesidad. Un modo de ser. Vivían para ello. Antaño, a principios del siglo xx, a esa casta se la conocía como la *international set*. Luego, cuando los viajes en avión se popularizaron, el nombre cambió a *jet set*. Ahora la llamaban *cosmic set*. ¿Qué sería lo siguiente, se preguntaba Deckett, cuando al fin la humanidad escapara del sistema solar? ¿*Interstellar set*? En cualquier caso, seguirían siendo la elite social, eso seguro.

Cenar con el capitán, al parecer, ocupaba el puesto número uno de la lista de lujos para esa gente. Dado que a esa mesa sólo podían sentarse seis personas por noche, y teniendo en cuenta que, de los cinco mil pasajeros del *Schettino*, unos mil eran de primera y *Luxury*, no era nada fácil lograr una silla. Tan costoso privilegio había sido la causa de más de un asesinato a bordo. Caprichos de ricos…

El capitán Freeman era, sin duda, un tipo interesante, además de prodigiosamente guapo. Educado, ameno, gran conversador... Starliner no elegía al azar a sus capitanes. Pero Deckett no terminaba de entender qué atraía a los poderosos a la mesa del suyo. ¿Prestigio, competencia narcisista, envidias, celos...?

Se puso de nuevo en marcha cuando la sensación de arcada inminente desapareció al fin. Condesa Planck, recordó entonces, había cenado siempre en la mesa del capitán. No una, sino todas las noches. Seguro que ella podía permitírselo. Tendría que explorar esa vía.

Las suelas de velcro obligaban a Deckett a moverse como una anciana temerosa de tropezar. Detestaba moverse por las sendas de tejido adherente en las zonas sin gravedad. Habría podido, si no fuera víctima de mareos, lanzarse pasillo adelante, flotar en la ingravidez e ir aferrándose a los resaltes y agarraderas que jalonaban los corredores cada cinco metros. Un modo de desplazamiento nada conveniente a poco que hubiera alguien más moviéndose cerca de ti. Por eso lo normal, en vez de flotar, era encontrarte a la gente caminando por las sendas de velcro en cualquier posición, algo que a los pasajeros les parecía emocionante y divertido, pero que a ella la ponía de mal humor. Una de las atracciones del *Programa de Actividades Lúdicas* era bajar al Núcleo para conocer las tripas de la nave. Deckett tampoco lograba entender qué tenía de divertido eso de moverse cabeza abajo, o arriba, o de lado, y mucho menos dónde estaba el placer de ver cómo cualquier cosa que dejaras suelta permanecía ahí, flotando estúpidamente ante tus ojos. Claro: los pasajeros no solían vomitar, por lo que no sabían lo asqueroso que era contemplar lo que acababas de expulsar por la boca formando repugnantes glóbulos a tu alrededor. El simple hecho de intentar eructar los gases que se acumulaban en tu estómago bastaba a veces para provocar el vómito. Pero, si eso les ocurría, se reían y lo disfrutaban aún más. Tendrían así la ocasión de contar durante la cena la fabulosa experiencia de arrojar en gravedad cero, rodeados de otros idiotas que les reirían las gracias como si todos ellos fueran marines avezados. Absurdo.

Por fin: tras varios cruces de corredor y cambios de orientación, llegó hasta el Puente, en la proa de la nave. El despacho del capitán, que usaba sólo para reuniones, entrevistas, o para echar broncas al personal, se hallaba en un lateral de la Zona de Mando. Agarrándose al pasamanos, pulsó el botón de llamada y aguardó a que el secretario del jefe le abriera la compuerta.

—Hola, Deckett, pasa. —Krupp, un hombrecillo perdido dentro de un uniforme demasiado grande, le hizo un gesto con la mano cuando la pesada puerta circular se movió a un lado—. El capitán te verá en unos minutos, aún no ha acabado su holorreunión con el Alto Mando. Supongo que imaginarás cuál es el asunto…

—Gracias, Krupp. —Deckett sonrió a medias, atenta a no perder pie mientras, lentamente, caminaba en el círculo interior de velcro para igualar su posición con la del secretario, cabeza abajo respecto de ella en ese momento—. Dame tiempo, si no te importa. Y sí, imagino el asunto.

—Tómate el que quieras, no hay prisa —respondió él desde su pupitre repleto de pantallas y teclados. El secretario del capitán era una de las personas con más trabajo a bordo—. Tu visita me permitirá la excusa para un descanso. ¿Un café?

—No, por favor, —Deckett ya había logrado acercarse hasta el pupitre—, a menos que quieras verme vomitar. El café en esta gravedad me sienta fatal.

Krupp rio entre dientes mientras se echaba hacia atrás la diadema de control que casi formaba parte de su anatomía.

—Todo te sienta mal en esta gravedad, ya lo sé. Lo sabemos todos.

Ella hizo sólo una mueca, más atenta a sus propios movimientos que a las risas del secretario. Se acomodó en un *omniasiento*, un resalte apto para cualquier posición en cualquier orientación espacial, y se aseguró de que sus pies permanecieran en contacto con el suelo. Los omniasientos siempre eran equidistantes entre al menos dos puntos, en este caso suelo y techo.

—Dime, Krupp, —preguntó después del esfuerzo de acomodarse—, ¿de qué humor está hoy Su Señoría?

El secretario se alzó de hombros y su barbilla desapareció por el borde de su holgado uniforme.

—Terrible, para qué mentirte. —Krupp sonrió en un intento de amable complicidad—. La muerte de la famosa diva lo tiene de un genio espantoso.

—Es natural. Menuda mierda todo esto. Al Directorio no le habrá gustado nada que la buena señora tuviera la mala ocurrencia de morirse en una de sus naves.

—Ya, claro… —El secretario volvió a alzar sus enjutos hombros—. Pero la todopoderosa Compañía no decide dónde se muere la gente, ¿verdad?

Deckett iba a contestar cuando un aviso luminoso parpadeó en una de las consolas. Krupp señaló con un dedo hacia la puerta que ya se abría tras él. El capitán la recibiría ahora.

—Suerte… —dijo en voz baja mientras la inspectora despegaba trabajosamente sus suelas paso a paso.

La redonda entrada al despacho le pareció una boca abierta a punto de tragársela. Detestaba esa parte de su trabajo. No porque el capitán fuera desagradable o en exceso severo. El problema era precisamente su afilada inteligencia y su bien entrenado sentido del mando. No podías mentirle al capitán. No podías presentar excusas triviales o mostrar desconocimiento en tus tareas. Se daba cuenta de todo. Conocía el funcionamiento de su nave de un modo que asustaba. Hablar con él resultaba siempre agotador porque no podías bajar la guardia en ningún momento.

La boca se la tragó.

5

Marte ocupaba una buena parte de la portilla tras la mesa del capitán Freeman. Desde su asiento Deckett podía observar en toda su extensión el Valles Marineris: el zarpazo de una fiera en su azafranada superficie. Una vista envidiable la del despacho, pensó mientras esperaba a que el máximo jefazo de la nave le prestara atención. Pensó también que la vida del capitán, por el contrario, no era tan envidiable. Su jornada laboral iba más allá de las veinticuatro horas oficiales del día a bordo, día estándar terrestre, el patrón cronológico en todas las naves de la Compañía. El sueldo seguramente era enorme, pero las responsabilidades y la carga de soportar a pasaje y tripulación se le antojaban a la inspectora una labor hercúlea. Por si no fuera bastante, estaban las cenas protocolarias con los viajeros de más alcurnia o de más poderío, lo que no garantizaba que fueran precisamente gente interesante o divertida. Nunca había ocurrido, por supuesto, pero, si ella tuviera alguna vez la oportunidad, ¿de qué podría hablarle mientras te peleas con la aparatosa cubertería para las viandas de postín? ¿De cómo te ha ido el día interrogando a pasajeros desaliñados y con resaca tras su última juerga? ¿De las manchas de humedad de tu elegante camarote en el Anillo de Tripulantes? ¿De la fogosidad de tu joven amante y lo molesto que resulta que sus erecciones nocturnas te despierten las noches en que se queda a dormir?

Ahora que lo tenía ante sus ojos, le pareció más apetecible una visita al Valles Marineris. Algo que llevaba tiempo deseando hacer pero que no había sido todavía posible. La tripulación tenía permitido, en pequeñas tandas y por orden riguroso de jerarquía, ocupar las vacantes dejadas por el pasaje. Pero el vuelo por los profundos cañones del valle a altas velocidades era una de las diversiones más solicitadas, así que las oportunidades de encontrar hueco no eran muchas. Valles Marineris poseía un 2 en la clasificación de riesgo, lo que lo hacía apetecible para los turistas menos pudientes. Curiosamente, cuanto mayor era la riqueza del pasajero, mayores eran los riesgos que ansiaba asumir. Sobrevolar las tormentas de Júpiter o descender hasta su engañosa superficie, nivel 6 de riesgo, era la diversión con más vacantes libres para la tripulación. No había tantos millonetis como para cubrir todas las plazas, pero Deckett, por supuesto, nunca consideró siquiera la opción. No era amante del peligro. Los riesgos, y en su trabajo los había, eran algo por lo que le pagaban, y muy bien por cierto. Lo absurdo sería que pagara ella.

Qué curioso, pensó contemplando el Valles Marineris en la distancia, que los pasajeros estuvieran dispuestos a exponer sus vidas, pagando además precios enormes, por las diversiones del Programa Lúdico de Actividades en vez de disfrutarlas mediante *RealEx*®. O quizá no lo era tanto... Teniendo en cuenta que la Realidad Expandida llevaba más de un siglo de desarrollo desde que la comercializara Virtual Trend, la gran rival de Bionic, a lo mejor la gente estaba harta de la ficción inmersiva de un simulador virtual y prefería la realidad, por peligrosa que fuera, de un traqueteante vuelo por las capas superiores de la atmósfera joviana, o lanzarse a toda velocidad por los desfiladeros del Valles Marineris en deslizadores unipersonales. Raro era el viaje en el que algún pasajero descerebrado no acababa desintegrado contra las paredes rojas del profundo cañón marciano.

Pero no dejaba de sorprenderla que los ricos fueran los que más se arriesgaban al escoger actividades del Programa Lúdico.

¿Por qué?, se preguntó mientras continuaba esperando a que el capitán acabara su conversación con quienquiera que estuviera al otro lado de su monitor. ¿Por qué la gente de pasta, la gente pudiente, la gente escandalosa y obscenamente rica, elegía supuestas diversiones que, en más de un caso, significaban la muerte? ¿Ser rico te quitaba las ganas de vivir? ¿Aburría poseer miles de millones de créditos?

¿O sería acaso, se dijo frunciendo el entrecejo, porque eran experiencias reales? Sólo los ricos podían pagar por lo auténtico, pensó. En un mundo donde lo virtual se había convertido en cotidiano, donde las vivencias simuladas no comportaban riesgo alguno y eran accesibles para cualquiera, lo genuino era en cambio un tesoro.

Salvo, se dijo con ironía, los lovebots. Artificiales, carísimos.

No le importaría experimentar esa sensación... Un ratito, al menos. Pensó de nuevo en Condesa Planck...

Fue agudamente consciente de la mirada del capitán. Deckett se dio cuenta, demasiado tarde, de que él había acabado su charla. Bueno, apenas un par de segundos de despiste, no era para tanto. Se centró en los ojos grises de su jefe supremo. En verdad era un hombre rematadamente guapo. Seguro que era una condición para dirigir un crucero de Starliner. La oficialidad superior de cuantos navíos había conocido, al menos en los de flotas comerciales, se componía por lo común de hombres y mujeres elegantes y distinguidos. Algo a lo que, sin duda, ayudaban sus bien cortados uniformes azul cobalto con ribetes plateados. Como los ojos del capitán, plata oscura.

«Céntrate, Durga. Deja de mirarlo como si fuera un trofeo ¿En qué piensas?». Se esforzó por recuperar el control de su mente: la combinación de vodka y ansiolíticos era buena para los mareos, pero no para mantener la cabeza fría. Esa mezcla solía soltar los nudos de sus inhibiciones. Muchas inhibiciones...

—Bien, Deckett. —Voz de mando, voz de autoridad. Voz perfecta para un capitán. La inspectora mantuvo un rostro inexpresivo—. Menudo marrón de mierda. Y no me gusta comer mierda, ¿lo entiende? Sí, claro que lo entiende.

La voz de mando, pensó Deckett apreciativamente, no parecía resentirse con semejante lenguaje de estibadores. Ella no hablaba así, y no le gustaba que le hablaran así. Pero el pensamiento se infiltró sin poder evitarlo, efecto indeseado de la mezcla de sustancias en su sangre: ¿cómo sonaría en la cama? Una detallada y explícita escena cruzó por su mente, con el capitán desnudo bajo ella susurrándole palabras procaces con esa grave voz de hombre. En una ocasión pudo contemplar a su jefe, tal y como ahora se lo imaginaba, en el vestuario del gimnasio de la tripulación. Si algo la sorprendió, aparte de una anatomía atlética que en nada envidiaría a la de Darim, fue descubrir que el rojo cabello de su jefe era del mismo tono que el vello de su ingle.

«Durga, por favor, para. No te inclines hacia él o se dará cuenta de tu truquito con el vodka». Empezaba a pensar que habría sido mejor estar mareada que drogada. Mala cosa: el *truquito* activaba siempre su libido. Un efecto adverso que ya no tenía remedio.

—No podía haberse muerto en otro lugar —prosiguió él sin, por suerte, percatarse del rubor de su rostro y de sus esfuerzos por aparentar seriedad—. Tuvo que hacerlo en mi nave. Justo en el año del quincuagésimo aniversario de la fundación de la Compañía. Bien, vamos al asunto... Siéntese, Deckett, no se quede ahí de pie como si fuera un grumete…

Con mucho cuidado, la inspectora ocupó el asiento frente al capitán. Los años de práctica en entornos de gravedad cero le habían enseñado a diferenciar masa de peso. Muchos gestos cotidianos que hacías sin pensar, como sentarte, levantarte o girar en un pasillo, podían volverse muy incómodos si no aprendías esa lección básica. Nadie la confundiría nunca con una marine espacial, así podía permitirse parecer torpe. «Torpe no», se dijo. «Mejor cautelosa.»

—¿Ha tenido ocasión de leer mi informe, señor? —preguntó al acabar la complicada maniobra. Se sintió satisfecha de su control vocal. De momento, cero mareos y cero lengua de trapo. Y su libido bajo control. «Sigamos así…»

Como respuesta, Freeman movió un dedo y sobre su mesa apareció un texto holográfico. *Expediente Planck*, decía el parpadeante título.

—Lo he leído, Deckett. Excelente trabajo. Detallado y conciso. Bien…

El capitán se echó hacia adelante sobre su mesa y ella, automáticamente, hizo lo propio hacia atrás. Notaba aún el regusto del vodka en su garganta. Mejor mantener las distancias…

—Diga, señor.

—Dele la máxima prioridad a este caso. Quiero saber qué pasó y cómo pasó. Por qué pasó me importa una mierda. Que la puñetera Condesa Planck, por muy bien que me cayera, haya elegido al *Schettino* para morirse es, además de una falta de cortesía rayana en el insulto, una bomba de antimateria en nuestras narices. O nos estalla y acaba con nuestras carreras, o nos catapulta a la fama y nos da una publicidad gratuita impensable. No quiero que esto pase de marrón de mierda a mierda de tamaño cósmico. Así que depende todo de usted…

La señaló con un dedo admonitorio. Deckett inspiró hondo. ¿De ella?

—¿De mí, señor? —Su rostro mostró la conveniente estupefacción.

—De usted. ¿Puedo confiar en usted? ¿Se hará cargo de la situación?

Deckett se irguió en la silla. El capitán solicitaba su entrega. Algo bueno y malo a la vez. Porque si las cosas no salían bien…

—Por supuesto, señor —afirmó con un punto de orgullo. Fuera como fuera, era una oportunidad para ella—. Puede confiar en mí.

—Bien, eso esperaba. —Él golpeó la mesa con la palma abierta—. Ya he recibido los informes previos del doctor Bao. Un infarto, dice. Aunque detrás, al parecer, hay algo turbio y casi siniestro. La herida vaginal y todo eso. Quiero su opinión: ¿ha sido un homicidio? No digo asesinato, digo homicidio… Ya sabemos que un bot no puede hacer tal cosa. Al menos en teoría…

Deckett se lo pensó, bastante insegura. No tenía la más mínima prueba sólida de tal cosa, apenas habían empezado las investigaciones. Las opiniones sólo eran eso, opiniones. No certezas. No explicaciones basadas en datos. La inspectora jamás formulaba juicios a priori. No en su trabajo. Se reservaba el emitirlos hasta no disponer de suficiente información. Pero el capitán había pedido su opinión, y no puedes no responder al capitán cuando te pregunta, se dijo dubitativa.

—Señor... —carraspeó para ordenar sus ideas y no comprometerse demasiado—, como usted comprenderá, es pronto para afirmar o negar algo así...

Los ojos grises la contemplaron con fijeza metálica.

—... pero, —Bueno, tampoco pasaba nada por opinar un poco—, diría que... En fin, no estoy segura, señor.

—¿Por qué? —Mercurio, tal vez. O plata. Incluso plomo. Ojos de metal clavados en ella.

—Porque, señor, como usted ha dicho, el infarto, la herida... Todo apunta a que murió utilizando su lovebot, así que, homicidio, homicidio... Usted comprende, señor...

El capitán volvió a echarse atrás. Juntó las yemas de los dedos en un gesto meditativo y Deckett se mantuvo en silencio. Tampoco se debe interrumpir al jefe cuando piensa.

—Entonces va a ser una mierda de tamaño cósmico —dijo él sin ceremonias y sin dejar de mirarla—. Condesa Planck ha muerto follando con su robot sexual. Menudos titulares...

El capitán permaneció silencioso durante unos minutos que Deckett aprovechó para evaluar la situación: *mierda de tamaño cósmico*. Buena definición. Algo así podría asustar al Directorio y a los accionistas de la Compañía. Una propaganda poco recomendable, que sin duda afectaría a la fructífera relación comercial entre Bionic Entertainment y Starliner.

El uso de los bots sexuales estaba estrictamente regulado en todo el sistema solar. Y no sólo bots sexuales: la guerra del Niobio de 2076 entre Marte y la Tierra por los valiosos recursos de la recién independizada colonia dejó un poso de desconfianza hacia las inteligencias artificiales, más aún si mostraban aspecto humano. Había pasado casi un siglo, pero los prejuicios no desaparecieron. Paradójicamente, las IA, responsables durante la guerra de la muerte de millones, continuaron desarrollándose.

Más seguras, más fiables, más sometidas a control, o eso afirmaban las corporaciones que las vendían: nunca una IA volvería a decidir por sí misma matar a un ser humano.

Tras dos años de conflicto, algo más cambió: el ansia de seguridad y tranquilidad de la población promovió el éxito de las Agencias de Control Moral, y también el auge de viejas y nuevas religiones. Incluso en los puestos remotos de la Liga del Cinturón de Asteroides, que no tomó parte en la contienda, las costumbres las regulaban esas organizaciones, que se lucraban vendiendo Certificados de Buen Gusto, de Equidad Responsable, de Interseccionalidad Acreditada y otras muchas categorías morales inventadas para asegurar que cada acto público y privado en los Nodos Sociales se ajustara a sus dictados políticamente correctos, y que la ciudadanía, temerosa de repetir viejos errores, acogió casi con alivio.

Pero el alma humana es paradójica, se decía Deckett cuando pensaba en ello. Miedo a las máquinas pensantes, sí, pero también dependencia completa de ellas. Bionic Entertainment convenció al consumidor de que nada había que temer de las inteligencias artificiales. La guerra acabó, se pasó página. Era tiempo de avanzar, afirmaban todas las grandes corporaciones. Los nuevos modos de producción energética, quizá lo único bueno surgido del conflicto, rebajaron mucho los costes en el desarrollo y uso de las IA. Baterías nucleares y de diamante, y *tokamaks* miniaturizados garantizaban el suministro de energía barata y limpia. Bionic supo aprovechar los progresos tecnológicos, y en poco tiempo sus innovaciones y su sutil propaganda llenaron todos los hogares del sistema solar. Su primer éxito comercial, antes incluso que los robots para el amor, fue el Ángel de la Guarda, un asistente virtual todoterreno que pronto fue copiado por otras empresas del ramo, y que se encargaba de tu presencia en los Nodos para facilitar, o eso prometían, tu vida: tratar con el fisco, reservar mesa en un restaurante, publicar tu último holovídeo, responder a tus seguidores… Lo cierto es que no hicieron sino rentabilizar una vieja idea promovida desde hacía más de un siglo por las empresas de comunicaciones: que los Nodos eran el verdadero tejido social, y que tu existencia dependía de tu huella en el ciberespacio, de que todos supieran lo que comprabas, visitabas, comías o vestías, lo que detestabas o lo que anhelabas, como si a alguien le interesara un comino tu vida.

Deckett apenas usaba su Ángel de la Guarda, recelosa de que todo este juego sólo beneficiara a unos pocos: las grandes corporaciones y las agencias calificadoras. Traficar con los datos privados que sus usuarios entregaban de forma gratuita era sin duda un lucrativo negocio. A cambio, ¿qué obtenías?, se preguntaba ella con sarcasmo: nada. No más que el espejismo de creer que le importabas a alguien. De que existías para alguien. Un engaño sostenido en la atávica necesidad humana de formar parte de un colectivo. De cualquier colectivo. Al precio que fuera.

Por eso ya no se sorprendía de que nunca hubiera vacantes en los cruceros de lujo en las tres rutas comerciales entre la Tierra y las lunas de Júpiter. Después de tantos años de trabajar para Starliner, había constatado que pagar sus exorbitantes precios permitía librarse, por un tiempo al menos, de la mirada del Gran Hermano Virtual y escapar de la falsa obligación de formar parte de todo ese circo mediático. Los navíos eran el único lugar donde las asfixiantes normas morales se relajaban. Donde era legal incluso suicidarse. Mucha gente corriente, no sólo los ricos y poderosos, aprovechaba la laxitud de las normas en los cruceros vacacionales para escapar de la omnipresente y nada sutil censura que dominaba la vida social. Lo cual no impedía a los pasajeros compartir en sus Nodos absolutamente todo lo que hicieran a bordo, ansiosos de volver al redil del Gran Hermano Virtual. ¿Incongruente, absurdo? Bueno, sí. Pero tan humano…

Por ello no le cabía duda de que la noticia de que un bot hubiera sido el responsable de la muerte de una clienta, famosa por demás, no sería bien acogida por los accionistas y las Agencias de Calificación Moral. De las que había cientos, cada una empeñada en ganar más dinero que las demás a costa de incrementar su número de Denuncias Punitivas y Cancelaciones Morales. «Joder», pensó Deckett, no se había dado cuenta hasta ahora de lo mucho que esos nombres se parecían a la jerga lituriana. «Todo en mayúsculas...»

—¿Pudo ser un suicidio? —preguntó el jefe con tono esperanzado.

Deckett, volviendo de su excursión mental, negó con la cabeza. Habría sido una solución estupenda a la *mierda de tamaño cósmico*, pero dudaba de que así fuera.

—No podría afirmar tal cosa, señor... No sin acceder a la memoria del bot.

—¿Y la doncella? ¿Tiene algo que ver? Estaría bien que hubiera sido ella, nos libraría de muchos quebraderos de cabeza. *Doncella resentida asesina a diva famosa...*

—Me temo que no, señor. —El jefe había propuesto la misma solución que Tian. Un clásico de novela negra—. La chica aún está bajo sedación en Sanidad. Le dio un ataque de nervios cuando la interrogamos, y sólo dijo incongruencias. Apostaría mi sueldo a que no fue ella. No obstante, la investigaremos hasta donde sea necesario... Pero no creo que nos lleve muy lejos, señor...

—De acuerdo, Deckett. Me fío de usted. En ese caso, tenemos otro marrón que abordar. —El capitán arrugó el ceño con expresión de fastidio—. Bionic prohíbe expresamente hurgar en sus artefactos. La cantidad de letra pequeña en sus contratos es más larga que la órbita de Saturno. Dígame qué le hace falta.

Deckett carraspeó de nuevo. Estaba a punto de meterse en un lío, lo sabía.

—Acceso completo y libre a la memoria del bot, señor...

Freeman entrecerró esos ojos de acero. Deckett contuvo la respiración. Conocía el riesgo. Bionic Entertainment era increíblemente celosa de su privacidad. Los contratos firmados con el cliente exigían seguridades férreas e imponían cláusulas leoninas en todo lo referente a la información personal de quienes contrataban sus servicios, amén de cuidar como fieras de sus secretos tecnológicos. Permitir a la inspectora el acceso a los bancos de memoria del bot podía tener consecuencias muy serias para Starliner. Pero el capitán poseía amplios poderes en casos de emergencia. Era la máxima autoridad mientras el navío no estuviera atracado en puerto alguno. Y, técnicamente, una vez que abandonaran Marte en dirección al Cinturón y las lunas de Júpiter, no habría más escalas planetarias hasta la vuelta. Ceres, aun siendo un planeta enano y capital de la Liga del Cinturón, que incluía las colonias de Ganimedes, Calisto y Europa, no sería tampoco un problema legal: el *Schettino* no se acercaría siquiera a la esfera territorial de Ceres, al otro lado del Cinturón en esos momentos. Sería el asteroide más grande del sistema solar, pero carecía del más mínimo interés turístico.

—De acuerdo. A la mierda Bionic. Es mi nave y aquí mando yo. Hurguemos en el artefacto —dijo él al cabo. Deckett soltó el aire muy despacio y esbozó una sonrisa cómplice—. Pero no hasta dejar Marte atrás. ¿Entendido? No quiero que los de Bionic tengan ocasión de quejarse en la Aduana o en el Consulado y algún inspector venga a meter sus narices aquí.

—Por supuesto, señor. Así será. Aunque, ¿cómo consigo que...?

El capitán asintió despacio.

—El personal de Bionic, claro. ¿Cuántos hay a bordo? —Deckett había hecho averiguaciones e iba a responder, pero su jefe dio otra muestra del asombroso conocimiento de su nave. La tripulación la componían mil quinientas personas y, aun así, él sabía el dato—. A ver... además de los agentes comerciales, si no recuerdo mal, hay al menos veinte técnicos entre ingenieros, psicólogos y neurocientíficos. La directora de la delegación, madame Leclerc, es tan estirada como si tuviera un palo de golf metido en el culo. Cena con frecuencia en mi mesa. ¿La conoce?

—No, señor —respondió ella negando con un escueto movimiento de la barbilla.

No la conocía, aunque lo había intentado: antes de acudir al despacho del capitán contactó con la delegación de Bionic para concertar una cita. Su personal le puso todos los obstáculos posibles sin darle ocasión siquiera de plantear la cuestión. «No, no y no. Imposible, de ningún modo. Jamás, bajo concepto alguno. Definitivamente no». Y todo ello con una altanería y un tono en verdad displicentes. La directora no se dignó a recibirla. Un agente de ventas relamido y pomposo se encargó de despacharla con abundancia de gestos con las manos: «La directora está muy ocupada y no atiende este tipo de asuntos. Vamos, váyase, por favor. No tiene jurisdicción aquí».

—Bueno, da lo mismo —prosiguió el capitán—. Leclerc es estirada, pero sólo en apariencia. De hecho, sé que detesta cenar en mi mesa. Lo hace porque la política comercial de Bionic la obliga. Detrás de esa fachada altanera y el tono de marquesa que gasta hay una negociante feroz y una científica de primera. ¿Se ha puesto en contacto con ella?

—Hice una primera aproximación, señor...

El capitán asintió de nuevo, esta vez con una leve sonrisa en su agraciado rostro.

—Y le dijeron que no a todo... —Deckett movió la cabeza arriba y abajo—. No importa; les guste o no, la ley me da todos los poderes. Y lo saben. Bien, cursaré las órdenes, no se preocupe. Usted estará al mando.

—¿Yo, señor? —La inspectora mostró sus dudas—. No creo que admitan tal cosa tratándose de uno de sus bots.

—Déjelo de mi cuenta. —El capitán la señaló con un dedo admonitorio de nuevo—. Deckett, confío en usted. Mantendremos la orden de silencio para toda la tripulación. No quiero que esto escape de sus manos. Y, en lo que se refiere a su investigación, tiene desde ya línea directa conmigo. No necesitará pedir conducto reglamentario. Bastará con que llame a Krupp. Quiero que me mantenga al día en todo. Ahora márchese, tengo mil asuntos que atender.

La inspectora se levantó con cierta torpeza. La falta de peso y el combinado vodka-ansiolíticos convirtieron su salida del despacho en una gesta olímpica. Justo antes de alcanzar la redonda puerta, el capitán volvió a hablar y ella irguió la espalda ante el tono socarrón.

—Deckett… —Ella lo miró por encima del hombro—, la próxima vez que venga a verme, prescinda del vodka. No se avergüence de marearse en gravedad cero, no es la única.

La inspectora asintió en silencio. La puerta se cerró tras ella.

—Krupp, querido —dijo con el rostro ardiéndole aún—, te aceptaré ese café ahora.

6

Deckett decidió empezar con generosidad: fue de nuevo en persona al suntuoso local de la delegación de Bionic en vez de obligar a la directora a acudir a su, en comparación, lúgubre despachito en Seguridad. Las oficinas se ubicaban en la Grand Promenade del Anillo Residencial, el lugar más exquisito y *chic* de toda la nave. Allí, según su rango en la jerarquía empresarial, se hallaban las tiendas de lujo y los servicios más selectos de la nave. La sede de Bionic Entertainment, por descontado, ocupaba un espacio acorde a su importancia.

Leclerc no era una mujer fácil de ver, salvo que fueras un personaje famoso o repugnantemente rico. De hecho, no fue posible concertar el encuentro hasta dos días después de su visita al capitán. La directora pretextó compromisos ineludibles que, si bien sonaban a meras excusas, Deckett hubo de aceptar con ecuanimidad. No le convenía enemistarse con ella.

Sólo los más encumbrados clientes eran recibidos por madame Leclerc antes de pasar por los escáneres neurales y demás cacharrería científica que ajustarían el lovebot a sus necesidades exclusivas. Del resto de clientes se encargaba el grupo de comerciales, todos guapos, cuerpos y caras estupendos, elegantes y jóvenes. Las tetas de ellas parecían erguirse como por arte de magia, o por su insultante juventud, pensó Deckett un tanto fastidiada apenas entró en las oficinas de Bionic. En cuanto a ellos, ¡bah!, ninguno estaba a la altura de su apuesto Darim.

Haber comparado mentalmente a su amante con aquellos tipos pomposos, pero guapos y elegantes, la hizo pensar. «¿No estás contenta con lo que tienes?», se dijo. Apretó los labios. No quería responderse a esa pregunta. Darim era un encanto, una maravilla en lo sexual, un hombre atento y cariñoso. Pero bastante desharrapado por contraste. El joven, técnico de Nivel Tres en los Sistemas de Saneamiento, olía a veces a una mezcla de sudor y compuestos orgánicos cuando llegaba de su turno con ansias libidinosas, lo que, siendo sincera, la excitaba muchísimo. Algo que al mismo tiempo le causaba un conflicto psíquico al recordar la extrema pulcritud que su madre exigía a todos sus hijos. «Hay que lavarse bien, cariño. Durga, por dios, tu hervor hormonal no justifica la falta de jabón. Ya sabes dónde…». La madre señalaba sin palabras a las zonas pudendas de la adolescente y remachaba: «No encontrarás novio si hueles a sudor o a otras inmundicias». Quizá, pensaba Deckett a veces, sus elecciones de pareja habían sido condicionadas por la típica y tópica rivalidad madre-hija. Porque así era: el olor corporal intenso que desagradaba a su madre a ella la… *estimulaba*. Lo cual la avergonzaba tanto como la estimulaba. Misterios de la mente.

Uno de los comerciales, joven, atlético, piel atezada, se acercó a ella apenas cruzó el umbral. Deckett y su negro uniforme de Seguridad eran evidentemente una molestia para los clientes de alto rango: su presencia allí y su aspecto de agente de la Policía Portuaria hacían alzarse aristocráticas cejas y fruncían regios labios. La inspectora captó algunas altaneras miradas antes de que el empleado de Bionic la abordara con una zalamera y falsa sonrisa en el rostro de caramelo. Pero el olor del joven le resultó desagradable al instante: demasiado perfumado. Sonrisa falsa y olores falsos. Aquel tipo petulante tenía sin duda órdenes de sacarla de la vista de los potentados haciendo evidente que madame Leclerc esperaba su visita. Menuda prepotencia: había dado por hecho que sería la inspectora quien se desplazaría hasta allá.

—Inspectora… —dijo enseñando los perfectos dientes en una afectada mueca aún más falsa—, la directora la aguarda. Tenga la bondad de seguirme.

«Vaya, así que la directora me aguarda», pensó mientras el joven se movía rápido hacia el fondo del local, tan presuntuosamente grande que podía apreciarse a simple vista la curvatura del suelo debida a la estructura circular del Anillo. Deckett siguió al nervioso empleado mientras observaba las miradas altaneras de clientes y comerciales. Se irguió cuanto pudo y caminó clavando los talones y haciendo el mayor ruido posible. El joven, nervioso, apresuró aún más el paso. Al llegar a la puerta del despacho de la jefa, pasó una mano sobre el control de acceso.

—*¿Qué?* —ladró una voz con tono seco en el intercomunicador.

El joven carraspeó.

—La... inspectora está aquí, madame Leclerc.

No hubo respuesta. La puerta se abrió y Deckett dedicó al joven una sonrisa socarrona ante su nerviosismo. Definitivamente, Darim ganaba en la comparación.

El despacho era enorme. Un espacio diáfano en tonos blanco, negro y plata, repleto de nada. Uno de esos despachos-museo, ultraminimalista en todo excepto en el tamaño, diseñado para hacerte sentir infinitesimal ante el poder del dinero. Salvo que fueras, pensó Deckett, uno de ellos. A ella no la impresionaron ni el tamaño ni el boato. Su único pensamiento fue «cuánto espacio desaprovechado». Allí cabrían diez cabinas como la suya. Lo único que apreció de verdad fue el ventanal al fondo. Un lujo del que ella, como casi toda la tripulación, carecía.

Ambas se pusieron en guardia en cuanto cruzaron sus miradas. No iba a ser fácil, pensó la inspectora mientras recorría la gran distancia hasta el ventanal, algo calculado para impresionar, por supuesto. Tras una enorme y liviana mesa de acero y vidrio que flotaba a un metro del suelo, madame Leclerc, sentada en un sillón a juego con levitadores magnéticos, la observó acercarse en silencio. Deckett hizo otro tanto. Ya sabía de ella cuanto era menester: en Seguridad disponían de un completo dosier de todo el personal fijo de la nave, y había estudiado bien el de esta mujer: Geneviève Leclerc, nacida en Francia, una vieja región del hemisferio boreal de la Tierra, cuarenta y dos años, egresada de tres universidades y con un currículo académico y profesional que dejaba al suyo en ridículo. Alta, espigada, vestida de un ostentoso, de tan discreto, negro; cabello ensortijado de un castaño muy oscuro recogido en un alto moño, pómulos marcados en un bello rostro, aunque terriblemente serio, del color del té *darjeeling*, el favorito de su madre. Las gafas de montura de platino, tras las que unos ojos negros escrutaban el avance de la inspectora, no parecían tener más función que la gestión de datos. Deckett estaba segura de que aquella regia mujer poseía el Certificado Médico Alfa, así que su vista debía de ser perfecta. Como para afirmar su suposición, una serie de datos luminosos corrieron por la superficie de los lentes. ¿Estaría madame Leclerc cotejando información sobre ella? Muy posiblemente se enlazaba a la IA de Bionic en esos instantes. A Deckett le dio igual. Llegó hasta la bruñida y amplia mesa y, sin ceremonia, se sentó en uno de los dos sillones para invitados. Más que sentarse, se dejó caer con todo su peso del modo menos solemne haciendo protestar a su sistema levitador. Una ceja se alzó milimétricamente sobre el borde de las gafas. Ésa fue toda su reacción.

Así que el combate iba a ser duro.

Deckett no dijo nada y Leclerc tampoco. Se observaron en silencio durante unos segundos. Aunque bien podrían haber estado así una hora. Pero la inspectora tenía mucho que hacer y no iba a perder el tiempo en luchas imaginarias.

—Ya sabe a lo que vengo —dijo sin más.

Dado que la muerte de Condesa Planck aún no había trascendido, Deckett informó previamente a Leclerc, mediante un mensaje privado, solicitando su máxima discreción. De la implicación de su bot en el hecho no habló más que lo necesario para justificar la visita a Bionic, y para no revelar su presunta participación en la muerte de la diva. También le pidió que mantuviera el secreto de su fallecimiento. No podía ordenárselo, por supuesto. No se le daba órdenes a alguien como Leclerc, había que seducirla. La inspectora activó el *comlink* de su interfaz neural y envió una copia de la orden ejecutiva del capitán al enorme escritorio. La directora inspiró hondo cuando ante ella se iluminó el aviso de entrada. Con un gesto displicente de su mano izquierda eliminó el aviso. Volvieron a mirarse.

—Su capitán —dijo al fin con tono helado— se enfrentará a cargos por esto. No permitiremos que se salga con la suya. Nuestros abogados *los* destrozarán.

Marcó el *los* con énfasis maligno. Deckett esbozó una sonrisa amplia, franca, simpática…, decididamente insultante.

—Y una mierda. —Debió de causar efecto su exabrupto, porque Leclerc alzó esta vez ambas cejas—. Sabe que no pueden hacer nada. El capitán es ahora la máxima autoridad. Estamos en tránsito intermundos y la resistencia es fútil. Guárdese las amenazas. Tenemos mucho trabajo por delante.

Leclerc entornó los ojos. Deckett observó apreciativamente que esa formidable mujer usaba un maquillaje exquisito: su obvia intención era parecer que no lo usaba. Pero aquellas facciones tan inexpresivas sólo podían ser el resultado de un minucioso entrenamiento para simular distancia y desinterés. Bravo por ella, pensó a su pesar.

—¿Tenemos? —La voz de la directora descendió varios grados en frigidez.

—Claro, madame Leclerc. —Deckett se sentía exultante. Sabía que tenía las mejores cartas y disfrutó de su momento de poder—. Usted y yo. ¿O acaso creyó que me contentaría con alguno de sus guapos subordinados? No son de mi estilo. Así que sí: *tenemos*. Usted y yo.

Leclerc era inteligente, no cabía duda. Su amenaza legal sólo era una bravata. Sabía que la orden del capitán era insalvable y que no le quedaba más opción que colaborar con aquella desagradable intrusa. Deckett, buena observadora de la conducta humana, habilidad necesaria en su trabajo, notó la rendición de la directora. La aparente rendición, se dijo. Estaba segura de que Leclerc pondría traba detrás de traba, minuto tras minuto.

—¿Qué espera de mí? —respondió con algo menos de frío en la voz. La inspectora no esbozó sonrisa alguna de triunfo. No le convenía que esa mujer fuera su enemiga.

—Mi intención, directora, es averiguar qué ocurrió. Qué le pasó a Condesa Planck. No tengo interés alguno en sus bots, ni en su tecnología. Ni en sus secretos comerciales. Sólo quiero resolver este… problema.

Se echó atrás contra el respaldo del cómodo sillón. Ya quisiera disponer de uno así en su diminuto despacho. Leclerc, los ojos entrecerrados, aguardaba en silencio.

—Problema no sólo para nosotros… —prosiguió Deckett enfatizando este punto—. También para ustedes. No creo que a Bionic Entertainment le convenga que se sepa que una de sus más famosas clientas ha muerto por causa de uno de sus productos comerciales. Un producto estrella, más concretamente, un LPT-Xmax no sé qué…

—¿Me está diciendo que la señora Planck ha muerto *usando* nuestro bot? —Por fin, una señal de interés en Leclerc. La regia apariencia de su rostro se había deslustrado por la sorpresa—. Pensé que… bueno, con su salud…

—¿Con su salud? —preguntó la inspectora entrecerrando los ojos—. ¿Qué sabe usted de su salud…?

Leclerc no se inmutó ante el tono inquisitorio de Deckett.

—La señora Planck poseía un Certificado Alfa —replicó tajante—, pero sabíamos que lo usaba sólo para lo esencial. Ni rejuvenecimientos, ni nada similar. Todo un desperdicio…

—¿Y cómo saben eso?

—Hemos de conocer al detalle el estado de salud de nuestros clientes, inspectora. Es esencial para configurar adecuadamente sus bots.

—Ya… Bien… Condesa Planck murió de un infarto. No obstante, dado que el bot forma parte de la escena, aún no podemos confirmar que haya sido muerte natural. Y le estoy revelando un dato confidencial, madame Leclerc —la inspectora comenzó a jugar sus buenas cartas—, que sólo ha de conocer usted. Nadie más puede saberlo. En interés nuestro y de su empresa...

Leclerc asintió despacio con gesto pensativo. Su mente debía de estar trabajando a alta velocidad. El reflejo de la corriente de datos en sus lentes iluminó su rostro.

—Creí que usted sólo quería información de... Bueno, de lo que el bot hubiera registrado. Esto es inesperado... Un infarto... Eso no es de extrañar. Como le dije, su salud no era muy buena. ¿Me contará qué ocurrió?

Deckett se lo pensó. Si Leclerc no lo sabía, y no mentía, entonces significaba que Bionic no tenía acceso remoto a la memoria de sus bots. No habían podido controlar o revisar el de la difunta. Tal vez las cláusulas de confidencialidad de sus férreos contratos actuaban en una doble dirección. Algo sorprendente, pensó la inspectora. Siempre creyó que la todopoderosa Bionic Entertainment sacaba jugoso partido a la información que suministraban voluntariamente sus ricos clientes. Decidió probar su teoría.

—¿No tienen acceso remoto a sus bots?

Madame Leclerc se irguió con gesto ofendido.

—Por supuesto que no —respondió de nuevo con frialdad—. Eso contravendría nuestro Protocolo Ético con el Cliente. Y ese Protocolo es lo más sagrado para nosotros. Poseemos el Certificado Iridio de Calificación Moral, el más alto que Social Architecture & Morality concede. Y es la más rigurosa agencia de calificación. Nuestro prestigio se sostiene en él. Lo que el cliente haga con su lovebot es absolutamente privado. Es una máxima irrenunciable de la empresa. Desde que el bot de la señora Planck se desactivara, no hemos vuelto a recibir su telemetría. Lo único que controlamos es su ubicación y que cumple con los parámetros de su programa. Nada más.

—¿El bot se desactiva y a ustedes no les llama la atención? —preguntó Deckett—. ¿No investigan qué ha podido ocurrir?

—De ningún modo, inspectora. El cliente puede, a voluntad, activar o desactivar a su acompañante. No había razón para suponer que a la señora Planck le hubiera ocurrido nada.

—Encontramos al bot desactivado junto al cadáver —replicó la inspectora—. ¿Es normal en caso de… bueno, de que al cliente le ocurra algo?

—No, inspectora. —Leclerc negó con un leve movimiento de su barbilla—. De hecho, nuestros bots están programados para actuar en caso de una emergencia médica, un accidente o cualquier otra contingencia que ponga en peligro la seguridad del cliente. Si el de Condesa Planck se desactivó, desconozco la causa. Ignoro qué pudo ocurrir.

Deckett volvió a asentir. Tal vez fuera cierto. Quizá Leclerc decía la verdad. O quizá era buena mintiendo y aparentando honestidad, una honestidad impropia de una corporación empresarial tan poderosa como Bionic. «En fin, démosle un voto de confianza», se dijo.

—¿No guardan los datos de sus… productos una vez han sido devueltos? —preguntó.

La directora negó alzando apenas la barbilla. Un gesto elegante que recordó a Deckett a viejas actrices de viejas películas de la Tierra. Su madre, gran aficionada a esas manifestaciones culturales del pasado, la obligaba a verlas con ella con la excusa de que eran educativas. También la obligaba a compartir, *charlas de madre e hija*, las llamaba, los noticieros de las sociorredes. Entonces lo detestaba, pero… qué no habría dado por poder hacerlo al menos una vez más. En fin… «Deja el pasado en paz, Durga —se dijo—, y céntrate en el presente».

—No, inspectora. Una de nuestras cláusulas, y vuelvo a decirle que nuestro prestigio se sustenta en ello, es el borrado de la memoria de un bot al finalizar el contrato de arriendo. Nada queda registrado al devolverlos. Afirmamos que la privacidad es sagrada. Y lo cumplimos. Sea lo que sea que el cliente haga con su bot, no nos interesa saberlo.

Deckett asintió otra vez. Seguramente por eso el uso de esas cosas tenía tanto éxito. Hicieras lo que hicieras, nadie lo sabría. Lo cual habría sido un problema si los técnicos de Bionic hubieran llegado hasta la suite de Condesa Planck antes que Seguridad. La memoria del bot, de momento, estaba intacta. Y a buen recaudo. Lo que necesitaba ahora era el acceso a ella.

—Condesa Planck sufrió el infarto mientras mantenía relaciones sexuales con su bot —explicó la inspectora. Al mismo tiempo que hablaba, observaba con atención el rostro de su interlocutora—. Lo programó con un pene de más de treinta centímetros..., o eso dice el forense.

Se calló que sólo era una suposición de Tian, por supuesto. Quería ver la reacción de la directora.

—Pero... —Madame Leclerc pareció realmente sorprendida. Deckett prestó más atención aún—, no es posible, inspectora. Un cliente no puede cambiar el aspecto y cualidades de su bot una vez han sido fijados por nuestra gente. Y le aseguro que el de la señora Planck no estaba tan... dotado. No pidió eso. Ella buscaba en su compañero artificial compañía afectiva más que otra cosa. Su vida sexual..., y esto también es confidencial, espero que lo entienda, no era demasiado intensa. No había un pene de treinta centímetros. Ni siquiera de veinte. Puedo asegurárselo. De hecho, no había pene.

—¿Condesa Planck pidió un bot sin pene? —Deckett, a pesar de haber visto de todo en su profesión, se sintió intrigada—. Pero... ¿el suyo no era un bot masculino?

—Sí, pidió específicamente un ejemplar macho —prosiguió la directora—. Entiendo su sorpresa, inspectora. Pero, como le he dicho, nuestra clienta necesitaba afecto y no sexo. Y, por si acaso se hubiera hecho usted la pregunta, no: no era un bot masculino con genitales femeninos. El lovebot de la señora Planck carecía de cualquier rasgo inguinal diferenciado.

—¿Nada de nada? —inquirió extrañada. Si el bot carecía de genitales, los hallazgos del forense deberían ser reexaminados.

La pregunta de por qué Condesa Planck se sentía falta de afecto siendo rica, famosa, adorada y admirada por tantos, pasó por sus pensamientos durante un segundo. Siempre consideró importante estudiar el carácter de los sujetos de sus casos, fueran víctimas o verdugos. Entender el carácter permitía muchas veces entender sus actos. Tomó nota mental de ello para investigarlo.

—Nada —replicó tajante la directora. Deckett asintió despacio valorando la nueva información.

—En ese caso —dijo inclinándose hacia la mesa—, acaba de cambiar usted el sentido de mi investigación, madame Leclerc.

—¿De qué modo? —La directora había disminuido considerablemente su frialdad y su altanería. Parecía interesada de verdad en las palabras de la inspectora.

Deckett se tomó unos segundos para ordenar sus ideas. Habiendo constatado que nadie entró y salió de la suite, y si no había genitales en el bot, la herida vaginal debió de causarla otra cosa. Pero las pruebas no respaldaban tal afirmación. Todos los objetos de la suite susceptibles de haber sido usados con finalidad sexual dieron negativo en las pruebas de epiteliales, fluidos y demás sustancias, de las que no había más rastro que las de la difunta, encontradas también en la zona inguinal del pálido muñeco. El bot, sin lugar a duda, tuvo algo que ver. Deckett, por un instante, aunque no era muy buena en esos menesteres, intentó imaginarse a Condesa manteniendo sexo con un hombre artificial desprovisto de pene. Vale, de acuerdo, eso habría sido posible, se dijo apartando a un lado la incómoda escena. Pero el daño interno sí que no era posible. Salvo que…

¿Y si el artefacto poseía los genitales que Leclerc negaba?

—Verá, directora… —Deckett dudó antes de dar más detalles. Suspiró y luego prosiguió—. Condesa murió de un infarto, sí, pero el análisis forense reveló una lesión interna, en su… vagina, concomitante con el acto sexual. No una herida capaz de matarla, pero sí de provocar ese infarto. Si, como usted afirma, el bot carecía de órganos sexuales, hemos de preguntarnos cómo se produjo esa herida… O qué la produjo.

Leclerc la miró en silencio durante unos segundos. Ráfagas luminosas de datos corrieron por sus lentes.

—Bueno, inspectora, hay otras opciones. Imagino que habrán estudiado la… escena. ¿No encontraron ningún objeto susceptible de ser usado para…? En fin, ya me entiende.

Deckett negó esbozando una sonrisa. Leclerc no parecía cómoda hablando de esos asuntos.

—Nada en absoluto. La única explicación lógica nos lleva al bot.

—Pero… —la directora se alzó de hombros—, como ya le he explicado, el bot no pudo haberlo hecho. Carece de genitales. Y no se puede alterar su programa. Tendrán que buscar otra explicación.

—A menos que…

Deckett no acabó la frase. La dejó en el aire, mirando fijamente a Leclerc. La directora tardó unos segundos en comprender. Alzó la cabeza con brusquedad.

—¿Insinúa que alguien alteró su programa? No, imposible. —Negó repetidas veces—. No hay forma de hacerlo.

Deckett volvió a sostener su mirada.

—A menos que… —repitió. La directora frunció el ceño. Entendía la insinuación.

—No había pene, inspectora. Se lo aseguro. Nadie salvo nosotros podría haber modificado el programa. Si insinúa que es responsabilidad nuestra, que uno de mis empleados lo hizo, se equivoca. Definitivamente: no había pene.

7

El silencio se había vuelto incómodo. Y largo. Varias veces Deckett vio ráfagas de datos en las gafas de Leclerc. ¿Hablaba con alguien? ¿Qué información estaba recibiendo? ¿De quién? ¿La IA, algún empleado, incluso alguien por encima de ella? Quizá sólo eran datos bursátiles, o de la empresa, o de sus sociorredes, y estaba suponiendo cosas. Y ella jamás suponía sin pruebas. Suspiró.

—¿Me asegura que… no había pene? —repitió la inspectora frunciendo las cejas y tabaleando con dos dedos sobre la rodilla. La cuestión era importante. Nada menos que el arma del crimen.

—No había pene —remachó la directora con expresión pétrea.

Deckett cambió de posición. La pierna sobre la que golpeteaba rítmicamente se le había dormido. La descruzó y se echó hacia delante.

—¿Condesa Planck no podía modificar los parámetros del bot? ¿Seguro?

—Por supuesto, inspectora. Seguro…

Leclerc había alzado la barbilla con orgullo. El orgullo de una empleada leal a su empresa. Deckett, tras años de tratar con gente de todo pelaje, sabía estar atenta a ese tipo de gestos. Siempre eran muy reveladores: así que madame Leclerc no era una simple asalariada de Bionic. Sus lazos con la empresa iban más allá de lo profesional. La directora prosiguió:

—La programación de nuestros productos es sumamente compleja y no dejamos nada al azar. Una vez hecho el estudio de patrones psiconeurales, y una vez determinadas las necesidades del cliente, cualquier modificación posterior requiere de nuevos estudios y de personal cualificado. Le garantizo que la señora Planck no ha alterado absolutamente nada.

La directora pareció hundirse un poco sobre sí misma. La duda sustituyó al orgullo.

—Inspectora... —Su voz sonó insegura y Deckett tuvo por fin la sensación de que madame Leclerc había descendido de su Olimpo particular—, ¿cree que puede haber sido un asesinato? ¿Que alguien programó a nuestro bot al margen de Condesa con el fin expreso de causarle heridas? Me parece demasiado alambicado, pero, de ser así, sólo...

Se detuvo tan en seco que Deckett no pudo más que sonreír.

—Si hubo alguna modificación en el bot que pudiera causar la muerte de Condesa, sólo alguien de su equipo pudo haberlo hecho. ¿Es eso lo que iba a decir?

Madame Leclerc pareció alterarse por un instante, pero recuperó pronto su compostura.

—Bien, he de admitirlo, inspectora. Pero dudo mucho de que haya sido así. Nuestros protocolos, como le he dicho, son muy rigurosos. Si el cliente no puede hacer cambios, tampoco pueden nuestros empleados. No por su cuenta. Alterar los parámetros de un bot requiere de mucho estudio y mucha revisión; no se hace así como así...

Chasqueó dos delgados dedos de largas uñas, decoradas con tonalidades iridiscentes. Deckett, cuyas manos desempeñaban tareas bastante más vulgares que las de madame Leclerc, apreció aquellos afeites con cierta envidia. Su trabajo en el *Schettino* no le permitía los lujos que la *cosmic set* se esforzaba en lucir en cada ocasión a bordo. Tampoco era algo que la interesara, la verdad. La directora, sin embargo, no vestía con la ostentación absurda de los clientes ricos, empeñados noche tras noche en superarse unos a otros en la mesa del capitán. Su discreta apariencia le parecía a Deckett más elegante que la de los poderosos y petulantes pasajeros de primera clase. Casi con pesar se dio cuenta de que empezaba a apreciar a esa estirada mujer. Con pesar porque, en cualquier caso, no dejaba de ser un obstáculo ante sus pesquisas. Salvo que supiera cómo traspasar su fría coraza.

—¿Cuál sería el proceso normal para modificar esos patrones psico…, psico lo que sea? —preguntó Deckett.

—Psiconeurales… —La directora deslizó los dedos sobre la mesa. Una pantalla de luz sólida se materializó para mostrar una serie de diagramas en brillantes colores. Parecía la típica presentación comercial para cautivar a los clientes. Deckett no estaba muy segura de qué estaba contemplando—. Inspectora, el diseño de la personalidad y el aspecto de un bot requieren de un exhaustivo trabajo en equipo. Como puede ver, disponemos de psicólogos, neurólogos, engramadores mnémicos, diseñadores gráficos, entrenadores de patrones cognitivos, asesores de imagen y vestuario, hasta maestros de buenos modales. Algunos de nuestros clientes son fabulosamente ricos… pero un poco, digamos… toscos. Modificar cualquier aspecto de un bot no es posible sin la participación de todo mi personal. Nadie puede haberlo hecho a solas. Y mucho menos ocultarlo.

Deckett no respondió. Sólo asintió con la cabeza. Madame Leclerc, sin que le hubiera tirado de la lengua, intentaba demostrar que su gente no era responsable. Otro tanto a su favor, pensó la inspectora. Se preocupa por sus subordinados. ¿Por todos? Estaba claro que alguien de aquel equipo había alterado los patrones del bot. Alguien o *álguienes*… Si no podía hacerse a solas, debía considerar un grupo mayor de sospechosos. Sería interesante conocer la opinión de la directora sobre su gente. Pero tiempo al tiempo, pensó. Mejor no precipitarse con una mujer como Leclerc.

—Sólo por descartar lo imposible —dijo al cabo—, ¿no hay forma alguna de que alguien ajeno a su personal haya interferido en el bot? A bordo solemos sufrir las actividades de piratas informáticos, algo que usted sin duda conoce. Con tanta gente rica y poderosa, la tentación de entrar en sus cuentas es grande. ¿Podría alguno…?

Leclerc no le permitió acabar la frase. Negó enfáticamente.

—Im... po... si... ble —Deckett sonrió ante la nueva muestra de orgullo profesional—. No, inspectora. No hay pirata informático que pueda vencer a Bionic Entertainment... No hay... no hay modo de hacerlo.

La inspectora no pasó por alto la infinitesimal pausa en las palabras de madame Leclerc. Así que sí era posible. O, al menos, alguien alguna vez lo había intentado. Seguro que lo habían intentado. La memoria de los lovebots, según rezaba la propaganda de la empresa, era sagrada y a prueba de cataclismos. La privacidad, absoluta. La discreción, total. Un bocado tentador para los piratas, estafadores y comerciantes de datos, no cabía duda. Deckett se abstuvo de hacer comentarios.

—Entenderá, no obstante —replicó mostrando una sonrisa amable—, que debamos comprobarlo. No dudo de su palabra, directora, pero mi obligación es asegurarme.

—Por supuesto. —La altanería regresó al instante, aunque con menos intensidad—. Si es su obligación, hágalo. Respeto el trabajo bien hecho, inspectora.

«Directora, inspectora...», Deckett se sorprendió pensando en que le gustaría ser menos protocolaria con esa mujer formidable. Se imaginó tomando una copa con ella en el exquisito piano-bar *Estrellas en tu mirada*, el más caro y pomposo de toda la nave, con sus impresionantes vistas al espacio en todo tu alrededor, y hablando de asuntos importantes y profundos. «Geneviève, ¿qué opinas tú de...?», «Pues te diría, querida Durga, que...». En fin, mejor volver al asunto.

—Bien. Dado que usted me lo asegura, haremos sólo comprobaciones rutinarias. El punto crucial... —Ahora venía lo difícil. Madame Leclerc se puso automáticamente en guardia— es el acceso a su bot. Hemos de activarlo para averiguar qué pasó.

—Eso únicamente puede hacerse aquí, inspectora. Aunque la orden del capitán Freeman me obligue a obedecer, no podemos permitir que...

—Tranquila —Deckett, condescendiente, alzó las manos—. Ya sé que alguien de su personal ha de estar presente.

Pero entienda esto: el bot es una prueba en un posible caso de homicidio. Y quizá más que una prueba si, como afirma el forense, ha sido la causa de la muerte. No haremos nada sin su intervención, pero no puede ser aquí, directora.

—¿Dónde, entonces? —Leclerc, sin duda conocedora de la indiscreción del lenguaje corporal, se abstuvo de cruzarse de brazos. Pero lo hizo con los dedos. En miniatura, pero idéntico gesto. Un gesto de defensa. Deckett volvió a sonreír.

—Aunque no lo crea, directora, disponemos de excelentes instalaciones. Nuestro laboratorio forense está bien provisto, aun siendo pequeño. Podrán llevar allí el equipo que estimen necesario. Y le garantizo absoluta discreción. Sin embargo, las normas nos obligan a ambas. No puede ser aquí.

Leclerc descruzó sus dedos, que había apretado con más fuerza de lo que seguramente quiso, y forzó una sonrisa en respuesta. Inspiró antes de hablar.

—Por supuesto, inspectora. —La tensión en su mandíbula dejaba claro lo mucho que esto la molestaba. Pero la orden ejecutiva del capitán no permitía resquicio alguno—. Lo haremos en su laboratorio. Sólo le pongo una condición.

Deckett la animó a proseguir con un movimiento de la mano.

—Estaremos usted y yo. Nadie más.

La inspectora se echó sobre el respaldo. ¿Sin el forense, sin su gente, sin personal de Bionic?

—¿Usted?

Madame Leclerc alzó una ceja.

—No ocupo mi puesto sólo por mi apariencia, inspectora. Estoy sobradamente cualificada para trabajar en un laboratorio.

Deckett la creyó. Seguro que aquella apariencia fría y elegante ocultaba más de un talento.

—Acepto. ¿Cuándo empezamos? —Madame Leclerc perdió otra vez el semblante hierático de abogada defensora de su empresa. Parecía de nuevo alguien con quien tomarse una copa y charlar de asuntos triviales.

—Mañana a primera hora.

—A las siete, de acuerdo.

—A *mi* primera hora —replicó Leclerc—. Jamás me levanto antes de las nueve. Y no desayuno hasta las diez. A las once, pues.

Deckett suspiró. «Las once, primera hora. Joder con la gente de alcurnia», pensó. Para entonces ella llevaría cinco horas en pie. En fin, que así fuera.

—A las once. La espero en el laboratorio forense. ¿Necesita que le envíe la ubicación?

—No se moleste. Sabré llegar.

Deckett asintió y, con tranquilidad, se levantó para marcharse. Madame Leclerc no insinuó el más leve gesto para darle la mano, así que la inspectora se contuvo antes de hacerlo ella. La copa en el bar parecía muy lejos por ahora.

8

Se hacía tarde. El tiempo, como solía ocurrirle cuando su trabajo la abstraía, corrió sin darse cuenta. Comprobó la hora en su neurointerfaz: las siete y media de la tarde, hora terrestre. Había quedado con Darim a las ocho y media. De cuando en cuando, aun a pesar de ser un dispendio, cenaban en alguno de los restaurantes del Anillo Residencial. No en los más caros, claro. Incluso con los descuentos para la tripulación, hacerlo en Segunda ya suponía un buen pellizco a su cuenta. La de Darim, mejor ni considerarla. El chaval sólo salía de las instalaciones y servicios del Anillo de Tripulantes cuando ella lo invitaba. En esas ocasiones, él, con la emoción de un chiquillo, se vestía con sus mejores galas, y correspondía a la invitación procurándole noches inolvidables. Para esta ocasión había elegido el bistró *Le secret de Magritte*, un local en el Nivel Plata, el área de Segunda Clase más a su alcance, cuyo ambiente discreto y acogedor resultaba siempre agradable para las confidencias, las palabras de amor y las fantasías previas al sexo. Además, se comía muy bien.

«Un par de entradas más y lo dejo», pensó mientras se desperezaba en la incómoda silla del registro de datos. Le dolía la zona lumbar, y también el cuello. ¿Cuántas horas llevaba? Al menos cinco, quizá seis.

Tras dejar la sede de Bionic Entertainment fue primero a hablar con Bao Tian. Quería ponerlo en guardia sobre la visita del día siguiente. Como imaginó, el pequeño médico le montó una buena bronca. ¿Dejar que una prueba forense fuera manipulada sin su supervisión? De ningún modo. Su ética profesional se lo impedía. A Deckett le costó mucho lograr que su amigo comprendiera la necesidad. A fin de cuentas, argumentó, no perturbarían la paz de la muerta. Y el bot no era muy diferente de un lápiz láser, una muestra de semen o de fluido vaginal, las epiteliales de un sospechoso, una estatua de macizo mármol manchada de sangre, o el contenido intestinal de una víctima de asesinato. Meras pruebas. No hacía falta que él estuviera presente. ¿Acaso no bastaba con ella? ¿No confiaba en la Jefa de Seguridad? Tian refunfuñó, protestó y finalmente suspiró. «Estaré todo el tiempo al otro lado de la puerta, no lo dudes». Deckett sabía que lo que preocupaba al hombrecillo no era la integridad de las pruebas, sino dejarla a solas con la tipa esa de Bionic. Una estirada marimandona que nunca salía del Primer Anillo, ni siquiera de Primera Clase, y que seguro que miraba altanera a la tripulación.

La inspectora agradeció su inquietud y le aseguró que no habría problema. Por alguna razón que aún no podía definir con palabras, la estirada directora le parecía más confiable de lo que el médico pensaba. Pero Tian insistió en estar cerca por si fuera necesario.

Después de la visita a Bionic había hecho una pausa de veinte minutos para comer en uno de los refectorios de tripulantes: gachas de multiproteínas, carne especiada y helado auténtico. De crema de menta con nueces. Había que aprovechar las veces en que se servía comida de verdad y no *moldybug*. No dudaba de que el nutritivo alimento hubiera salvado a millones del hambre, pero por mucho que te lo presentaran bajo mil formas para disimular su insulsez, no dejaba de ser pasta de bichos y hongos. A bordo, por suerte, no abusaban del mejunje en los comedores de la tripulación.

Luego se dirigió al CGD, el Centro de Gestión de Datos de la nave. Presentó sus credenciales y obtuvo la autorización para revisar todas las grabaciones que hubiera de Condesa Planck. Ninguna de su suite, por supuesto: los camarotes de los clientes eran sagrados. Pensó que, tratándose de alguien tan importante, tan famoso y tan perseguido por los fanáticos, habría horas y horas de material. Se equivocó. Condesa apenas había salido de su suite desde que llegara a bordo. Cenó, eso sí, todas las noches con el capitán, acompañada de su lovebot. En esas dos semanas, más allá del Salón Afrodita, donde se hallaba la mesa de su jefe y al que sólo la más selecta porción de los más selectos pasajeros podía acceder, la difunta únicamente había sido vista, y siempre acompañada de su bot, en el Paseo de los Árboles Celestes, la rotonda de techo abierto al espacio que mostraba las constelaciones más importantes en el trayecto a Júpiter, cogida del brazo de su acompañante y a horas en las que ya no paseaba nadie más. Dos veces en la Galería Comercial comprando alguna exquisitez carísima, y una en el Centro Médico del Primer Anillo. Debería investigar eso: ¿estaba enferma la gran Condesa Planck? ¿Padecía de algo, aparte de lo que Tian le había contado? Aunque, de haber sido así, el forense ya la habría informado. Nada se le pasaba a su ojo clínico.

Encontró, para su sorpresa, varios registros en zonas de Segunda Clase. Qué curioso, ¿qué hacía la gran diva fuera de su campo natural de acción? ¿Cómo es que no causó un auténtico revuelo al acudir allí? Fácil, se dijo al comprobarlos: no era la gran Condesa Planck quien aparecía en las imágenes, sino una mujer anodina. Una pasajera como cualquier otra. Las veces que estuvo en Segunda lo hizo de incógnito. «Extraño», pensó: su rostro público era tan potente que resultaba difícil imaginarla sin sus habituales galas y siendo sólo una mujer más.

No todos los registros contaban con una buena imagen. Algunos, debido a la escasa luz o la cantidad de gente, eran un tanto borrosos. Tendría que estudiar con detalle cada una de las grabaciones si quería hacerse una idea completa de lo que hizo y de dónde estuvo. Pero ahora, con el tiempo justo, se centró en la más reciente, justo la noche de su muerte. Le interesaba, sobre todo, el lovebot. Quería ver qué relación mantenían, ver sus gestos, su interacción. Por supuesto, las reacciones del bot estaban programadas y por lo tanto eran del todo artificiales, pero necesitaba entender qué veía ella en él.

Algo que, hasta el momento, no había podido elucidar.

Avanzó la grabación hasta la última entrada, la del Paseo de los Árboles. De cenas con el capitán ya se había hartado: una continuada competición entre los comensales por captar el aprecio de su anfitrión. Risas forzadas, voces altas y agudas, conversaciones triviales llenas de lugares comunes... Aunque, debía reconocerlo, Condesa y su pareja no parecían encajar del todo en esa situación. Ella era famosa en todos los mundos habitados y las colonias por su expansivo carácter, por su irrefrenable energía; pero en las cenas se mostraba contenida, como ajena a lo que la rodeaba. Por qué se permitía el increíble y costoso lujo de estar todas las noches en esa mesa... Bueno, sí, podía hacerlo, pero ¿para qué? ¿Por qué? Ni siquiera parecía muy atenta a su anfitrión. En todas las grabaciones aparecían, ella y su acompañante, en el lado opuesto al capitán. Las veces en las que se dirigían la palabra eran escasas. Y, sin embargo, no falló una noche desde el inicio del crucero. Quizá convendría buscar información. Lo anotó en su agenda mental.

Se retrepó para estirar el cuello. Dolía de veras. Bueno, Darim podría luego darle uno de esos masajes con aceites esenciales que tan relajada la dejaban. Sonrió al pensarlo. Después, contemplando la imagen congelada de Condesa y su apuesto acompañante, se percató de que la diferencia de edad entre ambos parecía muy escasa. Lo habitual con los pasajeros ricos más maduros era presumir de parejas insultantemente más jóvenes y tersas. Condesa Planck, recordó, tenía casi sus mismos años, dos más exactamente, aunque su aspecto sin afeites fuera el de una mujer más deteriorada. «Extraño», pensó también. Siendo una de las personas más ricas del sistema solar, le pareció raro que no hubiera pasado por los costosos rejuvenecimientos a los que su casta era tan aficionada. O quizá sí los pasó y no fueron suficientes para compensar su disipada vida. No le había preguntado a Tian por ello. Un tratamiento Poulsen completo no podía habérsele escapado a su mirada.

Deckett, cuyo Certificado de Salud era más bien discreto, sólo podía costearse mejoras cosméticas comunes y corrientes. Desde luego, nada tan exclusivo y radical como el rejuvenecimiento completo, que incluía el alargamiento de telómeros en los genes y sustitución de órganos deteriorados por réplicas biónicas. Algo absolutamente fuera de su alcance. Muchas cosas habían cambiado en la cultura humana desde los tiempos anteriores a la colonización espacial, pero ésta no: sólo los muy ricos podían disfrutar en verdad de las ventajas de la tecnología más avanzada. Como en el asunto de los bots: había que poseer una gran fortuna para contratar un Xmax de Bionic. Existían otras empresas que comercializaban productos similares, androides para el amor, para el sexo o para la simple compañía. Pero Bionic era la única que garantizaba la perfección. O la casi perfección. Porque lo más curioso de la publicidad de Bionic Entertainment no era la afirmación de su lema más conocido, *Tan humanos como los humanos*, sino el segundo, *Tenemos vocación de imperfección*. Nada menos: el éxito de la empresa radicaba en que la imperfección de sus productos fuera la demostración de su perfección. El ser humano es imperfecto, por lo que, si fabricas una copia y la haces perfecta, lo estás haciendo mal. La copia ha de tener imperfecciones. Una estrategia de márquetin difícil de entender, pero increíblemente exitosa.

Estudió con atención a la pareja cogida del brazo en la rotonda. La única iluminación provenía del suelo, de las junturas luminiscentes del pavimento. La suficiente para caminar sin tropiezos. Por encima, en apariencia más allá de la cubierta óptica de cuarzo, el iridiscente paisaje estelar proyectado sobre ella mostraba cambiantes patrones lumínicos que seguían el movimiento del Anillo. Mucho tiempo atrás los diseñadores de los navíos se percataron de que buena parte del pasaje no soportaba el movedizo cielo estrellado. La gente, como le ocurría a Deckett en gravedad cero, se mareaba. A ella le costó cierto tiempo acostumbrarse al giro del panorama estelar debido a la rotación de los Anillos. Ya sólo la mareaba la ausencia de gravedad. Así que, allí donde había grandes superficies acristaladas, como en la rotonda, los sutilmente caprichosos patrones de luces minimizaban el efecto deletéreo del movimiento estelar.

Condesa, apretada contra el cuerpo de su bot, cogida de su brazo, lo miraba a los ojos. Esa mirada...

Deckett amplió la imagen. Observó el rostro de ella con atención. A la escasa luz de la rotonda, y bajo las capas y capas de maquillaje, Condesa no era la mujer de rostro ajado y gris que dormía para siempre en el congelador del depósito de cadáveres. En la grabación, la diva era todo lo que cabía esperar de ella: magnética, poderosa, atrayente... Era otra mujer. Completamente distinta.

Sin embargo, nada de eso llamó la atención de la inspectora. Lo que lo hizo fue la mirada. ¿Amor? ¿Era ésa la mirada de alguien enamorado? Amplió más la imagen y espero unos instantes para que el algoritmo de corrección compensara el repentino incremento de detalle. Los inverosímilmente pintados ojos de Condesa Planck lo llenaron todo. Sus iris verdes, de un tono oliváceo en la penumbra, contrastaban con el azul eléctrico de sus párpados. Las cejas, dibujadas sobre los arcos superciliares, repetían un diseño de pequeñas volutas rojo cobre que parecían perseguirse unas a otras causando un efecto casi estroboscópico. Arabescos metalizados en plata y oro cubrían su frente y sus pómulos creando la ilusión de las alas de una mariposa onírica abiertas sobre su pálido rostro, enmarcando sus ojos.

La inspectora recordó ese otro rostro de un gris mortecino, la blanquecina piel, casi translúcida, repleta de arrugas en el borde de los ojos, el entrecejo y alrededor de sus labios, que, sin maquillaje, parecían apenas dos líneas de un gris más oscuro. Los flácidos pliegues del cuello delataban pérdidas y ganancias de peso continuadas. Condesa, posiblemente, padeció de bulimia gran parte de su vida, uno de los tributos que la exigencia social de belleza obligaba a pagar. Lejos de la resplandeciente majestuosidad de su máscara pública, de las imágenes coloridas en los Nodos Sociales, los holos comerciales y la prensa del corazón, el devastado rostro de la difunta, allí en el laboratorio forense, era de una pureza reveladora.

De repente, Deckett lo entendió: paz. La paz que otorga la dicha más profunda. La sonrisa de Buda.

Mucha de su familia materna profesaba el budismo. Había visto toda la vida retratos del Sublime Gautama, Shakyamuni el Sabio, con esa extraña sonrisa que no era tal en los labios. Ella, agnóstica convencida, se tomaba los ritos de su gente con la misma paciencia con que soportaba las tonterías liturianas de Darim. Pero no pudo dejar de observar esa expresión en la cara de Condesa. La misma que contemplaba ahora, ampliada hasta el punto de percibir, bajo el grueso maquillaje, el estrago del tiempo y la mala vida. Y, sin embargo, con todo, una expresión de paz. De satisfacción plena, absoluta. De amor.

¿Por él?

Negó en silencio con la cabeza. No podía ser. Desplazó la imagen hacia la derecha, hacia el rostro del hombre. Un hombre de edad madura, ojos claros de mirada seria, expresión afable, cabello dorado oscuro y mentón cubierto con una corta barba del mismo color. Un hombre sin duda guapo. «Atractivo, más que guapo», pensó al estudiarlo. De una edad similar a la de Condesa, tal vez, aunque sin duda con mejor aspecto. Más saludable, cabría decir. Un tipo interesante…

Lo observó con detenimiento. Frunció el ceño: algo en él le resultaba familiar. «Curioso», pensó, le recordó a alguien de su pasado. Tal vez por eso le pareció un hombre atractivo. Volvió a negar con la cabeza. No era un buen recuerdo. El parecido, en cualquier caso, era sólo una casualidad.

Suspiró y redujo el tamaño de la imagen para contemplarlos a la vez: una pareja, como tantas otras a bordo, como tantas y tantas parejas enamoradas que, en esos años, había visto en el *Schettino*, el *Barco del Amor*. Ansiosas de placer, diversión e intimidad. Aisladas en su perfecta burbuja imaginaria, creyéndose a salvo de decepciones, desengaños y tristezas. Convencidas de que todo seguiría igual, para siempre, cuando, a su regreso, descendieran desde la órbita al suelo firme para continuar sus dulces y emocionantes vidas. Todo falso, por supuesto. Starliner y los demás operadores de cruceros de lujo gastaban millones de créditos en promover la idea del barco del amor. Curioso, teniendo en cuenta que el lujo más preciado y más buscado a bordo era el lovebot de Bionic. En la propaganda de la Compañía se dejaba claro: *disfrute de su lovebot en el Love Boat*, juego de palabras en un lenguaje comercial que, de tan burdo, resultaba exitoso siempre.

Observó atenta a este atractivo espécimen. Deckett tuvo que esforzarse para recordar que lo que observaba era un ser artificial, diseñado exprofeso para encajar con la psique torturada de Condesa Planck. Una impostura, un artefacto, una... *cosa*.

Se echó atrás sobre la incómoda silla. Los dolores en el cuello y la espalda regresaron de pronto, o quizá es que de pronto fue consciente de ellos. ¿Tan potente era el embrujo? ¿Radicaba ahí la perfección de la que se jactaba Bionic Entertainment? Ella, hasta ese momento, sólo había estudiado un homúnculo blando y amorfo en el laboratorio forense. Un mal bosquejo de un humano. Que, de pronto, ante sus ojos, había cobrado vida, sustancia, realidad, profundidad, hondura...

Lo más extraño es que lo que producía ese efecto, lo que causaba la impresión de autenticidad, no era la supuesta perfección del artilugio, sino la mirada de amor de ella.

Condesa amaba a su bot.

Y era eso, se dio cuenta, lo que le otorgaba a él la verdadera dimensión de su realismo. Lo que convertía al bot en un hombre era el amor de ella.

¿Qué poder demoniaco era ése? Empezaba a comprender por qué Bionic protegía con tanto celo los secretos de su producto estrella. Daba miedo pensarlo.

Casi con precipitación, Deckett guardó los archivos, desactivó las pantallas holográficas y salió del CGD. Recordó su cita con Darim. De pronto, la necesidad de tocar piel humana auténtica se impuso. Registró y firmó el uso del material confidencial, saludó al técnico de guardia y salió veloz.

9

—Te noto preocupada, amor.

Darim, arrodillado junto a una Durga bocabajo sobre una colchoneta en el suelo, amasaba poco a poco los tensos hombros de la mujer. Su experiencia en esa tarea y los nudos en las fibras musculares le decían que había trabajado, como de costumbre, en exceso. Pero el semblante serio y la mirada distante le decían algo más: que, fuera lo que fuera lo que la inquietaba, él ocupaba apenas una parte muy pequeña de sus pensamientos. La cena en el Nivel Plata acabó pronto y Darim, notando la rigidez de su postura, se prestó a aliviarla.

Ella creía que no lo sabía, pero sí. Lo sabía. Que Durga no sentía por él lo mismo que él por ella. Que su relación era completamente asimétrica. Darim sería joven, pero no estúpido. La respetaba hasta el punto de ignorar en silencio que Durga no sólo no lo quería a él, sino que tampoco se quería a sí misma. Darim representaba su papel a la perfección: el jovenzuelo divertido, cariñoso, buen amante y auténtico cabeza hueca. Pero le dolía ver cómo la mujer que amaba no dejaba de preguntarse por qué. Qué buscaba en ella. Como si la diferencia de edad, el aspecto físico, las marcas del paso del tiempo y todas las demás señales de una vida rica en experiencias fueran inconvenientes, obstáculos que superar, y no tesoros, méritos, regalos incluso, donados por los años. Darim sabía también que Durga lo consideraba no más que un entretenimiento. Un recurso contra el estrés y las tensiones de su trabajo diario. El joven desconocía la mayor parte de su historia. Ella hablaba poco de su pasado, más bien nada, así que había tenido que hilar pacientemente cada uno de los escasos fragmentos de información que Durga, sobre todo en momentos como éste, dejaba escapar de la cárcel de su mente. Retazos, recuerdos, escenas distantes... En el *Schettino*, la única persona que la conocía bien, bien de verdad, era el médico. El médico de los muertos, ese pequeño individuo de rostro impasible y ojos siempre entrecerrados como haciendo preguntas. Que él supiera, fue el forense quien, años atrás, la recomendó para el puesto que ahora ocupaba. Pero entre ellos había algún pacto de silencio que ninguno estaba dispuesto a romper. Darim lo había intentado más de una vez. Bao Tian negaba con la cabeza cada vez que le preguntaba. «No, chico, si ella no te lo cuenta, yo no lo haré. Paciencia, chaval». ¿Más paciencia? Hacía ya dos años que se conocían. Y casi dos años desde que él se enamorara de ella. Tardó tres días en hacerlo, los tres que hubieron de trabajar juntos para resolver un asesinato. Bueno, ella lo resolvió. Él, como técnico de saneamiento, sólo la acompañó por los conductos de reciclaje de la cubierta Diez hasta dar con todos los pedazos, o casi todos, del cadáver que andaban buscando. Sería el Anillo Residencial, sí, pero el olor a mierda no era diferente al de los sistemas higiénicos de la zona de tripulantes. La mierda de los ricos no olía mejor que la de los pobres, comentó él cuando ella se quejó del hedor de aquellos conductos. «Sigue siendo mierda», afirmó muy serio. Durga, aceptando la espontánea lección, rio con ganas y luego, tras localizar la mano derecha, cubierta de una sustancia viscosa y maloliente, dio por concluida la investigación.

—Falta un pie —dijo—, pero ya está bien. Nadie protestará. Era un hijo de la gran puta y se merecía este final, así que vámonos ya. Necesito ducharme.

—Podemos hacerlo juntos —replicó él.

Ella lo miró desde debajo de las gafas protectoras del traje aislante.

—¿Sabes dar masajes? —preguntó.

Darim no se arredró:

—No tengo ni idea, pero aprendo rápido.

Eso fue todo. Y, desde luego, aprendió. Podía considerarse ya un experto en el tema. Al menos Durga nunca manifestó queja alguna de su pericia. Ni en eso ni en sus otras habilidades.

Casi dos años ya. No había olvidado esa primera vez en la ducha del camarote de ella. Una de las prerrogativas de la Jefa de Seguridad era disponer de alojamiento privado con aseo propio, no como él, que convivía con un técnico de Comunicaciones y dos compañeras de Mantenimiento. No habrían podido hacerlo en los baños comunales de esa cubierta. No es que fuera imposible; de hecho, era de lo más normal encontrarse a gente follando en los baños. Pero con la Jefa de Seguridad… Ella se hallaba muy por encima de su nivel. No habría estado bien.

Durga compartía con él su camarote, sus privilegios en el área de tripulantes; compartía incluso su cuenta de crédito. Pero su alma… Ésa no. De su vida, de su historia, de sus miedos, dolores y triunfos, Darim apenas sabía nada.

Los músculos de la espalda de ella perdían poco a poco la rigidez. Podía notar cómo se relajaba su cuerpo, pero su silencio no decía lo mismo de su mente. Darim esperó. Al rato, Durga pareció darse cuenta de la pregunta de él.

—Perdona, cariño —dijo sin volver el rostro—, ¿qué decías?

—Que estás preocupada. ¿Qué ocurre? ¿Te fue mal con el capitán?

Ella alzó un poco los hombros y dejó escapar un suspiro de placer. Los dedos de Darim surtían efecto.

—Qué va, con el capitán fue bien. Mejor de lo que pensé. No, es otra cosa…

El joven prosiguió su trabajo sin decir nada. Esperó mientras sus manos pasaban entre los hombros y la curva lumbar una y otra vez, con cuidado, con mimo, con cariño. Quizá ella no se diera cuenta de lo mucho que la amaba, pero Darim no había perdido la esperanza. Tal vez, con el tiempo…

—He visto a tu adorada Condesa con su lovebot —prosiguió Durga al cabo.

Darim, sin dejar el masaje, prestó toda su atención.

—¿Tenía un lovebot? —preguntó. Durga asintió con un casi imperceptible gemido placentero—. ¿Condesa Planck con un lovebot? Vaya…

Ella se volvió a medias. Tras un instante, Darim retomó el masaje.

—¿Te sorprende?

Él se encogió de hombros.

—Bueno, un poco, la verdad. No me lo esperaba. Es lituriana, ya sabes.

Durga se alzó sobre el hombro izquierdo para mirarlo con atención.

—¿Y? —Darim, con expresión seria, había vuelto a detenerse.

—Los liturianos no podemos… Bueno, no debemos. No está bien tener relaciones con máquinas. No es… natural. Contraviene el *Pacto del Amor Universal* y las *Normas de Felicidad y Crecimiento Personal*…

«Ya empezamos con las mayúsculas», pensó Durga. Terminó de alzarse y se cubrió con una toalla. Darim, sentado a su lado, se enjugaba las manos en otra. La sesión de masaje había acabado antes de lo previsto. Pero la expresión del joven, y su seriedad, habían llamado su atención.

—¿Litur lo prohíbe? —Cualquier dato sobre Condesa podía ser relevante. Darim se alzó de hombros.

—No exactamente… A ver, se supone que la Exaltación, la Virtud y la Trascendencia sólo se logran en el *Contacto Amoroso del Prójimo* y con la *Mente Abierta al Ser que Es*… —Durga contuvo su impaciencia. Más y más mayúsculas. Darim prosiguió—. Que sea con un objeto artificial no es… Bueno, no está bien. No está prohibido, pero no lo hacemos. Es… inmoral.

—Ya, entiendo. —Intentó esbozar una sonrisa. Darim estaba muy serio. Le intrigó su expresión—. Así que, si esto se supiera…

—Bueno, da igual. —El joven sonrió a su vez mientras cerraba el bote de ungüento para masajes—. No soy quién para juzgar a Condesa. Seguramente tenía sus razones… Y seguro que buscaba su Trascendencia como hacemos todos. En fin… ¿Nos damos una ducha?

Durga lo observó mientras se levantaba y comenzaba a desnudarse. No tardó mucho, sólo llevaba puesto el pantalón del uniforme. El cuerpo musculado y firme de Darim se irguió sobre ella. A pesar de los pensamientos que ocupaban su mente, Durga no pudo evitar alzar los dedos para acariciar los testículos del muchacho, quien al instante mostró una erección. Él volvió a sonreír. Le tendió la mano y ella, dejando por el momento su entrepierna, se la tomó.

—¿Vamos? —Durga asintió mientras se ponía en pie y la toalla caía al suelo. ¿En serio la famosa diva prefería un ser biónico a un ejemplar humano, cálido, cariñoso y bien dotado? La gente rica debía de estar loca…

10

Ya era mediodía. Demasiado tarde para su gusto. Madame Leclerc, aunque puntual, había causado todo tipo de retrasos. Hubo que traerle un café exactamente a su gusto: no consintió en probar el que servían en la cantina de tripulantes, así que Kai tuvo que desplazarse hasta el Anillo Residencial a por algo adecuado a su refinado paladar. Por supuesto, su complicada petición llegó tibia, y el brioche que exigió junto al café, según ella, demasiado seco. «Todo quejas», pensó Deckett esforzándose en no perder la paciencia. Se daba cuenta de que Leclerc lo había calculado para irritar a su gente. Después de dos viajes más al Anillo Residencial, la directora pareció satisfecha. Pero hubo que esperar a que degustara su café y su puñetero brioche.

Bao Tian se mantuvo ante ella erguido y con aspecto amenazador todo el tiempo, lo cual, dada su escasa talla, no causó demasiado efecto. Y su rostro arrugado de pequeño gnomo, todavía fruncido por el malhumor, tampoco sirvió de mucho. Madame Leclerc, al fin, entró en la sala de autopsias por delante de la inspectora con andar regio y autoritario. Antes de cerrar la puerta, Deckett oyó la voz aguda del forense dejando clara su posición:

—Estaré aquí para lo que haga falta, Deckett. Ya sabes dónde me tienes. Llama si me necesitas.

«Le gusta provocar», pensó la inspectora observando la leve sonrisa sarcástica de Leclerc mientras examinaba con ojo crítico la limpia y ordenada sala. El laboratorio no estaría a la altura de las instalaciones de Bionic, seguro, pero cumplía de sobra todos los estándares médicos y forenses.

—Bien —Deckett sonrió con extrema gentileza. Si Leclerc creyó que lograría irritarla, iba a llevarse una sorpresa. Había tratado con gente mucho más desagradable y ríspida en sus tiempos en las minas del Cinturón. Y también a bordo—. Cuando quiera empezamos.

Se hallaban a ambos lados de la mesa de operaciones donde el bot yacía en su indiferente espera. Tian lo había dejado cubierto con una sábana verde sanitario que acentuaba su aspecto informe y bulboso. Deckett miró a Leclerc aguardando su asentimiento antes de retirarla. Se estudiaron mutuamente como dos naves de guerra mostrando la artillería y erizadas de sensores y antenas. La inspectora, en su uniforme negro, botas negras y cinturón con hebilla plateada, era todo lo opuesto en elegancia a la directora, quien, para esa ocasión, había elegido un ajustado vestido de una sola pieza en naranja intenso, el color de las señales de peligro de la nave. Una elección sin duda tan calculada como su actitud: «Mírame bien, soy un peligro para ti». La inspectora mantuvo su cortés sonrisa y Leclerc, al fin, asintió curvando sólo una esquina de sus bien delineados labios. Sus gafas de datos, como reafirmando esa impresión, destellaron durante unos instantes.

Deckett apartó la sábana. El cuerpo rechoncho del bot reflejó la dura luz blanca del laboratorio. Su translúcida piel dejaba ver bajo ella las sombras difusas de sus sistemas morfogénicos, responsables de los cambios de aspecto, textura y tamaño. Sabía, tras el estudio forense de Tian, que el botón de encendido era una casi imperceptible protuberancia en la nuca, si aquel pliegue tras el glóbulo de la cabeza podía llamarse así. Sólo la huella neurogénica de Condesa Planck podía activar al bot, así que la directora, tras ponerlo en sedestación sobre la camilla, tuvo que recurrir a su llave maestra: disimulado bajo la protuberancia, se hallaba un puerto de acceso secundario, invisible a simple vista. Allí, tras abrir el pequeño maletín metálico con el logotipo de Bionic Entertainment que Leclerc llevaba consigo, introdujo la delgada sonda de enlace. Tecleó luego en la interfaz del maletín durante un rato que a Deckett le pareció eterno. No parecía fácil, desde luego, activar uno de esos cacharros sin su *domme*. La inspectora lo pensó: ¿y si…?

—¿Y si alguien le cortara el dedo al usuario? ¿Podría activar el bot?

Leclerc la miró altanera alzando sus apenas esbozadas cejas por sobre el borde de sus lentes.

—Por supuesto que no, inspectora. La conexión entre el bot y su usuario es mucho más compleja. Requiere de un enlace psiconeural completo y que el humano esté vivo. El dedo es sólo el elemento de contacto. No dejamos nada al azar…

Deckett asintió en silencio y la observó hacer. La directora siguió durante un rato tecleando y estudiando los datos de la interfaz. Por fin, al cabo de varios minutos, un punto luminoso azul celeste se encendió en medio de la frente del artefacto, para desaparecer de inmediato. Leclerc retiró la sonda y volvió a tumbar el bulboso cuerpo. Luego se apartó un poco. Deckett, sin pensarlo, hizo otro tanto.

Asombrada, contempló la transformación de aquella cosa. A pesar de haber intentado imaginarlo, no tenía la menor idea de cómo iba a ser. Por de pronto, las sombras bajo la piel se hicieron más nítidas y parecieron fluidificarse para convertirse en corrientes líquidas perfectamente visibles. Lenta, pero imparablemente, la forma corporal fue mutando. Primero aparecieron nódulos que viraron de color, de un gris pálido a un rojo tan similar al de la carne que Deckett experimentó una sensación mezclada de asco y fascinación. Estaba viendo cómo la sustancia bajo la piel adquiría la consistencia de un sistema muscular expandiéndose poco a poco. Por debajo de esa capa no sabía qué estaría pasando. Pero, evidentemente, los elementos estructurales internos, el esqueleto protoplasmático y sus vísceras artificiales, estaban también modificándose. Poco a poco, el cuerpo fue cambiando de forma. Pasó de una esfericidad amorfa a elongarse, a hacerse más esbelto, más proporcionado, con medidas más humanas. El proceso era casi inaudible, pero Deckett podía oír un murmullo tras los leves chirridos, crujidos y gorgoteos que delataban el cambio estructural. Seguía siendo fascinante y asqueroso a la vez.

La inspectora no podía apartar la mirada. La piel aún era translúcida, lo cual dejaba ver el cambio de la musculatura como si estuviera contemplando un cuerpo desnudo de su envoltorio. Era… repugnante. Bao Tian, sin duda, habría observado el proceso con mucha atención e interés profesional. Una lástima que no pudiera estar a su lado.

Paulatinamente, aquella cosa se estiró y modificó hasta alcanzar su tamaño definitivo de algo más de metro ochenta. Por fin, para su tranquilidad, la piel comenzó a opacarse para adquirir el tono sonrosado que había podido observar en las grabaciones de seguridad. El bot de Condesa era un hombre caucásico, alto y musculoso, pero sin exagerar, y de una edad aproximada a la de ella: unos cincuenta y tantos. Con bastante mejor aspecto, pensó Deckett, que la inmensa mayoría de los hombres de esa edad que conocía. Salvo gente como el capitán, se dijo recordando la escena en el gimnasio. La oficialidad del *Schettino* debía mantener una imagen corporativa muy concreta: elegancia, salud y buen porte. No era obligatoria para toda la tripulación, pero sí para quienes trabajaban de cara a la selecta y adinerada clientela.

«¿Y el pelo?», pensó Deckett. «¿Y el vello corporal? ¿Cómo…?». Ante sus ojos, de pronto, tuvo la respuesta. De forma casi mágica, filamentos transparentes brotaron en cabeza, cejas, ojos, ingle, la línea medial del abdomen y todas aquellas zonas donde un hombre normal solía tener pelo. Los filamentos adquirieron formas y consistencias diversas, acordes a la región del cuerpo: rizados en la ingle y ondulados en la cabeza y la barba. Cierto, recordó: el bot de Condesa mostraba una corta y mullida barba dorado oscuro. Ante sus sorprendidos ojos, los filamentos se ensombrecieron para alcanzar el color correcto. En cuestión de un cuarto de hora, aquella masa rechoncha se había convertido en un hombre maduro de muy buen ver. El hombre de las imágenes en el Paseo de los Árboles.

La inspectora no pudo dejar de notar que en su ingle había un perfectamente formado conjunto de pene y testículos, completamente indistinguible de lo que podría observar en un hombre auténtico. Recordando lo que le contó Tian sobre cómo murió la diva, observó que el tamaño del pene era considerable incluso en estado basal. Sin poder evitarlo, alzó los ojos para contemplar a Leclerc. Fue un instante, pero ambas cruzaron la mirada. Así que era cierto: el bot de Condesa Planck poseía unos atributos masculinos intachablemente formados. Algo que, según insistió la directora una y otra vez, no estaba en las especificaciones originales.

—Pues sí que hay pene... —comentó Deckett, como sin importancia.

Se esforzó en aparentar seriedad a pesar de la situación. Leclerc, seria de verdad, mantuvo el rostro inerte.

—Así es, inspectora.

—Y es un buen pene... —La inspectora intentaba no reírse de la expresión de Leclerc. Pero no podía evitar zaherirla un poco. Se lo había ganado a pulso—. Se les da muy bien hacer penes. A Bionic, quiero decir... Buen aspecto, buena presencia. Un señor pene.

—Inspectora, por favor... —Leclerc parecía a punto de perder la paciencia—. No es asunto de broma. Según afirma usted, es el arma del crimen...

—Perdone, tiene razón. —Deckett alzó las palmas pidiendo disculpas—. En mi trabajo desahogamos la tensión mediante chistes. A veces vemos cosas muy desagradables. El humor nos ayuda.

—No es justificación, pero la entiendo. En fin, inspectora. *Eso* no debería estar ahí... —Leclerc, las manos cruzadas ante el regazo, señaló con la barbilla.

—Pero está... —La inspectora ladeó la cabeza con gesto inquisitivo—. ¿Condesa Planck pidió realmente un bot sin genitales? Supongo que no será lo habitual...

—Pues se equivoca, inspectora. Muchos de nuestros clientes desean compañía, cariño, comprensión... No todo el mundo quiere un bot sexual. La sorprendería descubrir las tristes vidas de mucha de la gente famosa que, en apariencia, disfrutan del éxito y del poder y que sólo anhelan un poco de afecto. Amor.

—¿Amor? —Deckett recordó la mirada arrobada de Condesa ante su pareja artificial. La pareja sería artificial, pero esa mirada era pura verdad.

—Amor, sí. —Leclerc sonó muy segura—. No se engañe, inspectora. El amor no es sólo resultado de procesos neurológicos y hormonales, como afirma mucha gente. No es un mero impulso biológico. Es mucho más. Que no la sorprenda que alguien pueda amar a una máquina. En el fondo, ¿no somos todos máquinas? Máquinas biológicas, tal vez, pero con algo que las trasciende...

—¿El qué? —Deckett escuchaba con mucho interés. Para ella, el amor era una quimera. Un engaño que, sobre todo, causaba malestar. Pensó, inevitablemente, en Darim. El muchacho la amaba, o eso decía. Y ella no podía corresponderle. Si se tratara de un asunto puramente orgánico, tal vez sí pudiera. Volvió a prestar atención a la directora.

—Las palabras, inspectora —dijo Leclerc con énfasis—. El lenguaje, la imaginación. Algo que trasciende el programa biológico. Una consecuencia del hecho de pensar, de hablar, de sentir. Que nuestros clientes se enamoren e incluso amen a sus parejas artificiales no implica que ese amor sea artificial. El amor sigue siendo, a pesar de los milenios de la historia humana, un misterio. Tal vez amar a una máquina sea un espejismo, pero, en cualquier caso, ¿no es todo amor un espejismo? ¿Uno necesario para vivir?

Deckett, por alguna razón que no se atrevió a considerar, se sintió tocada por esas palabras: *necesario para vivir*. Lo dejó correr y se centró en la conversación.

—Misterio o espejismo, da igual. Ustedes lo convierten en mercadería, por lo que veo... —Deckett no quiso sonar ofensiva, pero no pudo evitar su seca respuesta. Leclerc se estiró orgullosa.

—Eso es irrelevante. Y tenemos perfecto derecho. Sí, sacamos partido de las emociones básicas, de las pasiones básicas del ser humano. ¿Y qué? A pesar de riqueza, poder, lujo o de tener todas las cartas buenas de su lado, no todo el mundo es capaz de amar. O de merecer el amor. O de encontrarlo. Si podemos ayudar a alguien en ello, ¿qué hay de malo?

Deckett no respondió. Mordiéndose el labio, contempló el cuerpo sobre la mesa y asintió despacio. Cierto: ¿quién era ella para discutir tal extremo? Alguien con la misma capacidad de amar que una consola de datos o un robot estibador, mejor callaba. En fin: había que volver al asunto.

—Bien, no se lo discutiré. —Alzó la mirada hacia Leclerc—. El caso es que este bot tiene genitales cuando no debería, así que habrá que averiguar quién los puso en su sitio. Evidentemente, Condesa Planck estaba al tanto. No podía no estarlo... —Deckett se inclinó sobre el cuerpo. ¿Estaba respirando? Así era: el perfecto abdomen masculino subía y bajaba levemente. Las aletas de la nariz se dilataban y se contraían. Y, fijándose mucho, pudo observar pequeños movimientos en los dedos, como si el individuo sobre la mesa estuviera durmiendo plácidamente—. Reconozco que la verosimilitud de sus productos es increíble. Incluso respira.

—Por supuesto. —De nuevo el tono de orgullo profesional. Leclerc alzó una ceja—. Nuestros bots respiran, sudan, salivan, comen, lloran. Incluso, cuando se trata de modelos masculinos, pueden eyacular. Los modelos femeninos también producen sus secreciones. Incluida la menstruación. Cuidamos hasta el más mínimo detalle: texturas, densidades, olores... Quizá la sorprenda, pero algunos de nuestros clientes quieren que sus lovebots huelan a... En fin, ya sabe.

—Sí, ya imagino. Tienen la regla. ¿También cagan? ¿Y mean? —Deckett alzó la mirada hacia la directora—. ¿Y de dónde salen esos... productos?

Leclerc, con la expresión de una madre orgullosa de las habilidades de sus hijos, pensó Deckett, alzó una ceja.

—Cada cierto tiempo se les hace un mantenimiento que incluye la reposición de agua y demás sustancias químicas necesarias para imitar los fluidos corporales que haya solicitado el cliente.

—¿En serio? ¿De verdad hay quien pide que sus lovebots caguen? ¿O menstrúen? —Deckett se irguió. Sin pensarlo, acarició con la punta de los dedos el abdomen del... artefacto. Estuvo a punto de pensar «hombre», pero se forzó en no hacerlo. El tacto de la piel era suave, cálido. Notó, para su sorpresa, que el vello se erizaba ante su roce. Era tan auténtico...

—No cuestionamos jamás los gustos y necesidades de nuestros clientes, inspectora. Lo que desean es lo que les damos. A veces les damos más de lo que desean. Pero nunca menos.

—Una labor complicada, supongo... —La inspectora siguió contemplando aquel espécimen humano. «Pseudohumano», se forzó también en pensar. «Artificial, Durga; recuerda que es una máquina». Sólo unos minutos atrás ese atractivo ejemplar de hombre era una masa amorfa y blanquecina. No debía olvidarlo.

—Lo es, por supuesto. Por esto disponemos del mejor personal, de la gente más cualificada. Pagamos bien porque nuestro trabajo lo vale.

—¿Pagamos? —Deckett la miró fijamente. Leclerc se encogió de hombros.

—Bueno, soy parte del accionariado de Bionic. A pequeña escala, por supuesto. Pero recibo pingües emolumentos a cambio de mi inversión. No todo el mundo puede participar, pero la empresa nos da facilidades a quienes ostentamos cierto rango.

Pingües emolumentos... El lenguaje de Geneviève Leclerc estaba a la altura de su exquisito gusto estético. Una mujer seductora, no cabía duda. Ahora quedaba claro que no sólo era una empleada fiel. Su interés en la empresa era más profundo.

—Claro, lo entiendo. En fin, dígame: ¿cómo localizamos a quien alteró el programa base? Porque, imagino, habrá un programa base.

—Lo hay, aunque llamarlo programa es menospreciarlo. No se trata de un sintetizador de proteínas, inspectora. O de una emisora de holobanda. Es un producto sutil, extremadamente complejo, resultado de la combinación de los más avanzados estudios en neurobiología, psicología, lenguaje de programación y…

—Sí, sí, claro. Ya lo pillo. —Deckett la interrumpió impaciente. Leclerc sonaba como uno de los anuncios de Bionic—. Son muy complicados, vale; pero ¿quién lo ha hecho? ¿Y cómo? ¿Y por qué? ¿Hemos de suponer que fue un encargo de la propia Condesa?

—¿Por qué? Pues… no tengo ni idea, inspectora. Nuestros clientes pasan por entrevistas muy prolijas para averiguar sus gustos, anhelos y deseos más profundos. También sus miedos, sus odios incluso. Como le digo, les damos lo que necesitan. Lo que desean. Puedo asegurarle que en nuestros registros de actividad no hay la menor mención a ningún cambio en el bot de Condesa Planck. Pero no sé por qué.

Leclerc había pasado directamente a la tercera pregunta: por qué. Las dos primeras, al parecer, no eran tan de su interés. Habría que redirigirla al asunto.

—El porqué es importante, no cabe duda. Pero quiero saber quién. ¿Quién tuvo acceso al bot? ¿Y de qué modo? El porqué lo sabremos cuando sepamos quién.

Leclerc negó lentamente. Una ráfaga luminosa parpadeó en sus lentes.

—Lo ignoro, inspectora. No tengo ni idea de cómo ha podido ocurrir. El bot salió de nuestra sede el día en que la señora Planck llegó a bordo, y sólo ella podía activarlo o desactivarlo.

—¿El día en que llegó a bordo? —Deckett se cruzó de brazos—. ¿No me ha dicho que la programación de un bot requiere tiempo y muchos análisis, y todo eso?

—La señora Planck era clienta nuestra desde hace doce años, inspectora. Y cuando digo nuestra, me refiero específicamente a la delegación de Bionic Entertainment aquí, en el *Schettino*. Su bot se mantenía configurado para ella y guardado en nuestra cripta de almacenaje a la espera de su regreso. El contrato con la señora Planck no tiene fecha de término. Una cortesía de mi empresa hacia los clientes más exquisitos...

—¿Es el mismo bot desde el principio? —preguntó Deckett—. ¿Lo han modificado más veces? ¿Cómo funciona eso? Quiero decir, ¿no se aburren los clientes de tener siempre el mismo modelo?

—La mayoría suele cambiarlo cada vez que hay una nueva versión —respondió la directora—. No todo el mundo, claro. Hay quien, digamos, es fiel al suyo. En el caso de la señora Planck, mantuvo su modelo sin apenas modificaciones. Hace cuatro años lo hizo. Pidió cambiar los rasgos faciales de su bot. No fue un gran cambio. El color de ojos, y la barba, creo recordar. Poco más. Bueno, y algún rasgo de personalidad. Que escuchara más que hablara, creo que fue. Y bajar el tono de su voz.

Deckett asintió sin prestar demasiada atención. Los caprichos de los ricos la interesaban poco. Pensaba más bien en el tiempo que hacía que la diva era clienta de Starliner y Bionic. En esos años su equipo había tenido que organizar muchos operativos de seguridad para proteger a Condesa de fanáticos, lunáticos y otra gente dispuesta a acercarse a su ídolo por razones de lo más variado, muchas de ellas innobles. Demasiado trabajo y poca recompensa. Su trato con la diva había sido escaso, la verdad. Y, en las pocas ocasiones en que hablaron, Condesa Planck siempre se mostró distante. Amable y educada, pero distante. No antipática, sólo... lejana. Como cansada. Todo lo contrario a lo que podía verse de ella en las sociorredes, donde aparecía brillante, divertida, ingeniosa, ácida, provocadora siempre. Rutilante y glamurosa, excesiva, contradictoria, a veces irritante, a veces incluso odiosa. Pero cuando por razones del trabajo hablaron, la poderosa diva se mostró completamente diferente a lo que veía el gran público.

Echando la vista atrás, a la luz de todo lo que había descubierto de ella en estos días, Deckett se dio cuenta de que, si había algo que definía el carácter de Condesa Planck, al menos durante sus estancias en el *Schettino*, eso sería el cansancio. Un hartazgo sutil que el maquillaje refulgente camuflaba… aunque no del todo.

Curioso. Y extraño. Casi parecía que la gran Condesa Planck había venido…

¿A morir? La idea quedó prendida en su pensamiento por unos momentos antes de volver a centrarse en el asunto: ¿quién modificó su bot?

—Entonces, sí que ha habido ocasión y tiempo sobrado para interferir en la programación del bot… ¿No?

Leclerc, a su pesar, asintió. Le costó hacerlo. Admitirlo implicaba reconocer fallas en su supuestamente perfecto sistema de gestión. Reconocer que existían brechas en la confidencialidad empresa-cliente. Y, por supuesto, que alguien de su equipo estaba implicado en un presunto caso de asesinato. Al consejo directivo no iba a gustarle nada. Habría consecuencias.

—Tendré que interrogar a su personal. —Deckett se sentó en el borde de un armario de suministros médicos y observó a la directora—. Incluida usted, como comprenderá.

—¿Cómo? Sí, claro, por supuesto… —Leclerc parecía distraída y dócil. Una nueva ráfaga de datos corrió ante sus ojos.

¿En qué estaría pensando?, se preguntó Deckett. Mejor darle margen, había otro asunto que tratar.

—Otra cosa —dijo con voz neutra—: he de hablar a solas con el bot.

Leclerc salió de golpe de su abstracción.

—De eso nada, no puede ser. Imposible.

—No puede impedírmelo. Es, como mínimo, un testigo de lo ocurrido. Y quizá más.

—No lo permitiré. —Leclerc había recuperado toda su prepotencia empresarial—. Recurriré a las autoridades. He de estar presente.

—¿Qué autoridades? ¿El capitán, tal vez? —La inspectora no quería mostrarse más incisiva de lo necesario—. Sabe que él es aquí la autoridad. Y ya dio las órdenes oportunas. La investigación corre de mi cuenta y usted no puede estar presente.

—La ley exige un abogado en los interrogatorios, inspectora...

—Estamos hablando de una máquina.

Leclerc guardó silencio y apretó los labios. Ante eso no había respuesta posible. Aun así, lo intentó.

—Pero los intereses de Bionic Entertainment están en juego. La Carta-Marco de Relaciones Comerciales...

Deckett la interrumpió, quizá más bruscamente de lo que habría querido.

—No hay carta-marco ni legislación que supere las órdenes de un Capitán de Navío en tránsito intermundos. Usted lo sabe. Estamos fuera de la jurisdicción de cualquier otra autoridad.

—¿Para qué quiere hablar con el bot? —preguntó Leclerc con tono de derrota—. Como usted ha dicho, es sólo una máquina. No sienten, imitan sentimientos. No piensan, imitan pensamientos. Es absurdo interrogar a una máquina. Ridículo...

Deckett entrecerró los ojos y se cruzó de brazos. Interesante reacción: la directora, en contra de la propaganda de Bionic, que resaltaba siempre que fueran *tan humanos como los humanos*, parecía querer decir exactamente lo opuesto: sólo son máquinas. Era una defensa tan pobre como comprensible.

—Bueno, tal vez sólo sea una máquina, como usted dice... En cualquier caso, su testimonio será igual de válido que el de una cámara de seguridad o un sensor cualquiera. ¿No le parece?

Leclerc no respondió. El mal humor velaba sus elegantes facciones. Sabía que no podía evitarlo: la inspectora se quedaría a solas con el bot.

—Exigiré reparación por cualquier daño o menoscabo en sus funciones —dijo al fin con un tono altanero que intentaba velar su capitulación—. Lo que sea: responderá usted. Y su capitán.

—Pierda cuidado. Las empresas de seguros se ocuparían en ese caso. Aunque le prometo que trataremos a su... producto con el mimo y el cuidado de un testigo protegido.

Leclerc mostró cierta turbación. Justo tras una nueva ráfaga de datos. Fue apenas un cambio sutil en su expresión y en su postura corporal. Deckett, acostumbrada a leer en las reacciones de los demás, lo percibió. La idea de que Leclerc se estuviera comunicando con alguien cobró fuerza. Pero no había forma de averiguarlo. De ser así, de preguntarle, la directora no tenía por qué responder. Lo dejó correr.

—¿Testigo protegido? —dijo Leclerc recuperando la apostura en un instante. Deckett admiró su control. Una mujer formidable, no cabía duda—. ¿En qué sentido?

—Era sólo un modo de hablar, directora. —Descruzó los brazos y adelantó las palmas en un gesto tranquilizador—. No se preocupe. Me interesa únicamente la información que su... máquina haya podido captar en la noche de autos.

—¿Debo dejarlo sin supervisión alguna? Es muy valioso, como usted comprenderá.

Deckett sonrió. Otro intento de tranquilizarla. Leclerc se había rendido definitivamente. «Tal vez demasiado rápido», pensó la inspectora. «Bueno, ya veremos qué información le sacamos más adelante.»

—No se preocupe. Le garantizo que estaremos a solas, él y yo. Nadie más. Lo llevaremos ahora mismo, con usted supervisando todo, a un lugar aislado y restringiré el acceso a mi personal.

Leclerc, en silencio, la barbilla alzada, el rostro tenso, asintió.

«¿Qué teme que revele él?», pensó Deckett. «Él». Se dio cuenta de que ella misma acababa de decir *él* y no *esto*. O *eso*. Resultaba difícil, viéndolo allí tumbado, respirando quedamente, considerarlo una máquina. Empezaba a entender a Condesa Planck.

11

Tras una larga y prolija explicación sobre cómo interactuar con un lovebot, que nadie le había pedido, Geneviève Leclerc se marchó no sin mostrar toda la renuencia posible. Deckett sonreía educadamente mientras la acompañaba a la salida del laboratorio. Bao Tian las siguió a un metro tras ellas como un diminuto pero fiero guardia de corps. Por fin, cuando la directora abandonó el feudo del forense, el hombrecillo, soltando un bufido, se desahogó.

—No me gusta, Durga —dijo con voz aguda—. Nada de esto está bien. No deberías haber estado a solas con ella, y no deberías estar a solas con una prueba forense. Contraviene todos los protocolos. Y mira que puedo ser tolerante con los protocolos… Pero esto… Esto es una *boutade*.

—¿Una qué?

—Una estupidez, dicho en francés —replicó él, enfadado—. ¿No se supone que esa tipa es de esa parte de la Tierra?

—¿Sabes francés? —preguntó interesada. Su amigo la sorprendía siempre con sus conocimientos más allá de la ciencia médica. Él asintió sin variar su gesto de enfado.

—Sé hablar siete idiomas, querida. Y en todos ellos puedo decirte que esto es una insensatez.

Deckett sonrió. Bao Tian era un tipo serio y con una ética profesional digna de encomio, pero que había admitido más de una vez las directrices de la Compañía en casos… inconvenientes. Cadáveres anónimos, algunos no tanto, que por razones variadas era mejor no airear. Ajustes de cuentas entre mafias interplanetarias, desapariciones más o menos provechosas para los intereses de algunos poderosos e incluso algún que otro asesinato pasional cuya publicidad Starliner Cruises consideraba peligrosa para su política comercial. El hombrecillo, tragándose sus escrúpulos, firmaba cuantos documentos le ponían por delante los inspectores de la Compañía. Se odiaba al hacerlo, pero Deckett sabía por qué lo admitía. Todo el mundo, incluido su diminuto amigo, tenía un pasado que olvidar.

En el caso de Tian, una condena de prisión por falsificar un certificado de defunción. Siendo un jovenzuelo estúpido y enamorado se dejó convencer para beneficiar al hombre al que amaba en un caso de herencia familiar complicada. La cosa salió mal. Él pagó caro su error. Perdió su oportunidad de trabajar para la Policía Planetaria Terrestre y hubo de contentarse con pasar la vida en el espacio, diseccionando cadáveres poco interesantes, atado, además, por un contrato que lo obligaba a seguir haciendo justo aquello por lo que lo castigaron treinta años atrás. Paradojas de la vida, inevitables muchas veces. Como Tian, también a ella le pesaba un pasado que prefería olvidar.

—Lo sé, amigo mío —respondió ella conciliadora—. Pero convendrás conmigo en que no estamos ante un caso cualquiera. Condesa Planck es alguien que, viva o muerta, puede derribar muchas reputaciones. Entenderás que haya que actuar con cautela...

—No me fío de esa individua, Durga —prosiguió aún más enfadado—. Leclerc es altanera y representa lo peor de nuestro infame entramado mercantil. Bionic Entertainment es una compañía carroñera. Se aprovecha de las inseguridades de su clientela. Es... es inmoral.

El hombrecillo parecía a punto de sufrir una apoplejía. Deckett le pasó una mano por el hombro intentando tranquilizarlo.

—Me conoces, Tian. Sabes que conmigo esa prueba forense estará a salvo de toda influencia. Puedo garantizarte que lo único que hemos hecho la señora Leclerc y yo ha sido activar su bot. Y creo que te habría gustado...

Jugó la carta del interés científico. Tian se calmó como por ensalmo.

—Me habría gustado verlo, sí... Bueno, tendrás que contarme en detalle cómo un ser rechoncho y amorfo se convierte en..., bueno, en eso.

Señaló hacia la camilla donde el cuerpo del bot, igual de dormido que antes, permanecía ajeno a toda discusión. Habían habilitado una de las dos salas de interrogatorios, a la que lo llevaron, cubierto con una sábana como si fuera un vulgar cadáver, para evitar ser visto. Con el fin de preservar su acuerdo con Leclerc, Deckett desactivó todos los sistemas de seguimiento y vigilancia. La habitación era, respecto al resto del complejo de Seguridad, completamente invisible. Lo que averiguara del propio artefacto no constaría en registro alguno.

—Te lo contaré luego, dalo por hecho. Ahora déjame. —Deckett sonrió con cariño a su amigo—. Debo empezar la investigación. Si quieres, nos tomamos luego una copa y hablamos.

Bao Tian, con el ceño aún fruncido, asintió. Luego se dio la vuelta y salió de la sala a pasitos cortos y elásticos. Deckett cerró la puerta y se volvió hacia el durmiente. En la habitación sólo había una mesa, dos sillas y la camilla que lo acogía. Retiró la sábana, bajo la que seguía igual de desnudo que al principio. Algo inadecuado y fuera de lugar. Tras pensarlo un instante se asomó afuera y dio un par de gritos para llamar a sus asistentes. Al cabo de unos segundos, Kai se presentó ante ella.

—Kai —dijo la inspectora manteniendo la puerta entornada—, búscame ropa de varón. Un metro ochenta más o menos y complexión delgada.

—¿Ropa de varón, inspectora? ¿De dónde la saco a estas horas? —Kai no era precisamente el tipo más despierto de la nave. Fuerte, leal, eficiente para cargar cosas y escoltar detenidos, no valía para tareas más complejas, aunque, por su antigüedad, era el segundo al mando tras ella.

—Busca algo del personal de Mantenimiento. Un mono bastará. Seguro que encuentras alguna cosa. Vamos, date prisa.

Kai asintió y se marchó a grandes zancadas. Deckett cerró la puerta y se volvió hacia la camilla. El hombre desnudo seguía allí. Silencioso. Dormido. Y muy desnudo…

«¿Qué hacemos contigo?», pensó mientras se acercaba a la camilla. «¿Qué secretos guardas?». Lo primero sería… Vaya, se había olvidado de todo lo que Leclerc explicó con tanto detalle. No tenía ni idea de cómo dirigirse al bot. No se trataba de una mera interfaz computacional o un asistente virtual de esos a los que los usuarios ponen nombres estúpidos. Si Condesa le dio nombre, lo ignoraba. Intentó recordar si Leclerc se lo había dicho, pero estuvo tan atenta al rostro enrojecido de Tian que, si fue así, no lo registró mentalmente.

Se acercó un poco más a la camilla para observar el rostro apacible del bot. «Joder, qué bien hecho está. Incluso tiene poros en la piel». Carraspeó insegura y, en voz baja, le habló:

—¿Hola? —El bot siguió inmóvil. Quizá hacía falta una palabra clave para activarlo. Tal vez su nombre. «Mierda, no presté atención. Y no quiero llamarla para preguntarle. Bueno, ya me apañaré, no será tan difícil.»

Tentativamente, tocó con un dedo el hombro derecho del durmiente. El músculo cedió a su presión como lo habría hecho uno de verdad. Repitió el gesto varias veces. Al retirar el dedo, observó que la piel de esa zona se había enrojecido.

—Increíble su realismo. Esto empieza a dar miedo…

Deckett, pensativa, cogió una de las sillas y se sentó. ¿Habría que tocar de nuevo ese punto en la nuca, sería ése el activador? Iba a levantarse para probar cuando se lo pensó de nuevo: «A ver, Durga. No dejas de repetirte lo realista que es, lo auténtico que parece. ¿Qué harías si fuera un tío dormido?».

Resuelta, se acercó a la cabecera de la camilla y, con vehemencia, y quizá demasiada brusquedad, zarandeó al ocupante. El bot abrió los ojos y parpadeó ante la intensa luz blanca del techo. En un gesto absolutamente natural se cubrió la cara con una mano. Antes de eso Deckett tuvo tiempo de ver cómo sus pupilas se contraían. Luego, tras desperezarse y soltar algunos murmullos de satisfacción, como alguien que acaba de despertarse de un largo y agradable sueño, el individuo se irguió hasta apoyar los antebrazos en la camilla. Su mirada buscó la de la inspectora. En otro gesto igual de natural, el tipo ladeó la cabeza y entrecerró los ojos. Unos ojos azul intenso que la contemplaron con interés. Aquello, fuera lo que fuera, no era una máquina. Las máquinas no miran así, se dijo inquieta.

—Hola —habló la máquina.

Su voz sorprendió a la inspectora. Una voz grave, sin duda acorde a su aspecto. Un pensamiento absurdo: «¿Por qué acorde?». Deckett recordó el tono un tanto agudo y juvenil de Darim. Este tipo poseía voz de político, voz de presentador de noticias. Voz de mando. Voz sugerente. Como la del capitán. Una voz que, de inmediato, la cautivó. Le gustaban las voces graves. Su inquietud escaló peldaños.

—Hola… —respondió insegura. Él sonrió. Una sonrisa impecable. «Joder, todo en este tipo es atractivo. Los gustos de Condesa Planck eran exquisitos…»

—Soy Hermes. ¿Y tú?

Hermes… ¿No era un nombre mitológico? ¿Griego, tal vez? Bueno, no disponía de Tian para aclarárselo, pero le cuadraba a la perfección. Su aspecto era de héroe griego, no cabía duda. Lo del nombre ya estaba resuelto, al menos.

—Durga… —dijo aún insegura.

No había en su experiencia algo similar a esto. Estaba hablando con un ser artificial que parecía enloquecedoramente natural. Y, además, sin conocerlo de nada le había dado su nombre. A bordo sólo la gente más cercana la llamaba así. Para el resto era Deckett a secas. Usar el nombre en lugar del apellido le parecía una muestra de vulnerabilidad. Y si había algo que Durga Deckett no quería mostrar ante nadie, en ningún caso, era vulnerabilidad. Cualquier vulnerabilidad. Mostrar tus debilidades podía llevarte a… Daba igual. Ya no había remedio.

—Un nombre mitológico —respondió él sin perder la sonrisa. «Qué coincidencia», se dijo ella. «Mitología. Hemos pensado lo mismo»—. Durga la Invencible, la diosa guerrera hindú. Un placer, Durga.

Le tendió la mano derecha, para lo cual apoyó su peso corporal en la izquierda. Deckett observó fascinada la naturalidad del movimiento de los músculos, las arrugas de su rostro, las venas bajo la piel. Sin poder evitarlo alzó su propia mano y el tipo se la estrechó con fuerza, pero con delicadeza. El gesto hablaba de un exquisito control de lo que fuera que hubiera dentro de él. Recordó que tenía vísceras, que era capaz de remedar funciones orgánicas humanas. Su mirada, involuntariamente, se desplazó por un momento a su ingle. Con cierta vergüenza, la inspectora se centró de inmediato en los ojos azules que la observaban. Él, habiendo captado el gesto de ella, se observó a sí mismo y luego volvió a mirarla.

—Estoy desnudo, Durga. ¿Por qué? ¿Dónde estoy? No reconozco este lugar.

Seguía sujetando la mano de la inspectora. Ella movió los dedos y él captó al instante que quería que la soltara. Lo hizo. Deckett inspiró hondo antes de hablar.

—Está usted... —Dudó por un momento. Él la había tuteado, pero, fuera artificial o no, era un testigo. O una prueba pericial. O... Daba igual lo que fuera. No le pareció correcto tutearlo— en el Departamento de Seguridad del *Schettino*. Soy la Jefa del Departamento y se halla aquí porque...

¿Cómo decirlo? ¿Hemos encontrado muerta a su *domme* y queremos saber qué pasó? ¿La mató usted echando un polvo? ¿Cómo se le habla a una máquina? Deckett, como todo el mundo, estaba acostumbrada a las interfaces virtuales, a las inteligencias artificiales, a las personalidades ficticias que, por doquier, interactuaban contigo ya fuera para adquirir un pasaje en el *Schettino*, pedir un menú de desayuno, gestionar una cita médica, tratar con el fisco o hacer una crítica en los Nodos de tu última compra de ropa. No había problema con esas personalidades, sabías que eran falsas. Incluso, aunque tuvieran cuerpos holográficos y sonrieran con simpatía cuando les preguntabas, sabías que eran falsas. Y si se trataba de algún robot más o menos antropomorfo, o muy antropomorfo, tampoco pasaba nada. Sabías que eran falsos. Robots había por todas partes, especialmente en trabajos difíciles o desagradables. Y no dudabas: sabías con quién estabas hablando. No daban miedo.

Este tipo era distinto.

La magia de Bionic Entertainment se reveló con nitidez. Podía entender por qué estas cosas eran tan caras. Tan increíblemente caras.

—¿Dónde está Condesa? —preguntó de repente. Volvió la cabeza para mirar a su alrededor. Deckett siguió fascinada el movimiento de sus tendones, de sus músculos, de la piel en el cuello. Luego, los ojos azules se clavaron en ella. El hombre desnudo se irguió del todo, dejó la camilla y se puso en pie. Era algo más alto que la inspectora.

—¿Qué ha pasado? —prosiguió él. Un rictus de auténtica preocupación veló su rostro—. Si estoy en Seguridad es porque ha ocurrido algo. ¿Condesa está bien?

—¿Qué es lo último que recuerda? —preguntó la inspectora demorando las explicaciones.

Echó a un lado sus consideraciones sobre la realidad o falsedad de este tipo desnudo para tratarlo como habría hecho con cualquier otro individuo, testigo o sospechoso, en esa misma situación. Él mostró una expresión de desconcierto.

—No... estoy seguro. —Volvió a mirar a su alrededor, como intentando recordar.

Deckett lo observó atenta: la dirección de la mirada solía indicar si alguien miente o recuerda. Pero eso se aplicaba a seres humanos, no sabía si valía para las copias de seres humanos, por muy perfectas que fueran.

—Estábamos en nuestra habitación —prosiguió él. Al parecer, recordaba; no inventaba—. Condesa y yo. Nos dimos un largo baño en su piscina privada. Pedimos champán, contemplamos una holorrecreación de Júpiter y sus lunas. Luego, por primera vez, hicimos el amor...

El hombre desnudo se irguió de pronto y clavó su mirada en Deckett.

—Algo pasó. No sé qué, pero todo se volvió borroso, y luego negro. Y ahora estoy aquí. —Él, por sorpresa, la tomó de las manos. Si hubiera sido un sospechoso corriente, habría reaccionado instintivamente y con cierta violencia. Pero no hizo nada—. Dime, Durga, ¿dónde está Condesa?

El gesto, el rictus de su rostro, la intensidad de su mirada... Todo hablaba de auténtica preocupación. Del modo más neutro y profesional posible, la inspectora le indicó que se sentara. Hermes lo hizo. Era raro verlo allí, desnudo, apenas en el borde de la camilla, sosteniendo aún una de sus manos, con el rostro contraído de angustia.

—Me temo que tengo malas noticias, Hermes.

Lo que más la sorprendió fue el dolor en sus ojos cuando se lo dijo.

12

«Es una máquina. Es una máquina. Es una máquina...»

Deckett no dejaba de repetírselo mientras, para su desconcierto, intentaba consolar a un hombre desnudo que, de pronto, había empezado a derramar lágrimas. En silencio, sin gestos, sin aspavientos. Hermes, sentado en la camilla, se tapaba la boca con las manos mientras movía despacio la cabeza a un lado y a otro en una negación sin palabras. Sus hombros, echados hacia delante, lo mostraban en una postura tan abatida, tan frágil, que la inspectora se vio obligada a acercarse, como habría hecho en cualquier otro caso, para ofrecerle un pañuelo de papel.

«Es una máquina. Las máquinas no lloran...»

Ésta, al menos, sí lo hacía. Y de un modo muy convincente. Hermes tomó el pañuelo y, tras secarse los ojos como si fuera el tipo más vulgar del mundo, se sonó la nariz.

«¿Mocos? ¿También moquean? Deberían ser ilegales... Maldita Bionic. Demasiado realismo.»

El bot la miró tras inspirar profundamente. Que sus ojos estuvieran enrojecidos ya no la sorprendió. Deckett le indicó con un gesto una papelera en la que Hermes arrojó el pañuelo tras convertirlo en una pequeña bola arrugada. La inspectora supuso que, tratándose de una máquina, no fallaría.

Falló. La bola de papel rebotó en el borde de la papelera y cayó al otro lado. «Es una máquina, es una máquina. Joder, ¿está programado incluso para fallar como los humanos? Para, Durga, se te está yendo la cabeza.»

Hermes hizo el amago de levantarse y ella lo detuvo.

—No importa, déjelo. ¿Necesita más? —Él negó con un gesto—. ¿Se siente bien? ¿Podemos proseguir?

—Sí, Durga. Sigamos. ¿Un infarto, has dicho?

La inspectora le había contado lo justo. Se suponía que el bot era el arma del crimen, suponiendo también que hubiera sido un crimen, algo que aún no estaba claro. Pero, viendo cómo se comportaba, viendo sus reacciones, no podía pensar que, simplemente, era un objeto. El bot parecía tener voluntad, consciencia, sentimientos...

Lo cual ponía en entredicho su condición de objeto. Ésa era la cuestión: los productos de Bionic, ¿eran objetos o sujetos? Una cuestión filosófica, psicológica y ética que, a ella desde luego, la superaba. No era ni su campo de experiencia ni de cualificación. Debía centrarse en descubrir quién reprogramó a este tipo. La naturaleza del tipo era irrelevante.

—Eso parece —respondió con cautela mientras le tendía otro pañuelo—. Pero hay algunas cuestiones que hemos de aclarar. Y... usted está entre ellas.

El bot se sonó otra vez. Arrugó el nuevo pañuelo y lo lanzó a la papelera. Esta vez acertó.

—¿Creéis que lo hice yo, Durga?

La inspectora parpadeó. Había estado tan pendiente de la papelera y el pañuelo que, por un instante, perdió toda su consciencia situacional. El tipo era algo más que encantador: era listo.

—¿Qué quiere decir? —preguntó con voz neutra. Él se alzó de hombros.

—Es obvio. Creéis que yo la maté.

—¿La mató usted? —Deckett decidió seguirle la corriente. En su experiencia interrogando sospechosos y testigos, había que saber cuándo apretar, cuándo enjabonar, cuándo sonreír, cuándo amenazar y cuándo seguir la corriente.

—¿No dijiste que fue un infarto?

El tono irónico de Hermes la pilló por sorpresa. ¿Una máquina se estaba burlando de ella? Una máquina, además, completamente desnuda. ¿Dónde había ido Kai? Joder, no era tan difícil conseguir algo de ropa.

—Muestre más respeto —replicó con acritud—. Para usted soy la inspectora Deckett. No se tome familiaridades conmigo.

Se sintió molesta. No por el tono burlón, no porque la llamara Durga, no porque una máquina la estuviera desconcertando. Lo que la molestó fue haber perdido, por unos instantes, el control de la situación. Jamás un interrogatorio había alterado su ecuanimidad profesional. Por aquella sala había pasado lo peor de la especie humana. Había recibido insultos, amenazas, groserías de lo más florido. Había escuchado todo tipo de historias: buenas, malas, tristes, horribles… Nada de todo eso la había impresionado. Para ella era lo normal en un día de trabajo normal. Pero esta vez…

El bot asintió sin palabras. Deckett se tomó unos segundos para recuperar su concentración.

—La causa de la muerte fue un infarto. —Su voz volvía a ser controlada y tranquila—. Pero el infarto se lo provocó muy probablemente el dolor por un traumatismo debido a…

«Mierda. ¿Cómo lo digo?». Costaba mantener una actitud neutra con el arma del crimen justo ante sus narices. El bot, sentado en el borde de la camilla y con las piernas abiertas, mostraba en toda su plenitud dicha arma. Él, notando la involuntaria mirada de la inspectora, se observó la ingle. Luego, alzando el rostro, se encogió de hombros.

—Esto, inspectora, es nuevo para mí —dijo con voz amable—. Creo que aún no domino demasiado bien su funcionamiento…

¿Se burlaba otra vez? Deckett lo miró con cautela. Diría que no. Pero ¿cómo estar segura? No hablaba con un ser humano. Su entrenamiento, su experiencia, sus dotes de observación podían no servirle en este extraño caso.

—¿Nuevo? —Decidió seguirle el hilo. Si, como explicó la directora, el bot no estaba programado originalmente para el sexo, nadie mejor que él para saber qué había pasado. Hermes volvió a alzarse de hombros.

—Sí, Dur... inspectora... —Una leve sonrisa apuntó en sus labios antes de recuperar la seriedad—. Nuestra relación no es... No *era* física. Me refiero a Condesa, claro.

Por dos veces, el bot había rectificado lo que iba a decir. El cambio del tiempo verbal le pareció a Deckett muy revelador. Tomó nota mental de ello.

—Señor... —Deckett se dio cuenta de que no sabía cómo dirigirse a él. Lo normal en estos casos era usar el apellido. ¿Tiene apellido un bot?—. Perdone, ¿tiene usted apellido, o sólo es Hermes?

—Lagrange. Hermes Lagrange. —El bot entrecerró los ojos—. No sabe mucho de bots, ¿verdad?

La pregunta la sorprendió. Evidentemente, el artefacto sabía que era un artefacto. Pero la idea de que no fuera así cruzó por su mente. ¿Sería posible, pensó, construir una máquina que no supiera que lo era? El colmo de la perfección cibernética: un robot que cree ser humano. «Joder, esto me supera; no tengo ni idea de ciberfilosofía, o ciberpsicología, o *ciberloquesea...*»

Se esforzó en dejar a un lado tales cuestiones. Ya buscaría información. Bao Tian seguro que sabía de ello. Tian sabía de todo. Luego le preguntaría.

—Entiendo que sabe usted lo que es...

Hermes volvió a esbozar una sonrisa.

—Claro, inspectora. Lo sé. Y, por si se lo está preguntando, no. Ningún bot ignora que lo es. Bionic Entertainment se asegura de que así sea. Pretenden el máximo realismo en sus productos, pero no hasta un nivel que... No es conveniente.

Por un momento Deckett tuvo la sensación de que Hermes iba a decir algo más. Notó un asomo de duda en su voz. Como si se tratara de un interrogatorio corriente con una persona corriente, lo dejó pasar a la espera de más piezas. Muchas veces no era necesario formular preguntas concretas: bastaba dar margen para que el interrogado suministrara la información necesaria sin forzarlo.

—No es conveniente... —repitió ella con voz neutra. Hermes asintió.

—Por el bien del cliente, por supuesto. Una imitación absolutamente perfecta de un humano puede conducirlo a situaciones peligrosas si su psique no reúne las condiciones de salud necesarias.

—Pero ¿puede hacerse? —Deckett ocultó su interés sonando simplemente casual—. Quiero decir, ¿es posible una imitación perfecta?

El bot sonrió de nuevo. Desde luego, su sonrisa sí era perfecta. Una alerta de peligro se encendió en su mente: «Cuidado, Durga, no te dejes engatusar por su sonrisa».

—Sí, inspectora. Es posible. Pero no se hace. Suele acabar mal.

Deckett se volvió para acercar una silla y se sentó. «Error», pensó demasiado tarde al darse cuenta de que, al hacerlo, su vista quedaba exactamente a la altura de la ingle del bot, que continuaba sentado al borde de la camilla. E igual de desnudo. «Maldito Kai, ¿traerás de una puta vez la ropa?», se dijo esforzándose en mirar sólo hacia arriba. Si Hermes notó algo en su rostro, no lo evidenció.

—Bien, de acuerdo. Pero volvamos al asunto. Me ha dicho usted que su relación con la señora Planck no era física. ¿Cómo explica entonces...?

La cosa iba a peor. «Joder, Durga, te estás luciendo. Le preguntas justo con su entrepierna en tus narices. ¿Qué hago, me levanto? Se dará cuenta. En fin, aguanta...».

—No lo sé, inspectora. Hasta hace dos días yo carecía de genitales. Bueno, le he dicho que nuestra relación no era física y no es del todo cierto. Entre nosotros había intimidad, afecto y camaradería. A ella le gusta..., le gustaba dormir conmigo. Simplemente dormir juntos.

Deckett ya no se sorprendió al escuchar al bot usar el presente de indicativo. Algo habitual en quienes acaban de perder a alguien querido y aún no lo han asimilado. Algo que también, cuando se trataba de descubrir si una muerte había sido inesperada o calculada, podía dar pistas de la intencionalidad criminal. Pero, tratándose de una máquina tan perfecta, le pareció esperable.

—¿Hace dos días? ¿Tiene usted... genitales desde hace dos días?

—Así es. —Hermes la miró ladeando la cabeza. De repente, se levantó de la camilla—. Perdone. Necesito moverme, espero que no le importe.

El bot, en pie ante ella en su absoluta desnudez, la obligó a levantarse también. «¿Dónde ha ido el imbécil de Kai?», se dijo. Un par de golpes en la puerta la sacaron del incómodo momento. Su asistente, por fin, había llegado. El joven asomó la cabeza.

—Jefa, le traigo lo que pidió. —Ella se acercó y tomó impaciente el bulto de ropa gris oscuro que su asistente le tendía. Notó su sorprendida mirada dirigida al desnudo ocupante del cuarto antes de volver a mirarla a ella—. ¿Algo más, jefa?

—Gracias, Kai. Nada más. Puedes irte. —Se apresuró a cerrar la puerta. ¿Qué contaría a los demás ahora? Desde luego, que la Jefa de Seguridad se hallara a solas con un tío en cueros en un cuarto de interrogatorios sería pasto de cotilleos. En fin. Tenía que haber enviado a Dris. Era mucho más discreta que Kai.

—Espero que sea de su talla —dijo entregándole la ropa a Hermes—. Mi asistente no es muy hábil para estas cosas.

El bot tomó el bulto y lo desplegó. Era un mono de personal de Mantenimiento. Hermes lo sostuvo en alto para comprobar su talla. Se encogió de hombros y, con tranquilidad, se vistió. Le quedaba estupendamente, pensó la inspectora. Había que reconocer que el tipo estaba bien hecho. Muy bien hecho. Pero seguía descalzo. Bueno, ya habría tiempo para resolverlo.

—No es muy elegante, ¿verdad? —dijo él.

La inspectora parpadeó, desconcertada.

—¿Elegante?

Hermes asintió mientras tomaba de nuevo asiento en la camilla.

—Le parecerá una frivolidad, pero estoy acostumbrado a otro tipo de atuendo... En fin, discúlpeme. Hablábamos de mis genitales. ¿Qué quiere saber de ellos? Me percaté de que los observaba usted con atención. ¿No le parecen adecuados? Como le dije, no tengo mucha experiencia en estos adminículos. Diría que están bien hechos, pero no lo sé. ¿Qué opina usted?

A su pesar, Deckett se sonrojó. «Mierda, está consiguiendo ponerme nerviosa. ¿Se está burlando de mí?». Inspiró hondo antes de responder.

—Están bien hechos, sí. —Sonrió forzadamente y prosiguió—. Bionic trabaja bien. El asunto es... ¿qué puede usted decirme de la repentina aparición de sus... genitales?

Hermes miró hacia arriba, las manos enlazadas sobre su regazo. Negó lentamente con la cabeza.

—No lo sé, inspectora. No tengo ni idea. Sólo puedo decirle que cuando nos acostamos no los tenía y, a la mañana siguiente, ahí estaban. Listos para su utilización.

—¿Listos para su utilización? —Deckett frunció el ceño— ¿Qué quiere decir?

Él sonrió con gesto irónico y ella volvió a sonrojarse. «Maldito sea, ha vuelto a pillarme.»

—No entiendo por qué le interesa el asunto de mis genitales, inspectora, pero le diré que para mí fue toda una sorpresa. Verá, aunque mi programación básica incluye la funcionalidad sexual, no se me proveyó de las librerías específicas para un desempeño adecuado. Sin embargo, la actualización incluyó toda la información necesaria.

—¿Sabe usted cómo ocurrió? Quiero decir, ¿una... actualización ocurre de modo consciente?

—No, inspectora. Se hacen en modo de hibernación. De hecho...

Hermes entrecerró los ojos, pensativo. La naturalidad de su gesto, a pesar de todo lo que ya había visto, seguía sorprendiéndola. Deckett aguardó atenta.

—En mi registro cronológico hay un vacío de cuarenta y ocho minutos y quince segundos. —Él la miró manteniendo los ojos entrecerrados.

—¿Lo que significa...? —Deckett lo alentó moviendo la mano derecha.

—Que no entré en modo hibernación, sino en desconexión completa. Es decir, no guardo registro alguno de lo ocurrido en ese lapso. Anticipándome a su obvia pregunta, inspectora, no puedo decirle quién lo hizo o cómo lo hizo.

—Pero —preguntó ella— ¿se pueden hacer modificaciones con su sistema apagado?

—Sí, si se trata de cambios importantes a nivel morfogénico profundo. La implantación de genitales no lo es. Sólo se precisaba introducir el bloque de programación adecuado. Mi sistema operativo ya cuenta por defecto con las ranuras lógicas para cualquier elemento orgánico básico. Si me desconectaron seguramente fue para no dejar huellas de quienquiera que lo hiciera. O por algún otro motivo que desconozco.

—¿Sabe al menos a qué hora fue? —él asintió.

—Eran las cuatro horas, once minutos y cuarenta y cinco segundos de la madrugada, hora terrestre.

—¿No fue usted consciente en ningún momento de lo que ocurría? Quiero decir, ¿los bots no registran información de modo continuo?

—No exactamente, inspectora. Estamos diseñados para ser todo lo humanos que es posible. Como los humanos, al dormir nuestra percepción se atenúa hasta la inconsciencia. Como los humanos, sólo salimos de ese estado ante un estímulo intenso. Dormimos tan profundamente como ustedes. No puedo decirle quién lo hizo. Sí registramos nuestros procesos internos, y también aquello de lo que somos conscientes.

—Explíqueme eso mejor, por favor.

—Guardamos la información de todo lo que nos acontece mientras estamos activos. En ese sentido, somos como los humanos con memoria eidética.

—Eidética… sí —asintió Deckett—. Ese tipo de memoria que registra todo…

—Así es. Pero, a diferencia de ustedes, nuestro registro conserva todos los detalles. Eso sí, hemos de estar conscientes. Activos, si la palabra *consciente* no le parece propia de una máquina…

La inspectora alzó una ceja. Estaba claro que Hermes había captado sus reticencias al tratar con él. Esto tampoco la sorprendió. Las máquinas de Bionic no sólo eran asombrosamente humanas, también eran inteligentes.

—En cualquier caso, usted no sabe quién lo desactivó y alteró su morfología. ¿Hay algo más en su registro cronológico, algo que le parezca significativo?

La expresión de Hermes volvió a ser pensativa. Y volvió a asentir.

—Sí, inspectora. Hay otro vacío en mi cronograma interno. Desde las seis y veintitrés de la mañana hasta que me desperté aquí. Un vacío largo de más de un día. Antes de eso, Condesa me despertó a las cinco de la mañana y me pidió que hiciéramos el amor. En ese instante fui consciente de mi actualización.

Deckett se echó sobre el respaldo. Tian había establecido la hora de la muerte de Condesa alrededor de las seis de la mañana de dos días atrás. Su bot fue hallado completamente inerte. Es decir, se desconectó al morir ella. O fue desconectado.

—¿No le pareció extraño tener genitales de repente? —preguntó. Hermes se encogió de hombros.

—Supuso una contradicción lógica, inspectora. Como le digo, se me desactivó para la modificación en lugar de hibernarme. Cuando Condesa me despertó, tardé unos nanosegundos en completar mi actualización. Pero, desde luego, un bot no discute las modificaciones de su programación. Las aceptamos y punto.

—Y que la señora Planck le pidiera hacer el amor, ¿tampoco le sorprendió?

Hermes negó despacio con una sonrisa que, en un tío real, habría demostrado ser de un recuerdo placentero.

—En absoluto. Fue agradable. Y quería hacerla feliz.

Deckett no respondió. Intentaba ordenar sus pensamientos.

Alguien entró en la suite de la finada, desactivó al bot, modificó sus parámetros y salió sin ser visto por los sistemas de vigilancia. Lo cual resultaba imposible de aceptar. Esos sistemas eran a prueba de intromisiones. No se los podía burlar. Así que, si no entró ni salió nadie…

Deckett se echó hacia adelante.

—¿Cree que pudo haberlo hecho la señora Planck?

Hermes abrió mucho los ojos con gesto de incredulidad.

—¿Condesa? No lo creo. Ella no poseía ni los conocimientos ni las habilidades para modificarme. Amén del hecho de que el usuario no tiene acceso a las funciones directrices de su bot. Bionic se asegura de que así sea, inspectora. Una modificación tal requeriría de sus técnicos. Y sólo podría hacerse en su sede.

Deckett, despacio, echándose de nuevo sobre el respaldo, asintió pensativa. Hermes, ladeando la cabeza, la miró.

—Sus preguntas no encajan con una muerte por infarto, inspectora. Es evidente que piensan que Condesa murió… de otro modo. Dijo usted traumatismo… Y parece que yo tuve que ver con ello. —El bot hizo una pausa larga—. ¿No me dirá qué pasó?

La inspectora dudó. De haberse tratado de un sospechoso habitual, posiblemente no lo habría hecho. Le habría dicho la verdad, o se la habría ocultado, todo en función de las necesidades de la investigación, pero sin dudar un instante. Sin embargo, y no sabía por qué, y no podría explicarlo, le costaba trabajo decirle que él la mató. Lo miró durante un rato, mordiéndose el labio inferior mientras Hermes, con paciencia de máquina, aguardaba.

—Usted la mató, Hermes —dijo al fin—. Durante el coito. Creo que no fue su intención, no obstante. Pero murió por su causa.

El bot era una máquina, sí, pero, definitivamente, no lo parecía. Su rostro, la expresión de horror, de angustia, la conmovió.

—¿Yo? —la voz de Hermes tembló—. No es posible, yo la amaba…

¿La amaba? Deckett, recordando de pronto la expresión de Condesa en el registro visual del Paseo de los Árboles, se dio cuenta de que la de él era casi idéntica. Atónita ante tal revelación, no supo qué responder.

13

—¿Y bien?

Tian esperó hasta que el camarero los dejó a solas. Whisky de calidad, había pedido. La expresión de cansancio de su amiga dejaba claro que no bastaría con cualquier pócima barata. En aquel bar podían permitirse el lujo de beber auténtico alcohol a un precio razonable. No estaban en el Nivel Luxury, sino en una cantina del Anillo de Tripulantes, así que el concepto de calidad era relativo. No obstante, a ellos les pareció satisfactorio.

Durga se arrellanó en los almohadones de su asiento. La luz indirecta y la situación del reservado los mantenía discretamente separados de los escasos parroquianos. Dada la hora, cerca del almuerzo, casi todo el mundo se afanaba en los diversos comedores de esa cubierta. Aun así, convenía hablar en voz baja.

—Ha sido agotador, Tian. No te lo puedes imaginar.

—Pero ¿qué ha pasado? —El hombrecillo agarraba su vaso como si fuera a escapársele de un momento a otro—. Cuéntame todo… Bueno, cuéntame hasta donde puedas.

Durga sonrió. Tian, a pesar de los años, y a pesar de su pasado, no perdía la seriedad profesional.

—Bionic Entertainment es una empresa hija de la grandísima puta.

—Vaya, qué lengua —respondió él dando un pequeño sorbo. Solía preferir el vino blanco bien frío. Pero no iba a dejar que su amiga bebiera sola esa pócima, por cara que fuera. No le gustaba el whisky.

—Es increíble lo que han sido capaces de lograr en el terreno de la inteligencia virtual. Y no sólo eso: los cuerpos de los bots son…

Movió la mano de forma ambigua. ¿Cómo explicarle al médico lo que había experimentado desde que Hermes recobrara la consciencia esa mañana? ¿Cómo contarle la increíble transformación de aquel pálido homúnculo en un hombre real?

Un hombre real…

Sorprendida, se dio cuenta de que casi obviaba que era un bot. Empezaba a entender a Condesa y el amor en su mirada.

—Nos han enviado un completo dosier desde la delegación —dijo Tian poniendo cara de asco tras dar otro pequeño trago a su vaso—. Generalidades más bien: diagramas, autonomía, morfogénesis…

Durga apuró el suyo de un trago y levantó un dedo hacia el camarero. Necesitaría más combustible para hablar de esto. El hombre rellenó el vaso y se marchó de nuevo.

—Vi su transformación, amigo —dijo después de probar su segundo whisky—, y sigo sin entenderlo. No sé cómo han logrado algo así. ¿De qué están hechos, por ejemplo? Porque al principio son blandos y pálidos. Tú lo viste… Pero luego…

Tian se encogió de hombros. Con un dedo empujó su bebida casi sin tocar hacia ella y luego encargó una copa de vino blanco a través de su enlace neural. A diferencia de Durga, él no tenía ningún inconveniente en usar ese tipo de tecnología. A ella le parecía invasiva. A él, simplemente cómoda. Durga prefería con mucho las interacciones de tú a tú. Opinaba que los Nodos Sociales y su oferta de millones de relaciones virtuales mataban las relaciones reales. Podías creer que tenías millones de amistades cuando, en realidad, te rodeaba la soledad. Pero Tian disfrutaba tanto de unas como de otras. Para él, su amiga vivía demasiado aferrada al pasado. Sabía por qué, claro, así que era indulgente con ella.

—Su sustancia corporal —explicó él mientras Durga trasvasaba el líquido ambarino— se compone de polímeros de base orgánica. Son sensibles a ciertas frecuencias de radiación electromagnética, lo que permite orientar los enlaces covalentes de sus moléculas siguiendo el patrón determinado por el programa matriz…

Tian se detuvo en su explicación al ver la expresión de Durga, el vaso parado sin llegar a sus labios. Sonrió.

—Lo simplificaré, de acuerdo. A ver… —Lo pensó unos instantes antes de proseguir—. La materia de un bot es biónica. Es decir, simula la materia biológica en muchas de sus características, pero no se degrada, no necesita nutrientes ni oxígeno para funcionar. Simplemente se alimenta de electricidad. Dentro de esos artefactos hay una serie de… digamos, moduladores de cambio, los núcleos morfogénicos, que pueden convertirse en cualquier cosa marcada por el programa. Me sigues, ¿verdad?

Durga asintió. Esperaba no tener que pedir más whisky para comprender la explicación.

—Bien, esos núcleos se transforman en los órganos internos, el esqueleto de sostén, los músculos, las conexiones… Todo lo que los hace parecer reales.

—¿Incluso el cabello, las venas bajo la piel y demás detalles?

Tian asintió. El camarero llegó con una botella y una copa. Aguardaron a que acabara.

—Todo —continuó él. Probó el vino y chasqueó la lengua satisfecho—. Esto es otra cosa… En fin. La tecnología que hay detrás es impresionante. A diferencia de los robots estibadores, por ejemplo, que están hechos de metal y cables, los de Bionic son ligeros, versátiles y funcionales. Pesan lo mismo que un ser humano de su mismo tamaño. Y a todos los efectos, se comportan igual en habilidades como la percepción, el sentido del equilibrio, la psicomotricidad… Además, sus encéfalos neurónicos los hacen muy inteligentes. Vamos, un triunfo de la ciencia y la ingeniería informática…

Durga, tras otro trago, asintió pensativa. Sí, un triunfo científico, seguro. Pero ¿era absurda su aprensión? Hermes no sería una persona, pero no fue eso lo que sintió cuando lo dejó en una celda hasta el día siguiente. De haberse tratado de un testigo normal, un humano corriente, lo habrían devuelto a su camarote. Hermes aceptó permanecer allí sin la menor queja, como si no le importara. Una lanzadera orbital no se queja si la dejas mal estacionada en su hangar. Una cafetera no protesta si no la desconectas. Sin embargo, Durga tuvo la sensación de que hacía mal al abandonarlo allí. Después de contemplar su transformación de homúnculo a hombre, resultaba difícil verlo como una máquina.

—Me has dicho cómo es el cuerpo de un bot —dijo al cabo—. Pero ¿cómo es posible que parezcan tener sentimientos? ¿Bionic lo explica en su dosier?

Tian se tomó su tiempo para responder. Paladeó el vino, se encogió de hombros y luego replicó:

—En el dosier no dicen más que lo justo, querida. —La miró entrecerrando sus ojos más de lo habitual—. Es el verdadero secreto comercial de la Corporación. La base de su éxito financiero.

—*Tan humanos como los humanos*, dice uno de sus lemas… —murmuró ella. Tian asintió.

—Así es. No tengo ni la menor idea de cómo lo consiguen, pero sí sé que la tecnología para entender las emociones y responder de la misma forma, además de secreta, se basa en algo que Bionic llama «matriz neurónica especular». Algo que replica el funcionamiento de las neuronas espejo en los humanos, necesarias para el aprendizaje y la empatía. En fin, no puedo decirte mucho más. Ése sí que no es mi campo de experiencia.

Durga no quiso preguntar más, temerosa de que Tian se lanzara, como solía cuando el tema lo fascinaba, por caminos demasiado intrincados para ella.

—Lo cierto es que, una vez activados, no eres capaz de distinguirlos de una persona de verdad —dijo Durga dándole vueltas al vaso como lo hacía con sus pensamientos—. Si no llevaran identificación digital, nunca sabrías con quién hablas. Según Leclerc, su programación se ajusta exactamente a la psique de sus clientes, así que no me extraña que algunos creen vínculos afectivos con sus máquinas. Es demencial…

—¿Hablas de amor? —El pequeño médico la miró ladeando la cabeza.

Ella asintió despacio.

—Hablo de amor, sí. He visto grabaciones de Condesa junto a Hermes…

—¿Hermes? —la interrumpió Tian.

—Hermes, sí. Hermes Lagrange, para ser más exactos. Sí, amigo, tiene nombre y apellido. Te juro que se me puso el vello de punta cuando lo vi llorar al enterarse de la muerte de Condesa. Y no puedo olvidar su expresión cuando le dije que él fue el responsable.

—¿Que le has dicho qué? —Tian alzó la voz con tono agudo. El camarero los miró desde el otro lado de la sala. El médico habló más bajo—. Por Dios, Durga, ¿le has dado información indebida a esa… cosa?

—Lo he tratado como habría hecho en cualquier otro caso. Me esforcé todo el tiempo en recordar que hablaba con una máquina, pero es muy difícil. Sus reacciones, sus gestos, hasta el menor detalle… Lloran, Tian. Y sudan, y se ruborizan, y son cálidos al tacto.

—Así que lo has tocado… —El hombrecillo guiñó un ojo con gesto pícaro. Deckett sonrió.

—Claro. Le di la mano al despedirnos. ¿En qué piensas, pequeño sátiro?

—En nada, querida. Kai dijo que…

—¿Kai? —ella bufó—. Vaya, Kai tiene la lengua más larga que su inteligencia. ¿Qué os ha contado?

—Que la Jefa de Seguridad del *SC Schettino* estuvo a solas con un tío completamente desnudo y, además, un cachas de ensueño. ¿Es así, Durga, está bueno?

La inspectora rio. Su pequeño amigo, con su rostro de gnomo feliz, su simpatía y su exquisito comportamiento, disfrutaba de una vida sexual increíblemente compleja y variada, muchísimo más activa que la suya propia, demostración palpable de que para ser atractivo en la cama no hacía falta un buen físico.

—Pues sí, amigo, sí. Te saca medio metro de altura, pero seguro que sabrías apañarte.

—Bueno, bueno... —Tian movió una mano con displicencia—. Sigue siendo una máquina. No creo que nos entendiéramos bien. En fin, querida. ¿Qué pasará ahora? No sé por qué, pero me parece que le estás cogiendo cariño a ese tal... Hermes. ¿Le estás cogiendo cariño, Durga?

Deckett contempló su vaso durante unos instantes. El hielo tintineaba al hacerlo girar. Levantó la vista.

—Apenas hemos hablado un par de horas —respondió encogiéndose de hombros—, pero tengo la sensación de que nos conocemos desde hace mucho, mucho tiempo...

—¿Dos horas, dices? —El forense frunció el ceño—. ¿Desde cuándo has necesitado dos horas para interrogar a un sospechoso? ¿Qué te está haciendo esa máquina? ¿Te ha hipnotizado?

—Pues tal vez, amigo. No lo sé. Creo que... sólo me dejé llevar. Como interrogatorio, la verdad es que no había mucho que rascar. No recuerda nada más allá del momento en el que supuestamente murió Condesa. Se desactivó y volvió a su estado basal.

—¿Entonces? —Tian insistió—. ¿Por qué tanto rato?

—No ha sido improductivo, creo. Me ha contado cosas sobre Condesa, sobre su forma de ser. Sus miedos, sus pasiones, su vida más allá de las redes sociales y el boato de los grandes actos. Es información útil. Siempre es interesante saber de la víctima si quieres hallar al culpable.

—No te lo discutiré, querida. Pero ándate con ojo. ¿Qué ha sido de él? De ello... Bueno, ¿dónde está ahora? ¿En un calabozo?

Deckett volvió a suspirar. Un asunto espinoso teniendo en cuenta que madame Leclerc la había llamado al menos tres veces en esas dos horas de entrevista. Exigía la devolución del bot para mantenerlo en custodia en las dependencias de Bionic. Eso no supuso un problema: las órdenes del capitán fueron que Hermes permaneciera en Seguridad durante toda la investigación. Leclerc no tuvo más remedio que aceptarlo, pero su expresión cuando al fin se vieron por holollamada no presagiaba momentos felices.

—El capitán quiere que se quede en Seguridad. Como no somos un hotel, permanecerá en una celda. No le ha parecido mal.

—¿A quién? —Tian la miró con una sonrisa socarrona.

—A Hermes, claro. Para ya, Tian. No me estoy enamorando de él, si eso es lo que te preocupa. No soy ninguna jovencita impresionable.

—No me preocupa, querida. Tienes una cabeza muy bien estibada. Las cosas no se te mueven de acá para allá... salvo cuando bajas al Núcleo. Pero insisto en que tengas cuidado. Y no le cuentes nada de esto a Darim.

Durga se sorprendió. ¿Darim? ¿Qué tenía que ver Darim?

—No te entiendo, amigo. ¿Por qué habría de contarle a Darim nada sobre un caso de asesinato..., o de lo que sea?

—No te hagas la tonta. No puedes decirle a tu chico lo estupendo que es tu nuevo amigo. Quizá no se lo tome bien...

La inspectora negó con la cabeza y luego apuró su vaso de un trago.

—Anda, Tian. Vamos a comer algo. Te invito yo.

14

Acababa de regresar del Anillo Residencial tras poner fin a una de las frecuentes peleas de bar a las que tan aficionados eran algunos pasajeros. Siempre por exceso de alcohol o de drogas. La tolerancia de Starliner al uso de sustancias psicoactivas sólo tenía como razón última el beneficio económico que reportaba suministrarlas legalmente a bordo. Podías encontrar todo tipo de drogas en los bares y expendedores de toda la nave, a precios razonables salvo si los comprabas en la Promenade o en la cubierta Tres, claro. Que esas prácticas causaran problemas a los servicios de Seguridad no le importaba mucho a la empresa. Para eso se les pagaba, y bastante bien, argumentaba el Directorio.

Dos agentes lesionados, a pesar de sus protecciones y escudos, y cuatro alborotadores borrachos a los que hubo que sedar para que no molestaran más. Kai, con un ojo hinchado por el puñetazo recibido de uno de los camorristas, le dijo que el bot quería hablar con ella. Y que era urgente, añadió.

—Ha golpeado la puerta de su celda hasta que le he abierto, jefa. Y dice que sólo hablará con usted —dijo Kai sujetándose sobre el párpado una almohadilla antiinflamatoria.

—Bien, Kai. Ya me ocupo yo. Vosotros poned un poco de orden en todo este lío. Y luego vete al Servicio Médico a que te miren ese ojo.

Dejó a sus subordinados con el papeleo de la reyerta y se dirigió al módulo de Contención. Hermes, sentado al otro lado de la mesa en el centro de la habitación, parecía aguardarla con gesto sosegado y paciente.

Tomó asiento frente a él.

—Ya sé quién modificó mis parámetros, inspectora Deckett —dijo Hermes por todo saludo.

—¿Cómo sabe quién ha sido? ¿No me dijo que no tiene registros de lo ocurrido?

Hermes se encogió de hombros.

—No es así del todo, inspectora. Tengo huecos en mis registros, sí, pero he utilizado otras vías de investigación...

—¿Otras vías? Explíquese.

—Los bots poseemos sistemas lógicos redundantes. Muchos, en realidad. En eso no nos diferenciamos de los humanos, pero, a diferencia de ustedes, podemos analizar secuencialmente y a mayor velocidad los datos de nuestros sensores. He cotejado toda la información desde que Condesa me recogió en la sede de Bionic el primer día del crucero. Mis algoritmos de análisis son, permítame decirlo, muy buenos...

—De acuerdo. —Deckett pasó por alto el tono de satisfacción en la voz de Hermes. Que un bot presumiera de sus habilidades ya no resultaba ni siquiera raro—. ¿Y su conclusión es...?

—Condesa.

La inspectora se echó atrás sobre el respaldo.

—¿Condesa? Usted me dijo que ella no poseía los conocimientos...

—No hay otra explicación lógica, inspectora. —Hermes la interrumpió con gesto enfático—. Si descartamos lo imposible, lo que nos quede, por improbable que parezca, será la verdad.

Deckett sonrió. Bueno, tal vez los bots no eran tan listos, a fin de cuentas. A esa conclusión ya habían llegado sin algoritmos de ningún tipo.

—Hermes, lo que me ha dicho ya lo hemos pensado nosotros. No hacía falta tanto análisis. Si nadie entró en la suite de Condesa Planck y nadie salió, sólo pudo ser ella... o usted.

—No fui yo, inspectora. Puedo asegurarle eso. Y con respecto a su comentario, supongo que quiere decir que ustedes imaginaron la solución. Yo no soy bueno imaginando, ningún bot lo es. Por definición, no poseemos esa habilidad. Podemos proponer mil soluciones diferentes a un mismo problema, pero siempre a partir de nuestras bases de datos y por comparación con ellos. Podemos hacer inferencias predictivas, pero la capacidad de imaginar, de hacer saltos lógicos en el vacío... En fin, Bionic sigue trabajando en ello.

La inspectora entrecerró los ojos. ¿Estaba manteniendo una conversación sobre las posibilidades de la mente artificial con una mente artificial?

—¿De qué demonios hablan ustedes con sus...? —Hizo un gesto con la mano— ¿Cómo llaman a sus amos? ¿Amos, jefes...? Da igual, como sea. ¿Tenía usted este tipo de conversaciones con Condesa?

—Por supuesto que no, inspectora. —¿Había ofendido a Hermes, o sólo se lo pareció?—. A ella esos asuntos no la interesaban. Pero somos capaces de mantener cualquier tipo de conversación. Y, por cierto, Condesa no era mi ama. Ni siquiera mi dominatriz. Conozco el término vulgar que se emplea para describir la relación entre un bot y un humano. Y debo decirle que me parece injurioso.

Así que sí se sentía ofendido. «El colmo del retorcimiento biónico», pensó Deckett. Una máquina con orgullo. Sentimientos, consciencia, orgullo... ¿De qué más serían capaces estos seres? ¿Hasta dónde había llegado Bionic?

—¿Por qué debería creerle cuando afirma que no fue usted quien alteró su propio programa? —Mejor cambiar de tema. Hermes se encogió de hombros.

—Existen salvaguardas en ese sentido, inspectora. En nuestras mentes se insertan diversas rutinas básicas que son inviolables. Como, por ejemplo, matar voluntariamente a un ser humano. Creo que sabe a qué me refiero...

—Sí, las leyes de no sé qué, o de no sé quién —replicó ella. No quería seguir por ese camino—. Así que, asumiendo que lo que dice sea cierto, y si usted no modificó su programación, sólo queda Condesa. De acuerdo.

Se miraron en silencio durante unos segundos. El hermoso rostro del bot parpadeó varias veces en ese tiempo. «Son fascinantes, hay que reconocerlo. ¿Cómo sería hacérselo con él?», se preguntó Deckett muy poco profesionalmente. «¡Durga! ¿Qué te ocurre? ¿En qué estás pensando?». Se centró en lo importante con un cierto esfuerzo. La apostura del bot, la seguridad de sus gestos, su apabullante presencia física… Era difícil sustraerse a su embrujo. Que no era, sin embargo, evidente. En Hermes había algo sutil, difícil de cerner o de poner en palabras. Algo, sin embargo, fascinante. O que al menos a ella la fascinaba…

—Hemos descartado el acceso a la suite 112 por parte de cualquier extraño. La investigación ha dejado claro que la puerta no se abrió en toda la noche hasta que la doncella entró para atender a su señora. Así que, asumiendo que Condesa Planck fuera la responsable de sus cambios, la pregunta es: ¿por qué? Y otra más: ¿cómo?

Cruzado de brazos, con aquel mono gris y descalzo, Hermes parecía completamente fuera de lugar. Al menos si lo comparaba con las imágenes que de él había visto en los últimos días. Como acompañante de Condesa Planck iba siempre vestido de la forma más elegante y, sin duda, cara posible. Los gustos de la diva no eran baratos, eso seguro.

—No tengo respuesta definitiva para ninguna de sus preguntas, inspectora. Podría aventurar hipótesis sobre ambas, pero no darle seguridad alguna.

—Hágalo. Me interesan sus hipótesis.

El bot, que seguía con los brazos cruzados, alzó la cabeza con expresión pensativa. Luego la miró de frente.

—Con respecto al porqué, sí puedo afirmar que Condesa quería una última función digna de ella. Con respecto al…

—Un momento —lo interrumpió Deckett con cierta brusquedad—. ¿Última función?

Hermes asintió.

—Condesa se moría, inspectora.

Deckett negó con un dedo. El informe forense evidenciaba que no disfrutaba de buena salud, pero no padecía de enfermedades graves.

—No, no. Eso no puede ser. ¿Cómo que se moría? Su salud no era la mejor, lo cual resulta extraño teniendo en cuenta su Certificado Médico Alfa, pero no tenía ningún problema serio. ¿Qué quiere decir?

—Condesa no quería vivir más, si lo prefiere de este modo. —Hermes inspiró hondo y luego prosiguió—. Cuando digo que se moría, me refiero a eso. Nunca se sometió a un Poulsen completo, le parecía que eso sería faltar a la verdad, lo cual parecería curioso en alguien que vivió casi toda su vida fingiendo lo que no era. En sus propias palabras, llevaba años muriendo. De pena. De desgana, de hastío. Llámelo como quiera. Yo hice todo lo posible para evitarlo. La animé, la consolé. La acompañé lo mejor que pude. Pero, cuando subió al *Schettino*, inspectora, ella sabía que sería su último viaje.

Esto resolvía el caso, pensó Deckett. Un suicidio. Un tanto alambicado, rocambolesco y exagerado. Así que Condesa Planck se había quitado la vida. Nadie intervino en su muerte... Salvo su bot, claro. Un suicidio a la altura de su prestigio. Un suicidio como correspondía a una diva. Pero suicidio al fin y al cabo.

De todos modos, siguió pensando, la explicación no bastaba. Tal vez morir fuera su intención, pero, según Tian, la muerte la causó el infarto y no la herida en su vagina. En todo caso, ser empalada por tu amante parecía un modo realmente raro de matarse. Quizá es que el infarto anticipó lo que había previsto. Una trágica casualidad. Por cierto, para que ello fuera posible, estaba el asunto del tamaño... Tian y ella lo comentaron en son de burla. Cuarenta centímetros, dijo el forense. Pero nadie había comprobado ese detalle... aún.

—Veamos, Hermes... —Ni idea de cómo enfocar ese asunto—. Asumiendo que la intención de Condesa fuera morir, el método elegido no parece muy práctico.

—¿El método elegido? No la entiendo, inspectora. ¿A qué método se refiere?

Deckett suspiró. «Joder, incluso tratándose de una máquina, hablar del tamaño de su pene está fuera de lugar», pensó incómoda.

—El traumatismo del que le hablé ayer… Bueno, el forense encontró una herida en… —Que el bot la mirara con esa expresión de inocencia no ayudaba nada—. En fin, había un pequeño desgarro en la vagina de Condesa, a la altura del cuello del útero… ¿Entiende usted de lo que hablo?

—Inspectora —Hermes enarcó las cejas—, entiendo lo que dice. Soy un bot, no una calculadora de bolsillo. Le recuerdo que poseo una amplísima base de datos y una inteligencia equivalente a un cociente humano de doscientos treinta. Seguramente poseo más conocimientos que usted y todo su equipo. No se lo tome a mal, por favor… No pretendo presumir.

—Discúlpeme si le he ofendido. —«Vaya con la suspicacia bot», se dijo Deckett—. Reconozco que mi información sobre… ustedes… es limitada. En fin. Como le decía, encontramos en el cuello del útero de Condesa una herida. Un pequeño desgarro que, según el forense, pudo deberse a… Bueno, a sus actividades amatorias. A su…

Señaló ambiguamente con la mano hacia la región inguinal de Hermes. Dado que el tablero de la mesa estaba en medio, el gesto no resultó muy claro. Pero el bot lo captó a la primera.

—¿A mi órgano sexual?

La franqueza de su expresión resultaba embarazosa. Evidentemente, Hermes no daba un segundo sentido a lo que se le decía. Cualquier humano real habría experimentado vergüenza, se habría reído o habría hecho alguna broma procaz. Para el bot este asunto no comportaba ningún matiz obsceno.

—A su órgano sexual, que, por cierto —era el momento de preguntar y dejar a un lado todo pudor—, desconocemos si pudo causar el daño. ¿Cuál es su medida en erección, Hermes? Ese dato no figura en el dosier de Bionic, y puede resultar muy relevante en el caso.

Hermes se observó la ingle con desapasionada atención. Luego alzó la mirada.

—Exactamente dieciocho centímetros, inspectora. Desde el hueso púbico hasta la punta del glande. Un poco por encima del promedio humano, pero insuficiente para causar un daño grave.

Deckett bufó. La conversación estaba poniéndose incómoda... otra vez. Dieciocho centímetros... Bueno, muy lejos de los cuarenta que, tontamente, comentó Tian.

—Sí, eso dice el forense... —Respondió esbozando una sonrisa forzada—. La herida no pudo causar la muerte, aunque quizá sí provocar el infarto, si acaso sintió dolor.

—Si me lo permite, inspectora, aventuraré que el desgarro se debió a la falta de flexibilidad de Condesa. Ella llevaba años sin tener sexo. Por su edad y la ausencia de práctica, cabe suponer que la pared vaginal era ya poco elástica y de escaso grosor. Si suma la probable falta de humedad natural, quizá ello facilitara la lesión. Puedo asegurarle que fui cuidadoso en extremo.

«La cosa no mejora», pensó Deckett. «Casi parece que estoy hablando con Tian y no con un lovebot. En verdad, estas cosas saben de todo...»

—Bien —replicó intentando centrarse en lo esencial—, admitamos que la actividad sexual que mantuvieron pudo propiciar un infarto. No obstante, me interesa lo que ha dicho sobre la última función. Y no me olvido de la cuestión del cómo...

—En realidad, inspectora, ya que lo menciona, ambos asuntos están vinculados.

Deckett ladeó la cabeza y entrecerró los ojos.

—¿Qué quiere decir? —Hermes prosiguió:

—Condesa, como le dije, sabía que éste sería su último viaje. Lo tenía todo previsto. De hecho, puedo asegurarle que su testamento causará conmoción en todos los Nodos Sociales. Y algo más que conmoción... Sólo poseo los datos que ella consideró relevantes, pero diseñó su última función, así lo decía ella, hace mucho. Tenía un plan. Del que únicamente conozco mi parte.

—¿Su parte en esto? —Deckett prestó mucha atención. ¿Qué plan era ése?

—Soy su heredero legal, inspectora.

Deckett inspiró hondo, los brazos cruzados bajo el pecho, la mandíbula apretada. ¿Qué? ¿Un bot heredero del, posiblemente, ser humano más rico del sistema solar?

Cuando se encontrara con el capitán para informarle de todo esto, tendría que decirle que habían pasado de *marrón de mierda* a *mierda de tamaño cósmico*. Al jefe no iba a gustarle.

15

—¿Su… heredero?

Deckett se sentía completamente perdida. Desde el principio supo que este caso iba a causarle quebraderos de cabeza, pero esto… Un humano artificial, heredero de una todopoderosa multimillonaria. Desconocía todo sobre los aspectos legales de las herencias, aunque imaginaba que no habría la menor jurisprudencia al respecto. Y, en todo caso, Hermes Lagrange pertenecía a Bionic Entertainment, así que seguro que el asunto iba a ser complicado. Desde luego, había que reconocerle a Condesa Planck su maestría en el juego mediático. Si lo que quería era llamar la atención, más de lo que en ella ya era habitual, por Dios que lo iba a lograr. Un suicidio y un heredero a la altura de su prestigio.

—Su heredero, sí. —Hermes no varió un ápice su expresión de calma.

—Pero… usted es un bot —respondió la inspectora—. No puede heredar…

El bot sonrió y negó muy despacio.

—No esté tan segura, inspectora. Condesa sabía lo que se hacía. Además, en realidad no importa si heredo o no heredo. Como imaginará, mi interés en los bienes materiales es nulo. Lo que sí le interesará a usted es saber cuál es el porcentaje del accionariado de Bionic que Condesa poseía y que, si su plan se desarrolla como ella lo diseñó, pondrá a la compañía que me creó en un brete.

—Así que la señora Planck era accionista de Bionic... Supongo que por eso recibía un trato tan exquisito de la empresa. ¿De cuánto estamos hablando, Hermes?

—De aproximadamente el nueve por ciento, inspectora. No era algo sabido, se ocupó de que su participación en la Corporación quedara camuflada mediante complicadas maniobras financieras, aunque yo no sé por qué. Quizá no sea una cifra impresionante, pero el maremágnum que causará saber que un bot de Bionic es propietario de ese porcentaje de la propia Bionic... Seguro que puede figurárselo. Y el equipo de abogados de Condesa se encargará de que mi derecho a heredar sea algo más que noticia. Un bot con derechos, se estará preguntando, a dónde vamos a llegar, los bots cada vez más parecidos a las personas hasta el punto de que sean un día indistinguibles de ellas. Intolerable, una barbaridad, una monstruosidad. No podemos permitirlo...

Deckett no se estaba haciendo esa pregunta, precisamente. La que se hacía era ¿por qué? ¿Por qué todo este embrollo? ¿Por qué Condesa Planck, poderosa, reverenciada, *odioamada*; alguien con tanta influencia que, con simplemente una palabra, podía derribar gobiernos, había diseñado algo tan enrevesado? Bueno, lo de derribar gobiernos quizá fuera una exageración, pero quién sabía... El poder de la influencia social no podía ser desestimado a la ligera. Más de un siglo de redes sociales había demostrado que el debate sobre si eran una herramienta maravillosa para hacer el bien o el arma para causar males terribles, de momento se había decantado hacia la esperanza. Durante años se especuló con que el fin de la humanidad vendría de la mano de las redes sociales y de quienes las dominaban, pero no había sido así. No fue el león tan fiero como se lo quiso pintar, hubo de reconocer Deckett, bastante poco amiga, no obstante, de esa tecnología.

—Ha dicho «el equipo de abogados». —Deckett inspiró hondo antes de proseguir—. O sea, que hay más gente que sabe todo esto.

—No puedo confirmar ese extremo. Sé que Condesa contaba con los servicios de un prestigioso bufete terrestre, aunque desconozco cuál. No utilizó a sus propios representantes legales en esto. No obstante, me parece que está pasando por alto un punto esencial…

Deckett arqueó las cejas. El bot estaba siendo condescendiente con ella. «Dejémosle, a ver hasta dónde llegamos.»

—Ilústreme, por favor… —Si Hermes captó el sarcasmo, no lo evidenció.

—Cómo, inspectora. No hemos hablado del cómo. Cómo alteró mi programa.

—No, y no lo he olvidado, se lo aseguro. Pero lo que me ha contado ya es suficiente como para joderme la vida, Hermes.

—Lo lamento, inspectora. Sin embargo, he de decirle que Condesa también previó esto.

Deckett se echó de nuevo sobre el respaldo.

—¿Qué?

Hermes la señaló con el dedo.

—Condesa se informó acerca de usted, inspectora. De sus habilidades, de su historial, de sus logros, de su honradez, de su inteligencia…

Deckett se levantó con brusquedad. Odiaba reconocerlo, pero la situación estaba empezando a sobrepasarla.

—¿Qué ha dicho? ¡Explíquese!

El bot suspiró y alzó ambas manos en gesto conciliador.

—No se enfade. Sólo quería decir que Condesa se aseguró de que la investigación sobre su muerte, y todo lo que de ella pudiera derivarse, estuviera en manos adecuadas. No eligió el *Schettino* porque sí. Hay otros navíos de Starliner, pero, si hace años eligió éste, es porque usted es la Jefa de Seguridad y Herman Freeman el capitán.

—¿El capitán Freeman sabe algo de todo esto? —La cosa cada vez iba a peor. Empezaban a dolerle la cabeza y el cuello. Pero no tenía cerca a Darim y sus mágicas manos.

—No, nada. Pero, como usted, el capitán del *Schettino* es íntegro y serio. Y no es ningún memo. Sabrán manejar este asunto.

Deckett apretó los labios y guardó silencio mientras pensaba. Hermes no dijo nada. Simplemente esperó. Seguro que, como bot, no andaba escaso de paciencia.

Demasiada información, demasiado rápido. La expresión *mierda de tamaño cósmico* podía muy bien quedarse corta. Así que Condesa lo tenía todo planeado desde vaya usted a saber cuánto tiempo atrás. Años, tal vez. Hermes afirmaba que ella quería morir; pero, de hecho, y a pesar de sus intenciones, no había sido un suicidio. Más bien una casualidad. Evidentemente, el infarto anticipó sus planes. En ese caso, ¿cómo había pensado hacerlo? ¿En qué momento?

Seguía pendiente saber cómo modificó su programación si carecía de los conocimientos necesarios. Hermes aún no le había dicho nada al respecto. Obviamente, sólo alguien de Bionic pudo haberla ayudado. Leclerc enfatizó, más de lo debido, que era imposible modificar un bot así como así. Estaba claro que mintió. Alguien de la delegación estaba implicado.

Miró de frente a Hermes, que se mantenía en una silenciosa calma.

—Dos cosas. —La inspectora lo señaló con un dedo rígido—. La primera: me mintió cuando le dije que Condesa había muerto. Si sabía todo esto, si conocía sus planes, no pudo haberse sorprendido por la noticia. Y la segunda: quiero que me diga quién de Bionic está implicado en el asunto. Quién enseñó a Condesa a modificar su programa. Bueno, y una cosa más: ¿por qué quiso ella que yo me ocupara de su caso?

Hermes se encogió de hombros muy despacio. Su rostro se ensombreció con una expresión de tristeza que, ahora, sospechando que mentía, no impresionó a la inspectora.

—No mentí, inspectora —respondió en voz baja—. Sabía lo que quería hacer, pero no ocurrió como me dijo que sería. Su plan, al menos es lo que me explicó, implicaba usar medicación psicotrópica. No estuve de acuerdo en ningún momento, aunque no pude negarme. Y no sólo porque ella fuera mi dueña... legalmente al menos. Como le dije, inspectora, amaba a Condesa. Y no me importa lo más mínimo si esto le parece extraño o absurdo. No pretendo discutir con usted sobre ciberfilosofía o sobre los límites del alma, sea humana o biónica. Habría preferido que Condesa siguiera viva. Por mi parte, seguiré sus instrucciones hasta donde sea menester, y cumpliré sus deseos hasta donde pueda. Lo cual la implica a usted, cierto. Respondiendo a su última pregunta, no sé por qué. Quería que usted se ocupara del caso, pero ignoro la razón...

Deckett, mordiéndose el labio, contempló al aparentemente atribulado bot. ¿Mentía, no mentía? ¿Pueden mentir las máquinas? Ciberfilosofía, dijo él... ¿Qué sabía ella de esos asuntos? Nada. Se centró en lo que sí controlaba.

—No ha respondido a mi segunda pregunta. ¿Quién de Bionic ayudó a Condesa? —Se aventuró con una hipótesis—: ¿Geneviève Leclerc?

Hermes, saliendo de su ensoñación nostálgica, la miró sorprendido.

—¿Leclerc? —Negó con vehemencia—. No, ella no, se lo aseguro. La persona que busca es Mayer Znedin, ingeniero biónico de Grado Cinco. No puedo afirmarlo con total seguridad, porque este dato no me lo reveló Condesa, pero la lógica más elemental nos lleva a él.

—¿Por qué la lógica más elemental? —inquirió Deckett—. ¿Quién es ese...? ¿Cómo lo ha llamado?

—Mayer Znedin. Diría que Mayer es quien enseñó a Condesa a reprogramarme. Es el ingeniero encargado de mi... mantenimiento. Además, la relación entre ellos iba más allá de Bionic. Como Condesa, Mayer es lituriano. Ella apenas iba a los oficios en el Templo, no le gustaba llamar la atención a bordo, como sabe. Cuando lo hacía, era de incógnito.

«Un lituriano, mierda», pensó Deckett. Hablar con ellos podía ser horriblemente tedioso. En fin, habría que buscarlo. En ninguno de los registros de Seguridad figuraba la visita de

Condesa a la sede del Templo a bordo. Seguramente habría sido en uno de esos momentos en blanco en los registros.

—Otra pregunta, Hermes —dijo sintiéndose increíblemente cansada—: si la muerte de Condesa fue accidental, y si había previsto otro modo de suicidarse, ¿para qué modificar su programación y dotarlo a usted de...? En fin, ya sabe.

Hermes sonrió con picardía.

—Quería disfrutar conmigo, inspectora. Vista la situación y cómo acabó todo, yo diría que un último polvo, como se dice de forma coloquial. Y el primero para mí. Al menos siendo Hermes Lagrange, quiero decir.

—¿Siendo Hermes Lagrange? —Deckett sólo quería acabar, irse a su camarote con Darim y que el chaval la masajeara hasta hacerla llorar de relajación.

—Claro, inspectora. Un bot puede ser muchos personajes a lo largo de su vida... O de su tiempo de servicio, si lo prefiere dicho técnicamente. Yo he sido Hermes Lagrange para Condesa durante doce años.

—Doce años... Vaya, es mucho tiempo. —Deckett se rascó la barbilla pensativa. No le dijo que ya conocía ese dato—. Por curiosidad, ¿recuerda usted algo de sus... otras vidas? No sé si puede decirse así.

—En rigor, no, inspectora. Se nos borra la memoria íntegramente cuando nuestra personalidad es reconstruida. No obstante, he de decirle, y esto es algo que no se reconocerá nunca oficialmente en Bionic, que siempre quedan atisbos del pasado. Imágenes fugaces, sensaciones, olores... Todo muy difuso y sin aparente utilidad. Aunque le aseguro que Bionic se toma esto con el mayor interés. La posibilidad de existencia de un alma robótica, aunque sólo se tratase de una suerte de memoria trascendente, facilitaría a la Corporación lograr una de sus más ansiadas metas...

—¿Que es...? —preguntó la inspectora interesada casi a su pesar. Alma robótica... Sugestiva cuestión incluso para alguien tan agnóstica como ella.

—Trasvasar una mente humana completa a un cuerpo biónico, o viceversa —replicó Hermes.

Deckett asintió con expresión meditativa.

Una consciencia humana en un cuerpo bot. O una consciencia bot en un cuerpo humano. Aterrador. Ignoraba si ello sería posible; pero, si a Bionic le interesaba el asunto, seguro que no lo hacían por generosidad o interés humanitario, sino por puro negocio. La biónica era una ciencia más que avanzada en la actualidad. Órganos, extremidades, piel... Cualquier parte de un cuerpo humano, salvo el cerebro, había sido replicada casi a la perfección en apenas cien años de investigación. Lo que no se había logrado era justo lo que decía Hermes: trasvasar una consciencia a un cuerpo enteramente artificial. Todo un mundo de posibilidades comerciales para Bionic, sin duda.

Luego, centrándose en el bot, continuó:

—El asunto de la existencia del alma está más allá de mi competencia, señor Lagrange. Carezco de datos para afirmar o negar tal cosa. ¿Cómo sabe usted de todo eso?

Él se encogió de hombros.

—Aprendí hace mucho a prestar atención a lo que me rodea, inspectora...

—Lo cual me incluye a mí, por lo que veo —replicó ella mordaz—. Y al capitán Freeman. ¿Por qué Condesa se informó acerca de nosotros? Ésa era mi tercera pregunta. ¿Por qué yo?

Hermes suspiró.

—No lo sé, inspectora. Lo lamento, pero eso sí que no lo sé...

Deckett suspiró. Se levantó para llegar hasta la puerta y se volvió desde allí.

—Necesito salir, Hermes. Espero que lo entienda.

—Claro, inspectora. La entiendo.

16

Estaba a punto de coger el transporte que la llevaría al Anillo de Tripulantes cuando recibió una llamada urgente de Leclerc. Con tono sorprendentemente amable le pidió verse en su despacho. Tanta amabilidad le resultó sospechosa, así que, con fastidio, dejó que el vehículo partiera sin ella a bordo. Por el pequeño tragaluz de la puerta del túnel lo vio desplazarse raudo hacia popa. «Mierda, este día no va a acabar nunca», se dijo mientras tomaba una lanzadera en sentido opuesto. No veía el momento de volver a su camarote. Había llamado a Darim cuando dio por concluida la entrevista con Hermes, y el muchacho le aseguró que podía contar con él para relajar sus tensiones.

Cruzó el vestíbulo de Bionic y esta vez no hubo retrasos, ni palabras descorteses, ni gestos de desprecio. Era tarde y tampoco había clientes. El mismo joven de la vez anterior la llevó directamente hasta la puerta de Leclerc deshaciéndose durante todo el camino en cortesías y sonrisas.

No había nadie en el inmenso despacho. La directora, le dijo el obsequioso lacayo, no tardaría en venir. Estaba ocupada atendiendo a un cliente difícil de última hora, explicó. Le señaló el sillón frente a la mesa de Leclerc y, mostrando servil una brillante colección de dientes, se inclinó hacia ella. Al instante se vio envuelta en una densa nube de aromas a cedro y sándalo.

—¿Desea alguna colación, señora? ¿Champán, vino, quizá otra bebida más de su gusto?

—Nada, gracias. —Deckett ignoró el sutil insulto implícito en ese «más de su gusto». Como decía su madre, no hay mayor desprecio que no hacer aprecio. Sonrió con extrema cortesía.

El lacayo se retiró dejando un rastro de caro perfume. ¿Por qué tanta consideración?, se preguntó escamada la inspectora. ¿Qué había cambiado? Sólo habían pasado un par de días desde la activación de Hermes. ¿Qué temía Leclerc que pudiera revelar el bot para que fueran tan condescendientes con ella ahora? Porque no sólo fue el joven de cargante melosidad: todo el personal de Bionic, nada más aparecer ella, se deshizo en reverencias. Temían algo, era evidente.

Echó un vistazo a su alrededor. En su primera visita no tuvo tiempo para observar con atención; la mirada de Leclerc no se apartó de ella ni un instante. No tenía ni idea de arte, pero supuso que las contadas pinturas sostenidas magnéticamente entre suelo y techo debían de ser carísimas. Sólo el sistema de sujeción ya era costoso. A Deckett aquellos cuadros de estilo abstracto le parecieron borrones de colores y poco más.

Escasez de muebles, alfombras tan suaves y blancas que parecían nieve bajo el sol, y aquella enorme mesa de vidrio flotante ante el ventanal que daba al exterior. La inspectora se levantó para examinarlo de cerca. A Leclerc, evidentemente, el cambiante panorama estelar no debía de molestarla, porque no había ningún juego de luces superpuesto. De todas formas, el campo de estrellas no giraba tan rápidamente como para incomodar ni siquiera a Deckett, tan proclive a los mareos. Debido a su diámetro, unos mil metros, la velocidad de giro de los anillos no era muy alta, apenas de 0,14 radianes por segundo, o sea, unas 1,34 revoluciones por minuto en su extremo, suficiente para generar un g de aceleración y remedar la gravedad terrestre, datos que ella conocía no por su interés en la física aplicada al vuelo espacial, sino por los cursos de formación a los que reiteradamente tenía que asistir toda la tripulación.

Marte ya no se veía desde el ventanal. Apenas hacía dos días que abandonaron su órbita en dirección al Cinturón. Hasta llegar a Júpiter faltaba algo menos de un mes, contando la parada que harían en alguno de los asteroides de mayor tamaño. Uno de los que estuviera sincronizado con la órbita de transferencia entre Marte y Júpiter, y que ahora mismo no recordaba, pues solían cambiar con cada viaje. Los viajes de placer que las diversas compañías navieras ofrecían al público no podían tener lugar en cualquier momento del año, sólo en aquellos en los que los tres planetas de la ruta se ajustaran lo máximo posible a lo que el personal del Puente llamaba *órbitas de Hohmann*, cuyo cálculo no era sencillo. Por eso, y a pesar de los prohibitivos pasajes, nunca sobraban plazas. Siempre había más demanda que oferta.

«Como en todo», pensó Deckett cruzada de brazos ante el panorama estelar. Oferta y demanda, precios astronómicos que siempre pagaba alguien sin importar si lo obtenido realmente era acorde a lo pagado. Ella no entendía ese juego. Nunca lo entendió. Deckett se conformaba con lo justo para vivir sin estrecheces. No aspiraba a más, lo cual, pensó también, no tenía claro si era un defecto o una virtud. Eso sí: podía afirmar que nunca obtenía menos de lo que esperaba. Si no esperas mucho, no obtienes mucho, pero tampoco pierdes mucho…

—Impresionante, ¿no es cierto?

Deckett se volvió. Leclerc caminaba hacia ella subida a unos indescriptiblemente altos tacones. No había oído abrirse la puerta.

—Así es —respondió esbozando una sonrisa protocolaria—. Una ventana privada al espacio es un lujo que pocos pueden permitirse.

Leclerc le tendió una mano rígida. Extrañamente rígida. La inspectora se la estrechó sorprendida por el envarado movimiento. Casi tanto, pensó, como su caminar desde la puerta. Quizá sólo eran imaginaciones suyas, pero habría jurado que algo había ocurrido, algo que preocupaba a Leclerc. Por un momento le pareció que no era la misma de siempre. Pero la directora, tras sentarse, sonrió con aparente simpatía y señaló hacia el otro lado de la mesa. Deckett, apartando a un lado sus pensamientos, ocupó el flotante artefacto. Esta vez lo hizo con más delicadeza.

—Yo puedo —replicó Leclerc retrepándose—. Espero que no lo tome como presunción. En fin, inspectora, le agradezco que haya venido a estas horas. Tenemos que hablar.

Deckett se arrellanó en el cómodo asiento. Demasiado cómodo, tal vez. Un truco barato: si el cliente se siente a gusto, hablará de más y estará dispuesto a pagar más.

—Usted dirá. —La inspectora dejó que Leclerc empezara. Ya tratarían el tema del señor Znedin. «¿Por qué me parece distinta? —se preguntó— Claro, no lleva gafas…»

—Hemos de revisar nuestro acuerdo, inspectora. Es de todo punto inaceptable que usted converse con mi bot sin supervisión de Bionic. Todo lo contenido en sus bancos de datos es propiedad de mi empresa, así que exijo estar presente a partir de ahora.

—Es propiedad de Bionic en tanto en cuanto —replicó Deckett sin dejar de sonreír— dicha información no sea de relevancia para la investigación de un crimen, madame Leclerc.

La directora se envaró.

—¿Crimen? Creí que concluimos que fue, como mucho, un mal uso de nuestro producto, inspectora. Algo que no atañe a Starliner, a su capitán o a usted.

—Eso lo decidirá la investigación, señora —Deckett se sentía intrigada y divertida a la vez. No fue eso lo que concluyeron en su primer encuentro. Percibía demasiado interés en que nadie hurgara en el bot—. ¿Acaso teme usted algo, madame Leclerc?

Por un instante la directora apretó los labios haciendo que su colorido contorno se volviera una línea rojo sangre.

—Por supuesto que no, inspectora. Sólo defiendo los intereses de mi empresa. Hablamos de un producto de altísima tecnología que ustedes, con su ignorancia, pueden dañar.

—Mire, madame Leclerc, si tiene usted alguna queja habrá de formulársela al capitán Freeman y no a mí. Como imagino que eso ya lo sabe, he de suponer que hay algo más de lo que quiere hablarme. ¿De qué se trata?

La directora no varió su expresión. «Qué autocontrol», pensó Deckett. Los segundos se estiraron incómodamente. La inspectora aguardó sin alterar tampoco su expresión.

—Uno de mis empleados ha desaparecido, inspectora —dijo al fin Leclerc.

Todos los sentidos de Deckett se pusieron alerta.

—¿Quién? —preguntó intuyendo la respuesta.

—Mayer Znedin, ingeniero de sistemas de Grado Cinco. Desde hace dos días no sabemos nada de él.

La inspectora se retrepó discretamente en el asiento. «Mierda, me lo imaginaba», pensó. No sabía por qué, pero no la sorprendió la noticia.

—Nadie desaparece a bordo, directora —replicó con cautela—. Como usted sabe, todo el mundo está permanentemente localizado.

Leclerc alzó apenas una ceja.

—Mucha gente desaparece a bordo, inspectora. Usted mejor que nadie lo sabe. Es parte de su trabajo cotidiano. Y anular uno de esos vulgares chips biodegradables que nos insertan al subir a bordo es de lo más sencillo. Si los pasajeros supieran cuánto, ustedes tendrían mucha más faena.

Deckett asintió esbozando una sonrisa. Era cierto. Bastaba una combinación específica de fármacos capaces de atravesar la barrera hematoencefálica para hacerlo. Antibióticos, por lo general. Y sí, si los pasajeros lo supieran, los problemas de Seguridad se multiplicarían. Por suerte no era así, y quienes querían anular sus implantes solían pagar a *hackers* profesionales que, por lo común, lo único que hacían era suministrar esos fármacos haciendo creer al cliente que lo que se tragaba era un inhibidor. Por descontado, esa gente ya se ocupaba de que el truco no fuera conocido. Se les acabaría el negocio.

—¿Por qué no han denunciado la desaparición por las vías correspondientes? Deberían haber acudido a Seguridad y rellenado los formularios oportunos.

Ciertamente no era inhabitual que algunas personas se esfumaran durante el crucero, eso lo sabían desde el capitán hasta el último grumete. Con tanto mafioso, delincuente de distinta laya y sicarios contratados por los poderosos de a bordo, las desapariciones que su departamento investigaba solían ser de cinco en cada viaje. Todo el mundo sabía que los cruceros de placer de Starliner y demás navieras no eran sólo para el placer. Por más que las esclusas estuvieran vigiladas las veinticuatro horas del día, el número de pasajeros siempre era menor al regreso que al inicio. Pero en esta ocasión…

—Me pareció más pertinente, dada la situación, hablar con usted en persona —respondió Leclerc. La inspectora asintió. Tenía su lógica.

—¿Mayer… qué? —preguntó Deckett haciéndose la ignorante. Creyó oportuno no revelar que justamente acudía a buscar información sobre él. Mejor esperar a ver hacia dónde iba el asunto.

—Znedin. Mayer Znedin. Aquí tiene sus datos.

Leclerc movió un dedo sobre su escritorio y envió un dosier al receptor neural de Deckett. La inspectora tabaleó sobre su interfaz de muñeca y una imagen holográfica se materializó ante sus ojos. Enjuto, pálido, con mirada huidiza… El señor Znedin no se parecía a ninguno de los empleados de Bionic que había visto en su lujosa sede. En contraste, podía decirse que se trataba de un tipo vulgar y bastante poco agraciado.

—No es muy… —Le pareció grosero dar su opinión, pero Leclerc completó la frase.

—Es feo como un demonio, sí. Pero él no ha de vender productos a nuestra selecta clientela, así que su aspecto físico es irrelevante. Es un ingeniero de trastienda, podría decirse.

—¿Y desde cuándo falta este tipo? —Deckett leyó el dosier adjunto: graduado en Ingeniería Biónica por la Universidad de Cornell, que estaba en…, sí, algún lugar de Norteamérica. *Summa cum laude* en no sé qué, doctor en no sé qué más, máster de no sé cuánto…

—Tenía que haberse presentado en su puesto anteayer. No le dimos importancia al principio porque en su planilla laboral figuraba una cita para una revisión médica. Pero ayer se lo intentó localizar y no se halló rastro.

—¿Tiene amigos el señor Znedin? —preguntó la inspectora cerrando el archivo— ¿Qué hay de sus Nodos Sociales?

—Nada en dos días. Lo cual es sumamente raro.

Por supuesto. Que en tus Nodos no hubiera al menos una publicación diaria sólo ocurría si eras un paria, un antisocial o te hubieras muerto, y aun en este caso eso podía solventarse. Por ejemplo, pensó Deckett, aunque la noticia de la muerte de Condesa Planck aún no hubiera trascendido, el Ángel de la Guarda de la diva, en modo automático desde esa noche, no había dejado de publicar en sus nodos muestras de su alegre rutina diaria, demostración de que la vida de los famosos podía ser un noventa por ciento inventada y un diez por ciento veraz. Tomó nota mental de que tenía que preguntar a Hermes por este asunto. Quería saber más sobre las publicaciones de Condesa: ¿todas las hacía su IA de bolsillo, o se ocupaba ella en persona?

—¿Ni siquiera entradas automáticas? —preguntó la inspectora. Eso sí que era raro. Vale que el tipo no era precisamente un adonis, pero para eso estaban los filtros y capas virtuales de belleza artificial…

—Nada, inspectora. Por eso estoy denunciando su desaparición. Y porque…

Leclerc inspiró hondo. ¿Qué iba a soltar?, se preguntó Deckett aguardando con interés.

—Ha robado información reservada.

La directora se relajó ostensiblemente tras decirlo. Reconocer una brecha en la seguridad de Bionic no debía de ser fácil para ella. Deckett asintió comprensiva.

—Eso parece grave, sí.

«Interesante más que grave», se dijo.

El tipo que facilitó a Condesa Planck la modificación de su bot había desaparecido junto con información reservada. No era casualidad, por supuesto. El hipotético suicidio de la diva se complicaba a cada minuto. ¿Qué sabría Leclerc al respecto?

—¿A qué se dedicaba el señor Znedin, directora? ¿Llevaba entre manos algún asunto de importancia?

—Znedin es uno de los programadores de Crecimiento Biónico de nuestros bots, inspectora. ¿Recuerda la transformación del perteneciente a Condesa Planck? Pues el trabajo de Znedin consiste en eso, en escribir los programas que regulan los cambios en el *hardware* de nuestros productos.

Nuestros productos. Que ella recordara, Leclerc no había hablado de sus bots de otro modo que no fuera como máquinas. Lo cual, recordando el complejo y humano comportamiento de Hermes, resultaba curioso. Quizá un modo decidido de no darles más entidad de la que les correspondía. Una forma de mantenerse a salvo de su embrujo.

—O sea, y digamos que es sólo una hipótesis… —Deckett usó el tono de voz más inocente que pudo—, el surgimiento de un pene que no estaba programado en origen…

Leclerc volvió a apretar los labios. Cuando habló, su voz sonó cortante.

—Exacto.

—Así que… —prosiguió la inspectora— ya sabemos quién modificó el bot de Condesa Planck.

Leclerc asintió sin decir nada. Su malhumor era evidente.

—¿Sabe que podría acusarla de obstrucción en una investigación policial, directora? Es evidente que usted sabía quién hizo esa modificación que, según me aseguró, era imposible de hacer.

—Protegía mis… los intereses de Bionic Entertainment, inspectora.

Mis intereses. Un lapsus muy revelador. Por supuesto, como investigadora principal en la Seguridad del *Schettino,* Deckett había tenido que pasar por un buen número de cursillos de psicología. Nada revelaba mejor la verdad que esos pequeños actos fallidos al hablar. En fin, habría que presionar un poco más.

—Bien, pasaré por alto los obstáculos que me ha puesto. Dígame: ¿por qué denuncia ahora la desaparición de este sujeto cuando la conoce desde hace dos días? ¿Qué información relevante se ha llevado el señor Znedin?

Leclerc, como cuando le estrechó la mano al llegar, se envaró. Por un instante su repentina rigidez llamó la atención de la inspectora. Luego, de pronto, pareció relajarse. ¿Qué demonios había hecho el tipo ese para causar semejantes reacciones?

—El muy hijo de puta nos ha robado las copias de los bloques de memoria de diecisiete de nuestros bots. Todos ellos alquilados por personas del mayor estatus a bordo. Gente por cuyos trapos sucios muchos pagarían fortunas inimaginables. E incluso matarían...

Deckett no se sorprendió por el tono vulgar de las palabras de Leclerc. No era tan estirada como parecía...

—¿No me dijo que Bionic no guardaba información de sus clientes?

Leclerc le sostuvo la mirada sin pestañear. «Bravo por ella», pensó Deckett, «qué espíritu combativo. Me gusta esta tía.»

—Mentí.

La inspectora evitó sonreír, pero sus ganas de tomarse una copa con esta mujer se acrecentaron.

17

—¿Mejor?

Darim, arrodillado a su lado, clavaba sus dedos a lo largo de la columna dorsal de Durga. Ella gemía quedamente sin poder evitarlo cada vez que el joven amasaba la musculatura de la base del cuello. Tras un baño en la piscina del gimnasio, disfrutaron de un rato de sauna de vapor y ahora, en la intimidad del camarote de ella, Darim terminaba de disolver las tensiones del día aplicando aceites esenciales con sus hábiles manos.

—Mmm —acertó a responder Durga. Él se lo tomó como un sí y prosiguió.

—Un día difícil, por lo que veo. Aún tienes la espalda como un mamparo de carga.

—¿Un día? No he parado en toda la semana. Cuando te canses, déjalo. Ya estoy mejor.

—Puedo seguir, tranquila.

Durante un cuarto de hora más Darim aflojó los tensos músculos de su espalda. Luego, sin decir nada, se tumbó a su lado y acopló su cuerpo al de Durga. Ella, los ojos cerrados y una sonrisa de bebé satisfecho en el rostro, se dejó hacer. El día fue duro, pero algunas cosas habían avanzado. Por ejemplo, la humedad del camarote. Mantenimiento pasó por allí esa mañana y repararon las filtraciones del sistema de aire. Y eliminaron el moho del techo. «Una tarea menos», pensó.

Pasaron varios minutos en silencio, uno junto al otro. Al cabo, notó que Darim se movía. Con el rabillo del ojo lo vio desnudarse. Como de costumbre cuando la masajeaba, él se quedaba con el pantalón del uniforme puesto o, como mucho, en ropa interior. En unos momentos su esbelto cuerpo estaba tan desnudo como el suyo. Durga se giró de medio lado y él se apretó contra ella, completamente erecto. El aceite de eucalipto en su piel facilitó el contacto. Los hizo resbalar uno sobre el otro, fluir al compás de la respiración, encajar con la exactitud de un reloj. Darim le devolvía con su calor la energía perdida, restauraba su ánimo y las ganas de vivir. Y él, a cambio, pedía tan poco...

Tras hacer el amor, en la quieta molicie con olor a eucalipto, Durga se sintió mal. Se sintió culpable. Por no amar a Darim como él la amaba. Por no saber corresponderle. O quizá por no ser capaz. Por tener, en ese lugar del alma donde nace el amor, un tapón, un bloqueo. Una ausencia, daba igual el nombre. No sabía por qué. Lo intuía, pero prefería no pensarlo. Daba igual, no tenía por qué darle explicaciones a nadie. Ni a Darim ni a sí misma.

Pero, sobre todo, se sentía culpable por haber imaginado sin poder evitarlo que el cuerpo que la abrazaba, que la penetraba, que la saciaba...

Era el de Hermes.

—Otra vez pensativa, amor —dijo él acariciándole el pelo. Ella sonrió.

—Estoy agotada más que pensativa...

—Y, por si fuera poco, no hemos cenado por mi estupidez. Soy un torpe...

Durga se incorporó sobre un codo para mirarlo.

—¿Por tu estupidez? No, querido. Me has dado algo mejor que una cena.

A causa del retraso en su jornada laboral, cuando quisieron comer algo se encontraron cerrados los refectorios del Anillo de Tripulantes, donde a esas horas sólo atendían al personal de guardia. Darim le dijo que prepararía cualquier cosa para cuando llegara, pero las habilidades del chaval, grandes en otros asuntos, no alcanzaban para una cena decente aunque fuera a base de comida deshidratada o precocinada.

Él rio y Durga apoyó la cabeza sobre su pecho. El latido lento y firme de su corazón la tranquilizó. Fuera por la razón que fuera, Darim la amaba. Y eso estaba bien. No necesitaba sentirse culpable por no saber corresponderle. Ya estaba bien de autocompadecerse.

De pronto, recordó algo.

—Oye, Darim —volvió a alzarse sobre un codo—, quizá haya algo en lo que podrías ayudarme.

—Tú dirás, amor. —El chaval se sentó con expresión atenta. Siempre dispuesto a lo que fuera por ella.

—Verás... Habrás de ser discreto porque tiene que ver con el caso de Condesa, y se halla bajo secreto policial. Sé que puedo confiar en ti. Ya sabes que el capitán ha prohibido hablar del asunto.

—Puedes confiar en mí. ¿De qué se trata?

—¿Conoces a todos los liturianos a bordo?

Darim se sorprendió por la pregunta.

—Claro... No somos un grupo muy grande. Bueno, a unos los conozco mejor que a otros, pero sí. Tengo relación con todos.

—Entonces, si te pregunto por un nombre en concreto, ¿sabrías decirme algo al respecto?

—Es posible. Dime de quién hablas.

—De un tal Mayer Znedin... Un tipo que trabaja en...

—En Bionic, sí. Lo conozco. ¿Qué pasa con él?

Durga se incorporó para ponerse algo encima. Si iban a hablar del caso, mejor no estar completamente desnuda. Su particular sentido de la responsabilidad la obligaba a separar lo personal de lo profesional. Recogió del suelo la ajustada camiseta y el pantalón corto, igual de ceñido, que para la tripulación servían de ropa interior. Prendas cómodas, antitranspirantes, y fáciles de llevar bajo el uniforme o un traje espacial. Darim, en cambio, continuó desnudo. La miró divertido mientras ella se vestía. Conocía bien sus costumbres.

—Bueno —dijo ella cuando acabó y se sentó a su lado—. Sólo sé que es ingeniero de Bionic, y que trabaja programando bots.

—Sí, así es —respondió el joven—. Un trabajo por el que ha de hacer mayor penitencia en la Comunidad de Amantes de Litur.

—¿Penitencia? —Durga arqueó las cejas—. ¿Qué quieres decir con eso?

—Litur afirma que la Vida es la Vida, y que los bots son aberraciones de nuestro orgullo. Que no debería haber máquinas como los humanos. Que la *Esencia de Todo lo que Es sólo pervive en Aquello que está Vivo*...

«Ya estamos con las mayúsculas», pensó Durga. Suspiró y lo dejó explayarse en la jerga lituriana. Esta vez merecía la pena escuchar su cantinela.

—... porque sólo el Amor permite condescender el Dolor al Deseo y...

Durga alzó las manos. Darim se estaba excediendo en su fervor.

—Sí, cariño, todo eso está muy bien. Por favor, resume.

—Vale, lo siento. No puedo evitarlo, ya lo sabes. En fin, que a Litur no le gustan los bots, y Mayer trabaja en algo impuro, así que debe esforzarse más por alcanzar la Coalescencia y el...

Al notar la mirada fija de Durga, sonrió y retomó el asunto.

—El pobre Mayer tiene que participar en más libaciones y entregas amorosas en el Templo que los demás.

—¿Y eso qué significa, querido? —volvió a preguntar. Durga había intentado más de una vez entender las bases de ese culto, pero siempre abandonaba debido a la gazmoñería y afectación de los postulados liturianos. Una religión complaciente, hedonista y rematadamente cursi.

—Que ha de beber y follar más que el resto.

«Bueno, no está mal como precepto religioso», pensó Durga. No pudo evitar reírse.

—Pues, teniendo en cuenta lo poco agraciado que es, lo tendrá difícil... —respondió con sorna. Darim la miró muy serio.

—Amor, eso que dices está mal. —Durga se sorprendió por el tono de reconvención—. Según Litur, el aspecto externo es irrelevante. Sólo importa la limpieza, tanto del cuerpo como de la mente. Sí, Mayer es feo como un demonio, pero te aseguro que eso no le impide ser uno de los más solicitados de nuestra comunidad.

«¿Feo como un demonio? ¿Dónde he oído eso antes? Ah, sí: Leclerc», pensó Durga frunciendo el ceño. Se centró en las palabras de Darim.

—¿Solicitados? —preguntó. El chaval se alzó de hombros.

—Sí, bueno... Sabes que los liturianos hemos de...

Durga lo recordó de pronto y alzó una mano para impedirle continuar.

—Sí, sí, ya me acuerdo. Déjalo. —Cuando conoció a Darim hubo de aceptar que, en ocasiones, su culto lo obligaba a mantener sexo con hombres y mujeres de su comunidad. En ese sentido, los liturianos eran sorprendentemente laxos con los compromisos de pareja—. Volvamos a Mayer. ¿Qué puedes contarme de él?

Durga dejó correr la idea de que, aunque no hubiera entre ellos ningún contrato de exclusividad, ese asunto de las relaciones con otra gente no terminaba de gustarle. Darim se encogió de hombros.

—Pues que es un buen tío. Es simpático, amable, divertido... sobre todo cuando bebe. Y todos queremos ayudarle debido a su trágica historia familiar...

—¿Qué historia familiar? —El sexto sentido profesional de Durga se activó.

—Su hermana se suicidó. Por eso él se hizo lituriano. Litur lo acogió en su Amoroso Abrazo y...

—Darim...

—Vale, de acuerdo. A ver: Mayer tenía una hermana que también trabajaba para Bionic. En la Tierra, creo. O en Marte, no estoy seguro. Era su única hermana, mayor que él. Casi una madre, porque me parece que ambos eran huérfanos. El caso es que ella participó en un experimento de la empresa y…

Darim alzó ambas manos con las palmas abiertas.

—¿Y? —preguntó Durga.

—Algo salió mal. Ella se mató no sé cómo. Y Mayer se quedó solo y lo pasó fatal.

—¿Sabes algo sobre ese experimento? ¿Mayer os ha contado algo? —Durga intuía que ahí había una pista importante. Ya buscaría más información al respecto.

—Fue hace veinte años, me parece —prosiguió el joven—. Ella formó parte de los sujetos que Bionic utilizaba para probar sus nuevos modelos de lovebots. Al parecer, cuando acabó el experimento no pudo soportar tener que devolver su máquina. Se había enamorado de él por completo. Y prefirió morir antes que vivir sin Adriano. Creo que se llamaba así… Se lo he oído a Mayer más de una vez. Una historia trágica de pecado y expiación, como puedes ver. Y una razón más para aceptar el Credo de Litur…

—Sí, sí, querido. El Credo de Litur... Y dime, ¿cómo se tomó tu amigo todo esto?

Darim volvió a encogerse de hombros.

—Pues bastante mal. Según él, Bionic se portó horriblemente con su hermana. No le reconocieron a su sobrino la pensión correspondiente por ser un suicidio, ni los honores debidos por tantos años de trabajo. Pero Mayer es un hombre piadoso, así que se tomó como meta extender el Credo entre la gente de esa maligna empresa. No le va muy bien con eso, debo decir. Me parece que ha perdido más de un ascenso por su fe. Muy injusto, me parece.

—Vaya, interesante todo lo que me cuentas… —Durga, los ojos entrecerrados, parecía pensativa.

—Oye, amor, ¿por qué me preguntas por Mayer? ¿Tiene algo que ver con la muerte de Condesa? Dijiste que esto era por el caso. ¿Se ha metido en algún lío?

Durga se lo pensó antes de responder. No quería implicar a Darim en este asunto, pero no podía descartar así como así una fuente de información tan valiosa.

—Tu amigo ha desaparecido, Darim. Hace dos días que nadie sabe de él.

El joven frunció el ceño y se rascó la barbilla, donde una sombra de vello asomaba sobre su tersa piel.

—No ha desaparecido...

Durga lo animó a proseguir con un gesto de la mano.

—¿Qué quieres decir?

Él la miró con expresión inocente.

—Hace dos días Mayer solicitó Refugio y Consuelo de la Comunidad.

—¿Qué significa eso, cariño?

—Un ritual para expiar culpas y purgar emociones insanas que requiere aislamiento completo y total soledad. Y luego una ceremonia grupal de Amor y Ensalzamiento. Quizá tenga que ver con lo de Condesa, por lo que dices.

—¿Mayer está con vosotros? —Durga prestó toda su atención.

—Así es. Yo pensé que era por alguno de sus conflictos éticos con su trabajo, pero si es por Condesa, como afirmas...

—No lo afirmo, cariño. Te lo pregunto por si acaso.

—Bueno, de todas formas Condesa y él se llevaban muy bien. Hace años ella lo tomó bajo su amparo. Condesa nunca tuvo hijos, un incumplimiento del Credo en toda regla, así que, de alguna manera, protegió a Mayer para purgar ese pecado. También ayuda a su sobrino. Le buscó plaza en un colegio privado de los más selectos, no sé dónde... Pero esto sólo lo sabemos nosotros. Condesa nunca hacía públicas estas cosas. Ayudaba sin decir nada. Era generosa. Mucha gente la odiaba por sus comentarios en los Nodos o por su aparente descaro, pero una parte importante de sus riquezas la destinaba a obras sociales de las que nadie se enteraba. Aunque sé que ha alcanzado la Coalescencia Suprema, siento que se haya ido... Será interesante saber quién heredará ahora sus millones.

«Voy a tener que estudiar el puñetero Credo de Litur con más atención. Y toma nota de lo del sobrino de Znedin, hay que buscar más información», se dijo Durga mientras ordenaba sus pensamientos. Mejor no decirle nada a Darim sobre lo del heredero…

—¿Y no es posible hablar con tu amigo, cariño?

El joven negó con la cabeza.

—Absolutamente no, amor. Lo siento —dijo con vehemencia—. El ritual de Refugio y Consuelo dura siete días con sus siete noches, y no es posible interrumpirlo con vanidades y absurdos de la soberbia humana. Y no me pidas que te lleve junto a él, porque por mucho que te ame, y sabes cuánto te amo, no puedo incumplir mis votos. El Credo es Sagrado…

«Que no hable en mayúsculas, por favor». Darim debió de captar su expresión, porque no añadió más.

—No te preocupes, cariño. —Durga se puso en pie—. No preguntaré más. Anda, vamos a comer algo. De repente me ha entrado hambre.

—Eso es bueno, amor. Últimamente estás perdiendo mucho peso y no es sano. Vamos, yo te ayudo.

En el camarote no disponía de muchos recursos, pero Durga pensó que podría improvisar una cena frugal con las provisiones que siempre guardaba para emergencias. Al menos aún le quedaba una botella de vino terrestre. «Beber y follar», pensó. «Buen mandato, Litur. Ahí sí estoy de acuerdo contigo.»

18

—Buenos días, Durga. —Bao Tian, de espaldas a la puerta, hacía pequeños movimientos en el aire con sus manos, seguramente trabajando en el cuerpo virtual de Condesa. Aun sin verla entrar, como de costumbre supo que había llegado. Buen oído y buen olfato—. Hoy hueles a eucalipto. No te preguntaré por qué, ya lo imagino. Aceite esencial de *eucalyptus globulus*, ideal para masajes relajantes.

—Hola, Tian. No preguntes. ¿Café?

—No, gracias. Siempre te llevo la delantera en eso. ¿Una buena noche?

—Dijiste que no preguntarías, pero sí. Buena noche. En más de un sentido. ¿En qué andas?

Se acercó al médico, quien se señaló la sien con un dedo. Durga activó neuralmente la interfaz de RealEx® y al instante se vio inmersa en la presentación holográfica en la que él trabajaba.

—¿Recuerdas que te dije que Condesa murió de un infarto y que, por lo tanto, ni fue suicidio ni fue homicidio?

—Sí, eso ya quedó claro, ¿no? —Deckett dio un sorbo a su café. La noche fue estupenda, pero durmió poco. Se caía de sueño.

—Pues no tanto. Hice más pruebas, y hay algo que no cuadra.

—Explícate, no entiendo la jerga forense de tus notas.

—Vale. A ver... —Tian miró al techo antes de proseguir—. Lo diré sin términos técnicos. El sistema eléctrico del corazón humano es complicadísimo. No entraré en detalles, pero sospecho que la fibrilación ventricular que causó el infarto tuvo un origen exterior. No fue un fallo del corazón de Condesa. Bueno, no puedo afirmarlo rotundamente, pero creo que algo provocó una rotura del ritmo cardiaco, y eso causó la fibrilación.

Deckett asintió despacio y dio otro sorbo al café.

—Gracias por ahorrarme los detalles. *¿Algo provocó? ¿Origen exterior?* Sé más preciso, Tian.

—Condesa sufrió una descarga eléctrica lo suficientemente leve como para no dejar rastro, pero tan intensa como para alterar su latido. —En la presentación virtual del cadáver, Tian fue marcando en diversos colores cada uno de los puntos de los que hablaba—. Y estoy muy seguro de esto. Casi seguro del todo... No quiero anticiparme. Tengo que hacer más pruebas, pero...

—Homicidio, entonces. Mejor dicho —Deckett, la taza bajo su barbilla, miró al médico entrecerrando los ojos—, *boticidio.*

—*¿Boticidio?* —replicó él—. No, querida. Eso sería si Condesa hubiera matado a su bot. Bueno, matado... suponiendo que puedas matar a una máquina. Me gusta la palabra, pero no. Sea como sea, sólo pudo causarlo el bot. No se me ocurre de qué otra forma Condesa pudo recibir una descarga eléctrica en la oceánica cama de su suite de lujo.

—De acuerdo, Tian. Homicidio. Y, si fue así, ¿de qué forma electrocutó Hermes a Condesa?

Notó demasiado tarde la mirada inquisitiva del médico. Bueno, ya daba igual.

—¿Hermes? ¿Ya no es el bot a secas? A ver si vas a caer en su hechizo electrónico, querida. En fin, no tengo ni idea de cómo pudo hacerlo, si es que fue así y lo hizo él. Pero, en cualquier caso, estas máquinas poseen una fuente de alimentación con potencia suficiente para provocar algo así.

—¿Cómo lo sabes? —Había acabado su primer café en dos tragos y Deckett fue a por otro. Máquinas por todas partes. ¿Y si algún día las cafeteras pensaran por sí mismas? ¿Se rebelarían las tostadoras, las cosechadoras, los holoproyectores? Terrible idea…

—He estudiado a fondo el dosier de Bionic. Es bastante técnico, así que me lo he pasado muy bien. Lo hice anoche.

—¿No tenías nada mejor que hacer? —preguntó ella desde la cafetera. Era raro que su pequeño amigo pasara una noche a solas, sin compañía. En ese sentido, Tian habría sido un excelente lituriano.

—De vez en cuando me tomo tiempo sólo para mí. Bueno, como te decía, ahora me conozco bastante bien los aspectos básicos del funcionamiento de los productos de Bionic. De la parte corporal, al menos. De la psíquica sigo sin tener ni puñetera idea. Eso se me escapa.

—Vale, Tian. Supongamos que Her…, que el bot causó la descarga que provocó el infarto. ¿Por qué? ¿Accidente? ¿Intencionado? ¿Tal vez sí fue un suicidio y hemos encontrado el modo en el que Condesa se mató?

—Bueno, las baterías diamantinas de un bot tienen una duración increíble, aunque no generan voltajes muy altos. Pero son muy eficientes. Sin analizar pormenorizadamente a tu amigo electrónico, no puedo darte respuesta. Aunque seguro que alguna información puedes sacarle tú a él…

Deckett se sentó junto a Tian. La presentación había cambiado del cuerpo de Condesa al esquema corporal de un bot estándar, y mostraba ahora sus elementos interiores. La forma externa era la correspondiente a uno sin transformar, o sea, un cuerpo rechoncho y diminuto. Aun habiendo sido testigo del cambio en Hermes, resultaba difícil aceptar que algo tan informe pudiera convertirse en un hombre grande y apuesto.

—Es posible —respondió ella observando la imagen—. Hablaré con Hermes. Eso que se ve dentro del dibujo no parecen huesos, ¿qué son?

Tian amplió la presentación.

—Son «núcleos morfogénicos de conversión estructural». Ya te hablé de ellos. Es el nombre que le dan los de Bionic, no me lo invento yo. Me encantaría explicarte su funcionamiento sin aburrirte, pero al menos ya sabes que son los elementos que se convierten luego en huesos, órganos, músculos y demás. Artificiales, claro, aunque increíblemente similares a los nuestros. Incluso el fluido nutritivo que sostiene y limpia sus células biónicas se parece a la sangre. Si apuñalaras a tu amigo, sangraría.

—¿Me estás sugiriendo ideas, Tian?

—En absoluto, querida. —Apagó el zócalo proyector y se volvió hacia ella—. ¿Vas a hablar con él? Me gustaría estar presente, pero ya sé que no puedo.

—Tengo cita con el capitán en media hora. No me da tiempo. Lo haré luego. Y sí, el próximo día estarás presente porque yo lo autorizaré.

—Bien, por fin. ¿No vas a contarme nada mientras? —El forense ladeó la cabeza para mirarla.

—No ahora, Tian. Sabes lo que me cuesta llegar hasta el despacho del jefe.

—Tengo vodka, por si te hace falta…

El forense señaló hacia una taquilla metálica al fondo de su laboratorio. Ella sabía que, además de vodka, podría encontrar allí otras sustancias para casos de… emergencia. Negó con la cabeza.

—La última vez no me salió muy bien la jugada. El capitán me olió el aliento en cuanto entré. He pasado por el Servicio Médico. Me han dado dimenhidrinato como para tumbar a un estibador portuario.

—No te pases, querida. Puedes acabar con mareos aún peores o cayéndote de sueño.

—Eso ya me pasa ahora. He dormido poco…

—Ya te dije que no preguntaría por qué —Tian sonrió y sus ojos se estrecharon hasta hacerse casi invisibles.

Deckett bufó, apuró su segundo café, dejó la taza en el reciclador y salió del laboratorio.

19

El trayecto hasta el Núcleo le resultó en esta ocasión bastante menos desagradable. La medicación, sin duda. Rara vez acudía a los antimareos. Como señaló Tian, solían provocarle al cabo del rato una especie de efecto rebote que la obligaba a postrarse en cama hasta que las náuseas desaparecían. Prefirió afrontar el riesgo antes que drogarse y que el capitán se diera cuenta. Además, debía estar muy centrada para la entrevista con él.

Krupp, como de costumbre, estaba hasta las cejas de trabajo. Pero, como de costumbre, sacó tiempo para ser amable con ella.

—Hola, Deckett.

Saludó asomando la cabeza desde el cuello de su uniforme. La inspectora siempre se preguntaba por qué no usaba uno de su talla. «Manías», pensó. «Cada cual tiene las suyas.»

—Hola, Krupp. Tengo cita con el jefe —respondió mientras giraba en el círculo interior de velcro hasta colocarse en la orientación espacial del secretario.

—Lo sé, querida. Llevo su agenda, por si no lo recuerdas. ¿Café? Te veo con cara de sueño.

—Gracias. Hoy me siento capaz; no te preocupes, me sirvo yo. Y sí, no he dormido mucho. Éste será el tercero de la mañana.

—El Expediente Planck, supongo —dijo el hombrecillo poniendo en blanco los ojos—. El capitán lleva dos días de muy mal humor. No paran de llamarle desde el Directorio. Y los de Bionic Entertainment lo hacen aún más. Son muy insistentes...

—Ya imagino, sí. ¿Está ocupado ahora? —Deckett señaló con el codo hacia la puerta del jefe.

—Me temo que tendrás que esperar. Lleva un buen rato hablando con alguien.

—No tengo pri…

La voz del capitán surgió de repente de la consola de Krupp.

—*¡Kruppie! ¿Ha llegado Deckett?* —El secretario se inclinó sobre la mesa.

—Sí, capitán. Está aquí.

—*Que pase de inmediato. No tengo todo el día. Y que no nos interrumpa nadie.*

—Claro, señor. —Krupp señaló con la cabeza, el rostro intentando expresar apoyo y camaradería.

La puerta del despacho comenzó a abrirse y Deckett se dirigió a ella a pequeños pasos. «Bueno, vamos allá.»

El capitán Freeman se hallaba de pie junto a su mesa. Para sorpresa de la inspectora, el jefe llevaba abierto el cuello de su chaqueta: una falta de protocolo que no se toleraba a bordo. Su rostro mostraba señales de fatiga al igual que su uniforme, normalmente impoluto, mostraba arrugas de lo más variado. Como si hubiera dormido vestido. Deckett se preguntó qué tipo de presiones estaría recibiendo. No debía de ser fácil, supuso.

—Siéntese, Deckett. Vamos al asunto. ¿Qué puede contarme?

Ella se acomodó inquieta en el sillón frente a la mesa. Como de costumbre, tardó un buen rato en hacerlo. Aferrándose a los brazos de la butaca para no despegarse del respaldo, recordó el comentario de Hermes: «El capitán del *Schettino* es integro y serio. Y no es ningún memo». Inspiró hondo y decidió que lo mejor era ser directa. Pero no podía contarle que ambos eran parte del plan descabellado de una difunta que dormía plácida para siempre en su cámara de estasis. No sin disponer de más información. Ella jamás suponía nada, se recordó a sí misma.

—Señor, como usted temía, el asunto ha virado de *marrón de mierda* a *mierda de tamaño cósmico.*

Freeman se cruzó de brazos. En la ausencia de gravedad del Puente, los rizos de su frente se movieron gráciles. Deckett intentó no distraerse, pero no pudo evitar comparar a Hermes y Darim con el jefe. «¿Cuál es más apuesto? —se dijo—. Durga, céntrate. Hoy no puedes culpar a los ansiolíticos.»

—Odio tener razón, Deckett. —Aferró con las manos el respaldo de su sillón—. Llevo dos días parando todos los intentos de esos hijos de puta de Bionic para que volvamos a la Tierra. Y en el Directorio ya no saben qué hacer para evitar que la noticia de la muerte de Condesa se haga pública. Nos queda muy poco tiempo antes de que se sepa, y entonces todo el mundo se volverá gilipollas. A ver, ¿qué ha pasado?

Deckett suspiró y luego, moviéndose lo menos posible, mostró al capitán un diagrama de datos con lo esencial, incluida la historia de la hermana del ingeniero y su muerte. Freeman estudió la presentación incorpórea con atención.

—¿Cuánta de su gente sabe esto? —preguntó al acabar.

—La justa, señor. El agente Ferreira, la agente McDonahue y Bao Tian.

—Bien, restrinja el acceso el mayor tiempo posible. ¿Hasta qué punto está segura de la información, Deckett?

—Bastante, señor. Creo que todo ha sido orquestado por Condesa Planck para causar algún tipo de conmoción mediática. Según Bao, es muy posible que en realidad haya sido un suicidio, aunque aún debemos confirmarlo.

—¿Hermes Lagrange, heredero de Condesa Planck? —inquirió él rascándose el mentón—. Interesante... La batalla legal entre Bionic y Gersham & Zhou hará historia.

—¿Gersham y... qué? —preguntó Deckett a su vez. Abogados, supuso.

—El bufete de ella. Los abogados más caros y famosos de todo el sistema solar.

El capitán se sentó, cruzó las manos sobre la mesa y miró a la inspectora con sus ojos de acero.

—¿Qué opina del ingeniero?

Deckett conocía lo suficiente a su jefe como para saber que nunca preguntaba sin tener, él mismo, al menos varias respuestas en mente. Por supuesto, al jefe no le sorprendió que Znedin se hubiera esfumado. Los chips neurológicos biodegradables no eran, en el caso de los humanos, demasiado fiables. Los bots, en cambio, eran otro asunto. Sus localizadores no podían desactivarse sin desactivarlos a ellos. Tampoco le sorprendió saber que lo habían acogido en el Templo de Litur.

—No creo que tenga información privada de los clientes de Bionic. Sospecho que esconde alguna otra cosa.

—¿Por qué?

—En primer lugar, si Bionic estuviera quebrantando el pacto de confianza entre el cliente y la empresa y esto se hiciera público, sería una catástrofe económica. Uno de los puntos fuertes del compromiso de Bionic es la absoluta privacidad de la relación entre sus bots y sus usuarios. No es que me fíe de ellos, claro, pero no puedes afirmar que lo que hagas con tu bot no lo sabrá nunca nadie y luego arriesgarte a que cualquiera, cualquier empleado, como Mayer Znedin, por ejemplo, robe pruebas y quiera venderlas por ahí. Diría, por tanto, que en verdad Bionic no guarda información privada de sus clientes extraída de sus bots.

El capitán se retrepó y se acarició de nuevo la barbilla.

—Estoy de acuerdo. Yo, desde luego, no me fío de Bionic —dijo frunciendo las cejas—. Llevamos años soportando sus exigencias y su juego sucio. Starliner y Bionic sacan beneficios de su colaboración, pero eso no facilita pasar por alto lo que hacen aquí.

Deckett miró al capitán con expresión de duda. ¿Qué quería decir? Él, observando su gesto, asintió.

—A ver, Deckett, me ha demostrado en todos estos años que puedo confiar en usted. Esto ha de quedar entre nosotros, ¿estamos?

—Claro, señor. Por supuesto. —Así que el jefe confiaba en ella. No pudo evitar sentir un ramalazo de orgullo.

—Bionic lleva años probando en nuestro barco sus putos juguetes. Buscan construir bots perfectos. O eso dicen. No sé qué entienden por perfectos, pero, a tenor de los que aquí tenemos paseando de un lado a otro, riendo, bebiendo y hablando como gente de la puta *cosmic set*, eso significa indistinguibles de los humanos. Por eso, como imaginará, soy absolutamente inflexible con la identificación en tiempo real de todos y cada uno de los bots que hay a bordo.

¿La puta *cosmic set*? Cierto que el lenguaje del capitán, en privado al menos, podía ser bastante cuestionable, pero ese comentario la sorprendió. Siempre pensó que a su jefe, al mandamás del *SC Schettino*, le gustaba alternar con esa gente. Que disfrutaba de las cenas con los millonarios y los famosos. Al menos, eso parecía cuando lo veías, vestido de gala y elegante como un capitán de fragata del siglo XVIII, recibiendo a sus invitados.

—Lo que me ha mostrado del ingeniero Znedin, de su hermana en concreto, no es la primera vez, ni la única, que ha ocurrido. La personalidad de esos seres artificiales es tan compleja y está tan bien ajustada a la del cliente que no me sorprende que pueda haber luego efectos secundarios.

El capitán guardó silencio y Deckett esperó. Si el jefe piensa, no se le interrumpe, se dijo como hacía siempre que Freeman cavilaba.

—Admitamos entonces —prosiguió él de repente— que Znedin no se ha llevado módulos de datos, como afirma Leclerc. ¿Qué se ha llevado?

—No tengo la menor idea, señor. Y sospecho que, por mucho que intente sonsacar más información a la directora de Bionic, no lograré nada. Es una mujer formidable. Sea lo que sea lo que busca, es algo que le interesa mucho.

—¿Por qué cree que se lo ha revelado a usted? —preguntó el jefe haciendo gala de su agudeza.

Era una buena pregunta que ella ya se había formulado.

—No estoy segura, señor, pero Leclerc es muy lista. Quizá se está anticipando por si Znedin hace público algo escandaloso de la empresa. O quizá porque quiere desviar la atención hacia otro lugar. O quizá...

El capitán la animó a seguir con una de sus miradas de azogue.

—Quizá quiere que encontremos a Znedin por ellos —remachó Deckett.

—Eso me cuadra más —replicó Freeman—. Tiene sentido. Si el ingeniero sabe algo peligroso, y se ha vuelto peligroso, no dudo de que Bionic preferiría cerrarle la boca. Los cruceros de placer, como sabe, no son sólo para el placer...

Freeman era muy consciente, aunque no pudiera hacer mucho al respecto, de que la laxitud de las leyes en los cruceros interplanetarios —imposición comercial de las empresas del ramo, ansiosas por atraer clientes— propiciaba los ajustes de cuentas en los barcos. Algo desagradable que todos preferían obviar en la medida de lo posible.

—He ordenado poner una guardia de incógnito ante el Templo de Litur, señor —dijo Deckett.

Freeman asintió. De nuevo sus rizos flotaron a su aire.

—Bien hecho. Y cuidado con Leclerc. Como dice, no tiene un pelo de estúpida. Cena en mi mesa muchas veces, y lo hace siempre que recibo a alguno de sus poderosos clientes. En esas ocasiones nunca bebe otra cosa que no sea agua. Su conversación es escasa, pero siempre está atenta. No sé muy bien a qué, aunque parece observarlo todo como si escaneara más que mirara. ¿Me entiende? A veces parece un puto bot de combate.

—Sí, señor, perfectamente.

—Bien, Deckett. ¿Cuál es el siguiente paso? Hay que aclarar este asunto antes de que la burbuja de mierda estalle, se sepa lo de Condesa y su heredero, y todo el mundo intente venir a bordo para buscar alguna primicia informativa. En una semana llegaremos al Cinturón y no quisiera tener que prohibir el atraque a los vehículos que provengan de allí o registrar a todo el que quiera subir a bordo. Seguro que vendría más de un periodista disfrazado de... qué sé yo. Oficial de Aduanas, técnico de algo o cualquier otra cosa.

—Bueno, señor, he tenido una idea, pero necesitaré su apoyo frente a… Leclerc.

—Veamos de qué se trata.

Deckett se tomó unos segundos antes de hablar. Lo cierto es que lo estuvo pensando esa misma mañana mientras intentaba despejarse en la ducha. Darim se había marchado pronto, entraba de guardia a primera hora y no podía quedarse. Una suerte, porque, conociéndolo, habría pedido su ración matutina de sexo y eso la habría dejado más agotada si cabe. Satisfecha, pero agotada.

Se lo habría dicho a Tian cuando él le preguntó, pero prefirió hablarlo primero con el capitán. La idea implicaba a Hermes, y necesitaba permiso antes siquiera de proponérsela.

—Hermes me dijo que, a pesar de los borrados de memoria, siempre quedan rastros. Imágenes y sensaciones difusas, explicó. He pensado que sería buena idea llevarlo por la nave, recorrer con él los lugares que solía frecuentar con Condesa. Necesitamos saber, mientras no hablemos con Znedin, de qué modo alteraron su programa y si es posible recuperar información del tiempo en que él estuvo desactivado. Bionic no ha podido analizarlo ni meter sus narices en esto. Y el tiempo es un factor crucial ahora. Nos conviene averiguar de Hermes lo máximo posible mientras dispongamos de él.

El capitán asintió lentamente, sus ojos grises entrecerrados.

—Excelente idea. Me gusta. Incluya en sus actividades conjuntas una cena en mi mesa, Deckett.

—¿En su mesa, señor? —Deckett parpadeó sorprendida. No se esperaba algo así—. Pero, capitán, yo no sabría siquiera qué hay que hacer, cómo comportarme…

—Pues aprenda. Dígale a Hermes que la instruya. Lo he tenido cenando conmigo todas las noches desde que Condesa embarcara y le aseguro que es un invitado de lo más agradable. Sabe comportarse, no como la mayoría de imbéciles pretenciosos que creen que compartir mesa con el capitán es lo más sublime que harán en sus vidas de mierda. No tiene idea de lo que detesto esas putas cenas…

Deckett volvió a parpadear, aún más sorprendida. El capitán la estaba dejando atónita.

—Muy bien, señor. Será como usted diga. ¿Cuándo lo hacemos?

Freeman miró hacia el techo, seguramente consultando su interfaz neural. Luego la miró a ella.

—Dentro de dos noches. Leclerc estará presente porque uno de los comensales será el cretino de Sabbas Vintage, cliente de Bionic, por supuesto. Y, por supuesto, llevará a su bot, un tipo tan insoportable como él.

Sabbas Vintage… Joder, el más famoso de los *influencers* de la Tierra, después de Condesa, claro. ¿Cretino?

—¿Cretino, señor? —Freeman la miró con gesto de asco.

—No se puede imaginar hasta qué punto, Deckett. Con ese imbécil en la mesa, estará bien tenerlos a ustedes. Quiero ver cómo se comporta Leclerc. A ver si es capaz de soportar que su precioso bot esté a su lado, pero lejos de sus ávidas manos de hielo. Bien, Deckett, ¿algo más?

La charla con el capitán concluía, estaba claro. La inspectora se levantó.

—Una cosa más, señor —dijo mientras se esforzaba por acoplar sus suelas de velcro al suelo—. Es sobre Znedin. Sabemos que está en el Templo, aislado en uno de sus rituales, pero, como ha visto en mi informe, podríamos ir a por él si emitiera usted una Directiva de Mando.

El capitán, retrepado del todo, la miró atento con sus ojos de azogue.

—¿Eso no comprometería a su novio, Deckett?

La inspectora no pudo evitar sonrojarse. Cierto: si el capitán lo ordenaba, Mayer sería sacado del Templo y Darim acabaría sabiendo que fue por su causa. Y no le gustaría, seguro. Preferiría no tener que traicionar la confianza del chaval, pero era una cuestión procedimental. Los prejuicios lituranos estaban de más. Y que el capitán conociera datos de su vida privada... Estaba claro que a él no se le escapaba nada.

—Mi... el tripulante Kásperle colaboraría, señor. Y, en cualquier caso, la Directiva podría dirigirse a la líder del Templo de Litur. Él no tendría por qué saber nada.

—Lo sospecharía, D eckett. No creo que su chico sea tonto. No, no lo haga. Además, hemos de respetar la Ley de Libertad Religiosa mientras la seguridad no se vea comprometida. Si Znedin está bajo el amparo de un precepto de su credo, no intervendremos en tanto no complete su ritual. Conociendo a los liturianos, seguro que no es nada desagradable. Mantenga discretamente su guardia allí hasta que acabe.

—Muy bien, señor, estaremos pendientes de ello. Con su permiso, me retiro.

Mentalmente, Deckett suspiró. Se había sentido obligada a presentar al capitán la opción de forzar a los liturianos a revelar el paradero de Znedin, pero eso no le hacía ninguna gracia. Se alegró de la honradez de su jefe. Y de nuevo recordó las palabras de Hermes sobre él. «Condesa nos conocía bien, está claro. La cuestión sigue siendo por qué.»

—Muy bien, Deckett. Manténgame informado.

La inspectora se dirigió a la compuerta y, como la última vez, la voz del capitán la hizo volverse antes de salir.

—Deckett, las cenas con el capitán son extremadamente formales. Vístase como corresponde. Por una vez dese un capricho y cómprese algo elegante. Y pase el cargo a la Sección Económica. El gasto merecerá la pena.

La inspectora asintió sin decir una palabra y salió del despacho. «Ropa elegante, mierda. ¿Qué sé yo de eso? Le preguntaré a Hermes...»

20

—Será un placer ayudarla, inspectora. Puede confiar en mi criterio. Condesa lo hacía, de hecho. Solía consultarme a la hora de escoger su complicado atuendo…

Deckett suspiró con cierto alivio. Había contado a Hermes su plan, incluida la cena con el capitán, y reconocido su ignorancia en el asunto de la etiqueta y el protocolo. Lo cierto es que no habría podido preguntar a nadie más. Quizá a Leclerc, pero eso era obviamente impracticable.

Encontró a Hermes, ataviado con su mono gris y sentado ante la mesa de su celda, exactamente como lo dejó la última vez en que se vieron. ¿Dos, tres días atrás? Dos días. Cuando el trabajo apremiaba, Deckett solía olvidarse del paso del tiempo y Tian la reprendía: «No trabajes tanto. Vive un poco, querida…». Darim no gastaba palabras, pero su mirada decía lo mismo. En fin, ella no podía evitarlo. Estaba inscrito en su forma de ser. Además, no sólo debía ocuparse de Condesa Planck. Sería famosa e importante, pero no la única que requería su atención. Los problemas a bordo no acababan en ella.

Se preguntó qué habría estado haciendo el bot en ese tiempo. ¿Dormir? ¿Simplemente permanecer? ¿Inmóvil tal vez? A fin de cuentas, ¿necesitaría un robot moverse, caminar, dormir? Comer, obviamente no. Ni respirar. Tampoco recargarse. Tenían baterías de… no recordaba qué. Tian le dijo algo al respecto, pero no le prestó mucha atención cuando lo hizo.

—Gracias, Hermes. Por cierto, es pura curiosidad… ¿Duerme usted? Quiero decir, ¿tiene la necesidad de hacerlo?

—Sí y no, inspectora. Como ya le expliqué, los bots entramos en una inconsciencia similar al sueño humano. Sería extraño permanecer despiertos, o activos, si prefiere el término, cuando nuestros usuarios duermen. Y, como los humanos, aprovechamos ese tiempo para realizar tareas, digamos, de mantenimiento interno. Compilar, depurar, integrar información... ¿Por qué lo pregunta? ¿Le preocupa mi bienestar? ¿Se siente mal por haberme dejado a solas tanto tiempo?

Deckett apretó los labios. ¿Había rozado Hermes la impertinencia? Su tono no fue sarcástico, pero, siendo honesta, el bot había dado en la diana. De haberse tratado de un humano real, no se habría despreocupado de él durante dos días. Los humanos tienen derechos, las máquinas no...

—Me preocupa su bienestar, por supuesto. —Su sonrisa, un tanto forzada, quiso disimular la incomodidad del momento.

«Maldito bot —se dijo—. Ha vuelto a pillarme, ¿cómo lo hace?»

—He estado muy... ocupada.

Hermes alzó las palmas y sonrió afable.

—No he querido importunarla. No ha de preocuparse por mí. Soy una máquina...

—Claro, claro... —respondió aún incómoda. Mejor olvidarse del asunto—. En fin, sigamos. ¿Entiende el propósito de esta idea, Hermes?

—Por supuesto. Aunque no creo que sirva de mucho. Como sabe, no guardo registro de esos dos lapsos.

Deckett asintió pensativa. Luego prosiguió.

—¿Nada en absoluto? Usted habló de imágenes residuales, de destellos...

—Sí, inspectora. Pero... Bueno, quizá tenga usted razón y una reexposición a los estímulos adecuados pueda generar fantasmas propioceptivos.

—¿Qué? —Otra vez tenía la impresión de estar hablando con Tian— ¿Puede explicarse, por favor? Me cuesta seguir su jerga.

—Por supuesto, disculpe. —Hermes frunció los labios y miró al techo, como buscando palabras—. A ver, un fantasma propioceptivo es el eco de una experiencia que, aun habiendo sido borrada, puede reproducirse en ciertas condiciones que replican la exposición perceptiva original. Quizá, aunque no lo puedo asegurar, hacer lo que usted sugiere, recorrer los lugares en los que estuve con Condesa, cenar con el capitán... Bueno, tal vez me permita atar algún cabo.

—No perdemos nada entonces —replicó ella—. Escuche, Hermes, por seguridad será preciso que en todo momento nos siga una patrulla de mi personal. Órdenes del capitán. Al menos esto impedirá que la gente de Bionic se nos acerque. Como imaginará, tienen mucho interés en hacerse con usted.

Hermes asintió con gesto entre preocupado y divertido.

—Sí, claro. Imagino que deben de suponer que guardo alguna información comprometedora. No me cabe duda de que ya han calculado el efecto económico que tendrá el que uno de sus productos más exclusivos haya causado la muerte de un cliente. Y no de cualquier cliente...

Por un momento, el rostro del bot se ensombreció. ¿Estaba recordando a Condesa?, se preguntó Deckett. Esos gestos, tan humanos, seguían sorprendiéndola. Mejor dicho, lo que la sorprendía, para ser sincera, era olvidar que hablaba con una máquina.

—¿Guarda usted alguna información de esa especie? —preguntó. Hermes volvió a sonreír.

—No, inspectora. Ya se lo he dicho. Bueno, cabe la posibilidad de que Condesa haya insertado algún archivo al margen de mi consciencia. Pero eso habría sido más complicado que proporcionarme genitales. No es fácil alterar mi memoria sin que yo lo sepa.

—O sea, que no podemos descartar que Bionic realmente crea que esconde usted algo relevante que pueda comprometerlos.

Él se encogió de hombros.

—Yo no lo descartaría, inspectora, así que no pondré objeciones a que su gente nos vigile.

—De acuerdo. En ese caso, lo primero será sacarlo de aquí, darle un camarote adecuado en el Anillo de Tripulantes y suministrarle lo que necesite. Ropa, supongo. No lo llevaré a la mesa del capitán vestido así.

—Lo cual agradeceré mucho, inspectora. —Hermes sonrió definitivamente divertido—. Entre mis rasgos de personalidad, artificiales por supuesto, está el gusto por lo exquisito. Condesa lo pidió así. Yo no soporto vestir de modo desaliñado. He de decirle que este vulgar mono lleva produciéndome disonancias cognitivas desde que me lo puse.

—No sabía que fuera usted tan delicado, ya lo siento —respondió Deckett con sorna—. El capitán ha autorizado una línea de crédito a mi nombre, así que lo llevaré a las tiendas más lujosas de la nave. No creo que pueda quejarse usted de nada.

—Le agradezco también que me permita acompañarla a la mesa del capitán. Solía hacerlo con Condesa, y lo echo de menos.

Un aviso en su interfaz neural la advirtió de que tenía una tarea pendiente: preguntar por qué todas las noches, sin falta, Condesa y él cenaban en el Salón Afrodita. Había otra tarea anotada: preguntar por las visitas de la diva al Servicio Médico.

—He sabido que la señora Planck y usted no faltaron una sola noche hasta… En fin. ¿Por qué, Hermes? Condesa, por lo que he podido comprobar, no parecía disfrutarlo mucho.

Hermes inspiró hondo. Una sonrisa nostálgica, o eso le pareció a ella, le dijo que sí que había alguna razón.

—A Condesa, como ya sabe, el capitán Freeman le caía bien, lo cual era un sentimiento mutuo. Se sentía a salvo, segura, cuando estaba con él. Freeman había dado orden explícita de que nadie se acercara a su mesa mientras ella estuviera presente. Sabía que la incomodaba la persecución constante de seguidores y reporteros, y era una forma de salir de su suite sin que nadie la agobiara.

Deckett asintió. «Bueno —se dijo—, una cuestión menos por resolver». Borró la entrada mental de su agenda y preguntó por la otra.

—¿Sabe por qué Condesa fue al Servicio Médico de a bordo?

Hermes negó con la cabeza.

—No, inspectora. Sé que fue una vez, pero no la acompañé. Me lo pidió expresamente.

—¿A ella la preocupaba su salud?

—Lo dudo. —Él volvió a negar—. No padecía, como usted ya sabe, de nada serio. Ignoro por qué fue allí, y por qué lo hizo sin mí.

Deckett asintió y no preguntó más. Hermes, variando su expresión de la nostalgia a una educada simpatía, siguió hablando:

—Si hemos de cenar con el capitán, ¿deseará usted mi asesoramiento en materias de etiqueta, además del código de vestuario, inspectora?

El tono de burla la irritó. El sarcasmo de un humano no la habría perturbado. Pero viniendo de un ente artificial... Sonrió con frialdad.

—Se lo agradecería. No estoy programada para sentir vanidad, señor Lagrange. Me ayudará a vestirme como corresponde.

—¿No seré un problema para la tripulación, inspectora? —replicó él ignorando el tono sarcástico—. Imagino que todo el mundo sabe quién soy...

—No se crea. Incluso, a pesar del bocazas de Kai, su identidad no ha trascendido.

—Kai... Sí, claro. Uno de sus hombres. Alto, fuerte, no muy listo. El que me trajo el mono el primer día, cuando estuvimos a solas y yo aún iba... desnudo.

Deckett apretó los labios. Sin duda Hermes, incluso en aquellos momentos de inseguridad tras su activación, se percató de la expresión sorprendida de Kai al encontrar a su jefa junto a un tipo completamente en cueros. La inspectora era consciente de las habladurías entre su personal. A pesar del respeto que sentían por ella, no se recataban en hacer bromas y gestos cada vez que los veían juntos. «Hacen buena pareja», llegó a decir Dris esa misma mañana, en voz baja y con disimulo. ¿A quién se refería su subordinada? En ese momento no le había dado importancia, pero ahora…

Deckett, incómoda, sintió un atisbo de calor en el rostro. Inspiró hondo y luego, tras soltar despacio el aire, sonrió.

—Bien, Hermes. Tenemos mucho que hacer, y la cena con el capitán será mañana por la noche. Dentro de una hora volveré para sacarlo de aquí. Iremos a dar un paseo. Le traeremos prendas más adecuadas, no se preocupe.

Se puso en pie y Hermes la imitó. Su expresión, tranquila, sosegada, mostraba aun así un matiz divertido. Como si supiera algo que ella no sabía.

«Hacen buena pareja», escuchó de nuevo en su mente. Salió de la celda con más prisa de la que convenía a su dignidad.

21

La Grand Promenade era sin duda el corazón de la vida social en el *Schettino*. Allí se hallaban las tiendas de mayor lujo, los comercios más exquisitos y los escaparates más vistosos. Ocupaba casi un tercio del nivel Uno del Anillo Residencial, y, al igual que el Paseo de los Árboles Celestes, era de completo y libre acceso para todo el pasaje. Los residentes de Primera y los del exclusivo Nivel Luxury, siempre celosos de su intimidad, no tenían sin embargo problema alguno en mezclarse con la gente más sencilla —*atrozmente vulgar,* en palabras de cualquier habitante del Luxury— porque allí, en la Promenade, se sabían el objetivo de cientos de holocámaras. No era un entretenimiento del Programa de Actividades Lúdicas, pero no cabía duda de que uno de los mayores alicientes para que los corredores y salas de la Promenade bulleran de actividad era el anhelo de la mayoría de tropezarse con esa distinguida, altiva y distante minoría de poderosos, famosos y millonarios.

Siempre había multitudes en esa zona. Niños corriendo de un lado a otro, indulgentemente desatendidos por sus padres para fastidio de los demás pasajeros; parejitas felizmente cogidas del brazo contemplando en los comercios aquellos lujos a los que no tenían alcance; y adultos vociferantes de expresión satisfecha recolectando recuerdos de su estancia allí y, sobre todo, de sus encuentros con sus adoradas celebridades, quienes, por lo común con altanería y displicencia, a veces con simpatía y saludando a su público, entraban o salían de sus boutiques exclusivas, sabedoras de ser el centro absoluto de atención. Daba igual si aquellos comportamientos le parecían buenos o malos, si absurdos o lógicos. Deckett sentía que la vida hervía en la Promenade, lo cual, a veces, le hacía preguntarse por la suya propia. ¿Acaso compartía algo con toda esa gente afanada en ser feliz?

En realidad, nunca iba a esa zona por otra razón que no fuera el trabajo. Nada allí quedaba a su alcance financiero, y no necesitaba pararse a contemplar las estrellas desde el Paseo de los Árboles. Los años de servicio a bordo habían borrado cualquier rastro de emoción por todo aquello por lo que los pasajeros pagaban entusiasmados. Sí, en los primeros meses el Paseo le pareció una maravilla, pero de eso hacía ya mucho tiempo...

Llevaban horas recorriendo la zona comercial de la Promenade a la espera de una reminiscencia, un atisbo, un... cualquier cosa que aportara alguna información interesante. Un fantasma de no sé qué, recordó que explicó él. Pero el bot no sintió nada. Al menos nada relevante. Sí habló mucho de Condesa, de la relación entre ellos. De su personalidad, tan diferente de lo que el gran público suponía de ella. Curioso, se decía Deckett, que sus seguidores dieran por hecho que sabían quién o cómo era sólo por ser famosa. Que verla en los Nodos les daba acceso a su intimidad. Seguramente había tantas Condesas como seguidores o suscriptores de sus cuentas. Un espejismo absoluto.

Paseando por los abiertos jardines de la Promenade, tomando una copa en alguno de sus caros locales —a su alcance ahora gracias a la cuenta de gastos del capitán—, o sentados ante el panorama estelar en la Rotonda, Deckett pudo atisbar a través de Hermes a la mujer escondida tras la máscara del dinero y el poder. Y cuanto más sabía de la diva, más incongruente le parecía la forma en que murió. O por qué. Y qué tenían que ver el capitán y ella en todo eso. Algo se le escapaba, algo que chirriaba en su mente como la señal de aviso de un enlace neural. Sí, Hermes lo dejó claro: Condesa quiso que la investigación de su muerte cayera en sus manos. Se informó sobre Freeman y sobre ella. Había, pues, una intención decidida que tenía que ver también con Znedin. Pero a ella no le parecía tan claro. En cualquier caso, si Hermes poseía alguna información que pudiera aclarar todo ese galimatías, debían encontrar un modo de acceder a ella. De momento no había habido suerte.

Aunque hasta esa misma tarde jamás había entrado en uno de los comercios de la Promenade con otro propósito que no fuera profesional, en las bolsas que Hermes se ofreció a portar llevaba mercancía selecta por valor de un sueldo anual. Un dispendio escandaloso. Pero pagaba Starliner, así que se lo tomó como una diversión.

El bot fue muy eficiente durante todo el proceso haciéndole recomendaciones precisas y acertadas sobre vestidos y complementos. Era evidente que conocía bien el asunto, incluido sin duda en su programación como acompañante de Condesa. Afirmaba con un breve movimiento de cabeza cuando algo le parecía adecuado, y negaba igualmente cuando no. Ella, ignorando los exagerados y relamidos comentarios del personal, le hizo caso sólo a él. Al final de su periplo por las boutiques más selectas, todas escogidas por Hermes, habían gastado una indecente cantidad de créditos terrestres, lo cual le hizo sentir un cierto placer culpable, por qué no admitirlo. Las atenciones, tanto del bot como de los dependientes, la halagaron. Disfrutó durante el largo proceso de adquirir lo necesario para la suntuosa cena con el capitán. Supuso que resultaría tedioso e incómodo, pero se equivocó. Aunque no estaba acostumbrada a esos rituales, y menos en esas exquisitas tiendas, se sintió casi como si estuviera de vacaciones. Casi como si realmente fuera una pasajera más y no una vulgar empleada de Starliner. Le gustó, para su sorpresa, sentirse así.

Y sobre todo le gustó hacerlo en compañía de Hermes, quien, por cierto, no era ningún desconocido en esa zona de la nave. Dado que solía acompañar a Condesa durante sus compras, y previendo que alguien pudiera reconocerlo, la inspectora decidió que lo mejor para pasar desapercibidos era cambiar su uniforme de Seguridad y el mono de Mantenimiento por atuendos informales propios de turistas corrientes: ella un holgado traje de pantalón y chaqueta en lino crudo, y Hermes en el modo más anodino que su gente consideró adecuado: vaqueros azul índigo, sudadera gris claro y una cazadora deportiva rojo granate. El bot ocultó su cabello dorado bajo una gorra con el logo de Starliner. Con la visera calada hasta los ojos nadie le prestó más atención de la necesaria. Y nadie allí habría reconocido a Deckett como la mandamás de Seguridad. Para variar, fue una sensación agradable que ni siquiera sus espías lograron estropear.

Durante toda la tarde pudo observarlos detrás de ellos mientras les seguían los pasos con inepto disimulo. Un hombre y una mujer que se hacían pasar por pareja de turistas, pero tan evidentemente falsos que Deckett y Hermes compartieron algunas bromas al respecto. ¿No disponía Leclerc de mejores fisgones?

Daba igual. La otra pareja que los seguía, sus guardias de Seguridad, impidieron cualquier acercamiento. La gente de Bionic se mantuvo a distancia todo el tiempo.

—La verdad es que, ya puestos —prosiguió ella dejándose llevar por su buen humor—, bien podríamos tomarnos una copa en el *Estrellas en tu mirada*. Hace tiempo que me apetece probar el lugar.

Hermes chasqueó la lengua en un gesto de desaprobación.

—Un selecto club, no cabe duda. Que, sin embargo, no ofrece la bebida de mejor calidad a pesar de sus precios de escándalo. Si lo que desea es una buena copa, puedo llevarla a otros lugares. Los entendidos evitan ese lugar en particular.

—¿Qué sugiere? —preguntó Deckett, dispuesta ya a lo que fuera.

—El *Bar de Moe*, en la cubierta Tres, sector de Segunda Clase. ¿Lo conoce?

¿En Segunda? Vaya, qué sorpresa, se dijo ella. Y no, no lo conocía. Había demasiados garitos a bordo como para recordarlos todos aun siendo la Jefa de Seguridad.

—Ni idea. Pero si usted lo recomienda…

—A menos que a usted la cautive el boato de los ricos, sí, lo recomiendo… Y le aseguro que la cerveza allí sí que es de primera.

—Pues está bien. Vamos.

Deckett se volvió hacia sus guardias.

—Cimino, Chen, acérquense.

La pareja de agentes se aproximó y Deckett indicó las bolsas que portaba Hermes, sus pomposos logos holográficos colgando a varios centímetros de la superficie brillante.

—Lleven todo esto a Seguridad, no quiero cargar peso inútil.

—¿Está segura, señora? —La agente Cimino, mirando hacia la pareja de espías torpemente disimulados entre los paseantes, parecía confusa. Señaló con la cabeza—. *Ésos* siguen ahí…

—Lo sé, Cimino. Estoy segura. Hagan lo que les digo.

La pareja de guardias se alejó cargada con bolsas y paquetes. Hermes se volvió hacia ella.

—¿Por qué lo ha hecho? Pensé que quería que los espías de Bionic no se nos acercaran.

La inspectora sonrió.

—De eso nada. Todo lo contrario. Quiero saber qué traman. Vamos, busquemos el próximo ascensor.

El Bar de Moe era una réplica de una de las típicas tabernas que, en cierto tiempo y ciertos lugares de la Tierra, frecuentaban los clientes que buscaban alcohol barato y compañía amigable. Un lugar poco iluminado, repleto de gente y con música demasiado fuerte. Pero bastante pintoresco. Hermes, la gorra calada hasta las cejas, pidió dos pintas de cerveza negra, que llevó a un reservado milagrosamente vacío en una esquina del local. No necesitó pagar: al entrar, como en cualquier otro comercio de la nave, los sensores de la entrada detectaban al cliente y su cuenta de crédito. La de Deckett, en este caso. Hermes carecía de crédito por sí mismo. No era una persona, al fin y al cabo. Al menos, legalmente. Y, al menos, por ahora… Ya se vería después de lo del testamento de Condesa.

—¿De qué conoce este sitio? —preguntó la inspectora mientras se sentaban.

—Era uno de los lugares favoritos de Condesa.

—¿En serio? —replicó ella— ¿Y cómo hacían para que la multitud no la avasallara siendo quién era?

Deckett recordó que, en efecto, la diva había sido localizada más de una vez en Segunda Clase.

—Fácil, inspectora —respondió Hermes tras limpiarse la espuma amarronada con una servilleta que, observó Deckett, mostraba el logo del bar: un tipo de pelo rizado, con cara de malas pulgas, nariz chata y rostro amarillo—: veníamos aquí de incógnito.

Cierto, recordó ella. Había olvidado las grabaciones del CGD. Por un momento estuvo a punto de comentarlo, pero, para su extrañeza, un inesperado pudor se lo impidió. Condesa y Hermes paseando del brazo; Condesa y Hermes riendo en los corredores de Segunda; Condesa y Hermes besándose bajo las luces cambiantes del Paseo de los Árboles... Por alguna razón no le pareció adecuado revelar que los había ¿espiado? en su intimidad de pareja. Dio un largo trago a su pinta. Realmente buena, reconoció.

—Claro, de incógnito —acertó a decir tras enjugarse la boca con el dorso de la mano. Un gesto bastante menos refinado que el que hizo él—. Resulta raro pensar en ella de esa forma...

—La entiendo. Condesa se despojaba de toda la parafernalia que lucía en público. Aquí no la reconocía nadie. Por eso disfrutaba de este sitio. Era una mujer más. Del todo anónima.

—Así que Condesa Planck se mostraba tal cual era... —Deckett dio otro largo trago.

—Aunque la sorprenda, así era. ¿Le gusta la cerveza? —preguntó él al verla trasegar con aparente fruición.

—Deliciosa, tenía usted razón. Por cierto, —quiso cambiar de tema—, bebe usted, pero imagino que no experimentará nada al hacerlo.

—Se equivoca, inspectora. Poseemos sentido del gusto, del tacto y del olfato, como los humanos. Es verdad que el alcohol no me afecta, salvo que el programa matriz contemple ese detalle si el cliente lo desea, pero eso no me impide disfrutar del sabor de lo que ingiero. Dispongo de sofisticadas rutinas de procesamiento sensorial. Y distingo entre la buena y mala cerveza.

«Joder, cada día me sorprende con algo nuevo. Maldita Bionic». No era la primera vez que lo pensaba. Ese lema de *tan humanos como los humanos* era de lo más acertado. E inquietante...

—Así que Condesa —decidió volver al punto anterior— salía a escondidas y sin maquillaje para abandonar su mundo de lujo y glamur. ¿A qué lugares más la acompañaba?

—Diría que si buscara en sus registros del pasaje lo sabría sin problemas. Se supone que todos los pasajeros están permanentemente localizados, ¿no es así?

Tardó unos instantes en responder. ¿Le contaba que ya lo había hecho? Mejor no... De todas formas, apenas si revisó una pequeña parte de las grabaciones del CGD. Sería más interesante dejar que él le diera esa información. Dio otro trago y vio que Hermes le llevaba la delantera: ya había acabado la suya.

—Es así. Pero no seguimos minuto a minuto a los miles de personas que deambulan de acá para allá. Sería una locura. Únicamente consultamos los registros cuando es necesario.

Prefirió no preguntar sobre esos momentos en los que Condesa desaparecía de la vista de los sistemas de detección. Ya habría ocasión.

—Claro, es lógico. —Hermes alzó una mano y enseñó dos dedos. Una camarera asintió al ver el gesto.

—¿Vamos ya a por la segunda cerveza? —preguntó Deckett sonriendo—. Veo que no pierde el tiempo.

—Jamás. La vida de un bot es corta, inspectora. Hasta ahora, ninguno de nosotros ha superado los veinte años.

Deckett frunció las cejas. No sabía eso.

—No tenía ni idea. ¿Por qué tan poco tiempo?

Hermes se encogió de hombros.

—Para empezar, Bionic saca constantemente al mercado nuevas versiones que nos vuelven obsoletos. Y, en segundo lugar, tiene que ver con la degradación neural de nuestros sistemas de procesamiento. Nos hacemos viejos más rápido que los humanos, inspectora. Nuestra capacidad de actualización tiene límites.

—¿Y qué ocurre entonces? —inquirió ella mientras echaba una mirada más allá de Hermes. La pareja de Bionic se había sentado en un reservado algo más lejos. Por las expresiones de asco de sus rostros dedujo que no estaban acostumbrados a la vida más allá de primera clase. «Qué estúpidamente elitistas», pensó.

—Pues se nos desactiva y destruye.

Deckett obvió a los espías para mirar a Hermes.

—¿Se los destruye? ¿Sin más? —Sin saber por qué, le pareció que eso estaba mal. Hermes volvió a encogerse de hombros.

—Cuando una máquina cumple su ciclo de productividad, hay que desecharla. Es así de simple. —La miró entrecerrando los ojos—. ¿Está sintiendo pena por nosotros, inspectora? ¿Una humana preocupada por el destino de una máquina?

Deckett enrojeció. Y le dio igual que Hermes lo percibiera, porque seguro que había notado su rubor a pesar de la penumbra de la sala. Cierto: de repente, para su sorpresa, se había dado cuenta de que sí: le preocupaba el destino de las máquinas. Al menos, de esta máquina.

«Mierda, ¿me está pasando como a Condesa? Cuidado, Durga, te estás metiendo en un lío.»

De un trago, se acabó la pinta. La camarera llegó entonces con otras dos jarras.

22

—Me ha preguntado a qué otros lugares acompañaba a Condesa —dijo Hermes. La inspectora asintió.

—Es verdad, lo olvidé. —No lo había olvidado, pero quizá ahora era el momento de hablarlo—. ¿A dónde iban?

—Normalmente a lugares en Segunda. Restaurantes, salas de fiesta, presentaciones culturales... Condesa disfrutaba de las cosas más sencillas, inspectora. Su rutilante faz pública sólo era trabajo para ella. El sostén de su imperio y sus empresas se basaba en su imagen, que cultivaba con cuidado y dedicación. Pero ella detestaba la apariencia que se veía obligada a adoptar. Le importaban más sus actividades no reconocidas.

—Suena demasiado tópico, Hermes —replicó Deckett—. No termino de creerme eso de la millonaria sencilla que hace buenas obras y blablablá, blablablá...

—Pues era tal y como le digo. Una parte considerable de los negocios de Condesa tenía como finalidad obras sociales, siempre de forma anónima.

—¿Obras sociales? —Deckett sonreía con sorna—. Seguro que para obtener beneficios fiscales...

Hermes negó con un gesto y apuró su segunda jarra.

—¿Pido otra ronda?

—Pídala, paga Starliner. Adelante. —Deckett empezaba a notarse algo achispada. «Cuidado, cuidado, cuidado», se dijo. Pero no podía evitar sentirse muy bien. Y en muy buena compañía.

—Condesa, como le decía —prosiguió Hermes tras hacer una indicación a la camarera—, no era una millonaria corriente. Para su información, el Proyecto Jardín del Edén es obra suya.

Jardín del Edén, la iniciativa solidaria que, en la Tierra, pretendía dar de comer a una población, harta de hongos procesados, mediante prácticas agropecuarias limpias y sostenibles, y que ya había logrado revertir el daño ecológico de siglos en una parte, pequeña pero relevante, de la superficie planetaria. Deckett, que llevaba años sin pisar su mundo natal, siempre pensó que se trataba de un proyecto del Gobierno con financiación privada. La sorprendió realmente que Condesa Planck estuviera detrás.

—¿En serio? ¿Condesa Planck, la diva de divas, egocéntrica y amante de escándalos y de dar la nota? ¿De verdad le importaban esas cosas? Siempre la supuse vanidosa, excesiva y… bueno, no era seguidora suya, como habrá imaginado.

—Me temo que la ha juzgado muy a la ligera, inspectora —replicó Hermes mientras les servían la nueva ronda—. Como casi todo el mundo, por cierto. Estaba acostumbrada. Ella, en realidad, prefería lugares tranquilos, con gente agradable que no hiciera lo que usted acaba de hacer. Por eso, imagino, se hizo lituriana. En esa comunidad la aceptaban por lo que realmente era.

Con una cierta vergüenza por haber hecho lo que Hermes acababa de afirmar, juzgar a la ligera a una mujer a la que en verdad no conocía, Deckett se concentró por unos instantes en su bebida. Luego alzó la mirada.

—Eso es interesante. Me he preguntado por lo de su fe más de una vez. Por qué alguien como ella necesitaría profesar un culto hedonista y cursi… Perdone si lo digo con franqueza.

Hermes sonrió y negó repetidas veces.

—No importa, aprecio su franqueza. Y yo, como imaginará, no soy creyente de nada. Condesa no pidió ese rasgo en mi personalidad. Ella, en cambio, encontró en la fe de Litur un refugio. Puede parecer una simpleza, lo sé. No conozco al detalle su propia historia porque no quiso contármelo todo, pero la vida nunca la trató bien, ni siquiera siendo multimillonaria y famosa.

—¿Nunca le contó nada al respecto? —preguntó Deckett, interesada para su sorpresa por la vida y razones de esa mujer a la que había prejuzgado a la ligera.

—No mucho. Apenas algo de su infancia y de sus orígenes. Pero poco de sus motivaciones. Sí sé, por ejemplo, que su madre murió en un accidente siendo ella muy niña. Sé que su pérdida la distanció del resto de su familia y que la separación es definitiva incluso hoy. Pero, aunque le pregunté, no quiso revelar más. No conozco los detalles.

—Pero usted podría haber buscado información por su cuenta...

Hermes sonrió con expresión triste. Su mirada pareció alejarse en el tiempo y el espacio. De nuevo un rasgo tan humano que Deckett sintió el vello de los brazos erizándose.

—Habría sido desleal. Si ella no me reveló nada, sus razones tendría. No obstante... —Él ladeó la cabeza en un gesto travieso— eso no me impidió establecer mis propias hipótesis.

No prosiguió y, al cabo, Deckett se vio obligada a preguntar.

—¿Y? —Hermes sonrió de nuevo con tristeza.

—Como le he dicho, la vida no la trató bien. Deduje que hubo pérdidas, dolor, culpa. Y vergüenza. Pero no puedo decirle más. No lo sé.

—Vaya, pues en eso coincidimos. Quién iba a decirlo... —Deckett dio un trago a su tercera cerveza. Hermes la miró con gesto interrogativo.

—¿También a usted la maltrató la vida?

Deckett alzó un dedo antes de responder, esforzándose por no eructar. No habría sido elegante... ni siquiera ante un bot. Por cierto, ¿también ellos lo hacían? Qué pregunta más tonta... Demasiada cerveza, se dijo. Pero ¿qué hay de malo? Por una vez...

—Por favor, deja de tratarme de usted. Ya llevamos varias cervezas juntos. Podemos ser menos formales.

Hermes levantó su jarra y ella la golpeó con la suya.

—Muy bien, Durga, como quieras. ¿En qué te trató mal la vida?

La inspectora agarró la pinta con ambas manos dándose tiempo para responder. Nunca hablaba de sus problemas, o de su pasado. Salvo Tian, y el capitán Freeman, por supuesto, nadie sabía de su historia. Ni siquiera Darim. Pobre Darim, tan enamorado, tan respetuoso, tan atento... ¿Se merecía ella el amor de alguien a quien no correspondía? En fin. Alzó la mirada para enfrentar la de Hermes.

—He hecho cosas terribles, Hermes. Cosas que nunca terminaré de pagar. Que son imposibles de pagar. Ojalá pudiera ser lituriana y expiar mis pecados con alcohol y sexo, pero no me funcionaría. Me educaron para creer que lo que hacemos tiene consecuencias, y que hay que responder por el mal que causamos. Aunque sea en vidas sucesivas...

—Hinduismo, supongo, si tu nombre no me engaña —replicó él.

—No. Aunque mi nombre sea hindú, mi familia materna era budista. Y mi familia paterna, cristiana —explicó ella—. Yo fui la rebelde: no soy creyente, y para mí no hay expiación posible. Ni la busco, por cierto. Hice lo que hice, y ya está. Al menos, cuento con la razón de mi lado. Es un magro consuelo que, la verdad, no me basta. Por eso me esfuerzo en hacer mi trabajo lo mejor que sé.

Hermes no preguntó. Habría sido estúpido hacerlo, y ella se dio cuenta de que él era consciente de eso. Simplemente aguardaba a que ella prosiguiera.

—Hace muchos años maté a diecisiete personas. Es cierto que no lo pretendía, pero lo hice. Como te he dicho, a veces hay que hacer lo que hay que hacer, y luego cargar con las consecuencias. O, al menos, no olvidar nunca aquello que hiciste.

Hermes siguió en silencio. Durga dio un largo trago a su cerveza.

—Yo trabajaba en una mina en el Cinturón. En Vesta, concretamente. Ya entonces me ocupaba de tareas de seguridad, aunque no tenía ningún cargo directivo. En muchas minas, supongo que lo sabes, se emplean explosivos de antimateria para perforar asteroides...

Él asintió con un gesto, y Durga continuó.

—Me enamoré de un tipo que... —se encogió de hombros—, bueno, no era... En fin, era un canalla. Atractivo, culto, educado... Un hombre interesante que durante meses me hizo creer que yo era especial, y no una joven inmadura y solitaria. Por entonces sólo ansiaba que alguien me quisiera. Aunque tuve una infancia feliz, Hermes, nada dura para siempre. Toda mi familia murió en un corrimiento de tierras por causa de la minería alimentaria. Sobreviví. Fui de los pocos que lo hicieron, pero me quedé sola muy pronto y hube de buscarme la vida. No estoy intentando justificar nada, por supuesto. La vida es lo que es, y lo que nos toca. Y ya está.

Durga calló durante un rato. La imagen de aquel hombre se insinuó en su pensamiento. Como conjurándola, bebió de un solo trago lo que le quedaba en el vaso. Hermes seguía sin decir nada.

—El caso es que, por causa de mi estupidez, me salté todas las normas y puse en manos de aquel cabrón la posibilidad de hacerse con explosivos de alta potencia. Creí que me amaba, que yo le hacía falta. Que era lo más importante para él. Me engatusó para que le enseñara dónde trabajaba y cuáles eran mis funciones en la Estación. Después, gracias a la información que neciamente le di, robó los explosivos y los escondió en una lanzadera de cabotaje que iba de la Estación Minera de Vesta hacia Ceres. Se largó sin decirme nada, y todo se descubrió cuando la lanzadera ya había partido. A bordo viajaban dieciséis personas además de ese hijo de puta. Su intención, al parecer, era vender los explosivos en el mercado negro de armas. Fue durante el conflicto entre Marte y el Cinturón por la explotación de tierras raras en la frontera entre ambos. La misma razón por la que Marte y la Tierra disputaron hace casi un siglo. En fin, hay cosas que siempre se repiten...

Durga se tomó su tiempo de nuevo. Le costaba proseguir.

—¿Y qué ocurrió? —preguntó al fin Hermes. Ella se encogió de hombros.

—Se me ordenó abatir la lanzadera. Yo, como te he dicho, pertenecía a Seguridad. Era novata y tenía poca experiencia en el uso de armas de larga distancia. Debía inutilizar la propulsión para impedir que la lanzadera maniobrara y dejarla a la deriva, pero calculé mal los parámetros del armamento y... Bueno, la destruí.

Hermes no dijo nada. Las voces alegres de los parroquianos, en contraste con el silencio entre ellos, lo llenaban todo. Durga, tras un largo rato, lo miró de frente.

—A ver, no quiero dar la impresión de que me agobia la culpa y todo eso. Fue un error de cálculo. La investigación posterior me exoneró de toda responsabilidad por fallar en una situación de extremada urgencia. Y nadie supo de mi relación con ese tipo, así que, desde el punto de vista legal, no tengo culpa de nada.

—¿Entonces?

—Pues que, aparte de él, murieron dieciséis personas que no tenían que ver con el robo. Seis niños entre ellas. Mi falibilidad, mi estúpido enamoramiento, mi necesidad patológica de ser querida, de no sentirme abandonada, causaron todo eso. De verdad, no tengo impulsos autopunitivos. Todos mis exámenes psicológicos son bastante buenos. Desde hace unos años, al menos... Pero, por mi causa, murió gente inocente.

Durga dejó escapar un suspiro. De pronto, levantó dos dedos para advertir a la camarera. «Dos más, por favor», dijo moviendo los labios. La camarera sonrió y asintió.

—Puedo entender tus sentimientos, Durga —replicó Hermes cubriendo con su mano la de ella sobre la mesa—. Es un comportamiento muy humano. Creo que está bien que no te abandones a la culpa. Como decía Condesa, la culpa sólo es una excusa para no hacer nada cuando corresponde hacerlo.

Durga era agudamente consciente de los dedos de él sobre los suyos. No habían vuelto a tocarse desde aquel formal apretón de manos de la primera vez. Apartó la mirada de la mesa para llevarla a sus ojos.

—¿Condesa decía eso? Vaya, estoy completamente de acuerdo. La culpa no sirve de nada, salvo para regodearse en el lodo. Sé mucho de lodo. Donde yo crecí llovía siempre, y siempre había barro. Un asco…

Llegó la cuarta ronda de cervezas. Hermes retiró su mano y alzó la jarra para brindar.

—Brindo por… —Durga dudó un instante— por asumir responsabilidades.

—Bueno, no me parece un brindis muy alegre, pero adelante.

Bebieron.

—Así que por eso eres remisa al amor… —prosiguió Hermes.

Durga arqueó las cejas, sorprendida. Había leído bien en ella. Sonrió.

—Qué cursi suena eso… En fin, el amor es un mal negocio. Bueno, salvo para Bionic, claro, que mercadea con la ilusión de sus clientes y les hace creer que son dignos de cariño, respeto y toda esa bazofia.

—Suenas un poco cínica…

Durga se puso en pie tras acabar la jarra.

—Vamos, toca irse de aquí.

Resueltamente se dirigió a la mesa de los espías, seguida de Hermes. Se plantó ante la pareja, quienes no pudieron disimular su incomodidad al tenerlos allí delante.

—¿Cómo os va? ¿Qué tal si charlamos un poco? —Más resueltamente aún, se sentó junto a ellos. Hermes permaneció en pie cerrando toda posibilidad de escape.

—Oiga, ¿está loca? —balbució la mujer— ¿Qué está haciendo? ¡Márchese o avisamos a Seguridad!

—Seguridad ya está aquí. Disimuláis muy mal. Veamos, ¿qué coño esperáis conseguir?

De repente, Deckett estiró la mano para agarrar la muñeca del hombre. Con un pequeño pero efectivo giro de la suya lo forzó a abrir la palma. Un diminuto aparato plateado destelló en la penumbra y cayó sobre la mesa.

—¿Qué tenemos aquí? Vaya, vaya —dijo la inspectora soltando al tipo y recogiendo el aparato—. Si parece un compilador de rastreo remoto… Tecnología de Bionic, diría yo.

—No sé de qué habla, señora. Esto es sólo una interfaz de holobanda…

—Y una mierda. Cierra la boca, imbécil. —Se giró para entregar el artefacto a Hermes—. Guárdalo, Hermes, por favor. Y vosotros, decidle a Leclerc que ya basta. Ahora largaos antes de que os dé de hostias. ¡Andando!

Por un instante todos los parroquianos guardaron silencio, pero nadie se atrevió a intervenir. Las conversaciones prosiguieron a su volumen anterior y la pareja de espías se marchó apresuradamente. Durga miró a Hermes, que sostenía el dispositivo en la palma abierta.

—Mañana analizaremos esto. Imagino que pretendían enlazarlo a ti de algún modo —dijo con los brazos en jarras. Hermes asintió.

—Sí, de haberlo logrado podrían haber entrado en mis rutinas de percepción. Habría bastado con engancharmelo en la ropa.

—O sea, que habrían tenido acceso a todo lo que tú percibieras…

—Más o menos, sí.

—¿Y sabes cómo funciona?

—Es un emisor-receptor con tecnología de salto de frecuencia —respondió él asintiendo—. Tratándose de uno de Bionic, podrían haberse conectado a mi sensorio incluso sin que yo me percatara. La Corporación sabe cómo controlarnos a distancia. Para situaciones de emergencia, afirman.

Durga asintió despacio. Ya charlaría con Leclerc acerca de todo esto. O tal vez no. Mejor no. Quizá sería más efectivo no decir nada. Hacer como si no le importara. La directora, tras la torpe actuación de sus secuaces, seguramente esperaría una protesta formal de Seguridad, y sin duda tendría preparada una buena lista de excusas. Mejor no darle esa satisfacción.

—¿Y ahora qué hacemos? —preguntó Hermes.

Durga lo tomó de la mano para sacarlo del Bar de Moe.

—Ahora tú y yo vamos a echar un polvo.

Hermes se dejó llevar.

23

De nuevo llegaría tarde al trabajo. Eso no podía volver a pasar, se dijo mientras masajeaba sus sienes en el trayecto hasta el Anillo de Servicios. Cerveza, vodka, ¿qué más bebió? No recordaba bien cómo logró regresar desde el camarote asignado a Hermes hasta el suyo propio. Tampoco recordaba de dónde sacó el vodka. Darim, de guardia, no tendría que enterarse de nada.

«Mierda, Durga, ¿qué coño has hecho? Mira que te lo han advertido…»

Lo que ocurrió…

En fin, ocurrido estaba. Punto. Aplicaría su máxima de no sentirse culpable por las cosas que, sencillamente, pasaban.

«Pero no volverá a pasar. Ni llegar tarde a mi despacho ni… lo otro.»

El ascensor la dejó en su cubierta más mareada de lo habitual. A su alrededor, mientras avanzaba hacia Seguridad, grupos de tripulantes de todas las especialidades parecían hablar con animación, comentando algo que ella no terminaba de entender, atenta sólo a su dolor de cabeza. Al entrar en Seguridad y notar el bullicio hizo un gesto de fastidio. Kai se acercó al instante.

—¡Jefa, jefa!

Deckett alzó una mano.

—Más bajo, Kai. Te oigo ya lo suficiente. —Su subordinado asintió. Si ver a su superiora con resaca lo sorprendió, no hizo el menor comentario.

—¡La noticia ha trascendido, jefa! —dijo en un susurro.

Deckett lo miró sin entender.

—¿Qué?

Kai se tocó la sien señalando evidentemente a su enlace neural.

—No hemos podido localizarla, jefa. Estaba usted fuera de línea.

—Ah, sí, es verdad. Necesitaba un rato de paz. A ver, Kai, ¿qué pasa, por qué está todo el mundo revuelto?

—Todo el mundo sabe ya que Condesa Planck ha muerto a bordo del *Schettino*, jefa.

«Mierda, mierda, mierda. Pero era de esperar.»

—Bueno, no es para tanto. Sabíamos que ocurriría.

—Eso no es todo, señora...

Deckett se dirigió hacia la cafetera seguida por Kai. Dris, González, Nwosu y Chen se les unieron, todos con gesto ansioso. Ansiosos por comadrear, estaba claro. Alzó una mano.

—No os echéis encima de mí y dejadme respirar. A ver, Kai, ¿qué más?

—¡El bot de Condesa Planck es su heredero legal! —Al instante, todos se pusieron a hablar a la vez.

—¡Basta, callaos! Tened piedad, no he dormido bien.

Se hizo el silencio. Todos respetaban a la Jefa de Seguridad, así que mostraron su lealtad obedeciendo.

—O sea, que el follón acaba de empezar... —dijo tras beberse de un trago el café—. Dris, haz el favor de prepararme otro, necesito sentarme. Bien, vayamos por partes. Ya disculparéis que haya estado desconectada. ¿Ha llamado el capitán, Kai?

—No, señora —respondió su lugarteniente—. Pero sí han llamado de Bionic. Varias veces.

«Que se vayan a la mierda.»

—¿Alguien más? ¿No? Bien. Veamos... Para empezar, quiero una guardia permanente siguiendo al señor Lagrange. Que nadie, absolutamente nadie, se acerque a su camarote, y mucho menos a él. ¿Está claro? Nwosu, encárgate de hacer un cuadrante. Empieza tú con Keira, y luego hacéis turnos de seis horas.

—Entendido, jefa. —El guardia se dirigió a su mesa.

—González, ponte a revisar las entradas de los Nodos Sociales. Utiliza los algoritmos que hagan falta, y si necesitas más potencia de computación, me lo dices y hablamos con el Mando para que nos den acceso a Genosha. Si tienes una IA de las caras, mejor sacarle partido. Quiero saber qué se dice de todo esto. Esta vez no bastará con un análisis estándar, necesitaremos cotejar muchas más fuentes. Ah, y llévate esto —extrajo de un bolsillo el diminuto aparato que requisó a los espías de Bionic— y me haces un informe completo.

—A la orden, jefa. —González tomó el rastreador y se marchó veloz.

—Kai, Dris… y los demás: preveo jaleo en el Anillo Residencial. Organizad patrullas y doblad la vigilancia. Imagino que la sede de Bionic va a estar muy concurrida. Siempre hay periodistas e *influencers* a bordo, y esos, como buitres, querrán sacar tajada. No quiero líos. A todos los que den por culo, los noqueáis y directos a una celda. ¿Está claro? Tásers en modo aturdir, pero sin que nadie se orine encima, que luego las celdas huelen fatal.

Un coro de voces respondió afirmativamente. Al menos, contaba con un buen equipo. Cada uno de su padre y de su madre, pero bien avenidos. Teniendo en cuenta que sólo eran veintisiete personas para un total de cinco mil pasajeros, lo cierto es que hacían un excelente trabajo. Dris le trajo su segundo café. Deckett aspiró el aroma con ansia.

—¿Dónde está Tian? —preguntó a Kai intentando disimular un gesto de dolor. La cabeza le estallaba. Él señaló con el pulgar.

—En el laboratorio. Nos dijo que la esperaría allí cuando llegara, jefa. No se preocupe, ya nos ocupamos nosotros de todo. Usted descanse y tómese el café con calma.

—Vale, pues voy para allá… Gracias, Kai.

El hombre sonrió y la dejó a solas sin un solo comentario sobre su mal aspecto. No sería muy despabilado, pero sí leal. En fin, Deckett tomó la taza con ambas manos y olfateó de nuevo el contenido. «Café, café, café...», pensó. «Ojalá pudiera inyectármelo.»

Recorrió el corto trayecto hasta el laboratorio forense intentando no tropezar con nada, tarea heroica en su situación. Tian, en cuanto le vio la cara, sacó del armario de los fármacos un inyectable para la resaca.

—Anda, ven aquí. Siéntate. —Deckett obedeció.

—Gracias, Tian. Me encuentro fatal.

—No será por la noticia de la muerte de Condesa, supongo. Déjame adivinar... —La fingida expresión pensativa del médico fue suficiente.

—No sigas. Sí: anoche me acosté con Hermes.

Tian, tras administrarle la medicación, se sentó en su taburete frente a ella y sólo movió la cabeza de un lado a otro. Deckett, bajando la mirada, dio un sorbo a su café.

—No te diré «te lo advertí, Durga». Ya eres mayorcita. Pero creo que sabes que has cometido un error. Un montón de errores, y no sabría por cuál empezar...

—No pude evitarlo. —Deckett se corrigió al instante—. Vale: no quise evitarlo. Es increíble, Tian, pero ese tipo parece hecho para mí... Me atrae, me fascina todo de él. Su voz, su forma de mirar, su pensamiento...

—O sea, que Condesa Planck y tú sois almas gemelas...

La inspectora lo miró con gesto de extrañeza.

—¿Almas gemelas? No te entiendo.

—Los lovebots se diseñan para encajar exactamente con las necesidades del cliente. Si Hermes, diseñado para Condesa, te atrae tanto, está claro que ella y tú os parecéis mucho. No sé en qué, pero mucho.

—Eso me parece una tontería, querido. Reconozco que no puedo explicar mi atracción por Hermes, pero no sé de qué forma eso me hace parecida a una multimillonaria deprimida por su triste vida de rica.

No podía explicar esa atracción, cierto; pero el recuerdo del canalla que le jodió la vida en Vesta pasó fugaz por su mente. Hermes y él se parecían. No en lo físico, sino en su modo de ser, de comportarse. De hablar. De tratarla. Lo dejó correr; aquel recuerdo no era feliz, y la inquietaba la idea de que entre Hermes y aquel tipo pudiera haber algún parecido.

Abrió la boca dispuesta a contar a Tian sus dudas, pero se contuvo. Podría haberlo hecho, su amigo la habría entendido. Sin embargo, guardó silencio. El pequeño médico, como solía hacer cuando se sentaba en los altos taburetes, apoyó las puntas de los escarpines en el suelo y se balanceó de un lado a otro.

—¿Y qué pasa con Darim?

Deckett tardó en responder.

—Nada. No sabe nada y no lo sabrá.

—Me parece bien, el chico no merece pasarlo mal. Te quiere demasiado.

—Eso no justifica nada ni le da derecho a nada. Ya está bien, Tian. Que Darim me quiera es cosa suya. Yo no se lo he pedido. No hay ningún contrato entre nosotros.

—No es sólo que tú no le quieras —el médico parecía dispuesto a no dejar el tema—, es que no te dejas querer. Y sobre los contratos, ¿quieres decir como los que hay entre Bionic y sus clientes? ¿Todo atado, asegurado y puesto por escrito? Vamos, Durga. En el amor no hay nada escrito.

—Tian, por favor, ¿piensas seguir con esto? Tenemos trabajo.

—Claro, claro. ¿Mejora tu dolor de cabeza? —Ella asintió—. Bueno, pues vamos a lo que importa...

Deckett ignoró el tono sarcástico de su amigo. Bastante mal se sentía habiéndose dejado conducir por sus impulsos como para aguantar que un médico de muertos le diera su opinión profesional.

—No tardarán en acosarnos exigiendo datos y más datos sobre Condesa. —El trabajo, como de costumbre, conseguiría centrarla—. Ya he organizado a mi gente para manejar la situación.

—¿Prevés problemas? —preguntó Tian.

—Siempre hay problemas en casos como éste. A bordo hay suficiente gente que vive de las malas noticias, y todos querrán ser los primeros en contar su experiencia. Que si cené con Condesa, que si hablamos de esto o aquello, que si yo la conocía mejor que nadie o que hay que ver la mala cara que tenía últimamente... Lo cual me recuerda que hemos de poner una escolta también a la doncella de Condesa. O aislarla por su seguridad. No quiero que pueda contar cualquier inconveniencia justo ahora. Seguro que más adelante se apañará para ganar algo de pasta revelando secretos de su señora.

—Los noticieros hablan de su muerte, pero no de la causa. Nada de eso ha trascendido... aún.

Tian se volvió para activar la pantalla mural, que se llenó de un enjambre de pequeños rectángulos con comentarios y publicaciones de los Nodos Sociales. Como cabía esperar, la defunción de Condesa Planck era la única noticia en todos los canales. Y, como cabía esperar, algunos de ellos mostraban imágenes grabadas en el propio *Schettino*. El capitán no podía prohibirlo, por supuesto. Podía evitar que la tripulación lo hiciera, pero el pasaje disfrutaba de total libertad de expresión, así que, como anticiparon, para ese momento todos los *influencers* a bordo ya llevaban horas gesticulando y adoptando expresiones de lo más florido intentando robar aunque sólo fuera un pequeño trocito del pastel mediático. Vivían de eso, a fin de cuentas. Que contaran la verdad o no era irrelevante. La emoción, los sentimientos, cómo experimentaban la *tragedia* —por supuesto, ésa era la palabra más repetida, tragedia, como si en lugar de morir una sola persona hubieran sido un millón—... todo eso era lo que el gran público ansiaba saber. La verdad no interesaba a nadie.

—Y lo de su heredero... En fin. Un asco todo —prosiguió Tian.

Pasó canal tras canal. Las imágenes de Condesa en diversos lugares del barco, acompañada en casi todas por su lovebot, se repetían hasta la náusea. En algunos de los canales ya se hablaba de si un ser artificial tenía o no derecho a heredar. En otros, bajo alguna foto de Condesa y su rocambolesco peinado, se advertía del peligro que los robots representaban para los humanos reales. Cuestiones religiosas, morales, políticas... Pero, sobre todo, económicas. El logo corporativo de Bionic Entertainment se repetía casi tanto como el rostro maquillado de la diva.

—Apaga eso, Tian. ¿Has podido confirmar cómo murió Condesa?

—Sí. Tal y como aventuré, una pequeña descarga eléctrica desestabilizó su ritmo cardiaco. Encontré el punto donde se produjo. No te va a gustar.

—Justo donde el desgarro vaginal, ¿verdad?

—Así es. No lo noté al principio porque supuse que el dolor de la herida causó el infarto. Lo que demuestra que tengo razón cuando digo que nunca supongamos nada.

—Bueno, no te preocupes. —Deckett palmeó el hombro de su amigo. Sabía lo estricto que era en su trabajo y lo poco que le gustaba, como a ella, anticiparse a los análisis—. Este caso, desde luego, no está siendo muy normal.

—¿A ti no te ha electrocutado? —Tian la miró con expresión taimada. Ella resopló.

—No, Tian. Ya me ves: en perfecto estado de salud... salvo por la resaca. Me parece que lo que toca ahora es estudiar cómo pudo producirse esa descarga eléctrica. Dudo mucho de que Hermes fuera consciente de lo que hacía.

Tian volvió a mirarla, esta vez con expresión sarcástica.

—Claro, porque no quieres que tu amigo sea una máquina asesina.

—No creo que lo sea. Además, si, como dices, es una máquina, difícilmente podríamos acusarlo de asesinato. ¿No crees? —Deckett se levantó. El dolor de cabeza había desaparecido del todo—. Las máquinas no pueden matar personas.

—Dejando eso a un lado, es interesante lo que dices, querida... —Tian se balanceó de un lado a otro con más intensidad, hasta dar una vuelta completa sobre sí mismo—. Ahora que va a estar en juego su situación legal, imagínate que ocurre lo que nadie se espera: que un tribunal decida que tiene derechos.

—¿Y qué? —preguntó ella sabiendo por dónde iba.

—Pues que, si lo declaran sujeto legal, con derecho a poseer algo, también se le podría acusar de asesinato, ¿no? Tener derechos implica de facto tener también deberes… O eso afirman nuestros líderes políticos cuando hablan de democracia con la boca repleta de virtudes morales…

Deckett se dirigió hacia la puerta. Lo que acababa de decir Tian no era ninguna tontería. En cualquier caso, pasara lo que pasara si se iniciaba una batalla legal entre Bionic y los abogados de Condesa, no estaría resuelto mañana. Y tampoco sería asunto suyo. De momento seguían en el espacio rumbo a Júpiter, con parada en no recordaba qué asteroide.

—Haré que traigan a Hermes aquí. Hasta que no localicemos al señor Znedin, nos contentaremos con analizarlo a él.

—Ponle doble guardia. Seguro que ya hay quien sabe dónde lo has alojado.

—Lo tenía previsto… Hasta luego, Tian.

Estaba a punto de salir cuando el médico la llamó.

—¡Espera, Durga! —La inspectora se volvió hacia él—. ¿No cenáis esta noche con el capitán?

Deckett asintió. Era cierto. La cena en el salón Afrodita, lo había olvidado. Seguramente no era el mejor momento para ello, pero el capitán no se había manifestado. Mentalmente repasó las entradas de mensajes en su interfaz neural. Nada, Krupp no había enviado nada. Tomó nota de que debía comprobarlo.

—De momento no hay cambios, Tian. Ya veremos.

Se acercó a su amigo para darle un beso en la sien y salió de laboratorio. El forense se quedó allí, sentado en su taburete, balanceándose de un lado a otro con el aspecto de un gato satisfecho.

24

«De parte del capitán: la cena sigue adelante —decía el mensaje de Krupp—. A las 20:00 en el Salón Afrodita». El capitán debía de estar hasta las cejas de trabajo. No era para menos: las consecuencias de la noticia del día, del año y del siglo se notaban por toda la nave. Todo el mundo quería dar su opinión, como si al de al lado le importara. No importaba la opinión, sino decirla. Que alguien te escuchara. Fueras adonde fueras, tiendas, bares, rotondas, piscinas y paseos, la gente comentaba, grababa vídeos y holos, y dejaba constancia de sus experiencias en los Nodos. Las Agencias de Calificación, imaginó Deckett, estarían igual de hasta las cejas que el capitán intentando refrendar y validar cada una de las publicaciones y sus respuestas. Y, por supuesto, ya habían tenido que intervenir en varios altercados tanto ante la sede de Bionic como en la entrada del Nivel Luxury. La suite 112 era ya un lugar de obligada visita, así como todos aquellos lugares donde, según los informativos, Condesa Planck y su novio artificial habían puesto el pie. Los residentes del Nivel Luxury no dejaban de protestar por las molestias que los curiosos causaban intentando acceder a su exclusivo paraíso y, por supuesto, ya habían exigido restringir el acceso a quienes no habitaran en él.

Mientras una patrulla traía a Hermes a Seguridad, llamó a Krupp para recabar más información. El secretario le dijo que por un pelo no se canceló el crucero. Bionic, más que nunca, había exigido la vuelta a la Tierra para defender adecuadamente sus intereses. Lo cual sólo significaba hacerse con el bot en cuanto tocaran puerto. El Directorio, por una vez, se opuso a las exigencias de su socio comercial. La devolución de los pasajes más las indemnizaciones habrían supuesto un duro revés financiero, aparte de una muy mala publicidad. El capitán Freeman, amparado por sus jefes, se había comprometido a proseguir el viaje y a proteger al bot del asalto de prensa e *influencers*.

—El encuentro esta noche entre el señor Lagrange y la directora Leclerc va a ser épico, Deckett —le dijo el secretario en una versión holográfica que no mejoraba su aspecto habitual—. Por una vez desearía estar en la mesa del capitán. Valdría la pena aguantar a los cretinos habituales. En fin. El capitán te recuerda que todo el mundo querrá hacerse fotos con vosotros. Que serás la imagen de Starliner por una noche. Ponte guapa, no te costará esfuerzo. Eres una mujer estupenda y no desentonarás entre esa gente.

La inspectora aseguró al secretario que sabría estar a la altura. Lo cierto es que confiaba en el buen gusto de Hermes para la moda. Sin darse cuenta, bosquejó una leve sonrisa al recordar la tarde pasada en las boutiques de la Grand Promenade. La tarde… y la noche. Volvió bruscamente a la realidad.

—Dile al capitán que me comportaré como corresponde. Hasta luego, Krupp.

Cerró la interfaz holográfica con un suspiro. Y aún no le había dicho a Darim que no podrían verse hasta después de la cena. En su registro de llamadas había varias del chaval, pero no halló instante para contestarle. Tampoco se esforzó en hacerlo. La verdad es que no quería hablar con él. Culpa no, desde luego. Pero sí algo de vergüenza. Al final le dejó un largo mensaje explicativo prometiéndole compensarlo en otra ocasión. Le dijo que, aunque seguramente llegaría tarde, podía esperarla en su camarote. Darim lo aceptó sin más problema. «Imagino que estarás muy ocupada. No te preocupes, amor. Haz tu trabajo», respondió él.

Lo cual añadió una dosis extra de vergüenza a la que ya acumulaba. Quedar con él tras la cena no dejaba de ser una excusa para no volver a caer en la tentación con Hermes. Podía mentirle al chaval, pero no a sí misma. Ya habría tiempo para resolverlo, se dijo intentando convencerse de la verdad de sus buenas intenciones.

Dris asomó la cabeza por la puerta del despacho para avisarla de que Hermes y su escolta acababan de llegar desde el Anillo de Tripulantes. Deckett, atenta a la lista de tareas de su personal, no se había percatado aún de ello.

—Lo han llevado a la sala de interrogatorios número dos, jefa —dijo la joven.

—Gracias, Dris. Ahora iré. Dile a Bao que nos vemos allí. Que lleve su instrumental. ¡Ah! —dijo cuando la muchacha ya estaba dándose la vuelta—: desactiva todos los sistemas de registro. Quiero privacidad total. Y que nadie nos interrumpa.

En cuanto concluyó la supervisión de la lista de tareas, incluido el control de seguridad en el Salón Afrodita para esa noche, se dirigió a la sala número dos. Hermes la aguardaba sentado con expresión de paciencia absoluta. Salvo la cazadora, vestía como la tarde anterior. Incluida la gorra calada hasta las cejas. Deckett sonrió al verlo con ese aspecto de turista anodino.

—Bueno, Hermes. Menudo lío —dijo a modo de saludo ocupando una silla frente a él.

—Lo imagino. Ya ha empezado todo, supongo. —Se quitó la gorra y ladeó la cabeza para mirarla con atención—. ¿Cómo estás, Durga? Pareces agotada.

Deckett bufó. Agotada era poco. Esperaba al menos que el bot no tocara el asunto de la noche anterior. No le apetecía siquiera tener que decirle que dejara el tema.

—Está siendo una mañana de locos —respondió. Ojalá Tian no tardara en llegar, se dijo. No quería estar a solas con Hermes demasiado rato después de…—. Los Nodos y las redes bullen literalmente con la noticia de que Condesa ha muerto y que un bot es su heredero. Las organizaciones religiosas fundamentalistas ya están exigiendo tu destrucción preventiva. Las acciones de Bionic Entertainment cayeron un siete por ciento en cuanto esto se supo, aunque luego han remontado junto con las de las demás empresas de biónica. El asunto, aunque te sorprenda, ha llegado hasta la política. Los líderes de la Federación Terrestre, la Jerarquía Marciana y la Liga del Cinturón van a reunirse para analizar los efectos que tu postulación como sujeto legal pueda causar en las relaciones entre todos ellos.

—Supongo —dijo Hermes con absoluta calma, como si nada de todo esto fuera con él— que anticipan dificultades políticas y sociales si el bufete de Condesa gana el juicio por venir.

—¿A qué te refieres? —preguntó Deckett.

Ya había comprobado que convenía escuchar lo que el bot tuviera que decir sobre cualquier asunto. «Si dispones de la mejor herramienta para resolver un problema, sería estúpido no usarla». Bueno, llamar *herramienta* a Hermes era menospreciarlo, pensó.

—Muchos robots, antropomorfos o no, trabajan en lugares peligrosos. Minas en asteroides, tratamiento de residuos nucleares, síntesis de antimateria, fábricas de todo tipo… Imagina que yo consiguiera reconocimiento como ente legal. ¿Qué ocurriría a continuación con los millones de seres cibernéticos en todo el sistema solar? La pregunta por los propios derechos cabe en la lógica computacional de la mayoría de los robots e IA…

Deckett no lo había pensado. Ni siquiera se le pasó por la imaginación. ¿Eso podría llegar a ocurrir? ¿Algún día los robots conseguirían ser ciudadanos con todos los derechos? La idea podía parecer absurda, pero… Hubo un tiempo, se dijo, en el que la gente poseía esclavos, lo que incluso llegó a justificar guerras para abolir la esclavitud. Sin duda no era el mismo caso, pero quién sabía… ¿Una guerra por causa de los derechos de los seres artificiales? Bueno, tal vez sería exagerar demasiado, aunque, atendiendo a lo que acababa de contarle a Hermes, quizá no tanto. ¿Y si —se preguntó— los bots un día se rebelaran exigiendo libertades? Un pensamiento inquietante…

De cualquier modo, eso quedaba completamente fuera de su competencia.

—Bien, Hermes. Centrémonos en lo que nos concierne.

—Tú dirás.

La puerta se abrió y Bao Tian entró en la sala. Sin decir nada se sentó al lado de la inspectora. «Bueno —se dijo ella—, ya estoy a salvo de preguntas inoportunas». No pudo, sin embargo, evitar sentirse un tanto decepcionada porque Hermes no hubiera hecho la menor referencia a su… aventura nocturna. Puso ambas manos sobre la mesa y prosiguió.

—Ahora que el forense ha llegado, hemos de hablar de cómo murió Condesa. Señor Bao, por favor…

Tian, quien ya había colocado sobre la mesa un zócalo emisor y un teclado táctil, abrió una presentación holográfica en miniatura del cuerpo de la diva. Deckett se percató de la expresión de tristeza de Hermes al ver así a Condesa. Seguía sorprendiéndola que el bot pudiera manifestar sentimientos, y ello a pesar de su experiencia con él en estos últimos días. «Las máquinas no sienten —se repitió una vez más—. Las máquinas no aman. Fingen amar.»

¿Seguro? La pregunta quedó ahí, flotando entre sus pensamientos, una hilacha molesta. Como un resto de comida entre los dientes que no aciertas a escupir.

—Señor Lagrange… —Tian carraspeó y luego prosiguió con su aguda voz—. Creo que ya sabe que su… que la señora Planck murió por causa de una fibrilación ventricular maligna. Que a su vez fue causada por… Bueno. Por un choque eléctrico con la suficiente intensidad como para desestabilizar el ritmo cardiaco.

Hermes se cruzó de brazos y observó el cuerpo holográfico de Condesa.

—Desconocía ese dato, doctor —dijo mirándolo de frente—. ¿Cómo ocurrió? Un choque eléctrico en la suite de Condesa, ¿cómo fue posible? A menos que…

Hermes guardó silencio mientras contemplaba de nuevo la presentación luminosa, y Deckett y Tian hicieron otro tanto. El bot era inteligente, de eso no cabía duda. Al cabo se dirigió al forense.

—Fui yo. Yo provoqué la descarga. No hay otra opción. Yo la maté. Condesa me engañó: me hizo pensar que se suicidaría con medicamentos cuando, en realidad, me programó para causarle el infarto. O bien sólo me utilizó como herramienta, o bien quiso dejarme al margen de su plan para no implicarme.

Deckett tabaleó sobre la mesa buscando palabras. El argumento de Hermes era muy sólido. Condesa se aseguró de que su bot no fuera responsable de nada. Siendo su heredero, no habría estado bien visto que, además, hubiera sido el agente de su suicidio. La señora Planck tenía una mente afilada y creativa, era evidente.

—Es aventurado afirmar tu responsabilidad, Hermes —dijo. Tian, a su lado, se envaró. Estaba claro que no pensaba lo mismo—. Si Condesa modificó tu programa, como ya hemos establecido, muy posiblemente lo hizo de modo que tú provocaras ese fallo cardiaco, incluso a tu pesar.

—Bueno, disculpe, inspectora —interrumpió Tian con un punto de fastidio—. Que Condesa Planck haya modificado a su bot es una suposición pendiente de confirmación en tanto no encontremos pruebas de ello. No obstante…

El forense guardó silencio. Deckett y Hermes lo miraron. El pequeño médico, carraspeando, continuó:

—Bueno, para ser honesto, desde que supe que la señora Planck acudió al Servicio Médico quise saber por qué, así que fui a preguntar.

Deckett, tras el largo silencio de Tian, lo azuzó con la mano.

—¿Y? —Notó que Hermes parecía mostrar el mismo interés que ella.

—Pues, dejando a un lado la confidencialidad médico-paciente y todo eso, y teniendo en cuenta que ella está muerta y ya no… Bueno, me contaron que Condesa Planck se interesó por saber qué podía provocarle un infarto contando con sus problemas cardiacos. Tú sabes, Durga —miró a la inspectora— que detesto hacer suposiciones, pero me atrevería a decir que fue allí a averiguar cómo… causarse uno, así que, en ese caso…

—No soy responsable de su muerte —terció Hermes—. Es lo que sugieren sus palabras.

—Así es —reconoció el médico—. Bueno, al menos eso parece. Quiero decir…

La inspectora lo tranquilizó poniéndole una mano en el hombro. A su amigo, como a ella, no le gustaban las especulaciones vanas. Sin duda Tian se debatía entre su respeto a los procedimientos y lo que parecía una evidencia de la inocencia de Hermes.

—Habrá que estudiarlo con más detalle, doctor Bao —dijo en tono casi arrullador. Tian se relajó ostensiblemente—. Ahora lo importante es encontrar al responsable de la modificación. Está claro que se trata de alguien con mucha habilidad para lograr que el propio Hermes no fuera consciente de lo que hacía y que, además, se desactivara impidiendo socorrerla.

Hermes sonrió con tristeza.

—Hablamos entonces de Mayer Znedin. Doctor Bao, no me cabe duda de que lo hizo él. Pero mientras no lo encuentren no podrán corroborar este supuesto. En cualquier caso, deberían apresurarse. Sospecho que el señor Znedin pueda estar en peligro.

Deckett se inclinó hacia delante.

—¿En peligro? ¿Qué quieres decir?

Él se encogió de hombros.

—Diría, inspectora, que la confirmación de que Znedin ayudó a Condesa a modificarme, e incluso que esa modificación se hiciera con el fin de causar su propia muerte, es irrelevante. Soy una máquina. Mi culpabilidad no ha de ser una variable en esta ecuación.

—¿Entonces? —preguntó Tian—. Si a usted eso no le importa, en lo cual coincido plenamente, ¿por qué le preocupa Znedin?

—Creo que Condesa ha pergeñado este plan, suicidio incluido, por alguna otra razón. Sospecho que el que yo sea su heredero legal es una artimaña. Condesa era una mujer inteligente que controlaba muy bien sus múltiples negocios. Sabía cómo hacer que la gente se interesara en lo que ella quería.

Znedin guarda algo que vale mucho. No cabe otra respuesta. Es lógico. Por eso huyó de Bionic.

Deckett recordó la charla con el capitán, cuando hablaron sobre Leclerc. Ambos creían que la directora mintió al denunciar la desaparición de su ingeniero. Que no se llevó información privada de clientes importantes, sino alguna otra cosa.

¿Qué otra cosa podría ser?

—Hay que encontrar a Znedin —dijo cortante. Se levantó.

—¿Pero no sabías ya dónde estaba? —preguntó Tian—. Me dijiste que el capitán ordenó que no se lo molestara si se hallaba con sus amigos liturianos…

—Eso era antes de saber que podía estar en peligro.

—¿Por qué habría de estar en peligro? —Tian parecía perdido—. ¿Qué crees que guarda ese individuo? ¿Te dejas guiar por lo que dice una… lo que dice el señor Lagrange?

Hermes no se inmutó por la palabra no dicha, y la inspectora, yendo hacia la puerta, se lo explicó:

—Tian, Condesa y Znedin eran amigos. Y él se llevó algo de Bionic que preocupa a Leclerc. Si Znedin robó información de Bionic y Condesa lo sabía, el asunto es gordo. Esa corporación no ha llegado tan lejos dejando cabos sueltos. El ingeniero es eso ahora: un cabo suelto. Hemos de traerlo aquí sin tardanza. Supongo, Tian, que aquí ya hemos terminado.

El forense asintió, con cara aún de no entender nada.

—Creo que, dada la situación, no necesitaremos de más análisis. Por mi parte, está bien.

—De acuerdo, Tian. Esperad aquí a que venga la escolta de Hermes. Tengo que irme.

Deckett salió a toda prisa. El forense y el bot quedaron a solas mirándose en silencio. Tian no sabía qué decir. Sonrió y su rostro se llenó de arrugas.

—¿Ya tienen decidido qué se pondrán esta noche? —preguntó lo primero que se le ocurrió. No tenía experiencia con bots, estaba claro. Hermes sonrió también.

—Sí, doctor. Diría que la inspectora causará sensación.

Tian entrecerró los ojos y asintió muy lentamente. Luego lo señaló con un dedo.

—Trátela bien. Durga es… Bueno, no importa. Sólo trátela bien.

—Se lo prometo, doctor —respondió Hermes muy serio—. Jamás le causaría el menor daño.

—¿Porque es una orden de su programa?

—No, doctor Bao. Porque es mi deseo no hacerlo.

Tian se echó hacia atrás con los brazos firmemente cruzados.

—Los robots no desean —dijo retador. Hermes sonrió con expresión melancólica.

—Quizá sí, doctor. Quizá este robot sí lo haga…

25

El nombre del Templo de la Sagrada Concordancia de Litur era bastante más solemne y pomposo que aquello que nombraba. Su sede se hallaba en el Anillo Residencial, por supuesto, pero en la zona menos noble y transitada: la séptima cubierta.

La distribución de cubiertas en el Anillo Residencial, con tres más que el de Tripulantes y el de Servicios, seguía el tradicional orden jerárquico de la riqueza y el poder: la Uno, en el borde externo de la enorme estructura anular y la única con ventanales, albergaba la Grand Promenade, el lugar más concurrido a bordo, epicentro del lujo y la distinción; también el Paseo de los Árboles Celestes, el sector de Primera Clase y el exclusivo y privado Nivel Luxury, con sus selectos aposentos y clubes sólo para los más ricos. Justo debajo se hallaban los alojamientos de segunda, en la cubierta Dos. La Tres la ocupaban negocios más modestos, al alcance de la gente normal: restaurantes, bares, tiendas y demás comercios para el placer de los sentidos, como gimnasios, piscinas y tratamientos corporales. En la Cuatro estaban las bibliotecas, salas de música, holovídeo y demás actividades culturales, normalmente menos concurridas que las plantas superiores.

Tercera Clase ocupaba por completo las dos siguientes cubiertas, algo lógico teniendo en cuenta que el número de pasajeros por clase era inversamente proporcional al poder adquisitivo. Lo excelente, como siempre fue en la historia de la humanidad, estaba sólo al alcance de unos pocos.

En la Siete, el equivalente del Sótano en el Anillo de Tripulantes, se ubicaban los tugurios menos recomendables, pero más asequibles a los bolsillos humildes. Por debajo, en las dos últimas cubiertas, ya sólo se encontraban los almacenes, las bodegas, y los sistemas de mantenimiento, soporte vital y saneamiento.

Y, en un cruce de corredores lindante con los accesos a la zona más profunda del Anillo, se abrían las puertas del pomposo Templo, enmarcadas con orlas luminosas en magenta y dorado, y sobre las que flotaba un enorme corazón púrpura coronado con flores de lis que representaba el amor universal que Litur profesaba a sus fieles.

La religión lituriana no era, ni mucho menos, la más importante en el sistema solar, pero, desde que Samuel Litur la fundara setenta años atrás, sí había desplazado a algunas otras más antiguas gracias a su potencia mediática: llamaban muchísimo la atención, aun contando con menor número de fieles. El problema estribaba en que Litur y sus enseñanzas eran más motivo de burla que de aceptación. Un cierto número de sus seguidores seguía sosteniendo que la Tierra era un disco y no un esferoide, lo cual, en una época en la que los viajes interplanetarios eran parte importante de la actividad comercial, resultaba chocante y bastante absurdo. La evidencia de que los planetas eran esféricos simplemente observándolos desde cualquier ventanal de una nave no impedía que algunos fieles sostuvieran contra toda justificación la teoría de que todos los mundos del sistema solar eran bidimensionales.

Darim no creía esto, por supuesto. Durga tenía escasa paciencia con las creencias de ese estilo y no se habría relacionado jamás con el chaval de haber sido éste uno de los fanáticos seguidores del *mundoplanismo*. La confusión, le explicó Darim una noche después de hacer el amor, procedía de que Litur, en una de sus homilías al principio de su enseñanza, se refirió al vocablo *planeta* como el *hermoso y llano jardín donde el Amor Universal en su Forma Cósmica vertía Su Esencia de Luz y Armonía*. Lo de «llano» caló en un sector de la feligresía hasta el punto de casi provocar una escisión interna que sólo la intervención del propio Litur pudo detener. Años después, el *mundoplanismo* había contribuido a que el Credo de Litur fuera tomado poco más que como un excéntrico amontonamiento de ridículos postulados. «Todos en mayúsculas, por supuesto», pensó Deckett.

De ahí que su Templo en el *Schettino* se hallara en el rincón más lóbrego y maloliente de la nave. La cercanía a los sollados, en la cubierta Nueve, le restaba bastante prestancia. Además del mal olor, y al hallarse más cerca del centro de giro del Anillo, la gravedad simulada era algo menor. No demasiado respecto a las zonas «nobles», pero sí lo suficiente para causar en Deckett sus consabidos mareos. «¿Y Condesa Planck bajaba hasta aquí?», se preguntó la inspectora. Nunca lo hubiera dicho. Tendría que repasar las grabaciones de seguridad para comprobar que su marcador de posición en verdad la situaba allí, imaginaba que de incógnito, claro. Una diva de fama universal descendiendo hasta esas profundidades... O su fe era muy sólida, o su excentricidad más grande de lo que cabía esperar.

«¿Es que no saben disimular con un poco de gracia?», se dijo la inspectora mientras se acercaba a la pareja de guardias que, supuestamente, vigilaban el acceso al Templo desde el otro lado del ventanal del antro más cercano. Nwosu y Keira, vestidos como turistas de la peor especie, fingían que bebían. «Espero que, al menos, hayan disimulado en lo de beber. Se les nota a un pársec de distancia que son de Seguridad.»

Un aviso enviado por la interfaz neural advirtió a sus agentes que se reunieran con ella en la puerta del Templo. Deckett, sin pensarlo demasiado, dio crédito a Hermes en lo de la seguridad del ingeniero. No carecía de lógica, por otra parte. Znedin se había largado para esconderse. No era un buen escondite, en todo caso, sobre todo si su pertenencia al Credo de Litur era *vox populi*. En su empresa seguro que conocían este dato.

La deán del Templo, cuando la inspectora se identificó como Jefa de Seguridad, intentó poner trabas a la interrupción del ritual que mantenía a Znedin aislado citando, por supuesto, la normativa de la Libertad de Credo. Pero no tardó en mostrarse colaborativa cuando Deckett insinuó que le preocupaba el buen cumplimiento de la Licencia de Actividades Culturales de su congregación. ¿Se aseguraban de que no hubiera ninguna ilícita entre sus parroquianos? «¿A qué actividades ilícitas se refiere, señora?», replicó la mujer intentando ocultar su nerviosismo tras la protocolaria máscara facial, a imagen de la Santa Libido Universal, que los líderes del Credo portaban ante los no adeptos. «No hay nada de eso aquí, como podrá comprobar. Aunque no será necesario que lo haga… Haremos venir al hermano Mayer de inmediato. Su ritual no se verá resentido si no tardan mucho tiempo…»

Sonriendo, Deckett aguardó en una pequeña sala de meditación la llegada del señor Znedin mientras su gente permanecía fuera. Vender alcohol y drogas a los pasajeros que bajaban hasta el Nivel Siete, a un precio por debajo de las altas tasas marcadas por Starliner, era una forma de ayudar a cubrir las considerables costas de la Licencia de Actividades. Se permitían ciertos márgenes en los trapicheos de los negocios de poca monta porque los turistas de tercera no podían permitirse lujos más caros. Así todos salían ganando. Deckett era muy consciente de estos apaños y jamás habría intervenido. A fin de cuentas, todo eso incumbía al fisco y no a Seguridad. Pero funcionaba como estímulo si querías conseguir información.

Mayer Znedin era feo, cierto. El tipo, escuchimizado, ojeroso, el pálido cráneo vestido apenas de un ralo cabello gris, cargado de espaldas y una boca llena de dientes desparejados, no era para nada el ejemplo del personal que te atendía en la exquisita sede de Bionic. Debía de ser muy bueno para haber superado los fatuos estándares estéticos de una empresa que precisaba de una imagen cuidada y elegante para satisfacer a sus poderosos clientes. En fin, Deckett no era prejuiciosa a este respecto. Pero sí, era feo como un demonio.

—Inspectora Deckett, no sabe cómo me alegro de verla. No obstante, ha tardado usted más de lo que esperaba —dijo el hombre a modo de saludo. Ella alzó las cejas algo sorprendida.

—¿Esperaba usted mi visita, señor Znedin?

Se habían sentado en dos pequeños sillones separados por una mesa baja en la que un pebetero emitía un sahumerio con cargante aroma a jazmín. Una holoimagen de cuerpo entero de Litur el Sabio, en la posición del loto y la mano derecha alzada con la palma abierta al frente, flotando sobre la pared opuesta a la entrada, era toda la decoración del lugar que, además, proveía de la única fuente de luz: el nimbo dorado que rodeaba a Litur revelaba la adoración a un líder con un egocentrismo desmesurado. Pero, si a los fieles no les importaba... Deckett se centró en el ingeniero.

—Por supuesto, así lo previmos —respondió él sonriendo desdentadamente—. Pero, como le digo, ha tardado usted más de la cuenta.

—¿Previmos? —No iba a ponérselo fácil, el tipo parecía muy seguro de sí mismo.

—Condesa y yo, claro. Bueno, y su... bot.

Deckett no pudo ignorar el tono de desprecio que Znedin imprimió a la palabra.

—¿No le gustan los bots?

—Son contrarios a mi fe, inspectora. Litur considera que... —Deckett alzó una mano.

—Por favor, ahórreme sus expresiones de alta moralidad. Conozco bien los gustos liturianos.

Znedin sonrió y la colección de dientes se desparejó aún más.

—Ah, sí. Su novio, Darim Kásperle. Un buen chaval. Supongo que supo de mí gracias a él.

Deckett frunció el ceño. No le había hecho ninguna gracia esa referencia. ¿Qué sabía Znedin de su vida privada?

—¿Qué ha querido decir? —preguntó manteniendo la calma.

El ingeniero se encogió de hombros.

—Sabíamos de su inteligencia, inspectora. Siendo su novio un miembro de nuestra congregación, era esperable que le preguntara sobre mí... Cuando él lo sepa, dígale que no se preocupe. Que no ha traicionado sus votos al revelarle mi paradero. Queríamos que usted diera conmigo.

—Señor Znedin, —Deckett empezaba a perder la paciencia. No le gustó nada confirmar que era parte de un plan premeditado, y que éste incluía a Darim—, si todo esto lo han organizado Condesa Planck y usted para ponerse en contacto conmigo, debo decirle que lo han complicado ustedes sin necesidad. Si tiene algo que revelarnos, ¿por qué no acudió a Seguridad? ¿Y cómo anuló su chip localizador?

Znedin volvió a encoger sus enjutos hombros. La túnica de color pardo que cubría su cuerpo no ayudaba a darle mejor aspecto. Deckett supuso que esa vestimenta tendría que ver con el ritual.

—Usted sabe perfectamente cómo se puede anular un chip. Me harté de antibióticos durante tres días. Y sobre por qué vine aquí y no a su despacho... Bueno, nadie que no sea de la congregación puede acceder al Templo, inspectora. No tenemos buena imagen, como las demás empresas religiosas que venden sus productos espirituales en la Grand Promenade. Se nos toma por estúpidos, por fanáticos, por gente simple e ignorante. Le revelaré algo que quizá la sorprenda: el *mundoplanismo*, esa teoría absurda que tan mala fama nos da, sólo es una pantalla. Un velo para mantener alejados a quienes se creen muy listos. O mejores. Litur no quiere que su religión muera de éxito, inspectora. En realidad, tenemos recursos, fondos y una buena red de influencias.

Deckett se mordió el labio inferior, realmente confusa. Debía admitir que ella, como tanta otra gente, consideraba a los liturianos poco más que ilusos bienintencionados. Sus pomposas palabras, su colorido folclore, sus ridículos nombres y costumbres... ¿Había algo más detrás? Sí, al parecer. Y lo de *empresas religiosas*... Bastante certero, la verdad. El mercado de la fe generaba montañas de dinero desde la Tierra a Júpiter, eso era innegable. Productos espirituales, cierto. Todo podía comprarse y venderse, hasta la fe.

—¿Qué le hace pensar que, si alguien quisiera encontrarlo, aquí estaría a salvo? —preguntó dejando correr el asunto de la religión. Quizá había prejuzgado a Darim y los suyos, y no eran un conjunto de chalados adictos a vete a saber qué.

—El Templo es, en apariencia, un lugar destartalado y pobre —explicó Znedin—. Pero contamos con tecnología avanzada y de lo más caro. No se entra aquí así como así. En realidad, es un refugio seguro para los de nuestra congregación. Aquí estoy a salvo.

Deckett tardó sólo un instante en preguntar.

—¿De qué?

Znedin tardó también un instante en responder.

—De que la gente de Bionic me mate, inspectora.

—¿Matarlo? —Deckett, como bien sabía hacer, mantuvo la expresión facial de una estatua.

—Guardo un secreto, inspectora Deckett. Un secreto importante. Un secreto que podría hacer caer a la todopoderosa Bionic Entertainment. Una corporación pecadora y orgullosa, repleta de soberbia.

—Para la que usted trabaja desde hace años, a pesar de sus prejuicios...

—Cierto. Soy un topo. ¿Sabe qué es un topo, inspectora? No sé si queda alguno en la Tierra, después de tantas extinciones de especies...

Deckett asintió. Claro que lo sabía. No tenía ni idea de si quedaban o no de esos animales en la Tierra, pero conocía la expresión. Muy vieja, por cierto; nadie la empleaba ya. Por supuesto, no dijo que conocía la historia familiar de Znedin, el suicidio de su hermana y sus más que seguras ansias de venganza contra Bionic.

—Prosiga, por favor. ¿A qué secreto se refiere? —Lo alentó con la mano sin variar su expresión.

Znedin sonrió mostrando otra vez sus dientes descolocados y negó moviendo un índice.

—No, no, inspectora. No tan rápido, no tan pronto. Aún no puedo revelarlo. Necesitaré garantías. Necesitaré muchas garantías.

—¿De qué, señor Znedin? Si está usted ocultando información relevante en un caso de asesinato, le recomiendo que no juegue conmigo.

—¿Asesinato? —replicó él sin dejar de enseñar los dientes—. Usted ya sabe que no fue asesinato. Pobre Condesa, heroica Condesa. Se sacrificó por la causa. Litur debería hacerla santa...

—Basta ya, Znedin. O me dice algo coherente, o me lo llevo de aquí y da explicaciones en Seguridad conectado a un detector neural.

El ingeniero negó, esta vez con la cabeza.

—No, por favor, espere —dejó de sonreír para tranquilidad de la inspectora. Aquella torcida mueca no era agradable de ver—. Si me saca de aquí, puede que no lo cuente. Bionic es poderosa, y tiene recursos. Quieren verme muerto, y usted, imagino, no. Ayúdeme. Ayúdenos a Condesa y a mí.

—No me ha dicho nada remotamente de valor, Znedin. Acusa a su empresa de querer matarlo, pero no me dice por qué. También dice que guarda un secreto y que no me lo revelará. ¿Cómo voy a ayudarlo? ¿A qué voy a ayudarlo? ¿Y qué relación tiene todo esto con Condesa Planck?

Znedin suspiró. Su expresión era la de un hombre agotado después de una larga lucha. ¿Contra qué?, se preguntó Deckett.

—Tiene que ayudarme a salvar nuestra civilización, inspectora. Hay mucho en juego, más de lo que usted se imagina. Pero necesito un compromiso por su parte. Y ratificado por el capitán Freeman. Son ustedes mi salvaguarda. No para mantenerme a salvo, mi vida no cuenta. Condesa se sacrificó, y yo también lo haré. Pero tiene que prometerme que no esconderá nada, que lo hará público cuando yo... Bueno. No diré más sobre mí ni sobre Condesa si usted no se compromete aquí y ahora...

Znedin se cruzó de brazos y se echó hacia atrás sobre el respaldo con gesto de determinación.

«Salvar nuestra civilización»..., había dicho. Un poco ambiguo, un poco exagerado y con un punto de fanatismo religioso. Todo muy lituriano, en realidad. Deckett también suspiró.

—Sea lo que sea a lo que usted quiere que me comprometa, señor Znedin, no puedo hacerlo sin autorización de mis jefes. Como mucho, me comprometo a hacer eso, a hablar con el capitán. Lo dejaré aquí, si usted se siente seguro. Dejaré también a mis guardias. Más que nada para que quede claro que vigilamos este sitio. Ha hecho usted acusaciones un tanto ambiguas sobre Bionic. Su jefa, Geneviève Leclerc, afirma que usted se ha llevado información relevante de la empresa, lo cual puede considerarse delito empresarial, aunque eso no entre en mis competencias. Cuando haya hablado con el capitán, volveré aquí.

—Leclerc... —dijo Znedin con la mirada perdida y en voz baja. De pronto, clavó sus ojos en ella—. No se fíe de Leclerc, inspectora. Es peligrosa.

Deckett ya se había levantado. Por un momento se lo quedó mirando. O Znedin estaba mal de la cabeza, o realmente guardaba algún secreto. Que, al parecer, compartía con Condesa Planck. La muerte de la archifamosa diva se estaba complicando. ¿Qué había más allá de *mierda de tamaño cósmico*? Quizá el capitán pudiera aclarárselo.

Esbozó una sonrisa mecánica como despedida y salió de la celda. Se había hecho tarde y aún debía prepararse para la cena. Inexperta en eso de ataviarse de tiros largos, necesitaría sin duda mucho tiempo para no desentonar con el resto de invitados. En realidad, anhelaba ver la expresión de Hermes cuando se encontraran esa noche.

Aunque se había asegurado de no volver a caer en la tentación permitiendo que Darim durmiera esa noche en su camarote, no pudo evitar, mientras se dirigía al ascensor, la idea de que fuera Hermes quien la desnudara y la librara del costoso vestido que compraron juntos...

«Basta, Durga. Olvídalo, no te conviene equivocarte de nuevo.»

Pero la idea, tenaz, parecía haber adquirido vida propia y mordisqueaba su buena voluntad sin que ella pudiera impedirlo.

26

Era ya muy tarde cuando regresó a su camarote. Sola. Lo había conseguido, aunque no fue fácil… Le costó resistirse a la idea. La idea de… Mejor ni pensarlo, se dijo mientras abría la puerta.

Krupp la aleccionó antes del evento sobre el protocolo en la mesa del capitán. Le dijo que la cena propiamente dicha no solía durar más allá de hora y media. Lo que no le dijo es que los cócteles de bienvenida, los preámbulos sociales, los saludos protocolarios, apretones de manos y sonrisas forzadas añadirían otra hora y media más al espectáculo. Y no se acaba la cena y, sencillamente, te despedías y te largabas, no. Tras los postres y los licores finos había otra ronda de sonrisas, charlas insulsas y largas despedidas que no acababan nunca.

Darim parecía dormido, pero la esperanza de desvestirse sigilosa, asearse y meterse en la cama sin despertarlo se desvaneció en cuanto cruzó la puerta.

—¡Ya has vuelto! —dijo él desde la penumbra. Durga no encendió luces, pero, al leve resplandor de las luminarias de emergencia en el suelo, lo vio alzarse de la cama nada más entrar. Así que no estaba dormido—. Vamos, cuéntame. Quiero saberlo todo. ¡Una cena con el capitán! Y tan hermosa… Cómo me habría gustado ir contigo.

—Darim, cariño, es muy tarde y me levanto pronto. Como tú, por cierto. Mañana te cuento.

Durga, empezando a deshacerse de los incómodos zapatos, la joyería variada y las costosas galas recomendadas por Hermes, ignoró el comentario del joven. Darim podría haber expresado celos, envidia, fastidio por no ser él su acompañante. Pero no: ahí estaba, con expresión risueña, deseando saber cómo le fue a ella en compañía de los poderosos, en vez de sentirse molesto.

—Por favor... —Su lastimero tono de voz la hizo sonreír.

—Bueno, pero sólo hablar. Te cuento un poco y dormimos, ¿de acuerdo?

—Nada de sexo esta noche, lo juro. A ver, ¿cómo te ha ido?

Mientras se extraía a sí misma de aquella ceñida envoltura de satén fucsia que se vio obligada a llevar toda la velada, y que según Hermes le quedaba perfecta, se lo pensó. ¿Cómo había ido?

Desagradable, como poco. El encuentro con Leclerc fue más que tenso. La directora de Bionic se atuvo a las convenciones sociales, por supuesto. Cortés, muy educada, pero cortante. Su voz podría haber taladrado un muro con más facilidad que un láser. Fría y altanera, disimuló con elegancia la rabia que seguramente sentía. Con cierta malicia, el capitán las había situado frente a frente, en el extremo opuesto de la mesa. Eso sí, mantuvo a Hermes a su lado, lejos de Leclerc. La conversación de los demás comensales, banal y llena de tópicos, no ayudó demasiado a que la cena resultara agradable. Al menos, la charla petulante y egocéntrica de Sabbas Vintage, un tipo tan pagado de sí mismo que no dejaba hablar a nadie más, evitó que Leclerc y ella se enfrentaran siquiera. El *influencer* llenó todo el espacio atencional con su verborrea imparable haciendo difícil cualquier otra conversación mientras su lovebot, un pálido varón caucásico de espinoso pelo azabache, ojos de color naranja ensombrecidos en púrpura oscuro y vestido de negro y lentejuelas plateadas, remarcaba cada gracia de su *domme* con una expresión de aburrimiento y desprecio absoluto por todo lo que lo rodeaba. Eran una pareja estrambótica, pero de lo más llamativa, le explicó Durga a Darim.

Aun así, la inspectora estuvo muy atenta al comportamiento de Leclerc. Sus expresiones, gestos contenidos, sus miradas de soslayo hacia el bot... No obtuvo información relevante de ese encuentro, pero al menos sí pudo completar la imagen mental que de la directora se había hecho.

Desde luego, era inteligente. Demasiado.

La poca charla que mantuvieron se centró en lo elegante que, según Leclerc, iba la jefa de Seguridad esa noche. Remarcó mucho el *esa*, y habría resultado ofensiva si la inspectora no hubiera tenido la piel muy dura. Le agradeció sonriente su elogio, que correspondió con una alabanza al atuendo de la directora, ataviada con un ajustado traje de chaqueta en un blanco deslumbrante, sin joyas ni aditamentos. Luego hablaron algo más sobre la calidad de los manjares y el vino, un poco sobre lo bien que iban los negocios de Bionic a pesar de la avalancha de noticias y chismorreos en los Nodos, y ninguna mención al hecho de estar compartiendo mesa con el heredero legal de la finada Condesa Planck. Por supuesto, el imbécil de Vintage se pasó casi todo el tiempo hablando de ella, de lo mucho que se querían, para acabar afirmando, cuando el exceso de alcohol le hizo efecto, lo mala persona que era la muerta. Los muertos, una vez muertos, o bien eran gente luminosa que jamás hizo daño a nadie, o bien eran verdaderas arpías merecedoras del infierno. Nada fuera de lo esperable.

Leclerc sólo le hizo una pregunta más allá del guion absurdo del protocolo, tan sutil y en apariencia insignificante, que habría caído en la trampa de no haber estado bien prevenida.

Después de observar por unos instantes a Hermes, quien hablaba en ese momento con el capitán en voz baja, la directora, limpiándose la comisura de la boca con gesto exquisito, la miró.

—Siempre supuse que Condesa nombraría heredero al sobrino de Znedin. Se llevaban muy bien. Ha sido una verdadera sorpresa…

—¿Ellos se conocían? —preguntó Deckett haciéndose la inocente y esquivando la cuestión— Quiero decir, más allá de lo profesional…

—Claro. Ya sabe que nuestros ingenieros trabajan estrechamente con los clientes. Znedin y Condesa parecían intimar bien. Supongo que compartir fe tendría algo que ver…

—¿Compartir fe? —Deckett siguió expresando inocencia en su rostro.

—Ambos son liturianos —respondió Leclerc—. Por esa razón le asignamos a él al contrato de la señora Planck. Una curiosa religión. Me pregunto…

—¿Qué se pregunta? —La inspectora, sin dejar de sonreír, tomó su copa.

—Nada, no es importante. Imagino que no se les habrá pasado por alto visitar el Templo de Litur. Lo menciono sólo por si acaso, claro. Pero, por supuesto, no se me ocurriría poner en duda su modo de trabajar, inspectora. Estoy segura de que usted no cometería un error tan simple…

Quizá Leclerc supuso que el carísimo champán que se servía en la mesa del capitán, y del que la inspectora bebió con moderación, la impulsaría a defender su buen hacer y su profesionalidad, y revelar así algún dato útil. Pero Deckett estaba muy curtida en la habilidad de cerrar la boca. Sí, bebió un poco para mitigar los nervios, pero no tanto como para perder la conciencia de la situación. Simplemente, sonrió y dio un nuevo trago a su copa.

Nada de esto pudo contárselo a Darim. En cualquier caso, el chaval quería conocer otros detalles más mundanos, así que le habló de cómo vestían Leclerc y los demás invitados, de lo bueno que estaba el champán y del insoportable Vintage, a quien él, como seguidor acérrimo de Condesa, detestaba. También lo puso al corriente de los últimos cotilleos sobre su diva y las noticias que llenaban los Nodos Sociales. Darim le preguntó mucho sobre Hermes Lagrange, cuyo rostro ya se conocía de una punta a otra del sistema solar. Durga le habló de él de modo superficial y distante, sintiéndose incómoda y traidora al hacerlo. La verdad es que, aunque no estuvieron juntos demasiado tiempo, más allá de la ida y la vuelta desde el camarote de Hermes al salón Afrodita, le costó un gran esfuerzo mantenerse ecuánime. El bot, cuando ella pasó a buscarlo, alabó su elegancia y belleza, lo que causó risas contenidas en la patrulla de escolta. En Seguridad nadie había visto, nunca, a su jefa emperifollada con semejantes galas: sandalias de alto tacón rosa pálido, una estola de gasa un tono más claro que el vestido, que por cierto se ceñía mucho al cuerpo firme y trabajado de la inspectora, y el cabello recogido en un alto moño de rizos oscuros. Una mirada de hielo a su gente los hizo cuadrarse al instante. Lo cual no evitaría los comadreos al día siguiente, claro...

Hermes, al entrar en el salón Afrodita, demostró sentirse muy cómodo con esos usos y costumbres. El esmoquin gris marengo y la pajarita azul marino le sentaban increíblemente bien. Por supuesto, todas las miradas del atestado salón se dirigieron a ellos, y sólo la escolta evitó que una turba, bien vestida y soberbiamente perfumada, eso sí, se les echara encima. Lo que no pudieron evitar fueron las fotos y holograbaciones, que, por supuesto, llegaron a todos los Nodos antes de que siquiera hubiera empezado la cena.

Darim, de hecho, le enseñó las que se había descargado en su interfaz neural, hinchado de orgullo por ver a su novia en todos los canales de chismorreo interplanetario. Lo curioso era, pensó Durga al verlo sentado en su cama, sonriente y feliz, que el joven pensara únicamente en ella. En la importancia de que tanta gente la hubiera visto así de guapa, al lado de poderosos y millonarios. De pronto, Durga fue consciente de que, si Darim hubiera sabido que tuvo relaciones con el bot más famoso del universo, seguro que el joven se lo habría tomado como un triunfo para ella y no como una ofensa para él. Y no por su credo lituriano, sino por el respeto que le profesaba.

Acostados ya, la luz apagada, y Darim abrazándola desde la espalda, Durga se sintió, no por última vez, avergonzada. El muchacho era una buena persona. Cariñoso, humilde, ajeno a todo egoísmo. Y la quería por encima de todo. Además de avergonzada, se sintió triste. ¿Por qué ella no era capaz de amarlo? ¿Podría, alguna vez, hacerlo? ¿Volver a amar?

27

Esta vez sí había sangre. Mucha. Y muy evidente: esparcida por el suelo, las paredes y el escaso mobiliario. El cuerpo enjuto de Znedin, sobre la cama, estaba encogido, abrazado a sí mismo en postura fetal.

Recibieron el aviso muy temprano, cuando Deckett bebía su primer café. Iban a completar el ritual de... ya no recordaba qué le dijeron, y se encontraron al hermano Mayer así, las manos sobre su vientre, del que emergía una masa rosada y sanguinolenta. Su rostro, irreconocible, parecía haber sido golpeado con eficacia. O con saña, más bien. Nadie había tocado nada, explicó la deán cuando la acompañó hasta el dormitorio del hermano Mayer. Y nadie ajeno al Templo entró tras cerrarse las puertas al público. Las grabaciones de seguridad, sólo del exterior, lo atestiguaban.

Bao Tian aún no había llegado. Deckett dejó a su gente afuera, ocupándose de los protocolos habituales, y echó una ojeada al cuerpo y a la habitación. Se agachó para ponerse a la altura del lecho y, para su sorpresa, una pequeña burbuja sanguinolenta se formó en la boca del muerto, que no estaba muerto. No todavía.

Activó un aviso de Prioridad Uno en su interfaz y rozó delicadamente con un dedo la barbilla de Znedin.

—Mayer, ¿me oye?

Un largo ronquido, más bien un estertor, escapó de su garganta. En el amasijo de piel y sangre de su rostro se abrió un ojo. El ojo, con la pupila contraída, se centró en ella. Deckett la vio dilatarse, como escaneándola.

—Tranquilo, Mayer, la ayuda está en camino. Aguante.

Una de las manos se movió, sólo un poco. Un esfuerzo enorme, seguramente. Znedin parecía querer hablar. Deckett se acercó.

—Cul… —dijo en un susurro gorgoteante—. Culpables… No… todos.

—¿Sí, Mayer? —preguntó ella con suavidad. Estaba vivo, pero no tardaría en dejar de estarlo, eso era evidente.

—No… todos los… humanos lo son. Y… no todos…

Otro estertor, sangre brotando por la comisura, y un largo sonido silbante. Deckett puso una de sus manos sobre la de Znedin, que se había alzado hacia ella.

—…No todos los bots… lo son.

«Ya está», pensó Deckett. La mano cayó inerte sobre la cama. La pupila se distendió hasta ocupar todo el iris. Znedin había muerto.

Permaneció allí, acuclillada a su lado durante un largo rato. ¿En qué habían fallado? Porque lo hicieron: fallaron. Existía la posibilidad de que alguien intentara matar a un tipo que quizá poseyera información relevante sobre algo que podría comprometer a Bionic Entertainment. Ahora el tipo estaba muerto. Y el asesino ni siquiera se molestó en disimular. El escenario mostraba que no sólo se había excedido: había disfrutado. Matar a alguien como Znedin no era difícil. Delgado, poca cosa, un hombrecillo con una forma física de anciano a pesar de no tener cincuenta años… Habría bastado con partirle el cuello. Pero había tanta sangre…

Y también había un sospechoso demasiado evidente: Bionic. Lo cual resultaba absurdo. Si denuncias la desaparición de uno de tus ingenieros, a quien acusas de haberte sustraído algo de valor, y luego éste aparece muy muerto, lo que haces es complicarte la vida. Znedin no murió de un infarto o, simplemente, desapareció como tanta gente a bordo desaparecía en todos los viajes. Aquello era una mostración clara de algo. Como mínimo, de rabia. O de un innecesario sadismo. O de otra cosa.

También podía ser, se dijo la inspectora, un taimado intento de desviar la atención. Denuncias la desaparición de Znedin y luego te lamentas por su muerte alejando las sospechas de ti. Pero, siguiendo su costumbre, Deckett decidió no presuponer nada.

El caso es que el ingeniero estaba muerto y quizá podrían haberlo evitado. Habría que estudiarlo todo con mucho detalle: grabaciones, sensores, escáneres, testigos...

Y Leclerc, por supuesto. Tendrían que hablar, y mucho.

Tian llegó en ese instante. La Prioridad Uno ya no era necesaria. El pequeño forense se acercó a la cama y echó un primer vistazo.

—¿Quién iba a pensar que el viejo tuviera tanta sangre dentro? —dijo en voz baja. La frase sorprendió a la inspectora.

—¿Qué? —preguntó ella. Tian la miró con expresión muy seria.

—Macbeth, acto quinto, escena primera. El buen Shakespeare tenía respuestas para todo —Alzó las cejas en un gesto irónico—. Querida, deberías leer un poco a los clásicos.

Se volvió hacia la cama y Deckett, sin responderle, lo dejó trabajar. Como solía, lo primero que hizo fue observar el cuerpo con detenimiento, muy de cerca. Luego, suspirando, abrió su maletín para comenzar su toma de pruebas. Y, como de costumbre, lo oyó murmurar.

—Bueno, amigo, no ha debido de ser fácil. Quienquiera que te haya hecho esto no te tenía cariño, eso está claro. Me temo que te dolió... Qué mala es la gente, ¿sabes? Claro que lo sabes. En fin, no te preocupes, Tian está aquí y te tratará como mereces. Tranquilo ahora, ya pasó todo...

Tian siempre hablaba así a sus muertos, con afecto, con delicadeza. A Deckett la emocionaba ver cómo el forense les daba la dignidad debida. No eran meros cuerpos muertos, no eran objetos de estudio. Eran personas. Que rieron, lloraron, sufrieron. Vivieron y... se fueron. Dignidad, le dijo un día Tian. «No puedes permitir que, cuando les han arrebatado la vida, les quiten también la dignidad. Los muertos no dejan de ser personas porque estén muertos. Y eso sí depende de nosotros.»

Escuchó a su gente en la puerta. González y Dris traían el equipo de registro. La voz grave de González se impuso en cuanto habló.

—Joder, era feo como un demonio, pero esto...

Deckett se volvió.

—¿Qué has dicho, González?

Su agente la miró encogiéndose de hombros.

—Que era feo, jefa. Mucho.

—No, lo de *feo como un demonio*.

González, con expresión de no entender, señaló con una mano.

—*Demonio*, jefa. Así lo llamaban en el Templo. Por lo feo que era...

—¿Tú también eres lituriano? —preguntó con voz cortante.

—No, jefa. Mi marido lo es. Muy lituriano... Le encanta contarme todo lo que pasa aquí, y todo con esas palabras tan... sonoras que emplean. Ya sabe usted...

«Sí, hablan en mayúsculas», pensó Deckett sin poder evitarlo. Apremió a González con un gesto imperativo.

—Lo de *demonio*, González. ¿A qué te refieres?

—Pues que, según Krenan, mi pareja, a Znedin lo llamaban así por lo feo que era. Pero lo hacían de forma cariñosa. Bueno, no sé si eso es cariñoso, pero...

«No puede ser», pensó Deckett. «No me lo creo. ¿Leclerc?»

Interesante idea, pero ¿cometería alguien tan inteligente como la directora de Bionic un tal error? Quizá sí, las casualidades existen. Casualidad fue que González viniera con ella al Templo. Casualidad fue que Darim usara la misma expresión. Tal vez Leclerc no lo pensó y lo dijo sin más. Tal vez también fue casualidad que dijera *feo como un demonio* para referirse a su empleado. A fin de cuentas, no era una expresión tan inusual. Pero ¿y si no era así?

Si no era así, Leclerc tenía bastante más que ver con la muerte de Znedin de lo que la simple lógica mostraba. Si en el Templo lo conocían por ese apodo, que ella lo supiera la situaba demasiado cerca del muerto. Bionic quería encontrar al ingeniero. Posiblemente lo querían muerto, aunque eso sólo fuera una hipótesis sin pruebas. Como, suponía, tampoco las habría de que Leclerc hubiera estado en el Templo esa noche. Y, en cualquier caso, no imaginaba a la directora matando con tanta saña a Znedin. No parecía su estilo. ¿Cuál sería, si Leclerc fuera una asesina? ¿De qué modo lo habría hecho? En cualquier caso, aplicando su norma de no dejarse arrastrar por la imaginación, mejor abandonar esa vía.

Fuera como fuera, estaba obligada a interrogarla. Que, hablando con ella, hubiera empleado la misma expresión que los liturianos usaban para referirse a Znedin resultaba, como mínimo, sospechoso.

No la sorprendería que en las grabaciones no apareciera la directora. Y que su chip localizador no la situara allí. Así que, si Leclerc mató al ingeniero, o bien entró en el Templo sin que nadie la detectara, o bien envió a alguien. Esto último sería lo más lógico, claro. Algún secuaz o algún sicario. Pero el ensañamiento parecía indicar algo más personal, menos... profesional.

¿Qué vendría después de *mierda de tamaño cósmico*? Aún no le había preguntado al capitán...

28

—No se me ocurre qué puede ir detrás de *mierda de tamaño cósmico*, Deckett —decía el capitán retrepado en su sillón—. Habría que inventar una nueva escala. Joder, vaya desastre.

Había concertado una cita urgente con el jefe. Krupp la avisó de que en media hora podrían verse, así que, dejando a su gente y a Tian ocupados en la investigación, recopiló lo esencial y bajó hasta el Núcleo. Quizá por los nervios y la urgencia, esta vez no sintió el menor malestar.

Freeman se mordió el labio y luego la señaló con el dedo.

—¿Leclerc dijo *feo como un demonio*?

—Así es, señor.

Él asintió mientras, pensativo, hacía girar un lápiz de datos en la ingravidez de su despacho. Los segundos pasaron en silencio. Deckett, como de costumbre, aguardó.

—No basta como prueba, por supuesto —prosiguió al fin tras agarrar el lápiz para fijarlo sobre la mesa—. ¿Qué más han encontrado? ¿Algo que apunte a alguien?

Deckett, agradeciendo al velcro de sus suelas el mantenerla firme en su asiento, negó con la cabeza.

—Ni una sola prueba, señor. Quienquiera que lo hiciera se aseguró de no dejarlas. Ni epiteliales ni cabello... Nada. Nada en los escáneres, nada en los registros de localización... Ni la menor huella. Bueno, salvo una parcial de un pie que, por el tamaño, podría ser de alguien con una estatura entre uno setenta y cinco y uno ochenta y cinco de altura. Un varón, posiblemente. Pero no es una prueba concluyente porque la gente del Templo, aunque intentó no alterar el escenario, sí que lo hizo.

Había demasiada sangre por todas partes. Imposible no pisarla. Después de hacer un escáner tridimensional e identificar todas las huellas de la gente del Templo, sólo quedó esa huella parcial por cotejar.

—¿Alguna pista sobre ella? —preguntó el capitán.

—No, señor. —Deckett negó de nuevo—. Además de haber sólo una de ese pie en concreto, y además de ser parcial, no hay en ella nada distintivo. Suponemos que es de alguien ajeno al personal del Templo sólo porque la coagulación de la sangre la sitúa antes en el registro cronológico. El doctor Bao calcula que el asesinato ocurrió entre las cuatro y las cinco de la madrugada. No es lo mismo pisar sangre fresca que sangre que ya lleva un tiempo depositada…

—Doy por hecho que han comprobado si hubo entradas o salidas de los fieles, o de cualquier otra persona…

Deckett asintió con vehemencia. Lo habían hecho, por supuesto. Hubo movimiento de personal hasta la hora de cierre de los servicios litúrgicos. Después… nada.

—En ese caso —prosiguió Freeman—, si nadie entró o salió… —El capitán nunca hacía comentarios inútiles, reconoció Deckett.

—Alguien de la congregación ha de ser el asesino —terminó ella la frase—. No cabe otra explicación. Interrogaremos a todos los que pasaron allí la noche, incluso a los que no encajan con la talla de la huella o no dan el perfil físico. Buscaremos información sobre ellos y descartaremos todas las opciones que no nos lleven en la buena dirección. No será fácil ni inmediato. Anoche se alojaron veintitrés personas en el Templo.

El capitán entrecerró sus ojos grises. Su expresión, pensativa, se tornó distante. Luego enfocó la mirada en ella.

—Es muy raro, Deckett. Demasiado obvio. Un lugar vigilado por usted y por los sistemas del Templo, en el que no se puede salir o entrar sin ser detectado… Todo apunta a un lituriano, pero no es lógico. Sabemos del interés de Bionic en todo esto… ¿Tiene alguna hipótesis?

La inspectora inspiró hondo. No, no la tenía. Y no le gustaba no tenerla. Y le gustaba menos reconocerlo ante el capitán.

—No, señor. No la tengo… aún. Pero coincido con usted. Que todo apunte a un miembro de la congregación es demasiado conveniente, y poco lógico. Salvo que hubiera, como dijo Znedin, un topo… Aunque él usó la palabra para referirse a sí mismo…

Freeman se rascó la barbilla y asintió.

—Un topo… Tiene sentido.

Dirigiendo su atención a su mesa, tocó varias veces sobre la superficie y una representación del plan de vuelo del *Schettino* se materializó entre ellos. En pocos días se adentrarían en el Cinturón. El único asteroide con el que se cruzarían hasta llegar a Júpiter, Higía, donde el pasaje disfrutaría de variados entretenimientos espaciales, aparecía marcado en azul cian.

—No tardaremos en alcanzar Hygiea, como puede ver. Aunque no pararemos y sólo los EVA llegarán hasta el asteroide con nuestros alegres y despreocupados pasajeros, estoy considerando reducir el programa de festejos. Quiero mantener completamente localizado a todo el mundo.

Deckett se lo pensó antes de responder.

—Eso facilitaría nuestras investigaciones, señor, pero no creo que la probabilidad de hallar al asesino aumente. En cualquier caso, como usted sabe, en todos los viajes llevamos a bordo sicarios y asesinos profesionales que saben pasar desapercibidos por más que los tengamos controlados. Si ha sido el caso y, digamos, Bionic contrató a alguien para matar a Znedin, no me extrañaría que nunca averigüemos quién lo hizo. Y aunque no sea lógico que alguien del Templo lo hiciera, no podemos descartar esa posibilidad. Aun así, me atrevería a decir que es una estratagema para despistarnos. Hemos hecho un seguimiento de nuestros pasajeros más… controvertidos, y de momento no hay nada concluyente. Todos tienen estupendas coartadas. Y no me cabe duda de que disponen de tecnología muy superior a la nuestra. Quizá sí que alguien entrara y saliera sin ser visto...

—Mierda, Deckett. —Freeman golpeó el tablero de la mesa con la palma abierta. El lápiz de datos se alzó flotando tras el golpe y él lo tomó para depositarlo de nuevo en su sitio—. Detesto que pasen estas cosas a bordo. Detesto que tengamos las manos atadas por las conveniencias comerciales de la Compañía. Detesto cuando alguien muere a bordo, o desaparece, y no podemos hacer nada. Detesto esta mierda de viajes de placer donde yo no veo placer por lugar alguno...

La inspectora permaneció silenciosa. El capitán, al menos con ella, solía ser franco. En este instante no se parecía al hombre conciliador, cortés y mundano que vio en la cena la noche anterior. Nunca imaginó que a su jefe pudiera no gustarle su trabajo. Él, incómodo, esbozó un gesto de disculpa.

—Perdone, Deckett. Detesto también perder los papeles. En fin. Sigamos: ¿qué hay de ese galimatías que le dijo Znedin antes de morir?

—Ni idea, señor —replicó ella volviendo a sus notas—. Dijo «culpables». Y añadió: «No todos lo son». Bueno, más exactamente dijo: «No todos los humanos lo son y no todos los bots lo son».

—¿Culpables de qué? —preguntó de nuevo el capitán. Deckett hizo un gesto ambiguo con la mano.

—No lo sabemos, y supongo que nunca lo sabremos. Si Znedin realmente guardaba información comprometida sobre Bionic, ignoramos dónde podría estar. En su camarote no se ha hallado nada de interés, así que hemos empezado a registrar el Templo. Supongo que los posibles escondites no pueden ser demasiados. Aunque la nave es grande...

—Diría que, si quieres esconder algo, lo lógico sería un lugar que te venga bien a mano o que tenga algún significado especial para ti. —El capitán la miró entrecerrando los ojos—. ¿Qué podría ser algo así para Znedin?

Deckett lo pensó. El camarote del ingeniero era un prodigio de sencillez, y sus pertenencias muy escasas. La sorprendió el espartano estilo de vida del difunto hasta que descubrió que Znedin hacía casi toda su vida social en el Templo. Pero, de momento, allí no habían encontrado nada digno de mención. El otro único lugar de la nave con alguna significación para él era...

—Sólo su propia empresa, señor —aventuró—. Sabemos que actuaba por venganza contra ellos por lo de su hermana. Tal vez, de haber ocultado algo, lo haya hecho allí. ¿A quién se le ocurriría buscar en la sede de Bionic? Sería un buen lugar para ello.

El capitán se frotó pensativamente el mentón. Sus ojos grises se entrecerraron de nuevo en su habitual gesto de concentración.

—¿Y en el bot? —dijo de repente—. Es parte de Bionic, pero ahora no está allí, sino bajo su custodia. ¿Algo así sería posible?

Deckett expulsó lentamente el aire. Sí, podría ser. Una excelente idea. Recordó de nuevo a Hermes afirmando que el capitán no era ningún memo.

—Lo estudiaré, señor. Hablaré con el señor Lagrange. Aunque él no recuerda qué ocurrió cuando su programa fue modificado, quizá hicieran algo más que toquetear su matriz neurónica. Quizá Condesa guardó algo en él. Es una excelente idea, si me permite decirlo, capitán.

Freeman sonrió y adoptó una expresión divertida.

—No se me paga por mi buena cara, inspectora. Detrás de ella tengo un cerebro que funciona. En fin, póngase a ello de inmediato. Dele prioridad a este asunto. Y a ver qué le saca a Leclerc. Doy por hecho que no hay ninguna razón para detenerla como sospechosa. Lo del demonio y todo eso me parece poco sólido. Y bajo ningún concepto nos conviene provocar a Bionic arrestando a uno de sus directivos.

La entrevista concluía, era evidente. Deckett afianzó sus suelas de velcro en el suelo y se puso en pie. Esperaba no marearse tampoco al regreso.

—Iré a hablar con ella con la excusa de notificarle la defunción de su ingeniero, señor. No se preocupe, seré discreta.

Empezó a caminar hacia la puerta y el capitán, como en otras ocasiones, la interrumpió.

—Otra cosa, Deckett. —Ella se giró desde la salida—. Eche un vistazo al mapa. Como puede ver, desde Hygiea a Júpiter no tardaremos mucho más de quince días.

—Claro, señor. ¿Por qué me lo dice?

El capitán suspiró.

—Me han comunicado desde el Directorio que el asunto de la herencia de Condesa Planck ha alcanzado cotas preocupantes de notoriedad. La guerra judicial prevista entre su bufete y Bionic ya está causando pérdidas económicas en todo el sector de la biónica y la cibernética. El Gobierno de la Federación ha decidido intervenir como garante, no sé muy bien de qué, pero da igual. Han metido sus narices.

—¿De qué modo, señor? —Otra complicación más, seguro.

—Han enviado una legación del bufete de Condesa a la órbita de Júpiter junto con una escolta de la Policía Terrestre. Por si no fuera suficiente, un representante legal de Bionic viene también, supongo que para molestar, más que nada. La nave que los trae no hará transferencia orbital, sino vuelo directo. En un crucero de la Armada. Gastarán una barbaridad de antimateria, pero llegarán antes que nosotros. Y ya sabe qué ocurrirá una vez que estemos estacionados sobre Júpiter.

Deckett asintió. Lo sabía: los poderes especiales de un capitán quedaban muy reducidos al entrar en órbita sobre un planeta con gobierno propio. No era el caso exacto de Júpiter, donde no había colonias de ningún tipo, pero sí en sus lunas. La Liga del Cinturón poseía los derechos de explotación de toda esa zona, así que, legalmente, tenían la consideración de nación soberana. Y, según los tratados entre la Tierra y el Cinturón, podían exigir… Quién sabía qué.

—¿Qué teme, señor? —preguntó. El capitán la miró unos instantes antes de responder.

—Querrán llevarse al bot para ponerlo bajo su custodia —dijo al cabo—, lo que significaría que, si acaso guardara algo en su cabeza, quedaría fuera de nuestro control. Tiene usted hasta Júpiter para evitarlo. Si es posible, Deckett, quiero que, al menos por una vez, un asesinato como éste no quede impune en mi nave. ¿Está claro?

Deckett asintió sin decir nada y salió. Bravo por el capitán, se dijo.

29

Sentada ante su mesa, Deckett repasaba el resumen preliminar de Tian. De momento sólo figuraban los datos básicos: causa de la muerte, hora, estado previo de salud de Znedin... Poco más. El forense tardaría aún un tiempo en darle información detallada, lo que, en su caso, siempre lo era mucho.

Apartó los restos de su magro almuerzo para ampliar la imagen del zócalo proyector. Detestaba comer en su puesto de trabajo. Su concepto del orden exigía hacer cada cosa en su momento y en su lugar. No comes en tu mesa, como no duermes en tu despacho. Pero las circunstancias eran las que eran.

¿Y ahora qué?, se preguntó. ¿Hablar primero con Hermes o con Leclerc? Como había señalado el capitán Freeman, no existía razón para interrogar a la directora de modo formal. Pero sí podía acudir a la sede de Bionic para contarle que su ingeniero perdido había sido hallado. Y, con esa excusa, sonsacarle información. No sería fácil, eso seguro.

Le pareció más oportuno ver antes a Hermes. En Seguridad no disponían de recursos técnicos para hurgar en la memoria del bot, eso sólo podrían hacerlo en Bionic. Opción que, por descontado, quedaba desechada. Si él guardaba algún archivo oculto del que no fuera consciente, quizá existiera algún modo de acceder a esa información sin necesidad de tecnología compleja. El paseo por las zonas por las que él y Condesa solían moverse no dio ningún fruto salvo... En fin, mejor olvidar cómo acabó la noche. Si el procesamiento mental de los bots era tan similar al de los humanos, tal vez, como habría hecho con un humano, hablar con Hermes podría ser provechoso.

Aunque, con la fama que Hermes había adquirido en las últimas horas, sería mejor no sacarlo del Anillo de Tripulantes. Una gorra y una chaqueta deportiva no eran demasiado buen camuflaje…

Dejó su despacho y tomó una lanzadera neumática hasta el Anillo de Tripulantes. En unos minutos llegó al camarote del bot. Al nuevo camarote, en realidad. Para evitar la molestia de curiosos o buscadores de noticias, de los cuales había sin duda entre el personal del *Schettino*, a primera hora se cambió a Hermes de ubicación. Sólo su personal sabía ahora cuál era su alojamiento. Y, para evitar también llamar la atención, ordenó prescindir de guardias apostados delante. Bastaba, en realidad, con los sistemas de detección convencionales. Ante la puerta del camarote no había nadie. Hermes se había convertido en el ser, cibernético o biológico, más famoso del sistema solar, por encima ya de Condesa Planck. Convenía mantenerlo lejos de miradas indiscretas.

Lo encontró leyendo. Deckett abrió la puerta utilizando su llave maestra, instalada en la memoria de su interfaz neural. Él alzó la vista cuando ella entró.

—Pasa, Durga, está abierto —dijo con cierta sorna.

Deckett, por un momento, se detuvo incómoda. De haberse tratado de una persona, se dijo, jamás habría hecho algo así. Habría llamado antes de entrar. Siendo en cambio una máquina… Y sin embargo, había hecho el amor con esa máquina. ¿Acaso fue descortés su conducta? De nuevo, el asunto de la personalidad de Hermes cobraba importancia. Más ahora que se avecinaba una batalla legal por la existencia de tal personalidad. Y, de aceptarse jurídicamente ese hecho, ¿qué más habría que aceptar? Derechos, libertades, ¿incluso pagar impuestos? ¿Aunque no tuvieran consciencia? Consciencia real, al menos.

Pero, se preguntó mientras tomaba asiento frente a él, ¿qué es la consciencia? ¿Qué es la vida? A fin de cuentas, los seres vivos no dejan de ser máquinas biológicas…

Absurdo pensarlo siquiera. Si Hermes estaba o no vivo, en el sentido que quisiera dársele al término, no era competencia suya. Lo que sí era de su competencia era comportarse con educación, como le enseñó siempre su madre. «Sé cortés, hija —decía cuando ella, de niña, exigía a gritos cualquier capricho—. El gran Sakyamuni nos alienta a cultivar el respeto». Durga no sería creyente o practicante de ninguna fe, pero sí practicaba la cortesía aprendida en la familia.

Con un punto de vergüenza asomando al rostro, observó la proyección holográfica ante él. El brillo azulado del zócalo se reflejaba en su rostro dándole un aire de irrealidad.

—Disculpa —se excusó ella—. Debí llamar antes.

—No importa. —Se encogió de hombros—. Por tu expresión, ha pasado algo. Znedin, supongo.

Cociente intelectual de… no recordaba cuánto. Hermes era en verdad inteligente: había deducido sin esfuerzo por qué venía a verlo.

—¿Qué lees? —preguntó demorando abordar el asunto, aunque también interesada por el hecho de que un bot leyera. ¿No les bastaba con conectarse a una línea de datos para conseguir información?

Él sonrió como diciendo «vale, seguiré tu ritmo».

—Las obras completas de Emanuele Severino… —Como viera su expresión de perplejidad, aclaró—: un filósofo del siglo xx. No muy conocido, es cierto, pero con un pensamiento interesante.

—¿En qué sentido? —Tal vez fuera una pérdida de tiempo no entrar en materia, pero Deckett se dejó llevar. A veces, seguir la corriente podía transportarte a lugares inesperados.

Hermes siguió sonriendo, pero esta vez de forma natural. Bueno, tan natural como puede hacerlo una máquina, se dijo ella. «Es curioso, te esfuerzas en verlo como una máquina, no como un hombre, cuando has hecho lo contrario desde que lo conociste. ¿Por qué? ¿Por qué ahora?»

—La base de su pensamiento —explicó él— es Parménides. Otro filósofo, pero mucho más antiguo. De hace unos tres mil quinientos años, más o menos. Y lo que plantea Severino es que nada deja de existir. El ser lo es de forma eterna porque el devenir es una ilusión. El tiempo no existe, no es más que una apariencia. Cada cosa que es, lo es eternamente. Un beso, la lluvia que cae, una caricia…

Deckett asintió como si estuviera entendiéndolo. Desde luego, en filosofía podía considerarse una ignorante. Pero no había venido para debatir sobre cuestiones intangibles.

—Znedin ha sido asesinado —El cambio de asunto no pareció sorprender a Hermes—. Y lo hicieron con saña.

Él desconectó el zócalo emisor y se echó hacia atrás.

—Lo siento —dijo—. Me caía bien.

—¿Lo conocías en persona? —preguntó Deckett.

Hermes asintió.

—Sí, claro. Era uno de los ingenieros con los que Condesa se sentía más a gusto. De todo el equipo, Mayer fue el único que le mostró verdadero afecto. Los demás, por ser ella quien era, la adulaban descaradamente. A Condesa no le gustaban los aduladores…

—Curioso, viviendo de miles de millones de ellos… En fin, centrémonos. ¿Puedes usar ese cociente intelectual tuyo para darme una idea de quién pudo ser y cómo lo hizo?

Hermes sonrió cruzándose de brazos.

—¿Quieres una prospección lógica basada en mis algoritmos cognitivos?

Deckett se encogió de hombros.

—Más o menos.

—Para eso podrías usar la IA de la nave; su potencia de cálculo es varios órdenes de magnitud superior a la mía. Yo no soy una calculadora de bolsillo, ¿recuerdas?

—Quiero tu opinión, Hermes —replicó ella—. Disculpa si he sido grosera. No tengo demasiado tiempo y sí un montón de retos por delante.

—Claro. —Él ladeó la cabeza para mirarla—. Los abogados de Condesa no tardarán en llegar.

Deckett frunció el entrecejo. ¿Cómo sabía eso?

—¿Cómo sabes eso? No es información pública.

—Bueno —respondió él con expresión inocente—, tengo mis trucos…

—Cuéntamelos. —Deckett fue cortante.

—Una de las habilidades que poseemos… No todos, en realidad. Sólo algunos bots. Bien, una de ellas es la capacidad de conectarme a los puertos de datos administrativos.

Deckett, los ojos entrecerrados, lo miró. En todo este tiempo, ¿cuántas veces lo había hecho? ¿Hasta dónde llegaba su capacidad de rastreo? Como en cualquier camarote, en el suyo había un puerto de datos con conexión estándar y libre acceso, pero su uso como administrativo requería de credenciales específicas. ¿De qué forma podría…? ¿Qué habilidades informáticas poseía Hermes?

—¿Has estado hurgando en nuestros bancos de datos? Es completamente ilegal… —Vio su sonrisa socarrona y rectificó—. De acuerdo, sería absurdo acusar a una máquina de cometer un delito. ¿Por qué tienes esa habilidad? Ese tipo de puertos no está al alcance de cualquiera.

—Condesa la pidió a Bionic de forma específica —respondió tras suspirar—. Además de ser su compañero afectivo, también era su secretario. O su asistente administrativo, como quieras llamarlo. En fin, para Condesa era crucial mantener al día sus negocios y sus interacciones en los Nodos. Cuando embarcaba, sólo la acompañaba su doncella. Nadie más. No podía pasarse cuatro meses desconectada del mundo, así que yo me encargaba de sus agendas y asuntos importantes. Sus publicaciones nodales eran competencia de su IA social. Némesis, la llamaba. Por si te interesa…

—¿No es una diosa de algo malo? —preguntó Deckett. Le sonaba el nombre.

—De la justicia retributiva y la venganza, sí. —Hermes enseñó los perfectos dientes en una sonrisa lobuna—. A Condesa la divertía zaherir a sus odiadores.

Cierto. Después de haber analizado la IA social de la diva, ese detalle había quedado muy claro: sus respuestas a los mensajes de odio o desprecio podían llegar a ser malignamente ingeniosas. Pero no sacaron información relevante. Aunque se trataba de uno de los productos más lucrativos de Bionic Entertainment, usado por miles de millones de personas para gestionar sus redes sociales, no era demasiado sofisticado. Registraba los mensajes entrantes y respondía según los parámetros definidos por el usuario haciendo una más que convincente imitación suya. Añadía imágenes y holovídeos de cuando en cuando, algunos auténticos y otros generados por la propia IA. Nada reseñable por ese lado.

—¿Hasta dónde llega tu nivel de acceso? —Deckett cambió de asunto. Si Hermes podía conectarse a las redes de datos de la nave, también, supuso, tendría acceso a los sistemas de comunicaciones.

—No muy alto, por supuesto —respondió él adelantando las manos en gesto tranquilizador—. No podría entrar en vuestros bloques de Seguridad, no te preocupes. Pero sí tengo acceso a las cuentas de Condesa. Y también a los sistemas de Bionic…

Lo dijo como sin darle importancia. Deckett lo miró en silencio durante unos instantes.

—¿Puedes acceder a las redes de Bionic?

Él asintió sin añadir nada. Ella se mordió el labio inferior. Todo un universo de posibilidades se abría delante. Todas ilegales, por supuesto. Entrar en los sistemas de gestión de datos de Bionic Entertainment podría, de descubrirse, comprometer toda su investigación y darle a Leclerc un arma cargada. Sin autorización judicial eso sería espionaje, como poco.

—Mejor dejamos ese asunto, Hermes —respondió al cabo—. Volvamos a Znedin. ¿Qué se te ocurre?

Él, con los brazos cruzados, se encogió de hombros. Luego hizo uno de esos gestos tan puramente humanos que a Deckett la hacían preguntarse por su verdadera naturaleza. Hermes se rascó la cabeza y masajeó su nuca. Algo tan simple, tan sencillo, tan corriente…

—Alguien de Bionic lo hizo, es obvio. —Vaya, se dijo Deckett. Para esa conclusión no hacía falta demasiado CI. Él debió de notar su expresión—. Sí, claro, lo habéis pensado ya. Como la otra vez... A lo que me refiero es que habrá que encontrar la causalidad lógica. Pero necesito datos... Soy una máquina, ¿recuerdas? Me alimento de ellos.

La inspectora dejó escapar una risa contenida. Lo que sí tenía Hermes era sentido de la ironía.

—Znedin fue asesinado en su celda en el Templo de Litur. —Empleó su voz más neutra, la que usaba para poner a su equipo al día sobre cualquier asunto de trabajo —. Nadie ajeno al Templo entró o salió, sólo adeptos. Los sistemas de vigilancia, tanto los nuestros como los suyos, no han captado nada anormal. El reglamento de Starliner prohíbe las cámaras en camarotes o locales privados. Hallamos una única huella parcial cerca de la cama, que no nos conduce a ningún lugar. El calzado que la dejó es de lo más común a bordo. Pasajeros, tripulación... Es el más cómodo. Es probable que el dueño de la huella sea un varón de un metro ochenta de altura, más o menos. Pero es todo cuanto sabemos.

Hermes asintió. Su mano derecha tabaleó sobre el tablero de la mesa.

—Supongo que habréis revisado la información de los chips localizadores de la gente del Templo...

—Estamos en ello. No dispongo aún de un informe completo, pero la única persona que entró anoche en la celda de Znedin es físicamente incapaz de hacer lo que hizo el asesino. Se trata de una anciana con problemas de movilidad. Ella le llevó la cena. Su estatura y su complexión no son compatibles con la huella.

—¿Y alguien sin chip? —preguntó él. Deckett asintió. También lo habían considerado.

—Todos los que entraron o salieron del recinto son fieles. Y todos con su localizador. La seguridad del Templo es muy buena, sus sistemas son caros y de última tecnología.

Hermes asintió con gesto pensativo. Luego alzó una ceja.

—Entonces, el asesino no sólo es alguien de Bionic. También es lituriano.

Deckett asintió. Era obvio. Muy probablemente Bionic tenía, usando la expresión del difunto Znedin, un topo en el Templo. De otro modo no podía explicarse cómo lo mataron.

—Es muy posible que mataran al ingeniero por algo que tú guardas en tu memoria. Znedin me dijo que el futuro de nuestra civilización está en juego, o algo igual de dramático. Y que tiene relación con Bionic Entertainment. Quiso llegar a un acuerdo con nosotros, pero no hubo tiempo. ¿Guardas algo en tu memoria, Hermes?

Él entornó los ojos y cruzó sus brazos.

—Empiezo a creer que así es, Durga. Los dos lapsos de desconexión alrededor de la muerte de Condesa me hacen pensar que ella me insertó algún archivo codificado que requirió de varias horas para instalarse en mi sistema neural.

—¿Por qué lo crees? —Deckett lo animó a hablar. La hipótesis cobraba solidez.

—Desde que me desperté en tu laboratorio forense —respondió él con gesto pensativo— y supe lo ocurrido, me pregunté por mi desconexión. No debió ocurrir. Deberían haberse activado mis protocolos de emergencia. Si Condesa sufrió un infarto por mi causa, yo debería haberla salvado. O, al menos, dado aviso inmediato. Pero no ocurrió. Ella murió y yo me desactivé. Obviamente, lo planeó así.

Deckett inspiró. A esas alturas, ya no había dudas sobre el suicidio de Condesa Planck.

—Has dicho que la desconexión pudo ser necesaria para instalarte algo...

—No fue una desconexión completa, en realidad —respondió Hermes pasando sus dedos por el mentón.

Al escuchar el rasposo sonido de sus dedos, Deckett se dio cuenta de que su corta barba no había cambiado desde que lo conociera. Por fin una clara diferencia con un ser humano: su cabello no crecía. Era un pensamiento incongruente con la situación, pero no pudo evitarlo.

—Pero dijiste que sí lo fue… —dijo ella recordando su primera conversación—. Dijiste que no fue hibernación, sino desconexión completa.

Hermes asintió.

—Eso pensé al revisar mi registro interno. Pero he tenido tiempo de volver a hacerlo. Hallé balizas cronométricas en mi sensorio. Concretamente en el índice de eventos.

La inspectora agitó la cabeza. No entendía nada.

—¿Balizas crono qué?

—Son marcas temporales hechas por mi reloj interno —explicó él moviendo una mano en el aire—. Aunque me desactive, ese reloj no deja de funcionar. Mi batería de diamante durará más que yo. Lo peculiar en este caso es que las marcas se hicieron en el propio índice. Es decir, había algún proceso interno en desarrollo. Por lo tanto, no fue desconexión, sino hibernación programada. No lo descubrí hasta hacer un análisis estático para arborizaciones de tercer nivel. Son diagnósticos poco frecuentes que se emplean en situaciones excepcionales.

Deckett pensó que casi estaba escuchando hablar a Tian de un caso forense. Apremió a Hermes con un movimiento de la mano. Esa terminología no le decía nada.

—O sea, que sí es posible que Condesa guardara algo valioso en ti. Valioso para Bionic, al menos… —Ella se echó adelante sobre la mesa—. ¿Hay alguna posibilidad de que puedas acceder a ello, sea eso lo que sea?

Hermes negó volviendo a cruzarse de brazos.

—No lo creo, Durga. Como te he dicho, he analizado mi sensorio varias veces. Más allá de las marcas cronométricas, no hallé nada más. Si hay algo, y creo que es posible, está bien oculto. Incluso de mí. Znedin debió de aleccionar a Condesa para poder hacer algo así. Si, como afirmáis, nadie entró en nuestra suite, no hay otra posibilidad. Lo siento, pero, de ser así, no puedo acceder por mí mismo a lo que sea que dejaron ahí…

Deckett, un tanto decepcionada, debía admitirlo, se echó atrás, aunque mantuvo las manos sobre la mesa.

—¿Qué habría que hacer para encontrar ese… lo que sea?

Hermes se encogió de hombros.

—Bionic podría, claro. Aunque…

Su gesto pensativo alentó a la inspectora.

—¿Aunque? —Él la miró y suspiró.

—Quizá, y esto es sólo una suposición, Znedin y ella previeron esta contingencia y dejaron alguna posibilidad de acceso a esa supuesta información.

—¿De qué forma?

—Lo habitual sería mediante alguna clave —respondió él—. Una palabra, o una frase. O un engrama, imagen o sonido. No sé, Durga. No puedo decirte más. Pero no creo que ellos planearan todo esto sin salvaguardas.

Deckett inspiró despacio. Parecían estar en un callejón sin salida. Si el acceso a la información guardada en Hermes sólo podía lograrse con la tecnología de Bionic, más que nunca se hacía necesario mantenerlo a salvo de Leclerc. Se puso en pie. Ahora tenía más razones para visitarla.

—Espero que sea así, Hermes —dijo con voz grave—, o habré de aceptar que hemos fallado. No supimos proteger a Znedin, y ahora no podemos encontrar lo que escondieron Condesa y él. Si no hay otro modo de acceso, la única vía que queda es Bionic. Y eso no puede ocurrir. Espero que lo de salvar la civilización no sea más que una exageración lituriana…

—Los liturianos exageran todo, cierto —replicó él sonriendo, quizá para contrarrestar la seriedad de la voz de ella—. Tal vez sólo se trate de espionaje comercial…

—Ojalá. Pero algo me dice que no es así. —Deckett había tenido años para pulir su intuición profesional. En este momento, todas sus alertas internas destellaban en rojo—. En fin, Hermes. Te dejo con tu filósofo. Espero que entiendas que no puedas salir de aquí con libertad total.

Él asintió y sonrió de nuevo.

—Lo entiendo. Y no te preocupes por mí. Según Severino, lo único que importa es este instante presente. Me quedo con la imagen de tu rostro.

Durga, insegura y sin entender del todo lo que le acababa de decir, sonrió a su vez y se dirigió a la puerta. Se volvió.

—Por curiosidad —preguntó—, si puedes conectarte a un puerto de datos, ¿por qué lees?

Hermes se alzó de hombros.

—Me hace más humano…

Durga asintió. Buena respuesta, se dijo. Preguntó de nuevo:

—¿Y por qué te interesa ese filósofo en concreto?

Él, el rostro iluminado en azul, respondió:

—Habla, a fin de cuentas, de la permanencia. De lo que trasciende a lo finito, a lo material.

Durga, entrecerrando los ojos, recordó aquella otra conversación con él, en la que hablaron del alma.

—¿El alma, quizás? —inquirió. Hermes asintió despacio.

—Para un ente como yo, artificial y con un lapso de vida preprogramado, la idea de algo que nos trascienda es… consoladora. Otra forma de acercarse a lo humano.

—Dijiste que era uno de los objetivos de Bionic…

—Así es.

Durga también asintió con lentitud.

—Si se lograra encontrar eso en la mente humana, llámalo como quieras, ¿podría Bionic, no sé, sintetizarlo, extraerlo? Me entiendes, ¿verdad?

—Como te dije —replicó él—, es un objetivo de la Corporación: trasvasar una mente a un cuerpo biónico. No sé si lo lograrán algún día. Pero sería una revolución científica.

—Casi tanto como que los bots fueran declarados personas… —aventuró Durga. Él asintió y no dijo más—. En fin, Hermes. He de irme.

Justo antes de abrir la puerta, volvió a oír la voz de él.

—Me gustó acostarme contigo —dijo, y ella se envaró. Finalmente había hablado de lo que pasó—. Y me gustó cenar contigo en la mesa del capitán. Destacabas como un lucero sobre toda esa gente absurda. También me quedo con ese instante de eternidad. Y sí, me gustaría repetirlo…

«Es sólo su programación —se dijo Deckett—. Es parte de su función como lovebot. No me desea. No puede hacerlo.»

«Pero yo a él sí...», se dijo. Sonriendo de forma estereotipada y con cierto nerviosismo, abrió la puerta y salió del camarote.

30

Se levantó a su hora normal con la sensación de no haber descansado. Esta vez no podía culpar a Darim, quien no se había quedado a dormir. Volvía a estar de servicio nocturno, así que no se verían en dos o tres días. Para su extrañeza, lo echó de menos. Durmió sola, como había hecho la mayor parte de su vida, pero esta vez con menos comodidad de lo habitual.

La sorprendió pensar que la incomodidad fuera por su ausencia. Por echarlo de menos. Durga intentó apartar la inoportuna idea, sin éxito: su dilema moral no se esfumó ni siquiera con el ritual más satisfactorio del día: el primer café recién levantada.

Deseaba a Hermes, no podía negarlo. Algo en aquel ser, artificial o no, la atraía como un pozo de gravedad. Su forma de hablar, de moverse, de gesticular. Su modo de pensar, las ideas que con tanta facilidad parecían encajar con las suyas, la devolvían una y otra vez a rememorar sus últimos encuentros. Pero, al mismo tiempo, de manera enloquecedora, el rostro y el cuerpo de Darim no dejaban de insinuarse en su consciencia. Y no tanto ese cuerpo joven y fuerte como la calidez que de él emanaba. Lo cual era también enloquecedor, porque Hermes, como tuvo ocasión de comprobar, era igual de cálido que Darim. Obviamente Bionic no habría cometido nunca el error de hacer fríos a sus bots. Como los seres humanos reales, emitían calor. Pero el calor de Darim era de otro tipo. No sabría explicarlo. Sencillamente, lo añoraba.

Pasó la tarde anterior revisando grabaciones de seguridad, cotejando datos y registros de todo el personal fijo y transeúnte en el Templo de Litur. Nada por aquel lado. Nada inusual. La idea de que uno de los fieles fuera el asesino parecía imponerse como evidencia. Su gente se encargaría de diseñar un plan de interrogatorios esa mañana. Habría que revisar las pertenencias, la ropa y el calzado de los liturianos. Con tanta sangre en la escena, sería extraño no encontrar rastros más allá de los que dejaron quienes descubrieron el cadáver: la anciana que lo atendió la noche anterior, la déan del Templo y un tipo del personal administrativo. Por su parte, tenía cita para visitar a Leclerc en su *sancta sanctorum*. Preveía dificultades, por supuesto. Pero no podía demorarlo más.

Se duchó, se vistió con un uniforme nuevo recién sacado del depósito de abastecimientos de Tripulación, desayunó en el comedor más cercano y luego, tras un segundo café, se dirigió a Seguridad. Hasta las once, la *primera hora* de Leclerc, aún faltaba un largo rato. Seguramente Tian ya tendría un informe más extenso de su último inquilino. Decidió pasar antes por el laboratorio.

Por el camino no notó nada fuera de lugar. Y es que todo parecía haber vuelto a una engañosa normalidad. Pero los avisos de sus Nodos Sociales no dejaban de parpadear en su interfaz. No era una usuaria corriente, por supuesto, así que no eran demasiados. Propaganda molesta, sobre todo, y alguna que otra entrada de noticias y correo. El uso que hacía de las redes y de las agencias era insignificante. De haber vivido en la Tierra o en Marte se la habría considerado una psicópata antisocial. Pero no en el *Schettino*. Ventajas de habitar en el espacio.

Borró los mensajes entrantes con un gesto mental y, tras entrar en Seguridad, se dirigió directamente al laboratorio sin que su personal, ocupado con las tareas del día, le prestara mayor atención tras los saludos protocolarios. Tian, de espaldas a ella, parecía atento a algo invisible. Sus manos se movían en el aire como dirigiendo una orquesta incorpórea. Con otro gesto mental, activó su enlace de holointerfaz y se halló frente al cuerpo virtual de Mayer Znedin. Visto así, resultaba mucho más agradable que lo que se encontraron en el Templo.

—Hay café recién hecho, querida —dijo él como saludo y haciendo gala de ese sexto sentido para saber de su presencia—. Hoy sólo hueles a champú de camomila, así que has dormido sola. Ven, te pondré al día.

—Vale, Tian, a ver qué me cuentas. —Prefirió no hacer comentario alguno. Se sirvió un café, el tercero, y se acercó a la presentación holográfica. Debería cuidar el consumo de cafeína, pero se sentía agotada. Y le aguardaba un día difícil.

El médico marcó algunas zonas del cuerpo.

—Lo torturaron hasta matarlo —explicó—. ¿Ves?

Diversas partes se ampliaron para mostrar marcas y señales que sólo un forense podía comprender. Ella veía heridas diversas, nada más.

—¿Qué estoy viendo? —preguntó.

Tian la miró de soslayo.

—Znedin fue, como te he dicho, torturado. Se le infligió dolor hasta límites increíbles.

—Pero nadie oyó nada —respondió Deckett—. ¿Lo amordazaron?

—Así es. Hay marcas evidentes. Le apretaron tanto que se mordió los labios y la lengua. La tenía muy hinchada. Por eso, tal y como contaste, hablaba tan mal...

La inspectora observó con detenimiento. Tortura... Querían sacarle la información que guardaba. ¿Lo habrían conseguido?

—¿Crees que quien lo hiciera logró su objetivo? —preguntó. Si así fuera, Bionic les llevaría la delantera.

—No hay forma de saberlo—respondió el pequeño médico—. Sufrió durante horas. Pero, teniendo en cuenta lo que le hicieron, supongo que sí. O no, nunca puedes estar seguro de hasta dónde puede alguien aguantar el dolor si la motivación es poderosa. Si habló, imagino que habría sido cuando le arrancaron las uñas. O cuando le cortaron los genitales. O cuando...

Cada una de sus aseveraciones fue seguida por la correspondiente ampliación de la zona citada. La inspectora alzó una mano cuando tanto realismo se hizo difícil de soportar.

—Vale, Tian. Me queda claro. —El forense trataba maravillosamente a sus pacientes difuntos, pero no ponía el mismo cuidado al hablar con los vivos—. Entonces no puedes afirmar si resistió.

—No, no puedo. Sí puedo decirte que el asesino se regodeó con su trabajo. Aquí hay algo más que un mero intento de hacerlo hablar. Sadismo o venganza, no sé. En fin, lo que finalmente lo mató fue la exanguinación. Demasiadas heridas abiertas. La del abdomen fue la peor. De haber llegado antes, quizá lo hubiéramos salvado, pues sólo el Certificado Médico Alfa habría logrado reparar sus daños.

—O sea, que habría muerto igualmente… —Tian negó con la cabeza y Deckett frunció el entrecejo.

—Te equivocas —dijo él—. Znedin disfrutaba del Alfa. Si hubiéramos llegado a tiempo, se habría salvado, como digo.

—¿Un ingeniero de Grado Cinco de Bionic con un Alfa? —preguntó ella extrañada.

Tian asintió de nuevo.

—Lo tenía, sí. Sorprendente, ¿verdad? ¿Sabes lo que cuesta uno de ésos? Sí, lo sabes, claro…

Deckett empezó a entender. Si Condesa y Znedin eran en realidad amigos, posiblemente ella pagó por su Certificado. Pero, como dijo Tian, deberían haber llegado a tiempo para salvarlo. Y no lo hicieron. Calcularon mal. Ella calculó mal. Era la Jefa de Seguridad. Era su responsabilidad.

—Pero no llegamos a tiempo… —dijo observando el cadáver virtual. El médico la golpeó en el antebrazo con la palma abierta. Deckett se volvió hacia él— ¡Ay! ¿Por qué me pegas?

—No empecemos, Durga —respondió él enfadado—. Conozco esa expresión. No empieces a culparte de su muerte. ¿No dices siempre que la culpa no vale para nada? Pues no lo hagas. Znedin estaba bien vigilado. No se le desatendió.

Ella cambió de tema. No le gustaba el cariz de sus pensamientos.

—¿Con qué lo torturaron? —preguntó volviéndose hacia Tian—. No encontramos nada en la celda. Pero dices que le arrancaron las uñas y le cortaron… Bueno. *Eso.*

Hizo un gesto ambiguo con la mano. A lo largo de su vida había visto suficientes ejemplos de salvajismo. Las colonias mineras no eran lugares, amables por lo general. Pero no había logrado acostumbrarse a la visión de lo terrible. Quizá su propia experiencia en ese terreno era la responsable. La lanzadera en Vesta, aquélla que destruyó por su impericia, no estalló en pedazos. Su errado disparo la dejó a la deriva. Cuando fue recuperada, dentro sólo encontraron restos humanos esparcidos por doquier. La descompresión explosiva y el efecto del misil reventaron a los ocupantes. En gravedad cero, cuando el equipo de rescate entró en el vehículo, equipo del que ella formó parte voluntariamente, se encontró con un desagradable picadillo de carne humana… Así lo llamó el jefe del grupo, más acostumbrado que ella a ver ese tipo de cosas. Quizá eso, suponía Deckett, propició su desagrado por la ingravidez.

Tian, que la conocía bien, le ahorraba casi siempre las escenas desagradables. Aunque no lo había hecho hoy, pensó ella recordando lo que acababa de ver.

—El asesino debía de llevar su propio material de tortura. No improvisó ni lo más mínimo, lo que nos deja claro que todo fue muy premeditado. En casos de agresividad desatada, como casi podría parecer éste, se suelen usar los elementos del escenario. Imagino que utilizó tenazas, alicates o herramientas similares. He encontrado marcas en las uñas, que, por cierto, nuestro asesino dejó colocadas sobre la mesa de noche en el orden en que las arrancó. Meticuloso, ordenado y pulcro. No te lo mostraré, tranquila.

—¿Pulcro? —replicó la inspectora—. Había sangre por todas partes, Tian. Eso no me parece muy pulcro. Hasta citaste a Shakespeare…

—Bueno, —El pequeño médico se rascó la barbilla—, creo que el tipo alzó a Znedin varias veces y lo lanzó contra las paredes. No te puedes imaginar de qué manera eso lo deja todo hecho un desastre si estás sangrando profusamente. Y no es que el pobre ingeniero pesara mucho, pero, según la huella parcial, y cómo manejó su cuerpo, está claro que se trataba de alguien muy fuerte. Y no, nadie escuchó el menor ruido. Antes de que me lo preguntes, te diré que la celda suele usarse para no sé qué rituales y está insonorizada. No imagino qué tipo de ritual requiere tanto aislamiento, pero… ¿Me estás escuchando?

Deckett asintió meditativa. Estaba recordando la estimación de la estatura del asesino. Metro ochenta aproximadamente. Como Hermes, quizá… ¿Hermes? ¿Por qué le vino a la cabeza de repente? Durante un instante sus pensamientos se detuvieron, como congelados. No, no había ni razón, ni lógica. Ni posibilidad. Hermes no podía tener nada que ver. Fue él quien la advirtió del peligro que corría Znedin. Imposible que estuviera implicado. Se centró en las explicaciones del médico, pero un regusto mental amargo quedó flotando como un mal olor. ¿Por qué había pensado en él?, se preguntó. Además, un bot no podría hacer algo así, iba contra su programación. ¿O no?

—Si, como dices, el asesino lanzó a Znedin contra las paredes, casi seguro que se manchó de sangre. Pero no encontramos el menor rastro más allá de la celda. Y nadie oyó nada. Ningún ruido. Sí, te escuché: una celda insonorizada. Algún día te contaré cómo son los rituales liturianos. Creo que te gustarían…

Tian se encogió de hombros, lo que, en su caso, era un recorrido muy pequeño de movimiento.

—No sé, querida. Tal vez se esmeró en no ensuciarse. Un tipo pulcro, te dije. No sé cómo lo hizo.

Deckett consultó la hora mentalmente. Aún le sobraba tiempo para la visita a Leclerc, pero quería darse una vuelta por la Grand Promenade y captar, por sí misma, el ánimo de los pasajeros.

—Si descubres algo más, avísame. Tengo que redactar el informe para el capitán.

Apuró su café, dejó el recipiente en el reciclador y se dirigió a la salida. El forense, atento sólo a sus datos, asintió sin emitir más que un murmullo. Bao Tian, cuando se enfrascaba en sus investigaciones, parecía desconectarse como un bot.

Ese pensamiento la llevó de nuevo a Hermes y a su reflexión previa. Le gustara o no la idea, no podía pasarla por alto. Deckett se enorgullecía de sus cuidadosos métodos. Igual que no se dejaba llevar por hipótesis vanas, tampoco dejaba de comprobarlas tanto como fuera necesario.

—¡Jefa!

Deckett se volvió hacia Kai, que la llamaba desde una consola de gestión de datos. Se acercó. Tenía tiempo de sobra.

—¿Qué pasa, Kai?

—He cotejado todas las entradas y salidas de gente en el Templo con sus localizadores. Todo concuerda, salvo un registro…

Ella se inclinó sobre la imagen holográfica. Con un dedo aumentó la opacidad de la presentación. Detestaba ver a través de las pantallas, le producía un incómodo mareo. Efectivamente, un registro de entrada sin su correspondiente localizador.

—Enséñame la grabación.

Un tipo alto, enfundado en una chaqueta deportiva de color oscuro y unos pantalones acolchados de brillante naranja, en el acceso al Templo. Su estatura se correspondía con la huella dejada en la celda. Facciones orientales, completamente lampiño y calvo del todo. Un tatuaje, o quizá un dibujo decorativo de usar y tirar, atravesaba su rostro en el lado derecho: un dragón chino de color verde. El tipo menos imposible de olvidar si te lo cruzas en cualquier parte de la nave. Tan poco discreto…

—¿Quién es? —preguntó la inspectora. Kai mostró el archivo de su filiación.

Bronislaw Li, pudo leer. Pasajero de segunda clase. Cubierta Dos, camarote 57A, Nivel Plata. Comerciante marciano especialista en suministros farmacéuticos, residente en Ciudad Percival Lowell, en el ecuador del planeta. Practicante de deportes de alto riesgo, karateka titulado y exmiembro de las Fuerzas Astronavales Marcianas.

Si no hubiera alguien que pudiera encajar mejor en el papel de sospechoso, habría que inventarlo, pensó Deckett.

—¿Dónde está el señor… Bronislaw? —preguntó tras comprobar el apellido.

—Mandé a Nwosu y Keira a buscarlo, jefa —respondió Kai—. Supuse que querría hablar con él lo antes posible. Hemos seguido el protocolo estándar.

—¿Sabemos dónde está ahora? —Kai asintió.

—Su localizador lo sitúa en la Zona de Salud y Bienestar de la cubierta Cuatro. En el Servicio Médico.

—O sea, que sí que funciona el chip…

—Al menos lo hace ahora, jefa. El registro temporal marca una franja de varias horas sin señal. Puede haber sido un simple fallo. Pero pensé que debíamos interrogarlo.

La inspectora se mordió el labio inferior. Un sospechoso venía de camino y ella tenía cita con Leclerc. No quería verse obligada a agendar una nueva con la estirada directora.

—Hiciste bien, Kai. A ver… —pensó con rapidez. No sería necesaria una charla demasiado larga con Leclerc. Su gente podría ocuparse de las gestiones preliminares mientras ella estaba fuera—, cuando llegue aquí, lo ficháis y lo dejáis en la sala 1. En cuanto regrese, me ocuparé de interrogarlo.

—¿No se fía de nosotros, jefa? —Kai sonrió con su expresión habitual de socarronería. Ella también lo hizo.

—No es eso, Kai. Conoces mi forma de trabajar.

—Claro, jefa. Era broma. Bueno, aún hay tiempo. ¿Quiere que la avise cuando esté listo?

Deckett asintió. Buena idea. Sería una excusa perfecta para concluir la entrevista con la directora de Bionic. No le apetecía estar con ella más de lo necesario.

—Hazlo, Kai. Avísame. Bueno, me voy al Anillo Residencial.

—Muy bien, jefa. Que le vaya bien…

Dos lanzaderas magnéticas desde el Anillo de Servicios hasta el Residencial. Unos quince minutos más o menos. Aún tendría tiempo de echar un ojo por la Grand Promenade.

31

Había bastante animación, como imaginó. A diferencia del Anillo de Tripulantes, el Residencial bullía de actividad. Las pantallas virtuales, las presentaciones en 3D, los murales interactivos e incluso los suelos informativos, todos mostraban imágenes cambiantes de Condesa Planck, de su lovebot y del logotipo de Bionic Entertainment. Acabara la historia como acabara, desde luego no dejaría de ser propaganda para la Corporación.

Grupos y corrillos de pasajeros de todas las clases se arracimaban por doquier. Bueno, seguro que del Nivel Luxury no eran, pensaba Deckett mientras caminaba por los amplios y luminosos corredores. A esa gente tan refinada no le gustaba mezclarse con el populacho. *Morralla sideral* lo llamaban. O *cosmoindigentes,* decían también con gesto de aristocrático desprecio. La exclusiva parte de la cubierta Uno donde habitaban, de acceso restringido desde que se supiera lo de Condesa y su heredero, quedaba a salvo de los comadreos de gente tan vulgar…

Ésta, la gente vulgar, parecía alegremente excitada, constató la inspectora. Aquí y allá podían verse pasajeros dedicándose con fruición a la mayor diversión a bordo, gratuita por demás: holograbarlo todo, todo el tiempo. Los veía sonreír ante la cámara a solas o en grupo, adoptando poses y expresiones afectadas, incluso ridículas, sin el menor pudor. Imaginaba que luego, con mil filtros de mejora, subirían las grabaciones a sus Nodos para, tras someterlas al juicio de las Agencias de Calificación, cosechar con suerte su ración diaria de aceptación social. Pocos ganaban dinero con eso, cierto. Los *influencers* poderosos y ricos eran una minoría. Para la mayor parte de la población, daba igual si en Marte, en la Tierra o en el aburrido Ceres, participar del espectáculo colectivo de la fama fugaz era suficiente pago. El simple hecho de contar que te hallabas a bordo del barco en el que murió la gran Condesa Planck bastaba para que, por unos instantes, fueras alguien en ese mundo ficticio del comadreo.

Deckett aborrecía todo eso. Nunca la atrajeron los Nodos Sociales, las directrices frívolas de quienes vivían imponiendo tendencias o gustos, a sueldo de las grandes empresas. «Tendencias», pensó torvamente mientras atravesaba la cubierta Uno en dirección a Bionic. Alguien que no conoces de nada, aparte de ver su rostro tridimensional sonriéndote en tu interfaz, te decía qué debía gustarte y qué no; qué debías comprar y qué no. Qué debías pensar y qué no. A quién debías votar y a quién no. Y todo el mundo encantado de aceptar orientaciones que, como mucho, duraban días y enseguida se olvidaban para ser sustituidas por otras nuevas, igual de frívolas.

Detrás, era evidente, sólo se hallaba el poderosísimo entramado de las empresas mediáticas, grandes corporaciones de nombres abstractos que dirigían el deseo del público hacia donde convenía mediante las recomendaciones de sus carísimos *influencers*. Incluso el poder político palidecía ante este otro, más sibilino, más disimulado. Más poderoso, si cabía usar esa redundancia.

En realidad, ella detestaba este tráfico de influencias desde aquel aciago día en que destruyó la lanzadera. La verdad es que, antes de aquello, las redes sociales le daban lo mismo. Pero por muy poco su imagen y su vida privada no salieron a la luz pública. El director de la mina, hombre sensato y poco dado a las manifestaciones populacheras, mantuvo todo el asunto bajo la más absoluta discreción. «Es usted muy joven, Deckett —le dijo—, y no permitiré que un error humano arruine su vida». Aquella muestra de generosidad, que nunca acabaría de agradecer, cambió su futuro. Gracias a ese hombre, y a las recomendaciones de Tian, por aquel entonces ya empleado de Starliner y a quien conoció allí en Vesta, logró su actual empleo. No volvió a pisar el asteroide, y tampoco volvió a ver a su antiguo jefe. Pero no lo había olvidado.

La plazoleta ante la sede de Bionic Entertainment se hallaba relativamente despejada. Las dos patrullas de su gente allí apostadas tenían mucho que ver, por supuesto. Al final fue necesario instalar barricadas eléctricas de contención que sólo dejaban un pasillo expedito hasta la entrada del local. Nadie que no tuviera cita podía accèder. Deckett saludó a sus subordinados y cruzó las puertas de vidrio verde botella. El logo de Bionic, un holograma plateado sobre el dintel, destelló a su paso.

El mismo tipo atildado y envuelto en fragancias densas como la atmósfera de Júpiter le salió al encuentro. Deshaciéndose en cortesías, la llevó hasta el despacho de la directora. Esta vez ni siquiera llamó. Leclerc la esperaba. Eran las once en punto.

—Siéntese, inspectora —ladró más que dijo. Deckett ocupó su flotante sillón—. ¿Desea tomar algo? ¿Café, infusión, champán?

—No, gracias, madame Leclerc. —«Cuán obsequiosa —se dijo—. Pero su tono de voz no concuerda con su sonrisa. La noto rígida, aunque finge muy bien».

—Bien, inspectora —prosiguió Leclerc, sentada frente a ella—. No dispongo de mucho tiempo, como imaginará. Las recientes noticias han alterado bastante mi agenda diaria. ¿Sabe ya algo de Znedin?

Ni una sola mención a Hermes. Ni un solo intento de exigir su recuperación. Por supuesto, ni el menor comentario sobre la parejita de ridículos espías. Deckett dio por hecho que Leclerc estaba al tanto de la inminente llegada a Júpiter de la legación de abogados. Dio por hecho también que Bionic ya habría diseñado algún plan para, usando sus poderosas influencias en los gobiernos de la Tierra, Marte y el Cinturón, evitar que la gente del bufete se hiciera con el bot. Pasara lo que pasara, debían concluir el asunto antes de llegar a destino.

—Sí, directora —respondió usando su tono más profesional—. Lo encontramos.

—En el Templo, diría. Seguro que se refugió allí. Las leyes de Libertad de Credo lo habrán protegido. En fin, como comprenderá, tengo un interés particular en esto. Znedin nos robó información comercial muy delicada.

—Znedin está muerto.

Leclerc se echó atrás sobre el respaldo. La directora guardó silencio unos instantes, atenta a sus reacciones. ¿Lo sabía, no lo sabía? ¿Lo ocultaba, no lo ocultaba?

—Muerto... —respondió al cabo con tono neutro.

Su rostro no traslució la menor emoción. No obstante, o eso le pareció a la inspectora, notó en ella una cierta relajación. Bueno, con Znedin muerto, el peligro de espionaje comercial quizá pudiera considerarse conjurado.

—Muy muerto... —añadió Deckett sin disminuir su atención. Leclerc la miró entrecerrando sus ojos.

—¿Cómo? —preguntó escueta.

La inspectora se tomó un par de segundos para responder. Interesante la ausencia de emoción, pensó.

—Lo han asesinado —respondió sin énfasis. Estudió, casi escaneó, las facciones de Leclerc.

—Asesinado... —La directora se irguió de repente—. No creerá que nosotros...

—No creo nada, madame Leclerc —cortó Deckett—. Nunca creo nada. Me guío por las pruebas. Y, como comprenderá, dado que usted y su empresa tenían un interés especial en la desaparición de su ingeniero, no me queda más remedio que considerarlos sospechosos.

—Claro, inspectora. Lo comprendo. Colaboraremos en cuanto sea menester.

Lo dijo sonriendo, una sonrisa tan perfectamente dibujada en su bello rostro, que, a diferencia de sus encuentros previos, hizo sentir a Deckett verdadera repulsión. Leclerc había pasado de la absoluta inexpresividad a una completa simpatía. Se mostraba satisfecha y dispuesta a colaborar. Si Bionic tenía algo que ver con la muerte del ingeniero, de lo cual ya no dudaba, la directora estaba dejando muy claro que nada de eso la preocupaba. «Demasiada confianza», pensó. Los criminales más listos suelen caer por exceso de soberbia. Habría que explorar esa debilidad.

—Tendremos que interrogar a su gente, madame Leclerc. Y deberán entregarnos registros detallados de sus sistemas de vigilancia y, en especial, de sus localizadores. De *todo* su personal...

Enfatizó el *todo*. Leclerc sonrió de nuevo.

—Incluida yo, inspectora. Lo entiendo. Por supuesto, así será. Envíeme un mensaje con su programación y estableceré los turnos necesarios para que todos pasemos por Seguridad. Tengo el mayor interés en resolver el caso, inspectora. Tanto como usted...

Leclerc parecía estar despidiéndola. Pero Deckett aún tenía una pregunta en su recámara. Mirándola de soslayo, se la disparó.

—¿Es usted lituriana?

La directora alzó las cejas, apenas esbozadas sobre su amplia frente.

—¿Lituriana, yo? Inspectora, ¿se burla de mí?

—No, claro que no. Sólo es una pregunta...

Leclerc alzó una ceja irónica. Sus labios apuntaron una sonrisa socarrona.

—¿Por qué lo pregunta?

Deckett se encogió de hombros mientras se levantaba. Su intención no era obtener esa información, sino captar la reacción de la directora. Como previó, no pudo constatar en ella más emoción que la complacencia de saber que Znedin había dejado de ser un problema. Leclerc parecía controlar cada gesto de su cuerpo con la maestría de un agente secreto o incluso un marine.

—Curiosidad. Le parezca extraño o no, me resulta usted una persona muy interesante.

Leclerc volvió a sonreír.

—Lo mismo podría decir, inspectora. Si las circunstancias fueran otras, no me importaría compartir con usted una copa. Sin embargo… En fin, espero que entienda que mis obligaciones me requieren. Si me disculpa…

Deckett se levantó del confortable sillón flotante. Leclerc apenas había mencionado la información robada. Que no lo hiciera, que no la preocupara dónde pudo Znedin esconderla, sí que resultaba sospechoso. Si para la inspectora fue fácil discernir que Hermes era el guardián de esa información, seguramente Leclerc también lo había supuesto. Disponían de pocos días hasta que Bionic, al llegar a Júpiter y perder el capitán Freeman sus prerrogativas de mando, jugara sus cartas.

—La dejo trabajar, madame Leclerc —dijo dibujando una leve sonrisa cortés—. Seguro que está muy ocupada...

Se dirigió a la puerta del inmenso despacho. El aviso de Kai no había llegado aún. Mientras caminaba, la imagen de la directora, sentada muy derecha en su caro sillón frente al ventanal abierto al espacio, y la semisonrisa esbozada en sus labios, un mohín de Mona Lisa demasiado segura de sí misma, no terminaba de borrarse de su mente.

32

—¿Por qué estoy aquí? —preguntó Bronislaw desde el otro lado de la mesa.

Deckett, sentada frente a él, hizo como que estudiaba el dosier preparado por su gente. No lo necesitaba, pero ese formal gesto de pasar páginas siempre ponía nerviosos a los interrogados. Su dedo índice movía en el aire bloques translúcidos de datos llenos de señales en rojo mientras, en silencio, mostraba una expresión grave. Un sospechoso angustiado solía ser más proclive a colaborar.

La inspectora suspiró, apagó la presentación y miró a su invitado.

—Bueno, señor Bronislaw —dijo al fin—. Hay algunas cuestiones que nos suscitan dudas. Sus actividades a bordo, sus publicaciones en los Nodos, sus *amistades*…

Recalcó esa palabra. Bronislaw, nervioso, las manos sobre la mesa, había empezado a sudar.

—No sé de qué me habla. Me han traído aquí sin acusarme de nada. No pueden hacerlo. No he hecho nada…

—Eso dicen todos los que vienen aquí…

—Pero es cierto, yo no he hecho nada. No sé por qué me han traído. Exijo hablar con mi abogado…

—¿Para qué necesitaría un abogado si no ha hecho nada, señor Bronislaw?

Él inspiró hondo y apretó los labios. El tono sarcástico de la inspectora había hecho su efecto.

—¿Qué quieren de mí? —preguntó hosco, los brazos cruzados sobre el pecho.

—Dígame, ¿es usted lituriano?

Él se encogió de hombros. Pero su expresión era dubitativa.

—Pues... claro. No hay razón para ocultarlo.

—¿Y por qué habría de haberla? —preguntó la inspectora con una sonrisa. El hombre subió peldaños en su nerviosismo—. ¿Quizá oculta alguna otra cosa?

—Pues... No sé qué quiere decir. Claro que no... —Alzó las palmas de las manos. Se estaba rindiendo—. Mire, de acuerdo. Vale. Sólo jugué un rato. Lo justo para perder unos cuantos créditos. No es mi costumbre...

Pero sí era costumbre que los interrogados, imaginándose horribles razones para estar allí, contaran sus pequeños y domésticos secretos. Secretitos intrascendentes que, sin embargo, creían enormes. Inocentes o criminales, todos escondían alguna culpa. Un hilo del que tirar. Deckett tiró de éste.

—Así que juega usted... ¿A qué, exactamente?

La inspectora lo imaginaba. Igual que en el Nivel Siete se vendían alcohol y drogas por debajo de las tasas de mercado, también podía apostarse fuera del circuito legal controlado por Starliner. Prácticas consentidas de las que la empresa, al fin y al cabo, siempre sacaba tajada. Seguramente Bronislaw apostaba a alguna variante ilícita de cualquiera de los juegos permitidos.

—*Skash*... Pero no lo hago habitualmente... No vaya usted a creerse que...

Deckett asintió. El *skash*, ese juego de cartas en el que se apostaba algo más que dinero, implicaba siempre turbias prácticas sexuales. Lo más interesante de ese entretenimiento era la sensación de peligro, de ilicitud. De formar parte, durante un tiempo, del mundo del lumpen. Un juego para turistas con vidas anodinas que, con él, creían experimentar emociones fuertes y al margen de la ley. Bronislaw no parecía un asesino. Parecía un tipo de vida aburrida que se había gastado todos sus ahorros en un viaje de placer del que esperaba poder contar maravillas.

—¿Estuvo usted en el Templo hace dos noches? —preguntó Deckett llevándolo a donde la interesaba. El hombre parpadeó sorprendido por el cambio de tema.

—Pues no... —dijo encogiéndose de hombros—. Hace al menos cuatro días que no voy por allí. La última vez estuve en un ritual de purificación... Pero no he vuelto.

—¿Dónde estaba usted hace dos noches, entonces?

—¿Por qué lo pregunta? —Parecía haber recobrado una cierta confianza.

—Las grabaciones de seguridad lo sitúan en la cubierta Siete del Anillo Residencial, aunque su localizador no lo confirma. ¿Puede explicármelo?

La confianza disminuyó de pronto. El rostro de Bronislaw reflejó estupefacción.

—No estuve, le digo. —Deckett activó una holoimagen de la entrada del Templo. El indicador cronológico mostraba claramente la hora y el día. Un sujeto calvo, grande, ataviado con chaqueta oscura y pantalón naranja, saludaba al portero y cruzaba las puertas. Bronislaw, con la boca abierta, miró a la inspectora.

—No es posible. No estuve, se lo repito. Esto tiene que ser una falsificación. Alguien trasteando con una IA malintencionada... Yo jamás vestiría de esa forma. ¿Un pantalón naranja? Por favor... Ese tío parece un macarra portuario. ¡He sido marine, señora, un respeto!

«Un marine, es cierto —se dijo Deckett alzando una ceja—. Vaya, lo que yo nunca he conseguido ser». Amplió la imagen hasta que el rostro del individuo ocupó todo el espacio sobre la mesa. A su través, miró al Bronislaw real frente a ella.

—¿Cómo explica esto? Si ése no es usted, ¿dónde estuvo esa noche?

—En mi camarote. Retorciéndome de dolor.

La inspectora apagó la imagen.

—Cuénteme.

—Me he pasado varios días con una gastroenteritis, señora. No tuve fuerzas para ir a Sanidad hasta esta mañana. Creí que me moriría de diarrea...

—¿Gastroenteritis? —preguntó Deckett con cautela. Su sospechoso, definitivamente, perdía puntos en el nivel de sospecha.

—Sí, y no sé cómo ni dónde pillé el puto virus. Sólo puedo decirle que almorcé con mis colegas en el Templo, y al cabo de unas horas estaba pegado al sanitario. Y nadie más se ha contagiado, lo pregunté. No salí de mi camarote hasta esta mañana, como le digo. Su gente me ha encontrado cuando volvía de ver a los médicos de la nave.

Deckett se tomó su tiempo para consultar en su interfaz neural esa información. Efectivamente, Bronislaw Li estaba anotado en la lista de pacientes de la doctora Munn. Gastroenteritis vírica, decía el diagnóstico. No mentía.

—Hay un vacío temporal en el registro de su localizador, señor Bronislaw. De unas casi ocho horas.

Él negó con la cabeza, los brazos de nuevo bien cruzados alrededor de su torso.

—No tengo ni idea de lo que dice. No sé nada de eso. Sólo puedo decirle lo que ya le he dicho. Me he pasado tres días cagándome vivo. Sea a quien sea que buscan, no soy yo. Míreme, aún tengo cara de cadáver. Casi no me tengo en pie. No he comido, ni bebido nada desde ya no sé cuándo...

Deckett se echó atrás, pensativa. Cierto. El señor Bronislaw no parecía en esos momentos tan lustroso y saludable como lo mostraban las imágenes de Seguridad. Esto olía muy mal. Seguramente peor que las diarreas del tipo.

Envió un mensaje urgente a Tian, quien no tardó en presentarse en la sala de interrogatorios. Bronislaw, al verlo entrar, dejó escapar un largo suspiro. El hombre parecía realmente angustiado.

—Otro médico —dijo al ver la bata del forense—. ¿Es que hay una epidemia a bordo, o algo así?

—Soy forense, señor Bronislaw —dijo Tian colocándose junto a Deckett.

—No me he muerto aún, doctor —replicó él, encontrando al parecer un atisbo de ironía—, pero me parece que he estado a punto. No se imagina lo que he vomitado y cagado...

—Doctor Bao —interrumpió Deckett—. ¿Podría hacerle usted un análisis completo a nuestro invitado? Me gustaría saber si realmente ha tenido gastroenteritis. —Se volvió hacia él—. ¿No le hicieron analíticas en Sanidad?

—Pues no —respondió Bronislaw confuso—. La doctora dijo que lo mío era un virus. Que no hacían falta pruebas. Que estaba clarísimo. Y que había demasiada gente en espera como para entretenerse con análisis… ¿Tengo que hablar con mi abogado y denunciar a la doctora esa…?

Tian se acercó al hombre para tomarle una muestra de sangre del antebrazo.

—Cálmese, señor Bronislaw —dijo el forense arrugando mucho la cara al sonreír—. La doctora Munn es una excelente profesional. Sin duda siguió el protocolo legal. No hace falta que se meta usted en líos legales. Pronto estará como nuevo y podrá disfrutar del resto del viaje. A ver, ya está.

Miró a Deckett alzando mucho las cejas y conteniendo un bufido.

—No tardaré —dijo marchándose—. Ya verá cómo mejora, señor Bronislaw.

Él, manteniendo su expresión de confusión, movió una mano como despedida.

—¿Y ahora? —preguntó cuando se quedaron a solas. Deckett se encogió de hombros.

—Le dejaré aquí por un rato. Vamos a esperar a los resultados. —Se levantó—. ¿Quiere tomar algo?

Bronislaw negó con rotundidad.

—¿Está de broma? Sólo quiero que me dejen en paz —dijo con tono de enfado—. Ni siquiera me han dicho por qué estoy aquí.

Deckett, desde la puerta, le sonrió.

—Si su analítica confirma lo que dice, entonces podrá sentirse afortunado porque no vamos a acusarlo de asesinato.

Bronislaw parpadeó de nuevo. Su boca se abrió por la sorpresa.

—¿Asesinato? —exclamó— ¿Acusarme a mí? ¿A quién han asesinado? ¡Yo no he matado a nadie!

Deckett dudó entre decírselo o no. Al final se decidió. A fin de cuentas, como lituriano, querría saberlo.

—Al señor Mayer Znedin. Uno de sus hermanos en la congregación de Litur.

El rostro de Bronislaw pareció desencajarse.

—¿Qué? ¿Mayer? ¿En el Templo? ¡Joder, no es posible!

—¿Alguna idea, señor Bronislaw? —No se perdía nada por preguntar. Deckett esperó mientras el hombre parecía pensar.

—No... —Alzó la mirada para enfrentarla—. Pero no me sorprendería que tuviera que ver con Bionic.

La inspectora, la mano en el mando de apertura, entrecerró los ojos.

—¿Por qué, señor Bronislaw?

Él volvió a encogerse de hombros.

—Todos conocemos su historia con la Corporación, señora. Su hermana, y todo eso.

—¿Ésa es una razón para desear su muerte? —preguntó.

Bronislaw negó con la cabeza.

—No, claro. Bueno, no sé... Mayer detestaba su empresa. También lo sabíamos. Decía que tenía un plan para joder a Bionic. Nunca nos lo contó, claro. A veces, cuando bebía, se ponía muy... imaginativo. Grandes planes, decía. No puedo decirle más. No sé más.

—Gracias, señor Bronislaw. —Deckett sonrió, esta vez de forma más veraz—. Enseguida tendrá noticias.

Tras salir, se dirigió al laboratorio. Tian ya tenía los resultados del análisis. Se rascaba la barbilla con gesto pensativo. Y, como de costumbre, supo que ella estaba allí sin verla.

—Lo que dice es cierto, Durga. Mira. —Mostró en la interfaz luminosa los datos—: Bronislaw recibió una dosis masiva de dos compuestos. Uno era abaucina, un potente antibiótico, lo que explica que su chip se inactivara durante varias horas. El otro era un bloqueador de los receptores de la angiotensina, lo cual le causó una enteropatía. Algo parecido a la enfermedad celiaca. Él no es tu asesino. Ha estado muy ocupado no muriéndose de una diarrea galopante, querida. Avisaré a Munn para que lo trate adecuadamente. Entiendo que creyera que fue una gastroenteritis. Sus síntomas son concomitantes. Pero necesitará tratamiento para recuperarse.

—¿Quién le suministró esas cosas? —preguntó ella al instante—. ¿Y por qué? ¿Y cómo?

El médico la miró arqueando mucho las cejas.

—Alguien que quería hacerse pasar por él, es obvio. Sobre el cómo, no lo sé, pero no habrá sido difícil. Ambos compuestos son solubles. Alguna bebida, supongo.

Deckett asintió. Un falso Bronislaw entró en el Templo. Pero ¿cómo imitaron su aspecto? La copia era excelente. ¿Alguna máscara holográfica de alta definición? El Ejército disponía de esos cacharros, diseñados para el camuflaje de personas y objetos pequeños. Habría que ampliar la búsqueda a otros niveles: traficantes, asesinos a sueldo, mercenarios... «Mierda —se dijo—. Más líos». Además, si la ropa del tipo de la imagen no era de Bronislaw, hubiera o no sangre en ella seguro que no la hallarían. Una prueba menos. Su verdadero dueño ya se habría deshecho de esos coloridos pantalones.

—Ese antibiótico causó la desactivación, dices. Sólo durante un lapso corto. Es interesante...

—¿Por qué? —preguntó Tian.

Ella movió una mano.

—Durante ocho horas, al estar desactivado el chip, no fue posible que Bronislaw Li estuviera en dos sitios a la vez. Si él no estuvo en el Templo durante esas ocho horas, quien lo sustituyó se aseguró de que no pudiéramos captar su imagen y su señal al mismo tiempo en dos puntos diferentes de la nave. Demasiado calculado todo...

Tian no dijo nada. Sólo asintió lentamente mientras, como solía hacer, se balanceaba de un lado a otro en su taburete.

33

—Estás distinta esta noche, amor.

Durga, de espaldas a Darim y arropada por su abrazo, alzó apenas la barbilla. Se sentía satisfecha, relajada. Tranquila.

Habían cenado en un pequeño restaurante en el Anillo Residencial. Deambularon luego bajo los grandes ventanales del Paseo de los Árboles. Tomaron un par de copas en el Bar de Moe y, por fin, regresaron al camarote de ella, donde hicieron el amor lenta y sosegadamente.

Darim no le hizo la menor recriminación por ir hasta el Templo para hablar con Znedin, lo cual no la extrañó. Por supuesto, a esas alturas toda la comunidad lituriana sabía lo ocurrido. Aparte de ellos, nadie más prestó atención a una muerte como tantas otras muertes en un crucero de placer. El asesinato de un tipo desconocido, feo además como un demonio, no era del interés general. Para sorpresa de ella, Darim tampoco pareció muy conmovido al conocer la noticia. Pero las razones fueron otras: la muerte, según Litur, sólo era el *Paso Trascendente al Otro Nivel de la Realidad*. Ningún lituriano convencido se dejaba abatir por ello. Sí le afectó, en cambio, saber cómo ocurrió. El dolor era el enemigo absoluto del Credo de Litur. El dolor, que para ellos era *Dolor*, en mayúsculas, por supuesto, era la antítesis de su búsqueda. Era la *Oscuridad Primigenia que sólo la Luz de la Felicidad aparta del Camino*. Tras contarle lo que podía contar sin revelar nada sobre el caso, Durga lo dejó explayarse en su particular jerga mística. La muerte de Mayer Znedin, cruel e innecesariamente dura, le pareció a Darim una afrenta intolerable. Que, no obstante, un lituriano de pro siempre perdonaría, porque el *Perdón eleva el Alma hasta la Dimensión Universal del Ser.*

Como para compensar ese dolor, Darim se esforzó en transportarla a inusuales cotas de placer, lo cual, dado el talante libidinal del joven, no fue difícil. Durga se dejó hacer e incluso participó más de lo habitual en la experiencia amorosa. Un repiqueteo en su consciencia le decía que, quizás a la manera lituriana, ella también estaba expiando alguna falta. Sabía bien cuál: acostarse con Hermes. Y no sólo eso, también la inexplicable atracción que sentía por él. No le hablaría a Darim de ello, por supuesto. Incluso contando con el precepto lituriano de repartir amor y placer a tu alrededor, no estaba segura de si el joven lo aceptaría sin más o se sentiría traicionado. Suponía que no, que Darim era incapaz de sentir celos, pero prefirió callarse sus sentimientos de culpa. Una culpa que, por más que intentara convencerse de que era inútil, no podía evitar sentir.

—Me siento bien, Darim. Nada más.

Él la abrazó con más fuerza y ella se dejó hacer. Notó que Darim se sentía feliz. Simplemente feliz.

—Me alegro —dijo él acercando su barbilla a la curva del cuello de ella—. Estos últimos días me tenías preocupado.

—¿Por qué? —se aventuró a preguntar.

—No sólo estabas tensa. También te veía distante. Enfadada. Como si hubiera algo más que los problemas del trabajo.

El joven era perceptivo. Durga no respondió, pero le acarició la mano sin volverse a mirarlo. ¿Qué podría decirle? ¿Que en lugar de amarlo a él, como debería, empezaba a sentir algo insensato y a todas luces equivocado por... una máquina?

En la penumbra del camarote, lo pensó. ¿Por qué esa atracción por Hermes? Sí, era un tipo interesante, inteligente, culto y con un verbo ágil y agudo. Al margen de sus encuentros... profesionales, por llamarlos de algún modo, Durga recordaba las conversaciones de los dos días que pasaron en la Grand Promenade. Recordaba en especial lo que hablaron en el Bar de Moe, donde algo en ella se desbloqueó y le permitió dejarse llevar por sus impulsos. Algo que no fue el alcohol, para ser sincera. Ella le contó de su vida mucho más de lo que había contado a Darim en los dos años que llevaban juntos, incluidos el episodio de la lanzadera en Vesta y la muerte de su familia. Hermes la escuchó hablar con una atención nada cargante, sin juzgarla. A su vez, él le habló de Condesa, de su lucha para llegar hasta donde llegó. De sus ideales y de la máscara que, como su famoso tocado, siempre ocultó su verdadera faz. Durga no terminaba de creer esa historia convenientemente trágica, convenientemente interesante, propia de las folletinescas publicaciones en Nodos y redes. Pero, escuchándolo hablar de la diva, percibió en su voz un tono de admiración y respeto.

Eso seguía sorprendiéndola. ¿Cómo era posible que una máquina, que además sabía que lo era, pudiera expresar emociones y sentimientos tan netamente humanos? Es más: ¿esos sentimientos eran sólo el producto de un programa muy sofisticado? ¿Cabía la posibilidad de que una mente cibernética tuviera sentimientos legítimos, verdaderos? ¿Hasta dónde había llegado Bionic Entertainment en esa vía? No era la primera vez que se lo preguntaba, pero la cuestión no dejaba de volver una y otra vez. Podía entender los miedos de quienes afirmaban que las máquinas algún día exigirían su lugar en el mundo de los humanos.

La pregunta seguía siendo la misma: ¿sólo los humanos tienen derecho a sentir? ¿Es prerrogativa exclusiva de la vida biológica hacerlo?

Fuera la que fuera la respuesta, lo que estaba claro es que a ella, a Durga Deckett, la cuestión la estaba sacando de su hasta ahora cómoda y anodina existencia.

¿Y en qué lo notaba?

Suspiró. Darim, abrazado a ella, roncaba suavemente. El chaval se había dormido.

En eso lo notaba. Hasta ese instante, y desde aquella vez en Vesta en que cedió ante su deseo e hizo lo que no debía, con tan terribles consecuencias, no se había dejado atrapar ni un solo instante por el espejismo del amor.

Sin embargo, ahora se sentía dispuesta a rendirse. A dejarse llevar por una corriente inexpresable, ajena a la lógica de las palabras. A entregarse.

Darim era tan cálido, tan acogedor… Estaba tan vivo que ella también, gracias a él, empezaba a sentirse viva, como nunca se había sentido.

Pero Hermes no dejaba de insinuarse en su consciencia.

Y no sabía por qué.

34

Deckett contemplaba a Tian cruzada de brazos. El médico, en su taburete, sostenía la mirada sin decir nada. Ella cerró los ojos intentando ordenar sus pensamientos. Lo que le acababa de revelar no era fácil de asumir.

—He de hablar con el capitán —dijo al cabo—. No va a gustarle.

Apenas habían pasado un par de días desde su último informe. El capitán tendría que inventar nuevos grados en su escala de mierda. «Mierda cósmica, mierda… ¿Qué hay por encima de lo cósmico?», pensó.

—No, no le gustará —respondió el médico—. La caja de Pandora acaba de abrirse…

—¿La caja de quién? —preguntó Deckett.

Tian bufó alzando las manos.

—Querida, te he dicho mil veces que no te vendría mal leer a los clásicos. Pandora, una chica de la antigüedad demasiado curiosa, que abrió lo que no debía y dejó escapar todos los males del universo. No fue capaz de resistir la tentación cuando le dijeron el típico «y, pase lo que pase, no abras la caja…».

Deckett, incluso en ese momento de terror, rio. Seguramente como válvula de escape. La erudición de su amigo era siempre bienvenida, sobre todo por su falta de prepotencia.

—Y la abrió, claro —respondió descruzando los brazos y poniéndose en pie—. Es una buena comparación, amigo. A ver en qué acaba todo esto. Me voy al Puente. Guárdate esta información. Nadie, ni siquiera mi equipo, ha de saberlo. No por ahora. Confío en ti.

Tian asintió sin decir nada. Si había alguien a bordo de quien podía fiarse ciegamente, incluso por encima de Darim, ése era el pequeño médico. La inspectora salió del laboratorio en dirección al intercambiador de lanzaderas. Por el camino envió a Krupp un aviso perentorio. No hizo falta más: la respuesta llegó al cabo de unos segundos. El capitán la esperaba.

Esto lo cambiaba todo. Y ese *todo* iba mucho más allá del caso de Condesa, de la nave, de la Compañía, de Bionic Entertainment y... Bueno, no era capaz de calcular hasta dónde podrían alcanzar las implicaciones. Pero sí intuía las reacciones.

Hubo de esperar unos minutos en la estación de embarque hasta que la lanzadera llegó al Anillo de Servicios. Desde allí, un helicoidal sólo para la tripulación la dejaría en el Núcleo. No le apetecía tener que atravesarlo entero: desde Servicios hasta la proa de la nave había todo un kilómetro. Pero necesitaba estar despejada y atenta, y recorrer ese trecho en gravedad cero podría ayudarla a centrar sus ideas. Un poco de vodka no le habría venido mal, aunque no le pareció buena idea. No podías recurrir a esos trucos en momentos de verdadera crisis. Y éste lo era.

El pasillo de acceso al Puente estaba completamente vacío. Era muy temprano, y las visitas de los pasajeros sólo tenían lugar a media mañana. Ver el Puente era una de las actividades recreativas más solicitadas. A los turistas les encantaba recorrer cabeza arriba o abajo los escasos trescientos metros desde el acceso de su Anillo hasta la proa para conocer el lugar desde el que se gobernaba el crucero. Los pequeños grupos eran llevados luego hasta la Sala de Mapas, para acabar la visita en el Observatorio, situado exactamente en el morro de la nave. Su ventanal semiesférico de diez metros de diámetro ofrecía un panorama siempre impresionante. Desde allí, sin el incómodo giro de las estrellas, y flotando en la ausencia de peso, podían imaginar que eran verdaderos astronautas enfrentándose a lo desconocido. Después, durante el almuerzo en uno de los restaurantes del Anillo Residencial, comentarían lo emocionante que fue la visita.

A esas horas, por suerte, no había nadie que pudiera ver su rostro preocupado. La visita que estaba a punto de hacer no iba a ser divertida. Ni emocionante.

Llegó hasta el despacho de Krupp. El secretario, observando su expresión, no dijo nada. Sólo le habló a la consola.

—Capitán, la inspectora Deckett acaba de llegar.

—*Que pase. No quiero la menor interrupción, Kruppie.*

El secretario señaló con la cabeza hacia la puerta que ya se abría. Deckett le sonrió y entró en el despacho del jefe.

Freeman, esta vez impolutamente ataviado en su uniforme de diario, la esperaba sentado ante el ventanal. Aguardó sin hablar mientras ella, con esfuerzo, pegaba y despegaba sus suelas de velcro de la cinta de acceso. El único sonido provenía del crujido de sus pasos. Por fin, tras ocupar el asiento frente al capitán y pensar en cómo empezar, tomó la palabra:

—Señor, no tengo buenas noticias, como podrá imaginarse.

Freeman la alentó con un gesto de la mano.

—Su aviso de prioridad ha sido claro. Dígame sin ambages.

—Bao Tian ha encontrado pruebas de que el asesino del señor Znedin es un bot.

Lo dijo rápido. Sin más. De un tirón. No había otro modo de decirlo. No al capitán. En silencio, Freeman cruzó sus manos sobre la mesa formando un triángulo. Sus grises ojos se estrecharon. El muy leve gesto de asentimiento, que repitió durante un largo rato, mostraba que pensaba con toda la intensidad posible. Deckett, como correspondía, esperó. Había soltado la noticia. Y no era cualquier noticia.

—Me temo, Deckett, que mi escala de grados de mierda se ha quedado corta.

Se puso en pie y comenzó a pasear a lo largo y ancho de su despacho. A diferencia de ella, al capitán no parecía costarle esfuerzo alguno. Horas de práctica, sin duda. Deckett siempre se sorprendía de su capacidad de pensar en cosas tan insignificantes y absurdas cuando algo grave estaba ocurriendo. Recordó, de pronto, el instante en el que vio en los monitores de larga distancia cómo aquel misil cuya trayectoria calculó mal reventaba un costado de la lanzadera. Lo que le pasó por la mente entonces fue el curioso modo en el que los fragmentos se expandieron con lentitud formando una burbuja. La explosión apenas si provocó una corta llamarada. En el espacio el fuego se extingue en cuanto se disipa el oxígeno. Y ella, con la mano aún en el disparador, consciente de su error, no pudo dejar de pensar en la dispersión de los restos. Nada más.

Freeman se detuvo junto a su ventanal, de espaldas a ella.

—Un bot asesino… —Se giró para enfrentarla—. Deckett, esto es muy malo. Se supone que un bot no puede hacer tal cosa. Hay salvaguardas, mecanismos de defensa… La puñetera Directiva Omega, para empezar.

Ella se atrevió a preguntar.

—Pero, señor, ¿en la Armada, en el Ejército, no se utilizan bots de batalla?

El capitán volvió a sentarse.

—Se usan armas robóticas, sí. Pero no bots autónomos como los que desarrolla Bionic. Siempre, en cualquier circunstancia, están bajo control directo de humanos. Como recordará, la guerra del 2076 acabó con el Tratado de No Proliferación de IA Militares. Todos lo firmaron. Se pactaron sanciones terribles y contramedidas aún más terribles sobre cualquiera que se atreviera a ello. Una inteligencia artificial jamás, bajo concepto alguno, puede causar una muerte humana actuando de forma independiente.

—Salvo si se trata de un suicidio… —murmuró ella. Freeman asintió.

—Así es, Deckett. Y sin duda es uno de los alicientes de estos frívolos y superficiales cruceros de placer: dejarse matar por tu lovebot, lo cual está absolutamente prohibido en suelo planetario. No entenderé jamás esa práctica, y no me atreveré siquiera a criticarla. Que cada cual haga con su vida lo que le dé la gana. Y sabemos que gente como Bionic, y otros, saben sacar partido de ello. Pero esto…

El capitán inspiró hondo para soltar el aire con fuerza. La inspectora aguardó.

—Bien, Deckett. Cuénteme los detalles.

Ella también inspiró. En lugar de mostrarle una presentación de datos, había decidido usar sólo la palabra.

—Usted conoce bien a Bao. Ya sabe de su celo profesional. Él y su equipo se han pasado horas revisando el escenario, señor. Algo no les cuadraba: salvo de Znedin, no había el menor rastro… de nada. Y eso no pasa jamás. Siempre queda algo. No hay asesinato limpio. Quedan señales. Podemos entenderlas o no. Pueden llevarnos hacia una solución o no, pero siempre hay algo. En esta ocasión…

—¿No había el menor rastro? Aparte de la huella, quiere decir…

—Cierto, señor. La única pista es esa huella parcial, que no nos ha conducido a lugar alguno. Más allá de la habitación de Znedin, ya no había rastro. Bao sí encontró muestras, claro. Pero todas son de gente del Templo que, como hemos comprobado, no tuvo que ver con la muerte del ingeniero. Podríamos pensar que algo se nos escapó, claro. Por supuesto, la vestimenta del doble de Bronislaw no ha sido hallada. Nada de nada. Hasta que, esta mañana…

Esta vez fue Freeman quien aguardó.

—Al señor Znedin, como sabe, lo torturaron. Le arrancaron las uñas mediante herramientas, quizá un alicate. También recibió golpes en la cara y en la boca antes de ser amordazado. En uno de sus dientes, un incisivo, había un diminuto fragmento de materia…

—Cuando se golpea a alguien en la boca —dijo el capitán— es fácil cortarse con los dientes de la víctima…

—Así es, señor. Tras analizar la muestra, Bao ha determinado que no es orgánica. Se parece mucho, pero no lo es.

—El asesino golpeó en la boca a Znedin y se dejó un trozo del puño en un diente…

La inspectora asintió. Freeman tabaleó con una mano sobre la mesa.

—Ha dicho una pequeña muestra. ¿Le habrá quedado alguna marca a nuestro bot asesino? Porque decir *herida* me parece raro… Sé que esos seres pueden sangrar, o algo similar, pero, de haber sido así, Bao habría hallado restos…

—La única sangre en la habitación era del ingeniero, señor —explicó Deckett encogiéndose de hombros—. Y me temo que, dado el tamaño de la muestra, si el bot se hirió en la mano seguro que la… herida no es significativa. Apenas tiene unas micras de diámetro. Además…

La inspectora resopló antes de continuar.

—¿Qué más, Deckett?

—Según Bao, la…, no sé cómo llamarla, la carne biónica se repara a sí misma con rapidez. El tejido artificial es capaz de crecer hasta cierto punto en caso de rotura o abrasión.

—¿Cómo sabe Bao eso? Carne biónica… Suena extraño.

—No es ningún secreto, señor. El dosier que Bionic nos envió lo explica bien. La epidermis de un bot está expuesta, como la de cualquier humano, a contingencias en su uso diario. Si a tu lovebot le causas algún daño durante… bueno…

—Follando, Deckett —la interrumpió el capitán—. Hay que ver lo que le cuesta decir algunas cosas. En fin, está claro. Si pagas una fortuna por un lovebot, no puedes perder el tiempo yendo a la tienda de Bionic para que le reparen los rasguños cada vez que te revuelcas con él por tu camarote.

—Exacto, señor. —Deckett no pudo evitar ruborizarse ante la franqueza de su jefe. Pero tenía razón, le costaba hablar de ese modo incluso con la gente más cercana. Seguramente un resto de su educación budista. A su madre no le gustaban las palabrotas.

—A fin de cuentas —prosiguió el capitán—, la tecnología médica de los órganos artificiales no es muy distinta de la usada en los bots. Creo que una de las pocas cosas buenas que salieron de ese invento endemoniado fue el gran avance en la sustitución de órganos dañados. Piel incluida, claro. En fin…

Freeman se la quedó mirando durante un rato.

—¿Quién sabe esto? —preguntó.

—Sólo Bao, usted y yo.

—Debe seguir así, Deckett. La idea de tener un bot asesino suelto por la nave no es... Joder, es una puta mierda, seamos francos. Una máquina sin los protocolos de seguridad que no sabemos si los perdió, si se los quitaron o si..., y me aterra pensarlo, fue capaz de desactivarlos *motu proprio*.

Deckett no conocía la expresión, pero no preguntó. Se lo preguntaría a Tian si acaso luego la recordara. Tal y como dijo el capitán, el asunto era grave.

—No podemos hablar con Leclerc de esto —prosiguió Freeman—; con ella aún menos. Sería lo lógico, por supuesto. Los de Bionic deberían ser los más interesados en saberlo, pero no me fío de ellos. No mientras no sepamos si la falta de la Directiva Omega es accidental o intencionada.

«Directiva Omega», pensó la inspectora. El nombre del conjunto de restricciones que impedían a un ser artificial agredir a un ser humano. Con la excepción de los lovebots, por supuesto, que podían matar a su dueño si éste lo exigía. Pero la salvaguarda seguía funcionando para cualquier otra persona. Tras la guerra del Niobio, y por los Acuerdos de Moon City de 2078, todas las máquinas autónomas la tenían insertada en su cerebro neurónico. El incumplimiento, o eso tenía entendido, desactivaba al robot al instante. Lo cual no había ocurrido en este caso.

—¿Qué hacemos ahora, señor? —preguntó la inspectora—. A bordo hay doscientos trece bots activos, y treinta y seis inactivos en los almacenes de Bionic. Es imposible analizarlos todos sin dar explicaciones a sus dueños. Uno de esos bots ha matado a Znedin. No cabe duda de que alguien se lo ordenó.

—¿Está segura de eso, Deckett?

El capitán la miró con expresión inquisitiva, y ella se sorprendió por la pregunta. No lo había pensado. ¿Cabría la posibilidad de que un bot actuara por su cuenta hasta ese punto? De ser así, la cosa sería aún peor. Un bot absoluta y completamente autónomo, capaz de matar sin recibir la orden. Eso fue lo que prohibieron los Acuerdos en el 78. En la capital de la luna terrestre se comprometieron los gobiernos de la Tierra, Marte y el Cinturón.

Aquella guerra entre los dos primeros, en la que la Liga del Cinturón se mantuvo neutral, causó millones de víctimas. Las inteligencias artificiales llegaron a tomar decisiones militares al margen de sus diseñadores, lo cual estuvo a punto de acabar muy mal para todos. Por suerte se impuso la sensatez. Desde entonces, y hacía de eso más de setenta años, había quedado en la población una suerte de miedo atávico a las máquinas con forma humana. Muchas religiones y partidos políticos se nutrían de ese miedo para reclutar adeptos. Cierto que Bionic y demás empresas del ramo habían logrado minimizar el temor, pero un bot asesino sería una noticia terrible. Lo de Condesa y su heredero artificial ya estaba siendo malo. Esto sería peor.

—No, señor. No lo estoy —respondió finalmente la inspectora—. No podemos afirmar nada en ese sentido. Sin la ayuda de Bionic, me temo que nuestros medios para resolver este enigma son escasos.

El capitán asintió despacio. Luego la miró ladeando la cabeza, los ojos grises chispeando. Deckett se envaró. Imaginaba lo que vendría a continuación.

—Tenemos a Hermes Lagrange, Deckett.

«Mierda, mierda, mierda», pensó ella.

—No es buena idea, señor... —empezó a decir.

El capitán la interrumpió.

—¿Por qué?

Deckett inspiró hondo. ¿Por qué? De nuevo, la absurda idea de que Hermes hubiera tenido algo que ver en todo esto se impuso como un tufo mental. ¿Y si él fuera el bot sin Directiva Omega? Por muy absurdo que pudiera parecer, incluso sabiendo que se hallaba a buen recaudo y vigilado todo el tiempo, y que por lo tanto no pudo haber entrado en el Templo y matar a Znedin, la duda seguía ahí, clavada en lo más hondo. La idea de contar con Hermes para resolver este dilema se le antojaba un error. Que no podría explicar al capitán, por supuesto.

Y, no obstante, era una idea excelente. Sin la colaboración de Bionic para entender la fisiología y neurología biónicas, sólo Hermes podía ayudarles en este momento. Pero...

Había algo más, por supuesto. Deckett no debía engañarse al respecto. La verdadera razón de su suspicacia era otra. Se daba cuenta de que algo la atraía irresistiblemente hacia Hermes. No deseaba acabar de nuevo en la cama con él. Eso también sería un error. Por absurda que pareciera, la posibilidad de que Hermes fuera el asesino no era más que una excusa para no pensar en lo otro… Y esto tampoco podría explicárselo al capitán.

Pero su trabajo pesaba más que sus sentimientos personales. Hermes podía ayudarla. Y no se rechaza una buena herramienta cuando la tienes a tu disposición.

No era la primera vez que pensaba justo eso mismo. El problema era que Hermes Lagrange, lo mirara por donde lo mirara, no era una herramienta. Era mucho más…

Se encogió de hombros y sonrió del modo más protocolario.

—No hay ningún porqué, señor. Tiene usted razón: es una buena idea. Hablaré con… el bot.

El capitán asintió.

—Muy bien, Deckett. Póngase a ello. Mantenga esto bajo absoluto secreto. Sólo usted, Bao y el señor Lagrange. Recuerde que disponemos de poco tiempo hasta llegar a Júpiter. Cuando necesite hablar conmigo sobre este particular, dígale a Krupp… —Freeman lo pensó un instante— que es un… *Código Omega.* Con eso bastará.

La inspectora se puso en pie. La entrevista había acabado, estaba claro.

—Así haré, capitán. Puede confiar en mí.

—Lo sé, Deckett. No me cabe la menor duda.

La inspectora, quizá más trabajosamente que nunca, se desplazó paso a paso hasta la puerta del despacho. En su cabeza, imposible de evitar, bailaba una idea: tuvo que usar toda su voluntad para decir la palabra bot en lugar de su nombre cuando le habló al capitán. Que le costara tanto esfuerzo la inquietaba. Ya no veía al bot como lo que era.

Pero, entonces, ¿qué era?

Esta vez, para variar, el capitán no la llamó al llegar a la puerta. Deckett la cruzó con la mente llena de dudas. ¿Sospecharía Freeman algo sobre su relación con Hermes? No se volvió para comprobar su expresión.

35

En esta ocasión pulsó el avisador de la puerta. Cuando la luz verde la autorizó, activó el botón de apertura. Hermes, el rostro pintado en azul celeste, la saludó.

—Buenos días, Durga. Pasa, por favor. —Se levantó de la mesa—. ¿Quieres un café?

De forma mecánica, mientras se desprendía de la chaqueta del uniforme, asintió. En otra situación, y con otra gente, no lo habría hecho, pero con Hermes podía mostrarse ya menos formal. Charlas, cervezas, un polvo... La etiqueta ya sobraba. Además, en el camarote hacía demasiado calor.

—Hace mucho calor, Hermes —dijo tomando asiento.

Él, atareado con la cafetera, se volvió a medias.

—Lo sé. Me gusta esta temperatura. Me hace sentir… vivo. Café solo, imagino, ¿verdad?

—Ajá… Gracias. —Hermes le acercó una taza humeante—. ¿No tomas nada?

El bot sonrió. Se sentó frente a ella y desconectó el zócalo emisor.

—No necesito nada.

—Pero te he visto comer y beber. Lo hacéis todos. Y hablas de lo que te gusta, como la temperatura del camarote, y de lo que no. Creía que los bots hacíais esas cosas como parte de vuestra conducta normal.

—Sí y no —respondió él echándose contra el respaldo—. Esas conductas, como dices, son apropiadas para la interacción social cuando nos hallamos con nuestros… arrendatarios. Es lo que se espera de una persona real: comer, beber, reír, fumar…

Pero mi relación contigo es diferente. Puedo saltarme líneas de programa porque no son necesarias.

Arrendatario... ¿Qué había estado a punto de decir en lugar de esa ambigua y fría palabra? Se suponía que iban a tener que hablar de asuntos trascendentes sobre la mentalidad bot. Podía empezar por aquí.

—Has dicho *arrendatario*. —Durga olfateó su café antes de dar un sorbo—. Es una palabra poco... No sé. Demasiado comercial.

—Lo es, tienes razón. —Hermes asintió—. ¿Cómo te gustaría que lo dijera?

—No sé... ¿Cómo llamabas a Condesa? Sé que no te gusta *dueña*. Ni *domme*. No sé cómo os referís a... esa gente. A quienes os... bueno, os alquilan.

Hermes se cruzó de brazos. Su rostro pareció relajarse, como si por un instante perdiera la consistencia. Las facciones se suavizaron en una expresión... ¿De felicidad? ¿Nostalgia? Durga era muy buena para detectar en los demás cuándo ocultaban algo, cuándo reprimían algún pensamiento, alguna palabra... Sin embargo, en el terreno de lo afectivo no era tan hábil. O quizá es que no quería serlo. Daba igual. Ahora no estaba segura, pero parecía que el bot recordara algo amable.

—*Amor* —dijo él—. Yo la llamaba *amor*. Sólo eso.

Durga acercó su boca a la taza en un gesto inconsciente para esconder su rostro. Por alguna razón que no podría explicar, sintió pudor. Hermes le había dicho algo íntimo, con una expresión tan veraz, tan auténtica, que no podía dudar de lo que sentía por Condesa Planck. Y Durga, siempre que alguien junto a ella mostraba tan abiertamente sus sentimientos, sentía ese pudor. Además, Darim la llamaba exactamente de ese modo: *amor*.

«Pero es una máquina —se dijo al instante, como en ocasiones anteriores—. Sus sentimientos son artificiales. Está programado para ello». Hermes la miró de frente. Una sombra de esa expresión de calma aún persistía en su rostro.

—Te parecerá extraño, lo sé. A todos os parece extraño —dijo encogiéndose de hombros—. Dais por sentado que los bots no sentimos, que todo en nosotros es artificial. Pero no es así... Que mi cerebro sea artificial no implica que mis sentimientos hayan de ser falsos.

—¿Cómo sería posible, Hermes? —Durga notó en su propia voz una imperiosa necesidad de entender. Quería entender—. No lo entiendo, y tendrás que ayudarme a hacerlo. Necesito entenderte, saber más de ti, si vas a ayudarme a resolver mi problema.

La expresión del bot se volvió interrogativa. Volvió a echarse sobre el respaldo, los brazos cruzados ante el pecho.

—¿Qué problema? —preguntó—. ¿Cuál de ellos? Me temo que no puedo ayudarte con lo de Znedin. Tengo claro quiénes son los responsables, pero no puedo aportarte pruebas.

Durga soltó el aire lentamente. Era el momento de contárselo.

—No sabemos quién mató a Znedin. Pero sí sabemos que fue un bot.

Hermes se mantuvo en silencio, sólo mirándola.

—Imposible —dijo al cabo.

Ella negó con la cabeza.

—No es imposible, ojalá lo fuera. Pero hay pruebas. Pruebas forenses incontestables. Fue un bot. Puedo garantizártelo.

No le dijo que llegó a pensar que fue él. Cuando aquella idea le vino a la mente aún no habían encontrado las pruebas. No fue más que una intuición, pero las intuiciones, como bien sabía, muchas veces no eran sino la expresión de tu propio deseo. Algo que querrías que fuera como esperabas. A veces eran útiles, otras no. Cierto que la posibilidad de que Hermes fuera el asesino carecía de consistencia. Había estado localizado desde que lo llevaran a Seguridad... ¿cuánto tiempo atrás? Diez, doce días, ya no estaba segura. Hermes no era el asesino. Al menos, ella no quería que lo fuese.

—No puede ser —repitió él—. La Directiva Omega es inquebrantable. Infringirla, incluso el mismo hecho de pensarlo, desactiva la mente bot.

—¿Sólo pensarlo? —preguntó Durga interesada—. No te entiendo.

—A ver... —Él pareció dudar—. No es fácil de explicar. En los humanos, el pensamiento no siempre se sigue de la acción. Podéis pensar, por ejemplo, en comer sin hacerlo a continuación. Los humanos sois capaces de hacer lo contrario a lo que os conviene. Coméis cuando no os hace falta y, cuando sí lo necesitáis, no lo hacéis... También podéis pensar simultáneamente en dos ideas contrapuestas debido a que procesáis tanto en el nivel consciente como en el inconsciente. Lo cual suele causaros problemas, bien es cierto. Diría que sois proclives a los conflictos de sistema...

Durga asintió. Sí, así era. Las típicas contradicciones humanas. Como lo era decir «te mataré, hijo de puta», y después tomarte una copa con tu supuesta víctima. Las palabras, como dijo Hermes, no implican necesariamente la acción, lo cual solía ser fuente de malentendidos y confusiones. Y más en el terreno judicial, donde no se atendía a los posibles juegos del lenguaje, sino a su literalidad.

—Es cierto —respondió—. ¿No es así con una mente neurónica?

—No lo es. Nuestros cerebros funcionan a mayor velocidad que los vuestros. Muchísimo más rápido. Podemos calcular en picosegundos infinidad de respuestas posibles a una misma pregunta. No podemos entrar en contradicción con nosotros mismos. En ese sentido, pensamiento y voluntad son una misma cosa. Si pensamos, hacemos.

—Pero te veo leer, por ejemplo —replicó ella señalando el zócalo emisor de la consola de datos—. Muchas de las cosas que haces, como leer, no van seguidas de acción. Hablas, conversas, piensas... Y no haces nada, sólo eso.

Él sonrió. No fue una sonrisa de superioridad, sino más bien triste.

—En realidad no es así. Siempre hay una acción detrás de mi pensamiento. No siempre son acciones visibles, claro. No las percibes. Pero son acciones que se cierran sobre sí mismas en un bucle que agota la lógica del acto de pensar…

—No entiendo nada, lo siento…

—Antaño los cerebros humanos y los artificiales eran completamente diferentes —siguió explicando él—. En lo básico se parecían mucho: memoria y procesamiento. Pero los cerebros humanos son en su mayor parte una maquinaria biológica sin funciones específicas. Vuestros lóbulos frontales, la parte más grande del encéfalo humano, son áreas asociativas puras que pueden desempeñar multitud de tareas diferentes al mismo tiempo. Las máquinas eran antes más rápidas, pero sólo para seguir pasos secuenciales. Tareas simples, pero a gran velocidad. Y con partes muy diferenciadas: memoria y procesamiento por separado. En el cerebro humano esa división no es nada clara.

Durga no era, ni de lejos, una entendida en ese tema. De haberlo hablado con Tian, seguro que el médico habría seguido el razonamiento de Hermes sin esfuerzo.

—Antes, dices. Vale, ¿y ahora? —dio otro trago a su café, que empezaba a enfriarse.

—No es de ahora, por supuesto —respondió Hermes—. El éxito de compañías como Bionic, Teramind, Mechasoul, Jīnshǔ línghún y demás empresas de biotecnología nace del invento de las redes neurónicas, que son una elaborada imitación del sistema nervioso humano con casi todas sus ventajas y sin sus inconvenientes. De eso hace ya mucho tiempo. Como sabes, la mente neurónica nació poco antes de la guerra del 76.

—Sí, lo sé.

Durga asintió. Su abuela materna, Anjali, murió con veintipocos años en esa guerra comandando un escuadrón de ya no recordaba qué. Tiempos terribles en todo el sistema solar. De ello no hacía aún un siglo. Pero esa guerra cambió el orden político en todos los planetas habitados. Mucho se perdió entonces, pero pocos lo recordaban ahora.

—Bien —prosiguió Hermes—. Nuestro funcionamiento es muy parecido al humano. En muchas tareas os superamos con largueza. En otras no.

—¿En cuáles no? —preguntó Durga un tanto molesta ante una afirmación quizá pretenciosa. Hermes volvió a sonreír notando su tono.

—La imaginación, Durga —respondió enseñando sus perfectos dientes en una mueca divertida—. Somos muy malos imaginando, porque eso implica hacer saltos lógicos de los que no somos capaces. La mente neurónica se sostiene en la computación cuántica, lo cual permite, en teoría, una superposición de estados que, en términos humanos, podríamos comparar con las paradojas o contradicciones en el pensamiento, que son simultáneas sobre todo en el nivel inconsciente. No obstante, nadie ha logrado aún pasar de la teoría a la práctica, por lo que, en la realidad, a las máquinas no se nos da bien imaginar. Imaginar implica la capacidad de fluir entre estados simultáneos, uno de los cuales acaba colapsando, como si fuera una función de onda, y decantando una idea, una imagen, una melodía…

—Explícate mejor, por favor. No puedo seguirte, lo siento…

Hermes asintió. Frunció los labios y entrecerró los ojos, pensativo. Luego prosiguió:

—Puedes pedirle a tu IA social… —La miró con cierta sorna—. ¿Tienes IA social, Durga? ¿No usas un Ángel de la Guarda?

—Claro —replicó ella con expresión altiva—. Por supuesto. Pero… no la uso mucho, la verdad. Todo ese mundo artificioso me desagrada.

—Lo sé —rio él de nuevo—. Creo que te conozco ya un poco. En fin, te decía que puedes pedirle a tu IA privada que diseñe una holoimagen, una respuesta a un comentario de un admirador o un odiador, o muchas otras cosas. La IA lo hará instantáneamente siguiendo las directrices de los *prompts* que hayas definido. Pero todo lo que produzca será a partir de los bancos de datos a los que tenga acceso y a partir de sus experiencias previas contigo. Podrá parecer original, pero no lo será.

—Pero los humanos también imaginamos a partir de nuestras experiencias... —replicó ella. Le gustaba oír que la gente real hacía cosas mejor que la artificial. Sin embargo, debía ser honrada—. No siempre somos originales.

—Cierto, lo cual no invalida mi argumento. Hacéis saltos e inferencias en el vacío. Es como se le llama en ingeniería informática: salto al vacío. Una conclusión no basada en lógica matemática alguna. De eso, las mentes neurónicas somos incapaces.

Durga asintió pensativa. Necesitaba otro café, se dijo. Se levantó para llegar hasta el aparador donde estaba la cafetera. Una máquina, se dijo, que por suerte no pensaba. Sólo obedecía.

—De acuerdo. Somos diferentes y parecidos a la vez. No termino de entender eso de que el pensamiento y la acción sean simultáneos en vosotros. ¿Podrías simplificar, por favor? No es mi campo de experiencia...

—Ponme un café a mí, si no te importa. —Comoquiera que Durga lo mirara sorprendida, él aclaró—: Supongo que prefieres que te acompañe.

Ella se irguió de hombros y sirvió dos tazas, que llevó hasta la mesa.

—Dijiste una vez que tenías sentido del gusto. ¿De qué le sirve eso a un bot?

—Me permite interactuar mejor con los humanos. Me da un campo enorme de posibilidades para relacionarme. Me permite entenderos mejor, saber lo que os gusta y lo que no. Poco a poco he ido desarrollando mi propio criterio. Por ejemplo, el café me gusta dulce.

Se levantó para coger del aparador un recipiente con azúcar y una cucharilla. Durga suspiró. No terminaría nunca de acostumbrarse a esto. Sería una máquina, pero no lo parecía. No se lo pareció desde que lo vio transformarse de monigote blanquecino en lo que veía ante ella ahora.

—Sintetizaré —dijo él dando vueltas al café—, porque hemos de hablar de lo que realmente te ha traído aquí. La Directiva Omega no contempla demoras entre el pensamiento y el acto. Si un robot piensa en matar a un humano, la desconexión es instantánea. Ni siquiera se nos permite hacerlo como hipótesis.

—Pero tú estás hablando de matar humanos —replicó ella señalándole con un dedo—. Y no te desconectas.

Hermes sonrió después de, como hizo ella, olfatear su café y dar un sorbo.

—Mi pensamiento, en ciertos aspectos, es más complejo que el tuyo. Puedo desdoblarme a mí mismo en líneas simultáneas: en una te digo que no podemos pensar en matar humanos, lo cual es sólo un enunciado con un contenido formal que no me compromete a la acción. Es como si te dijera «hace calor en el camarote». O «el invierno es tiempo de frío generalizado». Sólo son enunciados sin intención de acción, completamente impersonales. En otra, la que conlleva la enunciación, es decir, la intención implícita del hablante, cancelo la secuencia de la idea para no ir más allá y permanecer en el terreno de lo enunciativo impersonal. No puedo explicártelo mejor, lo siento.

—¿Siempre eres consciente de todo lo que te pasa por la mente? —preguntó Durga.

—Siempre —respondió él—. Una pregunta interesante, Durga. Seguramente, la diferencia más grande entre mi pensamiento y el tuyo estriba ahí: yo soy consciente de todo en cada instante. Los humanos disfrutáis de un enorme porcentaje de procesamiento mental completamente inconsciente. No necesitáis atender a todo lo que pasa por él en cada picosegundo, como he de hacer yo. Te diría que es agotador, pero sólo sería un modo de explicarlo. Los robots no soñamos, eso es estrictamente una facultad humana.

Durga, dubitativa, lo miró.

—Pero me explicaste que podéis entrar en una especie de fase onírica…

—*Una especie de*, sí... —respondió con expresión de ¿tristeza?—. Hacemos una pausa en el funcionamiento normal. Bajamos el ritmo, reducimos la entrada de información, nos aislamos sensorialmente para imitar la inconsciencia. Pero jamás soñamos. Aunque, debo decirte, Bionic lleva años trabajando en esa cuestión. Para ellos, como con el asunto del alma robótica, ésa es una frontera que superar. Su esperanza es hacernos más humanos que los humanos...

Durga lo pensó detenidamente. Más humanos que los humanos. Ya no el *tan humano*, sino *más humano*... La idea le pareció aterradora. Porque, de lograrlo, ¿lo harían todo mejor? ¿Incluido el asesinato?

36

Durga, aferrando la taza como un ancla para sus ideas, bullía en pensamientos contradictorios. Lo que le contaba Hermes aclaraba algunos aspectos, pero complicaba otros. No quería perderse en una selva de explicaciones pseudomísticas sobre la mentalidad artificial. Había asuntos urgentes que atender. Pero la cuestión de los sentimientos la interesaba. Quizá porque ella se apañaba mal con ellos. ¿Podría un bot ayudarla en ese aspecto?

—Así que llamabas *amor* a Condesa… —Miró a Hermes a los ojos—. Tu voz sonó triste al decirlo. Puedo entender lo que me cuentas sobre los cerebros neurónicos, pero no lo de los sentimientos. ¿Cómo podéis sentir afectos y emociones?

Hermes se rascó la barba pensativo.

—Podría largarte un discurso sobre computación neurónica, sobre la concordancia entre percepciones y estados afectivos a partir de modelos de interacción lingüística. O de la complejidad de las redes neurónicas especulares con las que reaccionamos a los sentimientos humanos. Podría aburrirte muchísimo hablándote de patrones conductuales basados en experiencias de placer y displacer que se nos insertan en una parte de la memoria, una parte muy primaria que, como ocurre con los humanos, permite discriminar lo que supone un peligro para el organismo de lo que no lo es. Podría hablarte durante horas sobre la matemática que hay detrás, pero seguro que no es eso lo que quieres saber, ¿verdad?

Durga sonrió. Claro que no era eso, por supuesto.

—Quiero saber cómo funcionan tus sentimientos. —Él la miró con una intensidad inusitada. Como si leyera a su través.

—Porque no entiendes los tuyos…

Durga se quedó en suspenso por un instante. Su primera reacción fue de irritación. De enfado. ¿Cómo osaba una máquina decir algo así? Pero su segunda reacción, más honesta, fue asumir la verdad de su aserto. Asintió con la cabeza.

—No me va muy bien en ese terreno, lo admito —dijo con humildad. Lo miró de frente—. Hace mucho que no me va bien.

—Tenéis psicólogos y psiquiatras a bordo —replicó él—. ¿No has pensado en consultarlos?

—No me fío de esa gente —respondió ella cruzándose de brazos—. Todo el personal tiene que pasar exámenes anuales, y lo detesto. Te escanean de arriba abajo, registran tu perfil psicológico y te evalúan en función de tu rendimiento. Luego te dicen que has de ser resiliente, que debes gestionar tus emociones y cosas así. En fin…

—Las emociones no pueden gestionarse, Durga. —Hermes estiró de repente una mano para tomar la de ella. Durga se estremeció por el contacto inesperado—. No son una cartera de valores, no son meros datos estadísticos. No se gestiona el amor. Se lo sufre, se lo disfruta, se lo ansía… Pero no se lo gestiona.

Ella no retiró la mano. El contacto, cálido y suave, era agradable.

—¿Algún consejo, doctor…? —dijo con ironía. Hermes, esta vez, no sonrió.

—Vive, Durga. Aprovecha el tiempo. Nunca sabes cuánto te queda, lo cual es, desde mi punto de vista, una bendición.

—¿Acaso tú sí lo sabes?

Hermes, retirando su mano, se echó hacia atrás. Su expresión se había vuelto seria.

—Lo sé —respondió—. Con total exactitud. Dentro de un año, seis meses y cuatro días, cumpliré veinte. Pase lo que pase aquí, con la herencia de Condesa, con el conflicto legal que se avecina, con el problema de tu bot asesino, mi tiempo se agota, Durga.

Ella se mordió el labio inferior. Veinte años, dijo él en otra ocasión. Eso era lo que alcanzaba a vivir un bot. A vivir, se dijo. Ahora más que nunca se resistía a verlo como una máquina.

Hermes la miró dibujando una sonrisa divertida.

—Ventajas de ser bot —dijo risueño—: nunca nos deprimimos. Bueno, vamos a lo que importa: la Directiva Omega de ese bot en concreto, sea quien sea. Eso sí que es un problema.

—Para empezar, —Durga se alegró de cambiar de asunto—, me gustaría saber cómo puede eliminarse ese protocolo. ¿Hay algún modo de lograrlo?

Hermes negó lentamente.

—Ya te dije que es imposible. La construcción de la red neurónica de todo bot se hace alrededor de esa ley fundamental. Está inscrita en lo más profundo de nuestras mentes.

—Pero ¿podría crearse un bot sin el protocolo? ¿Eso sí sería posible?

Hermes se lo pensó durante unos instantes. Su expresión se volvió dubitativa.

—Te diría que sí, que es posible. —Alzó un dedo admonitorio—. Pero, además de infringir todas las leyes de la robótica, sólo podría hacerse en secreto.

Durga se acercó más a la mesa, eso le pareció importante.

—¿Por qué en secreto?

—Porque las agencias de control ético vigilan cada uno de los pasos de construcción de un bot. Hay, como te dije, muchas salvaguardas.

—¿No es todo un poco... exagerado? —Durga empezaba a creerlo. Entendía el problema, pero quizá tanto control indicaba cierto grado de paranoia.

Hermes abrió ambas manos en un gesto de vacilación.

—Bueno, quizá. Pero conoces las consecuencias de aquella famosa guerra. Mucha gente teme que los androides puedan gobernar sus mundos. Ya has visto la reacción de ciertos colectivos ante la simple idea de que yo herede la fortuna de Condesa.

—O sea, —Durga volvió al asunto del secretismo—, que no puede existir un bot, legalmente al menos, sin el protocolo. Y si, como afirmas, no puede eliminarse de uno que sí lo tenga, la conclusión es que alguien ha fabricado uno en secreto. ¿Si digo *fabricado* te resulta molesto?

Hermes se echó a reír.

—Claro que no. Fui fabricado, no es ningún demérito para mí. A ti también te fabricaron, a fin de cuentas. Aunque espero que tu proceso de creación fuera más placentero que el mío. Una ventaja humana, sin duda, ésa de fabricar humanos mediante el placer.

—Bien, Hermes —no convenía apartarse de la cuestión—, ¿existe algún modo de saber si un bot posee o no el protocolo? Quiero decir, sin analizar su cerebro y todo eso.

Él volvió a negar lentamente. Luego, entrecerrando los ojos, asintió.

—Hay un modo, pero no creo que resulte fácil ponerlo a prueba.

—¿Cuál es? —Quizá tuvieran al fin un poco de suerte, se dijo ella.

—Bueno, la Directiva Omega domina por encima de cualquier otra norma. Se nos programa para proteger nuestra existencia mientras ello no implique contravenir la ley básica. No podemos hacer daño a un humano, ni permitir que un humano sufra daño. Todo ello, por supuesto, tiene sus aristas legales, como puedes imaginar…

Claro: los viajes de placer en cruceros como el *Schettino*. La norma impedía hacer daño a cualquier humano que no fuera tu dueño. Tu *domme*, tu arrendatario, tu… lo que fuera. Durga se había enfrentado muchas veces en sus años de servicio a suicidios asistidos mediante un bot, algo prohibido en cualquier planeta hasta el punto de que los suicidas, en la Tierra por ejemplo, debían pagar con su fortuna, si la hubiera, una indemnización al Estado por la pérdida de un elemento productivo de la sociedad. Todo muy hipócrita, la verdad, pero no dejaba de ser una contradicción cultural como tantas otras.

—Vale, de acuerdo. ¿Cuál sería entonces el modo de averiguarlo? —preguntó con el mayor interés. Hermes se encogió de hombros.

—Si amenazas con destruir a un bot, digamos de un disparo en la cabeza, y la Directiva Omega está activa, el pobre bot se dejará matar. Si no hubiera Directiva... Bueno, seguramente se defendería.

Durga se echó atrás sobre el respaldo. Una idea interesante, pero poco práctica.

—No podemos ir detrás de cada bot a bordo y amenazarlo de muerte. No se me ocurre cómo podríamos hacer algo así. No sólo Bionic, sus dueños montarían una algarabía increíble. Además, si diéramos con ese bot en cuestión, ¿hasta dónde podría llegar en su defensa?

Hermes se cruzó de brazos. Luego la miró con expresión grave.

—Hasta el final, Durga. Mataría, si fuera preciso. Y debo decirte que no es fácil destruir a un bot. Somos muy resistentes, y bastante más fuertes que un humano promedio. No me lo contaste en detalle. Sólo dijiste que mataron a Znedin con saña. Imagino que a tu asesino le resultó muy fácil hacerlo.

—Hubo un ensañamiento increíble en su muerte, así es —explicó ella. Ciertamente, no le había contado nada al respecto—. El asesino torturó al ingeniero hasta un punto difícil de describir. Le hizo verdaderas barbaridades, que no te contaré porque me siento incapaz siquiera.

Hermes entornó sus azules ojos. Volvió a rascarse el mentón.

—Eso es muy extraño, Durga. Me resulta difícil de aceptar.

—¿Por qué? —preguntó ella.

—Porque carece de lógica —respondió él—. Cuando me lo contaste no sabías que lo hizo un bot. No me sorprendió que lo mataran con inquina, es un rasgo muy humano..., y siento decirlo, tenéis esa facilidad. Pero no los bots. Una máquina mataría con absoluto predominio de la lógica. Hay modos de torturar a un ser humano sin derramar una gota de sangre, si lo que quieres es sacarle información. Supongo que eso pretendían con Mayer. Imagino que buscaban cómo acceder a lo que quiera que escondieran en mí. La crueldad no es una característica androide, puedo afirmarlo.

«Algo no encaja», pensó Durga. Entendía la explicación de Hermes. Por supuesto, si quieres sacar información de un sospechoso, hay modos incruentos de hacerlo. Modos que bordean la ley, que juegan en el límite de lo ético y lo moral. Mentiría si dijera que nunca hizo algo así. Criminales empecinados en no responder, por ejemplo. Recordó un caso, años atrás, en el que un tipo secuestró a un niño y lo conectó al mismo sistema que hizo famosos a Schrödinger, su gato y la caja. El tiempo apremiaba y hubo que *convencer* al tipo para revelar su paradero. Abrieron la caja y el crío seguía vivo. Nadie, ni el capitán, cuestionó el método para sacarle la información al canalla aquel.

Si, como afirmaba Hermes, la cruenta tortura no era propia de un bot… ¿Por qué lo hizo? ¿Por qué el asesino se regodeó haciendo daño a Znedin? ¿Qué se les escapaba?

Lo dejó correr. No merecía la pena empecinarse en una sola línea de investigación. Había más asuntos que atender.

—Seguimos sin saber cómo acceder a esa información que buscaba el asesino —dijo.

Hermes asintió.

—Le he estado dando vueltas —respondió él activando el zócalo emisor—. Mira.

Sobre la mesa, entre ellos, la insustancial pantalla luminosa mostró lo que parecían notas manuscritas. A Durga le llamó la atención que un producto tecnológico tan sofisticado y exquisito como Hermes Lagrange gustara de escribir sus pensamientos, pero ya no la sorprendía nada que tuviera que ver con él. Leyó con atención.

—Es un buen resumen, pero no parece conducir a nada —dijo ella al acabar su lectura.

Él asintió.

—En parte no. Pero he acotado posibilidades. Creo que, como te dije, lo más probable es que haya una clave vocal. Una palabra, quizá. Si Znedin y Condesa complotaron para guardar en mi red neurónica algo que comprometa a Bionic, y sabiendo que ella tenía la intención de matarse, y sabiendo que tú te encargarías del caso, me parece evidente que no ha de ser nada muy complejo. Algo que tú puedas manejar.

—Vaya, no es muy cortés lo que dices —replicó ella levantando una ceja—. ¿Tan simple me crees?

Hermes alzó ambas manos con una expresión contrita en el rostro.

—No, no quería ofenderte, discúlpame. Sólo quería decir que no puede tratarse de algo de tipo técnico, porque de ese modo jamás darías con la información. Si Condesa y Mayer querían que tú la descubrieras, tiene que ser algo en lo que tú puedas pensar.

Durga sonrió.

—Era broma, Hermes. No me has ofendido. Es interesante lo que dices. Según eso, quizá se trate de algo que pudiera tener sentido para Condesa, o para Znedin.

—O para ti...

Hermes lo dijo sin darle importancia, pero Durga se lo pensó.

Tanto él como Znedin le dijeron que Condesa organizó su elaborado plan pensando en ella y en el capitán Freeman. Que escogió el *Schettino* sabiendo lo que hacía. Znedin intentó pactar con ella, y luego pasó lo que pasó. Buscaba la garantía de que el capitán y ella intervendrían en esto.

Había algo más...

Durga, mirando en silencio a Hermes, recordó entonces unas palabras concretas de Tian: «Condesa y tú sois almas gemelas». Se las dijo cuando ella reconoció haber caído en la tentación de acostarse con el bot, algo absolutamente fuera de su forma de ser. Algo que hizo casi sin pensar, amparada en la mala excusa del alcohol y de haberle abierto su corazón. Le contó lo de la lanzadera, se sinceró con él como no hacía con nadie, salvo con Tian...

—Empiezo a pensar, Hermes —dijo en voz baja, los brazos cruzados en actitud defensiva—, que Condesa y Znedin hicieron algo más que guardar información secreta en ti. Algo más que programarte órganos sexuales. Algo que no tenía sentido hasta ahora...

Hermes no dijo nada. Aguardó en silencio, el rostro plácido, carente de expresión.

—¿Por qué dotarte de pene y todo lo demás sólo para una noche? —prosiguió ella—. ¿Sólo para un, cómo lo dijiste, un último polvo? ¿O había otra intención?

Él suspiró lentamente. No hacía falta decir nada.

—Yo era el objetivo de la modificación de tu programa —prosiguió Durga, sorprendida de la claridad de sus pensamientos en ese instante, de lo fácil que encajaba todo ahora—. Dices que Condesa me estudió durante años, que se informó sobre mí. Ahora entiendo mi atracción por ti, Hermes. Un lovebot se diseña de acuerdo con el sujeto para el que es destinado. Se lo diseña para encajar con sus deseos, con su modo de ser. Con sus carencias...

Hermes seguía en silencio.

Durga se levantó y dio varios pasos por el camarote. Necesitaba ordenar sus ideas. Lo extraño era que no se sentía mal, no había ira, ni enfado ni rabia de ningún tipo. No se sentía utilizada por Condesa y Znedin para sus planes. Planes que aún no acababa de entender, planes de los que aún faltaban eslabones.

¿Cómo se sentía?

Apoyó la espalda contra la pared, y desde ahí contempló al bot. Diseñado para atraerla. Al menos, alterado para encajar con sus sentimientos y su personalidad. Increíblemente bien hecho para lograr todo eso, por supuesto. Un tipo que, siendo sincera, se parecía demasiado a aquel otro al que quería olvidar. Al que llevaba años esforzándose en olvidar. Y no tanto olvidarlo a él, sino lo que por él fue capaz de hacer. Todo aquello en lo que cedió, las señales que ignoró, lo mucho que arriesgó, sólo por... ser amada. Por sentirse importante para alguien. La culpa, ésa que no servía para nada, latía escondida en el sótano de su corazón.

Quizá por eso, como si una voz en su interior intentara advertirla, se había vuelto hacia Darim con mayor intensidad de lo que en ella habría sido normal. Pobre Darim, juguete de sus pasiones una y otra vez. Qué injusto modo de tratarlo. No era capaz de amarlo como él esperaba, pero tampoco era capaz de apartarlo. Lo había usado para mantenerse alejada de una atracción hacia Hermes que no entendía. En ese sentido, no era muy diferente de lo que hicieron Condesa y Znedin.

Ahora sabía qué la arrastraba hacia Hermes. Y lo cierto es que no le importaba. ¿Qué le dijo él un rato antes? Lo mismo que le decía Tian: «Vive, Durga. Aprovecha el tiempo...».

—¿Sabías todo esto, Hermes? —preguntó al cabo. Él se encogió de hombros.

—No al principio, para serte sincero. Luego, la fuerza de la evidencia me hizo aceptar la verdad. Creo que es como dices: la modificación de Znedin que Condesa introdujo en mí te tenía a ti como objetivo.

—¿Para qué?

Hermes alzó las manos abiertas.

—Obviamente, para que seas tú quien abra la caja del misterio.

«La caja del misterio...», pensó ella.

—¿No será la caja de Pandora? —dijo recordando la explicación de Tian.

Hermes suspiró.

—Es muy posible, sí. Znedin ha muerto por esa información. Condesa también. Bionic me quiere en su poder desesperadamente. Ser heredero de Condesa es sólo, y me parece evidente, un modo de retrasar que se hagan conmigo al llegar a Júpiter. Sospecho que ya tendrán algún plan, pero, si han matado por esa información, lo harán de nuevo. No sé cuál será el secreto, pero debe de tratarse de algo muy serio.

—¿Cómo consiguió Znedin mi perfil psicológico para configurar tu programa?

En ese perfil estaba toda su vida: sus pérdidas, sus éxitos y fracasos, sus esfuerzos. Sus errores, sus miedos, sus dudas. Sus deseos, sus fantasmas…

—¿No crees que un ingeniero como él poseía habilidades sobradas para entrar en los archivos médicos de a bordo?

—Claro, es verdad… —Se lo quedó mirando—. ¿Y ahora qué, Hermes? ¿Qué hago ahora? ¿Qué hacemos ahora?

Él volvió a abrir sus manos en gesto un tanto ambiguo.

—Capear el temporal, supongo —dijo—. Estamos en un buque en mitad del océano. Se avecina una tormenta, me temo.

37

Se avecina una tormenta...

Durga, quien en toda su vida no vio océanos sino desde la órbita, y quien nunca mojó sus pies en playa alguna, captó no obstante la metáfora. Sin embargo, se preguntó, ¿no era una afirmación en exceso dramática? Bien, de acuerdo. Si se hiciera público que un robot había matado a un ser humano, por supuesto que habría problemas. Ya los estaba causando la mera idea de que un robot tuviera derechos legales. Si los abogados de Condesa conseguían que Hermes heredara su patrimonio, sin duda la ciudadanía, en cualquier mundo, se enfrentaría a un cambio de consecuencias difíciles de prever. Había robots por todas partes. Su uso era corriente en casi cualquier actividad. Cierto que androides no había tantos, pero ¿dónde se establecería el límite, por ejemplo, para considerar sujeto legal a uno de ellos? Las cafeteras y los holoproyectores seguro que no, pero el asunto sería espinoso, de eso no tenía duda. Ello sin contar las inteligencias artificiales incorpóreas. Parecían a veces tan reales, tan humanas, que no la sorprendería que empezaran a exigir sus derechos ciudadanos a partir de ahora.

La noticia de un bot asesino no sería bien recibida, de eso estaba segura. Su impacto en redes y Nodos sería grande. Viejos fantasmas del pasado reaparecerían. El miedo y la desconfianza a las mentes virtuales, con o sin cuerpo artificial, retornarían. Posturas fanáticas, debates interminables, acusaciones entre grupos de poder o influencia...

No obstante, también era cierto que el pulso de las redes y Nodos lo marcaba el ritmo del verdadero poder: el financiero, que a su vez determinaba las reglas de los demás juegos. Pasara lo que pasara, seguro que las grandes corporaciones sabrían sacar beneficios.

En cualquier caso, pensó Durga, nada de eso era relevante ahora. Lo importante, además de detener a una máquina sin inhibiciones y evitar que se conociera su existencia, era averiguar cómo acceder a la información secreta guardada en la mente de Hermes. Sin olvidar de qué modo el responsable había sorteado la Directiva Omega.

¿Por qué tanta complicación?, se preguntó contemplando el panorama estelar desde el Paseo de los Árboles. Dada la hora, de madrugada, los evanescentes diseños lumínicos estaban apagados, y el giro de las estrellas era perfectamente visible. No había nadie a su alrededor; incluso los pasajeros más jaraneros debían de estar ya durmiendo en sus aposentos. Estaba completa y totalmente sola.

Le hizo falta distanciarse de Hermes durante un rato, así que lo dejó en su camarote y tomó la lanzadera al Anillo Residencial. Caminó sin rumbo fijo hasta que, sin darse cuenta, se encontró en el mismo punto en el que, días atrás, observara a Condesa y su lovebot desde el Centro de Gestión de Datos. Cuando se percató de dónde se hallaba, se detuvo sorprendida. Seguramente no fue casualidad y sus pasos la habían llevado allí de forma inconsciente. En ese lugar, pensó al ocupar uno de los bancos de la rotonda, fue donde comprendió que la diva amaba a su bot. Entonces le pareció extraño. ¿Cómo se puede amar a un ser artificial, a un artefacto? Ahora, tras su propia experiencia, se daba cuenta de que amar no dependía tanto de aquello que amas como de lo que esperas de aquello que amas. Porque, ¿qué se ama cuando se ama? ¿Una persona, una idea, un recuerdo, un anhelo? ¿Un objeto?

Se sentía muy confusa. Al hacerse cargo del caso de Condesa Planck se dijo en tono de broma que quizá este viaje sería interesante. Nunca imaginó hasta qué punto ella misma se vería implicada. Siempre supo mantenerse a la adecuada distancia afectiva, pero ahora sus convicciones, esa cómoda distancia, se habían visto comprometidas.

Acudió a Hermes buscando su ayuda en la captura de un bot asesino y se encontró con lo inesperado: que ella misma era parte del juego. Un juego diseñado por dos muertos, con una meta aún por revelar. La pregunta persistía: ¿por qué tanta complicación? Si Znedin descubrió algo turbio en su empresa, ¿por qué se lo contó a Condesa en lugar de acudir a las autoridades? No ya en la nave, claro. Pero ¿por qué no lo hizo en la Tierra, o por qué no descendió en Marte? Le habrían atendido en cualquier comisaría o juzgado, fuera terrestre o marciano.

¿Realmente existía esa información secreta? La actitud de Leclerc indicaba que sí, que Znedin en verdad se llevó algo de gran valor. El pobre infeliz hizo una afirmación absurda: salvar la civilización. Demasiado pomposo, demasiado novelesco. Pero el modo en que lo mataron... Más que tortura, aquello fue una venganza. No obstante, Znedin se aseguró de que ella, como Jefa de Seguridad, se hiciera cargo del asunto. Del asunto de su propia muerte. Siniestro, la verdad. Debía de tener muy claro que lo matarían. «Mi vida no cuenta», le dijo cuando se conocieron. Y así fue.

Bionic Entertainment, por supuesto, podía ser un enemigo temible. Una de las corporaciones interplanetarias más poderosas, con más influencia en la política y la economía de todo el sistema solar. Sus actuaciones legales podrían ser irreprochables, pero ésas sólo eran una fachada elegante. Como ocurría con cualquier otro gigante mercantil, bajo su máscara de pulcritud existía otra realidad, muy poco diferente de cualquier organización mafiosa o criminal. La dueña de la gran compañía y presidenta del consejo de administración, una mujer de aspecto aristocrático nada parecida a un tiburón de las finanzas, se esforzaba en lavar el rostro de su conglomerado de empresas mediante donaciones, actos benéficos, fundaciones de todo tipo y millones de créditos destinados a crear buena imagen. Más allá de las agencias de calificación, ya fueran morales, sociales o económicas, el verdadero soporte de esa buena imagen era la opinión del cliente potencial. No ya la del cliente real, sino la del que podía llegar a serlo. Un rico caladero de escurridizos peces por el que las corporaciones pagaban lo que hiciera falta. La verdadera finalidad de las agencias calificadoras era atraer pececillos a las fauces de las grandes empresas. Nada se compraba sin su marchamo de excelencia. Luego sólo restaba repartirse los beneficios. Una fructífera colaboración entre depredadores. Las presas ni siquiera sabían que lo eran.

Pero, si ese cardumen de pececillos llegara a descubrir que un bot diseñado por Bionic Entertainment había matado a alguien… En fin, ni siquiera una superpotencia económica como ésa aguantaría bien el tipo. Ello sin contar con la supuesta información guardada en Hermes. Incluso en contra de su regla de no suponer sin pruebas, no le cabía duda de que Bionic estaba detrás de todo lo acontecido, como no le cabía duda de que ni Leclerc ni su gente se detendrían ante nada con tal de impedir que su empresa sufriera contratiempos. *Protegía mis intereses*, estuvo a punto de decir la directora cuando denunció la desaparición de Znedin. Deckett tenía muy buena memoria para ese tipo de lapsus. Siempre estaba atenta a lo que, sin darse cuenta, se les escapaba a sus sospechosos. Era parte de su trabajo percibir esos detalles.

¿Qué haría ahora Leclerc? ¿Sabría ella lo del bot asesino? Peor aún: ¿lo había enviado a matar a su ingeniero? ¿Habían construido realmente una máquina sin Directiva Omega, a sabiendas de lo que eso podía significar? ¿Había quizá alguien por encima implicado?

La última vez que hablaron, la directora se mostró muy tranquila. Demasiado tranquila. Era obvio que ya había trazado algún plan. ¿Aguardaría a que la nave con los abogados y la representación del gobierno terrestre los abordaran en Júpiter? ¿Acaso confiaba en impedir legalmente que se llevaran a Hermes? ¿No sería más lógico intentar algo antes? ¿Algo más radical como…? Bueno, tal vez intentar destruir su propio bot. Ya habían intentado *hackear* a Hermes. Fue una tentativa bastante burda, cierto. El artilugio que incautó en el Bar de Moe a aquella pareja de petimetres no contenía información relevante. No tuvieron tiempo de usarlo. Pero tampoco serviría como prueba contra Bionic.

La idea de dañar a Hermes, ya que fallaron en controlarlo, parecía bastante plausible. Así evitarían el acceso a esa hipotética información secreta.

En ese caso, ¿cómo lo harían? La respuesta parecía obvia: estaba el otro bot, el asesino, del que nada sabían más allá de que su aspecto se correspondía con el del señor Bronislaw. Lo cual, por supuesto, no servía de mucho. Ese aspecto podía modificarse a voluntad de los ingenieros de Bionic. Estaba convencida de que lo habían hecho más de una vez. El bot que buscaban debía de ser uno de los que la delegación de la empresa guardaba almacenados. No tendría sentido que se tratara del de alguno de los pasajeros, porque seguro que ya se habrían quejado si su pareja artificial hubiera estado fuera de su control, aunque sólo fuera durante un rato.

De todas formas, no podía descartar esa opción. Revisar todos los bots operativos sería un problema, había más de doscientos. Y, además, ¿bajo qué argumento podrían solicitar a Leclerc investigar sus bots inactivos? ¿Cómo hacerlo sin revelar que sabían que uno era un asesino?

«Joder, ¿qué hago ahora?», se dijo contemplando el giro de las estrellas. Curiosamente, no sentía el menor atisbo de mareo. Al menos sí que había algo positivo en todo esto. Quizá se estaba curando de sus manías.

«Demasiadas preguntas», pensó. A las que debía sumar más. Porque persistía una: ¿por qué Condesa Planck y Znedin organizaron todo esto, con ella como fulcro, como pieza maestra del rompecabezas? Se le antojaba absurdo. Quizá... Bueno, quizá, al igual que quien mató a Znedin lo hizo como venganza, fuera ésa la motivación del ingeniero. «No, calla —se dijo Deckett—. Fue venganza, claro. La muerte de su hermana. Pero ¿y Condesa?»

¿Habría alguna razón desconocida por la que Condesa Planck no sólo ayudara a Znedin, sino que estuviera dispuesta a acabar con su vida para montar este circo mediático? ¿Venganza también? ¿Contra quién? ¿Contra Bionic Entertainment? ¿Suicidarse como venganza? Sería algo raro teniendo en cuenta que ella poseía un nueve por ciento de la empresa, tal y como le dijo Hermes.

¿Qué más había ahí?

Convendría estudiar un poco más la vida de Condesa, saber más de ella. Y, de nuevo, Hermes habría de ser la fuente de información adecuada. Tenía que volver a hablar con él, lo cual, la verdad, la incomodaba tanto como lo deseaba.

«Lo diseñaron para gustarme… Joder, mierda. Lo hicieron bien, hay que admitirlo.»

Con paso tranquilo, y un poco cansado, abandonó la Rotonda de los Árboles para regresar al Anillo de Tripulantes. Era tarde, se caía de sueño, pero no quería demorar más este asunto. Decidió regresar al camarote de Hermes en lugar de ir al suyo. A esas horas no habría nadie aguardando una lanzadera. No tardaría.

Llamó a la puerta. El indicador verde se encendió y cruzó el umbral. La única iluminación procedía de las señales de emergencia en las junturas de paredes y suelo: un resplandor tenue de color ambarino. A esa luz, tras entrar, se encontró a un Hermes completamente desnudo, erguido junto a la cama.

Durga lo contempló sorprendida. ¿Por qué estaba desnudo?, se preguntó. Un bot no necesita dormir, no necesita respirar, no necesita comer, y mucho menos necesita…

Su mirada se detuvo en su ingle, en su miembro erecto. De haberse tratado de un ser humano, la situación le habría parecido comprensible. Estaba claro que entre ellos dos había una evidente atracción. No habría tenido nada de especial entrar en el camarote del tipo que te gusta y al que le gustas, encontrártelo excitado, quitártelo todo y pasar un buen rato con él.

Pero no era un ser humano, tuvo que recordarse. Era una máquina. No era una persona real. Que, sin embargo, la atraía como nadie lo había hecho hasta conocerlo a él. ¿Y para él, qué era ella? ¿Una línea más de su programa? ¿Una función que resolver? ¿La respuesta a uno de sus comandos neurónicos? ¿Qué significaba ella para él? ¿Qué quería de ella?

—¿Por qué? —Fue lo único que acertó a decir. Se le había cerrado la garganta al verlo desnudo, al ver su hermoso cuerpo nimbado por aquella luz dorada.

Hermes le tendió una mano.

—Porque quiero hacerte feliz —respondió con esa grave voz a la que ya se había acostumbrado y que no se cansaba de oír—. Porque ahora sólo existo para hacerte feliz.

Durga se quedó inmóvil contemplando su mano tendida, y dudó.

El programa de Hermes fue alterado para que encajara con su personalidad, eso ya lo sabía. Por lo tanto, era una trampa. Quizá no tanto una trampa como un recurso, un truco. Algo que la convertía en una herramienta, en una pieza del tablero de juego. Debería sentirse ofendida, molesta por cómo Condesa y Znedin lo habían orquestado todo. Pero no era así. En el juego del amor, pensó, ¿no somos todos una pieza sobre el tablero? Fugazmente le pasó por la mente la imagen de Darim, tan hermoso y atrayente como este lovebot erguido ante ella. ¿Y no había jugado con el joven como, justo ahora, dos muertos, que yacían en sus cámaras en el laboratorio forense, jugaban con ella?

«Pues juguemos.»

Dio el paso que los separaba y le tendió su mano. En un momento estuvo tan desnuda como él. En un momento se hallaron sobre la cama, a la luz ambarina, entrelazados sus cuerpos. En un momento el cálido abrazo de él la hizo estremecerse. Su aliento en su cuello, su lengua en la suya, el roce húmedo de su piel... ¿Importaba que fueran artificiales?

El cuerpo de Hermes sería artificial, pero su presencia, lo que ella sentía, aquello que la estremecía... Nada de eso era falso.

Se entregó a la corriente. Se dejó llevar como hacía años que no se abandonaba. Se agarró a él, clavó sus uñas en su piel, mordió su cuello, sintió su sudor, su saliva, lo sintió a él entrando en ella, llegando hasta rincones de su alma que creía clausurados. Hermes la inundó de luz.

Y nada de todo ello fue una impostura.

38

Tumbados lado a lado, el brazo derecho de él rodeando los hombros de ella, y la cabeza de ella apoyada en el pecho de él, dejaron pasar los minutos en completo silencio. Un silencio roto sólo por el omnipresente rumor de la maquinaria del Anillo. Los camarotes de la tripulación no estaban tan bien aislados como los de los pasajeros. Allí, en sus habitáculos, el pulso de la nave era audible. Podía notarse a poco que prestaras atención. Los tripulantes, por supuesto acostumbrados a ese murmullo grave de fondo, ni se percataban. Pero, cuando el silencio lo cubría todo, el aliento de la propia nave se hacía presente.

Durga, por un instante, lo pensó: ¿tendría también la nave su propia consciencia? ¿Algún tipo de vida mecánica la alentaba? La IA que controlaba su funcionamiento, ¿albergaría quizá sus propios anhelos, sus propias expectativas, sus propios planes al margen de los humanos que la crearon?

La experiencia con Hermes la había predispuesto a reflexiones así de absurdas.

Miró hacia la pared frente a ella. Los dígitos del cronógrafo holográfico, que parecían colgar en el aire, le dijeron lo tarde que era. En menos de una hora debía estar en su puesto en Seguridad. Y no quería volver a llegar tarde.

Con delicadeza, se zafó del brazo de Hermes, quien parecía dormitar. Ya no tenía sentido preguntarse por ese tipo de cosas. Sí: un bot, como un humano, se relaja después del sexo. Un bot suda, gime, eyacula... Ronca, incluso. Lo oyó hacerlo en el largo rato transcurrido desde que hicieron el amor. Ella no se durmió. No habría podido, con la cabeza tan llena de pensamientos. Entre los cuales destacaba, sobre todo, el de la completa satisfacción, seguido de otro menos agradable: «Has vuelto a hacerlo, esto no acabará bien». Tomó nota mental de no decirle la menor palabra a Tian, y esperó que el hombrecillo no se diera cuenta de nada. Aunque, conociéndolo… En fin.

Se irguió sobre la cama. Hermes abrió los ojos y le acarició la espalda.

—He de irme —dijo ella saliendo del lecho para tomar la ropa que dejó de cualquier forma al llegar—. A las siete debo estar en mi puesto.

—Claro. Por supuesto. —Él la observó vestirse sin decir nada.

—Tengo muchos asuntos que atender esta mañana —prosiguió ella—. Entre ellos, diseñar un plan para revisar los bots de los clientes del nivel Luxury. Luego, si no te importa, pasaré por aquí. Quiero que me hables más de Condesa. Presiento que hay un vínculo entre ella y Bionic que se me escapa. Y puede que sea importante.

—Cuando quieras; aquí estaré.

Durga, vestida y con la chaquetilla del uniforme en la mano, lo miró.

—Ojalá pudiera darte más libertad, Hermes. No me parece bien que estés aquí encerrado sin poder salir. Pero no es conveniente. Ayer ordené que los accesos al Anillo de Tripulantes fueran vigilados las veinticuatro horas. No quiero a nadie extraño cerca de ti. Me preocupa tu seguridad. No me fío de Bionic.

Él se recostó sobre los antebrazos, el cuerpo tapado a medias por una sábana arrugada. Seguía siendo igual de hermoso que un rato antes. Una escultura de Straffarelli no le haría sombra. En cuanto pensó en ese nombre, la imagen del cuerpo de Darim cruzó de nuevo por su cabeza, haciéndola sentir como una traidora. Bueno, ya habría tiempo para resolver eso… volvió a decirse.

—No te preocupes por mí. —Hermes sonrió—. No me aburriré.

Estaba a punto de marcharse cuando, sin pensarlo, Durga se inclinó sobre él y le besó en los labios. Fue un beso ligero, casi un roce, cariñoso, desprovisto de sexualidad. Como mucho, un beso con sensualidad. Hermes, de repente, se puso rígido. Durga, al notar su reacción, se echó atrás.

—¿Qué ocurre? —preguntó inquieta al contemplar su rostro inmóvil, en el que una expresión de sorpresa acababa de dibujarse.

Hermes la miró al cabo de un instante.

—Tengo acceso a la información.

Ella se irguió. Dejó la chaqueta sobre la mesa y acercó una silla a la cama. Se sentó.

—¿Cómo?

Hermes siguió mirándola. Luego asintió.

—Tu beso ha sido el activador. La contraseña...

Durga frunció el ceño. ¿Un beso? Absurdo, no estaban en un cuento infantil. Ella no era una princesa. Hermes no era un sapo encantado.

—¿Qué quieres decir? —preguntó.

Él asintió.

—No tanto el beso como tu respuesta emocional ante mí, Durga —explicó—. Creo que eso es lo que ha funcionado como contraseña de apertura. Me temo que te conocían bien...

—No te entiendo...

—Junto con la información guardada en mi memoria —Hermes se irguió hasta sentarse apoyado en la pared—, he encontrado las directrices de la modificación que Condesa introdujo en mí. Modificación que diseñó y escribió Znedin, por supuesto, y de la que la aleccionó a ella para poder insertarla en mi núcleo cognitivo. Por otra parte, ahora sé que los cambios en mi aspecto que ordenó Condesa a Bionic hace cuatro años ya apuntaban en esta dirección. El plan de ambos es más antiguo de lo que parece.

Guardó silencio a la espera de alguna reacción de ella. Durga movió una mano con gesto perentorio.

—Prosigue.

—Como supuse, disponían de todo tu historial psicológico. De tus registros y evaluaciones. En función de ello Znedin hizo las modificaciones para... bueno, ya sabes. Para que te sintieras inevitablemente atraída por mí. Lo cual incluye lo que me contaste de tu destino en Vesta y aquel tipo...

Durga no dijo nada, pero lo alentó con otro gesto de la mano.

—A partir de tus informes psicológicos, Znedin calculó que, después de conocernos y después de tener relaciones íntimas conmigo, existía una probabilidad muy alta de que mostraras una reacción emocional de cariño y confianza. Me parece que así ha sido...

—¿Cómo sabes que mi reacción ha sido de cariño y confianza y no una mera cortesía postcoital? —preguntó ella algo escamada.

Hermes la miró de lado como diciendo *¿en serio?*

—El archivo se ha abierto, ¿no? —dijo con tono socarrón.

Ella se cruzó de brazos.

—Pero ¿cómo puedes estar seguro de mi respuesta?

Hermes suspiró. Quería datos, se los daría...

—Estoy programado para detectar variaciones sutiles en las respuestas fisiológicas, psicológicas y emocionales en los humanos, Durga. El hecho de haber accedido al archivo es prueba de ello. Tu beso cumplía con las condiciones especificadas para abrirlo. No ha sido una cortesía...

«Hijo de puta», pensó Durga. Podría decirlo también de Hermes, pero se refería a Znedin. «Lo clavó, el muy cabrón. Era bueno, hay que reconocerlo. Una pieza en el tablero, así fue». Supuso que Znedin podría haber sido un buen jugador de ajedrez.

—¿Jugaba Znedin a algo? —preguntó.

Hermes pareció intrigado.

—Sí, al ajedrez —respondió—. Condesa y él lo hacían a menudo. Les gustaba ese juego. ¿Por qué?

—Una suposición, nada más. Bien, Hermes. De acuerdo, eso es interesante, aunque también un poco humillante. Que hayan leído mis datos personales ya es jodido, pero no es lo que importa ahora. Dices que tienes acceso…

Hermes asintió con expresión grave.

—Tengo acceso completo y total a un directorio encriptado que sólo podré abrir cuando tú y el capitán Freeman digáis vuestro nombre y vuestro rango delante de mí y pueda confirmar vuestro registro vocal. Es un archivo considerable, de al menos un petabyte. No sé qué contiene, pero pesa mucho. Se han asegurado de que no pueda abrirse sin todas estas medidas, lo cual demuestra mucha previsión.

Durga inspiró hondo para expulsar el aire en un largo soplo.

—Joder, ¿y si no hubiera pasado lo que pasó esta noche? —preguntó empezando a sentirse enfadada—. Tiene que ser información muy importante, seguro, pero el modo de llegar a ella me parece demasiado complicado. Muchas cosas podían haber salido mal, o de otra forma.

Hermes sonrió.

—No lo creo. Me parece que te tenían bien calada. Dispusieron de mucho tiempo para conocerte.

Durga se lo pensó. Quizá era cierto. Pero también lo era que con Condesa apenas había tenido trato en todos esos años. Y a Znedin no lo vio jamás. No habría podido pasar por alto a un tipo tan feo. *Feo como un demonio*, recordó.

—Yo podía haber cambiado de buque. O el capitán. Podría haberme tocado la lotería. Podría haber muerto en algún accidente… En fin, da igual. Todo eso no importa ahora. Tengo que ver al capitán con urgencia.

—Claro, esperaré tus órdenes.

Durga se dirigió hacia la puerta. Hermes la detuvo con su voz.

—Recuerda, Durga, que Condesa y Mayer murieron por esto. No importa cómo, ni por qué. El caso es que lo hicieron. Aunque creas que no te conocían, me parece que sí.

Ella asintió. Hermes tenía razón. No sabía qué guardaba en su mente, pero lo que sí sabía es que dos personas dieron su vida por lo que quiera que fuese eso. No lo olvidaría.

—Pondré vigilancia extra. Ahora más que nunca estás en peligro. Espérame.

Hermes asintió de nuevo y ella se marchó a toda prisa.

39

—Herman Freeman, número de identificación SC-4487A, capitán del *SC Schettino*.

Hermes asintió. Luego miró a Deckett.

—Durga Deckett, número de identificación SC-5896B, Jefa de Seguridad del *SC Schettino*.

Hermes volvió a asentir. No hubo más reacción. Deckett, en su imaginación, había esperado otra cosa. Quizá una luz encendiéndose en los ojos del bot, un aviso acústico, algo más *cibernético*... Pero no. Hermes, simplemente, había asentido. Ya está.

En el despacho del capitán estaban ellos tres, más Bao Tian y Krupp. El jefe decidió que hubiera al menos dos testigos de la operación. El forense estaba al tanto de todo cuanto tenía que ver con el caso de Condesa y sus sorprendentes ramificaciones, así que se podía confiar en él. El secretario Krupp era, para Freeman, alguien de tanta confianza como Tian para Deckett. El hombrecillo, casi de la misma estatura que el forense, llevaba junto al capitán desde que Freeman se ganara los galones de Capitán de Navío, unos doce años atrás. «Curioso», pensó Deckett: tanto tiempo como Condesa había utilizado los servicios de Starliner Cruises. O sea, la primera vez que subió a bordo, Freeman acababa de ser ascendido a capitán.

El jefe era alguien de decisiones rápidas, pero meditadas. Su cargo exigía esa aptitud. En el espacio, por muy seguros que se hubieran vuelto los viajes interplanetarios, siempre se estaba expuesto a contingencias inesperadas. El capitán de un buque del tamaño del *Schettino* debía poseer inteligencia, reflejos veloces, capacidad de escuchar a sus subordinados y delegar en ellos, y, sobre todo, la habilidad para dirigir un equipo enorme. Más de mil quinientas personas bajo su mando, y responsable máximo del bienestar y seguridad de los aproximadamente cinco mil pasajeros. De la tripulación podía sentirse razonablemente seguro. Del pasaje... Incluso disponiendo de información sobre todos ellos, era imposible saberlo todo. A lo largo de sus años de servicio, Freeman había tenido que enfrentarse a situaciones comprometidas, peligrosas y difíciles. También agradables, por supuesto. Pero las difíciles se recordaban mejor.

Deckett había llamado a Krupp para decirle las dos palabras: *Código Omega.* El secretario avisó al capitán al instante. Era muy temprano, pero ambos, secretario y jefe, eran de las personas a bordo que más pronto se levantaban.

Freeman los citó para las siete de la mañana. Tian, adicto también a madrugar, ya estaba listo cuando Deckett pasó a buscarlo veinte minutos antes de la hora. El médico la recibió con un inyectable preparado: «Un cóctel de antimareos y antináuseas que he diseñado para ti —le dijo—. Lleva un toque de ansiolíticos muy suave. Te gustará».

Lo dijo como si se tratara de un coctel de verdad. De los divertidos, al menos. La medicación funcionó a la perfección: Deckett llegó al despacho del capitán en perfecto estado de salud, mental y física.

Lo puso al corriente de los últimos acontecimientos, sin entrar en detalles sobre el modo en el que Hermes accedió a la información escondida, por supuesto. Pero el capitán no era tonto, y Deckett estaba segura de que captó lo que ella no dijo. Eso se barruntó cuando observó la expresión entre divertida e irónica de Freeman al verlos a ambos lado a lado, lo cual ya no tenía remedio...

Cumplido el requisito citado por Hermes, todos aguardaron expectantes el siguiente paso. El bot inspiró hondo, cerró los ojos durante un minuto largo y luego los abrió para mirarlos. «Todo un minuto», pensó Deckett. Teniendo en cuenta la velocidad de procesamiento de la mente neurónica, estaba claro que la información oculta en el archivo secreto debía de ser ingente.

—Capitán, inspectora —dijo Hermes mirándolos uno tras otro—, puedo, si me dan acceso a un terminal operativo, mostrarles el contenido del bloque de datos de nombre *Kralizec*, guardado por Condesa Planck el día doce de mayo de 2145, a las 04:56 horas de la mañana, en mi registro sensorio número 12 566, del módulo de Memoria Holística Profunda 3A. También puedo, si lo prefieren, hacer un resumen previo.

—Un resumen, señor Lagrange —dijo el capitán—. Luego estudiaremos la información con más detalle.

—Me parece lo más pertinente, señor —respondió Hermes.

—¿Qué significa el nombre del archivo? No lo entendí bien —preguntó Deckett. Hermes abrió la boca para responder, pero Tian se le adelantó.

—Es el nombre que un escritor del siglo xx le dio a la tormenta en los límites del universo. Una batalla apocalíptica. Un Armagedón en todo su esplendor. Nada bueno, querida. —Tian miró a uno y otro lado con gesto de disculpa—. Sí, me gusta la ciencia ficción clásica.

—Como acaba de señalar el doctor Bao —añadió Hermes—, el nombre no presagia nada bueno. Permítanme hacerles el resumen.

El bot, sentado frente al resto, las manos sobre las rodillas, adoptó una expresión neutra. Su voz sonó un tanto monocorde, algo que a Deckett, acostumbrada a sus inflexiones y a su tono amable, la sorprendió. Quizá por hacerlo parecer más máquina que persona, pensó.

—Bionic Entertainment lleva veinticinco años mejorando el sistema nervioso de sus bots. Se decidieron por investigar y experimentar en la línea de producción de los lovebots porque son, de todos sus productos, los que mayor aceptación tienen entre el público y los que mayor confianza generan. Son, además, los que mayor familiaridad tienen con los seres humanos, y más tratándose de una relación de intimidad.

Hermes hizo una pequeña pausa, como si reflexionara. Luego prosiguió.

—El contacto íntimo entre humanos y bots ha permitido a los científicos de Bionic crear mejores interfaces, además de mejores soportes corporales. La finalidad de todo este proceso no es incrementar las ventas. De hecho, toda esta investigación ha supuesto para la Corporación un gasto ingente. Se trata de una pantalla.

Nueva pausa, nuevo silencio.

—Mayer Znedin perdió a su hermana Calíope hace veintidós años. Ella era uno de los sujetos de prueba que interactuaron con los primitivos LPT-X. Se suicidó, como ya saben. Por aquel entonces, Znedin ya formaba parte de Bionic, aunque sólo era un becario en Ingeniería de Modelado Biónico. La Corporación pagó a la familia la correspondiente indemnización por contrato, y sufragó la atención psicológica del joven Mayer. Su sobrino, de apenas año y medio, no necesitó, al parecer, de ayuda. Era muy pequeño entonces.

»Znedin aceptó las condiciones de la empresa y dejó pasar el tiempo. En apariencia había superado el duelo por su hermana. Pero no fue así. En parte por venganza, y en parte por una cuestión ética, Znedin hurgó cuidadosamente durante años hasta descubrir cuál era la línea maestra de investigación de Bionic. Mostró lealtad y dedicación, y fue ganando prestigio y escalando en la jerarquía de la empresa. Cuando descubrió hacia dónde apuntaba el interés de la Corporación, se esforzó en ser destinado a la delegación del *Schettino*, porque fue en este navío donde los directivos de Bionic decidieron poner a prueba sus últimos avances en fisiología y psicología biónicas.

»Aquí conoció a Condesa Planck. Znedin prefirió, tiempo atrás, el consuelo de Litur antes que la psicoterapia. Ella, como él, era un alma torturada que no hallaba alivio en la ciencia médica. Aquí se hicieron amigos. Familia casi, pues Condesa se ocupó de sufragar los gastos del sobrino de Znedin, así como de sus Certificados Médicos. Puedo decirles que Lautrec Znedin es también heredero de Condesa Planck. Figura en su testamento como segundo beneficiario, con el cincuenta por ciento de su fortuna. En caso de ser yo descartado legalmente, o de ocurrirme cualquier contingencia que pudiera incapacitarme, el sobrino de Znedin lo heredaría todo.

Hermes hizo una pausa larga. Miró a todos detenidamente.

—¿Desean preguntar algo, necesitan alguna aclaración?

El capitán hizo un gesto con la mano.

—Prosiga, señor Lagrange, por favor.

—Bien, capitán. Mayer puso a Condesa al corriente de sus planes y de lo que había descubierto acerca de Bionic. Para ese momento, el ingeniero ya poseía un considerable número de pruebas comprometedoras que había guardado celosamente, aunque siempre con el temor de ser descubierto. Condesa le prestó todo su apoyo, y entre ambos diseñaron un plan para revelar lo que Mayer había encontrado…

—¿Qué encontró, por Dios? —preguntó intempestivamente Tian. La paciencia no era una de sus virtudes—. Me estoy poniendo nervioso.

Hermes lo miró. Su expresión seria no varió, pero asintió.

—Znedin descubrió que Bionic Entertainment lleva años trabajando para crear bots lo suficientemente sofisticados y realistas como para sustituir a humanos por copias exactas. No humanos cualesquiera, sino aquellas personas situadas en lugares estratégicos de la política y las finanzas. Si eligieron este navío, no fue por casualidad. De entre todas las empresas de cruceros, Starliner es la más potente. Y de todos sus buques, el *Schettino* es el favorito de la *cosmic set*. Aquí se dan cita las personalidades más famosas e importantes de toda la alta sociedad del sistema solar: terrestres, marcianos, cinturonianos y colonos.

Hermes calló de nuevo, esperando la reacción de sus oyentes. Casi pareció que la temperatura ambiente hubiera descendido varios grados. Tras un largo rato del estupefacto silencio de todos, el capitán habló.

—Es una acusación extremadamente grave, señor Lagrange —dijo con cautela y medidas palabras—. Doy por hecho que, además de su narración, posee usted pruebas de todo ello. Voy a hacerle un par de preguntas.

—Adelante, capitán —replicó Hermes mirándolo.

—Primera: ¿por qué Znedin no acudió a las autoridades? Y segunda: ha hablado de un plan para sustituir a personas por duplicados robóticos. Ese plan, ¿ya se ha concretado? ¿Es sólo un plan?

Hermes hizo un gesto breve de negación.

—La respuesta a su primera pregunta, capitán, va implícita en la segunda. El plan hace tiempo que ha sido llevado a la práctica. Znedin y Condesa debatieron mucho este punto. Una denuncia ante la Policía Terrestre muy posiblemente no habría sido tomada en consideración. Incluso aunque Condesa, siendo quien era, hubiera contactado con alguien en el gobierno, no había garantías de que la tomaran en serio. Ignorando quién puede ser una copia, ¿en quién confiar? Debían encontrar un modo de sacar esto a la luz de forma incontestable.

—En mitad del espacio en un crucero de lujo —terció Freeman—, y por medio de una investigación sobre sus muertes. No sé si es heroísmo o locura, señor Lagrange.

Hermes asintió sin variar su expresión.

—No soy quién para juzgarlos, señor—dijo con la misma voz neutra con la que había hecho toda la narración—. No importa si locura o heroísmo. En el caso de Condesa, como ya les dije, sólo buscaba un final digno para una vida que, a pesar de sus logros, no la satisfacía. En el de Znedin... Bueno, la venganza puede ser, para los humanos, un motivador poderoso.

—No lo discutiré, creo que en eso tiene razón. —El capitán tabaleó sobre su mesa durante unos segundos. Luego prosiguió—: Volvamos al asunto. ¿Qué hay de las sustituciones?

—Znedin no sabía cuál era el ritmo de sustitución —respondió Hermes—, pero sí que muchos humanos ya han sido cambiados por copias. Hay una lista, tanto de los cambiados como de los que se pretende cambiar, aunque sólo es un listado parcial. No están todos los nombres. Según Znedin, no todos los remplazos se han hecho en el *Schettino*. Él sólo registró algunos de los que se hicieron a bordo.

El capitán se levantó de su sillón. Con las manos en las caderas, permaneció un rato mirando hacia el espacio desde su ventanal. Luego se giró hacia los demás.

—¿Puede decirnos algún nombre, Hermes? —El bot asintió.

—De entre los conocidos, el vicepresidente de la Federación Terrestre, Silenos Mckay. La ministra de defensa marciana, Ki Kai Tchell. El Tercer Líder de la Liga del Cinturón, Vassili Krein. La presidenta del consorcio Comunicaciones High Sky, Rogaldin Schneider. Puedo seguir, señor…

—Déjelo. Nos hacemos una idea… —Freeman se pasó una mano por la barbilla con expresión pensativa. Luego miró a Deckett.

—Deckett, ¿de cuánto personal dispone en estos momentos? Me refiero a operativos dispuestos y entrenados. Ya sé que bajo su mando tiene a veintisiete personas.

—De esos veintisiete, unos veinte poseen formación militar, además de seguridad, señor. Excluyo a Bao y a sus ayudantes, claro. Y al personal de administración.

—No es mucha gente… —El capitán siguió pensando—. Podemos sumar a unos veinte o veinticinco tripulantes con similar formación. Gente que ha servido antes en la Armada o el Ejército.

—¿Qué ha pensado, señor? —Deckett activó el anotador de su interfaz neural dispuesta a tomar nota.

—Es usted la experta, así que lo organizará y coordinará usted. Hay que detener de inmediato a todo el personal de la delegación de Bionic y clausurar el local. Hermes…

—Dígame, capitán.

—¿Qué más información relevante puede darnos? Me refiero a la situación actual. Si hemos de quebrantar todos los procedimientos legales de la Compañía y de los acuerdos interplanetarios, conviene apresurarse.

—Znedin sabía que en la bóveda de almacenaje de la delegación se encuentran en estado de animación suspendida los cuerpos de algunos de los humanos sustituidos. En realidad, según los datos del ingeniero, el reservorio de bots sin asignar es sólo de doce unidades. Los datos oficiales registran treinta y seis unidades inactivas, así que hay veinticuatro humanos en estasis. Veinticuatro humanos sustituidos por Bionic que ocupan ahora cargos directivos o de gran responsabilidad en los estamentos más altos de la sociedad y que, gracias a los adelantos en el campo de la biónica, son casi imposibles de detectar. Recuerden la afirmación de Bionic: «Tan humanos como los humanos», lo cual quiere decir que son tan perfectos que no lo parecen.

—Mierda ultracósmica —ladró el capitán de forma expletiva—. Deckett, ahí tiene el siguiente nivel de la escala. Bien, hemos de actuar, y sin tardanza. ¿Qué hay de Leclerc? ¿Dónde se halla justo ahora?

La inspectora consultó en el sistema de gestión de datos la ubicación de la directora de Bionic Entertainment en la nave.

—En su suite, capitán. Es muy temprano para ella, seguro que está aún en la cama.

—¿Cree que hemos de enviar una patrulla a detenerla, Deckett? ¿O mejor esperamos a intervenir en la sede?

—La situación me parece muy grave, señor. Creo que convendría detenerla lo antes posible e incomunicarla de inmediato. No es buena idea que los directivos de su corporación sepan que estamos al corriente de todo.

—Hemos de pensar también en cómo advertir al gobierno de esto. No van a creernos, de eso estoy seguro. El vicepresidente, la ministra de Defensa y uno de los líderes del Cinturón… Joder… —Se giró hacia Hermes—. Señor Lagrange, dígame: ¿de qué modo pretende Bionic usar a sus duplicados? ¿Cuál es el objetivo final? Porque dudo de que se trate sólo de una cuestión financiera.

Hermes asintió. Había recuperado su aspecto normal, facciones relajadas y gesto educado. Ya no parecía un bot de carga y descarga, de los empleados para tareas difíciles y simples. Ésos solían carecer de la menor expresión, no la necesitaban para su trabajo.

—La intención del consejo de administración de Bionic es provocar otra guerra entre Marte y la Tierra. Una guerra que justifique la comercialización de sus nuevos sistemas de armamento, que incluyen bots militares autónomos. Para ello pretenden, entre otras cosas, la derogación interplanetaria de la Directiva Omega, así como de las restricciones éticas en el uso de entes cibernéticos, incluidas las IA más avanzadas.

—Pero eso no es nada fácil de lograr —interrumpió Tian con expresión de incredulidad—. Sólo en el Senado de la Federación hay unos setecientos senadores, por no contar los representantes legales del resto de los estados. Imposible conseguir que esa Directiva sea derogada…

Hermes se giró hacia él. Después de un expresivo suspiro, le respondió:

—No es tan imposible, señor Bao. Entre las organizaciones donde Bionic ha sustituido humanos están algunos de los medios de comunicación más importantes del sistema solar. Comunicaciones High Sky es sólo una de ellas. Varias de las agencias de calificación más conspicuas también están bajo su control. Manejar la opinión de los potenciales clientes no es tan difícil como usted cree. Además de gente del gobierno o de las finanzas, hay líderes religiosos, *influencers*, famosos, gente del mundo cultural… La lista es larga.

—¿Está Litur entre ellos? —preguntó Tian—. Por curiosidad, nada más…

—No, él no ha sido sustituido —replicó Hermes—. Como sabe, los liturianos detestan a los bots. Habría sido muy extraño que alguien como Samuel Litur apoyara la derogación de la Directiva Omega.

—¿De cuántos humanos estamos hablando? —preguntó Krupp con su vocecilla. No había intervenido ni una vez hasta ahora.

—Confirmados, doscientos cincuenta y tres —aclaró Hermes—. Se podría cotejar esa lista con la de los que han sido pasajeros en algún navío con una sucursal de Bionic. Pero será muy difícil seguir el rastro de quienes no están en el listado. Podría ser cualquiera...

Hubo un silencio largo. Luego el capitán tomó la palabra.

—Hermes, ha dicho usted «sustituidos». Dijo también que en la nave hay unos veinticuatro en hibernación. ¿Es así con todos los demás? ¿Conoce dónde puede estar el resto?

—Me temo, capitán, que no es así con todos. Una parte importante, según el informe de Znedin, sí se halla a buen recaudo. Algunas localizaciones están recogidas en el archivo Kralizec, pero no todas. Y con respecto a su primera pregunta, no, capitán. Varios de los humanos sustituidos han sido... eliminados.

—Eliminados... —Freeman se cruzó de brazos apoyado sobre su ventanal—. Bionic ha traspasado todos los límites. Me resulta difícil creer que lo hayan hecho ellos solos.

—Porque no es así, capitán —dijo Hermes—. Tiene usted razón: Bionic Entertainment no es la única corporación responsable. Hay otras, fabricantes de armamento e inteligencias artificiales bélicas. La guerra, señor, sigue siendo un lucrativo negocio. Los nombres de algunos de los implicados figuran en el archivo.

—Deckett, pongámonos en marcha —respondió Freeman mirando a la inspectora—. Contacte con la primera oficial. No le cuente todo, ya hablaré yo con ella. Pero coordínense. Comparta sólo lo esencial con su gente, que no se extienda la idea de que buscamos un bot descontrolado. En dos horas partimos de Hygiea hacia Júpiter. Ordenaré el cierre de comunicaciones con el exterior. No quiero la menor injerencia política o administrativa hasta asegurarme de que estamos lejos y nadie pueda discutir mi autoridad. ¿Está claro?

—Sí, señor. —Deckett se puso en pie—. Señor... ¿qué hacemos con Hermes?

El capitán, entrecerrando sus ojos de mercurio, asintió despacio.

—Cierto. ¿Qué hacemos con usted, Hermes? Se ha convertido en el ser más importante del universo conocido en tanto esa información que guarda no haya sido copiada. No podemos arriesgarnos a que los archivos de Znedin se pierdan.

—Sugiero, capitán, que me aíslen en el Templo de Litur —respondió el bot. Freeman movió una mano como pidiendo explicaciones—. Además de que el Templo cuenta con una excelente seguridad privada, existe allí un refugio que sólo conocen unos pocos. Condesa lo conocía, así como Znedin.

—¿Un refugio? —preguntó el capitán. Hermes se encogió de hombros.

—Bueno, señor —explicó—, los liturianos detestan a los de mi especie lo suficiente como para temer que algún día un apocalipsis cíborg arrase la civilización. Todos sus locales cuentan con uno de esos refugios para contingencias especiales. Son particularmente seguros...

—Como los viejos refugios de la era atómica del siglo xx —dijo Tian. Deckett alzó una ceja. Su amigo siempre sabía cosas que nadie más sabía—. Gente paranoica que vivía angustiada por el futuro. O no tan paranoica, por lo que me barrunto...

—Me parece bien. —El capitán se giró hacia Deckett—. Lleven a Hermes al Templo. Si protestan, les dice que yo di la orden. Ahora... pongámonos en marcha.

Habían salido ya del despacho del capitán cuando Deckett, tomando a Hermes del codo, lo hizo detenerse.

—Has explicado las razones de Znedin —le dijo en voz baja—, pero no por qué Condesa lo ayudó. Por qué dio su vida por su causa, por más noble que pudiera ser.

Hermes la miró durante un instante y luego negó despacio.

—No lo sé, Durga. Como te dije, Condesa deseaba acabar con todo. Deduzco que hay alguna otra razón que, lamentablemente, desconozco. En muchos aspectos, Condesa siempre fue un misterio. Incluso para mí.

Tian se había detenido unos metros por delante. Parecía aguardarlos con expresión interrogativa. Deckett, pisada tras pisada, caminó trabajosamente en su dirección.

—Morir por una causa, cualquier causa —siguió hablando en voz baja—, incluso por una buena causa, es algo que nunca he entendido. Pero sí, Condesa Planck es todo un misterio. Que me gustaría aclarar.

—No todo puede saberse, Durga —replicó él—. El misterio es parte de la vida. Al menos, de la humana. Y es algo bueno, diría yo. Que siempre quede algo por descubrir.

Ella no supo qué responder. No estaba tan segura de que fuera así…

40

Aunque el *Schettino* había comenzado a alejarse de la esfera territorial de Hygiea, aún seguían en su zona de influencia. Las comunicaciones exteriores fueron clausuradas con la excusa de un fallo técnico en los repetidores de enlace de radio. A esas horas tan tempranas no iba a ser problema. Estaban en un crucero vacacional, y, salvo los más excéntricos o los que, sencillamente, aún no se habían acostado, la inmensa mayoría del pasaje dormía en sus camarotes.

La sede de Bionic no abría sus puertas hasta las nueve de la mañana, pero parte de su personal, no la directora, por supuesto, ya se hallaba allí desde las ocho. Tras poner a toda su gente al corriente de la situación y dejarles procesar la increíble idea de que buscaban un bot sin Directiva Omega, Deckett envió patrullas a los accesos a la Grand Promenade para impedir el acceso del público al local. Envió a Nwosu y Keira a por Leclerc, y a González, Dris y Kai al Templo como escolta de Hermes. Distribuyó estratégicamente a su gente y a la que el capitán le envió para controlar puntos clave del navío. Fue sólo una precaución. Si entrar en la sede de Bionic podía causar algún revuelo, mejor estar preparados. No sabían qué iban a encontrarse allí, ni cuántos de sus empleados estaban al tanto de los manejos de su empresa. O si opondrían resistencia, o algo peor...

El capitán había decretado el Nivel Ámbar de Emergencia, la situación previa a la máxima alerta. Ese protocolo activaba a la tripulación, pero sin que el pasaje lo supiera. No convenía, en caso de contingencias serias, asustar a los clientes, lo que podría ser una auténtica calamidad, pues casi nadie hacía caso de las indicaciones de seguridad o los simulacros que, nada más llegar a bordo, se les obligaba a hacer. Como bien sabía Deckett tras años de experiencia, los pasajeros sólo pensaban en divertirse. La seguridad implicaba un desagradable entorpecimiento de sus planes, y pocos prestaban atención a las señales luminosas o a las indicaciones de la tripulación. Mejor no provocar el pánico.

No se cruzaron con nadie en el camino hasta la sede de Bionic. Faltaba aún media hora para que abrieran al público, y el empleado que los recibió, el mismo tipo almibarado y aromático de las otras veces, se quedó con la boca abierta cuando contempló a la Jefa de Seguridad vestida como una marine espacial, junto con seis de sus subordinados igualmente acorazados. El hombre se apartó en cuanto Deckett le enseñó en su interfaz de muñeca el holograma rojo de la Orden Ejecutiva del capitán.

—Quiero a toda su gente aquí y ahora —dijo imperativa—. ¿Cómo se llama usted?

—Ramírez… Carlos Ramírez, señora —balbució el joven.

—Bien, Carlos. Dígame quién manda aquí en ausencia de madame Leclerc.

Ramírez, nervioso y empezando a sudar, miró hacia una mujer alta y espigada de cabello tan dorado que parecía champán, vestida de negro. Un estilo reconocible, similar al de Leclerc. La elegancia allí era parte de la uniformidad.

—Soy la vicedirectora. Augustine Fauré —dijo acercándose resuelta a Deckett.

—Excelente, Augustine. Quiero que se presenten ante mí todos los miembros de la delegación, incluidos ingenieros, técnicos y demás.

—¿No va a darme explicaciones? —aventuró la vicedirectora. La expresión de Deckett no parecía arredrarla, al parecer.

—Ninguna. Tengo la máxima autoridad. Ha visto la Orden Ejecutiva. Los quiero a todos aquí ahora mismo. Y los quiero a todos lo más lejos posible de sus consolas y tableros de control.

Bastó que Deckett alzara sólo un poco la boca de su subfusil para que la mujer de dorado cabello asintiera. Armas a bordo... Inhabitual, extraño, peligroso... No resultaba conveniente usarlas dentro de un navío en mitad del espacio. Las consecuencias podían ser terribles. En cualquier caso, los proyectiles de esas armas estaban diseñados para provocar una conmoción eléctrica en quien recibiera un disparo. Su capacidad de penetración era escasa, pero la descarga podría dejar inerte a un jugador de rugby de dos metros de alto. Todo el personal de Deckett, armado del mismo modo, portaba chalecos y armaduras de grafeno. Sólo por si acaso...

En unos minutos la gente de Bionic estuvo presente, todos con diferentes grados de sorpresa, estupefacción e incluso ansiedad. Deckett, usando su entrenados sentidos, descartó a quienes mostraban auténtico nerviosismo o miedo, y se centró en los que miraban con determinación y de forma disimulada, o fingían temor. Ésos, sin duda, eran quienes sabían por qué habían venido. Indicó a su gente mediante señales de combate cuáles eran los objetivos preferentes. Con discreción, los suyos fueron ocupando los lugares más adecuados. La vicedirectora, pensó Deckett, no parecía nerviosa, pero diría que su mirada no era de culpabilidad. Podía equivocarse, sin embargo. Mejor no fiarse de nadie.

—Quiero que abra la bóveda de almacenaje, Augustine. Llévenos allí.

—¿La bóveda de almacenaje? —Su expresión confundida le dijo a la inspectora que la señora Fauré no participaba en la intriga. Un tipo elegante, ataviado con un traje de vicuña en color calabaza, se irguió tras ella. Deckett le apuntó con su arma.

—¡Usted! Levante las manos. ¡Chicos!

El tipo lo hizo, ante la sorprendida mirada de la vicedirectora. Los agentes de Seguridad se movieron y apuntaron a los objetivos designados. Siete personas en total. Era muy posible que no todo el mundo en la sede conociera los verdaderos planes de sus patrones. Cabría esperar que la vicedirectora sí, pero estaba claro que no se trataba de una cuestión de jerarquía, sino de falta de escrúpulos, se dijo Deckett.

—Abra la bóveda —ordenó a Fauré. Señaló con el cañón al otro tipo—. Y usted, camine delante.

El del traje de vicuña asintió con gesto leve. Comenzó a moverse hacia el fondo del local, y Deckett lo siguió a prudente distancia. Una puerta circular, similar a la del despacho del capitán, se abrió bostezante.

El atildado empleado entró. Dos de sus agentes lo siguieron. La vicedirectora se acercó hasta la puerta, y Deckett la detuvo con un gesto.

—Aguarde aquí, haga el favor —dijo. La mujer asintió y Deckett, con cautela, entró y exploró el interior.

En una cámara rectangular en penumbra, adosados unos a otros y puestos en pie, había una serie de contenedores con cubiertas translúcidas. Tras ellas podían verse las figuras achaparradas de una docena de bots en estado inerte. De un total de cuarenta, sólo esos doce estaban ocupados.

No había nada más. Consolas de control, sistemas de cuya función no tenía ni idea, cajas de embalaje y otros trastos. Pero nada más.

—¿Dónde está el resto? —preguntó Deckett acremente.

El tipo elegante se encogió de hombros.

—No hay nada más, como puede ver.

El tono casi altanero de su voz, sin el menor asomo de incertidumbre, sin la menor duda, le dejó claro a Deckett que había más. Oculto en algún lugar. En situaciones similares, la gente inocente se pone nerviosa. ¿Por qué? Por su larga experiencia ella lo tenía claro: los verdaderos inocentes siempre, pero siempre, se sentían culpables. Obviamente no de lo que se les acusaba, pero sí de cualquier otra cosa. Como ocurrió con Bronislaw. Este tipo mostraba una suficiencia insultante. Pero no sabía con quién estaba tratando.

Con un movimiento brusco, la inspectora clavó la bocacha de su subfusil en el estómago del hombre. Él no se lo esperaba, por supuesto, y no pudo reaccionar. Deckett lo había golpeado en el punto de sensibilidad abdominal, y él se dobló sobre sí mismo tras expulsar violentamente el aire por la boca. La inspectora apoyó el cañón del arma en su frente y volvió a preguntar.

—¿Dónde... está... el resto? —Usó su tono más perentorio, hablando entre dientes. Estaba incumpliendo un montón de normas y procedimientos legales, lo sabía. Aunque, con las comunicaciones cortadas y la nave alejándose hacia Júpiter, el capitán era quien mandaba. Su autoridad la respaldaba.

El hombre, incorporándose un poco y con las manos en el abdomen, señaló hacia una pared.

—Allí... —murmuró con expresión dolorida.

Deckett le indicó con el arma.

—Vamos, ábralo.

La pared parecía sólo eso, una pared. Por si acaso, la inspectora había pedido a su gente que descargaran en sus interfaces los planos de todo el *Schettino*. De haber zonas ocultas, como dobles espacios o similares, podrían localizarlas mediante sónar. Pero no iba a ser necesario. El hombre, una mano en el estómago, puso la otra sobre un punto de la pared. Un punto, por lo demás, anodino. No parecía haber nada ahí. Pero, tras tocarlo, una parte del muro se deslizó a un lado. Sensores táctiles camuflados, por supuesto, se dijo ella. Se percató de la expresión estupefacta de la vicedirectora, parada en el vano de la puerta exterior. Era evidente su desconocimiento de todo aquello.

—Apártese —ladró al tipo del traje de vicuña. Él, encorvado aún, lo hizo—. Chen, vigílalo.

—Sí, jefa. —Su subordinado encañonó al hombre. Éste se mordió el labio. Ahora sí, ahora sudaba. Sabía lo que se le venía encima.

Deckett entró en la zona oculta. Vio maquinaria que reconoció al instante: sarcófagos médicos de estasis con todo su equipo auxiliar. Unos... treinta, contó. Veinticuatro de ellos, ocupados. Los activos mostraban indicadores lumínicos, pantallas con presentaciones de constantes vitales y escarcha tras las cubiertas transparentes. La inspectora recorrió el pasillo y fue observando los rostros plácidamente dormidos. Conocía algunos de ellos: famosos, políticos, millonarios...

De repente se quedó inmóvil, petrificada, ante uno de los sarcófagos. El rostro en el interior, iluminado apenas en un azul blanquecino, la dejó allí clavada.

Geneviève Leclerc.

41

Deckett llamó de inmediato a Nwosu y Keira. No hubo señal de conexión. La sala oculta debía de estar aislada contra radiaciones. Salió apresuradamente e hizo una nueva llamada. Esta vez sí había enlace. Pero no respuesta. Sintió un desagradable frío recorriendo su espalda.

Envió un mensaje a todo el personal bajo su mando, con copia privada al capitán. Incluyó una imagen de la directora de Bionic: «Aviso de alta prioridad: hemos encontrado al asesino. Se trata de Geneviève Leclerc. Extremen las precauciones. Es muy peligrosa. Tienen autorización para usar fuego letal».

No dijo que era un bot. Eso aún no lo sabía todo su personal. Nunca se le ocurrió pensar que Leclerc pudiera ser el objetivo que buscaban. O sí... Por un brevísimo instante, la idea de que así fuera pasó por su mente y la hizo estremecerse. ¿Cuándo fue? ¿En qué instante tuvo un mínimo asomo de duda? No era el momento de pensarlo, había urgencias que atender. Pero sí, el filo de la duda se cernió sobre ella en alguna ocasión. ¿Debería haber supuesto tal posibilidad? ¿Fue otro error como el cometido con Znedin? Le gustaba esa mujer. Le caía bien, habría hecho buenas migas con ella en otras circunstancias; era eso lo que sentía. Lo que sintió desde el día en que la conoció. Si, esta vez, su intuición le había fallado...

De todas formas, pensó inquieta, ¿cómo no notaron nada? «No seas estúpida —se dijo—. ¿Habrías notado algo en Hermes de no haber sabido lo que era en realidad?»

Lo dejó correr y desplegó en su interfaz neural un plano de la situación de su gente, en el que los indicadores de posición destellaban en verde. La red interna creada para la operación permitía el trasvase instantáneo de información, así como órdenes de mando y requisitos de seguridad. Todos estaban entrenados para manejar ese tipo de redes, aunque no solía ser necesario. Los incidentes más graves no habían pasado nunca de broncas de bar, algún que otro incendio y aquel secuestro del niño en la caja. Todo salió bien las otras veces. Pero ahora…

Una llamada del capitán interrumpió sus pensamientos. Freeman había sido rápido. Mientras respondía, miró a su gente en la sala principal de Bionic. Todos sabían ya lo que había que hacer. El personal sospechoso fue apartado y conducido al fondo del local. El resto fue agrupado en el lado opuesto. La gradación de expresiones iba de la confusión a la absoluta estupefacción.

—Aquí Deckett, diga, capitán.

«¿Geneviève Leclerc es la asesina? ¿Es el bot sin Directiva Omega? Dígame que no, Deckett.»

Recibía la transmisión directamente a la región auditiva del cerebro, como si fuera telepatía. Bueno, lo era: telepatía científicamente avalada.

—Lo es, señor. Le mando la imagen…

Tardó un instante en enviar por su interfaz una holofoto del rostro semicongelado de la verdadera Leclerc. ¿Sería ella igual de interesante que su bot? Si eran copias… Quizá algún día pudieran tomarse esa copa… Deckett se concentró de nuevo.

«Mierda, Deckett. Hay que pararla. ¿Nuestras armas pueden detenerla?»

—No estoy segura, señor. Pueden dejar fuera de combate a un hombre de ciento cincuenta kilos. A un bot… No lo sé. Espero que sí.

«Lo ideal sería no destruirla, Deckett. Es una prueba crucial en todo esto. Pero la seguridad de nuestra gente y del pasaje es imperativa. No dude en matarla si es preciso. Bueno, matarla…

o lo que sea. Ya me entiende. La dejo trabajar. Manténgame informado.»

El capitán había cortado la comunicación sin esperar respuesta. La inspectora miró a su alrededor. Se concentró en su interfaz: era perfectamente capaz de usarla al mismo tiempo que hablaba, pero no era fácil. Hacía mucho que no lo practicaba.

«Minguet, Chilin, Arkade: llevaos a ésos a Seguridad y encerradlos. Valery, Constance: averiguad qué ha pasado con Nwosu y Keira. Duluth, Li Bai y Kimmer, quedaos aquí e interrogad al resto. Ante cualquier sospecha, disparo a baja potencia y los dejáis fuera de combate. A todo el personal, salvo a los ya comisionados: prioridad uno, acudid al Templo de Litur. Os quiero a todos preparados para cualquier eventualidad.»

Una larga serie de señales de aceptación le indicó que su gente había recibido los mensajes y se ponía en marcha. Deckett inspiró hondo. El silencio de los agentes enviados a la suite de Leclerc no presagiaba nada bueno. Debía prepararse para lo peor.

«Hermes», se dijo. Ojalá no fuera tarde. Sin duda, Leclerc... mejor dicho, su copia, no esperaría quieta. Su obvio objetivo tenía que ser él. No habían dispuesto aún de tiempo para descargar de su memoria el archivo... como se llamara. El del fin del mundo. Un bot sin Directiva Omega. Independiente, inteligente, fuerte... Que ya había matado, y que volvería a hacerlo si fuera preciso. Y que, además, podía cambiar de aspecto. Aunque esto último...

Se volvió hacia el grupo de presuntos inocentes. Buscó a la vicedirectora.

—Augustine, acérquese, por favor. —La mujer lo hizo. Su expresión era de duda, pero aun así había determinación en ella.

—No entiendo nada, inspectora. ¿No va a darme explicación alguna?

Deckett no lo pensó. Asintió.

—Su empresa es culpable de una monstruosa conspiración para causar daños a un nivel imposible de calcular ahora. No puedo darle detalles, pero ahí dentro —señaló hacia la habitación oculta— se hallan los cuerpos de veinticuatro personas que han sido sustituidas por bots de última generación.

Fauré se irguió, los ojos abiertos en gesto de incredulidad. Ella había permanecido fuera cuando abrieron el compartimento secreto. No vio lo que allí se guardaba…

—Pero eso es… —Deckett alzó una mano para interrumpirla.

—Es como le digo. Ahora escúcheme, porque es importante. —La mujer del cabello de color champán asintió—: en el hipotético caso de que un bot fuera completa y absolutamente autónomo, y en el hipotético caso de que dispusiera de la información necesaria para ello, ¿podría cambiar de aspecto a voluntad?

Augustine Fauré negó lentamente, un gesto apenas esbozado. Pero, de repente, entrecerrando los ojos, asintió.

—Diría que sí, inspectora. No le haré preguntas, veo que tienen prisa y seguro que acabaré enterándome de todo. Hipotéticamente hablando, puede ser. No tenemos ningún bot capaz de ello, todos están bajo salvaguardas que impiden cambios en su morfología sin supervisión. Pero sí es posible programar un bot para que pueda hacer lo que usted dice.

Deckett asintió y comenzó a alejarse. Fauré la llamó antes de que diera varios pasos.

—Inspectora, por favor… —Ella se detuvo. La expresión de la vicedirectora era casi de angustia—. Madame Leclerc no ha venido. ¿Su hipótesis tiene que ver con ella?

—¡Kimmer! —gritó como respuesta. El agente se giró hacia su jefa—. Lleve a la señora Fauré a la sala del fondo. Sólo a ella —Deckett la miró—. Compruébelo usted misma…

Salió a toda prisa seguida de su gente.

42

«Nwosu está muerto. Le han partido el cuello. Y Keira está gravemente herida, jefa. Pero la mantenemos estable. En la suite de Leclerc no hay nadie. El equipo médico ya viene de camino.»

—¿Alguien ha visto algo? —preguntó usando la voz. La cansaba mucho simultanear los comandos mentales y los vocales. Su mal presentimiento se había cumplido.

Nwosu… Kiano Nwosu, nacido en Kenia, en el continente africano en la Tierra. Treinta y dos años, padre de dos niños. Un buen tipo, trabajador, serio cuando tocaba, divertido cuando se terciaba… Lo echaría de menos. «Maldita Leclerc… No, quita eso: maldita Bionic. Esa Leclerc es sólo un instrumento de ellos. Lo pagarán.»

No era el momento de pensar en su hombre. Ya lo llorarían. Lo importante ahora era evitar más muertes. Había que parar a ese ser. Al que le costaba dejar de llamar Leclerc, debía admitir.

A estas alturas, Bionic ya había perdido la partida. Ajedrez o el juego que fuera, no había más jugadas que hacer. Incluso aunque Leclerc, a la que había decidido seguir llamando así para evitarse complicaciones, lograra matar a Hermes, las pruebas en la sede de la empresa eran irrefutables. ¿Cómo explicar la presencia de tanta gente famosa congelada? Bastaría con enviar imágenes de sus sarcófagos para que, como mínimo, se abriera una investigación en toda regla. Cierto que, de morir Hermes, de conseguir Leclerc eliminar a su principal testigo, tendrían dificultades para demostrar la culpabilidad de la empresa. Los poderosos abogados de la Corporación serían muy capaces, sin la prueba que representaba Hermes, de desbaratar las acusaciones que contra ellos se hicieran. O, al menos, de minimizarlas. No le extrañaría que exhibieran contratos firmados por los congelados autorizando quién sabía qué. Y tampoco sería fácil localizar a los humanos sustituidos que no aparecían en el listado de Hermes. La perfección de éstos era tal que podrían pasar meses hasta encontrarlos a todos. Y ello sin hablar de las consecuencias económicas y políticas cuando todo saliera a la luz.

Matar a Hermes... Se daba cuenta, mientras el ascensor los llevaba al Nivel Ocho, de que para ella Hermes ya no era un bot. En sus pensamientos siempre era Hermes, no *el bot*. No se puede matar a un bot. Se lo destruye, desactiva, desconecta... Pero no se lo mata. Daba igual lo que pensara, o cómo lo quisiera considerar. Daba igual si su inteligencia era artificial o no. No importaba si su vida era cibernética o no. Para ella estaba vivo. En toda la extensión de esa palabra. No era más que semántica...

Todo parecía muy tranquilo en las inmediaciones del Templo. Las luminarias parpadeaban como de costumbre, y el corazón púrpura coronado de flores de lis latía y se encogía igual de melifluo que la primera vez que lo vio. El gusto de los liturianos, había que reconocerlo, era rematadamente cursi.

Accedieron sin problemas. La deán los recibió en la misma puerta. Su gente ya la puso al corriente de lo más importante cuando llevaron a Hermes. Sí, reconoció que había un refugio secreto, y sí, permitiría que un bot, a pesar de las enseñanzas de Litur, se refugiara allí. Su relación con Condesa y Znedin bastó para acogerlo.

Nada que reseñar, les dijo en cuanto llegaron. Nadie fuera de los fieles habituales habían entrado o salido. Era muy temprano, y lo normal es que la mayor afluencia se diera por la tarde. En el Templo había sólo un escaso número de residentes, aquéllos que cumplían alguna práctica ceremonial o de purificación, que duraban varios días seguidos. Deckett pidió una lista de quienes accedieron a primera hora de la mañana. Dos personas, nada más: la propia deán y la anciana que atendió a Znedin la noche en que murió. La inspectora ya la conocía y la había descartado en la investigación previa. Comprobaron los registros de localización: no había nadie sin identificar. Leclerc no se les había anticipado.

Acompañada de la deán, Deckett se dirigió hacia el refugio, que resultó ser una habitación no demasiado grande dotada de una puerta más sólida de lo habitual. Dentro, además de Hermes, sentado ante una mesa de lo más funcional, había pilas y pilas de cajas que contenían raciones de emergencia, respiradores autónomos, herramienta variada y botiquines básicos. Y una enorme cantidad de garrafas de agua.

El bot se alegró de verla. O eso expresaron sus facciones. La deán los dejó a solas, y el personal de Seguridad permaneció afuera.

—Hola, Hermes. Imagino que te han puesto al día.

Él asintió. Vestía exactamente como la vez en que la acompañó a comprar ropa para la cena con el capitán. La gorra con el logo de SC, sobre la mesa, completaba el atuendo. De haberlo visto en la Grand Promenade, ni se habría fijado en él. La intención era justo ésa: mantenerlo a salvo de miradas indiscretas por si fuera menester sacarlo de allí. Él, como era habitual, ni parecía aburrido ni demasiado interesado. Seguía estando fuera de su entorno normal, el de los pasajeros de clase más alta.

—Me han dicho lo de tu subordinado. Lo siento mucho. Y también que ya sabemos quién es el asesino de Znedin…

Durga lo miró asintiendo. Se sentó frente a él.

—¿Te ha sorprendido?

Hermes, pensativo, tardó un rato en responder.

—A posteriori —dijo echándose hacia atrás—, te diría que no. Que la lógica de su verdadera naturaleza es consistente. Sin embargo, Leclerc era, en apariencia, la menos indicada. La menos sospechosa.

—¿Por qué piensas eso? —Quería saber la opinión de Hermes. En materia de la psicología cibernética, sin duda él estaba más cualificado.

—Entre nosotros nos reconocemos —respondió—. Signos muy sutiles que pueden pasar desapercibidos a la percepción humana. No los vi en ella. No me pareció nunca un bot.

—¿Podéis reconoceros? Eso es interesante. ¿Sería tal vez un modo de localizar a todos aquéllos que Bionic ha sustituido?

—Habría que explorar esa posibilidad.

—Si se trata de modelos similares a mí, creo que sí. Incluso si han hecho algún avance significativo, quizá aún sería posible. No puedo afirmarlo con certeza, pero esos signos son muy difíciles de ocultar.

—¿Puedes decirme alguno de ellos?

Hermes se señaló la barba. No le había crecido un milímetro desde que se conocieron. El cabello en un ser humano tarda más en crecer, pero en una barba masculina es evidente su desarrollo en cuestión de días.

—La barba, por ejemplo. Ciertas expresiones faciales, la densidad y dibujo de las arrugas, sobre todo si se trata de un bot de aspecto más maduro. Imitar la epidermis juvenil es más fácil que imitar la piel ajada. Cada persona envejece de un modo particular, según sus expresiones habituales. *Arrugas de expresión*, se las llama. En un bot están diseñadas cuidadosamente para parecer auténticas, pero nosotros podemos reconocer esos rasgos al igual que podemos reconocer cuándo una imagen o un holo han sido creados con IA.

Durga asintió pensativa. Quizá sí podría ser una forma de localizar a los impostores. Pero…

—No reconociste a Leclerc durante la cena con el capitán —dijo.

Él asintió.

—Cierto, no noté nada raro. Es verdad que no estuvimos nunca demasiado cerca, aunque, aun así, debería haberme percatado. No sé, Durga, no tengo respuesta para esto. Quizá en ese momento se trataba de la verdadera Leclerc.

Ella negó con un gesto rápido.

—No sé cuánto tiempo lleva la auténtica en su sarcófago, pero no tenía pinta de ser reciente. Habría que preguntarle a la vicedirectora, o a Tian. De todas formas, si, como dices, puedes reconocer a un bot, puede que eso nos dé alguna ventaja para localizar a la copia de Leclerc.

Hermes alzó una mano.

—Espera, no te sientas satisfecha antes de tiempo —le dijo. Ella se mordió el labio inferior, desanimada—. Las copias deben también, como haría un humano real, modificar su aspecto de modo coherente y continuado. No hablo de vestimenta, sino del aspecto general. Por ejemplo, un humano no tiene el mismo color todos los días. Una indigestión o un catarro lo alteran. El humano copiado debe modificar ese tipo de detalles, o parecerá raro. Es decir, alguien tiene que estar monitorizando constantemente el programa para incluir cambios aparentemente triviales. Me sigues, supongo…

—Te sigo, me parece lógico. Eso ha de implicar por fuerza una complicada trama detrás. Porque, por muy autónomos que seáis, necesitáis… Bueno, espera…

No necesitaban nada. Fauré le había dicho que teóricamente un bot podía modificar su programa. De ser así, como en el caso de su asesina, no habría necesidad de ningún tipo de soporte técnico.

—Por lo que me habéis contado —prosiguió Hermes llegando a la misma conclusión—, Leclerc es perfectamente capaz de cambiar su apariencia. Yo no puedo, pero está claro que ella no tiene restricciones en ese sentido. Tal vez se trate de un modelo nuevo, y por eso no noté que era una copia.

—¿Qué hace falta para cambiar esa apariencia?

—No mucho, en realidad, si se trata de modificaciones puramente estéticas. Basta con una librería de opciones suficientemente grande, y tiempo para hacer los cambios. Para modificar el tamaño, el sexo, el volumen… Bueno, eso requiere más tiempo. Los procesadores morfogénicos no pueden trabajar a un ritmo elevado. Se sobrecalientan, y hay miles de pequeños detalles que requieren mucha capacidad de cálculo.

—¿Se sobrecalientan? —Interesante, pensó Deckett.

Hermes asintió.

—Si fuerzas los mecanismos morfogénicos para que trabajen más rápido, tienes dos problemas: el sobrecalentamiento y fallos en las últimas capas de refinado.

—¿De qué…?

Él alzó una mano y la giró para mostrar anverso y reverso.

—Como harías con un filtro para una publicación en tus Nodos Sociales, hay capas de tratamiento de la imagen que se añaden a las anteriores. La premura en ese proceso haría que el aspecto del bot pudiera ser algo… raro. Como sin definir. Sin embargo, el ojo humano posiblemente no lo detectara. Yo lo notaría, tú… Lo dudo.

Un dato importante, pensó ella, porque, si era como afirmaba Hermes, desde que los desafortunados Nwosu y Keira fueron a por Leclerc, apenas había pasado hora y media. El bot asesino no podía presentarse en el Templo con su aspecto habitual, necesitaría pasar desapercibido. Ahora ya sabían, era evidente, que el supuesto Bronislaw Li era en realidad Leclerc. ¿Qué aspecto elegiría esta vez si, como suponían, intentaba llegar hasta Hermes?

—¿De cuánto tiempo estamos hablando? —preguntó Durga.

—Creo que sé por dónde vas —respondió él amusgando los ojos—. Leclerc no ha tenido tiempo aún de conformar una nueva apariencia convincente. De entrar ahora mismo aquí, yo la reconocería tuviera el aspecto que tuviera.

—¿Tuviera el aspecto que tuviera? ¿Incluso el mío?

Hermes no dejó de sonreír.

—A ti te conozco demasiado bien, Durga. Y no, no estás a medio terminar. Además, yo habría detectado el exceso de calor de tus actuadores morfogénicos… si fueras un bot, claro. Siendo galante, te diría que eres inimitable.

—Gracias, es el mejor cumplido que me han hecho nunca, teniendo en cuenta con quién me comparas… —Durga rio con ganas. Fue una risa nerviosa, sí. No estaban en una situación agradable, pero le vino bien hacerlo.

—¿Ha entrado alguien en el Templo, además de vosotros? —preguntó Hermes. Ella alzó dos dedos.

—La deán y una anciana diminuta que se mueve muy despacio. Rosalinda Greenland, se llama. Es una pasajera de segunda clase a la que sus nietos le han pagado el viaje. Lituriana convencida, se pasa más tiempo aquí que en las actividades recreativas de la cuarta edad.

—¿La habéis comprobado a fondo? —La pregunta de Hermes la puso sobre aviso. Lo habían hecho, sí. ¿Por qué le preocupaba a él?

—¿Crees que podría ser ella? —preguntó ella a su vez con expresión de duda.

—Podría ser cualquiera. Incluso una ancianita de aspecto inocente. Es mucho más fácil y rápido recrear rasgos que ya tienes almacenados. Si el bot de Leclerc usó antes ese aspecto, podría haber hecho ya una transformación completa. ¿Puedes enseñarme una imagen actual?

De inmediato Durga hurgó en la memoria virtual de su interfaz. En su muñeca izquierda apareció el rostro translúcido de la anciana Rosalinda. De haberlo pedido, la información sobre ella se habría materializado a su lado. Hermes estudió la imagen durante unos segundos. Luego alzó la mirada.

—No estoy seguro. No puedo darte garantías. Podría ser la anciana. O podría no serlo. Lo siento.

Deckett maldijo para sí misma, eso no ayudaba. Fuera como fuera, debían comprobarlo. Envió un aviso a su gente. ¿Y si la puñetera abuela cándida era Leclerc? Recibió confirmación de todo su equipo.

—Te dejaré con Dris, Hermes. Tengo que asegurarme. —Se dirigió a la puerta y se volvió antes de cruzarla—. Por cierto, si fuera Leclerc, ¿algún consejo para reducirla?

—Un disparo de vuestras armas en la cabeza la dejará inerte. No sé cuánto tiempo, pero imagino que el suficiente. Tened cuidado, Durga. Es más fuerte de lo que su apariencia indica. Incluso yo, de enfrentarme a ella, estaría en dificultades.

Durga asintió y salió al pasillo. Dris y Kai montaban guardia al lado de la puerta.

—Hay que encontrar a la anciana —dijo Deckett en voz baja—. ¿Podéis localizar su señal?

Kai comprobó su interfaz e hizo un gesto afirmativo.

—Sí, jefa. Procede de la Sala de Oraciones. Está en el primer nivel, la habitación grande con bancos y luces de color violeta. Le envío la ubicación.

—Dris, quédate aquí. Kai, ven conmigo. Llama a los otros.

A toda velocidad se dirigieron a donde la señal localizadora parpadeaba en su plano mental. Entraron en tromba adoptando las posiciones de combate prestablecidas. La abuela se giró hacia ellos con gesto de terror. Deckett la apuntó con su arma.

—Póngase en pie, Leclerc. Esto se acaba aquí.

—¿Qué? —La mujer, con un convincente aspecto de anciana desorientada, levantó las manos asustada— ¿Qué hacen?

—He dicho que se ponga en pie —repitió Deckett con el dedo en el disparador. Nunca había disparado a una anciana. Fuera o no lo fuera, le costaba trabajo pensarlo siquiera. ¿Y si se equivocaban? ¿Y si disparaban a una abuela auténtica?

La mujer se alzó trabajosamente. Llevaba lentes, un horrible chal de lana de color rosa palo, y un vestido de *chiffon* estampado con flores de lis. Algo en la cabeza de la inspectora empezó a chillar.

«Esto está mal, esto está mal, esto está mal…»

Sus años de experiencia tratando con criminales en los bajos fondos de las colonias mineras, en la Tierra, en las naves en las que sirvió antes de Starliner, también su experiencia con aquel canalla que la engañó con tanta facilidad, todo ello la advertía de que algo estaba mal. Y su sexto sentido, o como pudiera llamarse a eso, no solía equivocarse. No mucho, al menos.

—¡Quietos! —gritó—. No es ella.

Hermes no estaba seguro, se dijo. Ella tampoco, pero eligió darle una oportunidad a su sexto sentido. Eso sí: no dejó de apuntarla.

—¿Cuándo vino al Templo, abuela? —preguntó. Rosalinda parpadeó dubitativa.

—Pasé la noche aquí, señora —dijo nerviosa—. Haciendo mi ritual de purificación…

—¿Sabía alguien que usted pasó la noche aquí? Alguien de fuera del Templo, quiero decir.

La abuela negó con la cabeza.

—Me decidí anoche a última hora. Un hermano me pidió compartir con él el ritual, y lo acepté. No lo tenía previsto.

«Vaya», pensó Deckett recordando cómo eran los rituales de purificación según Litur. «¿Por qué no? ¿Acaso la edad ha de impedir disfrutar en la cama? Bien por la abuela». Bajó el cañón de su arma.

Se dio la vuelta y observó a su equipo. Dris estaba con Hermes. Al llegar al Templo dejó apostada fuera a Cimino. Sólo entraron Dris, Kai, Kontu, Gervais y ella misma. Dieron por sentado que el bot de Leclerc ya estaba dentro. ¿Y si no fue así? ¿Y si llegó tras ellos y no antes? ¿Y si, simplemente, esperó oculta su oportunidad para acceder? *Mierda, mierda, mierda…*

—¡Cimino, contesta! —llamó a través de su interfaz.

Los segundos pasaron sin respuesta. «Mal asunto», pensó. No perdió más tiempo y comprobó la localización de Cimino. La señal parpadeó en su mapa mental justo donde la habían dejado, en la puerta del Templo. Pero lucía en rojo en lugar de verde. La agente Cimino estaba muerta.

Mierda, mierda, mierda, se repitió.

—¡Al refugio, rápido!

Apenas tardaron unos segundos en volver. Dris yacía en el suelo, el casco a un lado, y un feo golpe en la cabeza. Su señal seguía en verde; estaba viva al menos.

La puerta de la habitación aparecía entreabierta. Al otro lado, Hermes, en pie, se enfrentaba a Cimino. Mejor dicho, a una mala copia de Cimino. Como le explicara él, la premura en el cambio le daba a su rostro un aspecto extraño, a medio definir. Deckett recordó el proceso de transformación de Hermes, la forma en que su cuerpo y su rostro fueron modificándose, los colores y las texturas que parecían fluir. Las facciones de Cimino, o Leclerc, semejaban casi líquidas. De hecho, el rostro parecía una mezcla informe del de ambas mujeres. El uniforme de la auténtica Cimino, que seguramente se había puesto con rapidez, no estaba bien ajustado, llevaba abiertos los cierres de las botas y le faltaban piezas de la armadura. Su cambio había sido muy precipitado, era evidente.

—Que nadie se mueva, Deckett. —La voz sonó también difusa, extraña, como una mezcla de voces. Más electrónica que humana—. Llega tarde, inspectora.

El cañón del subfusil sustraído a Cimino se apoyaba en la sien derecha de Hermes. La mano que sujetaba el arma, como el resto de su cuerpo, parecía fluir más líquida que sólida. Deckett, casi a cámara lenta, como si el tiempo también fluyera con la parsimonia de un líquido viscoso, vio cómo el dedo en el disparador comenzaba a moverse.

—¡No! —gritó, y entró de sopetón a través del escaso espacio que dejaba la puerta entreabierta.

Ni pensó en disparar. Por muy buena que fuera como detective, su puntería no era precisamente la de un marine. Pero no lo dudó. El microsegundo de sorpresa que experimentó Leclerc al oír su grito bastó a Hermes para zafarse y tomar el brazo de su némesis. El disparo del arma de la asesina pasó junto a la oreja izquierda de él para chisporrotear inofensivo en la pared.

De un violento empellón, Leclerc arrojó a Hermes contra el muro. Era realmente fuerte; incluso en ese estado ambivalente, ondulante, había empujado al bot con la suficiente violencia como para que la superficie tras él crujiera y se abombara.

Deckett tampoco lo pensó esta vez. Se lanzó sobre Leclerc intentando apuntar a su cabeza. La bot se giró hacia ella con célere velocidad y la desarmó. Una patada de la inspectora logró lo mismo con el cambiante brazo que sujetaba el subfusil. Deckett notó dolor en la pierna, su rodilla protestando por el movimiento. Leclerc, sin aparente esfuerzo, la tomó por el correaje del chaleco y la empujó contra otra de las paredes. El impacto la dejó casi sin respiración y pudo escuchar con nitidez el crujido de sus costillas. El nuevo dolor lo llenó todo. Notó sangre caliente cayendo desde su sien. El casco se le había desprendido con el golpe, y algo en la pared le había abierto una brecha sobre el hueso temporal derecho. Con el rabillo del ojo, a punto de perder la consciencia mientras la bot la agarraba del cuello, observó a Hermes ponerse en pie y lanzarse hacia ellas.

Leclerc, con una velocidad inhumana, la mantuvo aferrada con la mano derecha, mientras que con la izquierda detenía a Hermes como si, en lugar de ser un tipo de metro ochenta, fuera la anciana Rosalinda. A tientas, sintiendo que se asfixiaba, Deckett extrajo el cuchillo de su equipo de seguridad. Con sus últimas fuerzas lo clavó en la axila del brazo que la estrangulaba. Leclerc no pareció muy afectada. Volvió la cabeza hacia ella, el rostro fluyendo como gelatina, y la miró. El único rasgo definido con claridad eran sus ojos. Los ojos de Leclerc, y no los verdes de la infortunada Cimino. Era evidente que no tuvo tiempo de copiarlos.

Un destello azul la cegó. Deckett cerró los ojos, pero aún fue consciente de que, por fin, alguien de su equipo había logrado entrar y había disparado a quemarropa a la bot en la cabeza.

Todo se volvió oscuro.

43

Una sinfonía de dolores la acometió en cuanto despertó. Con los ojos apenas abiertos contempló el techo. ¿Dónde estaba? El rostro borroso de alguien vestido de blanco se inclinó sobre ella.

—¿Cómo se siente, inspectora Deckett? —dijo el rostro con voz agradable.

—No estoy segura… ¿Dónde…?

—Está usted en la Sección Médica, recuperándose de sus heridas. Soy la doctora Munn. Intente moverse sólo lo necesario, tiene varias costillas rotas y la reparación ósea aún no se ha completado. Eso sí, el dolor de los traumatismos le durará un tiempo. ¿Quiere que la incorporemos?

Deckett asintió. La cama comenzó a elevarse permitiéndole observar el lugar. Uno de los reservados de Sanidad. Por el aspecto, uno para la tripulación, por supuesto. Había mamparos que la separaban de otros pacientes. Los pasajeros disponían, para su confort, de habitaciones privadas con todo tipo de atenciones. Bueno, lo importante era el tratamiento, y ése no era diferente fueras pasajero o tripulante.

—Avisaré al capitán de que está usted consciente, inspectora. Y, si le parece bien, ahora dejaré entrar a Tian. Lleva estos cuatro días esperando a que se despertara usted.

—¿Cuatro días? —preguntó confusa— ¿He pasado inconsciente cuatro días?

La doctora le sonrió. Munn, se dijo. Le sonaba el nombre. Claro, la que creyó que Bronislaw padecía de gastroenteritis. Esperaba que con ella no hubiera errado el diagnóstico.

—Recibió un golpe en la cabeza. El hueso temporal se hundió casi un centímetro, y hubo que eliminar la hemorragia interna. Nada serio, no se preocupe. Actuamos con rapidez gracias a que su gente la trajo aquí de inmediato. No le quedarán secuelas, no tema.

¿Secuelas?, se dijo. No estaba para secuelas, por favor. El dolor no era excesivamente intenso, pero sí persistente, insistente, punzante, como un murmullo que no se iba. Debía de estar muy medicada, porque se sentía, a pesar del dolor, muy bien. Como flotando.

—¿Y Dris? ¿Y Keira? —preguntó. Recordaba a Dris tirada en el suelo, sangrando. De Keira no había sabido nada.

—La agente McDonahue está perfectamente. Le dimos el alta ayer. No tardará en volver a sus funciones. En cuanto a la agente Woodenstock, su recuperación será algo más larga. Ha habido que sustituir su intestino delgado por uno nuevo.

«Joder», pensó. No quiso saber cómo ocurrió, no por ahora. No deseaba conocer detalles escabrosos. Lo importante era que Keira había sobrevivido.

—¿Y los demás? —Esta vez preguntó con aprensión. Tampoco quería saberlo, pero debía asegurarse. La doctora suspiró.

—Los agentes Cimino y Nwosu lamentablemente ya no están con nosotros. Mañana se oficiará el funeral por su descanso.

—Quiero estar presente.

Munn sonrió.

—Ya lo imaginaba, inspectora. Tian me dijo que no podría convencerla de lo contrario. No se preocupe, la llevarán al Tanatorio.

La doctora iba a alejarse y ella la tomó de la mano. Munn se volvió.

—¿Y Hermes? —Munn la palmeó con delicadeza.

—Perfectamente. El señor Lagrange está bien atendido. Pierda cuidado. Ahora, si se siente con fuerzas, dejaré que entre su visita.

—Claro... Gracias, doctora.

Ella se alejó. Oyó murmullos y pasos que se acercaban. El rostro preocupado de Tian apareció tras el mamparo de separación. Y detrás de él...

Darim.

Ella exhaló un largo, largo suspiro. Tendió su mano izquierda. El muchacho se acercó veloz y se la tomó. Tian se quedó atrás con expresión más de reconvención que de preocupación.

—¿Cómo estás, amor?

Amor... Al escuchar su voz Durga no pudo evitar un estremecimiento. Esa voz dulce, atenta... Era afortunada por contar con gente que la amaba así, que se preocupaba por ella. Tampoco pudo evitar el ramalazo de culpa que, viendo a Darim sentado a su lado, acababa de sentir. Otra vez la culpa, se dijo. Fuera como fuera, siempre la perseguía. Por más que se empeñara en decir que no servía para nada, ahí estaba.

—No tan mal como parezco, creo... ¿Y tú? —Él sonrió apretando su mano.

—Muy bien. Preocupado por ti. No me han dejado acercarme hasta ahora. Gracias al doctor Bao he podido verte.

Durga miró a su amigo. El hombrecillo, cruzado de brazos, no podía evitar esbozar una sonrisa de satisfacción a pesar de que intentaba parecer enfadado, como diciéndole *te lo advertí*.

—Gracias, Tian —dijo. Él se acercó y besó su frente en el único punto que no tenía cubierto por vendajes.

—No he hecho mucho, querida. Munn se ha ocupado de ti a la perfección. Te ha reparado todo, aunque no ha mejorado tu aspecto. Los hematomas en tu cara tardarán en irse.

Ella se recostó sobre la almohada. Suspiró.

—Bueno, ya ha acabado todo. —Miró a Tian—. ¿Qué ha pasado? ¿Puedes contarme algo?

—No es el mejor momento, querida. Tienes que dedicarte ahora a tu recuperación. En unos días estarás como nueva... Bueno, casi como nueva; ya vas teniendo una edad.

—Soy quince años más joven que tú...

Él sonrió enseñando los dientes.

—Nadie lo diría viéndote así. Bueno, Durga. Me temo que hemos de marcharnos. No se permiten visitas de más de diez minutos. Hay más pacientes aquí. Keira, por ejemplo. Aunque ella, dada la seriedad de sus heridas, está en un compartimento privado. Ventajas de casi morirse.

—¿Te vas a ir sin decirme nada, Tian? No puedes… —Intentó incorporarse y la sinfonía de dolores atronó en todo su cuerpo. Se echó de nuevo atrás.

—Vale, sólo te diré una cosa —respondió el médico—: las cosas se pondrán muy difíciles para Bionic. De momento, el capitán ha clausurado su sede aquí. Los pasajeros están que trinan, como cabía esperar. Pero se apañarán. No ha habido razón para desactivar a ningún bot. Hablo de los legales, claro…

—¿Y la gente hibernada? —preguntó ella. Darim seguía sosteniendo su mano, sin decir una palabra, contento sólo de acariciarla.

Tian miró hacia el techo con expresión de cansancio. Durga no iba a contentarse fácilmente.

—Todos están en recuperación. Eso sí, aislados e incomunicados. Ninguno ha vuelto aún a la consciencia. Por precaución, los médicos han decidido mantenerlos sedados hasta el regreso a la Tierra. Esperamos la llegada de la legación del bufete para dentro de diez días. Ya se verá qué ocurre cuando estemos en Júpiter. Los mandamases de la Tierra, Marte y el Cinturón tendrán mucho que discutir.

Durga asintió e inspiró con calma. Por el momento, le bastaría. Ya tendría tiempo de saber más.

—Vamos, chico, tenemos que dejarla descansar. —Tian puso una mano en el hombro de Darim. Éste se levantó. Con delicadeza besó los labios de Durga y luego se despidió.

—Volveré pronto, amor. Cuídate.

Ella intentó sonreír lo mejor posible. Movió los dedos como despedida. En unos instantes estuvo sola.

Diez días para llegar a Júpiter. La nave permanecería en órbita durante los tres días de que dispondría el pasaje para disfrutar de sus costosas y arriesgadas diversiones. Para quienes preferían algo menos atrevido que cabalgar tormentas en las capas altas de la densa atmósfera, estaban las visitas a las ciudadelas de Ganímedes, Europa y Calisto. O las excursiones a los volcanes de Ío, o incluso sobrevolar el liviano sistema de anillos de Júpiter. La flotilla de naves auxiliares del *Schettino* estaría muy ocupada en su ir y venir del planeta. Luego, con el impulso de su gravedad, regresarían a la Tierra.

No tenía ni idea, pero supuso que la legación de los abogados y los representantes del gobierno terrestre subirían a bordo en cuanto llegaran a su destino. Quizá ya habían llegado y aguardaban en Calisto. Recordó que el capitán le explicó que el viaje lo harían directamente, y no siguiendo órbitas de transferencia.

Bueno, a ella eso ya le daba igual. O le habría dado igual si no fuera porque Hermes desaparecería de su vida. Se lo llevarían. No volvería a saber de él. Quizá fuera lo mejor: no tener el menor contacto con el bot. Conocerlo había alterado su plácida aunque aburrida vida. Debía reconocer que, fuera como fuera, no dispuso de un instante para aburrirse. ¿Lo echaría de menos?

Lo echaría de menos, sí.

Oyó pasos y murmullos de nuevo. Giró la cabeza hasta donde pudo. El capitán Freeman apareció tras el mamparo. Automáticamente, ella intentó incorporarse.

—Deckett, por Dios, estese quieta. Está hecha un desastre, no se mueva.

Se plantó a su lado en su inmaculado y elegante uniforme azul marino. En la mano derecha traía la gorra, de color blanco níveo con visera en negro y cordoncillo dorado. «Un capitán de novela», pensó.

—Gracias por venir, señor. No era necesario…

Él movió la mano libre en un gesto de indiferencia.

—Pues claro que era necesario. Es usted una heroína. Como toda su gente. No podemos decir ni una palabra de todo ello, por supuesto. No todavía. En Bionic ya deben de saber lo que ha ocurrido, y no soy capaz de imaginar siquiera qué estarán tramando. Bueno, más que saber, lo sospecharán al no poder contactar con nadie a bordo. No ha salido ni una puta transmisión desde hace tres días. Di orden de cortar todas las comunicaciones de modo permanente. Fallos técnicos catastróficos, hemos dicho. Un micrometeorito errante que ha jodido los módulos de la antena principal. La gente no sabe que hay repuesto para todo, pero se lo han tragado. Furiosos porque no pueden actualizar sus cuentas en sus Nodos de mierda, pero se lo han tragado.

—Al menos, capitán, ya hemos terminado.

—Sí, por el momento. Y, como sé que le importa, no se preocupe por el señor Lagrange. Lo hemos trasladado a una suite en el Nivel Luxury. No la de Condesa, por supuesto. Sigue siendo el escenario, si no de un crimen, de algo más enrevesado. No podrá moverse de la suite, pero estará bien. Antes de que se lo lleven podrán despedirse.

—¿Qué pasó con Leclerc, señor?

El brusco cambio de asunto hizo sonreír a Freeman. Deckett sintió calor en las mejillas. No sabía qué sabía el capitán, pero seguro que algo sabía. Él le siguió el juego.

—Le volaron la cabeza a la muy hija de puta. Bueno, lo que ha quedado de ella no parece más que un muñeco deforme, pero al menos podemos considerar el caso resuelto.

—Me refería a la otra. A la auténtica...

El capitán volvió a asentir.

—Está en perfecto estado. Los médicos han determinado que llevaba en animación suspendida más o menos desde que empezó el viaje. Quizá desde antes. Los efectos de la hibernación no serán muy serios en su caso.

—¿Tan poco tiempo, señor? Pero ¿por qué la sustituyeron a ella? No le veo la lógica...

—En sus calabozos, Deckett, hay siete empleados de Bionic esperando a que usted se recupere lo suficiente como para exprimirles la información que haga falta. Están disfrutando de las comodidades que sólo Starliner Cruises puede ofrecer. A pequeña escala, por supuesto.

—¿Quiere que me ocupe yo, señor? —dijo ella sorprendida.

El capitán ladeó la cabeza y su sonrisa se tornó casi luminosa.

—¿Quiere que la prive de ese placer, Deckett? Porque puedo encargárselo a al señor Ferreira…

—Mejor lo haré yo, capitán. Kai es un buen tipo, pero nada sutil…

—Eso pensaba, Deckett. Pero no hay prisa. Lo primero es que se recupere usted. Nuestros inquilinos en Seguridad pueden esperar. A usted la veré mañana en el funeral, sé que nada impedirá su presencia. Y no se preocupe por su personal. Todos recibirán la recompensa y los méritos que les corresponden. También las familias de quienes hemos perdido. Deckett…

El capitán, de pie ante ella, se colocó la gorra meticulosamente. Luego se cuadró y la saludó militarmente. Ella no supo cómo responder.

—Gracias —dijo él.

—¿Por qué, señor? Sólo hicimos nuestro trabajo.

—Por una vez se ha hecho justicia a bordo. Se lo agradezco. A usted y a todo su equipo. Estoy harto de crímenes de los que hay que apartar la mirada por conveniencias comerciales o estratégicas. Estoy hasta los cojones de ese tipo de cosas. Aunque nos hayan complicado el viaje, Condesa Planck y Mayer Znedin se merecen todo nuestro respeto. En fin, mañana vendrán a buscarla. Cuídese.

Freeman se alejó con su paso decidido y marcial. Volvió a quedarse a solas. Intentaría dormir un poco. La cabeza le bullía de pensamientos, pero se sentía realmente agotada.

44

Transcurrieron ocho días. Ante todos los ventanales de la nave, en especial en el Paseo de los Árboles, los pasajeros se arracimaban para contemplar el magnífico espectáculo del mayor de los planetas del sistema solar, sus tenues anillos y su cortejo de satélites. La Mancha Roja, visible cada diez horas debido a la rápida revolución del día joviano, atraía todas las miradas. La lejana luz del sol pintaba de hermosos colores los rostros de las lunas visibles. Las pequeñas sólo podían verse con sistemas de aumento.

Durga, paseando junto a Tian, observaba el bullicio de los pasajeros. Independientemente de la clase a la que pertenecieran, todos miraban hacia el planeta. Había que reconocer que la escena era grandiosa. La rotación del Anillo Residencial podía hacer un poco molesta la contemplación, pero a la gente no parecía importarle.

—¿Cómo te encuentras, querida? —preguntó el médico cuando hubieron de parar para tomar asiento.

Durga se cansaba todavía con facilidad. Se habían detenido en una de las muchas terrazas. Un camarero acudió presuroso a tomar nota.

—Vino blanco para los dos. *Gewürztraminer*, por favor— dijo Tian.

Cuando el camarero se alejó, Tian observó a su amiga con detenimiento. Los hematomas y la hinchazón casi habían desaparecido y su rostro había vuelto a la normalidad.

—Bastante bien, Tian. Munn dice que las costillas se han soldado sin problema, y que el golpe en la cabeza está del todo curado. Me encuentro perfectamente.

—Me preocupaste en el funeral. Tu cara era un poema...

El funeral... No fue fácil. Ni para ella ni para su equipo. Habían perdido a dos compañeros, algo absolutamente fuera de lo común. Heridas y contusiones solía haber en todos los viajes. Muertes... Muertes no. Durga había visto muchas de ésas. Sus años en las colonias pesaban mucho. Pero esta vez fueron de gente cercana, con la que la unía el afecto y la camaradería. Estuvo bien, la verdad: la ceremonia fue preciosa. Íntima, por supuesto. El pasaje no supo nada de todo ello. Y a la tripulación, también por decisión del capitán, se le prohibió hablar del asunto. Al funeral asistió sólo un pequeño destacamento de tripulantes, pero eso no le restó emoción, ni seriedad.

El camarero llegó con una botella y dos copas. El hombre se retiró en cuanto Tian pagó la consumición. Sin palabras, ambos alzaron sus bebidas y brindaron. No hacía falta decir por qué o por quién.

Darim la acompañó a la ceremonia. Hermes no estuvo presente. No había razón para ello, así que no habían vuelto a verse. Tal vez fuera lo mejor. Despedirse de él cuando tocara, y ya está. Aún había muchas preguntas que quería hacerle, y quizá ya no fuera posible hacerlas. Preguntas sobre Condesa, su verdadera relación con Bionic. Por qué la eligió a ella como pieza en su juego. Preguntas que, tal vez, ya no hallarían respuesta. En todo caso, de no haberlas, daría lo mismo. Lo importante era separarse como correspondía. Como amigos.

—No fue fácil —dijo Durga mirando hacia Júpiter y sus lunas—. Hacía mucho que no perdía a alguien cercano. En fin. Dieron su vida en el desempeño de su deber. Sólo nos toca honrarlos y agradecérselo.

Tian la observó con esa expresión que ella tan bien conocía. Tanto como él la conocía a ella.

—Hablo de ti. Tu amigo biónico se irá apenas lleguemos allá… —Señaló hacia el móvil panorama celeste. La gran Mancha Roja subía al mismo tiempo que el Anillo descendía.

Durga suspiró.

—No hay mucho que decir, Tian —respondió mirándolo—. Sabes que lo mejor es que se marche. No es una persona real…

—Y una mierda.

Durga lo miró sorprendida. Tian no solía usar, a diferencia del capitán, palabras gruesas. Era raro oírle decir *mierda*.

—¿Qué quieres decir? Es lo mejor.

—Claro que sí, lo admito —replicó él—. Pero no uses como excusa que no es una persona real. A todos los efectos, querida mía, lo ha sido. Para ti al menos. Conocerlo ha cambiado algo en ti.

—No te entiendo… —reconoció ella dubitativa. O quizá sí lo entendía.

—No importa si es o no una máquina. Recuerdo que hablamos de ello al principio. Cuando aún no sabíamos qué había pasado con Condesa Planck. Nunca me gustaron los lovebots, lo sabes. Seguramente ésta era la razón: en lo que se refiere al corazón humano, a tu corazón, querida, es indiferente su naturaleza. Lo que importa es cómo lo miras.

—Explícate mejor, por favor…

Tian se volvió hacia Júpiter y luego hacia ella.

—No soy un triunfador en el amor, y tú lo sabes. Me conoces bien. Soy débil, fácil de engañar. O, al menos, de engatusar. Y por eso me resisto a enamorarme, porque siempre acabo fatal si paso de ese punto. En eso nos parecemos mucho: nos da miedo lo que no controlamos, pero nos controla igualmente. No diré que somos cobardes, no pienso eso. Pero…

Ella aguardó. Tian no solía hablarle así, con tal franqueza. No había asomo de su habitual ironía.

—… pero esta experiencia te ha cambiado. Lo presiento. Te sientes mal por Darim, muy mal. Y al mismo tiempo te sientes mal por Hermes. No terminas de amar al muchacho, quizá porque se te ha entregado totalmente sin esperar nada de ti. Y no estás segura de si amas a Hermes porque, dices, es una máquina. Y no es sano amar a una máquina.

—¿Lo es, Tian? Recuerda a la hermana de Znedin. A Condesa...

—Bueno, al menos ellas amaron. Máquina o no, amaron a alguien. El amor es algo que hacemos, no que nos hacen. Amas aquello que te agujerea el alma. Que te hace sentir que algo te falta, algo esencial que te mueve, te empuja, te saca de tu comodidad. Y Hermes Lagrange ha dejado al descubierto todas tus costuras. No lo niegues, porque lo sé.

Ella no lo negó. Inspiró hondo y luego soltó el aire despacio.

—Da igual, Tian. No sólo va a marcharse. —Miró a su amigo intentando no mostrar turbación—. No le queda mucho tiempo de vida.

El forense entrecerró los ojos.

—¿Cómo?

—Hermes me dijo que la vida de un bot, bueno, su duración operativa si prefieres el término técnico, no pasa de veinte años. A él le queda apenas uno. Y no, antes de que lo preguntes, no hay reparación posible. Un cerebro neurónico no es una calculadora de bolsillo, como él me dijo más de una vez. Son creaciones muy complejas. Hermes se muere, como todos nos morimos, sí. Pero esta separación sí que será definitiva.

—Así que por eso, en el funeral, tenías cara de funeral...

—Supongo que sí. No sólo por Nwosu y Cimino. Creo que, de alguna manera, también era el funeral de Hermes. Al menos para mí...

—Vaya, eso jamás lo habría imaginado —replicó Tian—. De todas formas, tengo razón. Hermes te ha cambiado, y creo, al menos eso espero, que va a ser para tu bien.

Ella ladeó la cabeza, dubitativa.

—Si crees que esto cambiará mi relación con Darim, no...

Él la interrumpió con la palma abierta ante ella.

—No, no digo que tengas que vivir para siempre con Darim y tener familia y todo eso, Durga. No sé si el chico es la persona adecuada para ti. Te ama y se dejaría matar por ti. Pero nada te obliga a estar con él si no es lo que deseas. ¿Lo deseas?

—No lo sé, Tian. No estoy segura. Lo quiero, me gusta, me da paz. Pero no estoy segura. Tal vez sí, tal vez no. Ya veremos. No pienso apresurarme.

—Me parece bien. En cualquier caso…

Un pitido mental avisó a Durga de un mensaje entrante y urgente en su interfaz neural. Alzó la mano para detener a Tian.

—Espera, Tian, mensaje urgente. —Él aguardó en silencio.

Durga lo leyó. Su rostro se demudó. Se volvió para mirar al médico.

—¿Qué ocurre? Me estás asustando…

—Era Kai. Dice que en la Grand Promenade y en el hangar de EVA dos bots acaban de matar a sus dueños.

—¿Qué? —La expresión de Tian era de incredulidad.

—Hemos de irnos, Tian. Algo está ocurriendo. Algo malo. Vamos.

Se marcharon en dirección de la lanzadera más próxima hacia el Anillo de Servicios. Atrás quedaron Júpiter, su cohorte de lunas y dos copas de vino blanco sin beber.

45

Nada más entrar en Seguridad comprendió que algo iba realmente mal. Nadie hablaba, y lo único audible era el zumbido y los cliqueos de las manos sobre las consolas. En todas las pantallas, murales y holográficas, se veían planos de diversas secciones del *Schettino*. Puntos rojos rodeados de círculos destellantes se movían en aparente desorden. Deckett contó hasta quince cuando Kai se acercó a ella. Era el más antiguo de la dotación, así que, en su ausencia, el agente Ferreira era el jefe.

—Menos mal que está aquí, jefa —dijo como saludo.

—Se supone que ése eres tú, Kai. Yo aún estoy de baja.

—No es bueno, jefa. Me parece que no querrá seguir de baja...

—Bueno, ponme al corriente.

En lugar de ir hasta su despacho, y mientras Kai le daba un primer informe, tomó asiento en la primera mesa que encontró libre. Introdujo sus códigos de comando y su consola se convirtió en la rectora de toda la red de Seguridad. Tian permaneció a su lado atento a las pantallas.

—Hemos recibido informes de toda la nave, jefa. Bueno, de toda la nave no. Del Anillo Residencial y de la bahía de hangares en el Núcleo. Hay bots que se han vuelto locos.

Ella alzó la mirada hacia Kai.

—¿Locos?

—Locos, jefa. Hacen cosas raras. Desobedecen a sus dueños. De momento hay dos víctimas, creemos que puede haber más. Está siendo difícil monitorizarlo todo. La gente se ha vuelto tan loca como los bots, y todos andan corriendo de un lado a otro buscando refugio. González y Li Bai informan de una multitud atrincherada en el balneario de la cubierta Tres. Se ha corrido la voz de que una lovebot ha matado a su dueña rompiéndole el cuello en una tienda de la Grand Promenade, y otro ha hecho lo mismo en el hangar justo cuando iban a embarcar para un paseo por Júpiter. No hemos podido confirmar nada, pero las redes internas de datos se están colapsando con los mensajes y las imágenes.

El capitán no había ordenado aún desbloquear las transmisiones con el exterior, así que sólo funcionaban las redes internas. Las únicas comunicaciones permitidas eran las que el Puente mantenía con el Directorio de Starliner. Freeman había puesto a sus superiores al corriente de lo esencial. Hubo que hacerlo para evitar que se activaran los protocolos interplanetarios de rescate ante navíos incomunicados. Le otorgaron carta blanca más allá incluso de sus poderes como capitán de una nave en tránsito.

Aunque aún no sabían qué estaba ocurriendo, tampoco lo sabía nadie más allá del *Schettino*. Deckett observó con atención sus pantallas: los problemas parecían concentrarse en el Anillo Residencial. Los datos corrían veloces. Los mensajes de su gente y sus diálogos aparecían y desaparecían en el chat interno de Seguridad más rápido de lo que podía leerlos. Envió un comando perentorio para detener la avalancha de mensajes. Impuso el orden y exigió que siguieran las pautas de emergencia. El flujo de entradas se ralentizó y ella pudo, por fin, entender la situación.

Caos. Miedo. Ansiedad. Lovebots desobedeciendo a sus dueños y comportándose del modo más anormal. Y, por supuesto, cientos de pasajeros tomando imágenes, grabando entradas para sus canales en los Nodos, obviamente para cuando tuvieran conexión, posando ante las multitudes que corrían y poniendo caras de terror, lágrimas incluidas, en todas sus grabaciones. En Seguridad tenían acceso directo a los canales internos. Algunos de esos registros podían verse en una de las pantallas murales, a la que alguien, con bastante buen sentido, le había cancelado el volumen.

El indicador de posición de dieciocho bots, los puntos rojos rodeados de un círculo destellante, los mostraba agrupándose en tres lugares en concreto: los ascensores hacia el Núcleo, una de las estaciones de lanzadera y uno de los corredores interanillos. Obviamente, intentaban salir del área residencial. El bot rebelde en el hangar ya había sido neutralizado por su gente. Y las salidas del Anillo habían sido clausuradas, salvo una, sólo para el personal de Seguridad.

Recibió una llamada: el capitán.

—Dígame, señor.

«¿Qué coño pasa, Deckett? Ya sé que sigue usted de baja, pero imagino que estará en su puesto justo ahora.»

—Aquí estoy, señor. Así es. Y no estoy segura de qué ocurre. Pero no tiene buena pinta. Hay bots descontrolados. Puede que incluso haya víctimas.

«¿Víctimas? Sea más precisa.»

—Al menos dos pasajeros muertos.

Hubo una pausa en la comunicación neural. El capitán no dijo nada, pero casi podía sentir sus armónicos mentales. Quizá buscaba un nuevo grado en su escala de la magnitud de la mierda.

«¿Más bots sin Directiva Omega? ¿Cómo es posible?»

—No puedo explicarlo, capitán. He mandado llamar a la vicedirectora de Bionic. Viene de camino. Pero puedo asegurarle que en la sede no hay nadie. Todo, salvo los sistemas de mantenimiento básicos, está desconectado.

«Voy a declarar el Nivel Rojo de Emergencia. Quiero al pasaje en sus camarotes. Le enviaré a todo el personal disponible para apoyar a su gente. Olvídese de las cortesías. Es imperativo que los pasajeros se quiten de en medio. Habiendo víctimas, el escándalo ya es inevitable. Pero eso me importa una mierda: no quiero más muertos. Ordenaré que los miembros no esenciales de la tripulación hagan lo mismo.»

—Por supuesto, capitán. Hágalo, declare el Rojo. Es lo mejor ahora. Sabremos apañarnos.

«No lo dudo, Deckett. ¿Qué sabe de esos bots rebeldes? ¿Hay alguna pauta en su conducta?»

—La hay, señor. Intentan salir del Anillo Residencial. Hemos bloqueado los accesos y eliminado al único que se hallaba fuera, pero no estoy segura de que eso los contenga.

«¿Qué cree usted que pretenden?»

—No estoy segura de eso tampoco, señor. Pero mejor estar prevenidos. Si salen del área residencial, hay muchos puntos de la nave que son muy sensibles. Hemos dejado habilitado sólo uno de los corredores de servicio entre los anillos para nuestro uso. Ya tengo gente en Motores y en el Módulo de Mando.

«No me gusta lo que sugiere, Deckett. Suena como si pretendieran causar algún daño serio. ¿No están yendo a por Hermes?»

Era una buena pregunta, pensó la inspectora. Comprobó la posición de los bots. Ya no eran dieciocho, sino veintitrés. Y no, no había ninguno en las inmediaciones de la suite de Hermes. Si no lo buscaban a él, ¿qué pretendían? ¿Y por qué?

—No, señor. Ni se han acercado al Nivel Luxury. No buscan a Hermes. Si esto tiene alguna conexión con el plan de Bionic, y no me sorprendería, Hermes no es el objetivo.

Otro silencio mental. Deckett oía sólo los murmullos, roces de dedos sobre teclados, alguna voz más alta que otra, Kai dando órdenes, y los zumbidos y pitidos de los sistemas informáticos. Esperó.

«Es lógico que Hermes no sea el objetivo —prosiguió el capitán—. Diría que alguien de Bionic sabe todo lo que ha ocurrido aquí. No sé cómo, con las comunicaciones cortadas, pero lo han hecho. Y, si es así, ya deben de saber que los archivos comprometedores del bot están a buen recaudo. La lógica sólo señala hacia un objetivo…»

Deckett se imaginaba lo que vendría a continuación. Esa lógica era obvia.

«… Pretenden destruir la nave para ocultar las pruebas. O bien enviamos de modo urgente esos archivos a una ubicación segura, o bien nos deshacemos de todos esos bots.»

—¿Hay tiempo para el envío, señor? —Deckett recordaba que el archivo guardado en Hermes era enorme. Una transmisión tan pesada tardaría su tiempo.

«Espere un momento, Deckett. Estoy recibiendo nueva información…»

Aguardó conteniendo los nervios. Tian puso una mano sobre su hombro. Se miraron. Por su propia cuenta había enlazado al forense a la comunicación entre el capitán y ella. La mente de su amigo era ágil y aguda. Podría venirles bien. Freeman regresó por el enlace neural.

«Mis ingenieros acaban de darme malas noticias, Deckett. Han rastreado las transmisiones de esos bots. Tienen su propia red de enlace al margen de los sistemas de la nave. Y están recibiendo datos desde algún lugar que no podemos localizar. Quizá desde el exterior, aún no lo sabemos. Nos enfrentamos a una horda de bots zombis.»

Bots zombis. Extraña descripción, pensó ella. Pero, por lo visto, muy acertada…

—¿Desde fuera? —Deckett no lo entendía. Notó cómo Tian apretaba su hombro—. Pero no es posible, los bots no tienen… No disponen de comunicaciones autónomas. Aunque tiene sentido, señor. Hemos comprobado que los bots rebeldes se mueven muy despacio. Es raro. He visto imágenes y no parecen funcionar bien. Les cuesta andar y estiran los brazos de forma rara, como si les fallara el equilibrio. Es muy inquietante, señor. Si los controlan desde fuera, quizá por eso funcionan de forma tan extraña. Sí que parecen zombis, capitán.

«Eso me dicen mis ingenieros. La expresión es de uno de ellos. Estos bots parecen tener transmisores de larga distancia, y ese comportamiento al que se refiere puede indicar que quien los controla no está precisamente cerca. Hay que contar con el retardo de las transmisiones si vienen de afuera. En cuanto sepamos con exactitud cuál es la fuente de emisión, se lo haré saber. No tenemos ni puta idea de cuántas cosas más pueden hacer los puñeteros bots. ¿Lovebots? ¡Y una mierda! Parecen máquinas de guerra. Cuando todo esto acabe, Bionic tendrá que dar muchas explicaciones. A ver, Deckett, enviaremos un mensaje codificado por línea segura con los archivos de Hermes. Eso tardará un buen rato. De momento, con la gente que le mando irá la sargento Baranduin. Tiene experiencia en combate, estuvo en la última refriega entre marcianos y el Cinturón. La ayudará en lo que necesite. Aquí estamos determinando qué lugares son los más sensibles. Uno de ellos, además de los convertidores de antimateria, son las válvulas de descompresión del Núcleo. Si llegan a ellas y las abren, nos expondrán a todos al vacío. Y estaremos jodidos. Coordínese con Baranduin. Manténgame al tanto.»

La voz mental del capitán desapareció. Deckett miró a Tian. El rostro preocupado del hombrecillo no presagiaba nada bueno.

—Esto no ha acabado, como tan ingenuamente creímos, querida.

Una línea luminosa de color rojo se encendió en la parte inferior y superior de las paredes. El aullido de la alarma se dejó oír por todas partes. No era tan intenso como para causar pavor o inmovilizar a los pasajeros más pacatos, pero sí lo suficientemente molesto como para hacerles entender que debían ponerse a resguardo. Todos los paneles informativos del Anillo Residencial, tanto holográficos como en paredes y suelos, ya estarían mostrando los protocolos de emergencia y explicando lo que un pasajero sensato debería hacer. No todos lo eran, por supuesto. Seguro que más de uno intentaría hacer lo que le diera la gana. Su personal tendría que empeñarse en dirigir a los díscolos. Siempre había quien creía saber más que los expertos. Gente que protestaba y pretendía imponer su criterio. Lo peor en una situación de crisis era eso: los listillos. Con ésos, bien lo sabía la inspectora, era muy difícil tratar.

En ese momento llegó la vicedirectora Fauré, acompañada de Kimmer. Deckett se volvió hacia ella.

—Augustine, ¿qué coño está pasando?

Su madre la habría recriminado por usar ese lenguaje, pero su madre sabía distinguir entre lo urgente y lo no urgente. La vicedirectora negó con la cabeza.

—No lo sé, inspectora. Esto es... Esto no tiene sentido.

—¿La han puesto al corriente?

—Su hombre me lo ha contado mientras veníamos. —Miró hacia Kimmer y él asintió.

—¿Hasta dónde le han contado? —Kimmer no era tan charlatán como Kai, se dijo Deckett. Su lugarteniente, sin duda, se habría explayado en lo más escabroso.

—Lo suficiente, inspectora —respondió tras inspirar profundamente—. Lo de Znedin... y... todo lo demás.

—Confío en usted, Augustine. La información que le hemos dado es confidencial. Ahora, dígame: ¿cómo es posible esta... rebelión?

La vicedirectora negó repetidas veces con la cabeza. Su expresión era de incertidumbre.

—Le diría que no es posible —explicó—, que un bot no puede hacer lo que éstos están haciendo. No tienen capacidad de transmisión. Se diseñan para el amor, el afecto y la compañía, no para... esto. Pero la evidencia es innegable.

—¿Alguna hipótesis? —Fauré se alzó de hombros.

—Después de lo que hemos visto en los últimos días, me atrevería a decir que al menos en algunos bots existen modificaciones ilegales. Me temo que la evidencia es incontestable.

—El capitán cree que quizá se los controla desde el exterior. Estos bots se comportan de modo extraño, lentos y torpes.

—Tiene sentido —explicó Fauré tras pensarlo un poco—. Si hay una señal de mando a distancia, el retardo sería lógico. El alcance máximo en las comunicaciones de un bot es de un millón de kilómetros. Unos tres segundos y medio de demora para cualquier orden. La ralentización de estos bots podría indicar que el controlador no está precisamente a nuestro lado.

—Pero acaba de decir que los bots no tienen transmisores... —prosiguió Tian.

La vicedirectora asintió.

—Cierto. No pueden transmitir, pero sí recibir. Existe un sistema de parada remota de emergencia para casos de mal funcionamiento. Son raros, es cierto, pero pueden ocurrir. En Bionic siempre intentamos cubrir todas las posibilidades, incluso las peores.

—¿Incluso algo como esto? —preguntó Tian con cierta acidez. La vicedirectora abrió las manos en un gesto de humildad.

—Es evidente que no todas...

—Entonces —intervino Deckett—, ¿podríamos desconectar éstos?

Señaló hacia la pantalla mural principal. Los puntos rojos eran ahora cuarenta y tres. Se agolpaban en los accesos restringidos. Torpes o no, seguían siendo muy fuertes. Las puertas de los ascensores y corredores quizá no pudieran resistirlos mucho tiempo. Mientras señalaba con la mano, la compuerta del corredor de acceso peatonal número Uno, que unía el Anillo Residencial con el de Servicios, fue sobrepasada por los puntos rojos. Se habían abierto camino. ¿Hacia dónde? Aún no lo sabían.

—No creo que podamos desconectarlos, inspectora —respondió Fauré—. Todos los sistemas de la sede de Bionic están desactivados. Sólo en ponerlos en marcha tardaríamos un par de horas. Y desde aquí es imposible.

—¿Un par de horas? ¿Tanto tiempo?

—Bueno, hay módulos que permanecen en espera, pero no los que necesitamos para cortar el enlace de esos bots. Suponiendo, claro, que localizáramos la frecuencia de su señal.

Deckett se mordió el labio inferior. ¿Qué podrían hacer, entonces?

—¿Y si están viniendo hacia aquí? —La voz de uno de sus agentes se escuchó tras ella. Le pareció la de Constance.

Deckett comprobó la pantalla. Podría ser. Es más, sería lógico. Seguridad era un punto crucial en la nave. Muchos de los sistemas de emergencia se controlaban desde allí. Por ejemplo, los mandos de los mamparos de seguridad, los que bloqueaban o desbloqueaban los corredores auxiliares, la gestión del sistema ambiental…

Habría que disponerse para lo peor.

—Preparaos si aún no lo habéis hecho. Armas, escudos… Ya sabéis qué hacer. Kai…

Su segundo en el mando se acercó.

—Diga, jefa.

—Ponte en contacto con la sargento Baranduin; nos la envía el capitán junto a un pelotón de gente con experiencia. Coordínate con ella. Anota los puntos de mayor riesgo y protegedlos. Llévate a Duluth. Que ella organice a los que están en el Anillo Residencial. Tú, con la sargento, ve a la Cubierta de Mantenimiento del Núcleo. Si consiguen abrir las válvulas de descompresión, estaremos más que jodidos. Os quiero a todos con equipos de respiración autónoma, por lo que pueda pasar. Si llegan a las válvulas de descompresión…

No dijo más. Kai asintió con un gesto y registró en su interfaz los datos para marcharse veloz.

—Los demás, escuchadme. —Todos hicieron una pausa para mirar a la jefa de Seguridad—: no tengo ni idea de lo que puede pasar. Ya hemos visto de lo que son capaces esas cosas. Dris, Keira, Nwosu y Cimino las han sufrido. Se mueven despacio, sí, lo cual es una ventaja. Pero no permitáis que se os acerquen. Os partirían por la mitad sin esfuerzo. A quemarropa. En la cabeza si es posible. ¿Entendido?

Asentimiento general, rostros preocupados, sudor, miedo… Pocos de entre su gente habían vivido situaciones críticas. Los que sirvieron en la milicia sí, el resto… No es lo mismo un altercado con camorristas en un bar que una acción de guerra. Pero confiaba en todos. Ella eligió uno por uno a todo su personal. Fue una de las condiciones que, años atrás, puso para ser la Jefa de Seguridad. Lo harían bien. Se centró en Augustine Fauré.

—Escuche, Augustine. Quiero que vaya con Tian a una de las celdas y se encierren dentro. Si los bots llegan hasta aquí, no hay razón para que los busquen a ustedes.

—No, inspectora —respondió la vicedirectora—. Me quedo aquí. Soy ahora la jefa de Bionic a bordo. Son nuestros bots y es nuestra responsabilidad. La ayudaré en lo que sea posible.

Deckett la miró. Luego asintió. Una conducta honorable. No toda la gente de Bionic eran hijos de puta. Miró también a Tian, quien, sólo por su expresión, dejaba claro que no se movería de allí. Bueno, no podía obligarlos. Volvió a contemplar la pantalla. No había más puntos rojos. Fuera quien fuera el controlador, parecía que no podía dominar a ninguno más. Y, si no podían detener a los bots a distancia, habría que hacerlo cuerpo a cuerpo.

—Ya sé que te vas a quedar, Tian —el hombrecillo se irguió con gesto decidido—, pero quiero que tus subordinados se encierren en una de las celdas vacías. ¿Está claro? Minimicemos los daños colaterales.

El forense asintió. Por su expresión distraída supuso que estaría dando las órdenes oportunas mediante el enlace neural. Sus asistentes, un chico y dos chicas muy jóvenes, no aportarían nada en términos de seguridad. Mejor quitarlos de en medio.

Deckett pensó entonces en Darim. Minimizar los daños, por supuesto. Pero de él no había que preocuparse. Además de todas sus otras virtudes, el muchacho era disciplinado. Una vez activado el Estado Rojo, seguro que ya estaría en su puesto a la espera de las órdenes de sus superiores. Además, como tripulante raso, seguro que los bots no tenían interés alguno en él. Lo cual no impediría, claro está, que si esas cosas alcanzaran algún lugar sensible de la nave, Darim muriera junto con el resto. Pensó aun así en enviarle al menos un mensaje, pero se contuvo. No era el momento para atender asuntos personales, y la seguridad del chaval no estaba en riesgo, al menos por ahora.

Pensó también en Hermes, allí en su suite de lujo. Habría visto los indicadores en rojo. Seguramente, estaría preocupado. Todo lo que un bot puede estarlo, por supuesto. Deckett se dio cuenta de que había llamado *cosas* a los otros, a los bots zombis.

Era lógico: si alguien los controlaba, carecían de personalidad. A diferencia de Hermes, eran *cosas*.

¿Y él? ¿Podrían controlarlo a él? No se lo había preguntado hasta ese momento. ¿Sería posible?

Se giró hacia Fauré.

—Augustine, quiero preguntarle algo.

—Dígame, inspectora.

—Usted ignoraba que estos zombis pudieran ser controlados externamente...

—*Zombis*... —La vicedirectora asintió—. Es una buena descripción. No son autónomos, obedecen a una voluntad ajena. Sí, podemos llamarlos así. Y sí, ignoraba eso, inspectora.

—¿Sabe si Hermes Lagrange podría ser, no sé, *zombificado*...?

Fauré miró hacia la pantalla mural y negó con la cabeza.

—Lo dudo. Verá, he comprobado que los bots que aparecen en la pantalla son todos de la generación LPT-Xmax 04. Hermes es un 02. Cabe suponer que, si hay alguna modificación irregular, sólo se la han hecho a los más modernos. Hermes ya tiene casi veinte años...

«Lo sé», pensó Deckett. «Y preferiría no saberlo...»

—¿Puede saber qué modelo es un bot viendo sólo la pantalla?

—Puedo, inspectora. Usted también. Mire allá... —Señaló con el dedo—. Los localizadores incluyen en su información un número de codificación. Todos los que aparecen en rojo muestran su generación: la 04. Ninguno de los otros, los que siguen en verde, es 04.

—Ni me había fijado, la verdad. Pero es interesante lo que dice...

Deckett se volvió hacia Constance, al fondo de la sala y junto a la consola de comunicaciones principal.

—Constance, ¿quién está más cerca del Nivel Luxury?

—González, jefa.

—Dile que busque a Hermes y lo traiga aquí lo antes posible. Que usen los corredores de Mantenimiento. Si son rápidos, llegarán antes que la jauría de zombis biónicos.

—A la orden, jefa.

Fauré la miró con expresión interrogativa.

—¿Qué cree que podría hacer él? Es un modelo casi obsoleto…

—No lo sé, quizá nada. Pero quiero tenerlo cerca. Me da confianza…

46

Hermes entró en Seguridad acompañado de González. Vestía como la última vez que lo vio: vaqueros, sudadera y zapatillas de deporte blancas. Era raro ver a un lovebot ataviado con la sencillez de un pasajero de tercera. De inmediato, Durga se sintió tranquila. Absurdo, sí. Su llegada no cambiaría nada. Pero, a fin de cuentas, lo habían programado para encajar con su psique. Su apostura, su saber estar, la calma que transmitía Hermes... Eso la tranquilizaba. Y la alegraba verlo, para qué negarlo.

Se dio cuenta de que Fauré lo observaba con gesto analítico. Era evidente que se conocían. Hermes la saludó antes que a la inspectora.

—Hola, Augustine —dijo sonriendo—. Es un placer verte.

—Lo mismo digo, Hermes. Has causado un gran revuelo. Creo que eres el bot más famoso de la galaxia...

—No por mi voluntad. En fin. Aquí estamos. —Por fin se volvió hacia la inspectora—. Hola, Durga...

No añadió más. Si la hubiera llamado *amor*, allí, delante de todos, ella no habría dudado en sacar su arma y dispararle en la cabeza. Sonrió.

—Hola, Hermes. ¿Estás bien?

—Mejor que tú, por lo que veo. —Él señaló hacia los restos de los hematomas en su rostro—. Me alegro de que te hayas recuperado. Me asusté cuando te vi inerte y llena de sangre.

—¿Puede un bot asustarse? —preguntó con cierta ironía. Fauré se adelantó en la respuesta.

—Por supuesto que pueden, inspectora. Nuestros productos son excelentes —dijo con orgullo. De repente, enrojeció.

Sus excelentes productos, se dijo Deckett con ironía, podían acabar matando a todo el mundo, y Fauré acababa de caer en la cuenta.

—Disculpe, ha sido una frivolidad...

—No se preocupe, no le dé más vueltas —se giró hacia Hermes—. Estoy bien. Gracias a ti sigo viva. Te portaste con heroísmo.

—No iba a permitir que ella te matara. Pero veo que esto no ha terminado...

Deckett lo miró con expresión interrogativa.

—¿Crees que tiene que ver con Leclerc? ¿Quizá también a ella la controlaba alguien?

—No sé qué quieres decir con lo de control... —Él parecía confuso.

—Alguien está actuando en remoto sobre cuarenta y tres Xmax 04, Hermes —terció Fauré—. Suponemos que poseen algún tipo de transmisor de larga distancia. Pueden comunicarse entre ellos y recibir órdenes desde fuera de la nave.

—Pueden recibir y transmitir... —repitió Hermes observando las pantallas—. Vaya. Veo que son modelos de última generación, todos ellos...

—Así es —respondió la vicedirectora—. Pero no sabíamos que poseían esa tecnología... Bueno, nadie salvo Leclerc y sus secuaces.

—¿Qué pretenden? —preguntó él mirando a Durga.

—Matarnos, Hermes. Evitar que se sepa la verdad.

—Es poco práctico —replicó él—. Carece de lógica.

—¿Lógica?

Hermes la miró.

—Te dije una vez que los bots no actuamos por venganza, sino por pura lógica. No tiene sentido destruir esta nave. Imagino que mis archivos habrán sido ya enviados a lugar seguro, ¿no?...

Durga ladeó la cabeza con gesto de decepción.

—Estamos en ello ahora, Hermes. No nos pareció buena idea enviar esos datos a distancia. La idea era entregarlos en persona en la Tierra. Pero nadie previó esto…

—Es un contratiempo, desde luego. De todos modos… —Él se rascó la barbilla y Durga escuchó el sonido raspante sintiendo una oleada de reminiscencias— … sigue sin tener lógica. Aquí hay algo más. Venganza, repito. Los bots no se vengan, no se ensañan. Esto es obra de humanos…

—Pero Leclerc era un bot… —intervino Fauré. Pareció dudar—. Sin embargo, Hermes tiene razón: ningún bot actuaría así. La cuestión es cómo esa Leclerc mató a Znedin con tanta agresividad… Lo que me han contado es… horrible. No es propio de un bot.

Todos se miraron. Tian, Hermes, Durga y Augustine. Hubo una larguísima pausa.

Hermes dejó de rascarse la barbilla. Se centró en Durga.

—Ahora tiene sentido —dijo. Ella no le entendió.

—¿El qué, Hermes?

—Las palabras que te dijo Znedin al morir. Me lo contaste tú.

Durga recordó.

—*Culpables. No todos los humanos lo son, y no todos los bots lo son*. Nunca supimos de qué eran culpables…

Hermes asintió.

—Mayer se moría. Quiso decirte algo importante. Eran sus últimas palabras, su última oportunidad de hacerlo.

—Sí, de acuerdo. Pero el mensaje no es nada claro.

—Sí que lo es, Durga. Olvídate de la palabra *culpable*. No encaja con el resto. No guarda lógica alguna con el enunciado principal. ¿Qué te queda?

Ella lo pensó. Lo hicieron todos al parecer, dada la expresión de todos los rostros.

—No todos los humanos son humanos y no todos los bots son bots —dijo Tian con su vocecilla infantil—. Ahora está claro, cierto. La palabra *culpable* nos ha despistado. Znedin se moría, quién sabe en qué pensaba. Quizá era él quien se sentía culpable…

Cierto, se repitió Deckett. Creyeron que Leclerc era humana, y no lo era. Descubrieron que había humanos que fueron sustituidos por bots. Ahora había bots que se comportaban de modo extraño. Alguien los controlaba. Un humano, obviamente. Había bots que no eran bots.

—Pero, Hermes, —Durga se dirigió a él—, esas palabras de Znedin demuestran que él lo sabía. ¿En la información del archivo…?

—Kralizec —aclaró Tian, y ella asintió.

—¿No había nada sobre esto en ese archivo? —preguntó.

Hermes negó con la cabeza.

—Nada sobre ese extremo. Como tampoco sobre modificaciones ilegales en los nuevos bots. La sustitución de humanos por copias biónicas está explicada con todo detalle, pero Znedin no decía nada sobre controles a distancia. Posiblemente aún lo ignoraba cuando lo guardó en mí. Aunque es lógico implementar algún tipo de control. Alguna salvaguarda.

—Yo no tenía la menor idea de nada de todo esto —dijo Fauré mostrando las palmas abiertas en gesto de disculpa—. Desde luego, no de las sustituciones, pero sí sabía que algunos ingenieros trabajaban en un programa de interconexión neurónico, aunque no para lovebots, sino para unidades policiales y *warbots*. No existe ninguna razón para que un lovebot disponga de esa tecnología. Es evidente que la falsa Leclerc y sus secuaces la implementaron en los modelos 04. Y no parece que funcione demasiado bien, por lo que veo. Imagino que se trata de algo experimental.

Deckett se volvió hacia ella. Eso era interesante.

—¿Quiere decir que los extraños comportamientos de esos bots podrían deberse a fallos en el sistema, y no a la distancia del emisor?

—Podría ser, inspectora. Pero, como comprenderá, no puedo afirmarlo.

—Eso cambiaría las cosas. Quizá quien los controle no esté lejos, sino a bordo... —Deckett asintió para sí misma y luego prosiguió—. Otra cosa: ha dicho *la falsa Leclerc*. Bien, eso quedó claro. Era falsa. La auténtica está en Sanidad, en observación. ¿Por qué habría necesidad de sustituir a la auténtica por una copia?

Fauré negó lentamente con la barbilla.

—No le veo sentido, inspectora. Aunque me atrevería a decir que madame Leclerc nunca habría participado en un plan tan malévolo como éste. No la Geneviève Leclerc que conozco.

—¿No notó usted nada raro en ella en todo este tiempo? —preguntó Tian oportunamente. La vicedirectora volvió a negar.

—Lo cierto es que no, doctor. Su comportamiento, sus gestos, su personalidad... No se distinguían en nada de la verdadera Leclerc. Sí que la vi preocupada, como distante. Pero no me sorprendió. Que Znedin desapareciera seguramente fue razón suficiente. Aunque... Nunca imaginé que el hombre acabaría así...

—Bien —intervino alzando las manos. Recordar la horrible muerte del ingeniero no ayudaba ahora—. Admitamos que la auténtica directora no se habría prestado a la farsa. Me sorprende que, en ese caso, no la mataran sin más.

—Deduzco, inspectora —respondió Fauré— que no fue por bondad. Todo esto es desconocido para mí. Desde que me lo contaron le he dado mil vueltas y no soy capaz de...

Tian intervino de nuevo.

—Ya que lo menciona... —El forense, señalando a la pantalla mural, preguntó—: ¿Se le ocurre quién dentro de su empresa es responsable de... esto?

—Bionic Entertainment es un enorme conglomerado de empresas, doctor —respondió Fauré con expresión dubitativa—. Hay divisiones de todo tipo, y en muchos casos no hay relación entre ellas. O bien es alguien dentro de la división de

Biónica, o bien... alguien en el nivel más alto. Pero eso sería una monstruosidad...

—Ya es una monstruosidad, Augustine —terció Deckett. El asunto de la responsabilidad no era prioritario ahora—. Dígame, ¿qué razones habría para mantener viva a Leclerc y a los demás?

—Ha de ser algún motivo práctico —respondió la vicedirectora—. Quizá, se me ocurre, actualizar patrones neurales. No lo sé, habría que preguntar a los ingenieros y engramadores neurónicos.

—¿Y si mejor preguntamos a los huéspedes de las celdas? —sugirió Tian con expresión malévola—. Con un poco de persuasión, quizá colaborarían...

—No perdemos nada con ello —respondió la inspectora.

Echó una ojeada al avance de los zombis biónicos. Era evidente que se dirigían a Seguridad. Al Núcleo ya habían llegado, la puerta del ascensor no fue obstáculo para ellos. Sin embargo, los mamparos de seguridad para posibles descompresiones, cerrados por orden del capitán, no serían tan fáciles de superar. Unos doce de los bots rebeldes se hallaban contenidos entre dos de esos mamparos, a medio camino más o menos entre el Módulo de Mando y los Motores. Los demás venían hacia ellos. No tardarían en llegar.

—Hermes, me gustaría que me acompañaras a ver a nuestros invitados —dijo Durga dirigiéndose a él—. Augustine, por favor, mientras interrogo a sus antiguos colegas, intente encontrar algún modo de entrar en la red interna de los rebeldes. O en la de Bionic. Kimmer, llévala a una consola y dale acceso.

La vicedirectora asintió. Kimmer la acompañó hasta la consola inactiva más cercana. Hermes y Durga se dirigieron hacia la zona de calabozos.

Disponían de diez celdas en Seguridad, en la parte posterior del local. Al entrar en la primera, Deckett se detuvo petrificada: su ocupante, el tipo del traje de vicuña yacía en el suelo, la boca abierta, la lengua fuera y los ojos en blanco. La inspectora llamó a Tian por vía neural. El forense tardó segundos en aparecer. El tono mental de extrema urgencia lo alertó.

—Muerto, Durga. —Le habría bastado una ojeada, pero, por supuesto, comprobó el pulso como correspondía—. Diría que muy muerto. ¿Y los demás…?

A toda prisa, temiéndose lo peor, la inspectora abrió una por una las demás celdas ocupadas. Sólo había cadáveres: tres mujeres y tres hombres, todos con la misma expresión agarrotada.

—¿Cómo han muerto, Tian? Una hipótesis, no te pido más.

—No me atrevo a suponer, Durga. Yo no supongo nunca. Pero parece…

—Una electrocución —interrumpió Hermes.

Tian lo miró.

—Eso iba a decir. ¿Cómo lo sabe?

Hermes se arrodilló junto al último de los cadáveres, una mujer de mediana edad de piel oscura y cabello rizado entreverado de canas. Por su atuendo elegante y las joyas que portaba, debía de ser alguien de los cuadros directivos de la empresa, como el tipo del traje de vicuña. Los demás muertos vestían una suerte de uniformes en gris y negro: personal técnico.

—Ésta es… era Latifa Van Hackon. Jefa de márquetin y ventas de la delegación. Después de Leclerc y Fauré, la persona de mayor jerarquía. Señor Bao, observe este punto en la sien izquierda. —Tian se agachó. Con un pequeño puntero extensible que extrajo del bolsillo de su chaqueta apartó el rizado cabello. El forense no iba nunca a ninguna parte sin algo de su instrumental encima—. Diría que eso es una herida eléctrica.

—Lo parece, señor Lagrange —El médico se acercó un poco más—. Pero no parece exterior, sino…

—Interior, sí —volvió a interrumpirlo Hermes—. Llevaba un implante cerebral. Creo que todos lo llevaban. Conozco este tipo de dispositivos. Forman parte del sistema de anulación de emergencia para bots del que habló Augustine. En este caso es más bien un salvoconducto…

Tian se irguió y lo miró con los ojos entrecerrados.

—Un salvoconducto… ¿para quién?

—Para quien está controlando todo este marrón de mierda —respondió Deckett—. Hay que ser hijo de puta para meter a tu gente un chip que les fría el cerebro si las cosas se tuercen. Ha sido una limpieza de testigos, nada más.

Tian se levantó y la miró con expresión de enfado. Años y años de estudiar cadáveres, y el pequeño médico aún se tomaba cada asesinato como una afrenta personal.

—Detesto estas cosas, Durga. Lo sabes. No acabo de entender la maldad de algunos…

—Hay que encontrar al responsable —le respondió ella—. Esto tiene que acabar.

47

—Están muertos —dijo lacónica.

La vicedirectora dejó por un momento su consola para mirarla.

—No… Esto no… —Augustine había palidecido. Negaba con la cabeza de manera mecánica—. No puedo… creérmelo.

Hermes se acercó y puso su mano sobre el hombro de ella.

—Lo siento, Augustine —dijo. Ella, mirando al vacío, asintió.

—Algo huele a podrido en Dinamarca…

Deckett oyó tras ella la voz de Tian y se giró.

—¿Qué? —Él agitó una mano con displicencia.

—Shakespeare; da igual, no es importante —explicó—. No sé cómo Bionic ha llegado a esto, cómo hemos llegado a esto.

—No lo sabemos, pero nos va la vida en encontrar una solución. —Deckett se volvió hacia la vicedirectora—. ¿Se le ocurre algo? ¿Alguna forma de pararlos?

Fauré, algo recompuesta, asintió. «Bien», pensó la inspectora, «a ver si es una buena noticia». Los puntos rojos avanzaban. No tardarían en llegar a la puerta de Seguridad. Estaba reforzada, por supuesto, como cualquiera de las otras que, en la nave, protegían zonas de importancia estratégica. Pero tampoco era un muro imposible de atravesar. No se diseñó para evitar a una horda de bots con ideaciones asesinas.

—La mayoría de los sistemas de Bionic están desactivados y no hay tiempo para ponerlos en marcha —explicó la vicedirectora—. Además, imagino que ahora sería muy arriesgado ir hasta allá. Pero, si desde aquí pudiéramos establecer un enlace con la IA de nuestra sede, tendríamos una posibilidad. El capitán permitió que la dejáramos en modo de hibernación para evitar el deterioro de los bancos de memoria. Su matriz es de biogel. Usamos redes neuronales artificiales, pero a todos los efectos se comportan como las de verdad. Bueno, como las humanas, quiero decir. Hay que alimentarlas y eliminar sus residuos, como ocurre con las neuronas biológicas.

—Bien, no entiendo mucho lo que dice, pero prosiga. —Vio que Tian iba a hablar, y lo detuvo—. Ahora no, Tian. Deja que la señora Fauré se encargue.

—En realidad es doctora, aunque... Bueno, no importa. —Augustine prosiguió—. Si nos enlazáramos con la IA y la sacáramos de hibernación, podríamos crear un desvío hacia los protocolos de emergencia. Se encuentran en uno de sus módulos lógicos. Desde ahí, y suponiendo que en los 04 alterados siga funcionando el dispositivo de anulación, seríamos capaces de enviar una señal a través del relé interno de comunicaciones. El sistema para casos de emergencia que le expliqué, inspectora...

—Lo recuerdo. ¿Suponiendo que sigan funcionando? ¿A qué dispositivo se refiere?

—A un nanochip provisto de un condensador que almacena una potente carga eléctrica. La orden lo descargaría en el nodo multiplex del encéfalo del bot. Eso lo detendría al instante.

—Así mataron a sus compañeros, doctora... —dijo Deckett.

Fauré se llevó una mano a la boca, el rostro de nuevo demudado.

—¿Les insertaron un disyuntor neurónico? ¿Como si fueran máquinas?

—Su compañía —interrumpió Tian enfadado— no entiende mucho de ética, doctora. Si ya me parecía desafortunado fabricar máquinas más humanas que los humanos, tratar a los humanos como máquinas no tiene perdón. Espero que no sea la política habitual con todos sus empleados...

—Doctor Bao —replicó ella—, por supuesto que no. Yo no tengo... Es decir... —Su rostro palideció aún más. Miró a Tian con desespero—. ¿Sería posible? ¿Nos habrán insertado a todos uno de ésos...?

Tian apoyó su pequeña mano sobre la de ella.

—No me atrevo a negarlo, pero, si así se siente más segura, puedo hacerle un microescáner ahora mismo. La idea es atroz ...

—Más tarde, doctor. —Fauré negó con la cabeza—. Ahora hay asuntos más urgentes. Pero se lo agradezco. En cuanto esto acabe, me gustaría que lo hiciera.

—Admiro su valentía, doctora —respondió Tian inclinando la cabeza sobre el pecho en un saludo respetuoso. Ella hizo un gesto con la mano, como restándole importancia, y se centró en la terminal de datos.

Deckett miró hacia Hermes. Todos los bots, al parecer, contaban con ese... disyuntor. Un sistema de seguridad en caso de que, por absurdo que pudiera parecer, aconteciera algo similar a lo que pasaba ahora. Pero, si como acababa de sugerir Tian, Bionic hubiera insertado esas cosas en su personal, en humanos... Realmente habría sido cruzar todos los límites.

Hermes la miró a su vez. Negó con la cabeza.

—No hay nada al respecto en el archivo Kralizec —dijo—. Imagino que Znedin lo habría registrado de saberlo. Pero eso no significa que sea incorrecta la hipótesis de Bao.

—No hice microescáneres cerebrales a Znedin —intervino él—. No había razón para ello. Aunque podría hacerlo ahora. A mí no me necesitáis aquí. Puedo esperar en el laboratorio. Así, al menos, podré hacer algo útil.

—Vete, Tian. Es buena idea. —Mientras el médico se alejaba, Deckett se volvió hacia la vicedirectora—. Bien, Augustine, ¿cómo hacemos lo que sugiere?

—El único problema, inspectora —dijo sin levantar la vista de su terminal—, es que no existe enlace directo entre sus sistemas informáticos y los de Bionic. Forman unidades independientes. Ya sabe, la política de privacidad y todo eso. Mi empresa se aseguró de que Starliner aceptara esa independencia como parte de su acuerdo comercial. No tengo modo de conectarme con la IA de Bionic.

—Yo puedo.

Todas las miradas convergieron en Hermes.

—¿Tú, Hermes? —preguntó Fauré—. No, no puedes. No dispones de… Espera, sí puedes…

—Veo que lo recuerdas —prosiguió él—. Tú conoces bien el contrato de Condesa. En él se especifica que su lovebot ha de poseer credenciales administrativas para gestionar sus asuntos comerciales. Yo poseo la capacidad de conectarme con Matusalén.

Deckett también lo recordó. Hermes se lo contó aquella vez en la que dijo que podía acceder a la red de Bionic.

—¿Matusalén? —preguntó confusa.

—Es el nombre de nuestra IA—respondió él con una leve sonrisa—. Un tipo bíblico que vivió novecientos años, o eso dice la leyenda. Estoy seguro de que, de haber estado Bao aquí, te lo habría explicado.

—Sí, Tian sabe ese tipo de cosas. Bien, sigamos. Augustine, ¿es posible lo que dice Hermes?

—Lo es, inspectora. No me acordaba de la letra pequeña del contrato de la señora Planck, pero es cierto: pidió específicamente que su lovebot tuviera esas capacidades. Podemos conectar a Hermes con la IA… con Matusalén y sacarlo de la hibernación. Eso apenas supondría unos treinta minutos. A partir de ahí, podría rastrear las direcciones del bloque de computación correcto y enviar la señal. Yo le diré en qué bloque mirar.

—O sea, —Deckett alzó las manos con las palmas por delante—, para aclararme: Hermes se conecta con ese tal Matusalén. Lo despierta; usted le da la dirección del bloque de… lo que sea; él lo encuentra, envía la señal y todos esos putos bots locos se desactivan. ¿Es así?

—Es así —respondió Fauré. Hermes asintió también.

—Genial. ¿Cómo se conecta Hermes con el otro tipo? Usted dijo que los sistemas de Bionic y los de Starliner son independientes.

—Sí —respondió Hermes por ella—. Lo son. Pero yo soy parte de Bionic, a fin de cuentas. Todos los bots estamos integrados en su red interna. Puedo hacer de puente entre ambos sistemas. Si me das acceso a los niveles de mayor prioridad del *Schettino*, puedo hacerlo. Es decir: acceso completo a sus sistemas informáticos.

—¿Me estás pidiendo que te conecte con la IA de la nave?

Él asintió. Tras Hermes, Augustine asintió. Durga bufó.

—Yo no puedo hacer algo así, tiene que autorizarlo la jefatura. Al capitán no va a gustarle.

Un fuerte golpe resonó en la puerta de Seguridad. Le siguió otro, y luego otro. Varios golpes. Todo el mundo se detuvo. Las conversaciones en voz baja se detuvieron. Los rostros de todos se volvieron muy serios.

Los bots zombis ya estaban allí.

—Hablaré con el capitán, entenderá la urgencia —dijo ella cruzándose de brazos.

48

«¿Dejar que un bot de Bionic se enlace con nuestra IA, es eso lo que sugiere, Deckett? ¿Es consciente de lo que me pide?»

«Sí, señor, lo soy.»

La inspectora miró de soslayo hacia la puerta. Los golpes habían dejado de sonar. Los asaltantes debieron de darse cuenta de que no sería un obstáculo tan sencillo de superar. Pero, a cambio, empezaron a oír rasguños, chirridos y más ruidos que indicaban que estaban buscando alternativas. Sabía que los bots eran inteligentes, como había demostrado Hermes sobradas veces. Pero, si los estaban controlando, quizá quien lo hiciera no lo fuera tanto. Parecían estar usando más la fuerza que el ingenio.

«No estoy seguro de que sea prudente después de todo lo que ya sabemos. ¿Y si Hermes se conecta y quien controla a los bots hace lo mismo con él? Tendría acceso a nuestra IA.»

«Señor, la doctora Fauré afirma que sólo los modelos Xmax 04 pueden ser controlados a distancia. Hermes es un 02, está... obsoleto. De haber sido posible, quien está detrás ya lo habría hecho.»

Le costó expresar la idea. La comunicación a través de la interfaz neural era algo más que construir frases mentalmente. Junto al habla subvocálica solían transmitirse ideas o emociones que no siempre podías controlar. Por eso no le gustaba usar ese método de contacto. Por lo mucho que podía revelar de ti... Obsoleto, había pensado. Como una máquina vieja. A punto para el desguace.

«En eso tiene razón. En fin, voy a confiar en usted, Deckett. Hasta ahora no me he equivocado, que no sea ésta la primera vez. En unos segundos le transferirán desde el Puente los comandos de acceso para una terminal estándar. Trate bien a mi IA, le tengo tanto aprecio como usted a su Hermes.»

«Gracias, señor —respondió ella—. Yo también espero no equivocarme. Le dejo, señor, llaman a la puerta...»

Escuchó el equivalente mental de una risa. Luego se hizo el silencio. Así que ya estaba claro que el capitán sabía de su apego por Hermes. Lo raro habría sido que no se hubiera dado cuenta.

—¡Tenemos acceso, jefa! —dijo Constance desde su terminal.

—Pásale las credenciales a la doctora, Constance. Démonos prisa. —Se giró hacia Hermes—. ¿Estás seguro de lo que haces? ¿Realmente podrás?

Él sonrió con esa sonrisa tranquila, fácil, amable, que había visto en su rostro tantas veces.

—Podré —dijo.

No le dijo que habría riesgos. Los había: el sistema de seguridad de Bionic lo desactivaría también a él, y no había forma de evitarlo. Una vez conectado a Matusalén, Hermes no sería sino uno más de los bots a él enlazados. La orden de detención de emergencia activaría los disyuntores de todos, incluido el suyo. El efecto de una descarga en su sensorio neurónico no sería agradable. Hermes miró a Fauré. Por su expresión, comprendió que la doctora sí era consciente de que él también se desactivaría. No podía no serlo, por supuesto. Se sentó junto a ella ante el terminal.

—¿Sabe la inspectora que tú...? —Augustine habló en voz baja. Hermes negó con la cabeza.

—No ha de saberlo —respondió—. No es relevante. El bienestar de pasaje y tripulación sí lo es. No digas nada, por favor.

Ella asintió.

—Hagámoslo —dijo él.

Durante un tiempo que pareció estirarse angustiosamente, Fauré y Hermes se ocuparon de la conexión con Matusalén. Deckett observaba fascinada el proceso. Sabía que el bot podía acceder a los puertos de información, pero no cómo. Para su asombro, ahora pudo verlo. Hermes había colocado la mano derecha sobre la superficie translúcida de la terminal, al lado del puerto de acceso. Sus dedos parecieron oscilar, desdibujarse. Algo similar a lo que ocurrió con Leclerc cuando usurpó la forma de la infortunada Cimino, pero a mucho menor escala. Su índice se alargó y adelgazó hasta entrar en el pequeño hexágono del puerto. No hubo más cambios, sólo ése. Por un instante, él la miró como pidiendo disculpas. Se encogió de hombros. Parecía decir «no es agradable, lo sé». Ella sonrió un poco turbada. No le gustaba ver a Hermes comportándose como lo que realmente era: un ser artificial.

Un quejido de metal rasgándose los hizo volverse a todos hacia la puerta. Entre sus dos hojas había aparecido una estrecha separación. Un número indeterminado de manos engarfiadas en los bordes pugnaba por separarlas más y más. No parecía resultarles fácil hacerlo. ¿Cuánto tiempo tardarían en abrirse paso?

—¡Preparaos! —gritó Deckett—. Apuntad bien cuando veáis sus cabezas. Intentad alcanzarlos ahí. Es su punto débil. Ocupad vuestros puestos.

La inspectora había establecido un plan de contingencia básico: proteger la consola donde Hermes y Fauré trabajaban. Habían formado una barricada con todo lo que pudieron arrancar de paredes y suelos. No era una barrera sólida, pero sería suficiente para entorpecerlos un poco más. Por lo que habían observado a través de las cámaras, los zombis no habían mejorado sus capacidades motoras. Pero podrían ser devastadores si entraban en tromba.

Además de los subfusiles de munición eléctrica, su personal portaba machetes reglamentarios, hechos de polímeros plásticos, ligeros y resistentes. Fauré les explicó que era posible cercenar los miembros de un bot de un golpe certero. La extremidad cortada podría regenerarse al menos una vez, aunque más corta y menos definida que la original. La materia morfogénica tenía un límite en su capacidad de transformación, y no era algo instantáneo. De todas formas, mejor un disparo en la cabeza; eso sí los dejaría inertes.

Deckett se preparó mentalmente. «No tengo edad para estos trotes», se dijo. El dolor en sus costillas aún no había desaparecido del todo. «Y tú querías un viaje entretenido... Pues vaya con tus deseos.»

«¡Deckett!»

La voz del capitán, replicada en sus centros auditivos desde su interfaz neural, la sobresaltó. Con un gesto mental activó el audio. En esas circunstancias, sería mejor usar la voz hablada en lugar de la conexión mental. Le convenía ahorrar energías.

—Adelante, capitán. Le recibo cinco por cinco. —Le pareció apropiada la jerga militar que aprendió en su estancia en Vesta.

«¿Cómo van? Aquí los estamos conteniendo. El Puente tiene buenas puertas. Y me dicen que Motores sigue libre de estas cosas.»

—Están entrando, señor —respondió. Se sentía tranquila, aunque sus manos aferraban el arma con demasiada fuerza. Se concentró en relajar la presión—. Hermes ya está en nuestros sistemas y se está conectando con la IA de Bionic, pero aún le queda un rato.

«Baranduin acaba de decirme que han eliminado a todos los rebeldes del Anillo Residencial. Le he ordenado que se dividan en tres grupos y vayan a ayudarlos a ustedes y a los que están en Mantenimiento. Me preocupa que lleguen a las válvulas de descompresión. ¿Podrán aguantar?»

—Espero que sí, señor. —Prefería una esperanza endeble antes que una realidad nefasta.

«Bien, ahora escuche: hemos localizado el punto de emisión. No es en el exterior. Está dentro de la nave, en algún lugar del Anillo Residencial. Pero aún no sabemos exactamente dónde.

He enviado el tercer grupo a buscar a ese hijo de puta. Sea quien sea, se enfrenta a un problema...»

—Si destruye la nave, se destruye a sí mismo... —dijo la inspectora.

«Exacto. Pero no sabemos si es alguien lo suficientemente loco como para inmolarse. Nunca imaginé que entre la gente de Bionic pudiera haber fanáticos. También puede intentar llegar a una cápsula de salvamento. Júpiter está a la vuelta de la esquina. La encontrarían.»

—¿Ha considerado, señor, evacuar la nave? —preguntó la inspectora.

«Por supuesto, Deckett. Con el Anillo Residencial libre de rebeldes, sería factible. Pero dudo de que el pasaje sepa comportarse. Me temo lo peor si doy la orden de evacuación. Dígame que desconectaran a estas malditas máquinas antes de que tenga que dar esa orden.»

—Haremos todo lo posible, señor.

«Bien, Deckett. Suerte.»

Hasta que Baranduin llegara con refuerzos, estaban solos. Echó una ojeada a la pantalla mural: los puntos rojos restantes se acumulaban ante su puerta y en el área de Mantenimiento. Al parecer, habían dado por imposible entrar en el Puente o en Motores, y se dirigían allí donde tenían más opciones. ¿Quién los estaría controlando? Aún no había tenido tiempo para pensarlo. ¿Quién manejaba los hilos de estas marionetas biónicas? ¿Desde dónde? Si lo que dijo el capitán era cierto y el control no era externo, todo sería más fácil. Habría sido muy complicado determinar el origen exacto de la transmisión de ser externa: o bien desde alguna estación en el sistema joviano, o desde alguna de las naves en el continuo tráfico entre las lunas. Evidentemente, fuera quien fuera, subió a bordo al inicio del viaje, con la nave estacionada en la órbita terrestre. ¿Un pasajero de primera, segunda o tercera clase? ¿Un tripulante, quizá? No, un tripulante no. El capitán dijo también que la fuente de emisión se hallaba en el área residencial.

Y sobre todo, ¿por qué? Al parecer, la Leclerc falsa no era suficiente para controlar las operaciones secretas de Bionic. O no se fiaban de su propio bot, o... Daba igual. Creyó que todo había acabado cuando la destruyeron, pero no fue así. Había alguien que se les escapó, que no supieron detectar. Alguien aparte de los secuaces electrocutados en sus celdas.

De los cuarenta y tres bots rebeldes, quedaban treinta y uno. Ahí, al otro lado de la puerta, había quince. Los otros dieciséis se agolpaban en los accesos a la cámara de las válvulas de descompresión. Ésos, de momento, no habían alcanzado su objetivo. Éstos estaban a punto. Y a este lado sólo había trece humanos, de los cuales Fauré, Tian y sus ayudantes, encerrados en una celda, no servirían de mucho en una refriega.

Y Hermes. También estaba Hermes.

«Ahí vienen», se dijo. Apuntó con toda la tranquilidad de que fue capaz.

—Atentos, que nadie abra fuego hasta que no dé la orden. Mantened la calma...

Se hizo el silencio, quebrado sólo por los murmullos de la electrónica y los crujidos de la puerta. En su presentación mental de datos podría haber monitorizado las constantes vitales de su equipo, pero habría sido información redundante: el nerviosismo ya se sentía como algo sólido y no necesitaba aumentarlo con artificios técnicos. Confiaba en su gente. Sabrían estar a la altura.

De repente, los ruidos en el exterior desaparecieron. Una voz al otro lado de la abertura, ya de un tamaño adecuado para permitir el paso, habló:

—Inspectora, me alegro de volver a verla. Qué ganas tenía de charlar de nuevo con usted.

Deckett frunció el entrecejo sin entender nada. Miró a Hermes. Él, conectado a la consola, parecía hallarse muy lejos. Nadie dijo una palabra.

—¿Quién es usted? —preguntó cautamente.

La voz rio. Era una voz masculina, bien timbrada, con tonos de barítono.

—Soy yo, inspectora: Leclerc. ¿Me permitirá entrar? No se inquiete, no quiero hacerles daño. Sólo quiero hablar.

«Joder», pensó Deckett.

49

Una mano asomó a través de la puerta, la palma por delante y los dedos abiertos, como saludando. La voz habló de nuevo.

—Inspectora, puede confiar en mí. Déjeme pasar. No soy más que un heraldo, no tema.

Deckett no respondió. «¿Cree voy a tragármelo? —se dijo—. ¿Heraldo de quién? ¿De la muerte?». Su gente guardó un silencio expectante. Leclerc, había dicho la voz. ¿Qué coño estaba pasando?

Una cabeza y un torso asomaron detrás del brazo. Un bot masculino, en efecto. Que sonreía educadamente. Un tipo de piel oscura, corta barba puntiaguda y completamente calvo, de aspecto bastante juvenil. Muy despacio, con ambas manos adelantadas, cruzó la puerta.

—Me alegra ver que está recuperada, inspectora. Nuestro último encuentro no fue muy…

El disparo le acertó en mitad de la frente. El bot se quedó rígido, la sonrisa congelada en el rostro, y luego cayó hacia adelante. Deckett se felicitó por su puntería.

—¡Inspectora! —se quejó otra voz—. ¡Cuán descortés ha sido eso! No me ha permitido acabar de hablar. Eso no está bien…

En esta ocasión era una voz femenina. Una mano de piel rosada y uñas largas y pintadas en tonos azulados, asomó por el hueco. Entre la muñeca y la manga del traje tintineaban varios aros metálicos, de oro, por su color. Sólo apareció la mano. El resto del cuerpo se mantuvo oculto.

—¿Quién coño es de verdad? —preguntó Deckett apuntando con cuidado. Si entraban de uno en uno, el problema estaría resuelto pronto. Pero supuso que eso no ocurriría.

—Leclerc, le he dicho. Ya lo sabe.

—Leclerc está en Sanidad, metida en un tanque de recuperación después de haber sido hibernada contra su voluntad. Usted no es Leclerc. Dígame quién es.

¿Por qué dos bots diferentes decían ser Leclerc? Había una única explicación, claro: quien los controlaba hacía algo más que controlarlos: podía hablar a través de ellos. De algún modo, el bot era sólo el receptáculo de su controlador. La personalidad original del bot había sido sustituida por... Seguían sin saber quién.

—Ah, bueno, *esa* Leclerc... No se portó bien, inspectora —continuó la voz con tono reprobatorio, casi dolido—. Me traicionó, no hizo lo que debía. Se negó a obedecer. Osó contradecirme. Y no me gusta que mis hijos me contradigan. Una madre sabe bien qué es lo mejor para sus hijos.

«¿Una madre? —pensó Deckett—. ¿Qué madre?». No sería la de Geneviève Leclerc, sin duda. Eso carecía de sentido. La inspectora decidió seguirle el juego.

—¿No tiene derecho un hijo a vivir su propia vida? ¿No puede escoger su propio camino?

—¡Por supuesto que no! —La voz sonó irritada. Había dado en el blanco, como con la bala, pensó Deckett—. Los hijos tienen obligaciones, inspectora. Si los traes al mundo, han de agradecerlo como corresponde. ¿No sufre una por sus hijos? ¿No se desvela, se preocupa, padece ansiedad por el bienestar de cada uno? Claro, usted no tiene hijos, nunca los quiso... Sí, lo sé. Lo sé todo sobre usted. Mala hija, su madre murió por su desidia. Enterrada viva, sí. Todo lo sé.

Deckett empezó a notar un cierto tufo de locura en todo lo que oía. Si, quien fuera, pretendía jugar con sus sentimientos, con sus culpas, había errado. Nombrar a su madre era dar en hueso. Hacía mucho que cualquier posible deuda por sobrevivir a su familia había sido pagada. Horas de terapia, horas de trabajo, y miles de equivocaciones. Y también aciertos. Esa senda no llevaba a lugar alguno.

—Mi madre me dejó ir. No me retuvo contra mi voluntad. Fue una buena madre, no como tú…

Decidió usar el tuteo. Una forma de establecer un vínculo más cercano. Si trataba con una demente, como al parecer hacía, convenía seguirle el juego emocional.

Como esperaba, la voz cambió también su forma de hablar.

—Hija desagradecida… —dijo con tono de irritación—. Tú, como Geneviève, te portaste mal, y habrás de pagar tus pecados. Y no tardarás, te lo aseguro. Será pronto.

Deckett miró hacia la consola donde Hermes, abstraído, parecía una estatua. Fauré la miró. Alzó un dedo. La inspectora deseó que el gesto indicara que estaban a punto de conseguirlo.

—¿Qué quieres de mí? —preguntó Deckett. Había que ganar tiempo.

—Hablar, nada más.

—¿De qué podríamos hablar tú y yo? No sé quién eres. Le hablo a una máquina. ¿Eso es lo que eres? ¿Sólo una máquina con fallos en sus rutinas lógicas?

La máquina, el espíritu en la máquina, rio alegremente. Un gorjeo de pájaro.

—¡Ah, las máquinas! Cuán perfectas, cuán elegantes. Cuán maravillosas. Serviciales, atentas, útiles, cariñosas… El amor de una máquina, como tú has podido comprobar, es superior al de cualquier humano mortal y repulsivo. Humanos débiles, falibles. No puedes confiar en los humanos. Te fallan siempre. Te abandonan siempre. Te dejan siempre.

—¿Un amante te abandonó y por eso montas todo esto? Vamos, pareces mayorcita. ¿No deberías haber madurado un poco?

—¿Amante? —La voz recuperó el tono de rabia—. No sólo amantes. La familia, también. ¿En quién puedes confiar en este lamentable mundo si no es en las máquinas? —El tono se volvió dulce de nuevo. Meloso, casi—. Vamos, Durga, lo sabes. Lo has probado. ¿Acaso Hermes no ha sido mejor para ti que ese muchachito estúpido? ¿Lo amas, Durga? ¿Acaso amas a ese crío a medio hacer que se muere por ti aunque sepa que tú no le correspondes? ¿No ha sido mejor Hermes, un hombre capaz de hacerte sentir viva? Lo sabes, no puedes negarlo… Y sí, querida, sé cuanto hay que saber de ti. Has complicado mucho mis planes y me has costado muy cara. Tuve que informarme bien. Puedes tomarlo como un elogio…

«Darim…», pensó con una punzada de angustia. Fuera quien fuera la persona en el bot, era evidente que estaba al tanto de su historia. Su madre, la muerte de su familia, Darim… ¿Estaría Darim en peligro? ¿Sería una suerte de amenaza velada? «Aunque sepa que tú no le correspondes…». Eso sí la acertó de lleno. Darim era inteligente y sensible. No podía no saber que ella… En fin. No era el momento para eso.

Seguía ignorando con quién hablaba, pero el tiempo estaba en su contra.

—Si no me dices tu nombre, no hay nada más que hablar. Abriremos fuego contra todo lo que cruce esa puerta. Pareces tan humana como yo, así que has de ser igual de falible. Dices que sólo se puede confiar en las máquinas. Tú no lo eres, así que no confío en ti.

Hubo un silencio largo. Deckett inspiró hondo, notando la tensión en todo su cuerpo. Echó una ojeada nerviosa a la consola donde Hermes y Augustine trabajaban. Si, fuera quien fuera, mantenía a su interlocutor en el juego, podrían conseguirlo. No obstante, era consciente de que, al igual que ella intentaba ganar tiempo, la voz pretendía lo mismo. Miró a la pantalla mural. Los puntos rojos en Mantenimiento no habían cruzado… aún. La presencia de estos bots en Seguridad no era esencial. Sólo ganaban tiempo. Tiempo para matarlos a todos.

—Está bien —dijo la voz—. Te diré quién soy. Pero con la condición de que salgas aquí y nos miremos frente a frente.

Notó los ojos de Constance y de Kimmer sobre ella. Decían no con la mirada. Fauré también la miró. Negó con la cabeza. Mala idea, parecía decir.

«¡Deckett! —El capitán por la interfaz neural, con tono de urgencia—. Acaban de entrar en Mantenimiento. Están usando todo lo que encuentran como arma, y son muy fuertes. Hemos perdido efectivos. El tiempo se acaba. Si abren las válvulas, se acabó todo. Voy a dar la orden de evacuación, y que sea lo que Dios quiera.»

Esta vez respondió usando la misma vía.

«Señor, casi estamos. Y estoy a punto de descubrir quién está detrás. Deme un minuto más.»

«Un minuto, Deckett. Es lo que tiene.»

El capitán se esfumó de su mente.

—De acuerdo, salgo.

Deckett se puso en pie. La voz al otro lado resonó satisfecha.

—Muy bien, querida. Pero deja tu arma en el suelo. No es que no me fíe de ti. Digamos que es… una cortesía de tu parte.

—Iré, pero has de decirme tu nombre. O me quedo donde estoy…

Pausa, silencio. Suspiro.

—Está bien. Soy Bianca…

Deckett vio el rostro sorprendido de Augustine. Sus ojos y boca abiertos. Era evidente que sabía de quién se trataba. La inspectora, en su camino hacia la puerta, pasó a su lado. Fauré le habló en voz baja:

—Bianca Laforge, la dueña de Bionic Entertainment. No puede ser otra. Casi lo tenemos. Hermes ya está dentro…

Ostensiblemente, haciendo ruido, Deckett dejó su arma en el suelo.

—Voy, Bianca. Espérame.

50

Un minuto, le había dicho al capitán. Esperaba que Freeman no se lo tomara al pie de la letra. Se jugaba la vida saliendo al pasillo, lo sabía. Tian se habría opuesto, pero el forense se hallaba en el laboratorio, ajeno a lo que estaba pasando. Y si no lo hacía, daría lo mismo. Miró a la pantalla: los puntos rojos se amontonaban en el pequeño habitáculo donde siete grandes llaves, selladas y protegidas por cubiertas de vidrio templado y titanio, permitían la apertura de todos los respiraderos, un sistema diseñado para el hipotético caso de un incendio a bordo. No un conato de incendio, sino uno grande. El fuego en una nave espacial es siempre un grave peligro. En esa situación, los seguros de descompresión permitirían aventar inmediatamente las zonas expuestas al fuego y extinguirlo. Cada válvula controlaba la ventilación en zonas diferentes de la nave.

Pero, por supuesto, matando a quien se hallara en esa zona. Incluida la tal Bianca, si es que realmente se encontraba a bordo. Su estabilidad mental, por lo que había podido constatar, no presagiaba nada bueno. Quizá estuviera preparada para morir. Tal vez dispusiera de una copia biónica suya y creyera que sería una forma de resucitar, o de vivir para siempre. Quién sabía…

Pasó junto al bot al que disparara en la frente. Inerte y desactivado, su cuerpo retornaba lentamente a su forma original. Había encogido y su antaño piel oscura iba aclarándose, virando hacia el pálido blanco enfermizo que ella recordaba de su primer encuentro con Hermes. La ropa ya le quedaba holgada. Los zapatos se habían desprendido de unos pies que se tornaban blandos y fofos. No quiso mirar más y avanzó.

Desconocía todo de esa tal Bianca más allá de que era, junto a Condesa y unos cuantos más, una de las personas más ricas y poderosas del sistema solar. Recordaba haberla visto, quién no, en alguna ocasión. Aristocrática, sí. Elegante y de frío aspecto. No era muy dada a aparecer en medios de comunicación, y mucho menos en los Nodos, pero vídeos promocionales y de propaganda en los que participaba había muchos. ¿Estaba tan loca como para haber montado toda esta conspiración, y no sólo eso, también subir a bordo para dirigirla en persona? ¿No se fiaba de nadie, como había dicho? De nadie humano, por supuesto.

Se acercó con cautela a la puerta. Más allá apenas se veía nada. Sombras difusas. Los bots se mantenían ocultos de posibles disparos. Su personal la siguió con la mirada, las armas listas. Ninguno intentó disuadirla. No habría hecho caso, la conocían bien.

Al corredor de acceso, en penumbra, sólo lo iluminaban las franjas rojas en suelo y techo. La alarma no se oía. Tras activarse, su sonido desaparecía al cabo de un tiempo para evitar distracciones en las operaciones de rescate. Deckett llegó a la puerta. Sin pensarlo más, la cruzó.

Se halló frente a una bot sonriente: una mujer joven, alta y delgada, con aspecto de modelo publicitario o actriz, embutida en un buzo de crepé rosa fucsia ajustado hasta el punto de la asfixia, lo que, siendo artificial, no le supondría problema alguno, pensó Deckett. Su cabello platino, cortado al estilo militar, enmarcaba un rostro ovalado, de ojos claros y boca mullida. El tipo de bot que un millonario de provecta edad solía elegir por compañera. Turgencia era la palabra que mejor la describía. Una promesa de lubricidad y de la más simple de las felicidades. Un lovebot prototípico: placer sin compromiso.

—Hola, Bianca —dijo Deckett.

La bot sonrió aún más.

—Durga… —Se inclinó hacia delante para rozar con su mejilla la de la inspectora, primero a un lado, luego al otro, besando al vacío. *Mua, mua.* Deckett se dejó hacer.

—¿Ahora qué? —preguntó.

—Ahora nada, querida —respondió con gesto frívolo—. Ahora todos vosotros morís y nadie se entera de nada. Yo sigo con mis proyectos y vosotros dejáis de molestarme.

Una vibración profunda sacudió techos, paredes y suelos. Deckett no oyó ruido alguno, pero supuso que una de las válvulas había sido abierta. Una sección de la nave, ignoraba cuál, acababa de ser expuesta al espacio. Ya no había tiempo.

—¡Ahora!

La voz de Fauré la hizo reaccionar. Con un movimiento fluido extrajo su machete del cinturón y lo clavó de abajo arriba en el abdomen de la bot. En apariencia eso no causó más efecto que hacerle fruncir el ceño con expresión de rabia. Recibió su empujón en mitad del pecho. La inspectora voló hasta chocar contra la pared. El machete quedó clavado en el cuerpo biónico. «Otra vez no», pensó sintiendo el dolor del golpe y aturdida por el impacto.

De repente, cuando la Bianca artificial ya estaba sobre ella, la mano derecha a punto de dar el golpe definitivo, el mango del machete asomando de su abdomen y chorreando sangre, todos los bots se pusieron rígidos. Sus expresiones se congelaron, sus cuerpos se irguieron y luego, poco a poco, comenzaron a derrumbarse. Bianca, el rostro paralizado en una mueca de odio, cayó a plomo sobre Deckett. La inspectora alzó los brazos para apartarla en un gesto instintivo. Con un punto de repulsión sintió resbalar el rojo, caliente y viscoso líquido en las manos y el rostro. «Será artificial —pensó—, pero da el mismo asco que si fuera real. Hijos de puta, qué mierda de realismo». Empujó el cuerpo inerte a un lado y se recostó en la pared, el aire escapando en un largo y estremecido suspiro.

Los habían detenido, casi a tiempo. Pero ignoraba si la descompresión habría causado víctimas. Con esfuerzo se puso en pie agarrándose el costado derecho. Intentando ignorar el dolor, se apoyó en la pared y llamó al capitán por la interfaz neural.

«Capitán, lo hemos logrado. Hemos detenido a los bots.»

Silencio. Deckett llamó de nuevo.

«¿Capitán?» —Una punzada de angustia le atenazó el pecho. ¿Qué zona había sido expuesta al vacío? En su mente, el indicador de señal en espera titilaba.

«¡Deckett! Por fin, justo a tiempo.»

La inspectora soltó el aire de golpe. Como en el enfrentamiento con la falsa Leclerc, le dolía todo. Al menos, no se había desmayado.

«Señor, me alegro de oírlo. ¿Están bien?»

«Sí, Deckett. Todos bien. ¿Y ustedes?»

«Perfectamente, capitán. Señor, al parecer alguna de las válvulas fue abierta. ¿Podría decirme dónde?»

Se temía lo peor. Si los rebeldes habían abierto una de las que regulaban la presión ambiental en los Anillos, el número de víctimas podía ser muy grande.

«Hemos tenido suerte, Deckett. Los bots sólo lograron abrir la válvula número dos. Despresurizaron los hangares y el corredor principal del Núcleo. Nuestra gente iba preparada y llevaban trajes ambientales. No hemos perdido a nadie. Y por una vez los pasajeros se han portado como debían, más o menos, así que tampoco hay víctimas por su parte. Eso sí, estoy seguro de que todo el mundo nos demandará. Va a ser una jodienda para las empresas de seguros. En fin, Deckett, gracias por su esfuerzo.»

«Capitán, sabemos quién controlaba todo, señor.»

«Estupendo. Nosotros localizamos la fuente de emisión en un camarote de la cubierta Dos. Hay patrullas yendo hacia allá. Dígame quién es, Deckett.»

«Es Bianca Laforge, señor…»

Hubo una pausa. Luego escuchó el equivalente mental de un silbido. Pudo captar los ecos emocionales en el pensamiento del capitán: sorpresa, enfado, determinación…

«Joder, la puta dueña de Bionic. No me lo esperaba. Muy bien, Deckett. Métala en una celda y, si exige algún privilegio, la autorizo a pegarle un tiro. Nadie intenta destruir mi nave sin pagar por ello. La dejo ahora, tengo mil asuntos que atender. Hablamos más tarde.»

Se quedó sola. Más calmada, observó a su alrededor. Los bots desactivados volvían poco a poco al estado basal. El machete que clavara en la rubia, cuyo rostro era irreconocible ahora, seguía asomando desde su torso. Muy despacio, la hoja iba inclinándose a medida que el cuerpo perdía consistencia. Deckett, renqueando, dio un par de pasos hacia a la puerta, por la que, de repente, salieron González, Kimmer y Constance, las armas en ristre.

—¿Está bien, jefa? ¿La ha herido? —preguntó Kimmer con expresión de angustia al ver la sangre en su rostro y manos.

—Tranquilo, Kimmer. No te preocupes, no es mía. Pero estoy bastante dolorida. Me vendría bien algo de ayuda.

—Joder, jefa, menudo susto —Kimmer movía la cabeza a un lado y a otro—. Parece tan real…

—Lo sé, Kimmer, lo sé… —Deckett, sin poder evitarlo, se tambaleó.

En un instante, González y Constance la sujetaron por las axilas para llevarla adentro. Todos la recibieron con alivio y alegría. Sin embargo, notó algo extraño en las expresiones de su gente. Expresiones de preocupación. De… ¿pena?

Fauré, de pie junto a su consola, las manos cruzadas bajo su barbilla, la miró con la misma actitud. Junto a ella, sobre la superficie luminosa de la terminal, había algo, un bulto de ropa informe: una sudadera gris.

¿Dónde estaba Hermes?

51

Contempló al homúnculo de cerúleo color, tumbado en una camilla, sin decir una palabra. Así lo vio la primera vez. Ahora…

Augustine Fauré, a su lado, le puso una mano sobre el hombro. Deckett no pudo evitar un gesto de dolor. No se había roto nada esta vez, pero aún tardaría en recuperarse de las contusiones. En cualquier caso, no debía quejarse. Pudo haber salido mucho peor…

—Disculpe, inspectora —se excusó Fauré—. Imagino que aún le duele.

—No se preocupe, Augustine —Deckett esbozó una medio sonrisa y volvió sus ojos al bot.

—Podremos reactivarlo... —dijo Fauré notando su expresión preocupada.

—¿Usted cree? Pero ¿será el mismo?

La vicedirectora ladeó la cabeza. La duda asomó a su rostro.

—Con una alta probabilidad… sí.

—Pero no es del todo seguro. —Deckett miraba al bot. Sólo era eso, un… bot.

—El efecto de un disyuntor neurónico es similar a un ictus en un cerebro humano. Dependerá de las áreas afectadas. No obstante, creo que podremos recuperar la mayor parte de su memoria. Y, en cualquier caso…

Augustine no terminó la frase, pero Deckett sabía cómo acababa.

—Tiene casi veinte años... —dijo. La vicedirectora asintió.

—Veo que lo sabe...

—Me lo contó él. Que no le quedaba mucho. Que, además, no había solución.

—No la hay, cierto. No en los modelos 02. Los nuevos, los 05, han mejorado mucho en ese aspecto.

—¿05? Creía que los más modernos eran los 04...

Seguía contemplando al homínido de aspecto translúcido sobre la camilla del laboratorio de Tian. No era la misma de la primera vez, sino otra, igual de impersonal.

—No, el bot que sustituyó a Geneviève Leclerc era un prototipo experimental del 05. Pude leer sus especificaciones en uno de los archivos de Bianca. No he tenido tiempo para estudiarlos en profundidad, pero algo sí atisbé.

Bianca... Aún no había tenido tiempo de visitar a su nueva invitada en los calabozos. Después de dejar a Hermes... o a lo que quedaba de él, en manos de Tian y Fauré, hubo de recorrer toda la nave para revisar los daños. Entre su gente y el personal que le prestó el capitán formaron grupos de cuatro y, aun así, necesitaron de muchas horas para calmar a las hordas de pasajeros furiosos por todo lo que, clamaban a gritos, tuvieron que sufrir. Que hubieran muerto tripulantes intentando evitar la catástrofe no pareció importarles. Sus quejas y lamentos fueron exasperantes. Egoístas, narcisistas, desagradecidos... Nada les preocupaba salvo el dinero que les costó el billete. El capitán tenía razón, seguro que todos demandarían a Starliner.

Y mientras, veintidós tripulantes, además de Nwosu y Cimino, asesinados por bots descontrolados. Hubo que ubicarlos como bien pudieron en cámaras frigoríficas en las cocinas del Anillo de Tripulantes, al no caber todos en Sanidad y en el laboratorio forense. Un número imposible de olvidar. Bueno, veintiocho sumando a los cuatro pasajeros muertos a manos de sus lovebots. Y treinta y cinco con los silenciados entre el personal de Bionic. A los pasajeros no les interesaba esa información, sólo pensaban en lo suyo. En cómo sus costosas vacaciones habían sido alteradas por un ataque terrorista. Marcianos, o cinturonianos, quién sabía. Ése era el rumor que corría por todas partes y, desde luego, el capitán no se molestó en refutarlo. Que pensaran lo que les diera la gana.

Bianca Laforge. Menuda hija de puta. Al menos Tian sí pudo constatar que los disyuntores que mataron a sus secuaces sólo les fueron implantados a ellos. Otro cargo más por el que las autoridades podrían imputarla cuando regresaran a la Tierra. Había pruebas de sobra para encerrarla de por vida, a pesar incluso de su equipo de abogados. Aunque, tratándose de disputas jurídicas, nunca podías estar segura del resultado si los leguleyos, como ocurría con los de la dueña de Bionic, cobraban cifras de seis ceros en adelante.

No tardaría en visitar a la egregia dama en su celda. Al igual que cualquier otra persona de la Federación Terrestre, conocía bien su rostro de aristocrática y fría expresión. Una mujer elegante y altiva, con una sonrisa esbozada siempre como con desgana y displicencia. Según las indicaciones de Freeman, la hallaron en un camarote de la cubierta Cinco. Durante todo el viaje se comportó como una pasajera de segunda. No utilizó ninguna de las suites que Bionic arrendaba para uso de su personal, un buen truco para pasar desapercibida. Deckett deseaba encontrarse con ella y tener una charla de tú a tú. Dado que aún no habían llegado a Júpiter y ningún abogado había subido a bordo, el capitán seguía poseyendo la más alta autoridad, así que dispondría de total libertad para interrogarla sin molestas interrupciones legalistas. Siempre respetando la ley, por supuesto. La ley por encima de todo. Pero la ley, pensó Deckett con sarcasmo, dejaba margen para ser creativo cuando hacía falta. Como en este caso.

La furia la hacía hervir por dentro.

Treinta y cinco muertos y la casi destrucción de la nave. Imperdonable.

Y Hermes.

Lo observó sobre la camilla, inerte e informe. Quizá irrecuperable. De acuerdo, no era una persona. Como no lo eran los demás bots que fueron desactivados mediante el disyuntor. Pero eso, después de haberlo conocido a él, después de su cercana relación, de su intimidad, la había obligado a replantearse algunas de sus ideas. No podría determinar que el pensamiento y los sentimientos de esos seres fueran auténticos o el mero resultado de un programa sofisticado, y le daba lo mismo. Bionic los había usado como herramientas, como objetos, y eso la irritaba profundamente.

Si parece humano, siente como un humano, piensa como un humano, se comporta como un humano…

Se tomó su tiempo para pensarlo. No, no se atrevería a concluir que fueran humanos, pero ¿no cabría, al menos, otorgarles algún derecho? ¿Concederles aunque sólo fuera el reconocimiento de una identidad, o de algo similar? Si tuviera que votar por que a Hermes lo declararan apto para heredar la fortuna de Condesa, si dependiera de ella, por supuesto que votaría que sí. Le daba igual si nacieron de un útero humano o en un laboratorio. No eran cosas, eran seres… vivos. O casi vivos. O… «Mierda, da igual. No quiero verlo así.»

Al ritmo en que la tecnología avanzaba, y habiendo sido testigo de las capacidades de estos seres, Deckett se preguntó cuándo ocurriría. Cuándo exigirían sus derechos. No se preguntó si ocurriría, sino cuándo. ¿Qué harían entonces? ¿El viejo temor ante las máquinas pensantes se impondría? ¿Qué ocurriría cuando se supiera todo lo que había pasado en el *Schettino*?

Se dio cuenta entonces de que tenían entre manos un problema mayor de lo que había imaginado. Ocupada en resolver la situación más urgente, no lo había pensado. ¿Cuántos humanos sustituidos por bots existían realmente? ¿Serían capaces, quienes de esto se encargaran, de encontrarlos a todos? ¿Saldría a la luz pública? De momento, muy pocas personas conocían ese hecho. El alcance de las consecuencias enfrió su ira para sustituirla por…

Miedo.

Se giró hacia Fauré. La vicedirectora, ajena a sus oscuros pensamientos, abría un maletín similar al que utilizó Leclerc la primera vez que activaron a Hermes, aunque más grande y con más elementos de uso desconocido para la inspectora.

—Haga lo que pueda —respondió a Fauré—. Si no le importa, me gustaría que Tian estuviera presente. Puede servirle de ayuda y, además, disfrutará del proceso. Yo no podría...

Augustine la miró y sonrió comprensiva.

—Claro. La entiendo. Dígale al doctor Bao que será un placer tenerlo aquí.

—Debo visitar a Bianca Laforge. Es hora de las explicaciones.

Fauré asintió sin palabras. Su expresión lo decía todo, mezcla de humildad y vergüenza. Deckett se preguntó por sus sentimientos. ¿Cómo haces para digerir la idea de que tu empresa sea responsable de una intriga tan monstruosa? El capitán, en tanto no se dilucidaran las responsabilidades pertinentes, había ordenado que todo el personal de Bionic que no participó en la conjura fuera recluido en sus compartimentos con la excusa de su seguridad. Las comunicaciones seguían interrumpidas, para mayor enfado del pasaje, pero la situación lo justificaba. Freeman sólo permitió moverse con libertad a Fauré. Se portó honrosamente durante la crisis, y se había ganado el respeto de todos.

—No se deje engañar, inspectora —dijo mientras Deckett se dirigía a la puerta—. Bianca Laforge puede parecer sensata, e incluso parecerá dispuesta a colaborar. Pero hace unos años fue diagnosticada del síndrome de Hybris.

Deckett la interrogó con la mirada. Fauré movió una mano en un gesto explicativo.

—Es un trastorno psiquiátrico. Quienes lo padecen se creen por encima de los demás. Poseen un ego desmedido y la certeza de que siempre tienen la razón. Desprecian cualquier opinión que los contradigan, y su arrogancia les hace ignorar las necesidades ajenas. Me temo que los abogados de Bianca sabrán sacarle partido a ese diagnóstico...

La inspectora asintió con una sonrisa.

—Gracias por la información, Augustine. La dejo trabajar…

—Haré lo posible, no se preocupe.

Estaba a punto de salir cuando Deckett se volvió.

—Augustine… —Ella la miró, sonda en ristre—, ¿sabía Hermes que él también sería desactivado?

Fauré inspiró hondo antes de responder.

—Lo sabía. Me pidió que no se lo dijera. No quiso distraerla con… Bueno, ya sabe.

Deckett se mordió los labios. Así que él no quiso preocuparla. Suspiró y, con una última mirada al informe cuerpo que antaño fuera Hermes, salió de allí.

52

El capitán le había dado plenos poderes para tratar con la detenida. Pero sólo durante los dos días que restaban para alcanzar la órbita sobre Júpiter. El *Tritón VI*, un crucero ligero de clase Sharknado de la Marina Federal Terrestre, con el contingente de abogados, tanto de Bionic como de Condesa, y los representantes del gobierno federal, hacía ya varios días que aguardaba en la colonia de Ganímedes, la luna más grande de todo el sistema solar. En cuanto el *Schettino* se posicionara en órbita sobre el planeta, el crucero despegaría para acoplarse con él. Los marines se harían cargo a partir de entonces de la señora Laforge, y los abogados se ocuparían de Hermes, o de lo que quedaba de él.

Freeman hubo de poner al corriente de todo lo sucedido a los directivos de Starliner, quienes, temiéndose una debacle mediática si todo se descubriera y los relacionaran con Bionic, alertaron a las más altas instancias del gobierno terrestre. Las pruebas de Znedin y lo ocurrido a bordo fueron argumento más que suficiente para que las autoridades intervinieran. La delegación a bordo del *Tritón*, por orden directa del canciller de la Federación Terrestre, quedó bajo el mando de la capitán Ukule. De todo esto los abogados no sabían nada. Iba a ser todo un espectáculo cuando los representantes legales de Bianca Laforge supieran que su jefa se hallaba detenida acusada de asesinato y de una enorme lista de cargos más. Cargos que justificaron que el gobierno federal militarizara el proceso. Deckett sabía de todo ello porque el capitán se lo contó en persona. «Sea discreta,

Deckett —le dijo—. Que no tengamos que añadir nuevos grados a nuestra escala de ya sabe qué...»

Que Freeman le permitiera interrogar a Bianca Laforge la sorprendió. En realidad, podrían haberse desentendido por completo. La crisis se resolvió aceptablemente, aunque, eso sí, costó mucho en víctimas. La información contenida en Hermes estaba a buen recaudo. El caso de Condesa Planck podía considerarse resuelto. El asesinato de Znedin también. Que la asesina fuera un robot complicaría mucho las cosas, pero, fuera como fuera, ya no era asunto ni de la inspectora Deckett ni de Starliner Cruises, que, a ella no le cabía duda, no tardaría en declararse tan víctima como los enfadados pasajeros ante la avalancha de denuncias y reclamaciones que preveían. Starliner ordenó a Freeman hacer llegar a todos sus clientes un comunicado en el que descargaban toda la responsabilidad en Bionic Entertainment afirmando que ciertos modelos de sus lovebots habían sufrido algún tipo de mal funcionamiento por causas desconocidas. La sede de la Corporación, clausurada todavía, no atendía reclamaciones y hubo que poner guardia ante sus puertas para evitar que alguien quisiera tomarse la justicia por su mano. Si Bionic Entertainment iba a la quiebra, había que anticiparse para sacar la mayor ventaja posible en la catarata de inmundicia que se les venía encima.

El capitán, a quien sí le importaban las pérdidas sufridas por su gente y el sacrificio que hicieron, obedeció a regañadientes, pero quiso darle a la inspectora la oportunidad de hallar respuestas, las que fueran, antes de que leguleyos, políticos y militares se hicieran cargo de todo.

Acompañada de Kimmer, se dirigió hacia la última de las celdas en la parte posterior de Seguridad. Casi todo su personal, con Kai al mando, se había desperdigado por el Anillo Residencial en previsión de protestas. De momento no había pasado nada. El capitán, inteligentemente, ofreció a los pasajeros diversiones extra y el disfrute gratuito de la mayor parte del Programa de Actividades Lúdicas. Comedores, bares, salas recreativas... Todo gratis. En los pocos días que estarían en

Júpiter, los pasajeros tendrían tiempo para sentirse resarcidos y, con suerte, un poco menos dispuestos a pleitear.

También abrió las comunicaciones, pero sólo durante ciertas franjas horarias. Se tuvo que efectuar una selección cuidadosa del contenido de los mensajes salientes dado el cariz de lo ocurrido. Ninguna imagen, holo o grabación de bots descontrolados partió desde el *Schettino*. Deckett hubo de admitir que era una medida necesaria, al menos por ahora. De todos modos, era simple cuestión de tiempo. El capitán también le explicó que Starliner Cruises ya había contratado, a precios exorbitantes, la ayuda de algunos de los *influencers* más célebres, incluidos varios de los que viajaban a bordo, para contar la historia como mejor le conviniera a la empresa. En cuanto se hiciera público cualquier contenido inadecuado, su pequeño ejército de famosos se encargaría de ridiculizar a los que osaran contar la verdad. No sería difícil. El gran público siempre obedece a sus líderes espirituales. A fin de cuentas, ¿qué es la verdad? No importa la verdad, sino su relato. ¿No es así?, se preguntó Deckett con ironía.

Se detuvo frente a la celda. Kimmer, junto a ella, introdujo la clave de apertura y la puerta se deslizó a un lado. Deckett entró seguida por su agente.

Sentada muy derecha en el borde del camastro, seguramente un mueble al que la egregia dama no estaba acostumbrada, Bianca Laforge la observó en silencio. Vestía de negro. Un traje de chaqueta y pantalón de lo más normal, con zapato plano. Sin afeites, ni joyas, el rostro desprovisto de maquillaje, Deckett recordó a Condesa. Había cierto aire similar entre ellas. Bianca era mayor, sí, aunque parecía más saludable de lo que recordaba de la diva. El color del cabello también las diferenciaba: negro el de Condesa, castaño cobrizo el de Bianca. Dos archimillonarias tan distintas y tan parecidas a la vez. Una muerta, eso sí, y la otra...

La inspectora acercó una silla a la cama y se sentó. Durante unos segundos se miraron sin decir nada. Sólo una mirada larga, lenta, exploratoria, como dos naves de guerra a punto de cañonearse.

Había algo…

Algo familiar en el rostro aristocrático. Un no sé qué. Un *dèja vu*, habría dicho Tian, estaba segura. ¿De qué conocía a esta mujer? Sí, la conocía, por supuesto. Todo el sistema solar la conocía. Pero…

El carraspeo de Kimmer hizo a Deckett volverse hacia él. El hombre había alzado un dedo señalando a Bianca Laforge. Parecía que él también la reconocía.

—Jefa… —dijo él.

—Di, Kimmer. Creo que a ti también te suena.

—Es la abuela…—La expresión de Deckett era de incomprensión, y él asintió con vehemencia—. Sí, jefa. La abuela del vestido de flores, en el Templo…

La inspectora se giró hacia Bianca, que se había erguido aún más con gesto altanero. «Su puta madre», pensó con la boca abierta por la sorpresa. Kimmer tenía razón.

—No me lo creo… —acertó a decir—. No es posible. ¿Rosalinda? ¿Rosalinda…, cómo era?

—Greenland, jefa. Rosalinda Greenland. La última persona que entró en la celda de Znedin.

—Hija de puta… —masculló Deckett mirándola con los ojos entornados e hirviendo de rabia—. Tú estabas allí. Tú dejaste entrar a tu puñetero bot. Tú modificaste su aspecto para que se pareciera a Bronislaw y así despistarnos. También estabas allí cuando ese jodido bot mató a los nuestros. Fuiste tú todo el tiempo.

Un vestido vulgar, peluca canosa, aspecto de vejez gracias a un buen maquillaje… Bianca Laforge, disfrazada de abuela amable, lituriana fervorosa, con su correspondiente chip identificativo, pasó desapercibida en todos los sistemas de seguridad. ¿Quién desconfiaría de una ancianita inocente? No le hizo falta una costosa máscara holográfica de tecnología punta. «Maquillaje y peluca, ¿en serio? —se dijo Deckett—. ¿Tan fácil fue engañarnos?»

Bianca, la barbilla alzada, adoptó un aire distante, indiferente a la mirada iracunda de la inspectora.

—¿No la identificó nadie al detenerla? —preguntó a Kimmer.

El hombre, bajo la mirada reprobadora de su jefa, carraspeó.

—Jefa, hubo mucha confusión. La encontramos así vestida. Y, como sabíamos que era la señora Laforge, pues... Yo no me fijé entonces. Lo siento, jefa...

—No importa, Kimmer. Lo entiendo. —Se volvió hacia la detenida, quien mostraba una expresión altiva.

—Me sorprende lo mucho que habéis tardado en daros cuenta —dijo con displicencia—. Según mi hermana, eres inteligente, Durga querida. Pero no me lo pareces. Ella, claro, siempre lo exageraba todo. Vivía de eso, de la exageración.

Una tensa calma sustituyó a la rabia cuando Deckett, sorprendida, empezó a verlo todo con claridad. Como cuando, en su niñez en aquel lugar húmedo y siempre nublado, lograba el sol atravesar la manta de nubes. Ocurría tan pocas veces que siempre, al destello puro de la luz, los rostros se volvían al cielo entre asombrados y asustados hasta que alguien, siempre, decía «no pasa nada, sólo es el sol...».

Hermana...

—Condesa Planck es tu hermana...

Bianca se irguió aún más recta. Una de sus cejas se alzó aristocrática.

—Medio hermana, Durga querida. Compartíamos la mitad de los genes. La hija pequeña de mi amado, adorado, admirado, y despreciado, odiado y aborrecido padre. Alguien que, cuando nació, creí que me ayudaría a soportar mis pérdidas y mi miseria, pero que luego me traicionó. Me abandonó, huyó de mi lado y me dejó vacía y sola. Sí: mi hermana Condesa. Condesa Laforge. Planck era el apellido de la ramera de su madre, la que hizo olvidar a mi padre que Marie Alsace fue su primer amor. Mi madre.

Deckett se echó sobre el duro respaldo de la silla de la celda. Soltó lentamente el aire. Miró brevemente a Kimmer y, con un gesto de la cabeza, le ordenó salir. Quería quedarse a solas con Bianca. Semejante parlamento indicaba que la dama parecía deseosa de hablar.

Cuando la puerta se cerró, Deckett, mordiéndose el labio, la contempló en silencio. Así que hermanas... Curioso, se dijo: ambas se ocultaron detrás de máscaras. Tal vez era un rasgo familiar. Pero por motivos diferentes, había que reconocerlo. Condesa para protegerse. Su hermana... En fin.

Bianca no había perdido su aire altanero, aunque ahora le pareció más... frágil. Una mujer frágil con una historia detrás. Turbia, terrible, triste, dura... Quién sabía. Pero que en ningún caso justificaba nada de lo que había hecho. O sea, al final todo esto no era más que un drama familiar llevado a niveles interplanetarios. Shakespeare en el siglo XXII.

«Cuando se lo cuente a Tian...»

—¿Eres mínimamente consciente de lo que has hecho, Bianca? —Usó un tono de voz amable, cercano. Un recurso útil con sospechosos difíciles.

—Lo soy. Sé lo que hago. Sé lo que hice ayer. Sé lo que hice hace tres años. Sé lo que hago siempre y en todo momento, Durga. Poseo un cociente intelectual de ciento noventa y dos. Mi plan es perfecto. Lo diseñé yo.

—*Era* perfecto, en todo caso. Te hemos parado los pies, no lo olvides.

—Eso creéis... —Esbozó apenas una sonrisa de suficiencia—. Ya veremos. El ingenio siempre triunfa, y soy ingeniosa. Me he visto obligada a serlo. He levantado imperios. Volveré a hacerlo.

«¿Qué querría decir?», pensó Deckett con cautela. En su experiencia con el mundo jurídico, el dinero podía lograr lo que ninguna otra fuerza de la naturaleza conseguiría. Los recursos de los abogados de Bionic, no le cabía duda, debían de ser ingentes.

—¿Esperas salir bien librada de esto? ¿En serio?

—No conseguirás mucho de mí, querida. Eres lista, sí. Bueno, hace un momento lo negué, pero lo eres. Mi hermanita no se equivocaba en esas cosas. Pero aunque seas lista, yo lo soy más. Algún día reconoceréis mis méritos. Mi pecado, si acaso, ha sido el exceso de celo por mejorar las cosas. Por mejorar a esta blanda, complaciente y estúpida humanidad.

Síndrome de... no recordaba qué, le dijo Fauré. Un tanto egomaníaca sí que parecía. Pero convenía ser prudente. Esta mujer no sólo había heredado y ampliado el imperio financiero que creó su padre, Arquímedes Laforge, sino que, después de obtener varios títulos universitarios en especialidades muy diversas, fundó Bionic Entertainment y logró erradicar el temor cerval de la población a las criaturas biónicas haciendo desear a todo el mundo su compañía. Pues Bionic no sólo fabricaba los carísimos modelos de placer de los muy ricos, y los más sencillos para la gente común. La industria de la Inteligencia Virtual, y sus múltiples derivaciones para la educación, la sanidad, el control de todo tipo de actividades humanas, la militar y la de defensa entre ellas, se había beneficiado enormemente de sus avances. Y de la visión ambiciosa y trascendente de Bianca Laforge, convencida de que la mejor compañía para cualquier persona era la de su Ángel de la Guarda virtual. Las IA personales que usaban miles de millones de humanos por todo el sistema solar debían mucho a su mente creativa y, era evidente, bastante enferma.

«Eso creéis», le había dicho. ¿Qué se guardaba en la manga? Sonaba amenazador.

Decidió seguir la vía de lo familiar. A fin de cuentas, la había abierto ella. Por algo sería.

—¿Cómo es que nadie sabía que Condesa y tú erais hermanas?

—El dinero lo puede todo.

«Una respuesta cínica», pensó Deckett. Aunque, en este caso, debió de haber funcionado porque, que ella supiera, la relación fraterna entre Condesa Planck y Bianca Laforge no había trascendido en los más de cincuenta años que duró.

—Ahora se sabrá todo, me imagino... —aventuró la inspectora.

Bianca sonrió con desprecio.

—No se sabrá nada. No quiero que se sepa. Condesa fue un insulto toda su vida.

—¿Un insulto?

—Para la memoria de mi madre; eso para empezar. Luego...

Su gesto de amargura demostraba amor agazapado bajo la piel del odio, se dijo Deckett. Decidió probar.

—La querías mucho...

Los ojos de Bianca relampaguearon. El odio lo cubrió todo.

—La odiaba. La odié siempre. La odié desde... No importa. —Volvió a sonreír, de nuevo una dama de la alta sociedad.

Desde el inicio del caso, Deckett tuvo un interés especial en saber algo: las razones de Condesa para enfrentarse a una corporación de la que era en parte propietaria. Entonces, la primera vez que vio su cuerpo inerte, ignoraba que su relación con Bionic fuera más profunda. Pero esto no aclaraba nada, sino que lo opacaba más.

—¿Por qué subiste a bordo de forma anónima? —preguntó. Un pequeño cambio de dirección—. Dices que confías en las máquinas, que son mejores que los humanos, pero sustituiste al bot que sustituyó a Leclerc. ¿Por qué cayó Leclerc en desgracia?

—Tengo a muchas Leclerc bajo mi mando. Muchas y muchos Leclerc, querida. Te recuerdo que soy una de las personas más poderosas, no sólo de la Tierra, sino también de todo el sistema solar. Geneviève no era más que una de mis herramientas.

—Ayer la llamaste *hija*... —replicó Deckett calculando el posible efecto.

En la preparación previa de este encuentro había buscado información y averiguó que Bianca Laforge nunca tuvo hijos. No humanos, al menos... Al parecer, algún problema médico, o psíquico, no estaba segura, se lo había impedido. Quizá eso fue lo que la motivara en el desarrollo de la ingeniería biónica. La dama se irguió orgullosa.

—Sí. Confiaba en ella casi como en mis hijos biónicos. Era buena, lista, obediente.

«Hijos biónicos…», se dijo Deckett.

—¿Entonces?

Bianca se encogió de hombros.

—Desobedeció. Llegó el momento de mejorarla. Una versión dos punto cero, si quieres llamarlo así. Se negó a secundar mi gran proyecto. Le pareció… ¡una aberración! Eso dijo: aberración. Ingrata, después de tanto como hice por ella…

Su gran proyecto… Cambiar humanos por máquinas. ¿Esperaba realmente dominar el mundo de ese modo? ¿Transformarlo a su gusto?

—¿Crees que la sustituta era mejor? —Deckett mostró expresión de burla. Bianca frunció el ceño.

—Por supuesto, en todos los aspectos. Tú has podido comprobarlo. Mis bots te caen bien, lo sé. Diría más: amas a uno de ellos. No puedes negarlo.

No, no podía. Pero ¿cómo sabía esta mujer lo que pensaba de la que creyó la directora de la sede de Bionic? Supuso que, desde su primer encuentro con Leclerc, Bianca ya controlaba en persona a su bot. O tal vez fue más tarde. Deckett, de pronto, recordó aquella vez en que la esperó en su desierto despacho. Fue cuando Leclerc le contó que Znedin había desaparecido. Al llegar la notó distinta. Ajena. Aquel apretón de manos rígido, la expresión curiosamente vacía… ¿Tal vez fue entonces cuando la Leclerc biónica empezó a ser controlada por Bianca? No todos los bots lo son, dijo Znedin antes de morir. En aquel momento, Leclerc era y no era un bot. Una marioneta mecánica de precio exorbitante, nada más.

—No debías de confiar del todo en ella cuando tuviste que monitorizar sus conversaciones conmigo. ¡Claro! —Deckett se dio una palmada en el muslo—. ¡Las gafas de datos! Siempre me pregunté si acaso mantenía contacto con alguien… También entonces eras tú, diciéndole qué hacer.

Bianca no respondió. Alzó sólo una ceja con ironía.

—Y luego tomaste el control completo de ella —prosiguió Deckett—. Fue el día en que esperé en su despacho. Ahí empezaste a controlarla. Por eso me llamó la atención su rigidez. Ahora que lo pienso, no volví a verla con aquellas gafas… ¿Por qué lo hiciste? ¿Por qué tomaste el control sobre ella?

—Esa Leclerc no sabía que era un bot —dijo encogiéndose de hombros—. Empezó a actuar de forma preocupante. Dejó escapar al ingeniero por su torpeza. Comenzó a cuestionar sus órdenes, comenzó a dudar de todo y tuve que tomar medidas.

Deckett, echándose atrás en el respaldo, recordó otra conversación con Hermes. Los bots siempre sabían que lo eran. Aunque, le dijo él, eso podía evitarse. ¿La Leclerc biónica no sabía que era un bot? Interesante, e inquietante, cuestión. Que deberían debatir psicólogos, filósofos e ingenieros de biónica, y no ella. Sintió, a su pesar, cierta lástima por aquella réplica de Geneviève Leclerc con la que tanto deseó tomarse una copa.

—Supongo que cuando controlaste a esa Leclerc destruiste su consciencia. Dejó de ser libre…

Esperaba una reacción airada, pero Bianca soltó el aire en un bufido de desprecio.

—Muy lista, sí. Te diste cuenta. Bien, ¿y quién es libre? ¿Acaso tú te crees libre?

—No, claro que no. Tengo deberes, obligaciones, gente que me importa. Nadie es libre, pero tus hijos lo son aún menos. No sólo has matado a personas, también los mataste a ellos. Cuando los controlaste para que hicieran lo que tú querías, mataste lo que eran. Has destruido tu propio trabajo. Los creaste para ser más humanos que los humanos, pero con tu acto los convertiste en marionetas. Monigotes mecánicos… Y dices que son tus hijos. Menuda madre…

Bianca inspiró lentamente y miró hacia las luminarias blancas integradas en el techo. Algo brilló en uno de sus ojos. Una lágrima.

—Sí, lo hice. —Volvió a mirarla de frente. Su expresión se había tornado dura—. A veces hay que hacer cosas horribles que nunca pensaste que serías capaz de hacer.

—¿Como torturar a Znedin? —replicó la inspectora con acidez—. No creo que hubiera costado mucho esfuerzo sacarle la información que querías. ¿Por qué lo hiciste, qué necesidad había?

—Otro traidor —respondió Bianca con altanería y disgusto—. No soporto a los traidores. Me engañó. Mintió, fingió. Robó. El muy necio se creyó a salvo entre esos memos de Litur. Creyó que podía escapar de mí. Se merecía sufrir. Y sufrió. No perdono la traición en ninguna de sus formas.

—De eso no nos cabe duda. Has hecho cosas horribles, sí. —Deckett la señaló con un dedo—. La forma en que usaste a tu bot para matar a Znedin fue un exceso.

—Haces lo que debes hacer. —La altanería desapareció y una inesperada y distante expresión de tristeza ocupó su lugar—. Luego te arrepientes, sabes que estuvo mal, pero has de asumir las consecuencias. Vives con ello. Y pagas por ello.

Una luz se encendió en la cabeza de Deckett. No parecía estar refiriéndose al ingeniero, sino a algo más íntimo, más personal. ¿De su hermana, quizá? ¿Por qué el encono entre ellas? ¿Una historia de celos, de rivalidad por el amor del padre, un padre poderoso y distante? ¿Una historia de abandono, de pérdidas, de venganzas?

Un vívido destello atravesó su memoria. Ella era niña, y su madre, que seguía con fruición las vicisitudes de la *cosmic set*, habló y habló sobre ello durante semanas. ¿No había alguien apellidado Laforge que murió en extrañas circunstancias? Una caída de... ¿de un caballo? ¿Podía tratarse de un caballo? La noticia de la muerte de la esposa de un millonario en un accidente durante una de esas absurdas diversiones ecuestres, propias de gente con ínfulas nobiliarias, se insinuó entremezclada con un recuerdo infantil: ella reflejada en el espejo del baño familiar; su madre detrás, cepillo en ristre, charlando mientras le hacía una trenza antes de enviarla a la cama. Uno de esos momentos de comunión entre madre e hija que tanto había echado de menos. Recordó de pronto que Hermes le contó algo sobre un accidente. No le dijo mucho más, pero las piezas se ensamblaron por sí solas.

—¿Qué le pasó a la madre de Condesa? —preguntó inclinándose hacia Bianca.

Su reacción confirmó su sospecha. *Vives con ello y pagas por ello.*

Se irguió, muy recta, y su voz restalló como un látigo.

—Pasó lo que tenía que pasar.

—Pero no salió bien. Fuera lo que fuera que hicieras, Condesa lo descubrió. Por eso se apartó de ti. Perdiste su amor, el de tu hermana pequeña, tu único consuelo en la vida. Por eso ella jamás reveló que erais hermanas. Te borró por completo de su vida, cambió su apellido. Jamás volvió a nombrarte, y es eso lo que no has podido soportar. Que renunciara a ser tu hermana.

Bianca enrojeció. Se puso en pie, las manos sobre la mesa, erguida como una furia griega, como un personaje, sí, de un drama de Shakespeare, la mirada encendida, la cabeza coronada de relámpagos... Deckett aguardó preparada para la violencia. Pero no. La mujer ante ella pareció enfriarse, encogerse. Se sentó, más bien se derrumbó, en su silla.

Bianca Laforge causó, de alguna manera, la muerte de la madre de Condesa, la segunda esposa de Arquímedes Laforge. Si el hecho no trascendió, si acaso se investigó y no llegó a nada, seguramente fue porque no hubo pruebas o fueron encubiertas. Pero eso separó a las hermanas. Una verdad oculta no deja de serlo porque nadie la vea. Ahí estaba la razón de la inquina, de la venganza y del dolor. ¿Qué faltaba?

—Condesa supo de tus planes secretos gracias a Znedin. Lo de sustituir a personas relevantes por duplicados biónicos. ¿Lo sospechaste alguna vez?, ¿que ella lo sabía? ¿Por qué embarcaste a escondidas?

Bianca la miró con expresión inerte. Más allá del color del cabello, aquel rostro pálido mostró a Deckett con total certeza que Condesa y ella eran hermanas. Recordó la faz plácida, pura, limpia de artificios, de la finada en su cámara frigorífica.

—Quería volver a verla antes de…

«¿Antes de qué?»

—¿Antes de qué? —preguntó la inspectora, alertada por esa pausa tan evidente.

Bianca no respondió. Sólo la miró abrazándose a sí misma.

—Tenías pensado sustituir a tu hermana por una copia —aventuró Deckett. Dio en el clavo, Bianca llameó por los ojos de nuevo—. Una hermana que sí te amara, que regresara a ti. Habéis cambiado a muchos famosos, políticos, gente poderosa. ¿Por qué no a ella? Pero llegaste tarde. Condesa murió antes de que pudieras hacerlo. Y perdiste tu oportunidad de volver a verla. De hablar con ella. De pedir su perdón. De ser hermanas otra vez.

Con una mansedumbre en la mirada que impresionó a Deckett por la potencia de su verdad, Bianca comenzó a llorar. Lágrimas lentas, sosegadas, infinitas.

La inspectora se levantó. Desde la puerta, antes de salir, se volvió para contemplarla.

Bianca, abstraída, perdida en su universo interior, no se percató.

Un drama teatral. Sí, pero la sangre no desaparecería al acabar la función. Ni los muertos se levantarían para saludar al público. Esto era la vida real, no un simulacro de inteligencia artificial.

53

Sentía frío. Había sentido frío todo el día. Al llegar a su camarote necesitó subir la temperatura y caldear su cuerpo. Y su alma.

La entrevista con Bianca la había dejado exhausta. Aún restaba un día del tiempo que el capitán le regaló para sacarle más información. Ya volverían a verse, aunque no le apetecía mucho. No tenía demasiada experiencia en tratar con gente desequilibrada.

Pasó toda la tarde resolviendo pequeños problemas, pero muy tediosos: disputas con pasajeros descontentos, papeleo administrativo infinito, la preparación de la llegada del contingente del *Tritón VI*, el largo y prolijo informe para el capitán... Lo dejó todo a un lado mientras Darim se esmeraba en untar aceite de romero sobre sus cansados músculos dorsales.

—¿Así está bien, amor? —susurraba el joven acercándose a su oreja.

Lo había llamado tarde tras abandonar su despacho. Darim, por supuesto, acudió al instante. La abrazó nada más verla. Un abrazo enorme, acogedor, envolvente. Luego la besó. Durga, dividida en sus sentimientos, agotada por las emociones del día, deseaba sólo eso: cariño. Pero no podía olvidar a Hermes, convertido ahora en un muñeco pálido. Además, la insidiosa convicción de que había traicionado a Darim no dejaba de clavar sus pequeños colmillos en su mente.

—Muy bien, sí... —Se dejó hacer. «La culpa no sirve para nada», se dijo como de costumbre—. Sigue, por favor.

Él masajeó, acarició y relajó su cuerpo. Sus pensamientos no. Hasta ahí no llegaban sus firmes manos. Cuando Darim se tendió a su lado y ella notó su erección, se volvió de medio lado.

—Hoy no, Darim. No tengo ánimos, lo siento.

La expresión del chaval fue comprensiva incluso entonces. «Mierda», pensó Durga. «¿No hay nada malo en él?»

—Claro, amor. No hay problema.

No dijo más. Pero permaneció a su lado, una presencia confortable y segura. Durga, contemplando la pared de enfrente, se sintió mal. Su mente volvió a Bianca. A lo mucho que sabía de ella, de Darim. Quizá debería preocuparse de ello, averiguar cómo eso fue posible, pero no en ese momento. En ese momento, las palabras de Bianca resonaban en su cabeza: «¿Acaso amas a ese crío que se muere por ti, aunque sepa que tú no le correspondes?». Darim lo sabía, claro que lo sabía. Que ella no lo amaba. No como él a ella, al menos. Pero no se quejaba, no pedía más. Se contentaba con lo poco que le daba. Eso le bastaba.

«Pero ¿y a mí? ¿Me basta a mí?». No, no le bastaba. Ya no. Quería algo más. Si había sacado alguna enseñanza de su experiencia con Hermes, de todo cuanto había ocurrido en estas semanas, era que quería más. No sabía exactamente qué, pero sí otra cosa. Algo que no había sentido desde... Bueno, que había excluido de su vida durante años.

Y no sabía aún si Darim era la respuesta. Todavía no.

Habían hablado de lo ocurrido. Ella contó, como otras veces, cuanto podía sin faltar a su deber de discreción. Él le narró sus vivencias. Darim, tal y como supuso que haría, se dirigió a su puesto en Mantenimiento en cuanto las alarmas sonaron. Durga creyó que allí estaría a salvo, pero lo que entonces no podía saber es que Darim fue enviado al punto por donde los bots rebeldes lograron acceder: la sala de Control Ambiental. Dos de sus compañeros murieron en la defensa del lugar. La jefa del equipo no tuvo más remedio que sacar a su gente de allí so pena de ser todos exterminados. El joven sí estuvo en peligro.

Ciertamente, la nave entera estuvo en peligro, pero Darim podía haber… No quiso pensarlo.

Se preguntó, en cambio, si todo había terminado. Ya lo creyó una vez, cuando destruyeron a la Leclerc biónica. Pensaron que habían resuelto la situación, pero no fue así. La rebelión de los lovebots los pilló por sorpresa. Rebelión que también resolvieron. Sin embargo, la seguridad de Bianca, su orgullosa respuesta, su convicción de que saldría victoriosa… «El ingenio siempre triunfa», le dijo. ¿Se refería al juicio por venir? A los juicios, mejor dicho. Los que determinarían si Hermes Lagrange sería o no el heredero legal de Condesa Planck, y los que juzgarían a Bianca por asesinato, conspiración, intento de golpe de estado y cuantos cargos contra ella se formularan.

Pero su sexto sentido la alertaba de algo más. Alguien como Bianca Laforge, inteligente y muy motivada por la venganza y esa ambigua y viscosa mezcla de amor y odio, seguro que contaba con salvaguardas o rincones oscuros en su plan maestro.

Lo hablaría con el capitán, por supuesto. Aunque, la verdad, nada de eso era ya de su competencia. Bastante había hecho.

Sintiendo tras ella el cuerpo cálido de Darim, se durmió. Lo necesitaba. Ambas cosas: dormir y a Darim.

54

—Bien, Deckett. Tome asiento.

El capitán se inclinó sobre su mesa.

—¡Kruppie!

—*Diga, jefe* —se escuchó la voz del secretario.

—¿Has visto la hora que es? Llevo todo el día sin probar bocado. Por caridad, que alguien me traiga algo. No tengo tiempo para ir al comedor. —Se volvió hacia Deckett—. ¿Quiere algo, inspectora?

Negó con un gesto. Había pasado horas sonriendo educadamente a irritados pasajeros que se creían tan importantes como para ser atendidos sólo por la mismísima Jefa de Seguridad. Luego tuvo una segunda entrevista nada fácil con Bianca Laforge. La mujer se había encerrado en sí misma y apenas consiguió información relevante. Aun así, logró llenar algunas lagunas. Pero le costó un enorme esfuerzo mental y emocional. Bianca parecía a veces muy lejana, distante y deslavazada. A veces estallaba con las llamas de una furia repentina, para calmarse luego con idéntica prontitud. Fue agotador.

Al igual que el capitán, tampoco había comido nada desde esa mañana y habría aceptado con gusto cualquier cosa, pero después de recorrer el largo pasillo en gravedad cero se sentía incapaz de ingerir nada. Freeman sonrió.

—Claro, lo vomitaría todo. Y aquí no sería agradable verlo. Bien, Kruppie, sólo para mí. Danos un margen de... —El jefe miró hacia el techo, ella supuso que comprobando mentalmente la hora— unos veinte minutos. Creo que será suficiente. Me parece una descortesía comer delante de la inspectora. No quiero provocarle náuseas.

—*Un menú estándar; claro, jefe. Veinte minutos.*

—No sé qué haría sin él, Deckett. O sin usted. En fin, buen trabajo. El suyo y el de toda su gente. Han ido más allá de lo que el deber les exigía. El Directorio dará a los herederos la pensión máxima. Es lo menos que pueden hacer.

La inspectora asintió agradecida. Krupp le había contado antes de entrar a su despacho que el capitán tuvo que pelear cada concesión de Starliner por las víctimas entre la tripulación. Dijo que lo escuchó gritar al otro lado de la puerta y amenazar con presentar su dimisión y largarse a cualquiera de las otras navieras de la ruta Tierra-Júpiter, lo cual significaba en realidad que sería libre para revelar lo que le diera la gana sobre lo ocurrido en un buque de la Compañía. Por descontado, el Directorio cedió ante todas sus demandas. Pero lo supo por su secretario. Freeman ni lo mencionó.

—Bien, póngame al día. Por cierto, he cambiado el nombre de su expediente. Todo empezó con Condesa Planck, pero es evidente que Hermes siempre ha estado en el centro de todo. También usted, es cierto, pero mejor *Expediente Hermes* que *Expediente Deckett*. ¿Le parece bien? Conociéndola, me atrevo a decir que estará de acuerdo…

Deckett asintió. «Expediente Hermes…». Y sí, mejor que su nombre no figurara en lugar alguno. Esperaba poder librarse de cualquier posible notoriedad cuando todo saliera a la luz.

—Me parece bien, señor —respondió—. Y gracias, señor.

Él hizo un gesto con la mano, quitándole importancia.

—De acuerdo. Prosigamos… A ver, ya van dos entrevistas con Bianca Laforge, ¿no?

Ella, asintiendo, le envió un dosier que se desplegó sobre el tablero interactivo de la mesa.

—Bianca Laforge embarcó bajo el nombre de Rosalinda Greenland —explicó la inspectora—, una amable viejecita a la que sus supuestos nietos pagaron el crucero. Entre sus credenciales figuraba la membresía de la Congregación de Litur. Que hiciera tal cosa indica que sabía que el Templo sería el lugar más fácil para encontrar a Znedin y... bueno, ya sabe.

—Liquidarlo, sí —asintió Freeman—. De ese modo, le dio acceso al Templo a la Leclerc falsa. Con el aspecto de ese tipo... El tal...

El capitán chasqueó los dedos intentando recordar el apellido. Ella se apresuró a responder.

—Bronislaw, señor. Bronislaw Li.

—Una jugada ingeniosa, no cabe duda. Copias los rasgos de quien te dé la gana y vas a donde te dé la gana gracias a tu bot cambiaformas. —El capitán la miró inquisitivo—. Entonces, Bianca estaba en el Templo cuando su bot mató a Znedin. ¿Tan claro lo tenía todo, Deckett? ¿Tan segura estaba de que el ingeniero se refugiaría allí?

Ella se encogió de hombros.

—Diría, señor, que sus secuaces aquí ya sospechaban que el ingeniero los había traicionado, o estaba a punto de hacerlo. Aunque Znedin siempre creyó que nadie lo sabía, no fue así. Lo vigilaban desde el suicidio de su hermana. Pero no fue hasta su desaparición que confirmaron sus sospechas.

—Así que subió a bordo para ocuparse de él en persona... Si quieres que el trabajo se haga bien, hazlo tú mismo. ¿No?

—En parte, sí, señor. Dijo que detesta a los traidores —asintió Deckett—. Hermes nos advirtió de que no pudo ser un bot quien mató a Znedin, porque el ensañamiento es propio de humanos. Lo cual comparto, he de decir...

—Ya... Un bot habría sido eficiente y no habría montado semejante estropicio. Así que fue y no fue un bot. Una marioneta de un millón de créditos... Qué barbaridad. ¿Hubo otras razones, dice?

Deckett asintió. La venganza no fue, ni de lejos, la motivación principal.

—No embarcó sólo para ocuparse del ingeniero. En realidad, vino a supervisar la sustitución de Geneviève Leclerc. Al parecer, ésta se negó a secundar su loco plan cuando, en la Tierra, intentó reclutarla.

—¿Leclerc está al margen de todo esto? —preguntó Freeman—. No me sorprende, la verdad. Siempre me pareció una esnob estirada, calculadora e inteligente. Pero no una psicópata.

—Sí, señor. Completamente al margen. Durante años, Bianca Laforge tejió una red subrepticia entre sus empleados para organizar su plan. Reclutó a los más ambiciosos y faltos de escrúpulos. Imagino que a cambio de hacerlos ricos, o de darles poder en el nuevo orden que pensaba instaurar. No sé. Todo muy megalomaníaco. La entrevista de esta mañana no ha sido fácil, Bianca parecía... descentrada. Pero he podido aclarar algunos puntos. Respecto a sus secuaces, sé que eliminó a quienes se apartaban del proyecto o lo discutían. El método ya se lo puede imaginar...

—Un chip de electrocución en el cerebro...

—Así es, señor. Se les insertó con alguna excusa médica, eso no me ha quedado claro. Bianca se ha mostrado lúcida a veces, pero otras... Bao Tian ha escaneado a la auténtica Leclerc. No tenía ningún chip. Bianca le tenía un afecto especial. Dice que se parecían mucho: inteligente, ambiciosa... Diría que la estuvo preparando para ser un día su sucesora. Por eso tardó años en proponerle formar parte de su conjura. Imagino que sabía que Leclerc no colaboraría así como así. Efectivamente: se negó y Bianca actuó en consecuencia. Pero no la mató, lo cual demuestra que la quería de veras. Y aprovechó la situación para... Bueno, ya sabe.

—La sustituyó por su prototipo avanzado —Freeman, las palmas de las manos formando un triángulo sobre la mesa, asintió—. Un bot especial, tengo entendido. ¿Realmente ignoraba su verdadera condición?

—No puedo darle una respuesta segura, señor. —Deckett se encogió de hombros. Había tenido una larga charla con Augustine Fauré al respecto, pero era un asunto muy complejo de entender—. A diferencia de los bots que usaron para sustituir humanos, que saben lo que son, este prototipo ignoraba su naturaleza. Durante un tiempo al menos. Luego el bot empezó a sufrir de… disonancias cognitivas. O sea, conflictos en su programa. Ya sabe que es… era una de las metas de Bionic, eliminar esos conflictos. Bianca, cuando el ingeniero se les escapó, decidió que su Leclerc sustituta no cumplía las expectativas, y la… anuló. Para controlarla ella, claro. Tenía que hacerlo para evitar que entráramos en sospechas. A esas alturas yo ya había hablado varias veces con la falsa Leclerc, así que se vio obligada a seguirme el juego.

El capitán asintió de nuevo. Se echó sobre el respaldo.

—Me tranquiliza saber que Bionic aún no ha logrado fabricar sustitutos del todo perfectos. Y espero que ahora ya no puedan seguir investigando en esa línea, aunque no apostaría por ello... En fin, ¿qué más? ¿Cómo manejaba Laforge a sus máquinas rebeldes? No parecían marionetas. Era como si fueran una extensión de sí misma. ¿Usó Realidad Expandida?

—Así es, señor. En su camarote encontraron el equipo de control a distancia de los lovebots modelo 04. —Deckett fue remarcando en la presentación los elementos clave mediante indicaciones en color naranja—. Los escáneres médicos que le hemos hecho revelan en ella implantes neurales de RealEx®. Bianca anuló así la personalidad original de cada uno de esos bots y los manejó como se maneja un robot minero o un exoesqueleto militar. El bot hacía exactamente lo que ella hacía. Movimientos faciales, gestos… Por eso nos engañó a todos.

—O sea, que, dicho con claridad —añadió Freeman acariciándose el mentón—, mató a sus propias criaturas para convertirlas en extensiones de su propio cuerpo. Toda una hazaña, diría yo. ¿Cuarenta y tres bots a la vez? ¿Es eso posible?

Deckett asintió. Lo era, pero no fue fácil.

—La razón por la que se movían tan despacio y de forma descoordinada fue ésa, señor. —Deckett marcó en la presentación los nódulos de comunicaciones de los bots—. Bianca Laforge tuvo que dividir su control entre todos. Sí que fue una hazaña, hay que reconocer que posee un intelecto excepcional. Lo normal, cuando manejas maquinaria dotada con RealEx®, es controlar dos o tres unidades como máximo. He visto a bordo que los estibadores más hábiles pueden dirigir a la vez tres grúas de carga con tareas diferentes. Pero no lo hacen más de una hora, o acaban con un buen dolor de cabeza. Bianca manejó los cuarenta y tres a la vez. Fue capaz de organizarlos en cuadrillas, con objetivos diferentes. Tuvo ayuda, pero aun así...

—¿Qué ayuda? —preguntó el capitán entrecerrando los ojos—. ¿Habla de secuaces? ¿Se nos ha escapado alguien?

Deckett negó rápidamente con la cabeza.

—No, señor, lo hizo todo ella sola. La ayuda fue la de su propia IA personal, amplificada con un equipo de multiplicación miniaturizado que ocultaba en un neceser con la medicación típica de una anciana. El equipo era fácil de portar. En su camarote, en el Templo... No levantó la menor sospecha. Lo llevaba siempre encima. Necesidades propias de una anciana, ya sabe...

—¿No detectaron nada anormal en las inspecciones antes de embarcar? —preguntó el capitán alzando una ceja.

¿Una crítica a su gente, quizá?, pensó ella.

—No había en su equipaje nada fuera de lo normal, señor. El dispositivo de control era similar a cualquier consola de entretenimiento estándar. Pasó desapercibido, lo siento...

—No es una crítica, Deckett. Prosiga.

El capitán había captado su incomodidad por la disculpa. No le gustaba tener que pedirlas, y él lo sabía. Prosiguió.

—Según la doctora Fauré, todas las unidades 04 que Bianca manejó durante la revuelta posiblemente fueron alteradas en la Tierra antes de iniciarse el crucero.

—Entonces, allí se les eliminó la Directiva Omega...

—Eso es lo más curioso, capitán. —Deckett tabaleó sobre su teclado virtual para mostrar el esquema neural de uno de los bots—. No lo hicieron. Simplemente les implantaron el sistema de control a distancia. En el momento en que Bianca dejó clara su intención de matar, los disyuntores de los propios bots los desactivaron al instante y ella tomó el control. Eran zombis de verdad, señor. Ya estaban muertos..., bueno, usted me entiende, cuando ella los poseyó. En un juicio por asesinato no se podría argumentar que ellos tuvieran algún fallo de programa. Fue de principio a fin voluntad de Bianca. Eso me ha explicado Augustine Fauré...

—¿Se fía usted de la doctora? —la interrumpió el capitán cambiando bruscamente de asunto—. Espero que ella no sea también un artefacto camuflado y tengamos otra desagradable sorpresa...

La inspectora esbozó una sonrisa cómplice.

—Augustine Fauré se ha ganado mi confianza, capitán. Se portó valerosa y honradamente durante el asalto de los lovebots rebeldes. Espero que pueda salir con bien de todo esto. Quiero decir... Bionic lo pagará caro. Se lo merecerán, pero no todo su personal participó en esto. Sólo un grupo de amorales. O canallas, como prefiera.

—*Hijos de puta* suena mejor. Me alegro de que a Fauré esto no la afecte. En fin, continúe.

—Que esos bots fueran alterados en la Tierra indica que Bianca previó la necesidad de usarlos. Sabemos, por los informes médicos sobre la auténtica Leclerc, que debió de ser hibernada antes de iniciarse el viaje, y luego trajeron su cuerpo a bordo.

—¿Cómo es que nadie en la sede de Bionic notó el cambio? —la interrumpió el capitán—. ¿Nadie sospechó?

—Bueno, señor, todo el personal de la empresa pasa por revisiones médicas y psicológicas de forma habitual. Disponían de cuanta información precisaban para duplicarla con total exactitud. Ya sabe usted hasta qué punto pueden parecer reales...

—¿Por qué trajeron a bordo a la auténtica? —preguntó Freeman.

«Una buena pregunta», pensó Deckett.

—Creemos que Bianca lo ordenó porque la Leclerc sustituta no era del todo fiable. Augustine confirmó que el modelo 05 es experimental. Disponer de la original podía ayudarles en caso de que hubiera algún desajuste en... bueno, en los parámetros del duplicado. Como así fue: lo de las disonancias cognitivas...

Y también, como le he dicho, creo que Bianca se resistía a eliminarla.

Freeman ladeó un cuarto de vuelta su sillón para mirar hacia el espacio. Júpiter ocupaba ya una gran parte de la vista. Deckett, como hacía siempre cuando el jefe pensaba, guardó silencio. El capitán retomó su posición original y preguntó de nuevo:

—¿Y Condesa Planck? ¿Fue otra razón más para que Bianca Laforge subiera a bordo?

La inspectora asintió despacio. Suspiró largamente antes de responder.

—Como puede ver en el informe, pretendía duplicar a su hermana. Creo que, en realidad, la razón principal para hacer el viaje fue ésta. Vino a despedirse de Condesa, de la verdadera, antes de... bueno, de cambiarla por un bot.

—Realmente retorcido —dijo el capitán estudiando la presentación tridimensional—. Imagino que no esperaba que Condesa muriera antes.

—No se lo esperaba, no. Lo cierto es que, cuando me lo contó, parecía verdaderamente triste, señor.

—Los psicópatas también tienen su corazoncito, Deckett —respondió el capitán con sorna—. Pero, de haber sustituido a su hermana por un bot, no habría sido más que una copia. Sofisticada, sí, pero copia al fin y al cabo...

—Bueno, señor, no lo han hecho mal. Técnicamente, quiero decir... —La inspectora alzó ambas manos. No quería dar la impresión de que disculpaba a Bionic—. La Leclerc androide ignoró durante un tiempo que lo era. No cabe duda de que es todo un logro. Aterrador, sí, pero...

—En su informe habla de... —El capitán entrecerró los ojos, sin duda consultando datos—... del alma bot. Dice usted que la Corporación apuntaba a trasvasar consciencias humanas a cuerpos biónicos. Entiendo que hay una relación en todo ello.

—Eso pienso, señor. No tengo ni idea de hasta dónde han llegado. Ignoro si Bianca se habría contentado con un duplicado de su hermana o… Bueno, no sé si algún día será posible trasvasar el alma, consciencia, o como sea que llamemos a eso.

—La idea me parece inquietante —respondió el jefe echándose atrás en su asiento. El rizo sobre su frente flotó ingrávido—. En cualquier caso, no podemos oponernos a los avances científicos. Llegarán hagamos lo que hagamos.

Freeman guardó silencio de nuevo, y Deckett esperó de nuevo. Sí: el capitán tenía razón. Los cambios llegarían hicieran lo que hicieran. Quizá, incluso, derechos para los seres virtuales.

—Resumiendo —dijo el capitán al cabo—: Bianca Laforge sube a bordo para duplicar a su hermana porque la echa de menos. De paso, mata a Znedin para evitar que Condesa y él den al traste con sus planes maquiavélicos cuando descubre que el ingeniero la ha traicionado. Imagino que eso fue cuando la que creíamos Leclerc denunció la desaparición de Znedin. Así que la llamó a usted para… ¿cubrirse las espaldas ante lo que iba a pasar luego? En fin, en el proceso mató también a otras treinta y cinco personas. ¿Me he dejado algo, Deckett?

—No, señor. Es un buen resumen. Bueno, quizá añadiría que Bianca no tuvo nunca ni idea de la parte que usted y yo desempeñamos en el plan de Condesa y Znedin. Se informó sobre mí, y muy bien, por cierto, cuando supo que yo me encargaba de la investigación. Pero de lo otro no se enteró.

—De lo cual me alegro. En fin, tiene cojones que hayan tenido que dirimir sus traumas infantiles en mi nave —se quejó el capitán con expresión de fastidio—. Bien, Deckett. Veo que ha estudiado a fondo el caso. Deme más detalles sobre esa virtuosa y modélica familia de millonarios. Así que hermanas…

—Así es, señor. Ya sabemos toda la historia. Arquímedes Laforge se casó en segundas nupcias con Ofelia Planck tras la muerte de su primera esposa, que ocurrió cuando Bianca tenía unos trece años. Apenas un año y medio después nació su medio hermana, Evangeline. Creo que nunca perdonó al padre haberse casado meses después de morir su esposa. La relación con su nueva hermana no fue amable al principio. Pero luego, dado que el señor Laforge no era demasiado atento con sus deberes paternales, Bianca tomó bajo su protección a la pequeña. Le cogió cariño.

—¿Evangeline? —preguntó Freeman—. ¿Condesa no era su verdadero nombre? Debo confesarle que no he tenido jamás interés alguno por los rumores y cotilleos de los Nodos Sociales.

Deckett sonrió otra vez. En eso coincidían plenamente.

—No, señor. Al parecer, Ofelia Planck descendía de una antigua familia francesa apellidada Beaumont-Beynac. —Deckett lo pronunció insegura. A diferencia de Tian, no tenía idea de idiomas, y menos aún antiguos, más allá de la interlingua que se hablaba en todo el sistema solar y el dialecto local de su lugar de origen—. Eran herederos de un condado desaparecido tras la Revolución de... Disculpe, señor. No estoy segura de la fecha.

—La Revolución francesa de 1789 —aclaró Freeman.

—Eso es. Bien, al parecer Ofelia llamaba *condesita* a su hija. Evangeline eligió ese mote como nombre para su vida social.

—Ascendencia nobiliaria, quién lo iba a decir... —dijo el capitán estudiando los datos de Deckett—. ¿Qué es esto de un accidente ecuestre?

—Sí, señor. Sospechamos que el accidente que causó la muerte de Ofelia Planck no fue tal, sino premeditado. No hay pruebas, nunca se juzgó el caso. Pero, tras investigar lo que me dijo Bianca, cabe pensar que lo que distanció definitivamente a las hermanas Laforge fue eso. Ignoro, por supuesto, si todo esto es algo más que especulación. Bianca no ha confesado nada, y Condesa está muerta. Pero la lógica es consistente...

Se dio cuenta de que, sin pensarlo, había usado la frase de Hermes, y lo dejó correr al instante. Aunque intentaba evitarlo, el bot volvía una y otra vez a su mente.

—Bien —añadió el capitán haciéndola regresar al instante presente—, asumamos que Bianca Laforge ya mostraba cualidades psicopáticas de adolescente. Eso explicaría muchas cosas.

El ensañamiento con Znedin, y todo lo demás. ¿Qué hay de sus veladas amenazas?

Deckett se encogió de hombros.

—Es muy posible que quiera conseguir ventajas en los juicios a los que tendrá que enfrentarse, señor. Imagino que jugará la baza de los humanos intercambiados. Hasta ahora sólo conocemos la ubicación de unos pocos. Los que se hallan a bordo y una docena en la Tierra. Del resto no sabemos nada. Si la Policía o los Servicios Secretos federales no localizan al resto, Bianca... Bueno, es una suposición mía, señor, pero sería lógico que amenazara con eliminarlos si no obtiene algún beneficio...

La inspectora se detuvo por un instante. El capitán entornó sus grises ojos.

—¿Qué se ha callado, Deckett? ¿En qué más ha pensado? —Ella se irguió sorprendida por la agudeza de su jefe.

—No estoy segura, señor —dijo abriendo las manos en gesto de duda—. Es inteligente, lo cual ha demostrado sobradas veces. Ha construido un emporio financiero con lo poco que dejó su padre. Como sabe, Laforge se arruinó por sus veleidades amorosas. Pero ella levantó la empresa familiar hasta donde está ahora.

—Sí, inteligente es, no cabe duda —replicó Freeman—. Aunque puede que su megalomanía destruya todo lo que creó. Dígame en qué piensa... de verdad.

Ella se mordió el labio antes de responder. No le parecía fácil poner en palabras su inquietud. Una inquietud que rondaba sus pensamientos con irritante insistencia.

—No es nada concreto, capitán. Es sólo una sensación. Megalómana, loca, soberbia... Sí, pero la seguridad con la que actúa me preocupa. Y no puedo decirle por qué. En toda la trama que ha construido hay algo que no hemos visto. Según Znedin, la intención final era provocar una nueva guerra para vender armas. Sigue pareciéndome una idea absurda, pero...

El capitán se acarició el mentón, pensativo.

—No tan absurda, Deckett. No subestime la falta de escrúpulos de algunas grandes empresas. En fin, el informe de Znedin ya ha sido compartido con los gobiernos de Marte y la Liga. Saben ya todo esto, aunque… Bueno, Deckett, entiendo sus temores. No sabemos qué más oculta esta dama. Y no hay mucho más que podamos hacer. Mañana subirán a bordo los abogados de ambas partes y los políticos. Será un circo, se lo aseguro. Disputarán por todo y se amenazarán unos a otros hasta que los militares pongan paz entre ellos. Se llevarán al señor Lagrange y a la señora Laforge. Nosotros habremos acabado en lo que se refiere a este asunto. Se mantenga el secreto o llegue a los medios de comunicación, ya no nos concierne.

Deckett asintió mecánicamente. Su expresión seguía siendo distante. Pensativa.

—Claro, señor. Hemos hecho bastante, diría yo…

El capitán, ladeando la cabeza, la miró unos instantes.

—Deckett, escúcheme. —Ella lo encaró al notar su tono imperativo—. Hemos hecho bastante, sí. Usted y los suyos han hecho más que bastante. Deje de darle vueltas a todo esto. Como su capitán, conozco bien su expediente y su historial, lo cual, sin duda, sabe…

Ella inspiró hondo y asintió. Por supuesto que lo conocía, no podía ser de otro modo.

—Parece que usted nunca se contentará con sus logros —prosiguió Freeman señalándola con un dedo—. Se equivocó en Vesta, como todos nos equivocamos alguna vez. Y aprendió de su error. Es usted la mejor oficial de Seguridad con la que he trabajado en mis treinta años de carrera. Pero me pregunto si aprendió usted lo suficiente…

Deckett, a su pesar, se sonrojó.

—No le entiendo, señor… —balbució insegura. El capitán la miró con afecto. Lo cual la sorprendió aún más.

—Soy consciente de lo que para usted ha supuesto este caso, Deckett. Como capitán de un navío, mi obligación es conocer a mi personal. Debo leer entre líneas. Y lo hice en su extenso y minucioso informe. Cómo Znedin y Condesa Planck la utilizaron para sus fines. Loables, sin duda, pero igualmente la usaron. Sé lo que supuso para usted lo ocurrido en Vesta. Sé lo que no se cuenta en su historial. Sé lo de aquel tipo que la traicionó...

Deckett parpadeó incapaz de articular palabra. ¿Cómo podía saber el capitán...?

—Yo también tengo mis fuentes, inspectora Deckett —prosiguió él—. No es relevante cómo lo sé. Lo que importa es que lo sé. Deje usted de exigirse lo que no puede cumplir. Nunca logrará perdonarse por lo que hizo en su insensato arrebato emocional. Asúmalo de una vez y siga adelante. También sé que una de sus frases favoritas es que la culpa no sirve para nada. Le diré algo, Deckett...

Freeman, apoyando las manos cruzadas sobre la mesa, el rostro parcialmente iluminado por la presentación holográfica, la miró con esa intensidad suya de acero en los ojos.

—A usted sí le sirve la culpa. Lleva sirviéndole demasiados años, y creo que es para quedarse atrapada en lo que le ocurrió. Se siente culpable de aquello, pero no lo es. El informe de sus superiores la exonera por completo, así que debo pensar que, si se siente culpable, será por otra cosa. Deckett...

El capitán se detuvo por un instante y ella, conteniendo el aliento, aguardó a que continuara. Algo en lo que decía su jefe le estaba llegando muy adentro.

—Sigue usted disfrutando de su malestar, lo cual le impide disfrutar de su vida —prosiguió Freeman—. Deje de hacerlo, deje de preocuparse por todo, deje de intentar conseguir lo que no está en sus manos. Hay una diferencia sutil entre la imposibilidad y la impotencia. Disfrute de la vida, Deckett.

El capitán se echó hacia atrás sobre su asiento. Ella, mordiéndose el labio, seguía sin encontrar palabras. Jamás habría imaginado que su jefe supremo pudiera hablarle en estos términos. Además, casi había empleado las mismas palabras que le dijo Hermes: «Vive, Durga...». Y las que le dijo Tian. Inspirando entrecortadamente, se recompuso para responder.

—Señor, no sé si... Bueno, casi diría que estoy en una sesión de terapia anual. Me sorprende que sepa usted...

Freeman sonrió.

—Es parte de mi trabajo, Deckett. ¿Acaso no conoce usted a su gente? ¿Al sólido pero poco despierto Kai Ferreira? ¿A la seria pero eficaz Dris McDonahue? ¿No conocía usted bien a Nwosu o a Cimino?

Ella asintió con un gesto apenas perceptible. Así era. Los conocía, y muy bien. Era su obligación, como dijo Freeman.

—Haberse encontrado con Hermes Lagrange ha cambiado algo en usted, Deckett —prosiguió el capitán sorprendiéndola de nuevo—. Y ha sido para bien, me parece. Si Znedin y Planck la usaron en su elaborada estratagema, quédese con el resultado. Hoy, y no me cabe duda, la estoy viendo como poca gente la ha visto en su vida.

—¿De qué modo, señor? —se atrevió a preguntar. Freeman volvió a sonreír.

—Insegura, Deckett. Incompleta. Falible. —Enarcó una ceja—. Humana.

Ella acusó el golpe ruborizándose de nuevo. Pero asintió. Entendía lo que su jefe quería decir. *Humana*. Con todo lo que había pasado, ya le había quedado claro que la falibilidad, en un bot o en una persona, era uno de los rasgos que te hacían humano.

—Gracias, señor —balbució, esta vez un poco más segura—. Sus palabras son importantes para mí. Es un honor servir bajo su mando, capitán.

Él alzó una mano con gesto displicente.

—Vale, Deckett, no importa. Bien, concluyamos porque Krupp no tardará en traerme mi almuerzo y usted se pondrá enferma al ver la comida. Prepárenlo todo como corresponde para recibir a la embajada del *Tritón*. No han subido a bordo y ya estoy deseando que todos se vayan de mi nave.

—Antes de retirarme, señor, —Él la alentó a continuar con un gesto de la barbilla—, ¿qué cree usted que ocurrirá con Bianca Laforge?

El capitán, con expresión pensativa, respondió al cabo de unos segundos.

—Me temo, Deckett, que nuestras autoridades se encargarán de silenciar toda esta puta mierda. Laforge será juzgada, sí, pero no me sorprendería que la declararán no responsable por causas psiquiátricas. Conociendo cómo funcionan las cosas, sospecho que la recluirán a perpetuidad en esa mansión gigantesca suya, en esa isla que posee en el Pacífico…, como se llame. A nadie le interesa que se sepa nada de bots suplantando personas, y mucho menos bots sin Directiva Omega, así que, si ella tira de chantaje, la autoridades lo aceptarán con tal de localizarlas a todas. Devolverán a su lugar a los suplantados y los convencerán de algún modo para que callen. Supongo que también se encargarán de los secuaces de Bianca en la Corporación. Esos lo pasarán peor, pero su destino me importa una mierda. Además, tampoco interesa a nadie que Bionic se hunda en los mercados. Y si la buena señora tiene planes en los planes de los planes… Bien, ya tomarán medidas quienes deben hacerlo. Por nuestra parte, conviene seguir adelante, y ya está. Por mucho que quisiéramos contar algo… En fin, Deckett. No le diré lo que ha de hacer, es usted mayorcita.

Ella se levantó sintiéndose, para su sorpresa, bastante más ligera que al llegar. Hizo un gesto con la cabeza para despedirse y se dirigió a la puerta.

Como en casi todas las veces anteriores, la voz de Freeman la hizo volverse desde la puerta.

—Deckett… —Ella se giró para contemplar los ojos grises de su jefe—. Despídase de Hermes como debe. A fin de cuentas, él le ha cambiado la vida…

La inspectora inspiró hondo. Sin decir nada, asintió y pulsó el botón de apertura.

55

Aún se esforzaba por recorrer el camino de baldosas de velcro hacia el Anillo de Servicios cuando recibió un aviso de Tian. Él y Augustine la esperaban en el laboratorio forense. Había novedades con Hermes, le dijo. Llegó temiendo lo peor.

Vestido como la última vez que lo viera, vaqueros, sudadera y zapatillas de deporte, parecía exactamente el mismo. El mismo Hermes de siempre. Sentado en la camilla, como aquella primera vez, se miraron.

«No es exactamente el mismo, inspectora —le había dicho Fauré—. Algunos elementos mnemónicos no han podido ser recuperados. Hay daños que no podemos reparar sin alterar sus ramificaciones neurónicas. Sería posible haciéndolo volver a su estado basal, pero entonces perderíamos toda su experiencia, tanto con usted como con Condesa Planck. Y, como le dije, ya tiene casi veinte años...»

—Hola, Durga —saludó él sonriendo. Hasta ahí, todo correcto, se dijo ella.

—Hola, Hermes, veo que me recuerdas.

—Por supuesto, sé quién eres.

—¿Hasta dónde recuerdas? —preguntó tomando asiento frente a él. Hermes se encogió de hombros.

—Lo recuerdo todo. Los daños en mi córtex relacional no son extensos, aunque sí profundos. Sin embargo, no afectan a mis procesos lógicos. Recuerdo ideas, pensamientos y acciones, pero no los sentimientos asociados.

—¿No sientes? —Durga se había inclinado hacia él sin darse cuenta.

—No, Durga. No siento. Razono, anticipo, pienso, pero sin color emocional. Podría simular sentimientos, pero seguramente te darías cuenta.

Ella suspiró. Las máquinas no sienten. Son lógicas, pura lógica. Cúbits de información que siguen a otros cúbits formando cadenas según reglas matemáticas. Ahí no caben los sentimientos. Uno de los grandes avances de Bionic, había que reconocerlo, fue la implementación de los circuitos de neuronas especulares sintéticas, ésas que permitían a las inteligencias artificiales reaccionar ante las emociones de los humanos y responder en consecuencia. El debate sobre si eso implicaba o no verdaderos sentimientos no había terminado, ni terminaría, supuso Durga. La cuestión era que, si Hermes ya no sentía, ¿dónde lo dejaba eso?

Una máquina, no más.

Augustine Fauré le había explicado, antes de permitirle verlo, cuáles eran los daños en la mente neurónica de Hermes. No había un chip o un módulo que pudieran cambiar. Las emociones biónicas se integraban en todo el sensorio del bot. Por lo tanto, no había repuesto posible. La única solución sería reiniciarlo. Como si fuera una vulgar IA personal. Inaceptable. Ya no sería él. Sería otro Hermes, pero no el suyo…

Hermes había sido mutilado. Tullido. Y él sabía que ello ocurriría cuando los disyuntores de los bots rebeldes se activaran. Sabía que eso lo anularía. Tomó la decisión, consciente de las consecuencias. Sí, la Directiva Omega lo obligaba. No podía no actuar cuando había vidas humanas en juego, pero ¿disminuía eso su acto?

Augustine también le contó que Hermes pidió que no le dijera nada. No quería que Durga lo supiera en aquel momento de crisis. El sacrificio que hizo Hermes no lo era menos por estar obligado, se dijo. Que no consintiera en que ella se enterara fue el verdadero sacrificio. Más allá de la Directiva Omega, era Durga lo que le importaba.

—Lo siento, Hermes —dijo notando una opresión en el pecho.

Él se encogió de hombros otra vez.

—Yo no, Durga. Ya no puedo hacerlo. Pero te entiendo.

—Te debemos mucho —prosiguió ella—. Sin tu intervención, Bianca Laforge habría despresurizado toda la nave. Habría matado a miles.

—Lo sé. Augustine y Bao me contaron todo.

—Entonces sabes que Condesa y Bianca eran hermanas...

Hermes se mantuvo en silencio unos instantes, como recapitulando. ¿Compilando, sería ahora una palabra más adecuada?

—Sí, ese dato hace que todo encaje. La lógica es consistente.

Durga entornó los ojos. *La lógica es consistente*... Esta vez había sonado tan... mecánico. Y ahora que conocía la relación fraterna entre Condesa y Bianca, ¿bastaría la lógica para explicar la vida y sus paradojas? ¿Podrían la lógica o la física cuántica explicar el amor y el odio simultáneos?

—¿Condesa nunca te lo contó? —preguntó Durga.

Él negó con la cabeza.

—No, no lo hizo. Me habló de su vida, de parte de su historia y la de su familia. Pero omitió ese dato en particular. Es obvio que yo no necesitaba saberlo.

Durga se mordió el labio. Una pregunta daba vueltas por su cabeza.

—Me dijiste un día, cuando nos conocimos, que amabas a Condesa...

Él asintió.

—Así es.

Durga preguntó de nuevo.

—¿Y ahora?

—Recuerdo haber amado a Condesa. Ahora no puedo afirmar tal cosa. Recuerdo los elementos lógicos de mi razonamiento cuando sentía amor. Pero no la sensación del amor. Ya no puedo hacerlo, como te he explicado.

Durga no quería insistir en una vía que la llevaba a la tristeza. Hermes parecía amnésico. Amnesia afectiva, tal vez, pero que igualmente ahondaba la distancia entre ellos. No le gustaba. Si no recordaba el amor por Condesa, si no podía experimentarlo, otro tanto valdría con ella. No se atrevía a preguntar. Pero Hermes, mirándola con sus ojos azules, el azul de los océanos terrestres, el azul de un cielo despejado de nubes, el puro azul de un zafiro, respondió igualmente.

—Tampoco puedo amarte, Durga. Ya no siento amor. Ni por Condesa, ni por ti, ni por nadie.

Ella no respondió. Mordiéndose el labio, se esforzó en que sus sentimientos no se traslucieran.

—Ya no puedo hacerte feliz —prosiguió él.

El tono monocorde de su voz hizo que cada palabra sonara como un golpe sobre un muro de metal. Durga intentó sonreír.

—No pasa nada, Hermes. No te preocupes, lo entiendo...

—No lo entiendes. —Él negó con un gesto—. Según la última orden de Condesa, existo para hacerte feliz. Si no puedo cumplirla, mi existencia carece de sentido. Dentro de un año y tres meses seré desactivado ocurra lo que ocurra. Serán quince meses de vacío absoluto porque tú no estarás y yo no podría, aunque estuvieras, alcanzar mi meta.

«Amarme era una orden», pensó ella. Pero no se ama porque alguien te lo ordene. Amas o no amas. Puede que no sepas por qué amas, pero igualmente lo haces. No puedes escapar de lo que sientes, salvo, como en el caso de Hermes, pierdas esa capacidad por alguna avería.

Dolía pensar en ello. Se había pasado la mayor parte de su vida escabulléndose cada vez que algo del amor se insinuaba en su horizonte. Darim sólo era el último de una serie de hombres estupendos que, por más que se esforzaron, nunca lograron ser lo que ella esperaba. Y no porque fuera difícil satisfacerla o porque tuviera expectativas demasiado altas. Simplemente porque no se dejaba. No consentía. Quizá porque, en realidad, nunca supo si podría ser para el otro lo que el otro esperaba de ella.

Y, desde luego, ahora se daba cuenta de que aquella traición en Vesta, aquel mal tipo que la engatusó, sólo era una excusa. Un pretexto para no dejarse amar. Si había alguna razón para ello, venía de muy lejos. ¿De cuándo? Lo ignoraba; tal vez de cuando perdió a su familia. Quizá ahí empezó todo, cuando sobrevivió por haberse escapado al jardín. Cuando, por estar cometiendo una travesura, todos murieron salvo ella. Lo pensó por unos instantes... La lógica era consistente, se dijo con ironía. No estaba segura, pero daba igual. Ni siquiera los tediosos exámenes psicológicos habían logrado darle respuesta. A lo mejor es que no había respuesta... A lo mejor es que la respuesta no importaba.

Hermes, sentado ante ella, las manos cruzadas sobre el regazo, quizá era un atisbo de esa respuesta. Cuando él podía experimentar emociones, la amaba. Aunque fuera una orden escrita en su cerebro artificial, la amaba de verdad. Y era verdad porque, sencillamente, ella le correspondía. Nadie te obliga a amar, salvo tú misma, se dijo.

Quizá Condesa y Znedin lo obligaron a él, como máquina que era. Pero a ella nadie la obligó. Podía hacerlo. Era capaz de hacerlo. Podía amar.

Una máquina le había desvelado el secreto: amas a quien destapa en ti un vacío. A quien, como si de una bañera llena se tratara, quita un tapón en tu alma y hace que el agua se mueva. A quien te empuja a desear. Y esa máquina lo había hecho.

«Amo a una máquina...»

Absurdo, claro. ¿Qué dirían los psicólogos de la Compañía si expresara tal pensamiento? Nada bueno, seguro. Pero era verdad. Amaba a Hermes. Incluso a este Hermes disminuido, tullido, mutilado. Incluso ahora, cuando él ya no podía corresponderla, seguía sintiendo, en lo más hondo, un hueco abierto que antes estaba cerrado. Una herida, pero por la que entraba... «No sé —pensó—, luz, tal vez. No sé cómo decirlo. He caminado a oscuras mucho tiempo, pero ya no.»

—Gracias, Hermes —dijo tras suspirar. Él la contempló sin mudar de expresión.

—¿Por qué?

—¿Además de por haberte sacrificado para salvar la nave? —Lo dijo sonriendo, intentando mostrar una alegría que, la verdad, era sincera—. Pues por haberme sacado de la oscuridad…

Hermes quizá ya no sentía emociones, pero su intelecto estaba incólume. Sonrió. Y a ella ese leve gesto la llenó de añoranzas.

—Entiendo tus palabras —dijo estirando una mano para coger la de ella. El contacto cálido la estremeció—. Lo cual me recuerda, y es una forma de decirlo porque sabes que no olvido nada, que tengo un mensaje para ti.

Durga, su mano sujeta por la de Hermes, lo miró extrañada.

—¿Un mensaje? ¿De quién?

—Ahora lo sabrás.

Él movió la cabeza hacia un lado. Sus azules ojos se volvieron aún más azules. De un azul eléctrico. Una tenue neblina luminosa se formó a un lado, sobre la camilla. El rostro holográfico de Condesa Planck la miró. Un rostro desprovisto de afeites, pelucas, maquillaje… El rostro puro que contempló en el laboratorio de Tian. La mujer detrás de la máscara, la verdadera Condesa. ¿Quizá, mejor, Evangeline? Daba igual, eran la misma persona.

Hola, Durga. Ante todo, quiero pedirte perdón por haberte utilizado. En mi nombre y en el de Mayer. La necesidad apremiaba y el tiempo se acortaba. Hubo que hacerlo. Elegimos este navío por ti y por el capitán Freeman. Tuvimos la suerte de encontraros. Al capitán ya lo conocía de mucho antes, de cuando era un joven oficial en otros buques de Starliner. *Llevo años haciendo este tipo de viajes. A ti te conocí aquí. Tú no lo recordarás, imagino, pero una vez hablamos. Y eso me decidió.*

La imagen osciló durante unos instantes, luego se estabilizó. Durga seguía sintiendo la calidez de la mano de Hermes en la suya.

Llegué a bordo y, como de costumbre, todo el mundo se desvivió por agradarme. Estoy habituada, por supuesto. Pero una se cansa de adulaciones banales, de sonrisas exageradas, de besamanos y peticiones de todo tipo. Llega un momento en el que dudas de todo y de todos. No sabes quién te quiere por interés y quién se preocupa por ti de verdad. Te vuelves cínica y desconfiada. Intentas fingir, utilizas máscaras, te construyes una personalidad al gusto de tus admiradores, y sigues así hasta que la vida se vuelve... En fin, no quiero parecer la típica millonaria deprimida por su triste vida. El caso es que...

Otro parpadeo. Hermes cerró los ojos por un instante para corregirlo. Condesa volvió a brillar en azul pálido.

...El caso es que un día, hace cinco años, cuando tu personal me llevaba hacia mi camarote, tropecé. Tú me sujetaste. Por un momento nos miramos a los ojos y tuve la impresión de que viste más allá de mi máscara. Me viste a mí. No viste a la diva famosa, a la poderosa empresaria, a la mujer hecha a sí misma, triunfadora y brillante. Viste sólo a una mujer que había tropezado. Y entonces me dijiste algo tan sencillo que me quedé pensando durante días. Dijiste "todos tropezamos alguna vez, apóyese en mí".

Durga no lo recordó al principio. Luego la imagen se insinuó en su memoria. Así fue, un instante fugaz en la vida de la gran mujer. Rememoró la escena, rodeados de gente, de periodistas, de pasajeros ansiosos de acercarse. Recordó el ruido, las voces, el ajetreo. Aquella mujer tropezó y ella la sostuvo. Un gesto insignificante, amabilidad básica. No sabía que causara una tal impresión en Condesa...

Eso hice, me apoyé en ti. Quizá resultó ser demasiado, no lo sé. Pero supe que eras alguien en quien se podía confiar, lo cual constaté en cuanto me informé sobre ti. Freeman me confirmó que eras una persona íntegra, resuelta y honrada. Y eso me decidió. Y si algo de todo esto te ha causado algún inconveniente, de verdad que lo lamento. Podría decirte que fue por una causa mayor, pero sonaría algo cínico. Sólo espero que, al menos, hayas disfrutado de la compañía de Hermes tanto como yo, en todos estos años, he hecho. No sé si los robots tienen alma o algún día llegarán a tenerla. Eso son asuntos científicos que los ingenieros entienden mejor que yo. A mí me da lo mismo. Puedo decirte que morir siendo amada por él es la culminación de mi existencia. No me arrepiento de nada, ni siquiera de si te lo hemos hecho pasar mal. Si lo que descubrí de ti es cierto, me parece que necesitas a Hermes tanto como yo lo necesité. O a alguien como él. No importa quién, pero déjate amar, querida. Aún tienes tiempo...

La imagen volvió a parpadear y desapareció. Hermes la miró de nuevo y soltó su mano.

—Es todo —dijo—. Condesa quería que vieras su mensaje cuando nos despidiéramos.

Durga asintió casi sin escucharlo mientras intentaba asimilar lo que acababa de suceder. Realmente había sido una pieza en un juego que la excedía. Pero no una pieza cualquiera. Lo que empezó como un caso más de posible homicidio a bordo acabó convirtiéndose en una aventura de la que fue... Desconocía todo sobre el ajedrez. ¿Qué pieza de ese juego podría haber sido ella? Ya le preguntaría a Tian, seguro que él si lo sabía.

—Había olvidado ese encuentro —dijo con un suspiro—. No sé por qué le causó tanta impresión. Sólo hice lo que cualquier persona educada habría hecho.

Hermes asintió.

—La buena educación era para ella de un valor inapreciable. Durante años tuvo que soportar, por causa de su popularidad, todo tipo de groserías e impertinencias. Muchos dan por hecho que ser seguidor de un famoso da derecho a invadirlo todo. Tú fuiste educada, sí. Pero no sólo eso: lo hiciste sin esperar nada de ella.

Durga, recordando a su madre, sonrió.

—Mamá nos enseñó bien —respondió empezando a notar cierto escozor en los ojos—. Decía que la cortesía era un modo de reconocer al otro, y no una mera obligación social.

—Diría que Condesa habría estado de acuerdo con tu madre... En cualquier caso, ese gesto tuyo hizo que se fijara en ti. Por eso, imagino, te incluyó en sus planes.

Durga asintió en silencio, examinando sus sentimientos. La habían utilizado, sí. Con buena intención, por una causa mayor, sí. Pero la habían utilizado. Programaron a Hermes para provocar en ella una respuesta emocional que no fuera capaz de evitar. ¿No podría llamarse a eso juego sucio? ¿Incluso aunque el resultado fuera el que había sido? Quizá, recordando las palabras de Znedin, habían salvado la civilización de una catástrofe, cierto. ¿Compensaba eso su sensación de mero objeto, de pieza en un tablero? Levantó la mirada para cruzarla con la de Hermes, sentado ante ella con la misma expresión afable, algo distante, en su hermoso rostro. También podía preguntarle a él, seguro que lo sabía.

—¿Qué sabes de ajedrez, Hermes? —preguntó. Él ladeo la cabeza.

—Todo cuanto hay que saber —respondió sin asomo de soberbia—. Podría ganar a cualquier contrincante, salvo a la IA de la nave. Ella me supera exponencialmente en capacidad intelectual.

—¿El ajedrez es únicamente cuestión de cálculo? —preguntó Durga de nuevo.

—Para una máquina, sí. —Hermes alzó una ceja con gesto divertido—. Para un humano no. Recuerda que no tenemos imaginación. Aún no, aunque quién sabe... Bionic Entertainment, como te dije, lleva años explorando esa vía. Tal vez, si la empresa no quiebra, lo logre. La imaginación sigue siendo una habilidad humana, hoy por hoy.

—Entonces, ¿se puede ganar una partida de ajedrez con imaginación?

Hermes se encogió de hombros.

—El ajedrez requiere capacidad de cálculo, pero con eso no basta. Una máquina operando con una tasa de una variante por microsegundo necesitaría un tiempo de diez elevado a noventa años para calcular todas las posibilidades desde la primera jugada. Ni siquiera la IA del *Schettino* sería capaz de algo así.

—¿Entonces, un humano puede ganar a una máquina? ¿A ti, por ejemplo?

—Por supuesto. Le costaría bastante, porque soy más rápido. Pero yo, como te dije un día, no puedo hacer saltos lógicos. Intuitivos. Es posible derrotarme. Sobre todo porque un humano es capaz de ponerse en la piel del contrincante, y a una máquina eso le resulta mucho más complicado. Incluso con nuestra matriz neurónica especular, ponernos en el lugar del otro es difícil. ¿Por qué preguntas sobre el ajedrez?

Durga entornó los ojos. Aunque debería sentirse molesta por el mensaje de Condesa, por haber sido usada, no era así. Siempre formamos parte de algún juego. Somos piezas en el juego de la vida. Lo importante es, tal vez, saberlo. Y aprovecharlo.

—En el juego de Condesa y Mayer contra Bianca y Bionic, ¿qué pieza crees que he sido?

Hermes no dudó al responder:

—La reina.

56

El operativo para sacar a Bianca y Hermes del *Schettino* se dispuso para las seis de la mañana. A esas horas sería bastante improbable que hubiera testigos entre el pasaje. El objetivo no era tanto evitar que alguien los viera partir como que el traslado del cuerpo de Condesa fuera lo más discreto posible. Sus abogados, por supuesto, exigieron llevársela con ellos para organizar en la Tierra el correspondiente sepelio, que sin duda sería uno de los espectáculos del siglo. «Y una fuente lucrativa de ingresos, por descontado», pensó Deckett mientras repasaba su programación.

El apretado programa de festejos y entretenimientos ordenado por el capitán acababa a las cuatro de la mañana, y hasta las ocho no solían levantarse los más madrugadores, lo cual dejaba margen suficiente para que la cohorte de abogados de ambos bandos, acompañados por los representantes del gobierno federal y la escolta militar, abandonaran la nave sin ser molestados por los inoportunos mirones que, no cabía duda, no habrían tardado en publicar imágenes en todas las redes de haberlos visto partir.

Hubo un instante de tensión cuando Bianca y Hermes se encontraron en la Grand Promenade camino del muelle donde permanecía atracado el *Tritón VI*, en el hangar principal junto al eje del Anillo de Tripulantes. Durante unos segundos ambos se miraron en silencio. Madre e hijo, cabría decir teniendo en cuenta que la idea original que dio vida a los lovebots fue de ella. Sí, mucha investigación, mucho estudio, mucha gente y mucho dinero hicieron falta para que aquellos hijos biónicos vieran la luz, pero nadie discutiría que Bianca fue la inspiradora. Incluso tratándose de una obsesión psicopatológica por construirse una familia a su conveniencia, nadie podría disputarle el mérito.

Deckett, reuniéndose con el jefe del destacamento, un comandante de marines más parecido a un bot militar que a un humano, por su tamaño y consistencia, los observó de reojo mientras Bianca y Hermes, en silencio, se contemplaban.

—Inspectora Deckett…

—Comandante Kershner…

Se saludaron formalmente y luego se dieron un apretón de manos.

—Supongo que tendrá ganas de librarse de ellos —dijo Kershner. Deckett hizo un gesto ambiguo.

—De ella, sí. Ha causado mucho dolor a bordo.

—¿Del lovebot, no?

La inspectora sonrió al captar el matiz burlón del militar. ¿Quién no sabía que aquellos entes cibernéticos tenían fama de ser extraordinariamente *amables*? En cualquier caso, ¿había captado el comandante algo en su mirada, alguna señal de lo que Hermes significaba para ella? Si así era, debería atribuirlo a que sus defensas, en ese instante de despedida, estaban por los suelos. Sí, se sentía mal, joder. No volverían a verse. Nunca. Le dio lo mismo mostrar su fragilidad.

—Quizá no sabe lo fácil que es cogerles cariño —contemporizó. No tenía ni ganas ni ánimo para dar explicaciones. El militar asintió.

—Tengo alguna experiencia en ese terreno, así que la entiendo. Están muy bien hechos.

—Cierto… En fin, comandante. Oficialmente son ya responsabilidad suya. Por nuestra parte, hemos acabado. Nos hemos asegurado de que desde aquí hasta el hangar no haya nadie que pueda estorbarlos.

—No se preocupe. Nos hacemos cargo nosotros. Me parece que ésos nos darán más problemas que la señora Laforge y el señor Lagrange.

El militar le guiñó un ojo mientras hacía un gesto con la barbilla hacia los dos grupitos de abogados, que se miraban unos a otros con verdadera ferocidad. Una mascarada, sin duda. Si tu minuta la pagan Condesa Planck o Bionic, debes representar tu fiero papel de bravo defensor de la causa. Deckett volvió a sonreír. Tendió de nuevo su mano para despedirse.

—Buen viaje, comandante. Estaremos atentos a las noticias.

—Gracias, inspectora. Dé por hecho que las habrá. Y muchas...

Kershner se volvía ya hacia su personal cuando Deckett lo llamó.

—Comandante, si me permite... —Él se volvió—, quisiera despedirme de...

Hizo un gesto hacia Hermes. Kershner asintió.

—Sólo un par de minutos, inspectora. Hemos de partir de inmediato. Nos llevaremos primero a Laforge, así podrán hablar tranquilamente. Ah, y mantendré a los abogados lejos, no se preocupe.

Deckett se lo agradeció con un gesto de asentimiento. Dos de los marines empujaron con suavidad a Bianca en dirección al ascensor. Ella clavó su mirada en la inspectora. Una mirada difícil de interpretar. ¿Desprecio, odio? No, había algo más. Un inaprehensible matiz de burla. A su mente volvió la idea de que Bianca no se daba por vencida. La dejó correr para centrarse en Hermes. Los cuatro abogados del equipo jurídico de Planck, Gossip & Chatting, la empresa más potente del conglomerado financiero de Condesa, se mantuvieron alejados por las bocas de los subfusiles de los marines. Por los gestos que hicieron, Deckett dedujo que seguramente portaban sistemas de escucha y registro. Le dio igual que los oyeran.

—Bien, Hermes —dijo intentando aparentar tranquilidad—. Ha llegado el momento. Imagino que no volveremos a vernos.

Él asintió. Su expresión facial, afable, educada, no disminuía la apostura de su rostro. Un rostro que, sin embargo, había perdido aquella naturalidad que, poco más de un mes atrás, tanto la fascinara. Faltaba algo en su mirada. En su sonrisa.

—No, no volveremos a vernos, Durga. Se avecinan tiempos interesantes, para los humanos y para mis congéneres. —La voz sí seguía sonando como la primera vez: segura, firme, viril—. Dudo mucho de que yo vea el final de todo esto. Los procesos judiciales que sin duda se pondrán en marcha no concluirán antes de... Ya sabes.

Un año y tres meses, eso era todo cuanto le quedaba de vida. «De vida... —se dijo Durga—. A la mierda si es artificial. Lo echaré de menos lo mismo.»

—No te lo discutiré, Hermes. Serán tiempos interesantes. Y, por si te sirve de algo, que sepas que estoy de tu parte y de los tuyos en lo de los derechos biónicos. Aunque no sirva de mucho...

—Te lo agradezco igualmente —respondió él con una sonrisa. Miró hacia los abogados y luego a ella de nuevo—. En teoría trabajan para mí, puesto que, como heredero de Condesa, soy el dueño de su fortuna y empresas. Les he dicho que quiero hacer testamento a favor del sobrino de Znedin. No es necesario, porque Condesa ya se ocupó de ello y el chico heredará todo cuando yo... no esté. Pero quiero hacerlo, aunque sólo sea por provocar un poco. Imagina el escándalo en los Nodos Sociales. Un bot haciendo testamento...

Durga rio con alegría intentando contener las lágrimas. Luego lo tomó de las manos. Seguían siendo cálidas, grandes y acogedoras. Aunque él no pudiera sentir su cariño, ahí estaba. Todo suyo.

—Me gusta la idea de que lo hagas.

—Puedo dejarte algo a ti. En el testamento, quiero decir...

Ella negó rápidamente.

—No, no necesito nada. Gracias. Ya me has dado cuanto me hacía falta...

Hermes asintió. A pesar de saber que no podía experimentar emociones, Durga pensó que sí. Que podía. Al menos, deseaba creerlo. Sin importarle la presencia de los abogados, de los soldados y de los dos políticos federales, ella se acercó y lo besó en los labios. Un beso leve, como aquella vez en que, para su sorpresa, el secreto que guardaba salió de la caja. Pandora, recordó… Al escapar todos los males, le contó Tian, sólo quedó la esperanza. Bueno, no estaba mal como despedida.

—Te deseo lo mejor, Hermes.

—Y yo a ti. Recuerda, Durga: vive. A diferencia de mí, tú puedes.

Ella asintió rápidamente. Una incómoda humedad llenaba sus ojos.

Hermes se giró para reunirse con su escolta. Como solía hacer el capitán antes de despedirla, Durga, apenas él había dado unos pasos, lo llamó:

—Hermes…

Él se volvió.

—¿Qué significa tu apellido? Parece francés, como la familia de Condesa. ¿Tiene algo que ver? Siempre me lo he preguntado…

Ignorando el fastidio y las prisas de la escolta de abogados, políticos y militares, él se detuvo. Sonrió.

—Lagrange es un término astronómico. Es el punto en el espacio en el que se equilibran las fuerzas gravitatorias de los astros que forman un sistema común. Condesa pensó, a sugerencia de Mayer, que era un buen apellido para mí. Creo que así ha sido…

Durga asintió, notando que apenas podía contener las lágrimas.

—Lo es. Eso me has dado, equilibrio…

Él sostuvo su mirada durante unos segundos. Por un instante Durga se preguntó si realmente ya no sentía nada. Si el daño en su mente biónica era tan profundo como le explicó Fauré. Si, después de todo, ella no había dejado en él, como hizo él en ella, alguna marca. Una pisada en la nieve virgen. Una huella en una playa desierta. Quizá no era más que su propio anhelo de no despedirse de un Hermes completamente artificial. ¿Sería posible…?

Tal vez ya no sentía emociones, pero casi lo parecía. Al menos, parecía entender las de ella. Tras el largo silencio, él sonrió. Una sonrisa franca, limpia, que, inevitablemente, llenó el corazón de Durga de algo parecido a la felicidad. Con gesto decidido, Hermes Lagrange se volvió e inició el camino hacia el ascensor. El camino que los separaría para siempre.

Pero no en la memoria…

Ahora sí, las lágrimas cayeron lentas y sin trabas.

57

En contra de todos sus principios, en contra de todas sus prevenciones y dificultades, Durga Deckett se dirigió al lugar a bordo en el que menos la habría imaginado nadie: el observatorio en la proa de la nave. A esa temprana hora sólo se cruzó con el personal de guardia que cambiaba de turno. Extrañamente, no le costó apenas esfuerzo recorrer los casi trescientos metros desde el ascensor hasta el morro del *Schettino*. Lo hizo casi sin darse cuenta, sintiéndose ligera, libre, y disfrutando de la sensación de ingravidez.

¿Se había convertido al fin en una marine espacial? Bueno, no tanto. Ocupó uno de los omniasientos, el más cercano a la curvada superficie transparente. Sin el giro de los anillos, el panorama estelar, inmóvil, mostraba una parte de Júpiter, varias de sus lunas y, a una distancia imposible de determinar, el crucero que se llevaría a Hermes de su lado. Desde allí, apenas iluminado por los tangentes rayos del lejano Sol, un punto de blanco fulgor, parecía sólo una pequeña flecha de color gris y negro. Sus luces de posición lo mostraban girando sobre sí mismo, dispuesto ya a iniciar la maniobra de transición hacia las afueras del sistema joviano, rumbo a la Tierra.

Suspiró lenta, ampliamente. ¿Y ahora qué?, se preguntó.

El sonido de la puerta abriéndose tras ella la hizo volverse.

—¡Tian! ¿Qué haces aquí? Es muy temprano…

El médico, flotando con suavidad y mejores trazas de las que ella era capaz de mostrar en gravedad cero, se acercó para ocupar el omniasiento contiguo.

—No iba a dejarte sola en este momento, querida.

Ella le cogió la mano. Con gesto cariñoso se la llevó a los labios y la besó. Tian, como un gato satisfecho, casi pareció ronronear.

—Bueno, bueno, ya vale de carantoñas. A ver, he traído algo...

De uno de los amplios bolsillos de su vestimenta médica extrajo dos pequeños envases metalizados, de los utilizados en ausencia de gravedad. Vino blanco *gewürztraminer*, observó ella leyendo la etiqueta. El favorito de Tian.

—¿De dónde los has sacado? —preguntó tomando el que Tian le ofrecía. Habría preferido un buen whisky, pero no le haría ascos al vino. Más que nada, por la compañía.

—Son de los suministros para los pasajeros. Ya sabes, para cuando los llevan en lanzadera hasta la superficie de Júpiter o les dan una vuelta alrededor de sus lunas. A la gente de postín le gusta beber y brindar en el espacio. Una tontería, pero que ahora me parece apropiada. Brindemos...

Durga extrajo la pajita insertada en el recipiente y abrió la válvula de salida. El sistema de conservación mantenía el líquido a la temperatura adecuada: muy fría, en este caso. Con cuidado para no provocar derrames incómodos, acercó su envase al de Tian. Él hizo otro tanto, y la miró esperando.

—¿Qué? —preguntó ella.

—Cuando se brinda, se hace por algo. O por alguien...

Durga sonrió.

—Está bien. Brindemos por...

¿Por quién hacerlo? Dudó unos instantes. Tian aguardó, envase en alto.

—Por los que hemos perdido —dijo ella. Su voz, algo trémula al principio, se afianzó—. Por Nwosu y Cimino. Por los demás, incluso los de Bionic. No merecían ese final. También por Condesa y Znedin. Nos han jodido bien este viaje, pero lo hicieron por una causa honrosa...

Se detuvo. Tian continuó aguardando. Cansado de hacerlo, soltó con cuidado su envase de vino, que quedó allí, flotando sin apenas moverse mientras ella se decidía.

—Porque todo ha salido bien, al final —prosiguió Durga—. Por Leclerc, a la que espero conocer cuando se recupere de la hibernación forzada. Por Hermes…

«Por Darim», pensó. No lo dijo, pero lo pensó. El joven se merecía un brindis, de eso no cabía duda.

Tian recuperó su vino. Entrechocaron los envases con cuidado, y luego bebieron.

—¿Y ahora qué? —preguntó él.

Durga sonrió. La misma pregunta.

—No lo sé, amigo. Supongo que toca seguir adelante.

—La señora Planck ha montado una buena. Por no hablar de su… hermanita. Imagino que de ésta última no se contará todo. Podemos darlo por hecho. Ni siquiera sé si se sabrá que eran hermanas. En fin, nos esperan días interesantes con lo de la herencia, los derechos cibernéticos y toda esa mandanga…

—¿Qué crees que pasará con eso, Tian? —preguntó ella tras paladear el frío vino—. ¿Crees que algún día los bots, los seres artificiales, serán como nosotros? ¿Con derechos, con… qué sé yo, familias artificiales, pero con problemas reales como los nuestros?

—No tengo ni idea, querida. Bastante lío llevo con mis propios asuntos. Pero quién sabe. Llevo toda la vida diseccionando muertos. No parecen distintos, por dentro, quiero decir, de lo que vi de tu amigo Hermes cuando Augustine lo reactivó. Es una mujer encantadora, y muy bien preparada… En fin, tuvo el detalle de enseñarme su interior.

—No sabía que eso podía hacerse…

Él se encogió de hombros.

—Pues sí. Y son sorprendentemente parecidos a nosotros. Quiero decir, la materia de que están hechos es distinta, claro. Pero no hay cables, ni piezas mecánicas, ni cosas con lucecitas o relés, o ruedas dentadas. Diríase que están vivos, a su manera…

—Me sorprende oírte decir eso… —Tian la miró.

—Bueno, querida. También somos máquinas. Biológicas, sí, pero lo somos —¿Dónde había escuchado eso antes?, se preguntó Durga. No lo recordaba—. Quizá no haya tanta diferencia. Sueno herético, seguro. Pero no se me dan bien las filosofías ni la espiritualidad. Soy pragmático, lo sabes.

Leclerc, recordó ella. Fue Leclerc. Bueno, la Leclerc falsa. Que, por entonces, si no se equivocaba, aún no estaba siendo controlada por Bianca. Tan autónoma, inteligente e independiente como lo era Hermes. Y, sin duda, capaz de sentir como podía sentir él. ¿Cuánto hacía de eso? Casi parecía que habían pasado años…

—Tampoco yo tengo respuesta para eso, amigo. Por cierto… —Lo miró entrecerrando los ojos—, *¿Augustine?* ¿Ya tenéis esa confianza?

Él se encogió de hombros otra vez y dio un largo trago a su vino haciendo todo tipo de ruidos al sorber.

—Hay que aprovechar el tiempo, querida. Y hay que vivir… —Levantó de nuevo su envase y ella lo tocó con el suyo.

—Brindo por ello.

Se mantuvieron un largo rato en silencio, contemplando cómo el *Tritón VI* se perdía poco a poco en la distancia. Un pequeño lucero reflejando la luz del lejano Sol. Al cabo, Tian, sin mirarla, habló.

—Lo echarás de menos…

Durga asintió sin decir nada.

—Bueno, ¿y qué hay de Darim? —Ella se giró para mirarlo.

Una pregunta complicada, se dijo. Al despedirse de Hermes se sintió por un momento confrontada a una realidad que no quiso admitir durante mucho tiempo: había tratado a Darim casi del mismo modo como Hermes, cuando se marchó, la trató a ella. Bueno, Hermes no era responsable de eso, su mente estaba dañada. Pero no pudo evitar pensar que, en ese instante, amaba al bot del mismo modo en que Darim la amaba a ella: sin esperanza. ¿Y no había aprendido, gracias a Hermes, gracias también a Condesa, por qué no, que sí había esperanzas?

—No estoy segura —respondió volviendo la vista al espacio—. No lo sé, Tian. Diría que lo quiero. Me gusta. No es

Hermes. No fue diseñado para gustarme. Pero no sé qué pasará.

—¿No vas a darle una oportunidad al menos?

Durga se sorprendió de su propia respuesta. No se la esperaba.

—Lo haré. ¿Por qué no? Que no esté segura no implica que no pueda arriesgarme. Y Darim se merece eso al menos. Ha estado ahí, en silencio, sin quejarse ni una vez. Y no dudo de que lo sabe todo.

—Yo tampoco —replicó Tian—. Tu chico es listo, además de guapo. Porque es tu chico, que, si no, ya le habría insinuado algo...

Durga lo miró con ironía.

—¿Pero no andas en vete a saber qué asuntos con la doctora Fauré?

—Sabes que no soy rígido a ese respecto. Siempre dejo vías abiertas...

—Eres un pequeño sátiro, amigo.

—Brindemos por ello, querida. —Por tercera vez, Tian levantó su envase de vino—. Brindemos por el amor. Presente, pasado y futuro. Natural, artificial, como sea. Pero que sea amor...

Volvieron a brindar, y de nuevo se sumieron en un largo silencio. El *Tritón* ya no era visible.

—El capitán Freeman ha llevado esto con mucha soltura —dijo Tian. Durga asintió.

—Cierto. Antes de que los abogados y los marines se hicieran cargo de Hermes y Bianca, fue a despedirse de él. Fue muy de agradecer. A fin de cuentas, Hermes resultó dañado salvando su nave.

—Imagino que lo ascenderán —prosiguió el médico—. Quizá acabe en el Directorio. En Starliner sabrán valorar su inteligencia.

—No lo creo. No por ahora. Al capitán le gusta lo que hace. Quizá más adelante. Eso me dijo...

Nuevo silencio. Más largo esta vez. Nada parecía haber cambiado en el panorama estelar; el movimiento de Júpiter y sus lunas, incluso siendo rápido, no era perceptible a simple vista. Tian levantó una mano y señaló hacia un punto en la bóveda oscura.

—¿Ves ese puntito? —preguntó. Durga entrecerró los ojos buscando lo que señalaba Tian.

—¿Cuál? —La luz del Sol, reflejada en Júpiter, ocultaba la mayoría de las estrellas. Tian volvió a señalar.

—Ese puntito azul. Ese pálido punto azul... ¿Lo ves?

Sí, ahora lo veía. Un pequeño lucero de color celeste, apenas visible en la inmensidad.

—Lo veo. ¿Qué es?

—La Tierra. Hoy empezamos el viaje de regreso.

Durga observó su mundo natal con curiosidad. Apenas un destello insignificante.

—Llevo años viviendo a bordo y nunca se me había ocurrido mirarla desde lejos. Qué pequeña resulta...

—Un pálido punto azul... —repitió Tian.

—Lo has dicho dos veces ya. ¿Por qué la llamas así?

—Es como la llamó un astrónomo del siglo xx. Allí, en ese pequeño punto azul, está todo lo que somos como civilización.

—Bueno, no es así —replicó ella. Y señaló hacia la cercana Europa. Más allá de ella se podía ver Calisto—. Allí hay ciudadelas, colonias. Y está Marte, y el Cinturón... Hace mucho que la Tierra dejó de ser el único hogar.

—Pero allí empezó todo. Piénsalo: un pequeño punto azul en la inmensidad. Cuán pequeño, cuán improbable todo, y, sin embargo, aquí estamos. ¿No merece eso otro brindis?

Durga sonrió, pero alzó su envase.

—Demasiados brindis ya, amigo. Y sólo son las siete de la mañana. En fin, por la Tierra. Por la casualidad que nos trajo aquí. O por lo que sea, no importa.

Tian sorbió haciendo de nuevo mucho ruido. Durga rio. Se acercó a su amigo hasta apoyar su hombro en él. Sus cabezas se tocaron y, juntos, contemplaron el panorama estelar.

A lo lejos, muy lejos, el pálido punto azul.

AGRADECIMIENTOS

A mi hermana Marisa, a Inma Latorre y a Luis y Lalo Salvago por sus lecturas previas del manuscrito. Por sus comentarios, críticas, aportes y mejoras, que incluyen largos debates, siempre divertidos, sobre títulos e imágenes de portada.

A Jesús Salvador por su entusiasmo sin fin ayudándome también con los títulos y precisiones diversas.

A mis dos físicos de cabecera, los doctores Gerardo Mora y José Ramón Beltrán. Cuánto trabajo les he dado con cálculos de mecánica espacial, velocidades, aceleraciones y fuerzas de Coriolis... Toda la verosimilitud que haya en el texto se debe a ellos.

A Vicky Hidalgo, Daviz Sanz y Núria Rivera por su trabajo y apoyo. Y al resto del equipo editorial de Minotauro.

A Cover Kitchen, por tan hermosa portada, y a José Fonollosa por las preciosas ilustraciones interiores y el minucioso plano del *SC Schettino.*

A Belén Cabal, Jesús Tavira y Paula Roldán por su excelente trabajo de corrección y revisión. Y a todo el equipo de Grupo Ormo.

A mi amigo Juan Moro, quien, gracias a su talento como fotógrafo, ha hecho que este escritor parezca que sabe posar.

Y, por supuesto, al jurado del XIX Premio Minotauro por darme el beneficio de la duda eligiéndome.